FREEDOM

FREEDOM

Copyright ⓒ 2010 by Jonathan Franzen
All rights reserved.

Korean translation copyright ⓒ 2011 by EunHaeng NaMu Publishing Co.
Korean translation rights arranged with Susan Golomb Literary Agency,
through EYA(Eric Yang Agency).

이 책의 한국어판 저작권은 EYA(Eric Yang Agency)를 통해
Susan Golomb Literary Agency사와 독점계약한 도서출판 은행나무에 있습니다.
저작권법에 의하여 한국 내에서 보호를 받는 저작물이므로 무단전재와 복제를 금합니다.

* 이 도서의 국립중앙도서관 출판시도서목록(CIP)은 e-CIP홈페이지(http://www.nl.go.kr/ecip)와
  국가자료공동목록시스템(http://www.nl.go.kr/kolisnet)에서 이용하실 수 있습니다.(CIP제어번호: CIP2011001876)

자유
FREEDOM

조너선 프랜즌 장편소설 홍지수 옮김

은행나무

수전 골룸브와 조너선 갈라시에게

함께 가시오,
소중한 행복을 쟁취하신 승리자들이시여.
여러분의 기쁨을 다른 이들에게도 나누어 드리세요.
외기러기 신세가 된 이 늙은이는
시든 나뭇가지로 날아올라가,
다시는 돌아오지 않을 내 짝을 그리며
죽을 때까지 슬퍼할 것이오.

-《겨울 이야기》* 중에서

---

* The Winter's Tale: 셰익스피어의 희극.

일러두기: '저자 주' 표시가 없는 한, 본문에 있는 모든 주와 각주는 옮긴이의 주석입니다.

차례

이웃사촌 · 9

실수를 저질렀다 · 패티 버글런드 자서전
1장. 고분고분한 성격 · 45
2장. 단짝 친구 · 71
3장. 자유 시장은 경쟁을 촉진한다 · 161

2004년
산정 제거 · 255
여자의 세계 · 307
착한 남자의 분노 · 382
그만 좀 해 · 452
나쁜 소식 · 500
워싱턴의 악당 · 579

실수를 저질렀다 · 결론
4장. 6년 · 661

캔터브리지 단지 호수 · 701

옮긴이의 말 · 732

이웃사촌

월터 버글런드에 대한 기사를 그의 고향 지역에 있는 언론은 다루지 않았다. 월터와 패티는 2년 전 워싱턴으로 이사했기에 이제는 미네소타 주 세인트폴 지역 사람들에게는 아무 의미도 없는 존재였다. 그러나 세인트폴 안에 있는 램지힐 지역의 도시 부유층 사람들은 전국 신문인 〈뉴욕타임스〉를 외면할 만큼 애향심이 깊지 않았다. 〈뉴욕타임스〉에는 월터가 미국의 수도에서 자신의 직장 경력을 엉망진창으로 만들었다는 기사가 자세히 실렸다. 그의 예전 이웃들은 〈뉴욕타임스〉가 묘사한 월터("오만하고", "위압적이고", "윤리의식이 타락한")와 자신들이 알고 있는 월터가 너무 달라서 믿어지지 않을 정도였다. 그들이 기억하는 월터는, 눈이 내리는 2월에도 유서 깊은 서밋 가(街)의 오르막길을 자전거를 타고 출퇴근하는, 홍조 띤 얼굴에 너그러운 표정의 쓰리엠(3M)사 직원이었다. 환경 단체 그린피스보다 철저한 환경보호주의자이며 시골 출신인 월터가 석탄 산업계와 공모해 순박한 시골 사람들을 상대로 사기를 치다니, 알다가도 모를 일이었다. 하지만 생각해보면, 버글런드 가족에게는 늘 무언가 미심쩍은 면이 있었다.

월터와 패티는 램지힐 지역의 젊은 개척자였다. 30년 전 세인트폴 지역의 중심부가 경기 침체로 휘청거릴 때 배리어 가에 있는 집을 산 첫 대학 졸업자가 바로 월터와 패티다. 그들은 빅토리아 양식의 집을 헐값에 사들였고, 10년간 개조하느라 죽을 고생을 했다. 처음 집을 샀을 때는 누군가 일부러 차고에 불을 질렀고, 차고를 다시 짓기 전에 두 번이나 자동차에 도둑이 들기도 했다. 길 건너 공터에는 햇볕에 그을린 모터사이클 폭주족이 자리를 잡고는 슐리츠 맥주를 마시고 소시지를 구우며 한밤중에 부릉부릉 엔진 소리를 내는 바람에, 참다못한 패티가 잘 때 입는 펑퍼짐한 운동복 차림으로 나가 "어이, 이봐요, 이것 보세요" 하고 항의했다. 패티의 말에 겁먹은 이는 아무도 없었지만, 고등학교와 대학교 때 뛰어난 운동선수였던 그녀는 배짱이 있었다. 램지힐로 이사 온 첫날부터 패티는 눈에 띄었다. 훤칠한 키에 머리카락을 뒤로 질끈 묶은, 나이보다 훨씬 젊어 보이는 그녀는, 부품이 사라진 폐차와 깨진 맥주병 조각, 며칠 전 내려 쌓인 눈 위에 누군가 게워놓은 토사물 곁을 유모차를 밀고 지나갔다. 오전에 아기를 데리고 볼일을 보기 위해 만반의 준비를 하고 나온 것임을 알 수 있었다. 오후에는 라디오 방송을 듣고, 《절대 미각 요리법》 레시피대로 요리를 하고, 아기의 천 기저귀를 갈아주고, 벽의 벗겨진 칠을 걷어내고 라텍스 페인트를 칠했다. 그런 다음 아기가 잠들기 전에 동화책 《잘 자요, 달님》을 읽어주고 포도주를 마셨다. 패티는 이 거리에 사는 사람들에게 막 일어나기 시작한 변화를 이미 완전히 겪은 모습으로 살고 있었다.

예전에, 남의 눈치 보지 않고 중·대형차인 볼보 240을 몰고 다닐 때 램지힐 지역 사람들의 한결같은 목표는 자신의 부모들이 교외로 이사 가면서 그렇게도 떨쳐내고 싶어 한 생활의 기술을 다시 익히는 것이었다. 예를 들어, 지역 경찰이 할 일을 제대로 하게 한다든지, 호시탐탐 자전거를 훔치려는 도둑을 막는다든지, 내 집 잔디밭 의자에서 잠든 주정뱅이를 언제 내쫓는 것이 좋다든지, 도둑고양이가 다른 집 아이들의 모래 상자에 배설하게 한다든지, 구제불능일 정도로 엉망인 공립학교의 교육 환경 개선에서 손을 뗄지 여부를 판단하는 일 등이다. 요즘 이슈가 된 문제도 있다. 천 기저귀를 써야 하나? 그럴 가치가 있나? 우유를 유리병에 담아 배달해달라고 할까?

보이스카우트를 시키는 것이 정치적으로 올바른 일일까?(보이스카우트가 동성애를 금지한 사건을 일컫는다-옮긴이) 익히고 말려서 빻은 통밀이 정말 필요한가? 재활용 배터리는 어디에서 수거할까? 빈곤층 유색 인종인 어떤 사람이 당신 때문에 자기가 사는 지역이 엉망이 된다고 하면 어떻게 반응할까? 세라믹 식기 피에스타 웨어에 입힌 유약에 인체에 유해할 정도의 납 성분이 들어 있을까? 부엌의 수돗물 여과기는 얼마나 정교하게 불순물을 걸러낼까? 볼보 240의 증속 구동 버튼을 누르는데도 가끔 말을 듣지 않을 때가 있는가? 구걸하는 사람에게 먹을 것을 줘야 하나, 말아야 하나? 직장에 다니면서도 아이를 자신감 있고, 행복하고, 똑똑하게 키울 수 있을까? 커피 원두는 자기 전에 갈아놓는 것이 좋을까, 당일 아침에 가는 것이 좋을까? 세인트 폴 지역의 역사를 통틀어 지붕을 수리하는 사람과 한 번도 마찰이 없던 사람이 있을까? 볼보 자동차 수리공과는 어떤가? 당신의 볼보 240도 주차 브레이크 전선이 말을 듣지 않는가? 그리고 스웨덴어처럼 딸깍하고 듣기 좋은 소리가 나지만 차의 그 어떤 것과도 연결되어 있지 않은 듯한, 계기판에 있는 이름 모를 스위치는 도대체 **무엇**인가?

패티는 이 모든 의문의 답을 알고 있었다. 패티는 사회적·문화적 꽃가루를 옮기는, 붙임성 있고 활달한 꿀벌 같았다. 그녀는 램지힐 지역에서 몇 안 되는 전업주부 중 한 사람으로, 자화자찬이나 험담하는 것을 매우 싫어했다. 그녀는 언젠가 자기가 바꾼 내리닫이창 쇠줄에 "목이 잘릴 것"이라고 말했다. 자기 아이들은 "어쩌면" 자기가 만든 덜 익은 돼지고기 요리를 먹고 선모충이 옮아 죽어가고 있을지도 모른다고 했다. 그녀는 칠을 벗길 때 뿜어 나오는 유독성 물질에 자기가 "중독"되어 앞으로는 "절대로" 독서를 못 할지도 모른다고 생각했다. 패티는 "지난번" 그 일이 일어난 뒤 월터가 자기 꽃밭에 거름을 주지 "못하게" 했다고 털어놓았다. 이웃 중에는 스스로 비하하는 그녀의 말투를 못마땅하게 여기는 사람도 있었다. 그들은 패티의 그런 말투가 오만하다고 생각했다. 패티가 마치 자신의 사소한 결점을 부풀려 자신보다 못한 전업주부들이 마음 상하지 않도록 애쓰는 것 같았기 때문이다. 하지만 사람들은 대부분 패티의 겸손함이 진심이라고 여기거나, 적어도 재미있다고 생각했다. 어쨌든 아이들도 잘 따르는 데다 주변 사람들의 생일을 기억해 직접 구운 과자 한 접시를 들고 찾아오거나, 작은 싸구려 꽃병에 은방울꽃을 담아 와서는 꽃병은 돌려줄 필요 없다고 말하는 그녀를 어찌 싫어할 수 있겠는가.

패티는 동부 지역의 뉴욕 교외에서 자랐고, 최초로 전액 장학금을 받고 미네소타 대학에 입학한 여자 농구 선수들 중 한 명이었다. 월터의 사무실 벽에 걸린 상패에는 패티의 농구팀이 대학 2학년 때 전미 대학 농구 대회에서 2위를 기록했다고 적혀 있다. 패티의 이상한 점 한 가지는, 가족을 무척 소중히 여기면서도 고향 친지와는 이렇다 할 연락을 하지 않는다는 것이다. 그녀는 한 해가 다 가도록 세인트폴 지역에서 한 발짝도 나가지 않았다. 동부 지역에서 누군가, 심지어 패티의 부모조차 그녀의 집을 방문한 적이 있는지 의심스러울 정도였다. 패티에게 부모님에 대해 단도직입적으로 물어보면, 두 분은 많은 사람에게 선행을 베풀었고, 아버지는 화이트플레인스 지역에서 변호사로 활동했으며, 어머니는 뉴욕 주 의회 의원이었다는 대답이 돌아왔다. 그러고 나서 그녀는 고개를 크게 끄덕이며 말했다. "그래요. 그게 그분들 직업이죠." 마치 부모님 얘기는 지겹도록 했다는 듯.

누군가의 행동을 비판하는 데 패티가 동조하도록 만드는 내기를 걸어도 될 만큼 패티는 남의 험담을 하지 않았다. 세스와 메리 폴슨 부부가 쌍둥이 자녀를 위해 핼러윈 파티를 크게 열면서 일부러 코니 모너핸이라는 아이만 빼놓고 그 동네 아이들을 모조리 초대했다는 얘기를 들은 패티는 폴슨 부부의 행동이 아주 "이상하다"고만 할 뿐 더 이상 아무 말도 하지 않았다. 그 후 거리에서 패티를 만난 폴슨 부부가 그 이유를 알려주었다. 코니 모너핸의 엄마 캐럴에게 제발 침실 창문에서 쌍둥이가 노는 작은 수영장으로 담배꽁초를 던지지 말라고 **여름 내내** 호소했다는 것이다. "그것참 이상하네요." 패티는 고개를 가로저으며 말했다. "어쨌든 코니의 잘못은 아니잖아요." 폴슨 부부는 '이상하다'는 단어 이상의 반응을 원했다. 그들을 패티의 입에서 **반사회적 성격파탄자, 안 그런 척하면서 사람 뒤통수치는 나쁜 사람**이라는 말이 나오기를 바랐다. 폴슨 부부는 패티가 이런 욕설 중 하나를 골라 캐럴 모너핸에게 적용하는 데 동조하기를 바랐지만 패티는 '이상하다'는 단어 이상으로 험한 말을 하는 재주가 없었다. 그들은 패티의 태도에 대한 답례로 코니를 파티에 초대하지 않겠다는 기존 입장을 고수했다. 폴슨 부부의 부당한 대우에 화가 난 패티는 파티 당일 오후에 자기 아이들과 코니, 코니의 친구를 데리고 호박 농장으로 가서 건초 실은 마차에 태워주었다. 그러나 패티가, 일곱 살짜리 여자아이에게 못되게 군 폴슨 부부의 행동에 대해 언급한 가장 흉악한 단어는 그들의 행동이 아주 이상하다는 말뿐이었다.

배리어 가에서 패티만큼 오래 거주한 사람은 캐럴 모너핸뿐이다. 캐럴은 '후원 교환' 프로그램의 일환으로 램지힐로 이사를 왔다. 헤네핀 카운티의 고위급 인사가 자신의 비서인 캐럴을 임신시키고는 자기 지역구에서 그녀를 빼돌린 것이다. 불륜으로 아이를 낳은 캐럴의 봉급은 여전히 그의 사무실에서 지급하고 있다. 미시시피 강을 사이에 두고 마주 보는 쌍둥이 도시 세인트폴과 미니애폴리스 행정구역에서 이러한 정책을 바람직하다고 여기는 곳은 이제 많지 않다. 강 건너 세인트폴에서 캐럴과 마찬가지로 든든한 연줄이 있는 누군가 채용되는 한편, 캐럴은 시립 인허가 접수처에서 주의가 산만하고 노닥거리는 사원들 중 한 사람이 되었다. 버글런드 가족이 사는 집 바로 옆에 있는, 캐럴의 임대주택도 이러한 뒷거래에 포함된 조건이라고 알려져 있었다. 그렇지 않고는 당시만 해도 여전히 빈민가였던 이곳으로 이사하는 데 캐럴이 동의했을 리 만무하다. 여름이면 일주일에 한 번 공원관리국 작업복을 입은, 눈에 초점이 없는 아이가 평범한 지프를 타고 와서 캐럴의 집 잔디를 깎았고, 겨울에는 이 아이가 나타나 그녀의 집 주변 보도의 눈을 치웠다.

1980년대 말, 배리어 가의 주민 가운데 중·상류층이 아닌 사람은 캐럴뿐이었다. 그녀는 팔러먼츠 담배를 피우고, 머리카락을 탈색했으며, 손톱을 맹수의 발톱처럼 길러 요란한 색을 칠했다. 또 딸에게 가공식품을 먹이고, 목요일 밤에는 항상 늦게 귀가했다(그녀는 "목요일은 엄마가 외출하는 날"이라고 말했다. 마치 모든 엄마가 목요일에 외출한다는 듯). 캐럴은 목요일에 귀가하면서 버글런드 부부가 그녀에게 건네준 열쇠로 버글런드 부부의 집으로 조용히 들어와, 패티가 소파에 뉘고 담요를 덮어 재운 코니를 데려갔다. 패티는 캐럴이 목요일에 일을 하든, 쇼핑을 하든, 볼일을 보든 그동안 코니를 돌봐주겠다고 할 만큼 너그러웠다. 그리고 캐럴은 툭하면 그녀에게 아이를 맡겼다. 패티의 아량에도 캐럴은 패티의 딸 제시카는 거들떠보지도 않고 패티의 아들 조이를 이상할 정도로 편애했다("어디 꽃미남한테 뽀뽀 한번 더 받아볼까?"). 패티가 이것을 눈치채지 못했을 리 없었다. 캐럴은 동네에서 모임이 있을 때면 월터 옆에 바싹 붙어 그의 집 고치는 솜씨를 입에 침이 마르게 칭찬했고, 월터가 무슨 말을 하든 찢어질 듯한 소리로 박장대소했다. 그런데도 엄마 혼자서 자식 키우는 일은 정말 힘들고, 캐럴이 가끔 패티에게 이상하게 구는 이유는 아마도 자존심을 지키려는 행동일 거라는 것이 수년 동안 패티가 캐럴에 대해 한 가장 험한 말이었다.

세스 폴슨은 아내가 불쾌하게 여길 정도로 패티에 관한 얘기를 자주 했는데, 그의 눈에 버글런드 부부는 자기들의 복 받은 삶에 대해 엄청 죄책감을 느끼는 진보주의자로, 다른 사람들의 허물을 용서해야 자기들의 복 받은 삶도 용서받을 수 있다고 생각하는 사람들로 비쳤다. 다시 말해, 버글런드 부부는 자신들이 받은 혜택을 당당하게 누릴 용기가 없는 사람들이다.

이런 세스의 주장에는 허점이 하나 있었다. 버글런드 부부는 사실 그다지 혜택을 누리고 사는 사람들이 아니었다. 재산이라고는 집 한 채뿐인 데다 그나마도 직접 다시 지은 것이다. 또 한 가지 허점은, 메리 폴슨이 지적했듯이 패티는 진보적 성향이 강한 편이 아니다. 여성 운동가는 더더욱 아니며 (달력에 일일이 생일을 표시하고 생일 때마다 과자를 굽는 전업주부다), 정치라면 알레르기 반응을 일으킬 정도다. 그녀 앞에서 선거나 선거 후보자 얘기를 꺼낼라치면 평소의 활달한 패티는 어디로 사라지고 어쩔 줄 몰라 했다. 좌불안석하는 모습으로 다른 사람의 의견에 고개를 끄덕이며 "그래, 그래"라고 응수할 뿐이다. 패티보다 열 살 위인 데다 보기에도 나이가 많은 메리는 예전에 매디슨의 민주사회주의학생동맹에서 활발하게 활동했고, 지금은 보졸레 누보 광풍을 일으키는 데 앞장서고 있었다. 어느 저녁 모임에서 세스가 세 번짼가 네 번째로 패티의 이름을 거론했을 때, 메리는 얼굴이 적포도주처럼 시뻘게져서는 친근한 이웃사촌인 양 행동하는 패티가 그 어떤 위대한 사회의식도 연대감도 **없으며**, 정치적 성향이나 성장 잠재력이 있는 사고체계도 **없고**, 진정한 공동체 정신도 **없다**고 퍼부어댔다. 그녀는 패티의 행동은 그저 시대착오적 전업주부의 허풍에 불과하며, 친절로 위장한 얄팍한 겉모습을 벗겨내면 거칠고 이기적이고 승부욕 강하고 보수적인 본색이 드러날 거라고 생각했다. 패티에게 소중한 것은 자기 아이들과 집뿐이라는 건 뻔한 사실이다. 이웃, 가난한 사람들, 조국, 부모, 심지어 자기 남편도 **안중에 없었다**.

그리고 패티가 자기 아들에게 집착한다는 것은 부인할 수 없는 사실이었다. 제시카는 책 읽는 것을 좋아하고, 야생 생물 보호에 힘썼으며, 플루트 연주에도 재능이 있었다. 축구장에서는 씩씩한 선수였고, 베이비 시터로 인기가 많았으며, 예쁘지만 외모를 믿고 안하무인으로 행동하지도 않았다. 메리 폴슨조차 그런 제시카를 예뻐했다. 제시카는 부모라면 응당 자랑스러워할 만한 성품과 태도를 갖추었지만, 이상하게도 패티는 조이만 끼고돌았다. 패티는 속내를 털어놓는 것이 멋쩍은지, 스스로 비하하는 듯한 말투로 조이 때문에 자기와 남편이 힘들다는 얘기를 미주알고주알 쏟아냈다. 대부분의 얘기는 불평조였지만 그 누구도 패티가 아들을 끔찍이 생각한다는 것을 의심하지 않았다. 패티가 조이 얘기를 할 때면, 마치 외모는 수려하지만 성질은 못돼먹은 남자 친구에 대해 하소연하는 여자 같았다. 그 남자가 자기 마음을 짓밟는 것이 자랑스럽다는 듯, 짓밟히는 것을 거리낌 없이 얘기해서 온 세상 사람들이 알도록 하는 것이 두 사람 관계에서 가장 중요하고 유일하게 가치 있는 일이라는 듯.

"애가 아주 고집불통이라니까."

조이가 엄마, 아빠처럼 늦게까지 자지 않겠다고 하는 통에 실랑이를 하던 어느 긴긴 겨울에 패티는 다른 엄마들에게 말했다.

"떼쓰고 울어?" 어떤 엄마가 물었다.

"그걸 말이라고 해? **차라리** 울기나 했으면. 아이가 우는 거야 지극히 정상이고, 울음은 그치기나 하지." 패티가 말했다.

"그럼 어떻게 하는데?" 어떤 엄마가 물었다.

"부모의 권위에 근거를 따진다니까. 우리가 불 **끄고** 자라고 하면 자기도 엄마, 아빠와 동등한 인간이기 때문에 엄마, 아빠가 불을 끌 때까지 잠자리에 들지 않아도 된다고 주장하지. 그러고는 시계처럼 정확히 15분마다 '아직 깨어 있어요! 나 아직 안 잔다고요!'라고 소리치더라고. **경멸**하거나 비웃는 듯한 말투로. 정말 **이상해**. 하느님께 맹세하는데, 이 녀석이 누워서 시계를 노려보고 있는 게 틀림없어. 월터한테 조이의 계략에 말려들지 말라고 애원해도 소용없어. 월터는 12시 15분에 어두운 조이의 방에서 어른과 아이의 차이에 대해, 가족이라는 게 민주주의냐, 자비로운 독재냐에 대해 조이와 말다툼을 한다니까. 그러면 결국 미치기 일보직전이 되는 사람은 **나야**. 침대에 누워 징징거리게 된다니까. '제발 그만 좀 하라고.'"

메리는 패티의 얘기가 전혀 재미없었다. 밤늦은 시간, 저녁 식사 모임에 쓴 그릇을 세척기에 집어넣으며 메리가 세스에게 말했다. 조이가 어른과 아이의 차이를 모르는 건 당연하다고, 조이의 엄마조차 자기가 어른인지 애인지 헷갈리는 것 같다고, 패티의 말을 듣고 있으면 아이들을 꾸짖는 건 늘 월터의 몫이고 자기는 수수방관한다는 사실을 세스도 눈치챘느냐고.

"패티가 월터를 사랑하긴 하나 몰라. 육체적으로 말이지."

세스는 마지막 포도주 병의 마개를 따면서 마치 아니기를 바란다는 듯 골똘히 생각하며 말했다.

"패티의 말에 숨은 뜻은 늘 '내 아들은 잘났어'야. 자기 아들이 얼마나 집중력이 긴지 불평을 한다니까." 메리가 말했다.

"고집을 피우는 상황만 보면 패티의 말에도 일리가 있네. 월터의 권위를 무시하기 위해 엄청난 인내심을 발휘하잖아." 세스가 말했다.

"불평하는 것 족족 결국은 전부 자랑이라니까."

"**당신**은 자랑할 때 없나, 뭐." 세스가 놀리듯 말했다.

"있겠지. 하지만 적어도 내 말이 다른 사람의 귀에 어떻게 들릴지 의식하긴 해. 그리고 내 자존감은 자식들이 얼마나 뛰어난지에 달려 있지 않아." 메리가 말했다.

"당신은 완벽한 엄마야."

"아니, 완벽한 엄마는 패티지. 난 좋은 엄마일 뿐이야."

메리는 세스가 더 따라주는 포도주를 잔에 받으며 말했다.

패티는 조이가 모든 것을 너무 쉽게 얻는다고 불평했다. 조이는 금발 머리에 잘생겼고, 사지선다형 문제의 답 ABCD가 DNA에 입력된 것처럼 학교 성적이 좋았다. 조이는 자기 나이의 다섯 배쯤 되는 이웃 어른을 상대하는 데에도 능숙했다. 학교나 컵스카웃(6~12세 유년대 대원-옮긴이)이 모금을 하기 위해 조이에게 집마다 돌아다니며 초콜릿 바나 복권을 팔도록 시키면 그런 행위는 "사기"라고 거리낌 없이 말했다. 조이는 다른 아이들이 갖고 있지만 패티와 월터가 절대 사주지 않는 장난감이나 게임기를 보면 하찮다는 듯 신경이 거슬릴 정도로 짜증나게 잘난 척 비웃었다. 아이들은 조이의 얼굴에서 그런 비웃음을 지워버리려고 같이 놀자고 했고, 그래서 조이는 비디오게임에 중독됐다. 패티와 월터는 비디오게임이라면 치를 떨었지만. 그들 부부는 또 패티와 월터는 조이가 성장기에 도시풍 대중음악을 멀리하도록 그토록 애썼지만, 조이는 그런 음악에 대한 해박한 지식을 갖게 되었다. 패티의 말로는, 조이가 기껏해야 열한두 살일 때 저녁 식탁에서 의도적인지 실수인지 모르지만 아빠를 "자네"라고 했단다.

"세상에, 월터가 가만히 있었겠어." 패티가 다른 엄마들에게 말했다.

"요즘 10대들은 그렇게 말한다니까. 랩을 하듯이." 어떤 엄마가 말했다.

"조이 말이 그거야. 그건 그냥 단어일 뿐이고 나쁜 단어도 아니라는 거지. 물론 월터의 생각은 달랐지만. 나는 속으로 '여보, 넘어가지 마. 말다툼해봐야 소용없어'라고 했지만, 가만히 있겠어. 월터는 확실히 짚고 넘어가야 직성이 풀리거든. '녀석'이라는 단어는 나쁜 단어가 아니지만 어른한테, 특히 흑인한테 그런 단어를 쓰면 안 된다고, 조이가 어른과 아이는 다르다는 점을 인정하지 않으려고 하기 때문에 이런 문제가 생긴다면서. 결국 월터는 조이가 후식을 못 먹게 하는 벌을 내렸지. 하지만 조이는 어차피 후식을 먹고 싶지도 않고 사실 **좋아하지도** 않는다고 말하더군. 나는 다시 한번 속으로 '여보, 제발 넘어가지 마'라고 했지만 참을 수가 없었나 봐. 월터는 조이가 사실은 후식을 무척 **좋아한다**는 것을 **증명**하려고 애쓰더라고. 하지만 증거까지 대는 월터의 주장을 조이는 절대로 인정하려고 하지 않았어. 자기가 후식을 한 번 더 갖다 먹은 건 좋아서가 아니라 관습이기 때문이라는 거야. 물론 새빨간 거짓말이지. 바로 눈앞에서 거짓말하는 건 눈뜨고 못 보는 월터가 '좋다, 후식을 좋아하지 않는다면 **한 달** 동안 후식을 안 먹어도 되지?'라고 말하더군. 조이는 한술 더 떠서 '한 달이 아니라 **1년** 동안 안 먹어도 상관없어요. 아니, 평생 **다시는** 안 먹을 거예요. 남의 집에서 예의상 먹어야 하는 경우 말고는' 하고 말했지. 공갈 협박이 아니었어. 조이는 황소고집이라 한번 한다고 하면 하는 성격이니까. 난 끝이 좋을 것 같지 않은 생각이 들어 두 사람에게 '어이구, 휴전. 후식은 중요한 식품군이야. 도를 넘지 맙시다'라고 말했는데, 그 말은 곧 아버지로서 월터의 권위를 깎아내렸지 뭐야. 말다툼이 벌어진 이유가 권위 때문인데, 월터가 공들여 세워놓은 탑을 내가 무너뜨린 거지."

조이를 지나치게 사랑한 또 한 사람은 모너핸의 딸 코니다. 코니는 어두운 표정, 작은 체구에 말이 없는 데다 마치 상대방과 자기 사이에 아무런 공통점도 없다는 듯 눈도 깜박이지 않고 빤히 쳐다봐서 사람을 당황하게 하는 버릇이 있었다. 코니는 매일 오후 어김없이 패티의 집 부엌에 진을 쳤다. 그 애는 밀가루 반죽을 기하학적으로 완벽한 공 모양으로 열심히 치댔고, 버터가 녹아 누르스름하게 윤기 나는 쿠키를 만들려고 무던히도 애썼다. 패티는 코니가 공 모양의 과자 반죽 하나를 완성할 동안 열 개를 만들었다. 그리고 구워진 쿠키를 오븐에서 꺼내면 코니의 허락을 받고서야 "가장 훌륭한"(더 작고, 더 납작하고, 더 단단한) 쿠키를 맛보았다. 코니보다 한 살 많은 제시카는 이웃집 여자애에게 기꺼이 부엌의 주도권을 넘겨주고 책을 읽거나 자기가 키우는 식물을 돌보았다. 제시카처럼 원만하고 성숙한 성품의 아이에게 코니는 위협적인 존재가 아니었다. 코니는 넓이와 깊이만 알 뿐, 전체에 대한 개념이 없었다. 그 애는 색칠을 할 때도 한두 공간을 사인펜으로 집중적으로 칠하는 데 몰두했고, 나머지 공간은 비워두었다. 패티가 명랑한 목소리로 다른 색깔도 한번 써보라고 권하면 완전히 무시했다.

다른 엄마들은 대부분 코니가 조이를 좋아한다는 것을 진작부터 눈치챘지만, 패티는 한밤중이었다. 그녀 또한 조이에게 너무 집중하고 있었기 때문이다. 패티는 가끔 린우드 공원에서 아이들을 위한 운동경기를 열었는데 그럴 때면 코니는 패티의 옆, 잔디에 앉아 누굴 주려는지 토끼풀 꽃을 엮어 반지를 만들면서 시간을 때우다 조이가 타자석에 들어서거나 축구장 구석으로 공을 몰고 가면 잠시 관심을 보였다. 코니는 눈에 보이는 상상 속 친구나 다름없었다. 영악한 조이는 친구들 앞에서 코니에게 못되게 굴 필요가 거의 없다는 사실을 터득했고, 코니는 남자아이들이 저희끼리 어울리고 싶어 하면 애걸하거나 비난하지 않고 조용히 물러나야 한다는 사실을 잘 알았다. 조이는 다음 날 만나면 되니까. 패티도 있었다. 패티는 무릎을 꿇고 마당에 심은 채소를 돌보거나 페인트가 여기저기 튄 모직 셔츠를 입고 사다리에 올라가 아무리 칠해도 티 나지 않는 빅토리아 양식의 집에 페인트 칠을 했다. 코니는 조이가 없을 때는 패티의 말동무가 되어 조이에게 쓸모 있는 사람이 될 수 있었다. 사다리 위에서 일하던 패티는 코니에게 이렇게 묻곤 했다.

"숙제는 잘돼가니? 숙제 좀 도와줄까?"

"엄마가 집에 오시면 도와주실 거예요."

"엄만 피곤하실 텐데. 늦을지도 모르고. 지금 당장 숙제를 해놓고 나중에 엄마를 놀라게 하면 어떨까. 그럴래?"

"아뇨, 기다릴래요."

정확히 언제부터 코니와 조이가 성관계를 갖기 시작했는지 아무도 모른다. 세스 폴슨은 증거도 없으면서 조이는 열한 살, 코니는 열두 살 때부터라는 견해를 내놓으며 사람들을 당혹스럽게 했다. 월터가 조이를 도와 공터에 서 있는 오래된 능금나무 위에 집을 만들어줬는데, 그 집에서 조이가 밀회를 즐긴다는 것이 세스의 추측이다. 조이가 8학년을 마칠 즈음부터, 다른 부모들이 자기 아이에게 학교 친구의 성적 행동에 대해 애써 태연하게 질문을 할 때마다 아이들의 입에서 조이의 이름이 나왔다. 돌이켜보니, 그해 여름부터는 두 사람의 관계를 제시카도 알게 되었을 가능성이 높다. 제시카가 갑자기 이유 없이 코니와 조이를 끔찍하게 경멸하기 시작했기 때문이다. 하지만 실제로 조이와 코니가 단둘이 있는 것을 목격한 사람은 없었고, 다음 해 겨울 두 아이가 함께 사업을 시작하면서 어울리는 것을 볼 수 있었다.

패티의 말로는, 조이가 아버지와 끊임없이 말다툼을 한 끝에 얻은 깨달음은 부모가 돈줄을 쥐고 있기 때문에 자식들이 부모에게 복종할 수밖에 없다는 것이다. 이것 또한 조이의 비범함을 보여주는 한 예다. 다른 엄마들은 아이들이 마치 제 돈을 맡겨놓은 것처럼 돈을 달라고 한다고 불평했지만, 패티는 월터에게 돈을 애걸해야 한다는 사실에 대해 조이가 억울해하는 모습을 익살스럽게 묘사했다. 이웃들은 조이에게 용돈을 주고 눈이나 낙엽을 치우게 했고, 그 애가 얼마나 열심히 일하는지 모두 잘 알고 있었다. 그러나 패티의 말로는, 조이가 말은 하지 않았지만 낮은 임금에 불쾌해했고, 차고 앞길의 눈을 치워줌으로써 어른에 대한 자신의 관계가 바람직하지 않은 처지에 놓이게 된다고 생각했다. 컵스카웃 간행물에 적힌 돈 버는 방법(예를 들어, 집집이 돌아다니며 잡지 구독을 권유하거나, 마술을 배워 쇼를 열고 입장료를 받거나, 박제 기술을 배워 월척으로 상을 받은 이웃의 물고기 속을 채워주는 것)은 모두 어처구니없고, 노예("저는 귀족 나리들의 박제사입니다")나 동냥을 하는 거지같은 짓으로 여겼다. 그래서 조이는 월터로부터 벗어나기 위해 어쩔 수 없이 사업에 눈을 돌렸다.

누군가, 캐럴 모너핸이 아닌가 싶지만, 작은 천주교 학교인 세인트캐서린에 다니는 코니의 학비를 내고 있었는데, 이 학교는 여학생들에게 교복을 입게 했고, 반지 하나("검소하고 금속으로만 된"), 시계 하나("검소하고 보석이 박히지 않은"), 귀고리("검소하고 금속으로만 된, 최대 1.25센티미터 크기") 외에는 장신구 착용을 금지했다. 조이가 다니는 센트럴 고등학교에서 인기 있는 9학년 여학생 한 명이 가족과 뉴욕에 여행을 갔다가 싸구려 시계를 하나 사왔는데 점심시간에 학생들 사이에 이 시계가 화제가 되었다. 말랑말랑한 노란색 띠처럼 생긴 이 시계에 뉴욕 커넬 가의 잡상인은 여학생이 원하는 대로 펄 잼의 노래 가사 '**날 딸이라고 부르지 마**'를 작은 분홍색 글씨로 새겨주었다. 나중에 조이가 대학 응시 자기소개서에 쓴 대로 조이는 즉시 이 시계를 대량으로 만들어 팔 방법을 찾기 시작했고, 글씨를 새기는 기계의 가격을 알아보았다. 조이는 저축한 돈 400달러를 투자해 장비를 마련했다. 코니에게 샘플('**밀어낼 준비 완료**'라고 새겼다)로 플라스틱 밴드를 만들어주고, 세인트캐서린 학교에 가서 아이들에게 자랑하게 했다. 그러고는 코니를 배달부로 고용해 맞춤 시계를 한 개에 30달러씩 받고 전교생의 4분의 1에게 팔았다. 그제야 수녀들은 부랴부랴 학생 복장 규정을 고쳐 글귀가 새겨진 시계 착용을 금지했다. 조이는 이것을 (패티가 다른 엄마들에게 말한 대로) 부당한 처사라고 생각했다.

"부당한 처사가 아니지. 넌 인위적으로 교역을 규제해서 이득을 챙긴 거다. 규정이 너한테 이로울 때는 불평하는 걸 못 봤는데." 월터가 말했다.

"난 투자를 했어요. 위험을 감수했다고요."

"넌 규정의 허점을 이용한 거고, 학교 측은 허점을 막은 거야. 그럴 줄 몰랐니?"

"아빠 그걸 알면서도 왜 귀띔해주지 않았어요?"

"난 경고했다."

"아빠 그냥 돈을 잃을지도 모른다고만 했잖아요."

"어쨌든 돈을 잃지는 않았잖니. 원하는 만큼 벌지 못했을 뿐이지."

"그래도 그 돈은 내가 벌었어야 할 돈이라고요."

"조이, 돈 버는 일은 **권리**가 아니다. 넌 그 여자애들에게 절실히 필요하지도 않은 물건을 팔았고, 그중에는 그 물건을 살 형편이 안 되는 아이도 있었을 거다. 그렇기 때문에 코니의 학교에 복장 규정이 있는 거란다. 모두에게 공평하도록."

"그렇겠죠. 나만 빼고 모두에게 공평한 거죠."

천진난만한 조이가 분개하는 모습에 웃으며 월터와 조이의 대화를 전하는 패티를 보면서, 메리 폴슨은 틀림없이 패티가 아직도 조이와 코니 모녀 햇이 무슨 짓을 하고 있는지 눈치채지 못하고 있다고 생각했다. 실제로 그런지 확인하기 위해 메리는 좀 더 파고들었다. 패티는 코니가 그런 수고를 해주고 그 대가로 뭘 받았다고 생각할까? 수고비를 받았을까?

"물론이지. 조이한테 이익의 절반을 코니한테 줘야 한다고 했거든." 패티가 말했다. "우리가 말하지 않았어도 그렇게 했을 거야. 조이는 늘 코니를 보호하려고 하거든. 자기가 더 어린데도."

"코니한테는 조이가 형제 같아……."

"아니, 형제 이상으로 코니한테 잘하지. 제시카한테 물어보면 조이가 얼마나 좋은 아인지 알 수 있을걸." 패티가 농담처럼 말했다.

"그렇겠지, 하하." 메리가 말했다.

그날 메리는 세스에게 고해바쳤다.

"정말 놀라워. 패티는 까맣게 모르고 있더라니까."

"같은 부모 입장에서 자식에 대해 모른다고 고소해하는 건 좀 아니라고 봐. 그러다 당신도 당하면 어쩌려고. 안 그래?" 세스가 말했다.

"미안하지만, 너무 웃기고 고소해. 당신이 내 몫까지 안쓰러워하든가. 우리도 그런 일 안 당하도록 당신이 알아서 하고."

"패티가 안됐네."

"난 재밌어 죽겠는데."

겨울이 끝나갈 무렵 그랜드래피즈에 사는 월터의 어머니가 자신의 일터인 여성복 가게에서 폐색전으로 쓰러졌다. 배리어 가에 사는 사람들은 버글런드 여사를 잘 알고 있었다. 크리스마스나 손자·손녀의 생일, 심지어 자신의 생일에도 월터네 집에 드나들었기 때문이다. 버글런드 여사의 생일이면 패티는 시어머니를 마사지사한테 데려갔고, 시어머니가 가장 좋아하는 주전부리인 리코리스, 마카다미아 견과, 화이트 초콜릿을 사주었다. 메리 폴슨은 마저리 샤프의 동화책에 나오는, 안경 쓴 엄마 쥐 이름을 따서 버글런드 여사를 '비앙카 양'이라고 불렀는데 업신여기는 뜻은 아니었다. 소싯적에 예뻤을 것 같은 버글런드 여사는 피부가 얇고 턱과 손에 경련이 일었으며, 한 손은 어릴 때 앓은 관절염 때문에 심하게 오그라들었다. 월터는 어머니가 늘 술에 절어 사는 아버지를 대신해 히빙 근처에 있는 길가 모텔을 운영하면서 평생 힘들게 고생해 지칠 대로 지쳤다고, 씁쓸하게 말했다. 하지만 버글런드 여사는 남편을 잃은 뒤에도 독립적이고 품위를 지키려 애썼고, 낡은 셰비 캐벌리어를 몰고 옷가게에 출근했다. 그녀가 쓰러졌다는 소식을 들은 월터와 패티는, 남동생을 경멸하는 제시카에게 조이를 맡겨두고 서둘러 버글런드 여사가 사는 곳으로 갔다. 조이는 부모가 외출하자마자 보란 듯이 자기 방에서 10대의 성(性)을 탐구했고, 그녀가 갑작스럽게 죽고 장례를 치르면서 탐구 생활은 막을 내렸다. 패티가 전혀 딴판으로 변한 것은, 훨씬 냉소적인 이웃이 된 것은 그 일이 일어난 직후였다.

패티의 말투는 완전히 바뀌었다.

"오, 코니, 그래. 정말 참한 애지. 얌전하고 아무도 해치지 못할 애야. 엄마도 훌륭하고. 그런데 말이지, 캐럴한테 새 남자 친구가 생겼다는군. 정말 멋진 남자래. 나이가 그녀 나이의 절반 정도야. 캐럴이 있어서 온 동네가 환했는데, 혹시 이사라도 가면 섭섭해서 어쩌지? 그리고 코니, 아유, 너무 보고 싶을 거야. 하하. 정말 얌전하고 참한 아인데."

패티의 얼굴색은 잿빛이었고, 잠도 설치고 제대로 먹지 못해 꼴이 말이 아니었다. 패티가 실제 나이만큼 나이 들어 보이기까지는 참으로 오랜 시간이 걸렸지만, 마침내 메리 폴슨은 그런 날이 오기를 기다린 보람을 얻었다.
"이제 눈치챈 것 같아." 메리가 세스에게 말했다.
"남의 자식 빼앗아가는 거, 그건 흉악한 범죄지." 세스가 말했다.
"내 말이 바로 그거야. 순진하고 아무 잘못도 없는 불쌍한 조이를 옆집에 사는 맹랑한 계집애한테 빼앗겼으니."
"여자애가 한 살 반 많잖아."
"굳이 따지자면 그렇지."
"당신은 어떻게 생각하는지 몰라도 패티는 시어머니를 정말 좋아했어. 그러니 마음이 아플 거야." 세스가 말했다.
"알아, 안다니까, 여보, 안다고. 이제 정말 패티가 안됐다는 마음이 든다니까."
폴슨네보다 버글런드네와 더 가까운 이웃의 말에 따르면, 비앙카 양은 그랜드래피즈에서 가까운 작은 호수에 있는 작은 집을 두 형제는 제쳐놓고 월터에게 물려주었다. 월터와 패티는 이 문제를 어떻게 처리할지 의견이 엇갈렸다. 월터는 그 집을 팔아 형제들과 돈을 나누고 싶어 했지만, 패티는 효자인 월터에게 보상해주고 싶어 한 시어머니의 유지를 존중해야 한다고 맞섰다. 월터의 남동생은 직업군인으로 모하비에 있는 공군기지에 있었고, 형은 아버지에게서 지나친 알코올 섭취 성향을 물려받아 평생 어머니의 등골을 빼먹거나 어머니를 방치했다. 월터와 패티는 여름이면 늘 아이들을 데리고 버글런드 여사의 집에 가서 1~2주 지냈고, 그럴 때면 제시카의 친구 한두 명을 데려갔다. 제시카의 친구들은 버글런드 여사의 집이 소박하고, 나무가 많고, 끔찍할 만큼 벌레가 많지는 않다고 생각했다. 패티는 술을 지나치게 많이 마시는 것 같았다. 아침에 집 앞 보도에 배달된, 파란 비닐에 든 〈뉴욕타임스〉와 녹색 비닐에 든 〈스타트리뷴〉을 가지러 나올 때 그녀의 얼굴은 지난밤 마신 샤르도네 때문에 얼룩덜룩했다. 월터는 패티를 위해 어머니에게 상속받은 집을 여름 별장으로 쓰기로 했다. 6월에 방학이 시작되자마자 패티는 조이를 데리고 북쪽 호숫가 별장에 가서 서랍을 비우고 청소하고 칠을 다시 했다. 그동안 제시카는 월터와 함께 집에 남았고, 시(詩)에 대한 보충 강의를 들었다.

몇몇 이웃(그중 폴슨 가족은 없었다)은 그해 여름 자기 아이들을 데리고 호숫가 별장을 방문했다. 이웃들은 패티가 한결 밝아졌다고 생각했다. 한 아버지는 패티가 원피스 수영복에 허리띠 없이 청바지를 입고 가무잡잡하게 탄 피부에 맨발로 있는 모습을 상상해보라고, 세스 폴슨을 은밀히 꼬드겼다. 세스가 딱 좋아하는 스타일이었다. 공개적으로는 모두 조이가 얼마나 엄마에게 신경을 쓰고 심통도 부리지 않는지 그리고 조이와 패티가 얼마나 즐겁게 보내고 있는지 얘기했다. 조이와 패티는 별장에 찾아오는 이웃들과 연상 퀴즈 게임을 했다. 패티는 밤늦도록 시어머니의 텔레비전 앞에 앉아 1960년대와 1970년대에 방송한 코미디 프로그램에 대한 해박한 지식으로 조이를 놀라게 했다. 조이는 별장이 있는 작은 호수가 지도상에 표시되어 있지 않다는 것을 발견하고(주위에 조이네 별장 말고는 집이 한 채 더 있는, 그냥 커다란 연못에 불과했다), 호수의 이름을 무명(無名)이라고 지었다. 패티는 감상에 젖어 부드럽게 그 이름을 되뇌었다. "우리 무명 호수." 별장을 방문하고 돌아온 아버지들 중 한 사람으로부터 조이가 도랑을 치우고, 나무의 잔가지를 치고, 페인트를 긁어내며 오랜 시간 일했다는 말을 들은 세스 폴슨은, 패티가 조이에게 두둑한 품삯을 주는지, 품삯을 주겠다는 조건으로 조이를 별장에 데려간 건지 궁금해졌다. 그러나 그것에 대해 아는 사람은 아무도 없었다.

폴슨 부부는 모너핸네 쪽으로 난 창문을 통해 내다볼 때마다 하염없이 조이를 기다리는 코니를 보았다. 코니는 참을성이 많고, 겨울철 물고기 같은 물질대사 능력이 있었다. 그 애는 저녁마다 W. A. 프로스트에서 식탁을 치우는 일을 했지만, 주중에는 오후 내내 현관 앞 계단에 앉아 아이스크림

트럭이 지나가거나 어린아이들이 노는 모습을 지켜보며 하염없이 조이를 기다렸다. 주말이면 집 뒤에 있는 의자에 앉아 자기 엄마의 남자 친구 블레이크가 노조에 가입하지 않은 건설 인부 친구들과 함께 시끄럽고, 거칠고, 두서없이 나무를 자르거나 집 고치는 모습을 가끔 힐끔거렸지만 대개는 마냥 조이를 기다렸다.

"그런데 코니, 요새 뭐 재밌는 일 없니?"

세스가 골목에 서서 코니에게 물었다.

"블레이크 아저씨 말고요?"

"그래, 블레이크 아저씨 말고."

코니는 잠시 생각하더니 고개를 가로저었다. "없어요."

"따분하니?"

"별로요."

"영화 보러는 가니? 책도 읽고?"

코니는 특유의 '우리 사이에는 공통점이 전혀 없어'라는 의미의 시선으로 세스를 빤히 보며 말했다.

"〈배트맨〉 봤어요."

"조이는? 너희들 아주 친하잖아. 보고 싶겠다."

"돌아올 거예요." 코니가 말했다.

일단 담배꽁초 문제가 해결되자(세스와 메리는 캐럴이 여름 동안 수영장에 던진 담배꽁초 수를 과장했을 수도 있고, 과잉 반응했을 수도 있다는 점을 인정했다) 폴슨 부부는 메리가 점점 깊이 관여하고 있는 민주당의 지역 정치에 대해 캐럴 모너핸이 해박한 지식을 갖고 있다는 것을 알게 되었다. 캐럴은 불결한 기계, 매장된 오물 파이프, 조작된 입찰, 차단되지 않는 방화벽, 흥미진진한 수학 등에 대해 머리카락이 쭈뼛 설 만한 이야기를 태연하게 쏟아냈고, 메리가 끔찍해하는 모습을 보며 희열을 느끼는 듯했다. 메리는 자기가 척결하려는 시민의 부정부패 실례로서 캐럴을 아끼게 되었다. 캐럴의 장점은 절대 변하지 않는다는 것이다. 그녀는 여전히 목요일마다 온갖 치장을 하고 나가 닥치는 대로 데이트를 했고, 해가 가고 달이 바뀌어도 도시 정치에서 가부장적 전통을 이어가는 데 이바지했다.

그러던 어느 날, 캐럴이 정말 변했다. 이미 이런 일이 여기저기서 일어나고 있었다. 시장인 놈 콜먼이 공화당원으로 변신했고, 전직 프로레슬링 선수가 주지사 관저에 입성하게 되었다. 캐럴을 변하게 한 사람은 새 남자 친구 블레이크다. 그는 턱수염을 기른 젊은 건축 장비 기술자로, 캐럴이 인허가 접수처에서 일할 때 눈이 맞았다. 캐럴은 블레이크를 만나면서 외모를 완전히 바꿨다. 복잡한 헤어스타일과 천박하고 야한 옷차림 대신 넉넉한 바지에 심플한 새기 커트, 옅은 화장을 했다. 실제로 행복해 보이는 캐럴의 이런 모습은 아무도 본 적이 없었다. 그녀는 록 음악을 온 거리에 쾅쾅 울려 퍼지도록 튼 블레이크의 F-250 픽업트럭에서 팔짝 뛰어내려 조수석 문을 있는 힘껏 닫았다. 머지않아 블레이크는 캐럴의 집에서 살기 시작했다. 미식축구팀 이름인 바이킹스가 적힌 모직 스웨터에 신발 끈을 푼 작업용 부츠를 신고 한 손에 맥주 캔을 쥐고 왔다 갔다 하더니 얼마 후에는 캐럴네 뒷마당에 있는 나무를 모조리 톱질하며 임대한 건설 장비로 난리법석을 피우기 시작했다. 블레이크의 트럭 범퍼에는 이런 말이 쓰여 있었다. '**난 백인이고 투표도 한다**.'

그동안 계속 미루다가 최근 집수리를 끝낸 폴슨 부부는 블레이크가 만들어내는 소음과 난동에 대해 불평하기를 꺼렸고, 월터는 너무 사람이 좋든지 너무 바쁘든지 둘 중 한 가지 이유로 잠자코 있었다. 그러나 패티는 달랐다. 조이와 시골에서 몇 달을 보내고 늦은 8월 마침내 집으로 돌아온 그녀는 집 앞길을 오르락내리락하며 집집이 찾아가 험상궂게 눈을 번뜩이며 캐럴 모너핸을 욕했다.

"이봐요, 어떻게 된 거죠? 누가 설명 좀 해줄래요? 나한테 한마디도 없이 누가 나무에 대한 전쟁을 선포했나? 저 트럭 임자인 폴 버니언(Paul Bunyan, 미국의 전설 속 거인이자 힘이 장사인 벌목꾼-옮긴이)은 누구죠? 누가 얘기 좀 해줘요. 캐럴은 이제 이 집을 임대하지 않나요? 임대한 집 나무를 이렇게 모조리 베어내도 되나요? 자기 소유도 아닌 집의 뒷벽을 허물어도 되나요? 우리가 모르는 사이에 캐럴이 이 집을 샀나요? 어떻게 된 거죠? 내 남편 도움 없이는 전구도 못 갈아 끼우던 사람이! '월터, 저녁 식사 시간에 귀찮게 해서 미안하지만 스위치를 올려도 불이 안 들어오네요. 지금 바로 와줄 수 있어요? 아 그리고 온 김에 자기야, 연말정산 좀 해줄래요? 내일이 마감인데 매니큐어가 아직 안 말라서 글씨를 쓸 수가 없네.' 이런 사람이 어떻게 주택융자를 받은 거죠? 빅토리아 시크릿(미국에서 인기 있는 여성용 속옷 브랜드-옮긴이)에서 야한 속옷 사느라 신용카드 긁어댄 거 안 갚아도 되나 보죠? 이 여자, 남자 친구 사귀어도 되는 거예요? 미니애폴리스에 있는 뚱뚱한 기둥서방은 어쩌고? 누가 그 뚱보한테 귀띔해야 하는 거 아니에요?"

패티가 가가호호 방문할 이웃 명단에서 폴슨은 우선순위가 아니었지만, 폴슨네를 찾아가서야 답을 얻을 수 있었다. 메리의 말에 따르면, 캐럴은 사실상 이제 임대인이 아니다. 캐럴의 집은 도시 주택 당국이 경기 침체 때 소유하게 된 수백 가구 중 하나인데 당국이 그 집들을 헐값에 처분하고 있었다.

"왜 난 그 사실을 몰랐지?" 패티가 말했다.

"물어보지도 않았잖아." 메리는 그렇게 대답하고 나서 참지 못하고 말했다. "자긴 딱히 정부에 관심도 없는 것 같던데."

"헐값에 샀단 말이지."

"엄청 헐값이지. 든든한 연줄이 있으면 좋다니까."

"**자긴** 어떻게 생각해?"

"금전적으로나 이성적으로 말이 안 되지. 내가 짐 쉬벨이랑 일하는 이유

중 하나가 그거라니까." 메리가 말했다.

"있잖아, 난 늘 이 동네가 마음에 들었거든. 이사를 오자마자 처음부터 여기가 좋았어. 그런데 갑자기 전부 더럽고 흉해 보여." 패티가 말했다.

"의기소침하지 말고 자기도 정치에 관심을 가져봐." 메리는 그렇게 말하고는 도움이 될 만한 책을 권했다.

"월터의 처지가 전혀 부럽지 않네." 패티가 가자마자 세스가 말했다.

"월터가 부럽지 않다니, 솔직히 다행이네." 메리가 말했다.

"나만 이런 생각이 드는 건가, 아니면 당신도 눈치챘어? 결혼 생활이 원만하지 않은 것처럼 들리던데. 세상에, 캐럴의 연말정산을 도와준다고? 당신 뭐 좀 알아? 정말 흥미진진하더군. 난 금시초문인데. 그런데 월터는 캐럴네 나무들이 만들어내는 좋은 경치를 보존하지 못한 거잖아."

"이 모든 것이 보수 반동인 레이건 추종자 행태야. 패티는 자기만의 안락한 세상에서 살 수 있을 거라고 생각했나 봐. 자기만의 세상, 인형 같은 집에서." 메리가 말했다.

캐럴의 뒷마당 진흙 구덩이에서 삐죽 솟은 새 구조물은 그 후 아홉 달 동안 비닐을 둘러친 세 개의 평범한 창문이 있는, 거대한 배 모양의 오두막 같았다. 캐럴과 블레이크는 이 구조물을 "대실(大室)"이라고 불렀다. 램지힐 지역에서는 생소한 개념이었다. 담배꽁초 사건 이후 폴슨네는 높은 담장을 설치하고 관상용 나무를 심었는데, 그 나무들이 이제 제법 자라서 캐럴네 뒷마당의 흉물을 가려주었다. 버글런드네에서는 시야를 가리는 것이 없어 다 보였고, 머지않아 다른 이웃은 캐럴네 뒷마당의 구조물을 "격납고"라고 부르며 집착하는 패티와 말을 섞지 않으려고 했다. 이웃들은 패티네 길 건너편에서 손을 흔들고 "안녕하세요"라고 인사는 했지만 굳이 자동차의 속도를 줄이고 패티와 대화하려고 하지는 않았다. 직장에 나가는 주부들은 패티에게 남아도는 시간이 너무 많다고 생각했다. 예전 같으면, 패티는 운동과 미술을 가르치며 아이들을 돌보느라 바빴겠지만 이제 아이들은 모두 자라서 10대가 되었다. 아무리 하루를 바쁘게 보내려 해도 패티는 늘 이웃집에서 나는 소리를 듣거나 광경을 볼 수 있었다. 그녀는 몇 시간에 한 번씩 집에서 나와 뒷마당을 오락가락하면서, 마치 자기 둥지가 엉망이 된 모습을 본 동물처럼 대실을 넘겨보았고, 저녁에는 가끔 대실로 찾아가 임시로 만들어놓은 합판 문을 두드렸다.

"이봐요 블레이크, 잘돼가요?"

"잘돼가요."

"잘돼가는 것처럼 들리네요! 그런데 지금 밤 8시 반이거든요. 톱질하는 소리가 상당히 크게 들리네요. 오늘은 그 정도로 끝내지 그래요?"

"그건 곤란한데요, 사실."

"그럼, 그만하라고 내가 부탁한다면?"

"글쎄요. 일 좀 하게 내버려두는 게 어때요?"

"그건 좀 힘들겠는데. 너무 시끄럽거든요."

"어이구, 어쩐다. 그래도 할 수 없는데."

패티는 본의 아니게 히힝 하고 큰 말 울음소리를 내며 웃었다.

"하하하. 할 수 없다?"

"이봐요, 시끄럽게 해서 미안하지만, 캐럴 말로는 당신네도 집수리하는 5년 내내 무지 시끄러웠다던데."

"하하하. 난 캐럴이 불평하는 소리 못 들었는데요."

"당신은 불평했으니까 된 거고, 난 이제 일 좀 해도 되죠?"

"뭘 하는지 모르지만 정말 추하네요. 미안하지만 정말 흉측해요. 끔찍하고 기괴해, 정말. 뭐, 보기 흉한 건 내 알 바 아니지만. 문제는 시끄럽다는 거지."

"여긴 남의 집이니까 이만 가주시죠."

"그러죠. 경찰을 불러야겠어요."

"맘대로 하쇼."

그러고 나서 패티는 분을 삭이지 못해 부들부들 떨면서 골목을 오르락내리락했다. 패티는 끊임없이 경찰에 신고했고 몇 번은 경찰이 직접 와서 블레이크에게 얘기했지만, 패티가 지긋지긋해진 경찰은 곧 발길을 끊었다. 다음 해 2월, 블레이크의 F-250에 장착한 멋진 새 스노타이어 네 개를 모두 누가 찢어놓았고, 캐럴과 블레이크가 끊임없이 불평하던 패티를 용의자로 지목하자 경찰이 다시 찾아왔다. 그 후 패티는 다시 골목을 오르락내리락하며 가가호호 방문해 큰 소리로 말했다.

"누가 그랬는지 뻔하죠, 그렇죠? 이웃집에 사는 10대 아이 둘을 둔 주부, 골수 범죄자, 정신병자. 바로 나라고. 그렇죠? 그 남자는 이 동네에서 제일 크고 제일 흉물스러운 차를 몰고, 범퍼에는 백인 우월주의자만 빼고 모든 사람을 불쾌하게 하는 글귀를 붙이고 다니는데, 정말 알 수 없는 일이군. 나 말고 누가 타이어를 찢겠어요."

메리 폴슨은 패티가 범인이라고 확신했다.

"아닌 것 같은데. 아니, 분명 소음 때문에 괴로워하긴 했지만 패티가 거짓말쟁이는 아니잖아." 세스가 말했다.

"하지만 자기가 범인이 아니라고 하지도 않잖아. 제발 어디서 정신과 치료 좀 받고 왔으면 좋겠네. 패티는 정신과 치료가 필요해. 그리고 정규직도."

"그런데 궁금한 건, 월터는 어디 있는 걸까?"

"그야 패티가 하루 종일 미친 전업주부 역할을 충실히 할 수 있도록 뼈 빠지게 일해서 돈 벌고 있잖아. 월터는 제시카에게 자상한 아버지고, 조이에게는 현실 감각을 깨우쳐주는 훌륭한 아빠지. 월터는 정신없이 바쁠 거야."

패티를 사랑하는 것 외에 월터의 가장 두드러진 특징은 선하다는 점이다. 그는 남의 얘기를 잘 들어주고, 모든 사람이 자신보다 흥미 있고 인상 깊다고 생각했다. 월터는 피부가 놀랄 만큼 고왔고, 턱 선이 가늘며, 아기 천사처럼 정수리 부분의 머리카락은 곱슬곱슬하고, 늘 똑같은 둥근 금속 테 안경을 썼다. 월터는 쓰리엠사의 법률팀에서 변호사로 경력을 쌓았지만 별로 빛을 보지 못하고 자선사업팀으로 쫓겨났다. 자선사업팀은 기업 내에서 그저 착한 것 말고는 별 볼 일 없는 사람들이 발령받는 막다른 부서였다. 월터는 배리어 가의 이웃에게 포크송 가수 거스리의 콘서트나 체임버 오케스트라 연주회 입장권을 공짜로 나누어주면서 자기가 만난 미네소타 지역 명사들의 이름을 거론했다. 그중에는 작가 개리슨 케일러, 미네소타 트윈스 팀의 야구선수 커비 퍼킷이 있고, 가수 프린스도 한 번 만났다.

그런데 최근에 월터는 쓰리엠사를 그만두고 자연보존협회의 개발 담당 직원이 되었다. 폴슨 부부를 제외하고는 누구도 월터가 환경보호 단체에 적합한 인물이 아니라고 생각하지 않았다. 그러나 월터는 문화 못지않게 자연에도 관심이 많았다. 겉보기에 월터의 일상에서 바뀐 점이 있다면, 주말에 집을 비우는 일이 잦아졌다는 것이다.

월터가 패티와 캐럴 모너핸의 다툼에 관여하지 않은 이유는 그가 집을 자주 비웠기 때문이기도 하다. 그렇지 않았다면 관여했을지도 모른다. 월터에게 단도직입적으로 물으면 아마 초조한 듯 킬킬거리며 이렇게 대답할 것이다. "그 문제에 관한 한 난 중립을 지킬 거예요." 월터는 계속 중립적 방관자에 머물렀다. 조이가 2학년이던 봄과 여름 내내, 그리고 가을에 제시카가 동부에 있는 대학에 진학하고, 조이가 부모 집을 떠나 옆집으로 가서 캐럴, 블레이크, 코니와 살게 되었을 때까지.

조이의 행동은 권위에 대한 반항이었고, 패티의 가슴에 비수를 꽂는 거나 다름없었다. 램지힐에서 패티의 삶이 막을 내리기 시작했다는 징조였다. 조이는 7월과 8월 내내 월터가 일하는 자연보존협회의 중요한 기부자 중 한 사람이 소유한 몬태나 주의 고지대 목장에서 일하며 보냈고, 남자답게 떡 벌어진 어깨에 키가 5센티미터 자라서 돌아왔다. 평소 자식 자랑을 하지 않기로 유명한 월터는 8월에 폴슨네와 피크닉을 간 자리에서 아들 자랑을 늘어놓았다. 기부자가 직접 월터에게 전화를 걸어 조이가 전혀 겁내지 않고 송아지들 목에 능숙하게 밧줄을 던져 걸고, 양들을 척척 소독액에 담갔으며, 쉬지 않고 열심히 일해 "감동받았다"고 말했다고. 그러나 월터가 그 말을 하는 동안에도 패티의 눈은 고통으로 멍해 보였다. 조이가 몬태나로 가기 전인 6월에 패티는 그 애를 데리고 다시 무명 호수에 가서 집을 수리했는데, 이 두 사람을 본 유일한 목격자의 말로는, 어느 날 오후 모자가 남이 듣든 말든 큰 소리로 험한 말을 퍼부으며 상대방의 가슴에 못을 박았다고 한다. 조이는 패티의 버릇을 놀리면서 면전에 대고 "아둔하다"고 말했고, 패티는 그런 조이에게 "하하하. 아둔하다고! 세상에, 조이! 아주 철이 잘 들었구나. 놀랍다. 남들 보는 앞에서 엄마한테 아둔하다고 하다니. 잘났다! 넌 정말 건장하고 힘세고 독립심 강한 남자야!" 하고 말했다고 한다.

여름이 끝나갈 무렵 블레이크는 대실 보수 작업을 거의 끝내고 플레이스테이션, 푸스볼, 냉장 기능을 갖춘 맥주 통, 대형 텔레비전, 에어하키 테이블, 스테인드글라스 바이킹 샹들리에, 자동으로 젖혀지는 안락의자 등 자기가 좋아하는 놀이 기구로 대실을 꾸미고 있었다. 이웃들은 블레이크의 취향에 대해 패티가 저녁 식탁에서 빈정대면서 무슨 말을 할지 상상할 수밖에 없었지만, 조이가 그녀를 아둔하고 부당하다고 했을 때, 월터가 화가 나서 조이에게 엄마한테 사과하라고 했을 때, 조이가 캐럴 모너핸네로 가버렸을 때 패티의 반응은 상상하지 않아도 됐다. 캐럴 모너핸이 우렁차고 고소한 듯한 목소리로, 자신의 말에 솔깃할 만큼 버글런드네와 가깝지 않은 이웃이라면 누구에게도 기꺼이 낱낱이 고했기 때문이다.

"조이는 **너무** 침착했어. **정말** 침착하고 태연하더라니까. 조이를 응원하러 코니를 데리고 그 집에 갔지. 그 애가 우리 집에 오면 두 팔 벌려 환영한다는 것을 알려주려고. 월터는 남한테 폐 끼치는 거 싫어하니까. 조이는 언제나처럼 아주 강한 책임감을 보였어. 조이는 모두 상황을 제대로 이해하기를 바랐고, 자기 생각을 털어놓았어. 조이는 코니랑 나랑 여러 가지 의논을 했다고 말했고, 난 월터에게 식비는 걱정하지 말라고 했어. 그는 분명히 걱정할 테니까. 그래서 월터에게 말했지. 블레이크와 나는 이제 한가족이고, 우리 먹을 때 숟가락 하나 더 얹어놓는 것뿐이라고. 그리고 조이는 설거지도 잘하고 쓰레기도 내다 버릴 줄 알고 깔끔한 데다, 조이와 패티가 가끔 코니에게 밥도 먹여주고 그동안 잘해주었으니 보답을 하고 싶다고. 내 삶이 엉망일 때 조이와 패티가 정말 잘해줬고 난 그저 감사하는 마음뿐이라고. 그런데 조이는 아주 침착하고 책임감 있게 구는 거야. 조이가 그러더라고. 패티가 코니를 집에 발도 들이지 못하게 하니 자기로서는 코니와 함께 있고 싶으면 우리 집으로 옮기는 수밖에 선택의 여지가 없다고. 그래서 내가 거들었지. 난 그 애들 관계, 전적으로 지지한다고. 이 세상 모든 젊은 애들이 코니랑 조이만큼만 책임감이 강하다면 정말 훨씬 살기 좋은 세상이 될 거라고. 그리고 그 애들이 몰래 숨어 다니면서 일을 저지르느니 우리 집에 있는 것이 더 안전하고, 책임감 있게 행동할 거라고. 난 조이를 고맙게 생각해. 그 앤 언제라도 환영이야. 조이 부모에게 그렇게 말했어. 패티가 날 시답지 않게 여기는 거 알아. 늘 날 업신여기고 코니한테도 교만하게 굴지. 안다고. 나는 패티가 무슨 짓을 저지를 수 있는지 조금은 알고 있어. 패티가 어느 정도 법석을 피울 줄 알았지. 패티가 얼굴을 일그러뜨리더니 이렇게 말하더라고. '조이가 네 딸을 **사랑하는** 줄 알지? 조이가 **사랑에 푹 빠진** 줄 알지?' 갈라지고 잘 들리지도 않는 작은 목소리로 말이야. 조이 같은 애가 코니를 사랑하는 건 불가능하다는 듯. 내가 가방 끈이 짧아서, 아니면 큰 집에 살지 않아서, 아니면 뉴욕 같은 대도시 출신이 아니어서, 아니면 전업주부인 자기와 달리 나는 주당 40시간 일하는 정직한 직장인이어서? 패티는 나를 아주 무시한다고. 믿어지지 않을걸. 하지만 월터는 얘기가 통한다고 생각했지. 참 다정한 사람이야. 월터는 얼굴이 벌게지더니, 창피해서 그런 것 같아, 그러더라고. '캐럴, 코니랑 자리 좀 비켜줘. 우리가 조이한테 할 얘기가 있어.' 좋다 이거야. 난 말썽이나 일으키려고 그 집에 간 게 아니거든. 난 말썽을 일으키는 사람이 아니야. 그런데 조이가 할 얘기 없다고 그러는 거 있지. 자기 허락을 바라는 게 아니라 단지 자기가 앞으로 어떻게 할지 알려주는 것뿐이고, 아무것도 의논할 게 없다고. 월터가 화를 낸 건 그때야. 완전히 폭발하더군. 눈물까지 주르륵 흘리더라니까. 너무 화가 난 거지. 그것도 이해해. 조이가 막내인 데다 패티가 코니에게 못되게 굴어서 조이가 그 집에서 더 이상 못 살겠다고 한 게 월터 잘못은 아니니까. 그런데 월터가 고래고래 소리를 지르기 시작하는 거야. '**넌 겨우 열여섯 살이고 고등학교 졸업할 때까지 절대 못 나가!**' 조이는 그런 월터를 보면서 웃기만 하더군. 정말 침착하더라고. 조이가 말하길, 자기가 집을 나가는 게 법을 위반하는 것도 아니고 그저 이웃집으로 옮길 뿐이라나. 말인즉슨, 맞는 말이지. 내가 열여섯 살 때 조이의 100분의 1만 똑똑하고 침착했으면 얼마나 좋았을까. 정말 좋은 애라니까. 월터는 좀 안돼 보이더라. 대학 등록금은 국물도 없다느니, 내년 여름에 몬태나로 돌아가지 못하게 한다느니, 자기가 바라는 건 그저 가족으로서 같은 식탁에서 밥 먹고 자기 방에서 잠자기를 바라는 것뿐이라고. 그러자 조이가 이러는 거야. '집을 나가도 난 버글런드 가족'이라고. 조이는 자기가 버글런드 가족이 아니라고 한 적 없거든. 갑자기 월터가 부엌 바닥을 발로 쾅쾅 구르더군. 난 그가 조이에게 손찌검을 할 줄 알았어. 완전히 제정신을 잃고 소리 지르기 시작했지. '**나가! 나가! 지긋지긋해! 나가!**' 그러고는 사라지더니 위층에 있는 조이의 방에 들어가 서랍을 여는 소리가 나는 거야. 그러자 패티가 위층으로 뛰어 올라갔고, 둘이 서로 소리 지르며 싸우기 시작하더라. 코니와 난 조이를 꼭 안고 있었어. 그 집 식구 중 정상인 사람은 조이뿐이라니까. 그 순간 깨달았어. 조이는 우리 집에서 살아야 한다고. 월터가 쿵쾅거리며 아래층으로 다시 내려오고 패티가 미친 사람처럼 비명 지르는 소리가 들리더라. 완전히 제정신이 아니었어. 월터가 다시 소리 지르기 시작했어. '**네가 엄마한테 무슨 짓을 했는지 알아?**' 모든 건 패티 중심이지. 자기가 늘 희생자거든. 조이는 그저 제자리에 서서 고개만 설레설레 저었지. 뻔하잖아. 그런 집에서 누군들 살고 싶겠어?"

패티가 그렇게 자랑스러워하는 아들이 돌변해 반항하는 모습을 보고 분명히 고소해하는 이웃도 있겠지만, 캐럴 모녀핸도 배리어 가의 이웃들이 그다지 호감을 갖고 있는 인물은 아니었다. 사람들은 블레이크를 혐오했으며, 코니는 소름 끼치는 아이라고 여겼고, 아무도 조이가 믿을 만한 아이라고 생각하지 않았다. 조이가 반란을 일으켰다는 소문이 퍼지면서 램지 힐 지역 사람들은 대부분 월터를 불쌍히 여겼고, 패티의 정신 건강을 걱정했으며, 자기 아이들이 정상인 것에 안도하고 감사했다. 자기 아이들이 부모의 아낌없는 애정을 감사히 받고, 숙제나 대학 응시 자료 작성을 도와달라 하고, 방과 후 어디에 있는지 꼬박꼬박 전화해서 알려주고, 그날 있었던 일을 미주알고주알 얘기해주고, 애들에게 섹스·대마초·음주 문제가 생겼을 때 확실히 티가 난다는 사실에 감사했다. 버글런드네가 겪는 괴로움은 아주 남달랐다. 월터는 (그가 '제정신을 잃은' 사건에 대해 캐럴이 떠벌리고 다닌 줄도 모르고. 모르는 게 낫겠지만) 이웃에게 자기와 패티는 부모 자격을 '박탈'당했고 조이가 억하심정이 있어서 그런 게 아니라고 생각하려 애쓰고 있다고 멋쩍게 털어놓았다.

"가끔 집에 와서 공부를 하지만 지금으로서는 캐럴네서 자는 게 더 편한 것 같아. 얼마나 갈지 두고 봐야지." 월터가 말했다.

"패티는 이 사태를 어떻게 받아들이고 있어?" 세스 폴슨이 월터에게 물었다.

"힘들어해."

"두 사람, 조만간 우리 집에 와서 저녁이나 같이하지 그래."

"그럼 좋지. 그런데 패티가 당분간 돌아가신 우리 어머니 집에 가 있을 것 같아. 알다시피 수리하고 있잖아."

"패티가 걱정되는데." 세스의 목소리에서 머뭇거림이 느껴졌다.

"나도 그래. 조금은. 하지만 패티가 아픈 걸 참아가며 경기하는 모습을 본 적이 있거든. 3학년 때 무릎이 찢어졌는데 두 경기를 더 뛰려고 애쓰더라니까."

"그러고 나서 수술 받고 다시는 운동을 할 수 없게 됐잖아."

"내 말의 요점은, 패티가 강한 여자라는 거야, 세스. 아픈 걸 참아가며 뛰었다는 거지."

"그래 맞아."

월터와 패티는 폴슨네로 저녁을 먹으러 가지 않았다. 패티는 배리어 가에서 자취를 감추고 긴 겨울과 다음 해 봄 내내 무명 호수에서 칩거했다. 그리고 패티의 차가 집 앞에 있는 걸로 봐서는 분명 돌아왔는데도(예를 들어, 크리스마스 때, 제시카가 방학을 맞아 돌아와서, 제시카의 친구들 말에 따르면, 조이와 한바탕한 뒤 조이가 자기 방에서 일주일 이상 묵었고 무서운 누나 제시카의 소원대로 평탄한 크리스마스 휴가를 보냈다) 이웃 모임에 얼굴을 비치지 않았다. 한때 패티는 이웃 모임이 있을 때면 어김없이 과자를 구워 가져왔고, 이웃에게 싹싹하게 굴었다. 가끔 패티를 방문하는 40대 여자들이 있었는데, 헤어스타일이나 몰고 온 스바루 자동차에 붙은 범퍼 스티커로 봐서 아마도 예전에 같은 농구팀 선수들인 듯했다. 패티가 다시 술을 마시기 시작했다는 소문이 돌았지만, 확실한 것은 아니었다. 패티가 램지힐 지역 주민들에게 붙임성 있게 굴긴 했지만 이들 가운데 그녀의 속사정을 잘 알 만큼 친한 친구는 없었기 때문이다.

새해가 되자 조이는 다시 캐럴과 블레이크의 집으로 돌아갔다. 조이가 그 집에 가는 가장 큰 이유 중 하나는 코니랑 같은 침대를 쓴다는 점이다. 조이는 이상하리만치 자위행위를 극도로 반대한다고, 친구들 사이에 소문이 자자했다. 자위라는 단어만 언급해도 조이는 사람을 깔보는 듯한 비웃는 표정을 지었다. 조이는 자기는 자위행위를 한 번도 하지 않고 평생 살 수 있다고 장담했다. 비교적 눈치 빠른 이웃은, 폴슨네도 여기에 속한다고 볼 수 있는데, 조이가 캐럴네 집에 사는 사람들 중 자기가 제일 똑똑한 사람이라는 사실을 만끽하고 있다고 생각했다. 조이는 대실의 영주라도 된 듯 자기가 좋아하는 사람들에게 대실에 갖춰진 오락거리를 개방했다(어른 없이 애들끼리 냉장 맥주 통의 맥주를 들이켜는 바람에 이웃들 저녁 식탁에서 싸움이 벌어지기 일쑤였다). 캐럴에 대한 조이의 행동은 도를 넘어 치근덕거리는 정도에 이르렀고, 조이는 블레이크가 아끼는 모든 것을 마음에 드는 척해서 그의 환심을 샀다. 블레이크의 전동공구와 트럭을 좋아했고, 그 트럭으로 운전을 배웠다. 마치 진보주의가 나약한 자학행위나 다름없다는 듯, 학교 친구들이 앨 고어와 웰스턴 상원의원에 대해 열광하는 모습을 보며 신경이 거슬리는 비웃는 표정을 짓는 것으로 봐서, 조이는 블레이크의 정치 성향을 답습한 듯했다. 조이는 다음 해 여름 몬태나로 돌아가지 않고 건설 현장에서 일했다.

사람들은 올바르고 아니고를 떠나 조이의 이런 행동을 월터 탓이라고 여겼다. 월터가 착한 게 문제라는 것이다. 조이의 머리채를 잡아 집으로 끌고 와서 얌전히 굴게 하지 않고, 패티의 머리통을 돌로 내리쳐서 정신이 번쩍 들게 하지 않고, 월터는 그저 자연보존협회 일에 몰두했다. 그리고 제법 빨리 주 사무소 전체를 책임진 소장 자리에 올랐다. 그러고는 더 바빠져서 저녁에는 집에 붙어 있지도 않고, 꽃밭의 꽃은 시들어도 손질하지 않고, 넝쿨도 다듬지 않았으며, 창문도 더러운 채로 내버려두었고, 앞마당에 꽂힌 지난 선거의 **'고어-리버먼'** 지지 팻말은 지저분해진 눈에 파묻혔다. 폴슨 부부도 버글런드 부부에 대한 흥미를 잃었고, 메리는 시의회에 출마했다. 패티는 다음 해 여름 내내 무명 호수에서 지냈고, 그녀가 집으로 돌아오자마자

(조이가 버지니아 대학에 입학하고 한 달 후—무슨 돈으로 대학에 갔는지는 아무도 모른다—그리고 국가적 대비극이 일어나기 2주 전) 월터와 패티가 거의 반평생을 쏟아부어 가꾼 빅토리아 양식의 집 앞에는 '**매물**'이라는 팻말이 서 있었다. 월터는 워싱턴에 있는 새 직장으로 출근했다. 집값은 곧 전례 없는 수준으로 치솟았지만, 이 지역의 집값은 9·11 사태 이후의 침체 국면 바닥 언저리에서 헤매고 있었다. 집을 파는 일은 패티가 맡았고, 그녀는 세 살배기 쌍둥이를 둔 전문직 흑인 맞벌이 부부에게 만족스럽지 않은 가격에 집을 넘겨주었다. 2월에, 버글런드 부부는 집마다 돌아다니면서 형식적인 작별 인사를 했다. 월터는 인사하러 간 집집마다 아이들의 안부를 묻고는 잘 지내라고 했고, 패티는 별말이 없었지만 이상하게도 다시 젊어진 듯 보였다. 이 동네가 모습을 제대로 갖추기 전, 유모차를 끌고 거리를 활보하던 당시의 젊은 새댁으로 돌아간 듯했다.

"두 사람, 아직 부부 관계를 유지하고 있긴 한가?"

버글런드 부부가 작별 인사를 하고 돌아가자 세스가 메리에게 물었다.

메리가 고개를 가로저으며 말했다.

"어떻게 살아야 할지 아직 방법을 찾지 못한 것 같은데."

실수를 저질렀다 · 패티 버글런드 자서전
- 패티 버글런드 지음 (정신과 상담의사의 권유로 작성)

1장. 고분고분한 성격

패티가 무신론자만 아니었다면 아마 학교 운동 프로그램을 만들어주신 하느님께 감사했을 것이다. 운동은 그녀의 인생을 구해주었고, 자신이 어떤 사람인지 깨닫는 기회를 주었다. 패티는 특히 노스차파쿠아 중학교의 샌드라 모셔 선생님, 호레이스 그릴리 고등학교의 일레인 카버 선생님과 제인 나이젤 선생님, 게티스버그 소녀 농구 캠프의 어니 살바토레 선생님과 로즈 살바토레 선생님, 그리고 미네소타 대학의 아이린 트레드웰 선생님에게 감사드린다. 이러한 훌륭한 코치 선생님들 덕분에 패티는 자신을 엄격히 단련하고 인내와 집중력을 배웠으며, 협동정신과 훌륭한 운동선수란 어떤 사람인지 깨달았다. 그리고 이러한 깨달음을 통해 그녀는 병적인 승부욕과 낮은 자존감을 누그러뜨릴 수 있었다.

패티는 뉴욕 웨체스터 카운티에서 자랐다. 그녀는 네 형제 중 맏이지만, 부모님이 원하던 자식으로서 자질은 동생들에게 더 많았다. 패티는 누구보다 몸집이 컸고, 덜 비범했으며, 더 멍청했다. 사실 멍청한 건 아니지만 다른 형제들과 비교하면 영리한 편이 아니었다. 패티는 키가 175센티미터가 넘었는데 이는 남동생의 키와 맞먹었고, 나머지 두 동생보다 10센티미터 이상 컸다. 이따금 패티는 어차피 가족에게 자기는 어울리지 않으니 더 자라서 아예 180센티미터가 넘으면 좋겠다고 생각했다. 바스켓을 더 잘 볼 수 있고, 공격을 방해하는 상대 팀 선수를 피해 머리 높이 공을 올리고 방어할 때 더 쉽게 몸을 돌릴 수 있다면 자신의 승부욕을 좀 덜 극성스럽게 보이게 하고, 대학 졸업 후에도 더 행복했을지 모른다. 그렇다고 해도 패티의 승부욕이 누그러지진 않을 테지만 생각은 해볼 만했다. 패티가 대학 운동선수가 됐을 때, 농구 선수 중 작은 편에 속했다. 공교롭게도 이 때문에 그녀는 가족들 사이에서 느낀 이질감을 농구 코트에서도 느꼈고, 이를 극복하기 위해 있는 힘을 다해 뛰었다.

패티의 기억에 자신이 속한 팀이 경기하는 모습을 엄마가 지켜본 것은 딱 한 번이었다. 두 여동생이 참가한, 재능이 뛰어난 어린이를 위한 예술 캠프가 열리는 곳과 같은 장소에서 열린 평범한 아이들을 위한 스포츠 캠프에 그녀가 참가한 날이었다. 하루는 소프트볼 경기 후반부가 진행되고 있는데 엄마와 두 동생이 나타났다. 패티는 서투른 여자애들이 내야에서 실책을 범하는 동안 좌익수 자리에 우두커니 서 있기가 짜증났고, 누군가 공을 깊숙이 쳐줬으면 하고 바랐다. 그녀는 야금야금 홈 베이스 가까이 다가갔고, 경기는 다음과 같이 끝났다. 1루와 2루에 주자가 있었다. 타자는 튀어 오른 공을 엄청 서투른 유격수 쪽으로 쳤고, 패티는 그 유격수 앞쪽으로 돌진해 자기가 직접 공을 잡아 먼저 달아나는 주자 한 명을 태그 아웃시킨 후 또 다른 주자를 쫓기 시작했다. 얌전한 그 아이는 아마도 애초에 수비의 실수로 1루에 진출했을 것이다. 패티가 1루 주자를 향해 맹렬히 달려들자 그 애는 비명을 지르며 외야로 달아났고, 베이스 진로를 벗어났기 때문에 자동으로 아웃됐지만 패티는 계속 그 여자애를 쫓아가 웅크리고 있는 아이를 기어이 태그 아웃시켰다. 야구 글러브로 살짝 건드렸을 뿐인데 그 아이는 마치 엄청 고통스러운 듯 비명을 질렀다.

패티는 그 순간 자신이 스포츠 정신을 보여주지 못했다는 것을 알았다. 가족들이 지켜보고 있어 뭐에 씌었나 보다. 집으로 돌아오는 길, 차 안에서 엄마가 보통 때보다 떨리는 목소리로 패티에게 물었다. 그렇게 **극성스럽게**

굴어야 했느냐고, 그렇게 **극성스러울** 필요가 있었느냐고, 다른 팀원과 공을 좀 나눠 가지면 어디가 덧나느냐고. 패티는 좌익수 위치에서 내내 공을 만져보지도 못했다고 대답했다. 그러자 엄마가 말했다. "경기를 열심히 하는 것도 좋지만 협동심과 공동체 정신을 배워야지." 패티가 말했다. "그럼 운동 잘하는 애들이 있는 진짜 캠프에 보내주세요. 공도 못 잡는 애들이랑 어떻게 협동을 해요!" 그러자 엄마가 말했다. "공격성과 승부욕을 부추기는 게 좋은 생각인지 모르겠다. 난 스포츠 팬은 아니지만, 그저 남을 패배시키는 게 목적인 데서 뭘 배우겠니. 함께 협력해서 뭘 만드는 게 훨씬 재밌지 않을까?"

패티의 엄마는 민주당원이었다. 이 글을 쓰고 있는 지금, 패티의 엄마는 존경하는 조이스 에머슨 의원이며, 공원을 만들거나 가난한 아이들을 돕고 예술 발전을 옹호하는 의원으로 알려져 있다. 조이스가 생각하는 낙원이란 주 정부가 비용을 대고 가난한 아이들이 마음껏 예술 활동을 할 수 있는 넓은 공원이었다. 조이스는 1934년 브루클린에서 조이스 마코위츠라는 이름으로 태어났지만 어려서 생각이 트이기 시작할 때부터 유대인이라는 사실을 싫어한 것이 분명했다(필자는 조이스의 목소리가 늘 떨리는 이유가 브루클린 출신 억양이 나오지 않게 하느라 너무 애써서 그런 게 아닌지 의심스럽다). 조이스는 메인 주 숲 속에 자리한 인문과학 대학에 장학금을 받으며 다녔고, 거기서 더할 나위 없이 비유대인인 패티의 아버지를 만나 맨해튼 북동쪽에 있는 유니테리언 교회에서 결혼식을 올렸다. 필자의 생각에, 조이스는 어머니가 될 정신적 준비가 되지 않은 상태에서 첫아이를 가진 것 같다. 하지만 필자는 그것 때문에 어머니를 비난하면 안 될 듯싶다. 잭 케네디가 1960년 민주당 대통령 후보로 선출되었을 때 조이스는 자식으로 채울 수 없는 숭고하고 감동적 명분을 내세워 집을 나왔다. 그러고 나서 시민운동이 일어났고, 베트남 전쟁이 터졌으며, 로버트 케네디가 암살됐다. 조이스에게는 네 명의 아이들과 바베이도스 출신의 유모가 함께 있었기에 비좁은 집을 벗어날 수 있는 좋은 핑계가 더 생긴 것이다. 조이스는 암살당한 로버트 케네디의 정신을 이어받은 대표로서 1968년 처음으로 전당대회에 나갔다. 그녀는 카운티의 당 재무를 담당하다가 나중에 의장이 되었고, 1972년과 1980년에는 에드워드 케네디의 선거운동을 했다. 매년 여름이면 하루 종일 자원봉사자들이 선거운동 물품을 담은 상자를 들고 조이스의 집을 문지방이 닳도록 드나들었다. 패티는 아무 방해도, 누구의 관심도 받지 않고 여섯 시간 동안 쉬지 않고 드리블과 레이업슛을 연습했다.

패티의 아빠인 레이 에머슨은 변호사에 농담하기를 좋아했는데, 주로 방귀에 대한 농담과 자기 아이들의 선생, 이웃, 친구들을 풍자한 못된 농담을 늘어놓았다. 특히 레이는 바베이도스 사람인 유모 율랄리가 듣지 못할 만큼 떨어져 있을 때면, "단(잔)머리 고만 굴려. 이젠 그만 놀다(자)"라고 말하면서 유모 흉내를 내 패티를 괴롭히면서 즐거워했다. 아빠가 점점 큰 목소리로 유모 흉내를 내면 패티는 창피해서 저녁 식탁에서 달아났고, 동생들은 신이 나서 소리를 질렀다. 레이는 또 패티의 코치이자 멘토인 샌디 모셔의 이름을 "사아아안드라"라고 부르면서 끊임없이 패티를 놀렸다. 레이는 "최근에 사아아안드라를 찾아온 신사가 있었니, 아니면, 히히히히, **요조숙녀**가 찾아왔었니?" 하며 패티에게 끊임없이 물었다. 동생들도 합창을 했다. "사아아안드라, 사아아안드라!" 패티를 놀리는 또 한 가지 방법은 애완견 엘모를 숨기고는 그녀가 농구 연습을 하는 동안 안락사한 척하는 일이었다. 아니면 수년 전 패티가 사실을 잘못 알고 실수한 일로 놀리는 방법도 있었다. **오스트리아**에서 캥거루들이 잘 살고 있는지, 유명한 현대 작가 루이자 메이 얼콧이 가장 최근에 출간한 소설을 읽었는지, 그리고 아직도 곰팡이가 동물이라고 생각하는지 그녀에게 묻곤 했다. "요전에 패티의 곰팡이 한 마리가 트럭을 쫓아가는 걸 봤어. 자, 날 봐라, 봐봐. 패티의 곰팡이가 이렇게 트럭을 쫓아가더라니까"라며 레이가 놀렸다.

패티의 아빠는 거의 매일 밤 저녁 식사를 마친 후 변호 비용을 거의 안 받거나 무료로 변호해주는 가난한 의뢰인을 만나러 나갔다. 그의 사무실은 화이트플레인스의 법원 길 건너편에 있었다. 그가 무료로 변호해주는 의뢰인 중에는 푸에르토리코인, 아이티인, 여장 남자, 정신장애자와 신체장애자도 있었다. 그중에는 레이가 본인이 안 보는 데서 흉내 내며 놀리지도 않을 만큼 문제가 심각한 사람도 있었다. 하지만 그는 어떻게든 이들이 겪고 있는 문제에서 재미있는 점을 찾아내려고 애썼다. 10학년 때, 패티는 학교 숙제로 레이가 관여한 두 건의 재판을 참관했다. 하나는 푸에르토리코인의 날 축제 때 술을 엄청 마시고 칼로 베어버릴 작정으로 자기 처남을 찾아갔는데 처남을 찾지 못하자 대신 바에 있는 낯선 사람을 죽인, 뉴욕 북쪽 용커스에 사는 실직자에 대한 재판이었다. 패티의 아빠뿐 아니라 판사와 검사도 피고의 황당하고 어리석은 행동을 재미있어하는 것 같았다. 세 사람은 이 정도는 약과라는 듯 눈짓을 교환했다. 그들의 참담한 심정, 얼굴을 난도질당한 일, 수감되는 일이 그저 자기들의 지루할 뻔한 하루를 재미있게 해준 하층민의 촌극이라는 듯.

통근 열차를 타고 집으로 돌아오는 길에 패티는 아빠가 누구 편인지 물었다. 레이가 대답했다.

"그것참 좋은 질문이다. 내 의뢰인은 대부분 거짓말쟁이라는 점을 알아야 한다. 피해자는 거짓말쟁이야. 바 주인도 거짓말쟁이고. 그 사람들 전부 거짓말쟁이다. 물론 내 의뢰인은 제대로 된 변호를 받을 권리가 있지. 하지만 정의도 실현해야 한단다. 때로는 검사가 피해자를 돕고 내가 피고를 돕는 것 못지않게 검사와 판사와 내가 서로 협조해야 해. 법제의 공방주의 제도(adversarial system)라고 들어봤지?"

"네."

"음. 때로는 검사와 판사, 내가 물리쳐야 할 공동의 적이 있지. 우리는 진실을 가려내고 실책을 범하지 않으려고 노력한단다. 하지만 이 말은 쓰지 마라. 학교 숙제에 쓰지 말라고."

"사실 여부를 가려내는 건 대배심과 배심원들이 하는 일이라고 생각하는데요."

"그렇지. 그건 숙제에 적어도 된다. 자신과 동등한 위치에 있는 배심원단의 심판도 아주 중요하지."

"하지만 아빠의 의뢰인은 대부분 결백하잖아요, 그렇죠?"

"누군가 이 사람들한테 내리려고 하는 만큼 혹독한 벌을 받을 정도로 잘못한 사람은 많지 않다."

"하지만 완전히 결백한 사람이 많잖아요. 엄마가 그러는데, 경찰은 아무나 체포하고 체포된 사람들은 편견에 시달리거나 기회를 박탈당한 사람이 많대요."

"얘야, 전적으로 옳은 말이다. 하지만 어, 네 엄마는 좀 감상적이란다."

패티는 아빠의 놀림감이 엄마일 때는 마음이 덜 상했다.

"너도 그 사람들 봤잖니. 세상에, 엘 론 메 푸소 로코(술 취해서 제정신이 아니었다—옮긴이)."

레이의 가문에 대해 알아야 할 중요한 사실은 돈이 많다는 점이다. 그의 부모는 뉴저지 북서부 언덕 위에 있는, 조상 대대로 내려오는 대저택에서 살았다. 돌을 이용해 현대식으로 지은 이 집은 유명한 건축가 프랭크 로이드 라이트가 설계했고, 유명한 프랑스 인상파 화가들이 그린 이류 작품이 걸려 있었다고 한다. 매년 여름에 에머슨가 사람들은 모두 모여 저택에 있는 호숫가로 피크닉을 갔는데, 패티는 즐겁지 않았다. 패티의 할아버지 어거스트는 큰손녀의 배 만지는 것을 좋아했고, 그녀를 허벅지에 앉혀놓고 들썩들썩하면서 어떤 흥분감을 맛보았는지 아무도 모른다. 할아버지가 패티와 신체 접촉하는 것을 조심하지 않은 건 분명했다. 패티는 7학년 때부터 조부모 소유의 테니스 코트에서 노출이 심한 테니스복을 입고 아빠와 한 조가 되어 아버지 법률사무소의 신참내기 변호사와 그 부인을 상대로 복식 테니스를 치면서 신참내기 변호사가 끈적끈적한 눈길로 자신의 몸을 더듬을 때 느낀 수치심을 견뎌내야 했다.

레이와 마찬가지로, 패티의 할아버지 어거스트는 법률 서비스로 선행을 베푸는 대가로 사생활에서 괴짜 짓을 할 권리가 있다고 여겼다. 어거스트는, 세 차례의 전쟁에서 징병을 회피하거나 양심을 이유로 징병을 거부한 거물을 변호해주고 유명해졌다. 여가 시간에는, 여가 시간이 엄청 많았는데, 자기 토지에 심은 포도나무에서 수확한 포도를 옥외 건물에서 발효시켰다. 사람들은 어거스트의 '포도주 양조장'을 암사슴 궁둥이라고 불렀는데, 이는 가족들 사이에서 주로 오고가는 우스갯소리였다. 휴일에 온 가족이 모여 피크닉을 갈 때면, 어거스트는 슬리퍼를 신고 축 늘어진 수영복을 입은 채 손에는 조잡한 상표가 붙은 포도주 병을 쥐고 비틀비틀 돌아다니면서, 손님들이 몰래 잔디나 관목 숲에 포도주를 쏟아버리고 들고 있는 빈 포도주잔을 다시 꽉꽉 채워주었다. 그러고는 물었다. "맛이 어때?", "괜찮아?", "맘에 들어?" 어거스트는 취미에 제대로 꽂힌 소년 같기도, 모든 사람을 공평하게 못살게 굴기로 작정한 고문 기술자 같기도 했다. 유럽의 관습처럼 아이들이 포도주를 마셔도 된다고 생각한 어거스트는, 젊은 엄마들이 옥수수를 다듬거나 경쟁적으로 샐러드를 장식하느라 정신이 팔려 있을 때 암사슴 궁둥이 양조장에서 만든 저급 포도주를 물에 희석해 세 살밖에 안 된 아이에게 먹였다. 아이의 턱을 손으로 조심스럽게 받치고 입속으로 혼합물을 넣고 분명히 목구멍으로 넘어가는지 확인했다. 그러고는 아이에게 말했다. "이게 뭔지 아니? 이게 포도주라는 거다." 아이가 이상한 행동을 하기 시작하면 어거스트가 말했다. "지금 네가 느끼는 게 취했다는 거다. 과음했어. 취했다고." 아이들에게 다정하게 굴 때 못지않게 진심으로 역겨워하면서. 아이들 중 맏이인 패티는 이런 광경을 끔찍한 심정으로 조용히 지켜보았지만 위험 신호를 알리는 일은 어린 동생이나 사촌이 하게 내버려두었다. "할아버지가 애들한테 술 먹여!" 엄마들이 헐레벌떡 달려와 어거스트를 나무란 뒤 아이들을 낚아채가고, 아버지들은 어거스트가 암사슴 궁둥이에 집착하는 이유에 대해 음담패설을 하며 킬킬거리는 동안, 패티는 호수에 들어가 가장 따뜻하고 얕은 곳에서 부력에 몸을 맡기고 귀를 물속에 잠기게 해 가족들이 일으키는 소란을 묻어버렸다.

문제는 이렇다. 피크닉을 갈 때마다 돌로 지은 저택의 부엌 뒤에는 어거스트의 포도주 저장고에서 꺼낸 잘 숙성한 보르도 한두 병이 늘 있었다. 이 포도주는 레이가 우겨서 내놓은 것인데, 이 포도주를 내놓게 하려고 레이가 어거스트에게 얼마나 애걸을 하고 감언이설로 꼬드겼는지 아무도 모른다. 그리고 레이가 형제들이나 자기가 피크닉에 데려온 친구들에게 고갯짓으로 신호를 보내면 신호를 받은 이들은 피크닉 자리를 몰래 빠져나와 그를 따라갔다. 이들은 몇 분 후 커다란 화채 그릇처럼 생긴 잔이 철철 넘치도록 굉장히 붉은 포도주를 담아 돌아왔고, 레이는 2.5센티미터쯤 포도주가 남아 있는 프랑스산 포도주 병을 들고 와서 부인들과 자기가 별로 탐탁지 않게 여기는 손님들에게 나누어주었다. 어거스트에게 아무리 애걸해도 프랑스산 포도주를 한 병 더 내놓지는 않았다. 대신 어거스트는 암사슴 궁둥이 양조장에서 만든 저급 포도주를 마시라고 권했다.

크리스마스 때도 매년 똑같았다. 조부모가 구형 벤츠를 몰고 뉴저지를 출발해 도착 예정 시간보다 한 시간 일찍 레이와 조이스의 북적북적한 농장에 도착한다. 조이스가 너무 일찍 오지 말라고 아무리 애원해도 소용없다. 그러고는 받으면 불쾌해질 선물을 돌리기 시작한다. 어느 해, 조이스가 닳고 닳은 행주를 선물로 받은 얘기는 유명하다. 레이는 주로 반스앤노블 서점의 할인 행사 코너에서 산 커다란 미술 서적을 선물로 받았는데, 어떤 때는 3달러 99센트라는 가격표가 그대로 붙어 있었다. 아이들은 아시아에서 만든 조악한 플라스틱 제품을 선물로 받았다. 시간이 맞지도 않는 작은 여행용 알람시계, 뉴저지 보험회사 이름이 찍힌 동전지갑, 기절초풍할 만큼 조잡한, 손가락에 끼우는 중국산 꼭두각시 인형, 칵테일 젓는 막대 뭉치 등이었다. 어거스트의 모교에서는 그의 이름을 본뜬 도서관을 건립하고 있었는데도 말이다. 패티의 동생들은 조부모의 자린고비 짓에 치를 떨었고, 그 대신 부모님을 졸라 원하는 크리스마스 선물을 한아름 받아냈다(조이스는 크리스마스이브마다 새벽 3시까지 자지 않고 아이들이 아주 자세히 적어서 건네준 긴 선물 목록에서 엄선한 선물을 포장했다). 패티는 동생들과 달리 운동 말고는 그 어떤 것에도 관심이 없었다.

어거스트는 한때 운동선수였다. 대학 다닐 때 육상부 스타였고, 미식축구에서 타이트 엔드 포지션을 맡았다. 패티의 큰 키와 운동신경은 아마 할아버지에게서 물려받았을 것이다. 레이도 미식축구를 하긴 했지만 팀 하나 겨우 꾸릴 만한 메인 주의 학교에서 선수 생활을 했다. 레이가 진짜 좋아하는 운동은 테니스인데 테니스는 패티가 싫어한 단 한 가지 운동이다. 잘 치기는 했지만. 패티는 스웨덴 테니스 선수 비외른 보리가 실제로는 나약하다고 믿었다. 패티는 운동선수를 대체로 시시하다고 여겼다. 예외(예를 들어 미식축구 선수인 조 네이머스)도 몇 명 있지만. 패티의 특기는 자기보다 나이가 많거나 언감생심 꿈도 꾸지 못할 만큼 용모가 수려한, 인기 있는 남학생에게 홀딱 반하는 것이다. 그러나 거절하지 못하는 고분고분한 성격인 패티는 누가 데이트 신청을 해도 가리지 않고 응했다. 그녀는 숫기 없고 인기도 없는 남학생들이 힘든 학교생활을 한다고 생각했고, 그들에게 동정심을 느꼈다. 무슨 이유인지 몰라도, 그런 남학생 중에는 레슬링 선수가 많았다. 패티가 경험한 바로는 레슬링 선수들은 어설프고 고지식하고 인상이 뚱하지만, 용감하고 과묵하고 예의 바르고 여자 운동선수를 두려워하지 않왔다. 한 레슬링 선수는 중학교 때 자기랑 친구들이 패티를 여자 원숭이라고 불렀다고, 그녀에게 털어놓았다.

실제 성 경험에 대해 말하자면, 패티의 첫경험은 열일곱 살 때 한 파티에서 기숙학교 선배인 이슨 포스트에게 겁탈당한 것이다. 이슨이 하는 운동은 골프뿐이지만, 패티보다 키가 15센티미터 이상 크고 몸무게는 23킬로그램 이상 더 나가는 거구라 여자의 근력이 남자보다 약하다는 사실을 증명하듯 그녀를 기죽게 했다. 이슨이 패티에게 한 짓은 강간인지 아닌지 애매모호한 그런 종류의 행동이 아니라고, 그녀는 생각했다. 패티는 저항했지만, 정말 있는 힘을 다해 저항했지만 효과가 없었고 오래 버티지도 못했다. 태어나서 처음으로 만취했기 때문이다. 패티는 기분이 날아갈 것 같았다! 아름답고 따뜻한 5월의 어느 날 밤, 킴 매클러스키네 집에 있는 널찍한 수영장에서 패티가 이슨 포스트를 오해하게 한 것이 틀림없다. 패티는 취하지 않을 때도 지나치게 고분고분했다. 수영장에서는 정도가 심했다. 이 모든 정황을 고려할 때 패티의 탓도 컸다……. 패티가 생각하는 로맨스란 〈길리건즈 아일랜드〉(배가 난파돼 섬에 갇힌 사람들의 얘기를 그린 1960년대 미국 TV 시트콤—옮긴이) 같았다. '원시적일수록 좋다.' 그녀가 생각하는 로맨스란 〈백설 공주〉와 낸시 드루(어린이, 청소년 대상 탐정 소설에 나오는 여주인공 이름-옮긴이) 중간 어디쯤에 위치했다. 그리고 그날 이슨은 패티를 매료시킬 만큼 거만한 표정을 짓고 있었다. 겉표지에 돛단배가 그려진 여학생 소설에 나오는 연애 상대를 닮은 이슨은 패티를 강간한 후 생각보다 거칠게 해서 미안하다고 말했다. 미안한 이유가 거칠게 해서였다.

다음 날 아침, 막내 동생과 같이 쓰는 침실(패티는 고분고분한 성격이라 둘째가 독방을 차지하고 맘껏 창의성을 발휘하고 어지럽히도록 해주고 자긴 막내와 한방을 썼다)에서 깨어나 전날 퍼마신 피냐 콜라다의 취기가 가시고 나서야 분한 생각이 들었다. 이슨이 자신을 얼마나 무시했으면 강간을 하고 집까지 데려다줬을까. 패티는 그렇게 무시할 만한 사람이 **결코** 아니었다. 패티로 말하자면, 우선 고등학교 2학년이지만 벌써 호레이스 그릴리 고등학교에서 단일 시즌 어시스트 기록 보유자였다. 이 기록은 그녀가 이듬해에 경신할 것이다. 그리고 **브루클린과 브롱스도 있는** 주에서 주 전체 1위 팀이다. 그런데 겨우 골프채나 휘두르는, 잘 알지도 못하는 녀석이 그녀를 강간해도 괜찮다고 생각했다는 거다.

패티는 막내 동생이 깰까 봐 화장실에서 샤워기를 틀어놓고 울었다. 그건, 조금의 과장도 없이, 그녀의 인생에서 가장 비참한 순간이었다. 지금도 세상에서 탄압받거나 불의에 희생된 사람들을 생각하고 그들의 심정이 어떨까 생각하면 패티는 그때를 떠올린다. 이전에는 아무렇지도 않게 여기던 일, 만이인 패티가 막내와 한방을 쓰도록 한 일(지하실에 옛날 유모 율랄리가 쓰던 방이 있는데 바닥에서부터 천장까지 철 지난 선거운동 물품이 가득해서 패티는 그 방을 쓰지 못한다), 둘째 딸의 연극 공연은 열일 제쳐놓고 참석하면서 패티의 운동경기에는 한 번도 와보지 않은 점이 부당한 처사로 느껴졌다. 그녀는 너무 분해서 누구라도 붙잡고 하소연하고 싶었다. 하지만 코치나 팀 선수들이 자기가 술 마신 사실을 알게 될까 봐 겁이 났다.

패티는 강간 사건을 잊으려고 최선을 다했지만, 다음 날 경기가 끝나고 라커룸에서 이상한 낌새를 눈치챈 나이젤 코치에게 걸리고 말았다. 코치는 패티를 사무실로 불러 앉혀놓고 몸에 든 멍이며 우울해 보이는 표정에 대해 물었다. 패티는 창피하게도 대성통곡을 하면서 곧바로 사건의 전모를 코치에게 말했다. 코치가 자신을 병원에 데려다주고 경찰에 신고하겠다고 하자, 패티는 깜짝 놀랐다. 패티는 막 네 경기 중 세 경기를 끝냈고, 두 경기에서는 점수도 올리고 방어도 여러 번 훌륭하게 해냈다. 패티는 분명히 심하게 다치지는 않았다. 게다가 패티와 이슨의 부모가 정치적 친구인 것도 걸림돌이었다. 패티는 훈련을 빼먹은 데 대해 손이 발이 되도록 빌고, 코치가 자신을 측은하게 여겨 좀 봐주면 문제가 해결될 거라고 기대했다. 하지만 그녀의 기대는 완전히 빗나갔다.

코치는 패티의 집에 전화를 걸었다. 코치의 전화를 받은 조이스는 늘 그렇듯이 헐떡거리며 회의에 서둘러 가야 하기 때문에 얘기할 시간이 없거나 얘기할 시간이 없다는 사실을 인정할 만한 도덕적 양심도 없었다. 코치는 체육관의 베이지색 전화기에 대고 머릿속에 영원히 새겨질 단어를 뱉어냈다.

"댁의 따님이 지난밤 이슨 포스트라는 이름의 남자애한테 강간을 당했습니다." 코치는 잠시 말없이 듣고 있다가 말했다. "아뇨. 패티가 방금 제게 말했는데요……, 그렇습니다……, 어젯밤……, 네, 여기 있어요." 그러고는 패티에게 수화기를 넘겨주었다.

"패티? 너 괜찮니?" 조이스가 물었다.

"괜찮아요."

"나이젤 코치가 그러는데, 어젯밤 무슨 일이 있었다며?"

"내가 강간당한 게 바로 그 무슨 일이에요."

"세상에, 세상에, 세상에. 어젯밤?"

"네."

"오늘 아침에 왜 말하지 않았니?"

"몰라요."

"왜, 왜, 왜? 왜 아무 말도 안 했어?"

"그땐 대수로운 일이 아닌 것 같았어요."

"하지만 코치한테는 얘기했잖아."

"아니, 코치 선생님은 엄마보다 관찰력이 좋은 것뿐이에요." 패티가 말했다.

"오늘 아침에 널 거의 못 봤다."

"엄마를 원망하는 게 아니에요, 그냥 그렇다는 거지."

"네 생각에는 네가 아마도…… 그게 아마도……"

"강간당했다고요."

"말도 안 돼. 내가 데리러 갈게."

"나이젤 코치 선생님이 병원에 가보라는데요."

"어디 아프니?"

"괜찮다고 했잖아요."

"그럼 꼼짝 말고 거기 있어. 내가 도착할 때까지 코치도 너도 아무 짓도 하지 말고."

패티는 전화를 끊고 엄마가 데리러 온다고 코치에게 전했다.

"그 녀석, 오랫동안 감옥에서 썩게 해주자." 코치가 말했다.

"아, 아뇨, 아뇨, 아뇨, 아뇨, 아니에요." 패티가 말했다.

"패티."

"그런 일은 없을 거예요."

"네가 원하면 그럴 수 있어."

"아니요. 제가 원해도 그런 일은 없을 거예요. 우리 부모님은 포스트네와 정치적으로 친분이 있거든요."

"잘 들어. 그건 이 문제와 아무 상관도 없어. 알겠니?" 코치가 말했다.

패티는 코치의 말이 틀렸다고 확신했다. 포스트 박사는 심장 전문의이고 부인은 부호 출신이다. 포스트 부부는 에드워드 케네디, 에드 머스키, 월터 먼데일 같은 정치적 거물이 정치자금이 부족할 때 방문하는 그런 집에 살았다. 패티는 수년 동안 자기 부모가 포스트네의 '뒤뜰'에 대해 하는 얘기를 들었다. '뒤뜰'이라는 것이, 크기는 뉴욕의 센트럴 파크보다 넓고 그보다 훨씬 잘 가꾼 것이 분명했다. 올 A를 받아 월반하거나 예술 활동을 하는 동생들이라면 포스트네를 상대로 말썽을 일으켜볼 수 있을지 모르지만, 키만 겅충하고 겨우 B나 받는 운동선수가 포스트네가 입고 있는 갑옷에 잇자국이라도 낼 리 만무했다.

"이제부터 술 안 마시면 돼요. 그럼 문제는 해결돼요." 패티가 말했다.

"넌 그렇게 생각할지 모르지만 다른 사람은 어쩌니? 네 팔을 좀 봐라. 걔가 한 짓을 보라고. 네가 막지 않으면 걔는 다른 사람한테 또 그 짓을 할 거야."

"멍들고 할퀸 자국이 난 것뿐인데요."

이 대목에서 코치는 동기를 부여하는 장황한 연설을 늘어놓았다. 팀원을 위해 권리를 주장하라는 것이다. 이 경우 팀원이란 이슨이 만날지 모르는 모든 젊은 여성을 일컬었다. 연설의 요지는, 패티가 팀을 위해 심한 파울을 당한 데 대해 고소를 하고, 코치는 이슨이 다니는 뉴햄프셔 주에 있는 사립학교에 알려서 이슨을 퇴학시키고 졸업장을 주지 못하게 해야 하며, 패티가 이를 실행하지 않으면 팀 전체를 실망시키게 된다는 것이다.

패티는 다시 울기 시작했다. 그녀는 팀을 실망시키느니 차라리 죽는 게 낫다고 생각했다. 초겨울에 독감을 앓으면서도 그녀는 농구 전반전을 거의 뛰고 나서야 사이드라인에서 기절해 정맥주사를 맞았다. 문제는, 패티가 강간을 당한 날 밤에 팀원들과 같이 있지 않았다는 것이다. 패티는 필드하키를 하는 친구 어맨더와 함께 파티에 갔다. 어맨더는 패티에게 피냐 콜라다를 먹이지 않고서는 직성이 풀리지 않을 태세였다. 매클러스키네 파티에서 피냐 콜라다는 엄청난 크기의 들통에 차고 넘쳤다. 엘 론 메 푸소 로카(술 취해서 제정신이 아니었다-옮긴이). 그날 수영장에 있던 여자애들 중 운동선수는 거의 없었다. 그 파티에 참석한 것만으로도 패티는 자기가 속한 진짜 팀을 배반한 것이다. 그리고 지금 그로 인해 벌을 받고 있었다. 이슨은 날렵한 여자애들을 건드리지 않고 패티를 강간했다. 그녀는 그 파티에 어울리지 않았으니까. 그녀는 술을 마실 줄도 몰랐다.

패티는 생각해보겠다고 코치에게 약속했다.

조이스가 체육관에 나타나다니, 충격이었다. 조이스도 자신이 체육관에 있다는 사실에 충격을 받은 것이 분명했다. 조이스는 평범한 통굽 구두를 신었는데, 금속 장비와 곰팡이 슨 바닥, 그물 자루에 담긴 공을 불안하게 둘러보는 모습이 무시무시한 숲 속에 서 있는 골딜락스(어린이 동화《골딜락스와 세 마리 곰》에 나오는 등장인물의 이름-옮긴이)처럼 보였다. 패티는 조이스에게 다가가 품에 안겼다. 엄마의 덩치가 훨씬 작아서 패티는 자신이 엄마가 애써 들어 올려 옮기려는 괘종시계가 된 것 같은 기분이 들었다. 그녀는 몸을 뗀 후 엄마를 유리벽으로 된 작은 코치실로 안내했다.

"안녕하세요, 제인 나이젤입니다." 코치가 말했다.

"네, 뵌 적 있죠." 조이스가 말했다.

"아, 맞아요. 한 번 만났군요." 코치가 말했다.

조이스는 어색한 연설조인 말투에 자세를 바르게 하려고 무척 애썼다. 공사를 가리지 않고 모든 경우 전천후로 쓰이는 친근한 미소를 가면처럼 쓰고 있었다. 조이스는 결코 언성을 높이지 않았다. 그녀는 화가 날 때도(화가 나면 목소리가 점점 떨리고 긴장했다), 엄청난 갈등의 순간에도 친근한 미소를 잃지 않았다.

"한 번이 아니라 여러 번 만난걸요." 조이스가 말했다.

"정말요?"

"확실해요."

"아닌 것 같은데." 코치가 말했다.

"전 밖에 있을게요."

패티는 사무실을 나와 문을 닫았다.

엄마와 코치의 대화는 금세 끝났다. 조이스가 구두 굽을 딸깍거리며 나와서 패티에게 말했다. "가자."

코치는 조이스가 등지고 있는 사무실 문간에 서서 패티에게 의미심장한 표정을 지어 보였다. '내가 팀워크에 대해 한 말을 잊지 마라'라고 말하는 표정이었다.

방문객 주차장에는 조이스의 차밖에 남아 있지 않았다. 조이스는 열쇠를 꽂았지만 시동을 걸지는 않았다. 패티는 이제 어떻게 되는 거냐고 물었다.

"아빠가 계시는 사무실, 거기로 곧장 가자."

조이스는 그렇게 말했지만, 시동을 걸지는 않았다.

"이런 일이 생겨서 미안해요, 엄마." 패티가 말했다.

"내가 이해되지 않는 건, 어떻게 뛰어난 운동선수인 너 같은 애가, 내 말은 어떻게 이슨이, 아니 그게 누구든지." 조이스가 불쑥 말했다.

"이슨. 이슨이라고요."

"이슨이든 누구든 어떻게, 거의 확실히 이슨이란 말이지. 어떻게, 이슨이라면, 걔가 어떻게……." 조이스가 손가락으로 입을 가렸다. "딴 사람이면 오죽 좋아. 포스트 부부는 여러 가지로 우리와 막역한 사이인데. 그리고 난 이슨을 잘 알지는 못한다만."

"나도 거의 모르는 애란 말이에요!"

"그런데 어떻게 그런 일이 생겨!"

"그냥 집에 가요."

"안 돼. 말해라. 난 네 엄마야."

자기 입으로 그 말을 하면서도 조이스는 당황한 기색이 역력했다. 패티에게 엄마가 누군지 자기 입으로 상기시켜야 하는 게 얼마나 괴상한 일인지 깨달은 듯했다. 그리고 패티는 조이스가 정말 자기 엄마가 맞는지에 대한 의구심을 마침내 공개적으로 표현할 수 있어 반가웠다. 조이스가 정말 패티의 엄마라면 어떻게 주 토너먼트 1차 경기에 불참할 수 있단 말인가. 그 경기에서 패티는 32점을 올리고 호레이스 그릴리 여자 토너먼트 득점 기록을 깨뜨리는 기염을 토했다. 다른 엄마들은 어떻게든 시간을 내서 모두 경기를 보러 왔다.

패티가 조이스에게 손목을 보여주며 말했다.

"**이런 일**이 있었어요. 내 말은, 이게 다는 아니지만."

조이스는 패티의 멍을 한 번 보고 몸서리를 친 후 시선을 돌렸다. 마치 딸의 사생활을 존중해주기라도 하는 듯.

"끔찍한 일이다. 네가 옳아. 이건 끔찍한 일이야." 조이스가 말했다.

"나이젤 선생님이 병원에 다녀와서 경찰에 신고하고, 이슨네 학교 교장선생님께도 알려야 한다고 했어요."

"그래. 네 코치가 어떻게 하고 싶어 하는지 알아. 거세라도 해야 직성이 풀릴 것처럼 보이더구나. 내가 알고 싶은 건, 네 생각은 어떠냐는 거다."

"모르겠어요."

"네가 경찰에 신고하고 싶다면 그렇게 하자. 네가 원하는 게 그건지 말만 해."

"아빠한테 먼저 말씀드려야 할 것 같아요."

두 사람은 차를 타고 소밀 파크웨이를 달렸다. 조이스는 늘 패티의 동생들을 미술, 기타, 발레, 일본어, 토론, 연극, 피아노, 펜싱, 모의법정 강의에 데려다주었다. 하지만 패티는 조이스의 차를 거의 타지 않았다. 주중에는 대개 운동팀 버스를 타고 아주 늦게 귀가했다. 경기가 있는 날이면 다른 선수의 엄마가 집에 데려다주었다. 패티와 친구들이 오도 가도 못하는 상황에 처해도 패티는 부모에게 전화를 하느니 웨체스터 콜택시에 전화를 걸어 조이스가 늘 갖고 다니라고 준 비상금 20달러짜리 지폐 여러 장을 쓰는 게 낫다고 생각했다. 패티는 비상금을 택시비 외에 다른 용도로 절대로 쓰지 않았고, 경기가 끝나면 다른 데로 새지 않고 곧장 귀가했다. 10시나 11시쯤 저녁이 담긴 그릇을 싸놓은 알루미늄포일을 벗긴 뒤 지하실로 내려가 TV 재방송을 보면서 저녁을 먹는 동안 운동복을 세탁했다. 그녀는 종종 지하실에서 잠들었다.

"이건 가정인데, 하나만 묻자. 이슨이 공식적으로 네게 사과하면 충분하다고 생각하니?" 조이스가 운전을 하면서 물었다.

"이미 사과했어요."

"뭐에 대해?"

"거칠게 했다고요."

"넌 뭐라고 했니?"

"아무 말도 하지 않았어요. 그냥 집에 가고 싶다고 했지."

"하지만 거칠게 한 데 대해서는 사과를 했단 말이지."

"진짜 사과도 아니었어요."

"알겠다. 네 말을 믿을게."

"난 단지 내가 무시해도 괜찮은 사람이 **아니라는 걸** 그 애가 알았으면 좋겠어요."

"**네가** 원하는 대로 하자꾸나, 아가."

조이스는 '아가'라는 단어를 마치 처음 배우는 외국어처럼 발음했다. 엄마를 시험해보려고 그랬는지, 벌주려고 그랬는지, 패티가 말했다.

"어쩌면, 진심으로 사과하면 충분할지도 모르죠."

그러고 나서 패티는 조이스를 조심스럽게 바라보았다. 그녀의 눈엔 조이스가 기쁨을 참으려고 애쓰는 모습이 역력했다.

"그게 좋은 해결 방법 같구나. 단, 네가 그걸로 충분하다고 생각할 경우라야 하지만."

"충분하지 않아요."

"뭐라고?"

"충분하지 않다고요."

"방금 충분하다고 한 것 같은데."

패티가 서럽게 울기 시작했다.

"미안하지만, 내가 오해했니?" 조이스가 말했다.

"**그 앤 아무 일도 아닌 것처럼 날 강간했다니까요. 그리고 내가 처음도**

아닐 거야."

"패티, 그건 네가 모르는 일이지."

"병원에 갈래요."

"얘야, 아빠 사무실에 거의 다 왔다. 진짜 다친 게 아닌 이상, 그냥."

"하지만 아빠가 무슨 말씀을 하실지 알아요. 내가 어떻게 하길 원하시는지 안다고요."

"아빤 늘 네가 잘되길 바라신다. 가끔 표현이 서툴러서 그렇지, 무엇보다 너를 사랑하신단다."

조이스의 이 말보다 패티가 더 간절히 사실이라고 믿고 싶은 말은 없었다. 패티는 간절하게 그 말이 사실이면 좋겠다고 생각했다. 아빠가 속으로는 패티를 무엇보다 사랑하지 않는데 그녀를 그렇게 놀리고 비웃었다면 그건 너무 잔인한 거였다. 하지만 패티는 이제 열일곱 살이고 실제로 아둔하지도 않았다. 누군가를 무엇보다 사랑하면서도, 다른 일로 바빠서 그 사람을 그다지 사랑하지 않을 수도 있다는 사실을 알았다.

건물 안쪽 깊숙이 있는 아빠의 성역에서는 좀약 냄새가 났다. 이 사무실은 지금은 작고한 대표 변호사의 사무실을 물려받은 건데 카펫과 커튼도 바꾸지 않았다. 도대체 좀약 냄새는 어디서 나는 건지 수수께끼였다.

"이 제멋대로인 꼬마 망나니 같으니라고!" 자기 딸과 아내가 갖고 온 이슨 포스트의 범죄 행위 소식에 레이가 보인 반응이다.

"불행히도, 꼬마는 아니네요." 조이스가 쓴웃음을 지으며 말했다.

"아주 더러운 꼬마 망나니 자식일세. 싹수가 노래." 레이가 말했다.

"당장 병원에 가요, 아니면 경찰에 신고해요?" 패티가 물었다.

레이가 조이스에게 시퍼스타인 박사에게 연락해 급히 진료를 해줄 수 있는지 물어보라고 했다. 시퍼스타인 박사는 나이 많은 소아과 의사인데 루스벨트 대통령 때부터 민주당 정치에 관여해왔다. 조이스가 전화를 하는 동안 레이는 패티에게 강간이 뭔지 알고 있는지 물었다.

패티가 아빠를 노려보았다.

"확인하는 것뿐이다. 실제 강간에 대한 법적 정의가 뭔지 정말 아는 건지."

"걔가 강제로 섹스를 했어요."

"싫다고 말했니?"

"'싫어', '하지 마', '그만해' 다 말했어요. 말하지 않았다고 해도 뻔하잖아요. 걔를 할퀴고 밀어내려고 했단 말이에요."

"그렇다면 정말 몹쓸 놈이구나."

패티는 한 번도 아빠가 이런 식으로 말하는 걸 본 적이 없고, 아빠가 고마웠다. 하지만 가슴에 절실히 와 닿지 않았다. 패티가 알고 있는 아빠 같지 않았기 때문이다.

"시퍼스타인 박사가 5시에 사무실로 오라는데. 박사님은 패티를 끔찍이 생각하시잖아. 필요하다면 저녁 약속도 취소하셨을 거야." 조이스가 말했다.

"그렇겠죠. 박사님 환자 1만 2000명 가운데 내가 일등이겠죠." 패티는 그렇게 말하고는 자기 생각을 얘기했고, 아빠는 나이젤 코치가 왜 틀렸는지 설명하고 경찰에 신고할 수 없다고 하며 이렇게 말했다.

"체스터 포스트는 만만한 사람이 아니다. 지역 발전을 위해 좋은 일을 많이 하고 있지. 이번 일이 공개되면 그 사람은 지위가 있기 때문에 언론이 난리법석을 피울 거다. 누가 고소했는지 모두 알게 된단 말이다. 모두. 자, 포스트네한테 해가 되든 말든 그건 네가 걱정할 문제가 아니다. 하지만 장담하건대, 재판 전 절차를 거치고 재판이 열리고 언론에 보도되면 지금 네가 느끼는 것보다 많은 상처를 입게 된다. 합의로 끝난다고 해도 말이다. 집행유예를 받아낸다 해도, 언론에 발설하는 게 금지된다고 해도 말이야. 그래도 재판 기록은 남거든."

"이건 당사자인 **패티**가 결정할 문제지, 당신이……." 조이스가 말했다.

"당신." 레이가 손을 들어 조이스의 말을 막았다. "포스트네는 이 나라에서 가장 유능한 변호사를 고용할 능력이 있어. 고소한 사실이 공개되면 피고가 입을 피해는 끝난 거나 마찬가지야. 그다음부터는 사건을 신속히 진행해야 할 이유가 없어지는 거지. 오히려 합의를 보거나 재판이 열리기 전에 가능한 한 네 평판을 훼손하는 게 자기네한테 유리하다고 볼 거다."

패티는 고개를 숙이고 어떻게 하면 좋을지 레이의 생각을 물었다.

"내가 체스터에게 전화를 하마. 넌 시퍼스타인 박사에게 진단을 받고 괜찮은지 확인해라." 레이가 말했다.

"박사님을 증인으로 세우면 되겠네요." 패티가 말했다.

"그래, 필요하면 증언을 할 수도 있겠지. 하지만 재판은 없을 거다, 패티."

"그럼 걘 처벌도 안 받고 그냥 넘어간다고요? 그리고 다음 주말에 다른 애를 강간하도록 내버려둔다는 거예요?"

레이가 두 손을 들어 올리며 말했다.

"내가, 내가 포스트 씨한테 얘기하마. 기소유예에 동의할지도 모르지. 근신 같은 거란다. 이슨의 머리 위에 칼을 매달아놓는 거나 마찬가지다."

"하지만 그건 **아무 의미도** 없잖아요."

"사실, 상당히 무거운 벌이란다. 그러면 그 애가 다른 사람한테 똑같은 짓을 다시는 하지 못하게 할 수 있단다. 기소유예를 받으려면 유죄를 인정해야 하기도 하고."

이슨이 주황색 죄수복을 입고 감방에 앉아 있는 모습을 상상하니, 말도 안 되는 일 같았다. 피해를 입었다는 증거는 패티의 머릿속에 들어 있는 게 거의 전부인데 그런 사건의 가해자라는 이유로. 패티는 강간당하는 것만큼이나 괴로운, 전속력 달리기도 해봤다. 지금보다 힘든 농구 경기가 끝난 후가 더 아팠다. 게다가 운동선수이기 때문에 다른 사람들의 손이 몸에 닿는 데 익숙해졌다. 뭉친 근육을 주물러 풀고, 밀착 방어를 하고, 놓친 공을 잡기 위해 허둥지둥 뛰어가고, 발목에 테이프를 붙이고, 자세를 교정하고, 장딴지 근육을 스트레칭 할 때 다른 사람의 손이 몸에 닿아야 했다.

그런데 부당하다는 느낌 자체도 묘하게 육체적 고통을 주었다. 어떤 면에서는 오히려 운동 후 쑤시고 냄새나고 땀으로 범벅이 된 몸뚱이보다 현실적이고 생생하게 느껴졌다. 부당함은 형체도, 무게도, 온도도, 질감도, 아주 씁쓸한 맛도 있었다.

시퍼스타인 박사의 진료실에서 패티는 훌륭한 운동선수답게 몸을 맡겼다. 패티가 옷을 다시 입자 박사가 전에 성관계를 해본 적이 있는지 물었다.

"아뇨."

"그럴 줄 알았다. 피임은? 상대방이 피임 조치를 했니?"

패티가 고개를 끄덕였다.

"제가 달아나려고 애쓸 때요. 그때 걔가 갖고 있는 걸 봤어요."

"콘돔 말이냐?"

"네."

시퍼스타인 박사가 패티의 대답과 그 밖의 사항을 진료 기록표에 적었다. 그러고는 안경을 벗고 말했다.

"아무 일도 없을 거다, 패티. 성이라는 건 멋진 거다. 그리고 앞으로 평생 동안 성생활을 즐길 수 있을 거야. 하지만 오늘은 별로 운이 좋은 날이 아닌 것 같구나, 그렇지?"

집에 도착하자 동생 하나가 뒷마당에서 서로 다른 크기의 스크루 드라이버로 저글링 비슷한 걸 하고 있었다. 다른 동생은 에드워드 기번의 무삭제본 책을 읽고 있었다. 플레인 요구르트와 무만으로 연명해온 동생은 화장실에서 머리카락을 또 다른 색으로 염색하고 있었다. 이렇게 기이한 사람들이 사는 이 집에서 패티의 진정한 안식처는 지하실 텔레비전 앞에 놓인, 발포성 쿠션으로 만든 곰팡이 핀 붙박이 의자였다. 유모가 그만둔 지 수년이 지났는데 아직도 율랄리의 머릿기름 냄새가 아른거렸다. 패티는 버터피칸 아이스크림 통을 들고 지하실 벤치에 자리를 잡고는 위층에서 조이스가 저녁 먹으러 올라올 거냐고 묻는 소리에 아니라고 대답했다.

〈메리 타일러 무어 쇼〉가 막 시작하려는데, 저녁 식사 때 마티니를 한 잔 마신 레이가 지하실로 내려와 패티에게 단둘이 드라이브를 하자고 했다. 그때 미네소타에 대한 패티의 모든 지식은 〈메리 타일러 무어 쇼〉에서 얻은 것이다.

"아빠, 이 쇼 끝나고 가면 안 돼요?"

"패티."

잔인하게 뭔가 빼앗긴 기분으로 패티는 텔레비전을 껐다. 레이는 고등학교로 차를 몰더니 주차장 밝은 불빛 아래 차를 세웠다. 양쪽 차창을 내리자 불과 몇 시간 전에 패티가 강간당한 장소에 깔린 잔디 냄새와 비슷한 봄 잔디 향기가 차 안으로 스며들었다.

"어떻게 됐어요?" 패티가 물었다.

"이슨이 부인하더라. 그냥 거칠게 뒹굴며 놀았을 뿐, 합의 아래 한 거라는구나." 레이가 말했다.

필자는 차를 타고 있는 소녀의 눈물이 눈에 띄지 않을 정도로 가늘게 흘러내리다 어느새 놀랍게도 만물을 흠뻑 적시는 비처럼 흘러내렸다고 묘사하리라. 패티는 레이가 직접 이슨에게 물어봤는지 물었다.

"아니, 걔 아버지가, 두 번이나. 얘기가 잘됐다고 하면 거짓말이지." 레이가 말했다.

"그럼 포스트 씨가 내 말을 믿지 않는 게 분명하네."

"패티, 이슨은 그 사람 아들이고, 포스트 씨는 우리만큼 널 잘 모르잖니."

"아빤 제 말을 믿어요?"

"그럼, 믿는다."

"엄마는?"

"엄마도 물론 믿지."

"그럼 어떻게 해요?"

레이는 변호사가 하듯 패티 쪽으로 몸을 돌렸다. 마치 어른이 어른에게 말을 걸 듯이 레이가 말했다.

"포기해라. 잊어버려. 그냥 새 출발하자."

"잊으라고요?"

"떨쳐버려. 정리해라. 앞으로 더 조심하고."

"마치 아무 일도 없던 것처럼?"

"패티, 파티에 있던 사람들은 전부 이슨의 친구들이다. 그 애들은 아마 네가 취해서 이슨에게 먼저 들이댔다고 할 거다. 네가 수영장에서 10미터도 채 떨어지지 않은 곳에 있는 오두막 안에 있었는데 아무 소리도 못 들었다고 할 거다."

"엄청 소란스러운 파티였어요. 음악 소리도 크고, 사람들은 소리치고."

"그 애들은 또 저녁 늦게 너하고 이슨이 함께 자리를 뜨더니 차에 동승했다고 할 거다. 세상 사람들은 프린스턴에 진학할 예정인 엑스터 사립고등학교 학생 이슨은 피임을 할 만큼 책임감 있고 파티 장소를 나와 너를 집까지 데려다준 신사적인 아이라고 생각할 거다."

오는 듯 마는 듯하던 가랑비는 이제 패티의 티셔츠 깃을 적시고 있었다.

"아빠 내 편이 아니죠, 그렇죠?"

"물론 네 편이지."

"아빠 계속 '물론,' '물론'이라고 그러는데."

"들어봐. 검사는 네가 왜 비명을 지르지 않았는지 알고 싶어 할 거다."

"창피했다니까! 그 애들은 내 친구도 아니에요!"

"하지만 판사나 배심원들이 이해하기 어렵다는 거 모르겠니? 비명만 지르면 되는데. 그럼 아무 일도 없었을 텐데."

패티는 자기가 왜 비명을 지르지 않았는지 기억이 나지 않았다. 돌이켜보니, 이상할 정도로 고분고분했다는 건 인정해야 할 것 같았다.

"그래도 저항했어요."

"안다. 하지만 넌 뛰어난 운동선수잖아. 유격수는 노상 긁히고 멍들지. 그렇지 않니? 팔이나 허벅지도 그렇고."

"포스트 씨에게 내가 처녀라고, 아니 처녀였다고 얘기했어요?"

"그건 그 사람이 상관할 문제가 아니라고 생각했다."

"다시 전화해서 말해줘야겠네요."

"봐라, 애야. 정말 부당하다는 거 안다. 나도 속상해. 하지만 실수를 통해 교훈을 얻고 다시는 같은 상황에 처하지 않도록 하는 게 최선일 때도 있단다. '내가 실수를 했다. 그리고 운이 나빴다.' 이렇게 생각하고 그냥 잊어버리는 거지. 잊어라, 응? 포기해."

레이는 열쇠를 시동 거는 구멍에 꽂아 반쯤 돌려 라이트를 켰다. 손은 그대로 열쇠 위에 두었다.

"하지만 걘 범죄를 저질렀어요." 패티가 말했다.

"그래. 하지만 어, 인생이라는 게 항상 공평한 건 아니란다, 패티. 이슨이 더 신사답게 행동하지 않은 점에 대해 사과할 의향이 있을지도 모른다고 포스트 씨가 말은 했다만 글쎄, 그렇게 할래?"

"아뇨."

"그럴 줄 알았다."

"나이젤 선생님이 경찰에 신고해야 한댔어요."

"나이젤 코치는 드리블이나 잘하라고 해." 레이가 말했다.

"소프트볼, 지금은 소프트볼 시즌이에요." 패티가 말했다.

"한 학년 내내 공개적으로 창피당하고 싶지 않으면."

"농구는 겨울에 해요. 소프트볼은 봄에 하고. 날씨 따뜻할 때."
"묻잖니. 이번 학년 내내 그렇게 보내고 싶은지."
"카버 선생님이 농구 코치예요. 나이젤 선생님은 소프트볼 코치고."
레이가 시동을 걸었다.

새 학년이 되자 공개적으로 망신당하는 대신, 패티는 그저 재능 있는 선수가 아니라 진정한 선수가 됐다. 그녀는 실내 경기장에서 살다시피 했다. 패티는 같은 팀 선수인 스테파니를 팔꿈치로 찌른 뉴로셸 고등학교의 포워드 등을 어깨로 부딪쳤다는 이유로 세 경기에서 출전을 금지당했다. 그런데도 지난해 학교 기록은 모조리 경신했고, 득점 기록까지 깼다. 링 주위에서 슈팅이 점점 안정되면서 바스켓으로 공을 몰고 가는 데 맛을 들였다. 패티는 이제 더 이상 육체적 고통은 아랑곳하지 않았다.

봄이 되어 주 의회 의원이 오랜 의정 활동을 마무리하고 물러나면서 당 지도부는 그를 대신할 후보로 조이스를 지목했다. 포스트 부부는 울창하고 화려한 뒤뜰에서 선거자금 모금 파티를 공동 개최하자고 제안했다. 조이스는 제안을 수락하기 전에 패티가 싫다면 절대 하지 않겠다며 딸의 허락을 구했지만, 패티는 이제 조이스가 무슨 일을 하든 관심이 없었고, 그렇게 조이스에게 말했다. 선거 후보 조이스의 가족이 후보에게 꼭 필요한 가족사진을 찍기 위해 자리를 잡고 섰을 때 아무도 패티가 빠졌다고 서운해하지 않았다. 어차피 패티의 일그러진 표정은 조이스의 목적 달성에 아무 도움도 되지 않았을 것이다.

2장. 단짝 친구

　대학에 입학하고 첫 3년 동안 어떤 의식 상태였는지 기억하지 못하는 사실로 미루어볼 때 자서전 필자는 의식 상태 자체가 없던 것이 아닌가 하고 추측한다. 깨어 있다는 느낌은 들지만 몽유병에 걸린 것이 틀림없다. 그렇지 않고서야 (예를 들어 패티의 스토커라 할 수 있는) 정서 불안한 여자애와 단짝 친구가 됐다는 사실을 어찌 설명하겠는가.
　필자는 이런 말을 하고 싶지는 않지만, 전미 10대 대학 스포츠협회(미네소타 대학을 포함한 미국 열 개 대학의 운동경기 조직-옮긴이), 특히 거기 참가한 남학생들과 1970년 후반에는 여학생들의 삶을 지배한, 그 조직이 만들어낸 인공적인 세상에도 어느 정도는 잘못이 있다. 패티는 7월에 특별한 선수만 참가할 수 있는 여름 캠프에 참가하기 위해 미네소타로 갔다. 뒤이어 운동선수만 참가할 수 있는 1학년 특별 조기 설명회에 참가했고, 운동선수가 묵는 기숙사에서 생활했다. 운동선수가 앉아 있는 식탁에서만 식사를 했고, 파티에서는 같은 팀 운동선수와 단체 춤을 췄고, (시간이 허락하는 한) 함께 어울리고 함께 강의를 듣고 공부할 수 있는 운동선수가 많지 않은 과목은 절대 수강하지 않았다. 운동선수가 반드시 이런 생활방식을 고수해야 하는 건 아니지만, 미네소타 대학 학생은 대부분 그렇게 생활했다. 패티는 그 어떤 운동선수보다 철저하게 운동선수의 세계에 속했다. 그렇게 하는 것이 가능했으니까! 마침내 웨체스터를 탈출했으니까!

"**어디든 네가 원하는 곳으로 가야지.**" 조이스가 패티에게 말했다. 조이스의 말뜻은 이렇다.

'밴더빌트와 노스웨스턴처럼 좋은 대학에도 합격했는데(그런 학교에 가면 내 체면도 설 텐데) 미네소타 같은 변변찮은 주립대학에 가겠다니, 정말 끔찍하고 혐오스럽다.'

"이건 전적으로 **네** 선택이고, 우린 **네가 어떤 결정을 하든** 존중한다." 조이스가 말했다. 그 뜻은 이렇다.

'나랑 아빠 탓하지 마라. 그런 바보 같은 결정으로 네 인생을 망친 건 바로 너니까.'

패티가 미네소타를 선택한 이유는 조이스가 미네소타를 혐오하는 게 눈에 보였고, 뉴욕에서 멀기 때문이었다. 지금 돌이켜보니, 필자는 어린 시절의 자신이 부모에게 너무 화가 나서 사이비 종교 조직에 귀의한, 그리고 집에서는 더 이상 그럴 수 없지만 조직 안에서는 보다 착하고 친근하고 너그럽고 복종적으로 행동할 수 있는 불쌍한 청소년 중 하나인 것처럼 생각되었다. 단지 어쩌다 보니 패티의 사이비 종교는 농구가 된 것뿐이다.

패티를 이 사이비 종교에서 구제해준, 운동선수가 아닌 첫 번째 인물이자 패티에게 매우 중요한 사람은 정서가 불안한 여자애 엘리자다. 물론 패티는 처음에 엘리자가 정서 불안인지 까맣게 몰랐다. 엘리자는 말 그대로 '예쁘다가 만' 듯했다. 머리 정수리 부분은 아주 예쁜데 시선을 아래로 향할수록 점점 흉측해졌다. 엘리자는 갈색 곱슬머리에 숱이 많고, 눈은 엄청 컸으며, 코는 그만하면 귀엽다고 할 만큼 작고 앙증맞았다. 그런데 입 근처로 오면 얼굴이 갑자기 뭉그러지면서 조산아처럼 끔찍할 만큼 작아지고, 턱은 거의 형체가 없었다. 엘리자는 늘 펑퍼짐한 코듀로이 배기팬츠를 골반 뼈에 걸쳐 입었고 할인점 남아복 코너에서 산, 몸에 착 달라붙는 반소매 셔츠를 입고 중간 부분의 단추만 잠갔다. 붉은색 케드(신발 상표명-옮긴이)를 신고 아보카도색 양가죽 코트를 입고 다녔다. 엘리자의 몸에서는 재떨이 냄새가 났지만, 엘리자는 패티와 함께 있을 때는 실외에 있을 때 말고는 가능한 한 담배를 피우지 않았다. 그 당시 패티는 깨닫지 못했지만 필자가 돌이켜보건대, 엘리자는 패티의 여동생들과 공통점이 많았다. 엘리자는 검은색 전자 기타와 작은 앰프를 갖고 있었는데, 이따금 패티가 연주를 해보라고 하면 불같이 화를 냈다. 그럴 때 말고는 엘리자가 패티에게 화를 내는 일은 (적어도 초창기에는) 거의 없었다. 엘리자는 패티가 자기를 부담스럽고 어색한 느낌이 들게 한다면서, 이 때문에 자기가 몇 소절 연주하고 나면 꼭 '삑사리'가 나는 거라고 했다. 엘리자는 패티에게 그렇게 노골적으로 집중해서 연주를 듣는 티를 내지 말라고 했지만, 패티가 돌아서서 잡지를 읽는 척해도 그녀의 연주는 나아지지 않았다. 엘리자는 패티가 방을 나가는 순간 완벽하게 연주를 할 수 있다고 장담했다.

"하지만 지금 당장? 관두자."

"미안해. 나 때문에 연주를 망쳐서." 패티가 말했다.

"네가 듣지 않을 때는 이 노래를 끝내주게 연주할 수 있어."

"알아, 안다고. 분명히 그럴 거라는 거."

"진짜야. 네가 믿든 말든 상관없지만."

"진짜 믿는다니까."

"**내 말은**, 네가 안 믿는다는 게 아니라, 안 믿어도 **상관없다는** 거야. 네가 듣지 않을 때 내가 이 노래를 끝내주게 연주할 수 있다는 건 객관적 사실이라고." 엘리자가 말했다.

"다른 곡을 한번 연주해봐." 패티가 애원했다.

하지만 엘리자는 이미 기타의 플러그를 거칠게 뽑은 뒤였다.

"그만해, 좀. 네가 칭찬해주지 않아도 된다니까."

"미안, 미안, 미안." 패티가 말했다.

패티는 운동선수와 시적 감수성이 풍부한 학생이 함께 수강할 가능성이 있는 단 하나의 과목, 지구과학입문 강의실에서 엘리자를 처음 보았다. 패티는 수강생 수가 유난히 많은 이 과목을 다른 1학년 운동선수 10여 명과 함께 들었는데 대부분 패티보다 훨씬 키가 컸고, 모두 팀 이름인 골든 고퍼(Golden Gopher)라고 쓰인 밤색 운동복이나 평범한 회색 땀복을 입고 있었다. 머리카락이 축축한 정도는 제각각 달랐다. 똑똑한 여자애도 몇 명 있었는데 그중에는 필자의 평생 친구인 캐시 슈미트도 있었다. 캐시는 나중에 국선 변호사가 되었고, 〈제퍼디〉(미국의 인기 TV 퀴즈 프로그램-옮긴이)에 2회나 출연하기도 했다. 강의실이 지나치게 후텁지근한 데다 머리카락이 젖고 지친 운동선수들이 곁에 있어서 패티는 이 강의에 출석할 때마다 감각이 무뎌졌다.

엘리자는 운동선수들이 앉은 바로 뒷줄, 패티의 바로 뒤에 앉아 있었다. 의자 깊숙이 몸을 파묻어 숱이 많은 짙은 곱슬머리밖에 보이지 않았다. 어느 날 강의가 막 시작될 때 엘리자가 처음으로 패티에게 귓속말을 했다. "네가 짱이야."

패티는 누가 말하는지 보려고 몸을 뒤로 돌렸지만 머리카락밖에 보이지 않았다. "뭐라고?"

"어제 네가 경기하는 거 봤어. 끝내주던데. 멋지더라고."

"고맙다."

"널 더 많이 출전시켜야 하는데."

"하하, 나도 같은 생각이야."

"코트에서 더 오래 뛰게 해달라고 **졸라봐**."

"그러면 좋겠지만, 훌륭한 선수가 워낙 많아서. 내가 결정할 수 있는 것도 아니고."

"하긴. 어쨌든 네가 최고야." 덥수룩한 머리카락의 주인이 말했다.

"칭찬해줘서 고마워!"

패티가 대화를 마무리하려고 활달하게 말했다. 그 당시 그녀는 개인적으로 직접 칭찬을 듣는 게 너무 불편한 이유가 자기가 희생정신이 강하고 협동정신이 뛰어나서 그렇다고 믿었다. 필자가 지금 생각해보니, 그게 아니라 칭찬은 음료수와 같은 거였다. 칭찬에 대한 갈증이 해소할 수 없을 정도로 강해 한 방울도 입에 대지 않는 게 차라리 낫다는 걸 그녀는 무의식적으로 안 것 같다.

강의가 끝난 후 패티는 운동선수들에게 둘러싸여 머리숱 많은 뒷자리 학생을 돌아보지 않으려고 조심했다. 패티는 자기 팬이 지구과학입문 강의실에서 자기 바로 뒤에 앉은 것은 우연이라고 생각했다. 이 대학 학생이 5만 명인데 그 가운데 여학생 운동경기를 여가 선용 방법으로 생각하는 사람은 (전 운동선수들과 친구들, 현 운동선수들의 가족은 빼고) 아마 500명도 채 되지 않을 것이다. 여러분이 만약 엘리자고, 경기장에서 운동선수 벤치 바로 뒷자리를 차지하고 싶다면(그래서 패티가 코트를 벗어날 때 몸을 구부리고 공책을 보고 있는 여러분의 머리와 머리카락을 보지 않을 수 없게 하려면) 경기 시작 15분 전에 오면 된다. 그리고 경기 종료와 함께 한 줄로 서서 선수들이 손을 아래로 해서 손바닥을 서로 마주친 후 라커룸 입구에서 패티에게 공책을 찢어 다음과 같이 적은 쪽지를 건네주는 일쯤은 식은 죽 먹기다. "내가 말한 대로 더 오래 뛰게 해달라고 했어?"

패티는 그 여자애의 이름을 알지 못했지만, 그 아이가 패티의 이름을 알고 있는 건 분명했다. **패티**라는 이름이 공책 쪽지에 100번 정도 쓰여 있었기 때문이다. 패티의 이름은 부서지는 벽돌처럼 쓰여 있었고, 그 둘레에 연필로 동심원을 마구 그려 넣어서 만화에서처럼 마치 경기장 안에 관중의 함성이 울려 퍼지는 것처럼 보이게 했다. 마치 열광한 관중이 패티의 이름을 목청껏 외치는 것처럼. 하지만 전혀 그렇지 않았다. 경기장 관중석은 보통 90퍼센트쯤 비는 데다 패티는 1학년이고 한 경기당 평균 10분 이상 출전하지 않았다. 다시 말해, 모든 사람이 그녀의 이름을 알 만큼 유명한 선수가 아니었다. 쪽지 한 귀퉁이에 드리블하는 선수의 모습이 조그맣게 그려진 것 빼고는 온통 부서지는 벽돌처럼 생긴 함성이 지면을 가득 채웠다. 패티는 드리블하는 선수가 자신이라는 것을 알았다. 그림 속 선수가 자신의 고유 번호를 달고 있으니까. 그리고 지면이 **패티**라는 이름으로 뒤덮여 있는데 그녀가 아니고 누구겠는가? (패티가 곧 깨닫게 된 것처럼) 엘리자는 하는 일 족족 엉성하고, 어설프고, 서툴고, 엉망이듯 그림도 마찬가지였다. 그림 속 선수가 급히 몸을 회전하면서 몸은 지면 가까이 낮추고 옆으로 심하게 기울어지게 그린 것까지는 좋았는데, 얼굴과 머리는 응급처치 방법 안내 책자에 나오는 평범한 여자 같았다.

그 쪽지를 보면서 패티는 몇 달 후 엘리자와 대마초를 넣어 구운 브라우니를 먹고 몸이 추락하는 듯하던 느낌을 미리 맛보았다. 뭔가 아주 잘못되었고 소름 끼치는 것이 있는데, 그것으로부터 자신을 보호하기는 불가항력인 듯한 느낌.

"그림 고마워." 패티가 말했다.

"왜 널 더 오래 뛰게 안 하는 거니? 후반전은 거의 내내 벤치에 앉아 있었잖아." 엘리자가 말했다.

"일단 우리가 크게 앞서가기 시작하면."

"진짜 잘하는 너 같은 선수를 벤치에 앉혀두다니, 그게 말이 돼? 이해가 안 된다."

엘리자의 곱슬머리가 세찬 바람에 나부끼는 버드나무 가지처럼 휘날렸다. 몹시 걱정하는 모습이 역력했다.

"던이랑 캐시, 쇼나가 잘해줬어. 선두를 잘 유지했거든." 패티가 말했다.

"하지만 네가 걔들보다 훨씬 잘하는걸!"

"가서 씻어야겠다. 그림 정말 고마워."

"올해는 몰라도, 늦어도 내년에는 모두 너 때문에 난리가 날 거야. 사람들의 관심이 온통 너한테 집중될 거라고. 그러니 이제 신변을 보호하는 법을 배워야 해."

말도 안 되는 소리라고 생각한 패티는 발걸음을 멈추고 엘리자에게 말했다.

"사람들의 지나친 관심은 여자 농구에서는 문제가 아냐."

"남자들은 어쩌고? 너, 남자로부터 자신을 보호하는 방법 알아?"

"무슨 뜻이야?"

"그러니까, 남자 보는 눈이 있느냐는 거야."

"지금으로서는 운동 말고는 딴 거 할 시간 없어."

"네가 얼마나 끝내주는지, 너 자신은 잘 모르는 것 같아. 그리고 그게 얼마나 위험한지도."

"나도 내가 운동을 잘한다는 건 알아."

"네가 아직 남자한테 당한 적이 없다니, 기적이다."

"글쎄, 난 술을 마시지 않거든. 그게 도움이 되네."

"술을 왜 안 마셔?" 엘리자가 말꼬투리를 잡았다.

"훈련하는 동안 못 마시거든, 한 모금도."

"1년 내내 훈련하니?"

"그래. 그리고 고등학교 때 술 취해서 안 좋은 경험이 있었거든."

"무슨 일이 있었는데? 누가 널 강간했니?"

패티의 얼굴이 달아올랐고, 다섯 가지 표정이 동시에 나타났다.

"우와, 그래? 그런 일이 있었어?"

"씻으러 간다."

"봐, 내 말이 바로 그거야!" 엘리자가 흥분해서 소리쳤다. "넌 나를 전혀 알지 못하고, 우린 겨우 2분쯤 얘길 나누었을 뿐인데 넌 방금 내게 강간당한 적이 있다고 말한 거나 다름없어. 넌 완전히 무방비 상태로 노출돼 있다고!"

패티는 그 순간 너무 놀라고 창피해서 엘리자의 논리에서 허점을 찾아낼 수 없었다.
"걱정하지 마. 아무 일 없을 테니까." 패티가 말했다.
"그래, 알았어. 뭐, 네 안전이지 내 안전이 아니니까."
조명이 꺼지면서 둔탁하게 스위치 내리는 소리가 체육관에 울려 퍼졌다.
"넌 운동하는 거 있니?"
좀 더 살갑게 굴지 못한 것을 벌충하려고 패티가 물었다.
엘리자가 자신의 몸을 내려다보았다. 그녀는 골반이 넓고 평평했으며, 작은 케드 신발을 신고 있는 발은 안짱다리였다.
"내가 운동할 것처럼 보이니?"
"글쎄, 배드민턴?"
"난 체육 싫어. 운동은 다 싫어." 엘리자가 웃으며 말했다.
패티는 화제가 바뀐 것에 안도하며 따라 웃었지만 혼란스러웠다.
"난 대개 말하듯, 여자같이 공을 던지거나 여자같이 달리지 않아. 달리거나 공 던지는 일은 절대 안 하거든. 절대. 공이 내 손에 떨어지면 난 딴 사람이 와서 빼앗아갈 때까지 그냥 기다려. 1루로 뛰어야 하는 상황이면 아마 잠깐 제자리에 서 있다가 걸어갈걸."
"세상에." 패티가 말했다.
"그러게, 그것 때문에 졸업장도 못 받을 뻔했다니까." 엘리자가 말했다. "내가 졸업할 수 있었던 이유는 딱 하나야. 우리 엄마 아빠가 학교 심리상담사를 알고 있었거든. 매일 자전거를 타는 걸로 학점을 대신했지."
패티가 미심쩍은 듯 고개를 끄덕이고는 말했다.
"하지만 농구는 좋아하잖아, 그렇지?"
"그래, 맞아. 농구는 진짜 멋져." 엘리자가 말했다.
"그럼 운동을 싫어하는 건 아니네. 네가 진짜로 싫어하는 건 체육인 것 같은데."

"네 말이 맞아."

"뭐, 어쨌든."

"그래, 어쨌든. 우리 이제 친구하는 거지?"

패티가 웃으며 대답했다. "그러자고 하면, 내가 낯선 사람을 상대할 때 조심하지 않는다는 네 주장을 증명하는 게 되잖아."

"그럼 싫다는 얘기네."

"어떻게 되나 두고 보는 게 어때?"

"좋아. 아주 조심스러웠어. 맘에 드는데."

"봤지? 네가 생각하는 것보다 난 훨씬 조심스럽다고." 패티가 다시 웃었다.

필자의 생각에, 패티가 좀 더 자신을 의식하고 자신을 둘러싼 주변 환경에 절반이라도 제대로 관심을 가졌다면, 이만큼 훌륭한 대학 농구 선수가 되지 못했을 것이다. 엘리자가 몹시 정서 불안한 아이라는 걸 깨달을 만큼 지각이 있었다면, 그 생각 때문에 경기를 엉망으로 치렀을 것이다. 사소한 것에 대해 깊이 생각하면 자유투 성공률 88퍼센트인 선수가 되지 못한다.

엘리자는 패티의 친구 대부분을 못마땅하게 여겼고, 어울리려고 하지도 않았다. 엘리자는 패티의 친구들을 한데 묶어 "너희 레즈비언들" 아니면 "그 레즈비언들"이라고 불렀다. 사실 그중 절반은 이성애자였다. 패티는 곧 자기가 서로 배타적인 두 개의 세상에서 살고 있다고 느꼈다. 하나는 철저한 순도 100퍼센트 운동선수의 세상이다. 이 세계에서 패티는 대부분의 시간을 보냈고, 심리학 중간고사 시험에 낙제하는 한이 있어도 발목을 삐거나 독감에 걸려 몸져누운 팀원을 위해 약국에 가서 약을 사왔다.

또 하나의 세계는 어둡고 작은 엘리자의 세상이다. 이 세계에서 패티는 잘하려고 애쓸 필요가 없었다. 이 두 세상의 유일한 접점은 윌리엄스 경기장으로, 여기서 패티는 엘리자가 관중석에서 지켜보면 방어를 뚫고 레이업슛을 하거나 보지도 않고 공을 패스할 때 좀 더 자부심과 기쁨을 느꼈다. 하지만 이러한 두 세상의 접점도 그리 오래가지 않았다. 엘리자가 패티와 함께 있는 시간이 점점 늘면서 엘리자는 자신이 얼마나 농구에 흥미가 있었는지 기억이 점점 희미해지는 듯했기 때문이다.

 패티는 늘 친구가 여러 명 있었지만 깊이 사귄 적은 없었다. 농구 연습 후 체육관 밖에서 기다리는 엘리자를 보면 패티는 마음이 푸근해졌고, 그날 저녁은 보람 있게 보내게 되리라는 걸 알았다. 엘리자는 패티를 데리고 자막이 있는 영화 구경도 가고, 패티 스미스(뉴욕 펑크록을 대표하는 싱어송라이터-옮긴이)의 노래를 주의 깊게 듣게 했고("네 이름이 내가 가장 좋아하는 예술가 이름이랑 같은 게 마음에 들어"라고 엘리자가 말했다. 엘리자는 패티(Patty)와 그 패티(Patti)가 철자도 다를뿐더러 패티의 실제 이름이 파트리치아(Patrizia)라는 사실은 무시했다. 파트리치아라는 이름은 조이스가 색다른 이름을 붙인다고 지은 것으로, 패티는 창피해서 이 이름을 입 밖에 내지 않았다), 드니즈 레버토프와 프랭크 오하라가 쓴 시집을 빌려주기도 했다. 패티의 농구팀이 전적 8승 11패로 1차 토너먼트에서 탈락한 후 그녀는 엘리자 덕분에 폴 매슨 와이너리에서 샤블리스 품종으로 만든 포도주에 맛을 들였다.

 나머지 여가 시간에 엘리자가 뭘 했는지는 기억이 희미하다. '남자'(즉, 사내아이)를 여러 명 만난 것 같고, 가끔 자기가 다녀온 연주회 얘기도 했지만, 패티가 연주회에 관심을 보이면 엘리자는 우선 자기가 패티를 위해 여러 음악을 섞어 녹음한 테이프를 먼저 들어야 한다고 우겼다. 패티는 그 테이프를 들으면 골치가 아팠다. 패티 스미스를 좋아하긴 했다. 가사를 들으면, 패티가 강간당한 다음 날 아침 화장실에서 어떤 느낌이었는지 이해하는 것 같았다. 하지만 벨벳 언더그라운드의 음악을 들으면 울적해졌다. 한번은 엘리자에게 자기가 가장 좋아하는 밴드는 이글스라고 고백하자 엘리자가 말했다. "이글스를 좋아하는 게 어때서. 이글스 좋지." 하지만 엘리자의 기숙사 방에서 이글스의 음반은 눈에 띄지 않았다.

엘리자의 부모는 쌍둥이 도시에서 유명한 심리 상담치료사였고, 부자들만 사는 동네인 와이제터에 살았다. 바드 대학에 다니는, 엘리자의 말에 따르면 괴상한 오빠가 하나 있었다. 패티가 "어떤 점이 괴상한데?"라고 묻자 엘리자는 "모든 점이 다"라고 대답했다. 엘리자는 미네소타 주의 고등학교를 세 군데 전전했고, 부모가 생활비를 끊어버린다고 해서 할 수 없이 미네소타 대학에 등록했다. 엘리자는 패티가 이류 학생인 것과는 또 다른 면에서 이류 학생이었다. 패티는 모든 과목에서 B를 받았지만 엘리자는 국어만 A+를 받고 나머지는 전부 D로 깔았다. 농구 빼고 엘리자의 유일한 관심은 시와 쾌락이었다.

엘리자는 어떻게든 패티가 대마초를 피우게 하려고 했지만 패티는 폐를 상하지 않게 하려고 극도로 몸을 사렸고, 그래서 브라우니 사건이 터졌다. 두 사람은 엘리자의 폭스바겐 풍뎅이 차를 타고 와이제터에 있는 엘리자의 집으로 갔다. 그 집은 아프리카 조각품으로 가득했고, 부모님은 주말에 열리는 회의에 참석하기 위해 집을 비운 상태였다. 처음 계획은 줄리아 차일드(미국의 유명한 요리사-옮긴이)가 만든 것처럼 우아한 저녁을 만들어 먹는 것이었지만, 포도주를 너무 많이 마셔서 요리를 하지 못했다. 크래커와 치즈, 브라우니를 먹었는데 브라우니에 엄청난 양의 약물이 들어 있었다. 정신이 혼미한 열여섯 시간 내내 패티는 '**절대** 다시는 안 해야지'라고 생각했다. 패티는 훈련을 너무 망쳐서 다시는 정상적으로 훈련을 하지 못할 것 같은 기분이 들었다. 정말 암담하고 참담한 기분이었다. 엘리자에게 겁이 나기도 했다. 패티는 엘리자가 자기에게 홀딱 반했다는 것을 불현듯 깨달았고, 따라서 꼼짝도 하지 않고 가만히 앉아 행동을 자제해야 했다. 엘리자가 양성애자인지 알고 싶지 않았기 때문이다. 엘리자는 연거푸 패티에게 괜찮은지 물었고, 패티는 연거푸 똑같은 대답을 했다. "괜찮아, 고마워"라고 패티가 대답할 때마다 두 사람은 배꼽을 잡고 웃었다. 벨벳 언더그라운드의 음악을 들으면서 패티는 이 그룹을 더 잘 알게 되었고, 아주 **추잡한** 그룹이며 와이제터에서 아프리카 가면에 둘러싸여 느끼는 더러운 감정이 이 그룹의 추잡함과 비슷하다는 점이 위안이 되었다. 혼미한 정신이 어느 정도 맑아졌고, 패티는 약에 취해 있는 동안에도 자신을 잘 다스렸다. 엘리자가 자기에게 손대지 않았다는 사실을 깨닫고 안도하기도 했다. 결코 레즈비언이 될 생각은 없었다.

패티는 엘리자의 부모가 궁금했다. 그 집에 좀 더 있다가 만나고 싶었지만, 엘리자는 좋은 생각이 아니라며 반대했다.

"서로 죽고 못 살아. 뭐든 같이 한다니까. 같은 공간에 사무실도 똑같이 꾸며놓고 논문이랑 책도 함께 써. 회의에서는 합동 발표하고 집에서는 절대, **절대** 일 얘기 안 해. 환자에 대한 기밀 유지 때문에. 자전거도 2인용을 같이 탄다니까."

"그게 뭐 어때서."

"그러니까 이상한 사람들이라 넌 우리 엄마 아빠가 마음에 들지 않을 테고, 그럼 나도 안 좋아하게 될 거라는 거지."

"뭐, 우리 부모님도 그리 훌륭하진 않아." 패티가 말했다.

"내 말 믿어. 이건 차원이 달라. 다 알고 하는 말이라고."

차가운 미네소타의 봄 햇살을 뒤로하고 풍뎅이 차를 타고 시내로 돌아오면서 둘은 처음으로 싸움 같은 싸움을 했다.

"여름에 어디 가지 말고 여기 있어야 해. 딴 데 가면 안 돼." 엘리자가 말했다.

"그건 힘들어. 7월에는 게티스버그에 있는 아빠 사무실에서 일해야 하니까." 패티가 말했다.

"여기서 캠프로 왔다 갔다 하면 안 돼? 우리 둘 다 일자리도 구하고 넌 매일 체육관에 갈 수 있고."

"집에 가야 해."

"대체 왜? 너 집 싫어하잖아."

"여기 있으면 매일 밤 포도주만 마시게 될 거야."

"그런 일은 없을 거야. 엄격한 규칙을 정하면 되잖아. 네가 원하는 대로."

"가을에 돌아올게."

"그럼 그때 같이 살 수 있니?"

"안 돼. 벌써 우리 팀 캐시와 살기로 했는걸."

"계획이 바뀌었다고 하면 되잖아."

"그렇게 못해."

"말도 안 돼! 난 너랑 거의 얼굴도 못 보잖아!"

"내가 너보다 자주 만나는 사람은 없어. 너 만나는 거 좋으니까."

"그럼 이번 여름에 여기 있어, 응? 너 나 못 믿니?"

"내가 너를 왜 못 믿겠어?"

"난들 아니. 난 네가 아빠 사무실에서 일하겠다는 이유를 모르겠다. 널 아끼기를 했니, 보호해주기를 했니. 난 그럴 거야. 너희 아빠는 널 끔찍이 생각하지도 않잖아. 난 널 끔찍이 생각한다고."

패티는 사실 집에 돌아갈 생각만 하면 기운이 빠졌지만, 대마초 들어간 브라우니를 먹은 벌을 받아야 할 것 같았다. 레이도 패티에게 직접 손으로 쓴 편지("테니스 코트에서 모두 너를 그리워한다")를 보냈다. 할머니의 낡은 차(아버지는 할머니가 이제 더 이상 차를 몰면 안 된다고 생각했다)를 쓰라는 등 좋은 아버지가 되려고 노력 중이었다. 집에서 떠나 1년을 살아보니, 그동안 아버지에게 쌀쌀맞게 군 일이 죄스럽게 느껴졌다. 그래, 아마 패티가 잘못한 걸 거다. 그래서 그녀는 여름에 집으로 돌아갔다. 하지만 집에서 변한 것은 하나도 없었고, 패티는 아무 잘못도 하지 않았다는 것을 깨달았다. 패티는 자정까지 텔레비전을 봤고, 매일 아침 7시에 일어나 8킬로미터를 달렸으며, 낮에는 법률 서류에 적힌 이름에 형광펜으로 표시를 하고, 우편물이 오기를 기다렸다. 우편물에는 대개 엘리자가 손으로 쓴 편지가 끼어 있었다. 엘리자는 편지에 보고 싶다고 썼고, 자기가 매표소 판매원으로 일하는 재상영 영화관의 주인이 얼마나 "못됐는지" 알려주었으며, 패티에게 곧 답장하라고 간곡히 부탁했다. 패티는 좀약 냄새나는 아버지의 사무실에 있는 타자기로 사무실 로고가 박힌 오래된 종이에 답장을 찍어 보내기 위해 최선을 다했다.

어느 날, 엘리자는 편지에 이렇게 적었다. "자신을 보호하고 자기계발을 위해 서로에게 규칙을 만들어줘야겠어." 패티는 내키지 않았지만 엘리자가 지켜야 할 규칙 세 가지를 적어 보냈다. "저녁 먹기 전에는 금연하고, 매일 운동해서 체력을 기를 것, 마지막으로 수업은 절대 빼먹지 말고 (국어뿐 아니라) 다른 과목 숙제도 빠짐없이 꼬박꼬박 할 것." 그러나 엘리자가 패티에게 지키라고 만들어준 규칙은 이와는 전혀 딴판이었다. 패티는 엘리자가 제정신이 아니라는 걸 그때 깨달아야 했다. 엘리자가 패티에게 만들어준 규칙은 이랬다. "술은 토요일에만 마시고 엘리자와 같이 있을 때만 마실 것, 엘리자와 같이 가는 경우가 아니면 절대로 남녀 혼성 파티에 가지 말 것, 엘리자에게 **뭐든 다** 얘기할 것." 하지만 패티의 판단력이 흐려졌는지, 패티는 이렇게 열정적이고 친한 친구가 있다는 사실에 흥분을 느꼈다. 엘리자는 패티에게 자기의 가운데 동생을 제어할 수 있는 방패와 무기가 되어주었다.

"근데 미녜소~타에서 사는 건 어떤가?" 동생은 항상 대화를 이렇게 시작했다. "**옥수수**는 많이 먹었나? 베이브 더 블루 옥스(거인 벌목꾼 폴 버니언이 기르는 소-옮긴이)는 봤는가? **브레이너드**(폴 버니언과 베이브 더 블루 옥스의 조각이 있는 미네소타 지역 이름-옮긴이)에는 가봤는가?"

단련된 승부사이자 동생보다 (학교는 두 학년 위지만) 나이가 세 살 반이나 많으니, 패티가 이런 동생의 못된 바보짓에 어떻게 대처해야 하는지 그 방법을 몇 가지 개발했거니 하겠지만, 패티의 마음에는 태생적으로 방어 불능인 뭔가가 있었다. 동생이 그럴 때마다 패티는 새삼스럽게 동생의 정나미 떨어지는 말에 충격을 받았다. 여동생이 기발하긴 했다. 매번 새로운 방법을 찾아내 패티를 꼼짝 못하게 했으니까.

"왜 넌 나한테 말할 때 항상 그렇게 이상한 목소리를 내니?"

패티가 할 수 있는 최선의 방어 수단이었다.

"그 좋은 미네소~~타에서 사는 게 어떤지 물어봤을 뿐이야."

"**꽥꽥**거리잖아. 그래 꼭 **꽥꽥**거리는 것 같아."

패티가 이런 말을 하면 동생은 말없이 눈을 반짝였다.

"호수가 1만 개 있는 곳."

"꺼져."

"거기 사귀는 남자 친구 있어?"

"아니."

"사귀는 여자 친구는?"

"**없어**. 친구를 한 명 사귀긴 했지만."

"편지 보내는 그 애? 운동선수야?"

"아니. 시인이야."

"우와. 이름이 뭔데?" 동생이 약간 흥미를 보이는 듯했다.

"엘리자."

"엘리자 둘리틀. 진짜 편지 자주 쓰더라. 정말 사귀는 여자 친구 아냐?"

"작가라니까, 알아들어? 아주 재미있는 작가야."

"라커룸에서 속삭이는 소리가 들리는걸. 그것뿐이야. 라커룸의 곰팡이는 감히 이름을 발설하지 않으리라."

"너 정말 역겹다. 걘 남자 친구가 세 명이야. 쿨한 애라고."

"브레이너드, 미네소~~~타." 동생의 대답이었다.

"브레이너드에 가면 나한테 베이브 더 블루 옥스가 찍힌 엽서 꼭 보내줘."

동생은 '난 아침에 결혼한다네'를 오페라 가수 같은 목소리로 부르면서 가버렸다.

가을이 되자 패티는 학교로 돌아갔고, 카터라는 이름의 남자애를 만났다. 카터는 패티의 첫 남자 친구(딱히 적당한 표현이 없다)다. 필자가 생각해보니, 엘리자가 패티에게 준 세 번째 규칙을 지키느라 체육관에서 본 적 있는 레슬링팀 2학년 남자애가 저녁 초대를 했다고 엘리자에게 얘기하자마자 카터를 사귀게 된 건 전혀 우연이 아닌 듯싶다. 엘리자는 자기가 먼저 그 레슬러를 만나보겠다고 했지만, 아무리 고분고분한 패티라도 그건 도가 지나쳤다.

"좋은 애 같아." 패티가 말했다.

"미안하지만, 넌 남자에 관한 한 아직 근신 중이야. 널 강간한 자식도 좋은 애라고 생각했잖아." 엘리자가 말했다.

"실제로 그런 생각을 한 적은 없어. 그냥 그 애가 내게 관심을 보이는 게 신났을 뿐이야."

"근데 이제 너한테 관심을 보이는 또 다른 사람이 있잖아."

"알아. 하지만 이번에는 취하지 않았거든."

패티는 레슬러와 저녁을 먹은 후 곧장 학교 바로 옆에 있는 엘리자의 집(여름에 일을 한 대가로 부모님이 엘리자에게 준 보상)에 가기로 했고, 만약 패티가 10시까지 나타나지 않으면 엘리자가 패티를 찾아 나서기로 하는 선에서 엘리자와 합의를 봤다. 패티가 그다지 즐겁지 않은 저녁 약속을 마치고 9시 30분쯤 엘리자의 집에 도착했을 때 엘리자는 카터라는 이름의 남자애와 맨 꼭대기 층에 있는 자기 집에 같이 있었다. 둘은 서로 맞은편 소파에 앉아 가운데 놓인 방석 위에 양말 신은 발을 올려놓고 발바닥을 마주하고 서로의 발을 자전거 페달처럼 밀고 있었다. 형제자매끼리 장난삼아 하는 행동처럼 보이기도, 아니기도 했다. 새로 나온 디보(Devo, 미국 음악 밴드의 이름-옮긴이)의 음반에 수록된 노래가 엘리자의 스테레오에서 흘러나왔다.

패티는 현관에서 비틀거렸다.

"방해하면 안 될 것 같은데."

"무슨 소리! 아니, 아니, 아니, 아니, 아니, 여기 있어. 카터랑은 벌써 끝난 사이야, 그렇지?"

"한참 지난 일이지."

카터는 점잖게 말했지만, 패티가 나중에 생각해보니 약간 짜증이 섞여 있었던 것 같다. 카터가 다리를 휙 돌려 바닥에 내려놓았다.

"사화산(死火山)이라고."

엘리자는 말하면서 벌떡 일어나 두 사람을 소개했다. 패티는 엘리자가 남자애와 함께 있는 걸 한 번도 본 적이 없었기에 엘리자의 모습에 조금 놀랐다. 얼굴이 상기되고 말을 더듬었으며, 끊임없이 어색하게 킬킬거렸다. 패티가 저녁 약속이 어땠는지 보고하러 왔다는 사실을 까맣게 잊은 듯했다. 엘리자는 카터에 대해 낱낱이 얘기했다. 그는 엘리자의 고등학교 동창이고, 대학 휴학 중이며, 서점에서 일하고, 영화를 좋아했다. 카터의 머리카락은 직모에 독특한 짙은 색이고(나중에 알고 보니 헤나로 염색한 거였다), 속눈썹이 길고 예뻤으며(나중에 알고 보니 마스카라를 발랐다), 치아를 빼고는 눈에 띄는 신체적 결함이 없었다. 하지만 치아는 모두 한데 엉겼고, 이상하리만치 작았으며 뾰족했다(나중에 알고 보니 중산층이라면 누구나 하는 치아 교정을 해야 할 시기에 부모가 이혼 소송을 하느라 정신이 없어서 때를 놓친 것이다). 패티는 카터가 자기 치아를 부끄러워하지 않는 점이 마음에 들었다. 패티가, 카터에게 자신은 엘리자의 친구가 될 만한 자격이 있다는 것을 보여주고 좋은 인상을 심어주려는 찰나 엘리자가 패티의 눈앞에 커다란 포도주 잔을 들이밀었다.

"고맙지만 사양할게." 패티가 말했다.

"오늘은 토요일 밤이니까 괜찮아." 엘리자가 말했다.

패티는 엘리자가 만든 규칙은 토요일 밤에 패티가 술을 **의무적으로** 마셔야 한다는 게 아니라는 점을 지적하고 싶었다. 하지만 카터가 보기에 엘리자가 만든 규칙이 얼마나 이상할지, 레슬러와 함께한 저녁 식사에 대해 엘리자에게 보고하는 것이 얼마나 이상할지 신경 쓰였다. 패티는 지적하려던 생각을 접고 엘리자가 내민 잔을 받아 마셨다. 엄청 큰 잔으로 한 잔을 더 마시니 따뜻하고 기분이 알딸딸해졌다. 필자는 다른 사람이 술 마시는 얘기가 얼마나 재미없게 들리는지 잘 알지만, 상황을 이해하려면 가끔 필요하다. 자정 무렵 카터가 집에 가려고 일어서면서 패티에게 기숙사까지 데려다주겠다고 했고, 기숙사 건물 출입문 앞에서 잘 자라는 키스를 해도 되는지 물었다. (패티는 생각했다. '괜찮아, 앤 엘리자의 친구인데 뭐.') 두 사람은 한참 동안 서로를 애무했고, 쌀쌀한 10월의 밤공기 속에 서서 카터는 패티에게 다음 날 만나주겠느냐고 물었다. 패티는 생각했다. '우와, 이 녀석 진도 **무지 빨리** 나가는군.'

인정할 건 인정해야 한다. 그해 겨울 패티는 생애 최고의 운동 기량을 발휘했다. 패티는 건강상 아무 문제가 없었고, 트리드웰 코치는 패티에게 좀 덜 이타적이고 주도적으로 경기를 하라고 일장 연설을 한 후 매 경기에 패티를 처음부터 가드로 내세웠다. 놀랍게도 갑자기 패티의 눈에 덩치가 훨씬 큰 상대 팀 선수들의 움직임이 느린 동작으로 보이기 시작했고, 손만 뻗으면 상대방에게서 공을 낚아챌 수 있었으며, 경기마다 점프슛을 수없이 성공시켰다. 패티는 상대 팀 선수 두 명이 동시에 방어할 때도(이런 일은 점점 자주 일어났는데) 농구 바스켓과 개인적으로 특별한 관계라도 있는 것처럼 그 위치를 정확히 알았고, 농구 코트에서 바스켓이 가장 좋아하는 선수가 자신이라는 것을 믿게 되었다. 바스켓의 둥근 입에 공을 넣는 데 타의 추종을 불허했다. 그러한 집중력은 코트 밖에서도 이어졌다. 무슨 일을 하든 너무 몰두한 나머지 눈썹 뒤쪽으로 압박감 같은 것이 느껴졌고, 몽롱한 듯 정신이 명징했으며, 묵묵히 온 정신을 집중할 수 있었다. 겨울 내내 패티는 매일 잠을 푹 잤고, 중간에 깬 적도 없었다. 패티는 머리를 팔꿈치로 찔리거나 경기 종료를 알리는 소리와 함께 같은 팀원이 달려들어도 감각을 거의 느끼지 못했다.

그녀의 집중력은 카터와 연애를 할 때도 부분적으로 도움이 되었다. 카터는 스포츠에 관심이 많았고, 경기를 치르느라 가장 바쁜 주간에 몇 시간밖에 못 만나도 별로 개의치 않았다. 카터의 아파트에서 섹스만 하고 곧바로 캠퍼스로 허겁지겁 돌아오는 날도 있었다. 어떤 면에서는 지금 생각해도, 필자의 생각으로는 이상적인 관계였다. 물론 패티가 카터의 여자 친구로 지낸 여섯 달 동안 카터가 얼마나 많은 여자애와 관계를 했는지 현실적으로 추측해보면 그다지 이상적인 관계가 아니지만. 카터와 함께한 여섯 달은 모든 것이 착착 맞아떨어진, 패티의 일생에서 가장 행복한 두 번의 기간 중 첫 번째 기간이다. 패티는 카터의 교정하지 않은 치아가 마음에 들었다. 그의 겸허한 태도, 능숙한 애무, 패티에게 보여주는 인내심을 사랑했다. 카터는 장점이 많았다. 섹스에 대해 지겨울 정도로 점잖게 기교를 짚어줄 때든, 아니면 장래에 희망하는 직업을 갖기 위해 세운 대책이 전혀 없다고 고백하든("은밀히 공갈 협박하는 재능은 뛰어난 것 같아") 카터의 목소리는 늘 부드럽고 감정이 절제되어 있었으며, 자기 비하적이었다. 타락한 불쌍한 카터는 인류의 구성원으로서 자신을 높이 평가하지 않았다.

패티는 여전히 카터에게 호감을 느꼈다. 해로울 정도로. 그러던 4월의 어느 토요일 밤, 전미 오찬과 시상식(패티는 가드 제2팀으로 지명됐다)에 참석하기 위해 트리드웰 코치와 함께 시카고에 간 패티는 카터의 생일 파티에 나타나 깜짝 놀라게 해주려고 예상보다 일찍 돌아왔다. 길가에서 카터의 아파트에 불이 켜진 것이 보였지만, 패티가 벨을 네 번이나 눌렀는데도 아무 대답이 없었다. 마침내 인터콤을 통해 목소리가 흘러나왔다. 엘리자였다.

"패티, 너니? 시카고에 간 거 아니었어?"

"일찍 돌아왔어. 문 좀 열어줘."

인터콤으로 지지직대는 소리가 들렸고, 곧 오랫동안 아무 소리도 들리지 않아서 패티는 초인종을 두 번이나 더 눌러야 했다. 마침내 케드 신발을 신고 양가죽 코트를 입은 엘리자가 계단을 뛰어 내려와 문밖으로 나왔다.

"안녕, 안녕, 안녕, 안녕! 네가 오다니, 믿어지지 않는다!"

"위에서 문 여는 버튼만 누르면 되는데 무슨 일이야?"

"몰라. 그냥 직접 내려와서 널 보고 싶었어. 위는 지금 무지 어수선하거든. 내려와서 너랑 얘기 좀 하려고." 엘리자가 눈을 번득이며 손을 가만두지 않고 꼼지락거렸다. "위에 약이 엄청 많거든. 우리 어디 다른 곳으로 가자. 정말 반갑네. 그러니까, 헤이 안녕! 어떻게 지냈어? 시카고는 어땠어? 오찬은?"

패티가 얼굴을 찌푸렸다.

"직접 올라가서 내 남자 친구 좀 만나면 안 되는 거야?"

"글쎄, 그게 아니라, 아니 그게 아니라…… 남자 친구라고? 그건 좀 센 단어 같다. 그런 생각 안 들어? 난 걔가 그냥 카터일 뿐이라고 생각하는데. 내 말은, 네가 그애를 좋아하는 건 알지만……."

"위에 또 누가 있어?"

"있잖아, 딴 사람들."

"누구?"

"네가 모르는 사람. 그냥 딴 데 가자, 응?"

"그러니까 누가 있는데?"

"걘 네가 내일 돌아오는 줄 알았어. 너희 내일 저녁 먹기로 했다며?"

"카터 보려고 일찍 돌아왔어."

"세상에! 너 걔 사랑하는 건 아니지, 그렇지? 널 어떻게 하면 더 잘 보호할 수 있는지 좀 더 의논을 해야겠다. 난 네가 그냥 재미 보는 거라고 생각했는데. 내 말은, 네가 '남자 친구'라는 단어를 쓰는 걸 한 번도 본 적이 없으니까. 남자 친구라면 내가 알아야 하는 거 아냐? 그리고 네가 나한테 다 얘기하지 않으면 넌 규칙을 어긴 거나 다름없어. 그렇게 생각 안 해?"

"너도 내가 정한 규칙을 지키지 않았잖아." 패티가 말했다.

"맹세하는데, 이건 네가 생각하는 그런 거 아냐. 난 네 친구잖아. 하지만 분명히 네 친구가 아닌 사람이 지금 여기에 있어."

"여자애야?"

"이봐, 내가 걜 보낼게. 걔 보내버리고 우리 셋이서 파티하자. 카터가 자기 생일이라고 정말 질 좋은 코카인을 구했어." 엘리자가 낄낄거리며 말했다.

"잠깐, 너희 세 명뿐이라고? 그게 파티야?"

"너무 좋아. 너도 해봐. 경기 시즌 끝났지? 그 여자애는 보내버릴게. 올라와서 파티하자. 아니면 우리 집으로 가도 되고. 너도 해봐야 한다니까. 해보지 않으면 이해할 수 없어."

"카터는 다른 여자랑 있게 하고 너랑 마약 하러 가자고? 정말 좋은 생각이구나."

"세상에, 패티 미안해. 네가 생각하는 그런 거 아냐. 파티한다고 해놓고 코카인을 구해오더니 계획이 조금 바뀌었다는 거야. 알고 보니, 또 다른 애가 카터하고 자기 둘뿐이면 안 오겠다고 해서 날 부른 거더라고."

"그냥 갈 수도 있었잖아."

"이미 파티를 하고 있었잖아. 너도 해보면 내가 왜 가지 않았는지 이해할 거야. 맹세코 내가 여기 남은 이유는 그것뿐이야."

그날 밤 패티와 엘리자의 사이가 소원해지거나 절교하는 걸로 마무리되어야 했다. 그 대신 패티가 카터를 다시는 안 만나겠다고 맹세한 후 카터에 대한 감정을 털어놓지 않은 점에 대해 패티가 엘리자에게 사과하고, 엘리자는 패티에게 좀 더 관심을 기울이지 않은 점을 사과한 후 규칙을 더 잘 지키고 강한 마약은 더 이상 하지 않겠다고 약속하는 것으로 마무리됐다. 같이 놀 여자애 두 명과 침대 옆 탁자에 수북이 쌓인 하얀 가루가 카터가 생각하는 멋진 생일 선물이었다는 걸 자서전을 쓰는 필자는 이제야 분명히 깨달았다. 하지만 엘리자는 죄책감이 들고 걱정되어 제정신이 아닌 바람에 그럴듯하게 거짓말했고, 다음 날 아침 패티가 잠에서 깨어 생각을 정리하고 단짝이라는 애가 자기 남자 친구랑 이상한 짓을 했다는 결론에 도달하기 전에, 엘리자는 자기 생각에 운동복이라는 옷을 걸치고(레나 로비치 티셔츠, 무릎까지 내려오는 헐렁한 남자 속옷 하의, 검은 양말, 케드 신발) 숨을 헐떡거리며 패티의 숙소에 나타나 4000미터 길이의 트랙을 4분의 3쯤 뛰었다며 패티에게 몸이 유연해지는 미용체조를 가르쳐달라고 졸랐다. 엘리자는 패티와 매일 저녁 함께 공부할 계획을 세웠다며 들떠 있었고, 패티에 대한 애정과 패티를 잃을지 모른다는 두려움에 후끈 달아올라 있었다. 카터의 본성을 고통스럽게 두 눈으로 똑똑히 목격한 패티는 엘리자의 본성은 못 본 척 눈감아주었다.

패티가 여름에 미니애폴리스에서 엘리자와 함께 지내겠다는 동의를 할 때까지 엘리자의 전면적 압박은 계속되었다. 마침내 패티가 그렇게 하겠다고 하자 엘리자의 열의는 순식간에 식었고, 운동에도 흥미를 보이지 않았다. 패티는 찌는 듯한 여름을 코딱지만 한 동네의 바퀴벌레가 들끓는 임시 숙소에서 거의 홀로 지내는 자신이 초라하게 느껴졌고, 자존감은 바닥으로 떨어졌다. 새벽 2시에 귀가하거나 아예 외박을 하려면 도대체 뭣 때문에 엘리자가 그토록 자기와 여름을 같이 보내고 싶어 했는지 이해가 되지 않았다. 엘리자가 패티에게 새 마약을 하든, 쇼를 구경하러 가든, 잠자리를 같이할 사람을 새로 구해보라고 말한 것은 사실이다. 하지만 패티는 잠시 섹스가 역겨운 생각이 들었고, 마약과 담배 연기는 완전히 정나미가 떨어졌다. 게다가 여름 내내 체육관에서 일해 번 돈은 겨우 월세나 낼 정도였고, 패티는 엘리자처럼 부모에게 손 벌리고 싶지 않았다. 패티는 점점 쪼들렸고, 외로웠다.

엘리자가 외출하려고 요란하게 치장하는 어느 날 밤 마침내 패티가 물었다.
"왜 나랑 친구 하는 거니?"
"넌 똑똑하고 예쁘니까. 넌 내가 세상에서 제일 좋아하는 사람이야." 엘리자가 말했다.
"난 운동선수야. 따분한 사람이지."
"절대 아냐! 넌 패티 에머슨이고, 우린 함께 살고 있잖아. 멋져."
엘리자가 한 말 그대로다. 필자는 지금도 생생하게 기억한다.
"하지만 우린 아무것도 **같이** 하는 게 없잖아." 패티가 말했다.
"뭘 하고 싶은데?"
"잠시 부모님 댁에 가 있을까 생각 중이야."
"뭐? 농담이지? 넌 부모님을 좋아하지도 않잖아! 넌 여기서 나랑 있어야 해."
"하지만 넌 거의 매일 밤 외출하잖아."
"그럼 앞으로 좀 더 시간을 같이 보내자."
"넌 그런 거 별로 안 좋아하잖아."
"글쎄, 그럼 영화 보러 가자. 당장 영화 보러 가는 거야. 뭐 보고 싶어? 〈천국의 나날들〉 볼래?"

엘리자의 전면적 압박이 다시 시작됐고, 패티가 달아나지 않고 여름 고비를 넘길 동안 잠시 계속됐다. 패티가 록 음악을 하는 리처드 캐츠에 대한 얘기를 듣기 시작한 건 동시 상영 영화와 와인 스프리처(칵테일의 한 종류-옮긴이)와 블론디(미국의 음악 그룹 이름-옮긴이)로 점철된 세 번째 밀월 기간 동안이었다.

"세상에, 나 사랑에 빠졌나 봐. 이제부터 조신하게 행동해야 할 것 같아. 덩치가 장난이 아냐. 중성자별에 깔리는 것 같아. 거대한 지우개가 날 지우는 것 같다니까." 엘리자가 말했다.

'거대한 지우개'는 매컬리스터 대학을 막 졸업했으며, 건물을 철거하는 일을 하고 있었다. 그는 트로매틱스라는 펑크 밴드를 조직했는데, 엘리자는 이 밴드가 대박 날 거라고 확신했다. 엘리자가 캐츠를 우상화는 데 한 가지 걸림돌이 되는 것은 친구에 대한 취향이었다.

"캐츠는 그에게 찰싹 달라붙어 다니는 월터라는 쪼다 같은 애랑 같이 사는데, 이런 바른 생활 소년이 밴드를 따라다니다니 정말 웃겨. 이해가 안 돼. 처음에는 캐츠의 매니저라도 되나 싶었는데, 매니저라고 하기에는 너무 안 멋있더라고. 아침에 내가 캐츠의 방에서 나오면 **월터**가 부엌 식탁에 앉아 자기가 만든 커다란 과일 샐러드를 먹고 있거든. 〈뉴욕타임스〉를 읽고 있던 개가 나한테 던진 첫마디는 최근에 본 **좋은 연극**이 있느냐는 거야. 알지? 연극. 완전히 전혀 안 어울리는 두 사람이야. 캐츠를 만나보면 두 사람이 얼마나 안 어울리는지 너도 이해할 거야." 엘리자가 말했다.

세월이 흐른 뒤, 월터와 리처드의 애틋한 우정보다 필자에게 더 큰 고통을 준 상황은 별로 없었다. 겉보기에, 월터와 리처드는 패티와 엘리자보다 더 어울리지 않는 한 쌍이었다. 매컬리스터 대학에서 기숙사 배정을 담당하는 어떤 천재가 가슴이 미어질 정도로 책임감 강한 미네소타 시골 출신 소년을, 자기도취적이고 중독 성향이 강하며 제멋대로인 데다 산전수전은 물론 공중전까지 다 겪은 뉴욕 주 용커스 출신 기타 연주자를 신입생 기숙사의 같은 방에 배정했다. 기숙사 배정 사무실에서 확실히 알고 있는 이 두 사람의 공통점이라고는 재정적 도움을 받는 학생이라는 것뿐이었다. 월터는 피부가 뽀얗고 뼈쩍 말랐으며, 패티보다는 키가 크지만 리처드한테는 한참 못 미쳤다. 리처드는 193센티미터에 어깨가 떡 벌어지고, 흰 피부의 월터와 정반대로 피부색이 짙었다. 리처드는 리비아의 독재자 무아마르 알 카다피와 매우 흡사했다(패티뿐 아니라 많은 사람이 그렇게 생각했고, 그렇게 말했다). 리처드는 카다피처럼 머리카락이 검고 뺨은 햇볕에 그을리고 천연두 자국이 있었으며, 군대를 사열하고 로켓 발사기를 흐뭇한 표정으로 바라보는 권력자 카다피의 미소 띤 얼굴까지 닮았다.* 월터는 고등학교 운동부에서 이따금 볼 수 있는 '학생 매니저' 같았다. 코치를 보조하고, 양복 재킷과 넥타이를 매고 경기장에 나타나며, 종이끼우개 판을 들고 사이드라인에 서 있는, 운동에는 젬병인 학생. 십중팔구 경기에 심취한 학생이기에 운동선수들은 이런 매니저를 눈감아준다. 월터와 리처드의 관계에도 이런 요소가 있는 것 같았다. 리처드는 거의 모든 면에서 사람을 짜증나게 하고 제멋대로지만, 음악에 관한 한 못 말릴 정도로 진지했다. 반면 월터는 리처드의 팬이 되는 데 필요한 전문가적 자질을 갖추었다. 나중에 패티는 두 사람에 대해 더 잘 알게 된 후 겉보기와 달리 두 사람이 그리 다르지 않을지도 모른다고 생각했다. 두 사람 모두, 서로 방법은 달라도 착한 사람이 되려고 애썼다.

　날씨가 흐린 8월의 어느 일요일 아침, 패티는 거대한 지우개를 만났다. 패티는 그때 막 달리기를 하고 돌아왔는데, 리처드의 큰 몸집 때문에 그가 앉아 있는 소파가 볼품없어 보였다. 엘리자는 이루 말할 수 없을 만큼 지저분한 화장실에서 씻고 있었다. 검은색 티셔츠를 입은 리처드는 표지에 **브이**(V)라고 큼지막하게 쓰인 소설을 읽고 있었다. 패티가 유리잔에 냉홍차를 따른 뒤 땀범벅인 채 서서 마실 때쯤 그가 처음으로 말을 걸었다.

---

* 패티가 카다피의 사진을 처음 본 것은 대학을 졸업하고 몇 년 뒤인데, 그녀는 사진을 보자마자 카다피가 리처드 캐츠와 닮았다고 생각했다. 하지만 그때도 리비아의 대통령이 세계에서 가장 잘생긴 국가원수라는 자기 생각을 그리 대수롭지 않게 여겼다. - 저자 주

"넌 뭐냐?"

"뭐라고?"

"너 지금 여기서 뭐하는 거냐고."

"여기 **산다**, 왜." 패티가 말했다.

"아, 그렇구나."

리처드가 패티의 몸을 부위별로 유심히 살폈다. 패티는 리처드의 눈길이 한 부위에서 다른 부위로 옮겨갈 때마다 등 뒤에 있는 벽 쪽으로 밀려 압정으로 꽂히는 느낌이 들었다. 그래서 그가 자신에 대한 탐색을 끝내면 벽에 착 달라붙어 납작해질 것 같았다.

"너 혹시 스크랩북 봤냐?" 리처드가 말했다.

"스크랩북이라니?"

"보여줄게. 재밌을걸."

리처드는 엘리자의 방으로 들어가 고리 세 개 달린 바인더를 가지고 나와 패티에게 건네고는 마치 그녀가 있다는 사실을 잊은 듯 다시 소파에 앉아 소설책을 집어 들었다. 바인더는 하늘색 표지가 달린 구식인데, 겉에 굵은 대문자로 **패티**라고 쓰여 있었다. 패티가 훑어보니 〈미네소타 데일리〉의 스포츠난에 실린 패티의 사진, 자기가 엘리자에게 보낸 엽서, 둘이 좁은 공간에 억지로 끼어들어가 함께 찍은 즉석사진, 주말에 대마초를 섞어 구운 브라우니를 먹어 나사 빠진 모습을 찍은 사진이 모두 들어 있었다. 조금 괴상하고 지나친 듯했지만, 엘리자가 측은해졌다. 엘리자가 정말 자기를 아끼는지 의심한 것에 대해 측은하고 미안했다.

"엘리자는 이상한 애야." 소파에 앉아 있던 리처드가 말했다.

"이거 어디서 났니? 넌 남의 집에서 자면 늘 이렇게 남의 물건을 뒤지니?" 패티가 말했다.

리처드가 웃으며 대답했다.

"딱 걸렸네."

"사실이야?"

"열 내지 마. 침대 바로 뒤에 있던데, 뭘. 버젓이 보이는 곳에. 경찰들 말마따나."

엘리자가 샤워하는 소리가 그쳤다.

"도로 갖다 놔, 제발." 패티가 말했다.

"재미있어할 줄 알았지." 리처드는 소파에서 꼼짝도 하지 않고 말했다.

"제발 있던 곳에 도로 갖다 놔."

"너는 이런 스크랩북 안 만들었나 보네."

"당장, 제발."

"아주 희한한 애야. 그래서 너한테 누구냐고 물어본 거야."

엘리자는 남자와 함께 있으면 끊임없이 웃음을 흘리고, 말을 쏟아내고, 머리카락을 젖히는 등 가식적으로 굴었다. 이 때문에 엘리자의 어떤 친구는 엘리자를 밥맛없어했다. 리처드를 기쁘게 해주려고 애쓰는 엘리자의 절박함과 스크랩북의 기괴함, 극단적 집착이 패티의 마음속에서 한데 섞여, 패티는 처음으로 자기가 엘리자의 친구라는 사실이 창피했다. 이상한 일이었다. 리처드는 엘리자와 잠자리하는 것을 창피하게 여기지 않는 게 분명한데, 리처드가 패티와 엘리자의 우정에 대해 어떻게 생각할지 왜 신경을 쓰는 건지.

패티가 리처드를 다시 만난 건 바퀴벌레 소굴에서 지내는 마지막 날이 가까워진 때였다. 리처드는 처음 봤을 때와 마찬가지로 소파에 앉아 팔짱을 끼고 구두 신은 오른발로 바닥을 둔하게 치며 박자를 맞추면서 이상한 표정을 짓고 있었다. 엘리자는 선 채로 패티가 예전에 유일하게 한 번 들어본 곡을 기타로 연주하고 있었다. 자신감 없이.

"제때 들어가. 발로 박자를 맞추라고." 리처드가 말했다.

하지만 엘리자는 집중하느라 땀을 뻘뻘 흘렸고, 패티가 있다는 걸 깨닫자

연주를 멈추었다.

"쟤 앞에서는 연주 못해."

"할 수 있어." 리처드가 말했다.

"진짜 못해. 내가 있으면 떨린대." 패티가 말했다.

"재밌네. 왜 그러는데?"

"난들 아나." 패티가 말했다.

"쟨 너무 열렬히 응원해. 내가 성공하기를 간절히 바라는 게 느껴진다니까." 엘리자가 말했다.

"너 아주 못됐다. 망치라고 빌어야지." 리처드가 패티에게 말했다.

"그러지 뭐, 망쳐라. 망칠 수 있겠어? 망치는 데 재주 있는 것 같은데." 패티가 말했다.

엘리자는 놀란 표정으로 패티를 바라보았다. 패티도 그런 자신에게 놀랐다.

"미안. 이제 난 방에 들어갈게." 패티가 말했다.

"먼저 망치는 거 보고." 리처드가 말했다.

하지만 엘리자는 기타 끈을 벗고 코드를 뽑고 있었다.

"박자 측정기를 갖고 연습해야 해. 박자 측정기 있어?" 리처드가 엘리자에게 물었다.

"괜히 했어." 엘리자가 말했다.

"**네**가 한번 연주해보지 그러니?" 패티가 리처드에게 말했다.

"나중에." 리처드가 말했다.

패티는 리처드가 스크랩북을 보여줄 때 느낀 창피한 기분을 떠올렸다.

"한 곡만. 한 **소절**만. 딱 한 소절만 연주해봐. 엘리자가 그러는데 너 끝내 준다더라."

리처드가 고개를 가로저으며 말했다.

"언제 공연 보러 와."

"패티는 공연 보러 안 가. 담배 연기 때문에." 엘리자가 말했다.

"운동선수거든." 패티가 말했다.

"그렇지, 같이 봤지." 리처드가 패티에게 의미심장한 표정을 지어 보이며 말했다.

"농구 스타라고 했지. 포지션이 뭐냐? 포워드? 가드? 여자애들은 키가 어느 정도나 돼야 크다고 하는 건지 전혀 모르겠어."

"난 큰 편에 속하지 않아."

"그래도 꽤 큰걸."

"응."

"우리 막 나가려던 참이야." 엘리자가 일어나며 말했다.

"**너**야말로 농구해도 될 걸 그랬다." 패티가 리처드에게 말했다.

"손가락 부러뜨리기 딱 좋은 운동이지."

"사실 그렇지 않아. 그런 일은 거의 없어." 패티가 말했다.

이건 흥미도 없고 대화를 진전시킬 만한 주제도 아닌데. 패티는 곧 눈치챘다. 리처드는 패티가 농구 선수라는 사실에 아무 관심도 없다는 것을.

"공연에 한번 가보지 뭐. 다음 공연은 언제니?" 패티가 물었다.

"넌 못 가. 담배 연기 엄청나거든." 엘리자가 불쾌하다는 듯 말했다.

"상관없어." 패티가 말했다.

"정말? 금시초문이군."

"귀마개 갖고 와." 리처드가 말했다.

두 사람이 나가는 소리가 들리자 패티는 형언할 수 없을 만큼 쓸쓸한 느낌이 들어 자기 방에서 울었다. 서른여섯 시간 후 엘리자를 다시 만난 패티는 못되게 굴어서 미안하다고 사과했다. 하지만 기분이 무척 좋아진 엘리자는 패티에게 신경 쓰지 말라고 했다. 엘리자는 기타를 팔까 생각 중이며, 패티를 리처드의 공연에 기꺼이 데려가겠다고 말했다.

리처드의 다음 공연은 9월 주중 어느 날 밤이었다. 롱혼(뿔이 긴 스페인산 소-옮긴이)이라는, 환기가 제대로 되지 않는 클럽에서 버즈콕스 그룹이 공연을 시작하기 전에 트로매틱스가 오프닝 공연을 했다. 패티가 엘리자와 클럽에 도착하고 나서 사실상 가장 먼저 본 사람은 카터였다. 카터는 반짝이로 덮인 미니 드레스를 입은, 끔찍하게 예쁜 금발 머리 여자애랑 머리를 맞대고 서 있었다. "아이, 씨." 엘리자가 말했다. 패티는 용감하게 카터에게 손을 흔들었고 카터는 못생긴 치아를 번득이며 두 사람이 있는 곳으로 천천히 걸어왔다. 반짝이를 이끌고 상냥하게 웃으면서. 엘리자는 머리를 숙인 채 패티를 이끌었다. 담배 연기를 뿜어대는 남자 펑크족 무리를 헤치고 무대 가까이로 갔다. 거기서 패티는 엘리자가 월터에게 크고 무미건조한 목소리로 "월터, 안녕" 하고 말하기도 전에 머릿결 고운, 리처드의 그 유명한 룸메이트를 단번에 알아보았다.

그때까지 월터를 잘 몰랐던 패티는, 엘리자의 인사를 받은 월터가 친절한 중서부 사람의 미소로 답하지 않고 쌀쌀맞게 고개만 까딱한 게 얼마나 뜻밖의 행동인지 알지 못했다.

"내 절친한 친구 패티야. 나 잠깐 무대 뒤에 다녀올 동안 패티랑 같이 있어줄래?" 엘리자가 말했다.

"곧 나올 텐데." 월터가 말했다.

"금방 갔다 올게. 패티랑 같이 있어줘, 응?"

"우리 다 같이 무대 뒤로 가보는 게 어때?" 월터가 말했다.

"안 돼. 넌 내 자리를 지키고 있어야지." 엘리자가 패티에게 말했다. "금방 돌아올게."

엘리자가 사람들을 헤치고 사라지는 모습을 월터는 불만스럽게 지켜보았다. 월터는 엘리자가 얘기한 정도로 꽁생원 같지는 않았다. 목이 V 자로 파인 스웨터를 입었고, 머리카락은 붉은색이 도는 금발 곱슬머리로, 이마에

'나는 법학과 1학년'이라고 쓰여 있는 듯했다. 하지만 난도질당한 듯한 헤어스타일과 옷차림을 한 펑크족 숲에서 월터는 눈에 띄었다. 패티는 갑자기 자기가 입고 있는 옷이 창피했다. 방금 전만 해도 패티가 늘 좋아하던 옷인데. 패티는 월터가 평범하다는 사실이 고마웠다.

"같이 있어줘서 고마워." 패티가 말했다.

"여기 꽤 오래 서 있어야 할 것 같은데." 월터가 말했다.

"만나서 반가워."

"나도 반가워. 너, 농구 스타라며?"

"응."

"리처드한테 네 얘기 들었어. 너도 마약 많이 하니?" 월터가 물었다.

"아니, 맙소사! 왜?"

"네 친구는 마약 엄청 많이 하거든."

패티는 표정 관리를 어떻게 해야 할지 난감했다.

"내가 있을 때는 안 하던데."

"무대 뒤로 간 것도 그 때문이야."

"그렇구나."

"미안해. 네 친군데."

"아냐. 흥미로운 사실을 알았네."

"돈이 많은가 봐."

"응. 부모님한테 용돈을 받고 있어."

"아, 부모님."

월터는 엘리자가 사라진 데 온 신경을 집중하고 있는 것 같아서 패티는 아무 말도 하지 않고 가만히 있었다. 패티는 다시 병적으로 승부욕에 불타올랐다. 자기가 리처드에게 관심이 있는지조차 깨닫지 못했지만, 그래도 엘리자가 예쁘다가 만 자신 이외의 것(엘리자는 부모님의 도움을 이용하는지도 몰랐다)을 이용해 리처드의 관심을 끌고, 리처드에게 다가가는 건 부당하다고 생각했다. 패티는 왜 이렇게 인생에 대해 아무것도 모르는가! 다른 사람보다 얼마나 뒤처져 있는가! 무대 위에 있는 모든 것이 얼마나 추해 보이는가! 창자처럼 드러난 코드 줄과 드럼의 차가운 크롬 금속, 기능만 있고 볼품이라고는 없는 마이크, 유괴범이 쓰는 은색 테이프와 대포알 같은 조명. 이 모든 것이 천박했다.

"공연 자주 보러 다니니?" 월터가 물었다.

"아니. 한 번도 본 적 없어."

"귀마개 갖고 왔어?"

"아니. 있어야 돼?"

"리처드 공연은 엄청 시끄러워. 내 것 써라. 새것이나 다름없어."

월터는 셔츠 주머니에서 허여멀건 애벌레처럼 생긴, 고무 두 개가 담긴 작은 주머니를 꺼냈다. 패티는 그걸 보고는 애써 웃음 지으며 "고맙지만 사양할게"라고 말했다.

"나 깔끔한 사람이야. 병 안 옮겨." 월터가 진지하게 말했다.

"그걸 날 주면 너는 어떡하니?"

"반으로 나누지 뭐. 분명히 필요할걸."

패티는 월터가 조심스럽게 귀마개를 나누는 모습을 지켜보았다. 조명이 어두워지고 관객이 무대 쪽으로 몰려가기 시작할 때 마침 엘리자가 환한 얼굴로 사람들 사이를 헤치고 돌아왔다. 패티는 곧바로 귀마개를 떨어뜨렸다. 필요 이상으로 관객들이 서로 밀치고 있었다. 뚱보 하나가 등을 밀쳐 패티는 무대에 부딪혔다. 엘리자는 이미 머리를 앞뒤로 흔들면서 기대에 차 깡충깡충 뛰었고, 따라서 뚱보를 밀어내고 패티가 똑바로 서 있을 공간을 확보하는 일은 월터의 몫이 되었다.

무대 위로 뛰어나온 트로매틱스는 리처드, 오랜 밴드 멤버인 베이스 연주자 허레라, 그리고 고등학교를 갓 졸업한 것처럼 보이는 깡마른 남자애 두 명으로 구성돼 있었다. 리처드는, 먼 훗날 본인이 스타가 되기는 글렀고 차라리 스타의 정반대가 되는 게 낫다는 사실을 분명히 깨달을 때보다 이때가 훨씬 끼가 많았다. 리처드는 발끝으로 통통 튀면서 손으로 기타의 목을 잡고 반 바퀴쯤 빙그르르 도는 시늉을 했다. 리처드는 관객에게 자기 밴드가 아는 노래를 전부 연주할 예정이고, 25분 정도 걸릴 거라고 말했다. 그러고 나서 리처드와 밴드는 완전히 아비규환이었다. 폭발에 가까운 소음에서 패티는 그 어떤 박자도 느낄 수 없었다. 이들의 연주는 도저히 뜨거워서 입을 댈 수 없는 음식이나 마찬가지였다. 박자나 음정이 하나도 맞지 않는데 남자 펑크족들은 이에 아랑곳하지 않고 팔짝팔짝 뛰면서 서로 어깨를 부딪치고, 여자 관객의 발을 닥치는 대로 밟았다. 패티는 이들을 피하려다 월터와 엘리자 두 사람을 놓치고 말았다. 패티는 소음 때문에 참을 수 없을 지경에 이르렀다. 리처드와 트로매틱스의 또 다른 두 사람은 마이크에 대고 비명을 질렀다. "**난 햇빛이 싫어! 난 햇빛이 싫어!**" 햇빛을 비교적 좋아하는 패티는 농구할 때 쓰는 테크닉으로 즉시 그 자리를 벗어나기로 했다. 패티는 팔꿈치를 들어올리고 군중 속으로 파고들었다가 다시 헤쳐 나오다 카터와 반짝이 여자애랑 정면으로 맞닥뜨렸다. 계속 움직여서 마침내 바깥으로 나온 패티는 놀랍게도 아직 일몰의 여운이 남은 미네소타의 하늘 아래서 따뜻하고 신선한 9월의 저녁 공기를 마시며 길가에 서 있었다.

패티는 뒤늦게 도착한 버즈콕스의 골수팬들을 구경하면서, 엘리자가 자기를 찾으러 나오기를 기다리며 클럽 입구에서 서성거렸다. 하지만 패티를 찾으러 나온 사람은 엘리자가 아니라 월터였다.

"괜찮아. 내 취향은 아니네." 패티가 월터에게 말했다.

"집에 데려다줄까?"

"괜찮아, 넌 도로 들어가. 엘리자한테 나 먼저 집에 갔다고 전해줘. 걱정하지 않게."

"별로 걱정하는 것 같지 않던데. 데려다줄게."

패티는 거절했고, 월터는 우겼다. 패티는 싫다고, 월터는 데려다주겠다고 서로 우겼다. 패티는 그가 차가 없는데도 버스를 타고 데려다주겠다는 것을 알고 다시 한번 거절했지만, 월터는 계속 고집을 부렸다. 한참 후, 월터가 버스 정류장에 같이 서 있는 동안 벌써 패티와 사랑에 빠진 것 같다고 고백했지만, 패티의 머릿속에서는 그에 상응하는 교향곡이 울려 퍼지지 않았다. 패티는 엘리자를 두고 가는 것에 죄책감을 느꼈고, 귀마개를 떨어뜨려 리처드의 공연을 보지 못한 것이 안타까웠다.

"시험을 통과하지 못한 것 같은 기분이 드네." 패티가 말했다.

"이런 종류의 음악, 좋아하니?"

"블론디 좋아해. 패티 스미스도. 굳이 말하면 아니라고 봐야지. 이런 종류의 음악은 별로야."

"그럼 왜 왔는지 물어봐도 돼?"

"리처드가 초대했거든."

월터는 패티의 말에 자신만 아는 은밀한 의미라도 숨어 있는 듯 고개를 끄덕였다.

"리처드는 좋은 애니?" 패티가 물었다.

"아주!" 월터가 대답했다.

"그러니까 내 말은, 어떻게 보느냐에 달려 있다는 거지. 있잖아, 걔네 엄마는 어릴 때 집을 나가서 광신도가 됐대. 우체국 직원인 아버지는 술고래였는데 리처드가 고등학교 때 폐암에 걸렸고, 돌아가실 때까지 그 애가 간호했대. 걘 책임감이 무척 강해. 여자한테는 꼭 그렇다고 할 수 없지만, 솔직히 여자들한테는 그다지 잘한다고 할 수 없지. 네가 궁금한 게 그거라면."

패티는 이미 짐작하고 있었다. 무슨 이유인지 몰라도, 월터의 얘기를 듣고도 리처드에게 정나미가 떨어지지 않았다.

"넌 어떠니?" 월터가 물었다.

"내가 뭐?"

"넌 좋은 애니? 그래 보이긴 한데……."

"그런데?"

"네 친구가 마음에 안 들어! 걘 좋은 애가 아닌 것 같아. 솔직히 아주 못됐어. 거짓말쟁이에 못됐지." 월터가 내뱉었다.

"그래도 내 친구인걸. 나한테는 못되게 굴지 않는데. 서로 첫인상이 좋지 않았나 보다."

"걘 항상 널 어디 데리고 가서는 혼자 우두커니 세워두고 다른 사람이랑 마약하고 그러니?"

"아니. 사실 한 번도 그런 적 없어."

월터는 아무 말도 하지 않았지만 싫은 감정 때문에 뚱해 있었다. 버스는 올 기미조차 없었다. 한참 후에 패티가 말했다.

"가끔은 아주 기분이 좋아. 걔가 나한테 몰입할 때. 자주는 아니지만, 나한테 관심을 집중할 때……."

"어떻게 너한테 관심을 안 갖는 사람이 있니." 월터가 말했다.

패티는 고개를 가로저었다. "난 뭔가 잘못됐나 봐. 다른 친구들도 좋아하지만, 그 애들과 나 사이에는 벽이 있는 것 같아. 걔들은 전부 같은 종류의 사람이고 나만 다른 종류의 사람인 것 같아. 내가 더 샘이 많고 더 이기적이라는 거지. 그 애들이랑 같이 있으면 왠지 내가 가식적이라는 생각이 들거든. 엘리자와 있을 땐 가식적이지 않아도 돼. 그냥 나 자신 그대로이면서도 걔보다는 **나은** 사람일 수 있으니까. 내 말은, 나도 바보는 아냐. 걘 좀 엉망진창이긴 하지. 하지만 한편으로는 걔랑 있는 게 좋아. 너도 리처드와 있을 때 그런 기분이 가끔 드니?"

"아니. 솔직히 걔랑 함께 있으면 아주 불쾌해져. 거의 대부분. 우리가 1학년이었을 때 첫눈에 걔가 마음에 드는 점이 있었어. 완전히 음악에 심취한 점. 게다가 지적 호기심도 있고. 그 점이 마음에 들어."

"그건 아마 네가 정말 좋은 사람이라 그럴 거야. 넌 리처드라는 애 자체를 좋아하는 거지, 걔가 널 어떤 기분이 들도록 해주기 때문에 좋아하는 게 아니잖아. 그게 아마 너랑 나의 차이점일 거야." 패티가 말했다.

"하지만 너도 정말 좋은 사람인 것 같은데!" 월터가 말했다.

패티는 마음속으로 자기에 대한 월터의 생각이 틀렸다는 것을 알고 있었다. 그리고 패티가 계속 범한 실수, 인생 최대의 실수는 월터의 생각이 틀렸다는 걸 알면서도 그가 자기에 대해 갖고 있는 생각을 바로잡아주지 않고 그냥 내버려두었다는 점이다.

마침내 교정에 다다랐을 때, 처음 만난 날 밤, 패티는 한 시간 내내 자기 얘기만 하고 월터는 묻기만 했지, 자기는 월터에게 하나도 물어보지 않았다는 것을 깨달았다. 패티는 자기에게 관심을 가져준 데 대한 보답으로 월터에게도 관심을 보이는 일이 그저 피곤하게 느껴졌다. 패티는 월터에게 끌리지 않았기 때문이다.

"언제 전화해도 되니?" 월터가 기숙사 입구에서 물었다.

패티는 다음 몇 달 동안 훈련 때문에 별로 어울릴 시간이 없다고 말했다.

"하지만 집에 데려다줘서 고마워, 정말."

"연극 좋아하니? 함께 연극 보러 다니는 친구들이 있는데. 굳이 데이트가 아니어도 괜찮아."

"좀 바빠서."

"여긴 좋은 연극을 많이 공연하는 도시야. 틀림없이 좋아할걸." 월터가 끈질기게 권했다.

아, 월터. 패티가 그를 알게 된 처음 몇 달 동안 그에게 느낀 가장 흥미로운 점은, 그가 리처드 캐츠의 친구라는 사실이라는 걸 그는 알고 있었을까? 월터와 만날 때마다 천연덕스럽게 대화를 리처드 얘기로 몰아간 사실을 눈치챘을까? 처음 만난 그날 밤 월터가 의심했을까? 패티가 월터에게 연락해도 좋다고 했을 때, 패티는 리처드를 생각하고 있었다는 사실을?

기숙사 안으로 들어가 위층으로 올라간 패티는 기숙사 문 앞에 붙어 있는 엘리자의 전화 메시지를 보았다. 패티가 머리와 옷에 밴 담배 연기 때문에 쓰라린 눈을 한 채 방에 앉아 있는데, 엘리자가 복도에 있는 전화로 다시 전화를 걸었다. 엘리자는 클럽에서 들리는 시끄러운 소리를 배경으로 패티가 사라져서 가슴이 철렁했다고 화를 냈다.

"사라진 건 너잖아." 패티가 말했다.

"난 리처드에게 인사하러 간 것뿐이야."

"무슨 인사를 30분씩이나 하니?"

"월터는 어디 가고? 너랑 같이 나갔니?" 엘리자가 물었다.

"날 집에 데려다줬어."

"으, 토할 것 같다. 걔가 날 얼마나 싫어하는지 얘기 안 하디? 걘 나를 질투하나 봐. 걔 리처드한테 좀 꽂혔어. 게이인지도 모르지."

패티는 누가 듣는지 보려고 복도 아래위를 훑고는 물었다.

"카터 생일날 마약 구한 게 너니?"

"뭐? 안 들려."

"너랑 카터랑 그 애 생일날 하던 그거 구한 게 너냐고."

"안 들린다니까!"

"카터 생일날 그 코카인 말이야. 네가 갖고 온 거야?"

"아냐! 맙소사. 그래서 사라진 거야? 그래서 화난 거니? 월터가 그러디?"

패티는 턱을 부르르 떨면서 전화를 끊고 들어가 한 시간 동안 샤워했다. 또 한 번 패티에 대한 엘리자의 전면적 압박이 시작됐지만, 이번에는 건성이었다. 리처드를 쫓아다니느라 정신없었기 때문이다. 월터가 약속한 대로 패티에게 전화했을 때, 패티는 월터가 리처드와 관련되어 있다는 점과 엘리자를 배신하고 있다는 사실에 흥분되어 그를 만나고 싶은 생각이 들었다. 월터는 엘리자 얘기를 다시 꺼내지 않았지만 패티는 엘리자에 대한 월터의 생각이 어떤지 늘 의식했고, 와인 스프리처나 마시고 똑같은 레코드를 반복해 듣는 대신 문화생활을 하는 것도 나름대로 즐거웠다. 그해 가을, 패티는 월터와 함께 연극 두 편과 영화 한 편을 보았다. 농구 시즌이 시작되자 얼굴이 벌겋게 상기되어 즐거워하는 월터가 관중석에 혼자 앉아 있는 모습을 보았고, 그는 패티의 시선이 자기 쪽을 향할 때마다 손을 흔들었다. 경기 다음 날이면 월터가 패티에게 전화를 걸어 그녀의 실력을 입에 침이 마르게 칭찬하고, 엘리자는 관심을 보이는 척도 하지 않던 팀 전략에 대해 제법 이해하고 있다는 것을 보여주었다. 월터가 패티와 통화를 하지 못해 메시지를 남기면, 패티는 그에게 전화를 걸어 리처드가 대신 전화 받기를 바라면서 가슴이 두근거렸다. 하지만 아쉽게도, 월터가 집에 없을 때 리처드는 집에 붙어 있는 적이 없었다.

월터의 질문에 장황하게 대답하는 짬짬이, 패티는 그가 미네소타 주 히빙 출신이고, 리처드를 고용한 바로 그 건축업자 밑에서 목수로 일하면서 학비를 벌고 있으며, 매일 새벽 4시에 일어나 공부한다는 사실을 알아냈다. 월터는 밤 9시 정도 되면 늘 하품을 하기 시작했고, 다음 날 일정이 빠듯한 패티는 그와 외출할 때면 일찍 귀가할 수 있다는 점에 감사했다. 월터가 말한 대로 그의 고등학교와 대학교 동창 여자 셋이 합류했다. 지적이고 창의성이 있는 여자애들이었다. 뚱뚱한 그들은 넓은 줄무늬 옷을 입고 있었는데, 엘리자가 세 사람을 봤으면 신랄하게 한마디 했을 것이다. 월터의 사랑스러운 친구 세 명을 통해 패티는 그가 얼마나 훌륭한 사람인지 깨달았다.

친구들의 말에 따르면, 월터는 위스퍼링 파인스라는 이름의 모텔 사무실 뒤에 있는 좁은 공간에서 자랐다. 아버지는 알코올의존자에 형은 월터를 때렸고, 동생은 큰형을 본받아 월터를 무시했다. 신체장애가 있으며 의기소침한 성격의 어머니는 모텔을 청소하고, 밤에는 투숙객을 받는 일을 성수기에 제대로 하지 못했다. 여름이면 아버지는 해외참전군인회 동지들과 한잔하러 나가고 어머니는 주무시는 동안, 월터가 오후 내내 방 청소를 하고 밤늦게 도착한 손님을 맞는 일이 잦았다. 그 일은 월터의 부업이고, 본업은 아버지가 운영하는 공장을 관리하는 일이었다. 월터는 주차장 불법 출입을 막는 일부터 배수관을 뚫고 보일러를 수리하는 일까지 닥치는 대로 했다. 아버지는 월터를 부려먹었고, 월터는 언젠가 아버지에게 인정을 받을 수 있을 거라는 영원한 희망을 품고 시키는 대로 했다. 하지만 친구들은 월터가 아버지에게 인정받는 건 불가능하다고 말했다. 월터는 감수성이 예민하고 지적일 뿐 사냥도 하지 않고, 트럭을 몰지도 않으며, 맥주를 들이켜지도 않았기 때문이다(월터의 형제들은 반대였다). 1년 내내 하루 종일 돈도 안 받고 일하면서도 월터는 학교 연극과 뮤지컬에서 주연을 맡았고, 어릴 적 친구들과 끈끈한 우정을 쌓았으며, 어머니로부터 기본적인 요리법과 바느질을 배웠다. 자연에 대한 관심(열대어, 개미 농장, 부모를 잃은 새들의 응급처치법, 꽃 눌러 말리기)이 많았으며, 졸업할 때는 졸업생을 대표해 고별사를 낭독했다. 아이비리그에서 장학금을 주겠다고 했지만 월터는 히빙에서 가까운 매컬리스터 대학에 진학했다. 주말에 버스를 타고 집에 돌아와 점점 낡아져가는 모텔을 운영하는 엄마를 돕기 위해서였다(아버지는 이제 폐 공기증에 걸려 무용지물이 되었다). 월터는 영화감독 아니면 배우가 되는 것이 꿈이지만, 미네소타 대학에서 법을 공부하기로 결정했다. 그 이유는, 월터의 말에 따르면 "가족 중 누군가는 돈벌이를 해야 한다"는 것이었다.

패티는 월터에게 끌리지 않으면서도 그와 데이트할 때 다른 여자애들이 끼어드는 게 불쾌했으며 경쟁심마저 느꼈다. 그리고 월터의 눈을 빛나게 하고 못 말릴 정도로 얼굴이 빨개지게 하는 사람이, 다른 애들이 아닌 자신인 것에 감사했다. 패티는 자기가 주인공이 되는 걸 즐겼다. 그랬다. 거의 모든 경우에. 12월에 거스리에서 마지막 공연을 보려고 만나는 날, 월터는 막이 올라가기 직전에 도착했다. 월터는 다른 여자애들에게 크리스마스 선물로 줄 페이퍼백 책들과 패티에게 줄 엄청 큰 포인세티아를 들고 눈을 흠뻑 맞고 나타났다. 그걸 들고 버스를 타고 질척거리는 거리를 걸어왔는데, 코트를 맡아두는 곳에 선물들을 맡기느라 애를 먹고 있었다. 모두가, 심지어 패티도 분명히 알았다. 다른 여자애들한테는 책을, 패티한테는 화분을 선물한 이유는 월터가 패티를 무시해서가 아니라 그 반대라는 것을. 월터가 착하고 사랑스러운 친구 같은 여자애들 가운데 무게가 조금 덜 나가는 사람에게 열정을 투자하지 않고, 리처드 캐츠 얘기를 천연덕스럽게 꺼낼 새로운 방법을 모색하는 데 지성과 창의성을 쏟아붓는 패티에게 열정을 투자하고 있다는 사실은 의문일 뿐 아니라 위험해 보였고, 패티를 우쭐하게 하는 것은 부인할 수 없었다. 공연이 끝난 후 패티 대신 포인세티아를 든 월터는 버스를 타고 진창을 걸어 패티의 기숙사까지 운반했다. 패티가 자기 방에서 열어보니 화분과 함께 준 카드에는 '**패티에게, 애정을 가득 담아, 흠모하는 팬으로부터**'라고 쓰여 있었다.

리처드가 엘리자와 끝내기로 한 것은 그 무렵이었다. 리처드는 잔인하게 여자를 버리는 인간이었다. 엘리자는 제정신이 아닌 채로 패티에게 전화를 걸어 그 소식을 전했다. "그 호모 새끼"가 리처드와 자기 사이를 이간질했고, 리처드가 자기에게 **기회**를 주지 않는다고 했다. 그래서 패티가 리처드와 만날 기회를 주선해 자기를 도와야 하며, 리처드는 자기랑 말도 하지 않고 아파트 문도 안 열어준다고 울부짖었다.

"기말시험이 있어." 패티가 침착하게 말했다.

"네가 거기 가면 나도 따라갈게. 리처드를 만나서 설명해야 돼." 엘리자가 말했다.

"뭘 설명해?"

"나한테 기회를 달라고! 내 입장을 들어줘야 한다고!"

"월터는 게이가 아니야. 네가 머릿속에서 만들어낸 얘기지."

"맙소사, 걔가 너까지 나한테 등을 돌리게 만들었구나!"

"아니, 그렇지 않아."

"지금 당장 그리로 갈게. 같이 계획을 세우자."

"나 내일 아침에 역사 기말시험이 있어. 공부해야 돼."

엘리자가 리처드에게 꽂혀 6주 전부터 수업을 빼먹었다는 사실을 패티는 이제야 깨달았다. 엘리자는 리처드가 자기에게 **어떻게 그럴 수 있으며**, 자기는 리처드를 위해 다 포기했는데 그는 지금 자기가 파멸하도록 내버려두고 있고, 자기가 모든 과목에서 낙제하고 있다는 사실을 부모님이 절대 알면 안 되며, 당장 패티의 기숙사로 갈 테니 꼼짝 말고 자기를 기다려야 한다고, 같이 해결 방법을 모색해야 한다고 했다.

"나 정말 피곤해. 시험공부하고 잘래." 패티가 말했다.

"말도 안 돼! 걔가 너희 둘 다 내게서 등을 돌리게 했어! 내가 세상에서 제일 좋아하는 두 사람을!"

패티는 가까스로 전화를 끊고 서둘러 도서관으로 가서 문 닫을 때까지 공부했다. 패티는 엘리자가 분명히 기숙사 밖에서 담배를 피우며 자기를 기다릴 것이고, 밤늦도록 잠도 못 자게 하고 못살게 굴 거라는 걸 알았다. 패티는 우정에 대해 이런 대가를 지불해야 한다는 게 두려웠지만, 체념하고 기숙사로 돌아왔다. 그런데 엘리자가 보이지 않았다. 패티는 묘하게 김이 샌 기분이 들었다. 엘리자에게 전화를 걸어볼까도 했지만, 안도감과 피곤함이 죄책감을 이겼다.

사흘이 지나도록 엘리자에게서 아무 소식이 없었다. 크리스마스 휴가를 보내러 떠나기 전날 밤 패티는 마침내 엘리자가 괜찮은지 확인하려고 전화를 걸었지만 받지 않았다. 패티는 죄책감과 걱정에 휩싸인 채 웨체스터에 있는 집으로 갔다. 부모님 집의 부엌에서 엘리자에게 전화를 걸었지만 매번 통화하지 못했고, 그럴 때마다 죄책감과 걱정이 짙어졌다. 패티는 급기야 크리스마스이브에 미네소타 주 히빙에 있는 위스퍼링 파인스에 전화를 걸었다.

"이거 굉장한 크리스마스 선물인데, 네가 전화를 하다니!"

"뭐, 그렇게 생각해주니 고맙다. 사실은 엘리자 때문에 전화했어. 그 애가 사라져버렸나 봐."

"넌 운 좋은 줄 알아. 리처드하고 난 결국 전화 플러그를 뽑아버려야 했으니까."

"그게 언제니?"

"이틀 전."

"그래. 이제 안심이 된다."

패티는 계속 전화기를 붙들고 월터의 질문에 대답하고, 자기 여동생들이 크리스마스 때 보이는 광적인 소유욕에 대해 설명했다. 철이 든 이후로도 오랫동안 자기가 산타클로스를 믿은 것을 두고 가족들이 놀려대는 게 연례행사고, 자기 아버지가 둘째 여동생과 성적이고 외설적인 희한한 농담을 주고받으며, 둘째 동생이 예일대 1학년 과정이 너무 쉽다며 불평하고, 엄마는 20년 전 하누카와 다른 유대교 명절을 쇄지 않기로 한 게 옳은 결정인지 아직도 마음을 정하지 못하고 있다는 얘기를 했다.

"넌 어떻게 지내니?" 패티가 30분 정도 지난 뒤 월터에게 물었다.

"잘 지내. 난 엄마랑 과자 굽고 있어. 리처드는 아빠랑 장기 두고." 월터가 말했다.

"재밌겠다. 나도 거기 있으면 좋겠다."

"나도 네가 여기 있으면 좋겠어. 설피 신고 돌아다니면 좋을 텐데."

"재밌겠다."

정말 그랬다. 패티는 이제 월터의 장점이 리처드와 같이 있는 것인지, 아니면 월터의 장점(어디에 있든지 그 장소를 아늑한 곳으로 만드는 재주) 때문에 끌리는 것인지 분간이 되지 않았다.

패티가 두려워하던, 엘리자에게 연락이 온 것은 크리스마스날 밤이었다. 패티는 지하실에서 전화를 받았다. 혼자 전미 농구 경기를 보고 있었다. 패티가 사과하기도 전에 엘리자는 그동안 연락 못해서 미안하고, 병원에 다니느라 경황이 없었다고 말했다.

"나 백혈병이래." 엘리자가 말했다.

"설마."

"정월 초하루 지나면 치료를 시작할 거야. 엄마 아빠 말고는 아무도 몰라. 너도 아무한테도 말하면 안 돼. 특히 리처드한테는 절대 말하지 마. 아무한테도 말 안 한다고 맹세하지?"

패티에게 드리워진 죄책감과 걱정의 먹구름은 이제 응축되어 감정의 폭풍으로 휘몰아쳤다. 그녀는 계속 울면서 엘리자에게 **확실한지** 물었고, 의사들이 **확실하게** 진단한 건지 물었다. 엘리자는 가을이 깊어가면서 점점 기운이 빠졌지만, 자기가 전염성 백혈구 증가증에 걸렸다는 진단이 나오면 리처드가 자기를 버릴까 봐 아무에게도 말하고 싶지 않았으며, 몸이 너무 안 좋아서 결국 의사를 찾아갔고, 이틀 전에 진단이 나왔다고 말했다. 백혈병이었다.

"나쁜 종류니?"

"나쁘지 않은 종류의 백혈병이 어디 있니?"

"내 말은, 회복이 가능한 종류냐고."

"치료하면 좋아질 가능성이 있대. 일주일 후에 좀 더 자세히 알게 될 거야." 엘리자가 말했다.

"일찍 돌아가서 네 옆에 있어줄게."

하지만 엘리자는 묘하게도 더 이상 패티와 함께 있고 싶어 하지 않았다.

산타클로스 말인데, 필자는 부모가 아이들에게 거짓말하는 것에는 동의할 수 없지만, 정도의 문제가 아닌가 싶다. 깜짝 파티를 열어주기 위해 하는 거짓말, 즐겁게 해주기 위해 하는 거짓말이 있는 반면, 그 거짓말을 믿는 사람을 바보로 만들려고 하는 거짓말이 있다. 어느 크리스마스날, 10대인 패티는 산타를 철들어서까지 믿었다고 가족들이 놀려대는 바람에 화가 나서 방에 틀어박혀 저녁을 먹으러 나오지도 않았다. 패티를 달래러 온 레이는 정색을 하고는 가족들이 패티의 환상을 오랫동안 깨지 않은 이유는 패티의 순진함이 정말 사랑스러웠고, 그런 패티의 모습을 모두 사랑했기 때문이라고 진지하게 말했다. 듣기 좋은 소리지만, 자기를 놀리면서 가족들이 희열을 느낀 사실로 미루어볼 때 말도 안 되는 소리임이 분명했다. 패티는 부모가 아이들에게 현실인지 아닌지 판단할 줄 아는 능력을 키워줘야 한다고 믿었다.

패티가 그 겨울 몇 주 동안 나이팅게일처럼 눈보라를 뚫고 엘리자에게 수프를 만들어 갖다 주고, 부엌과 화장실을 청소해주고, 경기 전날 푹 자야 하는데도 늦게까지 자지 않고 곁에서 TV를 같이 보고, 때로는 여윈 친구에게 팔을 두른 채 잠들었으며, 극단적인 애정 표현도 마다하지 않았고("넌 나의 사랑스러운 천사야", "네 얼굴을 보고 있으면 마치 천국에 있는 기분이야" 등), 월터에게 걸려오는 전화도 받지 않고, 월터랑 어울릴 시간이 없는 이유에 대해 설명하지 않으면서도 내내 석연찮은 점을 깨닫지 못했다는 말을 하는 것으로 족하다. 엘리자의 말에 따르면, 자기가 받는 화학치료는 특별한 종류의 치료법으로 머리카락이 빠지지 않으며, 패티가 엘리자를 병원에 데려가고 데려올 수 있는 시간에는 치료 예약을 잡을 수 없었고, 자기 아파트를 포기하고 부모님 댁에 들어가고 싶지 않았다. 부모님은 늘 엘리자를 보러 왔고, 패티가 부모님과 한 번도 마주치지 않은 건 우연일 뿐이며, 패티가 엘리자의 침대 옆 탁자 밑에서 발견한 것과 같은 피하 주삿바늘은 암 환자들이 직접 자신에게 투여하는 구토 방지제로 드문 경우가 아니었다.

가장 두드러지게 석연찮은 점은, 패티가 월터를 피하는 방법이었다. 패티는 1월에 두 경기에서 월터를 보았고 잠깐 얘기도 나누었지만, 그 후 월터는 경기를 보러 거의 오지 않았다. 월터가 수없이 전화를 했는데도 답신을 하지 않은 이유는 자기가 엘리자와 너무 많은 시간을 함께 보내는 것이 창피해서였다. 그런데 암에 걸린 친구를 병간호하는 일이 왜 창피한 일인가. 마찬가지로, 5학년 때 다른 아이들이 산타클로스에 대해 냉소적으로 얘기할 때 패티가 조금이라도 진실을 깨닫는 데 관심이 있었다면 다른 아이들의 말에 귀 기울일 법도 하지 않은가. 패티는 아직 살아 있는 포인세티아를 내다 버렸다.

2월 말경, 월터는 드디어 패티를 만났다. 패티의 팀 골든 고퍼가 시즌 최고의 경쟁 상대인 UCLA를 상대로 큰 경기를 치른, 눈 내리는 날 밤이었다. 패티는 그날 아침 생일을 맞은 엄마와 한 전화 통화 때문에 이미 기분을 잡쳤다. 패티는 자기가 어떻게 지내고 있는지에 대해 주절거리지 않기로 마음먹었고, 조이스가 자기 말을 건성으로 듣고 있으며, 패티네 팀 경쟁 상대의 순위가 어떻든 관심도 없다는 사실을 다시 한번 확인했지만, 이러한 자제력을 발휘할 기회도 갖지 못했다. 조이스가 패티의 둘째 동생 일로 너무 흥분해 있었기 때문이다. 예일대 교수의 강력한 권유로 〈결혼식의 멤버〉라는 작품을 오프브로드웨이에 올린 재공연에서 주인공 역을 해보게 되었고 임시 대역을 따냈는데, 그렇게 되면 패티의 동생은 예일대를 휴학하고 집에서 지내면서 연극을 본격적으로 하게 된다는 것이다. 조이스는 떨 듯이 기뻐서 거의 제정신이 아니었다.

패티는 월터가 윌슨 도서관의 칙칙한 벽 모퉁이를 돌아가는 모습을 보고는 발길을 돌려 서둘러 달아났지만, 월터가 패티를 쫓아왔다. 월터의 커다란 모피 모자에는 눈이 쌓여 있었고, 얼굴은 항로 표시등처럼 빨갰다. 월터는 웃으면서 친근하게 대하려 했지만, 자기가 여러 번 남긴 전화 메시지를 받았느냐고 패티에게 물어볼 때는 목소리가 떨렸다.

"그동안 너무 바빴어. 정말 미안해. 연락하지 못해서." 패티가 말했다.

"내가 **말실수**라도 했니? 내가 널 불쾌하게 한 거야?"

월터는 마음에 상처를 입었고 화가 났으며, 패티는 그게 속상했다.

"아니, 아니, 전혀." 패티가 말했다.

"계속 전화할까 했지만 귀찮게 하고 싶지 않았어."

"그냥, 정말 바빴어." 패티가 내리는 눈을 맞으며 중얼거렸다.

"너 대신 전화 받은 사람이 점점 짜증을 내는 것 같더라. 내가 계속 똑같은 메시지를 남겼거든."

"걔 방이 공중전화 바로 옆에 있어서 그랬을 거야. 다른 사람의 전화를 너무 많이 받아서 그런 거니까 네가 이해해줘."

"이해가 **안 돼**. 내가 귀찮게 하지 않고 내버려두길 바라는 거야? 네가 원하는 게 그거야?" 월터가 거의 울 듯이 말했다.

패티는 이런 상황이 정말 싫었다. 질색이었다.

"나 정말 굉장히 바빴어. 그리고 오늘 밤에도 사실 중요한 경기가 있거든. 그럼 이만."

"아니야, 뭔가 잘못된 거야. 도대체 왜 그래? 기분이 별로 안 좋아 보여!"

패티는 엄마와 한 통화 내용에 대해 얘기하고 싶지 않았다. 그런 일들은 빨리 떨쳐버리고 경기에 정신을 집중해야 하기 때문이다. 하지만 월터는 간곡하게 그녀의 태도에 대한 해명을 요구했다. 자기 감정을 벗어난 문제인 것처럼, 마치 부당함을 **바로잡아야** 한다는 듯이 요구했다. 패티는 무슨 말이든 해야 할 것 같았다.

"리처드한테는 말하지 않겠다고 맹세해." 그 순간 패티는 엘리자가 왜 리처드에게 말을 못하게 하는지 자신도 이해하지 못하고 있었다는 사실을 깨달았다. "엘리자가 백혈병이야. 정말 심각해."

놀랍게도 월터가 웃으며 말했다. "그럴 리가 없는데."

"사실이야. 네가 그럴 리가 있다고 생각하든 말든." 패티가 말했다.

"알겠다. 걔 아직도 헤로인 하니?"

이전에는 패티가 관심을 거의 갖지 않은 사실, 월터가 자기보다 두 살 많다는 것이 갑자기 분명하게 느껴졌다.

"그 앤 백혈병이라니까. 헤로인은 모르는 얘기야." 패티가 말했다.

"리처드도 그런 건 하면 안 된다는 걸 알아. 그게 뭔가를 말해주지 않니?"

"난 아무것도 몰라."

월터가 고개를 끄덕이며 미소 지었다. "그렇다면 넌 정말 마음이 착한 애다."

"그건 모르겠고, 어쨌든 난 뭘 좀 먹고 경기에 나갈 준비를 해야겠어."

패티가 몸을 돌려 떠나려 하자 월터가 말했다.

"오늘 밤에는 네 경기 보러 못 간다. 가고는 싶지만 해리 블랙먼 판사가 연설하러 오거든. 거기 가봐야 해."

패티가 짜증스러운 표정으로 말했다. "맘대로 해."

"대법원 판사야. 로 대 웨이드(Roe v. Wade, 낙태를 합법화한 미국 대법원 판결-옮긴이) 사건 판결문을 그 사람이 썼어."

"나도 알아. 우리 엄마는 그 사람 모신 사당에 향불까지 피우고 있으니까. 해리 블랙먼이 누군지 말 안 해도 알아."

"그렇구나, 미안."

두 사람 사이에 눈이 휘몰아쳤다.

"그래, 그래, 더 이상 귀찮게 하지 않을게. 엘리자 일은 안됐다. 괜찮았으면 좋겠다." 월터가 말했다.

필자는 그다음에 일어난 일에 대해서는 자신 외에 아무도—엘리자도, 조이스도, 월터도—탓하지 않는다. 여느 선수와 마찬가지로 패티도 득점에 실패한 적이 많고, 기량을 제대로 발휘하지 못한 경기도 많이 치렀다. 하지만 기분이 최악인 밤에도 패티는 자신보다 큰 무언가가 —패티의 팀, 스포츠 정신, 운동경기가 소중하다는 생각 등 —자기를 감싸주고 있다는 느낌이 들었다. 그리고 같은 팀원이 서로 격려하기 위해 외치는 소리, 하프타임 때 징크스를 깨기 위해 주고받는 농담, 칭찬과 실수를 주제로 한 변주, 패티도 전에 수없이 외친 구호에서 진정으로 위안을 얻었다. 패티는 늘 공을 원했다. 공은 늘 패티를 구원해주었고, 패티가 확실히 자기의 삶에 존재한다고 확신하는 것이며, 사춘기 시절 지루한 여름을 견디도록 해준 충성스러운 동반자다. 그리고 종교를 믿지 않는 사람들에게는 따분하거나 가식적이라고 느껴지는, 교인들이 교회에서 반복적으로 행하는 의식처럼 득점할 때마다 매번 하는 로 파이브, 자유투를 성공할 때마다 서로 부둥켜안는 행위, "잘했어, **쇼나!**", "훌륭한 플레이야, **캐시!**", "**획 우후, 우후!**" 하며 서로 사기를 북돋아주기 위해 끊임없이 외치는 소리는 패티에게 제2의 천성이 되었고, 잡생각을 떨쳐버리고 최고 기량을 발휘하게끔 도와주는 데 제격이었기에, 그런 행동이 창피하게 여겨졌다면 코트를 이리저리 뛰어다니면서 땀을 비 오듯 흘리지도 않았을 것이다. 여자 운동선수들이 서로에게 다정하고 활달하게만 구는 것은 아니었다. 서로 포옹하는 이면에는 경쟁심과 도덕적 비난, 지독한 성마름이 무섭게 곪아터지고 있었다. 쇼나는 패티가 바깥쪽으로 나가는 공을 캐시에게만 너무 많이 패스하고 자기에게는 주지 않는다고 원망했고, 패티는 덜떨어진 센터 후보 선수인 애비 스미스가 공을 잡아 자기가 점프해서 도저히 잡을 수 없게 던지면 속이 부글부글 끓었으며, 메리 제인 로라베커는 캐시가 자기와 함께 세인트폴센트럴 학교에 다녔는데도 2학년 때 자기와 패티, 쇼나를 방으로 초대하지 않은 것을 두고두고 섭섭해했고, 새로 시작한 선수는 기대를 모은 신참과 잠재적 경쟁 상대가 부담감 때문에 경기에서 부진하면 몰래 안도의 한숨을 내쉬었다. 하지만 경쟁하는 운동경기는 선수들의 서로에 대한 헌신과 믿음에 바탕을 두고 있기 때문에 그러한 생각이 적어도 중학교나 고등학교 때 머리에 박히면, 일단 운동복을 입고 체육관으로 향하면 다른 중요한 의문은 접어야 한다. 질문에 대한 해답을 이미 알고 있었기 때문이다. 해답은 팀이고, 사소한 개인 감정이나 걱정거리는 옆으로 밀려났다.

월터와 갑자기 맞닥뜨린 패티가 흥분한 상태에서 속을 든든히 채워야 한다는 걸 깜박했을지 모른다. 패티가 윌리엄스 경기장에 도착한 순간부터 뭔가 분명히 잘못됐다. UCLA팀은 키가 장대같이 큰 데다 몸집도 좋았고, 1진 세 명은 180센티미터 이상의 장신이었다. 트리드웰 코치는 트랜지션 오펜스로 상대 팀 선수들을 지치게 만들고 체구가 상대적으로 작은 고퍼팀, 특히 패티로 하여금 브루인스팀이 방어 진용을 갖추기 전에 잽싸게 공격하도록 하는 전략을 세웠다. 방어 전략은 평소보다 훨씬 공격적으로 하고, 상대 팀의 득점왕 두 명이 초반에 반칙을 범하게 하는 것이었다. 고퍼팀은 기대하지는 않았지만, 만약 이긴다면 비공식적인 전국 순위에서 20위권에 진입하게 된다. 이 순위는 패티가 농구팀에 합류한 이후 최고 기록이다. 그리고 패티로서는 절대로 자신의 종교인 농구에 대한 믿음을 잃으면 안 되는 밤이었다.

패티는 중심이 흔들리는 것 같았다. 활동 범위는 예전과 같지만 근육이 뻣뻣해지는 것을 느꼈다. 팀원들이 사기를 북돋기 위해 외치는 소리는 패티의 신경에 거슬렸고, 가슴을 옥죄는 느낌이 들었으며, 남의 눈을 의식했고, 팀원들의 외침에 응수하는 것도 주저했다. 패티는 엘리자에 대한 생각은 모두 떨쳐냈지만, 그 대신 자신의 농구 선수로서 경력은 이제 한 시즌 반만 지나면 영원히 끝나는데 둘째 동생은 어떻게 평생을 유명한 여배우로 살 수 있는지, 자신의 시간과 노력을 운동에 많이 투자한 일이 헛되이 여겨지고, 엄마가 그 비슷한 내용을 오랫동안 깨닫게 해주려고 했는데 엄마 말을 귓등으로 들었다는 생각을 하고 있었다. 이런 생각은 큰 경기를 앞두고 전혀 도움이 되지 않는다.

"평소처럼 해. 우리 주장이 누구지?" 트리드웰 코치가 패티에게 말했다.

"내가 주장이다."

"목소리 봐라. 더 크게."

"**내가** 주장이다."

"더 크게!"

"**내가** 주장이다!"

단체 경기를 해본 사람은 알겠지만, 이렇게 외치고 나면 곧 정신이 모아지고 힘이 솟는다. 패티는 이제 다른 선수들을 잘 이끌 수 있을 것 같았다. 별것 아닌 말을 몇 마디 외쳤을 뿐인데 자신감이 치솟는 게 신기했다. 패티는 워밍업을 하고 브루인스 주장들과 악수를 나누고, 패티가 고퍼팀에서 공격을 지시하고 득점에서 위협적인 존재라는 얘기를 들은 상대 팀 선수들이 패티를 유심히 보는 눈길에 기분이 좋아졌다. 패티는 승리를 위해 외치는 말을 갑옷처럼 둘렀다. 그러나 일단 경기가 시작되고 자신감을 잃기 시작하자 사이드라인에서 아무리 자신감을 불어넣으려 해도 소용이 없었다. 패티는 속공으로 바스켓 밑에서 쉽게 쏴 올린 슛으로 한 점을 올렸고, 그날 패티의 활약은 그것으로 끝이었다. 경기가 시작되고 2분 만에 목구멍에 뭔가 걸린 듯한 느낌이 드는 걸로 미루어보아 패티는 전례 없이 엄청나게 부진할 것이 틀림없었다. 패티와 같은 포지션을 담당한 브루인스팀의 선수는 패티보다 5센티미터 크고 14킬로그램은 더 나갔으며, 무서울 만큼 높이 점프했다. 하지만 단순히 체격이 문제가 아니었다. 패티의 마음속에 있는 패배감이 문제였다. 브루인스가 체격 면에서 유리하다는 사실만으로도 전의에 불타 집요하게 공을 쫓아다녀야 하는데, 오히려 패배감이 느껴졌다. 자신이 너무 초라하다는 생각이 들었다. 브루인스팀은 풀코트 프레스를 시도해보고 이 전략이 환상적으로 먹힌다는 사실을 알아냈다. 쇼나는 리바운드한 공을 패티에게 넘겼지만, 패티는 구석으로 몰리고는 공을 포기했다. 패티가 공을 다시 잡았지만 코트를 벗어났다. 공을 잡았지만 이번에는 마치 작은 선물을 건네듯 상대 팀 수비수의 손에 곧장 넘겨줬다. 코치는 중간 휴식을 요청했고, 패티에게 트랜지션 공격할 때 코트 더 위쪽 멀리 자리를 잡으라고 지시했다. 하지만 브루인스는 그 자리에서 패티를 기다리고 있었다. 패티가 길게 패스한 공이 좌석에 꽂혔다. 목에 걸린 듯한 덩어리를 애써 삼키고 한판 붙으려다 패티는 공격자 반칙을 범했다. 패티의 점프슛에는 탄력이 없었다. 패티는 공을 3초 이상 갖고 있으면 파울이 되는 골 밑에서 공을 두 번이나 굴렸고, 코치는 패티를 코트 밖으로 불러 주의를 주었다.

"우리 패티는 어디로 간 거야? 우리 주장은 어디로 갔지?"

"오늘은 실력이 안 나오네요."

"분명히 있어. 끄집어내기만 하면 돼. 네 안에 있다니까. 찾아내."

"그럴게요."

"소리 질러봐. 끄집어내라고."

패티가 고개를 가로저었다. "소리 질러 끄집어내고 싶지 않아요."

코치가 몸을 구부리고 패티의 얼굴을 빤히 올려다보았다. 패티는 있는 힘을 다해 억지로 코치와 눈을 맞췄다.

"누가 우리 주장이지?"

"저요."

"소리쳐봐."

"못하겠어요."

"경기에서 빠지고 싶어? 그러고 싶은 거야?"

"아뇨!"

"그럼 나가서 싸워. 우린 네가 필요해. 무슨 일인지 모르지만 나중에 얘기하자. 알았지?"

"알았어요."

이렇게 새로 패티의 몸속에 주입된 자신감은 패티의 몸을 한 바퀴 돌지도 않고 곧장 밖으로 빠져나갔다. 패티는 팀원을 위해 경기를 했지만 옛날 버릇이 나오기 시작했다. 자기를 낮추고, 경기를 이끌지 않고 쫓아갔으며, 슛을 하지 않고 패스했고, 그보다 오래된 옛날 버릇 즉 경계선에서 서성거리며 롱슛을 했다. 여느 때 같으면 롱슛이 득점으로 연결되기도 했지만 그날 밤은 아니었다. 농구 코트에 쥐구멍이 없는 게 한이었다! 패티는 끊임없이 상대편 방어에 걸렸고, 공격에 실패할 때마다 그다음번에 실패할 확률은 더 높아졌다. 그날 느낀 그런 기분을 패티는 먼 훗날, 심각한 우울증을 겪을 때 가끔 느꼈다. 하지만 2월의 그날 밤 치른 경기가 주위를 빙빙 돌면서 자기 손아귀를 벗어나는 것을 느끼고, 그날 일어난 모든 일—공의 접근과 후퇴 하나하나, 경기장 바닥 위에서 움직이는 발들이 내는 둔탁한 소리 하나하나, 결의에 차 경기에 몰입한 브루인스 선수를 막아내려고 애쓰는 매 순간, 하프타임 때 친근하게 어깨를 쳐주는 팀원의 손길 하나하나—이 가져온 결과는 자신의 잘못이고, 자기의 미래는 허망하며 애써도 소용없다는 것을 직관하는 것은 전혀 새로운 경험이었다.

고퍼팀이 25점 차로 뒤지면서 후반전 중간 정도 지났을 때 코치는 결국 패티를 교체하고 벤치에 앉혔다. 패티는 경기에서 빠지자마자 약간 생기가 되살아났다. 자기 목소리를 되찾았고, 열성적인 신참처럼 팀원을 격려하고 하이파이브를 하면서, 자기가 스타가 됐어야 할 경기에서 치어리더로 전락한 채 그 역할을 만끽했다. 패티를 불쌍하게 여긴 다른 팀원들로부터 마음 상하지 않게 위로받는 처지가 된 수치스러움을 받아들였다. 패티는 부진한 성적을 냈으니 자신이 치어리더로 전락하고 위로받는 수치를 당해도 싸다고 생각했다. 그렇게 더러운 기분 속에서 뒹군 게 그날의 하이라이트였다.

경기가 끝나고 패티는 라커룸에서 코치의 설교를 귓등으로 들었고, 벤치에 앉아 30분 동안 울었다. 사려 깊은 팀원들은 패티가 울게 내버려두었다.

오리털 파카를 입고 고퍼팀 털모자를 쓴 패티는 블랙먼 강연이 아직 끝나지 않았기를 바라면서 노스롭 강당으로 향했다. 하지만 건물은 불이 다 꺼지고 문이 잠겨 있었다. 패티는 기숙사로 돌아가 월터에게 전화를 할까 생각했지만, 지금 정말 하고 싶은 일은 훈련에 빠지고 코가 비뚤어지게 포도주를 마시는 거였다. 패티는 눈 내리는 거리를 걸어 엘리자의 아파트로 향했다. 가는 동안 그녀는 자기가 **정말** 하고 싶은 일은 엘리자에게 심한 말을 퍼붓는 것이라는 사실을 깨달았다.

엘리자는 인터콤으로 너무 늦은 데다 피곤하다고 말했다.

"안 돼, 들여보내줘. 이건 선택의 여지가 없는 문제야." 패티가 말했다.

엘리자가 문을 열어주고 소파에 앉았다. 잠옷을 입은 엘리자는 머리를 지끈지끈하게 만드는 재즈 음악을 듣고 있었다. 실내 공기는 탁하고 담배 연기가 자욱했다. 패티는 파카를 입고 눈이 녹아 물이 뚝뚝 떨어지는 운동화를 신은 채 소파 옆에 서서 엘리자가 얼마나 천천히 숨을 쉬는지, 얼마나 오래 기다려야 입을 열고자 하는 충동이 일어날지 지켜보았다. 제멋대로 마구잡이로 움직이던 엘리자의 얼굴 근육이 천천히 조금씩 안정되고 마침내 중얼중얼 말을 뱉어냈다. "경기는 어땠어?"

패티는 대답하지 않았다. 잠시 후 엘리자가 패티의 존재를 잊어버린 게 분명해졌다.

지금 당장 심한 말을 퍼부어봐야 소용없을 것 같아 패티는 아파트를 살살이 뒤지기 시작했다. 금세 마약을 발견했다. 소파 앞 바닥에 있었다. 엘리자가 그 위에 방석을 던져서 덮어놓았다. 엘리자의 책상 위에 있는, 시에 관한 학술지와 음악 잡지 무더기 밑에 고리가 세 개 달린 바인더가 있었다. 패티가 보기에, 여름 이후로 이 무더기에 추가된 것은 없는 듯했다. 패티는 엘리자의 서류와 고지서 뭉치를 샅샅이 살펴보면서 병원과 관련된 것을 찾았지만 아무것도 발견하지 못했다. 재즈 레코드는 다시 반복해서 돌아가고 있었다. 패티는 음악을 끄고 스크랩북과 마약을 엘리자 앞 거실 바닥에 놓고 탁자 위에 앉았다.

"눈 떠." 패티가 말했다.

엘리자는 눈을 더 질끈 감았다.

패티가 엘리자의 다리를 밀쳤다. "일어나라니까."

"담배 좀. 화학치료 때문에 기운이 하나도 없어."

패티가 엘리자의 어깨를 잡아 곧추세워 앉혔다.

"안녕. 반가워." 엘리자가 억지로 미소 지었다.

"이제 더 이상 네 친구 안 할래. 이제 너 안 볼 거야." 패티가 말했다.

"왜?"

"그냥 싫어."

엘리자가 눈을 감고 고개를 가로저으며 말했다.

"네가 날 도와줘야 해. 마약은 통증 때문에 한 거야. 암 때문에. 말하려고 했는데, 너무 창피해서 못했어." 엘리자가 몸을 옆으로 기울이더니 도로 누웠다.

"넌 암이 아니야. 네가 날 만만하게 생각하고 지어낸 거야."

"아냐, 나 백혈병이야. 백혈병 맞아."

"예의상 직접 말하러 온 거야. 하지만 이제 갈래."

"안 돼. 여기 있어. 내가 마약 끊을 수 있도록 네가 도와줘야 해."

"난 널 못 도와줘. 부모님께 도와달라고 해."

한참 동안 침묵이 흘렀다.

"담배 한 대만 줘." 엘리자가 말했다.

"너 담배 피우는 것도 싫어."

"부모님 문제에 대해 네가 이해한다고 생각했는데. 우리 엄마 아빠가 원하는 사람이 못 되는 거 말이야." 엘리자가 말했다.

"너에 대해 이해하는 거 하나도 없어."

또다시 침묵이 흘렀다.

엘리자가 말했다. "네가 가버리면 어떻게 될지 알지? 그렇지? 나 자살한다."

"어이구, 그게 내가 여기 남아서 너랑 친구해야 하는 이유야? 신나 죽겠네." 패티가 말했다.

"그럴지도 모른다는 얘기지. 나한테 아름답고 진정한 건 너밖에 없어."

"난 물건이 아냐." 패티가 당당하게 말했다.

"너 누가 마약 주사하는 거 본 적 있니? 나 이제 아주 잘한다."

패티가 주사기와 마약을 집어 파카 주머니에 넣었다.

"부모님 댁 전화번호 말해."

"전화하지 마."

"할 거야. 선택의 여지가 없어."

"절교 안 할 거지? 문병 올 거지?"

"응." 패티가 거짓으로 대답했다. "전화번호나 말해."

"우리 엄마 아빠는 늘 네 얘기한다. 네가 나한테 좋은 영향을 준다고 생각해. 나랑 계속 친구해줄 거지?"

"응." 패티는 또 거짓말을 했다. "부모님 전화번호 몇 번이야?"

자정 넘어 엘리자의 부모님이 도착했을 때 그들의 표정은, 바로 이런 종류의 일로 골머리를 썩이다 오랫동안 휴식을 즐기고 있었는데 그 휴식을 방해받은 사람들처럼 어두웠다. 패티는 마침내 엘리자의 부모님을 만나게 되어 기뻤지만, 엘리자의 부모님은 패티가 반갑지 않은 것이 분명했다. 엘리자의 아버지는 덥수룩한 턱수염에 눈이 움푹 들어갔고, 어머니는 아담한 체구에 굽이 높은 가죽 부츠를 신고 있었다. 두 사람은 프랑스 영화에서처럼 강한 성적인 전율을 발산했고, 서로 죽고 못 산다는 엘리자의 말을 생각나게 했다. 정서 불안한 엘리자 같은 딸을 아무것도 모르는 패티 같은 제삼자에게 맡겨놓은 것에 사과를 하든지, 아니면 지난 2년간 자기 딸을 대신 돌봐준 것에 고맙다고 몇 마디 하든지, 그도 아니면 이 사태를 재정적으로 뒷받침한 건 자기들이 엘리자에게 준 돈이라는 사실을 인정이라도 할 줄 알았다. 하지만 이 핵가족이 한 장소에 모이자마자 패티의 역할은 전혀 없는 아주 기묘한 드라마가 펼쳐졌다.

"어떤 종류의 마약을 한 거냐?" 아버지가 물었다.

"헤로인." 엘리자가 대답했다.

"헤로인, 담배, 술. 또 다른 거 없어?"

"가끔 코카인도 하고요. 이제는 많이 안 해요."

"또 없어?"

"아니요, 그게 다예요."

"네 친구는? 이 애도 마약을 하니?"

"아니요, 얘는 무지 유명한 농구 선수예요. **얘기했잖아요**. 완전 건전하고 좋은 애라고. **멋진** 아이예요."

"네가 마약 하는 거 얘도 알고 있었니?"

"아니요, 암이라고 했어요. 얜 아무것도 몰라요."

"언제부터 암이라고 한 거야?"

"크리스마스 때부터."

"네 말을 믿었다는 거지. 넌 용의주도하게 거짓말을 했고, 얜 네 거짓말을 믿었고."

엘리자가 낄낄거렸다.

"네, 믿었어요." 패티가 말했다.

엘리자의 아버지는 패티에게 눈길도 주지 않았다. 그가 파란색 바인더를 손에 들고 말했다.

"이건 뭐냐?"

"그건 나의 패티 책인데." 엘리자가 말했다.

"무슨 집착증이 있는 사람 것 같네." 아버지가 어머니에게 말했다.

"그래, 얘가 너랑 절교한다고 말했다며. 그리고 넌 그럼 자살한다고 말했고." 어머니가 말했다.

"뭐, 그 비슷해요." 엘리자가 인정했다.

"이건 완전 집착이네." 아버지가 바인더 페이지를 넘기며 말했다.

"너 정말 자살 충동이 드는 거야? 아니면 친구가 떠나지 못하게 하려고 그냥 협박한 거야?" 어머니가 물었다.

"거의 협박이죠." 엘리자가 말했다.

"거의라니?"

"알았어요. 사실 자살할 생각은 없어요."

"그래도 우린 네 협박을 진심이라고 여겨야 한다는 거 알지? 우리도 어쩔 수 없다." 어머니가 말했다.

"저는 이제 가볼게요. 아침에 수업이 있어서요." 패티가 말했다.

"어떤 암에 걸린 척했니? 몸 어느 부위야?" 아버지가 물었다.

"백혈병이라고 했어요."

"그럼 피라는 얘기군. 혈액에 가짜 암이 생겼다고."

패티가 주머니에서 마약 등을 꺼내 안락의자 쿠션 위에 놓고 말했다.

"이건 여기 둘게요. 이제 정말 가봐야 해요."

엘리자의 부모는 패티를 힐끔 보고는 서로 마주 보더니 고개를 끄덕였다. 엘리자가 소파에서 일어나 물었다. "언제 만날 수 있어? 내일 만날까?"

"아니. 안 될 것 같아."

"잠깐!" 엘리자가 뛰어와서 패티의 손을 잡았다.

"내가 다 망쳤지만, 좋아질게. 그러고 나서 만나자. 응?"

"응, 알았어."

엘리자의 부모님이 엘리자를 패티에게서 떼어놓으려고 가까이 오자 패티는 거짓말을 했다.

밖으로 나오니 하늘은 맑았고 기온은 영하로 떨어져 있었다. 패티는 맑은 공기를 폐 깊숙이 들이마셨다. 드디어 해방이다! 패티는 이제 자유의 몸이 되었다! 그리고 이제 패티는 다시 돌아가서 UCLA를 상대로 경기를 할 수 있으면 좋겠다고 생각했다. 새벽 1시인 데다 배에서는 꼬르륵 소리가 났지만 기운이 펄펄 났다. 패티는 자유로워진 것에 뛸 듯이 기뻐하며 엘리자의 집이 있는 거리를 한달음에 달려 내려갔다. 코치의 말이 세 시간이나 지난 이제야 귓속을 맴돌았다. 그냥 경기일 뿐이고, 누구나 실력을 발휘하지 못할 때가 있고, 내일이면 본래 모습으로 돌아갈 거라고. 패티는 그 어느 때보다 집중적으로 체력을 관리하고 농구 실력을 갈고닦는 데 온 힘을 기울일 만반의 준비가 되었다고 느꼈다. 월터와 연극을 더 많이 보러 가고 엄마에게도 이렇게 말할 수 있을 것 같았다. "〈결혼식의 멤버〉에 출연하게 됐다고요? 정말 잘됐다!" 두루두루 훨씬 나은 사람이 될 수 있을 것 같았다. 뛸 듯이 기뻐하며 무작정 뛰던 패티는 보도의 빙판을 미처 보지 못했다. 패티는 빙판에 미끄러져 왼쪽 다리가 오른쪽 다리 뒤에서 바깥쪽 옆으로 틀어지면서 무릎인대가 찢어져 바닥에 쓰러졌다.

그 후 6주 동안에 대해서는 별로 할 말이 없다. 패티는 수술을 두 번 했는데, 두 번째 수술은 첫 번째 수술에서 생긴 염증 때문이었다. 그녀는 목발을 짚고 걷는 데 익숙해졌다. 패티의 어머니는 첫 번째 수술을 할 때 병원으로 달려왔고, 병원 의료진을 마치 지적 능력이 의심스러운 중서부 촌무지렁이 취급을 하는 바람에 조이스가 병실에서 나갈 때마다 패티는 병원 의료진에게 대신 사과하고 고분고분하게 굴어야 했다. 그 병원 의사들을 믿을 수 없다는 조이스의 말이 사실로 드러났을 때, 패티는 너무 분해서 두 번째 수술을 할 때는 수술 전날까지 조이스에게 알리지 않았다. 패티는 조이스에게 또 병원에 올 필요 없다고 했다. 돌봐줄 친구들이 차고 넘친다고.

월터 버글런드는 자기 어머니를 돌보면서 아픈 여성을 다루는 법을 터득했고, 패티가 운신하기 어려워진 이때를 이용해 그녀의 삶에 슬쩍 끼어들었다. 첫 번째 수술이 끝난 다음 날, 그는 1미터가 넘는 노포크 소나무를 들고 병실에 나타나 패티가 오래가지 않는 꽃보다 살아 있는 식물을 좋아할 것 같아 가져왔다고 말했다. 그 후 월터는 히빙에 가서 부모님을 도와드리는 주말을 빼고 거의 매일 패티를 보러 왔고, 선한 성격으로 같은 팀 친구들의 호감을 샀다. 패티보다 인물이 떨어지는 친구들은 반반한 외모만 따지는 다른 남자 아이들과 달리 자기들의 말에 열심히 귀 기울이는 월터를 좋아했고, 패티의 친구 중 가장 두뇌가 명석한 캐시 슈미트는 월터가 대법관이 될 자격이 있을 만큼 똑똑하다고 말했다. 여자 운동선수의 세계에서 월터처럼 여자들과 함께 있으면서 자연스럽고 편안함을 느끼는 남자, 공부하다 휴식을 취할 때 라운지에서 여학생들 중 한 명처럼 잘 어울리는 남자는 흔치 않았다. 그리고 모두 월터가 패티에게 푹 빠져 있다고 생각했다. 캐시 슈미트만 빼고 모두 잘된 일이라고 했다. 캐시는 다른 아이들보다 훨씬 날카로웠다. 캐시가 물었다.

"넌 개 정말 좋아하는 거 아니지, 그렇지?"

"그렇기도, 아니기도 해." 패티가 대답했다.

"그럼 너희 둘 아직……."

"아냐! 아무 일도 없었어. 강간당한 적 있다고 개한테 괜히 말했어. 내가 그 얘기를 했더니 안절부절못하더라고. 엄청…… **다정하게 굴고**…… **돌봐주려 하고**…… **속상해하고**. 이젠 아주 허가서 써주기를 기다리거나, 아니면 내가 먼저 행동에 옮기기를 기다리는 것 같아. 그런데 목발을 짚고 있으니 도움이 안 되네. 아주 얌전하고 잘 훈련된 개가 따라다니는 것 같아."

"그거 별로 좋은 일 아닌데." 캐시가 말했다.

"아니지. 그런데 그 애를 떼어낼 수가 없어. 나한테 엄청 잘해주거든. 그리고 나도 개랑 얘기하는 게 정말 즐겁고."

"너도 조금은 좋아한다는 말이네."

"바로 그거야. 어쩌면 그 이상일지도 모르고. 그런데……."

"그런데 확 끌리지는 않는다?"

"바로 그거야."

월터는 모든 것에 관심을 가졌다. 신문과 시사주간지 〈타임〉의 단어 하나하나를 샅샅이 읽었고, 4월에 패티가 다리를 어느 정도 움직일 수 있게 되자 패티를, 월터가 아니면 패티는 가려고 꿈도 꾸지 않을 강연과 예술 영화, 다큐멘터리 영화를 보러 데리고 다녔다. 패티에 대한 월터의 지극한 사랑 덕분인지 그녀가 다치는 바람에 시간이 남아돈 때문인지 몰라도, 누군가 운동선수라는 자신의 겉모습을 꿰뚫고 내면의 빛을 보게 된 건 이번이 처음이었다. 패티는 운동을 제외하고 인류가 축적한 지식의 거의 모든 분야에서 월터에게 열등감을 느꼈지만, 그녀는 자신만의 의견이 있고 그 의견이 그의 의견과 다를 수 있다는 점을 일깨워준 월터가 고마웠다. (현재 미국 대통령이 누구냐고 물어보면 모르겠다고 대답하고는 레코드나 틀 게 뻔한 엘리자와 비교하면 새로웠다.) 월터는 진지하고 독특한 생각에 대한 열정으로 타올랐다. 그는 교황과 천주교는 싫어했지만 이란의 이슬람 혁명은 지지했다. 또 중국의 새로운 인구 억제 정책에 찬성했으며, 미국도 그와 비슷한 정책을 채택해야 한다고 주장했다. 스리마일 섬에서 일어난 원자력발전소 사고보다는, 휘발유 값을 내리고 승용차를 무용지물로 만들어줄 고속철도가 필요하다는 데 관심을 쏟았고, 그 밖에도 관심사가 많았다. 패티는 월터가 찬성하는 것에 대해 고집스럽게 반대하는 데서 자신의 역할을 찾았다. 특히 여성의 종속적 지위 문제와 관련해 월터의 의견에 맞서는 데서 재미를 느꼈다. 학기가 끝나갈 무렵의 어느 날 오후, 두 사람은 학생회관에서 커피를 마시며 패티가 수강하는 원시미술을 강의하는 교수에 대해 잊지 못할 대화를 나누었다. 패티는 이 교수의 강의가 마음에 든다고 설명하면서, 월터에게 부족한 점이 뭔지 넌지시 깨닫게 해주려고 했다.

"역겹다. 섹스 얘기라면 입을 다물지 못하는 중년 교수 타입이네." 월터가 말했다.

"하지만 다산을 상징하는 조각에 대해 얘기한 건데 뭐. 5만 년 전의 조각이라고는 성에 대한 조각밖에 남아 있지 않은 게 그 사람 잘못은 아니잖아. 게다가 그 교수는 턱수염이 하얗고 그것만으로도 안됐다는 생각이 드는걸. 있잖아, 생각해봐. 강단에 서서 '오늘날의 젊은 여성'에 대해, 우리의 '비쩍 마른 허벅지'에 대한 온갖 추잡한 얘기가 머릿속에 꽉 차 있는데, 그 교수는 우리가 불편해한다는 것도 알고 자기가 턱수염을 기른 중년이라는 것도 알고 있지만 그래도 어쩔 수 없이 강의는 해야 하니까. 정말 힘들 거야. 창피할 수밖에 없다는 거."

"하지만 정말 불쾌하다."

"내 생각에는 그 교수가 두꺼운 허벅지를 좋아하는 것 같아. 요점은 그거야. 그 교수는 석기시대에 꽂혀 있거든. 알잖아. 비대한 거. 그 교수가 고대미술에 심취한 걸 보면 정말 귀엽고, 한편으로는 가슴이 아프기까지 해."

"하지만 불쾌하지 않아? 페미니스트로서 말이야."

"난 내가 페미니스트라고 생각하지 않는데."

"말도 안 돼! 그럼 너 ERA(Equal Rights Advocates, 여성의 평등권을 주장하는 미국의 비영리 법률 단체-옮긴이)를 지지하지 않는다는 거야?"

"글쎄, 난 별로 정치적인 사람이 아니거든."

"네가 미네소타 대학에 온 것도 운동선수 장학금 덕분이잖아. 5년 전만 해도 꿈도 꾸지 못할 일이고. 넌 여성의 평등권을 인정한 연방법률 덕분에 여기에 올 수 있었던 거지. 교육에 관한 법률 수정안 덕분에."

"하지만 그 수정안은 기본적인 공정함에 대한 거지. 학생의 절반이 여자면 운동 기금도 절반은 여자 몫이라는 거잖아."

"그게 바로 페미니즘이잖아!"

"아니지, 기본적인 공정함에 대한 거지. 앤 마이어스 알아? 그 이름 들어봤어? UCLA의 엄청난 스타인데, 전미농구협회와 최근에 계약을 했거든. 그런데 그게 말도 안 돼. 걔 166센티미터의 여자애거든. 경기도 잘 못해. 남자가 여자보다 운동 능력이 뛰어나다는 건 부인할 수 없는 사실이고 절대 변하지 않아. 여자 농구보다 남자 농구 보러 가는 사람이 몇백 배 많은 이유지. 운동선수로서 보여줄 수 있는 기량은 남자가 훨씬 뛰어나. 그걸 부인하는 건 바보지."

"그럼 만약 네가 의사가 되고 싶은데 의대에서 남학생을 선호해서 갈 수 없으면 어떡할래?"

"불공평하지. 의사가 되고 싶은 생각은 없지만."

"그럼 되고 싶은 게 **뭐니**?"

조이스는 딸들이 훌륭한 직업을 갖게 하려고 극성을 부렸고, 패티의 생각에 조이스는 엄마로서 수준 이하였기에 그녀는 자연스럽게 전업주부이자 훌륭한 엄마가 되고 싶었다.

"난 오래되고 예쁜 집에서 아이 둘 낳고, 정말 훌륭한 엄마가 되고 싶어." 패티가 말했다.

"직업도 갖고 싶니?"

"아이들 키우는 게 내 직업이 될 거야."

월터가 얼굴을 찡그리며 고개를 끄덕였다.

"거봐. 나 별로 재미있는 사람 아니라니까. 네 다른 친구들만큼 재미있는 사람이 아냐."

"그렇지 않아. 넌 아주 재미있는 사람이야." 월터가 말했다.

"그렇게 말해주니 고맙긴 한데, 별로 설득력 있게 들리지는 않는다."

"넌 네가 생각하는 것보다 내면에 많은 걸 갖춘 사람이야."

"나에 대한 네 생각은 별로 현실적이지 않은 것 같다. 장담하건대, 나에 대해 한 가지라도 흥미로운 점을 대라고 하면 못할걸." 패티가 말했다.

"뭐, 우선 운동 실력이 뛰어나잖아." 월터가 말했다.

"드리블, 드리블. 정말 흥미롭다."

"그리고 네가 생각하는 방식, 그 추한 교수가 사랑스럽고 애틋하다고 생각한다는 사실도."

"하지만 넌 내 생각에 찬성하지 않았잖아!"

"그리고 네 가족에 대해 말할 때, 가족 얘기를 할 때, 가족과 멀리 떨어져 네 삶을 꾸려나간다는 사실. 모두 무척 흥미로워."

패티는 자기한테 이렇게 푹 빠진 남자를 본 적이 없었다. 물론 월터와 패티의 대화에 깔린 뜻은, 그가 그녀의 몸에 손대고 싶은 욕망이 있는가 하는 것이다. 그런데 월터와 많은 시간을 보낼수록 패티는 자기가 다정하게 굴지 않는데도 그가 자기를 흥미로운 사람이라고 생각한다는 것을 점점 깨닫게 되었다. 아니면 다정하게 굴지 않기 **때문에** 그랬는지도 모른다. 패티가 병적으로 경쟁심이 강하고 건전하지 못한 것에 끌린다는 바로 그 사실 때문에 흥미로운 사람으로 느꼈는지 모른다. 그리고 월터는 패티가 흥미로운 사람이라는 걸 강력하게 주장함으로써 패티에게 자신을 흥미로운 사람으로 느끼게 했다.

"네가 페미니스트라면 왜 리처드 같은 애랑 단짝이니?" 패티가 물었다.

월터의 얼굴이 어두워졌다. "물론 나한테 여동생이 있다면 절대 리처드는 못 만나게 할 거야."

"왜? 그 애가 여자를 함부로 대하니?"

"일부러 그러는 건 아냐. 그 앤 여자를 좋아해. 금방 싫증 내서 갈아치울

뿐이지."

"여자들은 막 갈아치워도 되니까? 우린 그저 물건이니까?"

"그 애 행동에 정치적인 뜻은 없어. 그 애는 평등권에 찬성해. 여자에게 중독됐다고 할까. 그 애가 중독된 건 그뿐이 아니지만. 있잖아, 걔네 아버지는 엄청난 술고래였고 리처드는 술을 안 마셔. 하지만 그 애가 끝낼 여자한테 대하는 걸 보면, 코가 비뚤어지게 마시고 나서 장식장에 든 술병은 모조리 쏟아내 비워버리는 거나 마찬가지지."

"끔찍하다." 패티가 말했다.

"응, 나도 그 애의 그런 점은 별로야."

"그래도 아직 친구잖아. 넌 페미니스트라면서."

"친구에게 결점이 있다고 친구에 대한 의리를 저버리는 건 아니라고 봐."

"그래. 하지만 친구라면 그 사람이 더 나은 사람이 되도록 도와줘야 하지 않을까? 넌 네 친구의 행동이 왜 잘못인지 변명할 뿐이잖아."

"너도 엘리자의 행동을 변명했잖아."

"그래, 네 말이 맞다."

패티가 다음에 월터를 만났을 때 그는 영화 보고 저녁 먹자며 데이트 신청을 했다. 함께 본 영화(월터다운 선택이다)는 공짜였고, 〈아테네의 악당〉이라는 그리스 어 흑백영화였다. 좌석이 텅 빈 예술영화관에 앉아 두 사람이 영화가 시작되기를 기다리는 동안 패티는 자신의 여름방학 계획에 대해 말했다. 교외에 있는 캐시 슈미트의 부모님 댁에 머물면서 물리치료도 계속 받고 다음 시즌에 복귀할 준비를 할 예정이라고 했다. 텅 빈 영화관에서 월터는 갑자기 뉴욕으로 이사 가는 리처드 대신 그 방에서 살 의향이 있는지 물었다.

"리처드가 떠난다고?"

"응. 흥미 있는 음악은 죄다 뉴욕에 있다네. 허레라와 함께 밴드를 조직해 뉴욕에서 성공하고 싶은가 봐. 그리고 난 임대 기간이 아직 석 달이나 남았고."

"우와. 내가 그 애 방에서 산단 말이지." 패티가 조심스러운 표정을 지으며 말했다.

"이제 리처드의 방이 아니지. 네 방이 되는 거야. 체육관까지 걸어갈 수도 있고, 에디나에서 왔다 갔다 하는 것보다 훨씬 편할 거야." 월터가 말했다.

"그러니까, 나랑 **같이 살자**는 말이네."

월터가 얼굴을 붉히며 패티의 눈을 피했다.

"네 방은 당연히 따로 있지. 하지만 그래, 같이 저녁 먹고 어울리고 싶으면 그것도 좋아. 네 사생활을 존중해주고 또 곁에 있을 사람이 필요하면 친구도 되어줄게. 나 믿을 만한 사람이라고 생각하는데."

패티는 월터의 얼굴을 뚫어지게 들여다보면서 이해하려고 애썼다. 패티는 우선 마음이 상했고, 리처드가 떠난다는 사실에 낙담했다. 그녀는 월터에게 자기랑 살고 싶으면 먼저 자기에게 키스해야 한다고 말할 **뻔**했다. 하지만 패티는 너무 불쾌해서 그 순간에 키스를 받고 싶지도 않았다. 그러고 나서 영화관의 불이 꺼졌다.

필자가 기억하기에 〈아테네의 악당〉 줄거리는 다음과 같다. 뿔테 안경을 쓴 평범한 회계사가 어느 날 아침 출근하다 신문 1면에 "**아테네 악당의 행방 아직 오리무중**"이라는 헤드라인 아래 자기 사진이 실린 것을 보게 된다. 거리를 지나가던 아테네 행인들은 그를 지목하며 추적하고, 그는 체포되는 위험에 처하게 된다. 그런데 때마침 그를 자신들의 두목으로 잘못 안 테러단 아니면 갱단이 그를 구해준다. 갱들은 파르테논 신전 폭파 같은 대담한 계획을 세우고, 회계사는 자기는 그저 평범한 회계사일 뿐이라고 갱들에게 해명하려 하지만, 갱단은 그가 자기들을 도와줄 거라고 철석같이 믿고, 온 도시가 회계사를 죽이려고 혈안이 되어 있다. 놀랍게도 그 회계사는 마침내 뿔테 안경을 벗어던지고 **두려움을 모르는 갱단의 두목이 된다**. 〈아테네의 악당〉이 탄생하는 순간이다! "좋다 제군들, 우리 계획은 이렇다." 회계사가 말한다.

패티는 영화를 보면서 월터가 그 회계사고 그 인물처럼 안경을 휙 벗는 모습을 상상했다. 영화가 끝나고 베스치오에서 저녁을 먹으면서 월터는 그 영화가 제2차 세계대전 후 그리스의 공산주의를 풍자한 영화라고 해석했다. 미국이 남동부 유럽에 북대서양조약기구 동맹국을 만들기 위해 남동부 유럽의 독재 정권을 오랫동안 지원해왔다고 설명했다. 월터가 말하기를, 그 회계사는 우익의 독재에 대한 폭력적 저항에 합류해야 한다는 자신의 책임을 받아들이는 보통 사람을 상징한다고 했다.

패티가 포도주를 마시며 말했다.

"내 생각은 전혀 다른데. 책임감 강하고 소심하고 자신에게 어떤 능력이 있는지도 전혀 모르는 주인공이 별 재미없는 평범한 삶을 살다가 악당으로 오인을 받고서야 사는 맛을 알게 된다는 내용이잖아. 악당으로 오해받고 나서 며칠밖에 살지 못했지만 마침내 뭔가를 성취했고, 잠재력을 발휘했기 때문에 죽어도 여한이 없는 거지."

월터는 패티의 해석에 놀란 것 같았다. 그가 말했다.

"하지만 그렇게 죽는 건 말이 안 돼. 성취한 게 아무것도 없잖아."

"그럼 왜 그런 짓을 했지?"

"그거야, 목숨을 구해준 갱단과 연대감을 느꼈으니까. 자기도 그들에 대한 책임이 있다고 생각한 거지. 갱단은 사회의 약자고, 그 회계사의 도움이 필요했고, 그 회계사는 의리를 지키고 싶었으니까. 의리를 지키다 죽은 거지."

"맙소사. 너 정말 훌륭한 사람이구나."

"난 그런 생각 안 드는데. 가끔 이 세상에서 내가 제일 바보 같다는 생각이 들어. 나도 남을 속이고, 가끔은 리처드처럼 자신만 아는 사람**이었으면**, 예술가가 되어**봤으면** 좋겠다고 생각할 때가 있어. 그러지 못하는 건 내가 훌륭한 인격자여서가 아니야. 그럴 수 있는 체질이 아니기 때문이지." 월터가 말했다.

"하지만 그 회계사도 자기에게 그런 자질이 있다고 생각하지 않았잖아. 자기 자신을 놀라게 한 거지."

"그렇긴 한데 별로 현실적인 얘기는 아니다. 신문에 난 그 사람 사진은 그 사람 같은 게 아니라 **바로 그 사람**이던데. 그리고 그냥 자수했으면 사실이 모두 밝혀질 텐데. 도망치기 시작한 게 큰 실수야. 그러니까 풍자라는 거야. 사실적인 얘기가 아니라고."

월터는 술을 한 방울도 입에 대지 않기 때문에 패티는 그와 함께 있는 자리에서 포도주를 마시니 기분이 이상했다. 하지만 그녀는 짓궂게 굴고 싶은 기분이 들어 짧은 시간 동안 꽤 많이 마셨다.

"안경 벗어봐." 패티가 말했다.

"싫어. 그럼 네가 안 보여." 월터가 말했다.

"괜찮아. 나야, 패티라고. 벗어봐."

"널 보고 싶다니까! 난 널 보는 게 좋단 말이야!"

두 사람의 눈이 마주쳤다.

"나랑 살고 싶은 이유가 그거야?" 패티가 물었다.

월터가 얼굴을 붉혔다. "응."

"뭐, 그렇다면 아파트를 보러 가야 하지 않을까? 보고 결정해야지."

"오늘 밤?"

"응."

"안 피곤해?"

"안 피곤해."

"무릎은?"

"무릎도 괜찮아, 고마워."

패티는 처음으로 월터만 생각하고 있었다. 그녀는 부드럽고 상큼한 5월의 공기를 헤치고 4번가를 목발을 짚고 걸어 내려가면서, 누가 자기에게 한

편으로는 아파트에 가면 리처드를 만나게 되지 않을까 내심 바라고 있는지 묻는다면 아니라고 대답했을 것이다. 패티는 **지금 당장** 섹스를 하고 싶었다. 그리고 월터가 쥐꼬리만큼이라도 눈치가 있다면 아파트 안에서 텔레비전 소리가 들리는 걸 깨달은 순간 그녀를 데리고 다른 곳으로, 다른 곳 어디라도, 패티의 기숙사에라도 데려갔을 것이다. 하지만 월터는 진실한 사랑을 믿었고, 패티도 원한다고 확신이 들기 전에는 절대로 그녀의 몸에 손대지 않으려고 했다. 월터는 패티를 곧장 아파트 안으로 안내했다. 리처드는 소파에 앉아 거실 탁자에 맨발을 올리고 무릎에 기타를 올려놓고 앉아 있었다. 옆자리에는 용수철로 묶인 공책이 있었다. 전쟁 영화를 보면서 리처드는 펩시콜라를 페트병째 들이켜면서 900밀리리터짜리 토마토 깡통에 씹는담배를 씹으며 침을 뱉고 있었다. 방은 깔끔하고 정리 정돈이 잘되어 있었다.

"공연 보러 간 줄 알았더니." 월터가 말했다.

"공연이 너무 후져서." 리처드가 말했다.

"패티 기억하지?"

패티가 쑥스러운 듯 목발을 짚고 리처드 시야로 걸어 나왔다.

"잘 있었어, 리처드?"

"키가 큰 축에 안 든다는 그 패티구나." 리처드가 말했다.

"그래, 나야."

"그래도 상당히 크네. 월터가 마침내 너를 이리로 유인하게 돼서 참 기쁘다. 그런 일이 안 일어날까 봐 걱정하기 시작했거든."

"패티는 이번 여름에 여기서 살까 생각 중이야." 월터가 말했다.

리처드가 눈썹을 치켜뜨면서 "정말?" 하고 물었다.

리처드는 패티가 기억하고 있는 것보다 더 마르고, 젊고, 섹시했다. 패티는 갑자기 월터와 여기서 살 생각을 하니 그날 밤 그와 잠자리를 같이하고 싶어 한 사실을 부인하고 싶어졌다. 그녀가 말했다.

"체육관에서 가까운 데를 찾고 있거든."

"그렇겠지, 말 되네."

"네 방을 좀 봤으면 하는데." 월터가 말했다.

"지금 방이 좀 어지러운데."

"어지럽지 않을 때도 있는 것처럼 말하네." 월터가 유쾌하게 웃으면서 말했다.

"비교적 덜 어지러울 때도 있으니까." 리처드가 그렇게 말하고는 발가락을 뻗어 텔레비전을 끈 후 패티에게 물었다. "네 꼬마 친구 엘리자는 잘 지내지?"

"걘 이제 내 친구 아니야."

"얘기했잖아." 월터가 말했다.

"본인 입으로 직접 듣고 싶었어. 걘 완전히 맛이 간 꼬마 계집애야, 그렇지 않냐? 처음에는 어느 정도나 맛이 간 앤지 잘 몰랐지만 어이구, 곧 드러나더라고."

"나도 처음엔 잘 몰랐어."

"월터만 처음부터 알아봤지. 엘리자에 대한 진실. 영화 제목 같다."

"그 앤 날 보자마자 싫어했으니까. 그래서 더 객관적으로 볼 수 있었지." 월터가 말했다.

리처드가 공책을 덮고 깡통에 침을 뱉었다.

"너희 단둘이 있게 해줄게."

"무슨 영화야?" 패티가 물었다.

"만날 하는, 들어주기 힘든 허섭스레기지 뭐. 마거릿 대처라는 영계에 대해 뭔가 만들려고 해. 영국의 새 수상 말이야."

"영계라는 단어는 마거릿 대처한테 전혀 안 어울린다." 월터가 말했다.

"중년 부인이 맞지."

"'영계'라는 단어, 어떻게 생각하냐?" 리처드가 패티에게 물었다.

"뭐, 난 까다로운 사람이 아니야."

"월터가 나더러 그런 말 쓰지 말라는데. 비하하는 말이라고. 하지만 내 경험으로는 영계들도 별로 신경 쓰지 않는 것 같더구먼."

"그런 말을 쓰면 1960년대 사람처럼 보여." 패티가 말했다.

"원시시대 사람처럼 보이지." 월터가 말했다.

"원시인은 머리가 무척 컸다며." 리처드가 말했다.

"황소도 그렇고. 잘근잘근 씹어 되새김질하는 다른 동물도 그렇고."

리처드가 소리 내어 웃었다.

"난 야구 선수들만 담배 씹는 줄 알았는데. 맛이 어떠니?" 패티가 물었다.

"직접 씹어보든가. 토하고 싶으면." 리처드가 일어나며 말했다. "다시 나간다. 단둘이 있게 해줄게."

"잠깐, 나도 씹어볼래." 패티가 말했다.

"별로 좋은 생각이 아닌 것 같은데." 리처드가 말했다.

"아냐, 정말 해보고 싶어." 패티가 말했다.

패티는 이제 월터와 단둘이 있고 싶은 기분이 말끔히 사라졌고, 자기에게 리처드를 붙잡아둘 힘이 있는지 시험해보고 싶었다. 그녀는 마침내 월터를 처음 만난 밤 이후로 월터에게 설명하려고 했던 것을 보여줄 기회를 얻었다. 그녀는 월터를 받아들일 자격이 없는 사람이라는 것을. 물론 월터가 안경을 획 벗어던지고 거칠게 행동하면서 자기 경쟁 상대를 물리칠 기회이기도 했다. 하지만 월터는 여느 때와 다름없이 그녀가 원하는 대로 하기를 바랐다.

"하게 해줘." 월터가 말했다.

패티가 고맙다는 미소를 지어 보였다. "고마워, 월터."

씹는담배는 민트 향이 났고 깜짝 놀랄 정도로 잇몸이 따가웠다. 월터는 패티가 침을 뱉을 머그잔을 가져왔고, 패티는 실험 대상이 된 듯 소파에 앉아 니코틴 효과가 나타나기를 기다리면서 두 사람의 관심을 즐겼다. 하지만 월터는 리처드에게도 신경 썼고, 패티는 심장이 빠르게 뛰기 시작하면서 월터가 리처드에게 특별한 감정을 갖고 있다는 엘리자의 말을 떠올렸다. 엘리자가 질투하던 일이 생각났다.

"리처드는 마거릿 대처 때문에 흥분했다니까. 대처는 지나친 자본주의를 상징하고 그런 자본주의는 결국 자기 파멸에 이르게 된다는 거지." 월터가 말했다. "너 요즘 사랑에 대한 노래를 작곡하고 있나 보다."

"잘 아네. 특이한 헤어스타일의 여성에게 바치는 사랑의 노래." 리처드가 말했다.

"리처드와 나는 마르크스 혁명이 일어날 가능성에 대해 서로 생각이 달라." 월터가 패티에게 말했다.

"음." 패티가 침을 뱉으며 말했다.

"월터는 민주주의 국가는 자정 능력이 있다고 생각해. 미국 부르주아 계급이 개인의 자유에 점점 제한을 가하게 되는 상황을 자발적으로 받아들일 거라고 생각하지." 리처드가 말했다.

"나한테 정말 좋은 생각이 많은데, 리처드가 계속 퇴짜 놓는 게 이해되지 않아."

"연료 효율성에 관한 노래, 대중교통 이용을 권장하는 노래, 의료 서비스를 국가가 운영하는 노래, 아이를 낳으면 세금을 더 내도록 하는 노래."

"거의 전인미답 분야라고 할 수 있지. 록 음악의 내용으로는 말이야." 월터가 말했다.

"두 자녀는 좋고, 네 자녀는 나쁘고."

"두 자녀도 좋지만, **무자식** 상팔자."

"군중이 거리로 몰려나오는 게 벌써 보인다."

"아주 유명해져야지. 사람들이 귀 기울이게 하려면." 월터가 말했다.

"가슴에 새겨두마." 리처드가 패티 쪽으로 몸을 돌리며 물었다. "너 괜찮냐?"

"음, 토한다는 말이 무슨 말인지 알겠다." 패티가 머그잔에 씹은 담배를 뱉으면서 물었다.

"소파에 토하지는 마라."

"괜찮아?" 월터가 물었다.

주변이 빙빙 돌고 들썩거렸다. "어떻게 이런 걸 즐기니?" 패티가 리처드에게 말했다.

"그래도 좋은걸."

"괜찮니?" 월터가 패티에게 다시 물었다.

"괜찮아. 그냥 가만히 앉아 있으면 돼."

사실 패티는 속이 상당히 좋지 않았다. 소파에 앉아 월터와 리처드가 티격태격하며 정치와 음악에 대해 토론하는 걸 들을 수밖에 없었다. 월터는 신이 나서 트로매틱스가 낸 17.5밀리미터 싱글을 보여주며 리처드에게 양쪽 다 틀어보라고 우겼다. 첫 곡은 '난 햇빛이 싫어'였다. 패티가 가을에 클럽에서 들은 노래인데 지금 들으니 니코틴을 지나치게 많이 흡수했을 때의 기분을 음악으로 표현한 것 같았다. 소리를 작게 틀었는데도(월터가 병적일 정도로 이웃에게 사려 깊다는 점은 말할 필요도 없다) 패티는 속이 울렁거렸고, 무서운 느낌이 들었다. 패티는 리처드가 저음으로 부르는 노래를 들으면서 리처드가 자기를 보고 있는 것을 느꼈다. 그리고 이전에 그가 자기를 쳐다보던 눈길에 대한 자신의 생각이 틀리지 않았다는 것을 깨달았다.

11시쯤 되자 월터가 하품을 참지 못했다.

"미안, 이제 집에 데려다줘야겠다." 월터가 말했다.

"나 혼자 걸어가도 돼. 여차하면 목발을 휘두르면 되니까."

"안 돼. 리처드의 차로 데려다줄게." 월터가 말했다.

"아냐. 넌 자야지. 리처드한테 데려다달라고 하지 뭐." 패티가 리처드에게 고개를 돌리고 물었다. "그래줄래?"

"그러지 뭐. 차로 모셔다드리지." 리처드가 말했다.

"방부터 먼저 보고." 월터가 졸음을 참지 못해 눈을 감고 말했다.

"맘대로. 방이야 보이는 그대로지." 리처드가 말했다.

"싫어, 네가 보여줘." 패티가 리처드를 쏘아보며 말했다.

리처드의 방은 벽과 천장을 검은색으로 칠했고, 월터의 영향으로 거실에서는 억누른 펑크 스타일의 무질서를 마음껏 발산한 듯했다. 레코드와 레코드 재킷이 여기저기 널려 있고, 침을 뱉은 깡통이 여러 개 있었다. 기타가 하나 더 있고, 감당하지 못할 만큼 책을 너무 많이 꽂은 책장이 있으며, 양말과 속옷이 어지럽게 널려 있었다. 그리고 침대보는 똘똘 뭉쳐 있었다. 그 안에서 리처드가 엘리자를 열심히 지웠다는 생각을 하니 재밌고 어쩐지 불쾌하지도 않았다.

"아주 밝은색인데!" 패티가 말했다.

월터가 다시 하품했다. "당연히 칠은 내가 다시 할 거야."

"패티가 검은색을 좋아한다면 얘기가 다르지." 리처드가 문간에서 말했다.

"검은색은 생각해본 적 없지만, 특이하네."

"아주 안정감 있는 색이라고 봐, 난." 리처드가 말했다.

"뉴욕으로 이사 간다며?" 패티가 물었다.

"응."

"신나겠다. 언제?"

"2주 후에."

"어, 그때 나도 거기 가는데. 부모님 결혼 25주년이거든. 엄청난 행사를 계획했나 봐."

"너 뉴욕 출신이야?"

"웨체스터."

"나도. 웨체스터 내에서도 서로 다른 곳 출신인가 보다."

"난 교외 지역."

"용커스와는 아주 딴판인 곳이군."

"기차 타고 용커스 여러 번 지나갔어."

"내 말이 바로 그거야."

"뉴욕에는 직접 운전해서 가니?" 패티가 물었다.

"왜? 태워줄 사람 필요해?"

"뭐, 그럴지도 모르지! 네가 태워주려고?"

리처드가 고개를 가로저었다. "생각 좀 해보고."

불쌍하게도 월터의 눈은 점점 감겼고, 리처드와 패티가 말을 주고받는 모습을 전혀 보지 않았다. 죄책감과 혼란스러움에 숨이 막힌 패티는 목발을 짚고 서둘러 문 쪽으로 가서 월터에게 오늘 저녁 고마웠다고 큰 소리로 말했다.

"미안해, 너무 피곤해서. 내가 안 데려다줘도 정말 괜찮겠어?" 월터가 물었다.

"내가 데려다주마. 넌 가서 자라." 리처드가 말했다.

월터는 분명 비참해 보였지만, 그건 아마도 피곤했기 때문일 것이다. 거리로 나오자 공기가 신선했고, 패티와 리처드는 녹슨 임팔라를 세워둔 곳에 다다를 때까지 아무 말도 하지 않았다. 리처드는 패티가 차에 올라 목발을 그에게 건네주는 동안 그녀의 몸에 닿지 않으려고 조심하는 것 같았다.

"밴일 거라고 생각했는데. 밴드는 전부 밴을 모는 줄 알았어." 리처드가 운전석에 앉자 그녀가 말했다.

"허레라는 밴을 몰아. 이건 내가 개인적으로 쓰는 거고."

"뉴욕에 데려다줄 때는 이걸 타고 가겠구나."

"이봐, 잡든지 놓아주든지 결정해라. 무슨 말인지 알아? 안 그러면 월터한테 불공평하잖아."

패티가 시선을 앞 유리창에 두고 물었다. "뭐가 불공평해?"

"월터가 희망을 갖게 하는 거 말이야. 꼬이고 있잖아."

"넌 내가 그런다고 생각하니?"

"월터는 정말 훌륭한 애야. 아주 진지하다고. 그 애를 대할 때 조심하는 게 좋을 거야."

"나도 알아. 네가 말 안 해도." 패티가 말했다.

"그런데 여긴 왜 왔냐? 내가 보기에는……."

"뭐? 네가 보기에는 뭐?"

"내가 뭔가 방해하고 있는 것 같았거든. 그런데 내가 나가려고 하니까……."

"맙소사, 너 **정말** 저질이구나."

리처드는 패티가 자길 어떻게 생각하든 조금도 상관하지 않는다는 듯, 아니면 바보 같은 여자들이 바보 같은 소리를 하는 게 지겹다는 듯 고개를 끄덕였다. 그가 말했다.

"내가 나가려는데, 넌 눈치를 채지 않게 하려는 것 같더라고. 뭐 다 괜찮아. 네가 결정할 문제지. 다만 네가 하는 행동이 월터의 마음을 갈기갈기 찢어놓는 짓이라는 걸 알고 있었으면 하는 것뿐이야."

"너랑 이런 얘기하고 싶지 않아."

"좋아, 얘기하지 말자. 하지만 너 월터 자주 만나잖아, 그렇지? 거의 매일, 그렇지? 지난 몇 주 동안."

"우린 친구야. 그냥 어울리는 거라고."

"좋네. 너 히빙 사정 알지?"

"응, 월터 엄마가 호텔 때문에 도와줄 사람이 필요하다는 거."

리처드가 불편하게 웃었다. "그게 네가 아는 거야?"

"글쎄, 그의 아버지는 몸이 좋지 않고, 그의 형제들은 아무 일도 안 한다는 거." 패티가 말했다.

"월터가 말한 게 그거라는 말이지. 그게 다란 거지."

"아버지는 공기증이고, 엄마는 장애가 있고."

"그리고 걔는 일주일에 25시간씩 건설 현장에서 일하고 법대 대학원에서 A를 받고 있어. 그리고 매일 너랑 보낼 시간이 넘쳐나겠지. 넌 정말 좋겠다. 월터가 남아도는 시간이 그렇게 많으니. 하지만 너는 얼굴이 반반한 영계니까 그럴 권리가 있겠지, 그렇지? 게다가 부상까지 당했잖아. 다친 데다 얼굴까지 반반하니. 그럼 월터한테 아무것도 묻지 않을 권리가 너한테 있다, 이거지."

패티는 부당하다는 생각에 부글부글 끓어올랐다.

"너 알아? 네가 여자들한테 얼마나 못되게 구는지, 월터가 말하더라. 그 애가 그 얘기는 하더라고."

리처드는 조금도 관심을 보이지 않았다.

"난 네가 엘리자와 친하다는 전제 아래 지금 이 상황을 이해하려 애쓰고 있어. 이제야 이해가 가네. 널 처음 만났을 때는 몰랐는데. 넌 교외에서 자란 착한 애 같았는데."

"그래, 나 저질이다. 그게 네가 하고 싶은 말이야? 나도 저질, 너도 저질."

"그래, 맘대로 생각해. 나도 정상이 **아니고**, 너도 정상이 **아니고**. 맘대로. 월터한테만은 저질로 굴지 **말라는** 거야."

"내가 언제!"

"난 내가 본 대로 말하는 것뿐이야."

"그럼, 네가 잘못 본 거지. 난 월터를 좋아해. 정말 아낀다니까."

"그런데도 넌 월터 아버지가 간 질환으로 죽어가고, 형은 자동차로 사람을 치어 감방에 있고, 동생은 군대에서 받는 봉급으로 빈티지 코르벳 자동차 할부금을 내고 있다는 것도 모르잖아. 그리고 네가 여기 찾아와서 나랑 시시닥거리려고 월터랑 어울리고 친구하는 동안 월터는 하루에 평균 네 시간밖에 못 잔다는 것도 모르고."

패티는 아무 말도 하지 못했다. 한참 후에 그녀가 말했다.

"다 알지는 못한 거 맞아. 다는 몰랐지. 하지만 너랑 시시닥거리는 사람들이 문제라면 네가 그 애랑 친구 하지 말아야지."

"아, 내 잘못이라는 말이군. 알아들었어."

"뭐, 미안하지만 그렇다고 할 수도 있지."

"내가 졌다. 너 정신 좀 차려야겠다." 리처드가 말했다.

"나도 알아. 그렇다 해도, 넌 저질이야."

"이봐, 뉴욕에 데려다줄게. 그게 네가 원하는 거라면. 길 떠나는 두 저질이라. 재밌겠네. 하지만 그러고 싶으면 월터를 대롱대롱 매달아 다니지 말란 말이야."

"좋아. 이제 집에 데려다줘."

아마도 니코틴 때문일 것이다. 패티가 리처드가 요구한 대로 정신을 차리려 애쓰면서 그날 저녁 일을 되새기며 뜬눈으로 밤을 지새운 이유는. 하지만 아무리 정신을 가다듬으려 해도 패티는 자기가 어떤 사람이고 자기 삶은 결국 어떤 모습일지에 대한 의문이 머리를 맴도는 순간에도 가슴속에 있는 한 가지 생각은 변함이 없었다. 패티는 리처드와 함께 뉴욕에 가고 싶었고, 반드시 그렇게 하리라 다짐했다. 슬픈 사실은, 두 사람이 차 안에서 나눈 대화로 패티가 엄청 흥분한 동시에 안도했다는 점이다. 흥분한 이유는 리처드가 자기를 흥분시켰기 때문이고, 안도한 이유는 몇 달 동안 자신이 아닌 딴 사람인 척하려 애쓰다 마침내 있는 그대로 행동할 수 있게 됐기 때문이다. 패티가 어떻게든 리처드와 함께 길 떠날 방법을 찾을 거라는 사실을 깨달은 건 바로 그런 이유에서다. 패티는 이제 월터에 대한 죄책감과 자기가 월터가 바라는 그런 종류의 사람이 아니라는 데 대한 슬픔만 극복하면 되었다. 월터가 그녀와 관계에서 진도를 천천히 나간 건 얼마나 현명한 판단이던가! 패티의 내면에 숨어 있는 거짓을 감지하다니, 월터는 얼마나 똑똑한가! 패티에 관한 한 월터가 얼마나 선견지명이 있고 똑똑한지 생각하면서, 패티는 그를 실망시키는 게 더 슬프고 더 죄책감이 들었고, 따라서 다시 결정을 내릴 수 없는 상황으로 되돌아갔다.

그러고 나서 거의 일주일 동안 월터에게서 연락이 없었다. 패티는 리처드의 충고로 월터가 자기와 거리를 두고 있다고 생각했다. 리처드가 월터에게 여자는 믿을 게 못 되고, 마음에 상처 받지 않도록 조심해야 한다는 여성혐오적 설교를 했기 때문이라고 짐작했다. 차라리 잘됐다는 생각이 드는 동시에 월터의 꿈을 무참히 짓밟는 행동이라는 생각이 들었다. 패티는 그가 포인세티아처럼 뺨이 빨개져 큰 화분을 들고 있는 모습을 떨칠 수 없었다. 그리고 기숙사 라운지에서 패티와 캐시, 다른 친구들이 TV 드라마 〈환상의 섬〉을 시청하며 웃는 동안, 월터가 꾹 참고 수전 스토스의 따분한 하소연을 들으며 상대해준 수많은 밤이 생각났다. 한쪽 귀 바로 위에서 옆 가르마를 타서 머리를 옆으로 빗은 수전은 다이어트 얘기, 요즘 물가가 올라 살기 힘들다는 얘기, 기숙사가 너무 덥다는 얘기, 학교 행정직원과 교수들에 대한 온갖 불만 등 많은 얘기를 늘어놓았고, 월터가 그 얘기를 다 들어준 수많은 밤이 생각났다. 패티는 무릎을 다쳤다는 핑계로, 벌떡 일어나 수전에게서 월터를 구해주려고 하지도 않았다. 그러면 수전이 자기들 있는 곳으로 와서 모두를 따분해 미칠 지경으로 만들까 봐 겁이 났다. 월터는 패티와 함께 수전을 흉보면서도, 머릿속으로는 할 일이 얼마나 많은지 또 아침에 얼마나 일찍 일어나야 하는지 생각하면서도 기꺼이 수전의 말상대가 되어줬다. 수전이 월터를 따른 데다 수전이 측은했기 때문이다.

패티는 월터를 놓아주는 데 실패했다고 말하는 것으로 족하리라. 둘 사이의 침묵이 깨진 건, 월터가 히빙에서 그녀에게 전화를 걸어 연락하지 못해 미안하다며 아버지가 의식불명이라고 말했을 때다.

"월터, 보고 싶어!"

리처드가 이 말을 들었다면 월터에게 하지 말라는 말이 **바로** 그런 말이라고 한마디 했겠지만, 그녀는 외쳤다.

"나도 보고 싶어!"

패티는 자세히 물어볼까 생각했지만, 그러려면 월터와 관계를 진전시킬 의향이 있어야 그의 얘기를 잘 들어주는 게 말이 된다고 생각했다. 월터는 아버지의 간이 제 기능을 못하고 폐부종에 걸렸으며 진단 결과가 좋지 않다고 말했다.

"안됐다. 저, 그런데 방 있잖아." 패티가 말했다.

"당장 결정하지 않아도 돼."

"그래도 확답이 필요할 텐데. 다른 사람에게 빌려주고 싶으면……."

"난 너한테 빌려주고 싶은데."

"그래, 내가 들어갈 수도 있지만 다음 주에 집에 가거든. 그리고 리처드 차를 얻어 타고 뉴욕에 갈까 생각 중이야. 걔도 그때쯤 간다니까."

월터가 이 일의 중요성을 간과할지도 모른다는 걱정은 그의 갑작스러운 침묵이 해소해주었다.

"이미 항공권 사지 않았어?" 마침내 그가 입을 열었다.

"환불할 수 있어." 패티가 거짓말했다.

"그래. 하지만 리처드는 믿을 만한 애가 아니야." 월터가 말했다.

"알아, 알아. 네 말이 맞아. 단지 돈을 좀 아끼려는 것뿐이야. 그럼 월세 내는 데 보탬이 되니까(거짓말은 거짓말을 낳는다. 사실 표는 부모님이 사 주셨다). 무슨 일이 있어도 6월 월세는 낼게."

"여기 살지 않으면 낼 이유가 없잖아."

"살 수도 있다는 거야, 내 말은. 아직 확실하지 않다는 것뿐이지."

"알았어."

"정말 그러고 싶어. 아직 확실하게 말할 수 없을 뿐이야. 그러니까 다른 사람이 있으면 세를 주라는 거야. 하지만 6월 월세는 내가 낼게."
 월터는 잠시 가만히 있더니 의기소침한 목소리로 전화를 끊어야겠다고 말했다.
 이렇게 어려운 대화를 성공적으로 마무리했다는 생각에 고무되어 패티는 리처드에게 전화를 걸어 월터를 놓아줬다고 말했다. 그 말을 들은 리처드는 아직 출발 날짜가 정해지지 않았고, 가는 길에 시카고에 들러 보고 싶은 공연도 한두 개 있다고 했다.
 "다음 주 토요일까지 뉴욕에 도착할 수만 있으면 상관없어." 패티가 말했다.
 "그렇지, 결혼기념일 파티. 어디라고?"
 "파티는 모홍크 마운튼 하우스에서 할 예정이지만 난 웨체스터까지만 가면 돼."
 "한번 해보지, 뭐."
 모든 여자를 성가신 존재로 여기는 운전자와 길동무를 하는 것은 그리 유쾌한 일이 아니다. 하지만 패티는 직접 경험해보기 전까지는 그 사실을 몰랐다. 출발하는 날짜부터 문제를 일으켰다. 패티 때문에 출발 날짜를 앞당겨야 했다. 그런데 허레라의 밴이 말썽을 일으켜 허레라가 늦게 왔다. 리처드가 시카고에서 묵기로 한 집은 허레라의 친구들 집이고, 패티까지 묵는다고 얘기한 건 아니기 때문에 어색한 상황이 벌어지는 건 당연했다. 패티는 또 거리를 가늠하는 재주가 없었다. 그래서 리처드가 세 시간 늦게 패티를 데리러 와서는 늦은 오후가 돼서야 가까스로 미니애폴리스를 벗어날 때까지 I-94번 고속도로에 제시간에 진입하는 게 얼마나 중요한지 알지 못했다. 늦게 출발한 게 패티의 잘못은 아니다. 패티는 오클레어 근처에서 잠깐 화장실에 가고 싶다고 하고, 한 시간 후에 아무 데서나 저녁 요기를 하자고 한 게 무리한 요구는 아니라고 생각했다. 이건 패티의 여행이고, 그녀는 이 여행을 즐길 작정이었다! 하지만 뒷좌석은 장비로 가득했고, 리처드는 한 시도 장비에서 눈을 떼려 하지 않았으며, 필요한 것은 플러그로 모두 해결했다(바닥에는 침 뱉는 커다란 깡통이 놓여 있었다). 패티의 목발 때문에 일이 얼마나 지체되고 복잡해지는지 불평하지는 않았지만, 그렇다고 너무 당연한 패티의 생리적 현상이 짜증스럽다는 태도를 애써 억누르려 하지도 않았다. 패티에게 편하게 생각하고 천천히 하라고 말해주지도 않은 것이다. 그리고 위스콘신을 가로지르는 매 순간, 패티는 리처드가 **섹스**하고 싶어 안달이 났다는 걸 거의 몸으로 느낄 수 있었고, 이는 차 안의 분위기를 개선하는 데 별로 도움이 되지 않았다. 패티가 리처드에게 끌리지 않았다는 말이 아니다. 하지만 그녀는 적당한 시기와 숨 돌릴 틈이 필요했고, 어리고 경험이 부족하다는 점을 인정한다고 해도, 필자는 창피하지만 시간을 벌고 숨을 돌리는 방법으로 생각해낸 게 망측하게도 월터 얘기를 꺼내는 것이었다.

처음에는 월터 얘기를 하지 않으려 했지만 일단 말을 시키자 리처드는 월터의 대학 생활 얘기를 줄줄이 털어놓았다. 인구과잉이나 선거인단 선출 개선 방법에 대해 월터가 마련한 심포지엄에 거의 아무도 참석하지 않은 얘기며, 학교 라디오 방송국에서 4년 동안 그가 진행한 뉴웨이브 음악 쇼, 매컬리스터 기숙사에 소음을 더 잘 차단하는 창문을 설치해달라고 하기 위한 서명운동 얘기를 했다. 또 학교 신문에 실린 월터의 사설은, 예를 들어 학교 식당에서 그가 치운 식반, 하루에 버려지는 음식의 양으로 세인트폴에서 몇 가구를 먹일 수 있는지 계산한 것, 학우들이 온 사방에 묻혀놓은 땅콩버터를 치우는 일이 얼마나 괴로운 일인지, 또 시리얼에 필요한 양의 세 배쯤 우유를 부어놓고 축축해진 시리얼이 담긴 우유를 고스란히 남기는 버릇에 대해 열변을 토했다. "그 애들은 도대체 우유가 물처럼 공짜에 한없이 쓸 수 있는 상품이라고 생각하는 거야, 환경에 아무 영향도 미치지 않고?" 리처드는 그 일을 회상하면서 2주 전에 그랬듯이(야릇하게 다정하고 측은하다는 듯한 어조로 마치 월터가 엄연한 현실에 맞서느라 자초한 고통에 움찔하듯) 월터를 감싸려 했다.

"여자 친구는 있었니?"

"여자 보는 눈이 없었어. 가당치도 않은 여자애들만 좋아했으니까. 남자 친구 있는 애들. 월터와는 다른 부류의 척하는 애들. 2학년짜리 여자애 하나는 월터가 3학년 내내 잊지 못했다니까. 자기가 진행하던 금요일 밤 시간대 프로그램을 걔한테 넘기고 자기는 화요일 오후 프로그램을 맡을 정도였어. 내가 말리려고 했을 땐 이미 늦었지. 월터는 걔 숙제도 대신 해주고 공연에도 데려갔어. 걔가 월터를 그렇게 이용하는 모습을 지켜보기가 참 괴로웠지. 걘 우리 방에 늘 오지 말아야 할 때 나타났어."

"웃긴다. 왜 그랬을까." 패티가 말했다.

"내가 월터한테 그렇게 주의를 줬는데 안 듣더라니까. 고집이 세거든. 넌 짐작도 못하겠지만. 월터는 늘 얼굴이 반반한 애만 쫓아다녔어. 얼굴 반반하고 몸매 잘빠지고. 그 방면에서는 꿈이 야무졌지. 그러니 그 애 대학 생활이 원만했겠냐."

"너희 방에 계속 나타났다는 여자애, 너 걔 좋아했니?"

"난 걔가 월터한테 하는 짓이 마음에 안 들었어."

"그게 네 말의 요점이지, 그렇지?"

"걘 취향이 형편없는데 금요일 밤 프로그램을 진행했다니까. 어느 시점이 되니까, 월터가 정신 차리게 하는 방법은 한 가지밖에 없었어. 자기가 좋아하는 애가 어떤 앤지 본모습을 보여주는 거였지."

"아, 월터를 위해서였군. 알아들었다."

"다들 도덕군자구먼."

"아니, 네가 왜 여자를 존중하지 않는지 알겠어. 해가 가고 달이 바뀌어도 네가 만나는 여자애는 전부 네가 네 단짝 친구를 배반하길 원하는 애들뿐이라면 말이야. 진짜 곤란한 상황이라는 거 알겠다."

"난 널 존중해." 리처드가 말했다.

"하하하."

"넌 정신이 제대로 박혔어. 이번 여름에 널 만나도 상관없어. 뉴욕에서 한 번 시도해보고 싶다면."

"가능할 것 같지 않은데."

"그러면 좋겠다는 것뿐이야."

패티가 상상의 날개―대도시를 향해 몰려가는 자동차 미등을 뚫어져라 바라보며, 리처드의 영계가 된 기분이 어떨까 상상하며, 그가 존중하는 여자라면 그를 다른 사람으로 만들 수 있을지 모른다고 생각하며, 미네소타로 다시는 돌아가지 않는 자기의 모습을 상상하며, 함께 살 아파트를 구하는 모습을 상상하며, 자기를 무시하는 둘째 동생에게 여봐란듯이 리처드를 자랑하는 걸 음미하며, 자기가 멋진 사람이 되었다는 사실에 온 가족이 경악하는 모습을 상상하며―를 펼친 지 세 시간이 지나 두 사람은 남부 시카고라는 현실에 발을 디뎠다. 새벽 2시였고 리처드는 허레라의 친구 집이 있는 건물을 찾느라 애를 먹었다. 철도 야적장과 어두컴컴하고 으스스한 강이 자꾸 길을 가로막았다. 면허 없는 불법 영업 택시와 신문 기사에 나올 법한 험상궂은 흑인 청년들이 이따금 보이는 걸 빼면 거리는 텅 비어 있었다.

"지도가 있으면 좋을 텐데." 패티가 말했다.

"거리마다 번호가 붙어 있는데, 뭘. 금방 찾을 수 있을 거야."

허레라의 친구들은 예술을 하는 사람들이었다. 리처드가 마침내 택시 운전사의 도움으로 찾아낸, 허레라 친구들이 사는 건물에는 아무도 살지 않는 것처럼 보였다. 두 개의 전선에 초인종이 달랑달랑 매달려 있는데 작동하는 게 신기했다. 누군가 길 쪽으로 난 창문을 덮은 천 쪼가리를 걷고 리처드에게 불만을 퍼부었다.

"어이, 미안해. 지체돼서 어쩔 수 없었어. 한 이틀 밤만 신세지면 돼."

후줄근한 싸구려 속옷을 입고 있은 예술가가 말했다.

"오늘 막 그 방 손보기 시작했는데. 아직 안 말랐거든. 허레라가 주말에 온다고 하던데?"

"허레라가 어제 전화 안 했어?"

"전화는 했는데, 여분의 방이 완전 엉망이라고 얘기했다고."

"괜찮아. 재워주기만 하면 고맙지 뭐. 갖고 들어갈 물건이 좀 있는데."

다리 때문에 물건을 운반할 수 없는 패티는 리처드가 천천히 차를 비우는 동안 차를 지켰다. 두 사람이 묵을 방은 벽에 바른 진흙 냄새가 진동했는데, 패티는 그게 무슨 냄새인지 알기에, 또 그 방이 안락하다고 생각하기에 너무 어렸다. 조명이라고는 진흙이 온 사방에 묻은 사다리에 고정한 눈부신 알루미늄 쟁반이 전부였다.

"맙소사. 뭐야, 원숭이가 벽을 발랐나?"

진흙이 마구 튄 지저분한 천 밑에 시트도 씌우지 않은 녹슬고 얼룩진 2인용 매트리스가 놓여 있었다.

"네가 생각하는 특급 호텔 수준에 못 미치겠구나." 리처드가 말했다.

"침대 시트는 있니?" 패티가 조심스럽게 물었다.

리처드가 큰 공간을 뒤지더니 모포 한 장과 침대보 하나, 벨벳 베개를 가져와서 말했다.

"넌 여기서 자. 난 소파에서 자면 돼."

패티는 리처드에게 뭔가 묻는 듯한 표정을 지었다.

"늦었다. 자라." 리처드가 말했다.

"그래도 괜찮아? 여기도 널찍한데. 소파는 너한테 너무 짧을 텐데."

패티는 몽롱했지만 리처드와 자고 싶었고, 만반의 준비를 갖췄으며, 지금 당장 해버리고 돌이킬 수 없게 도장을 콱 찍지 않으면 또 이 생각 저 생각하다 마음이 변할 거라는 걸 알고 있었다. 수년 후, 실제로 반평생이 지나서야 패티는 리처드가 그날 밤 갑자기 왜 그렇게 신사로 돌변했는지 그 이유를 깨닫고 크게 절망했다. 당시에는 진흙이 축축한 건설 현장 같은 방에서 패티는 자기가 리처드를 오해했거나, 아니면 성가시게 굴고 물건도 나르지 못해 그가 자기에게 정떨어졌다고 생각할 수밖에 없었다.

"저 바깥에 화장실이라고 할 만한 게 있네. 불 켜는 스위치는 못 찾았지만, 너는 찾을 수 있을지도 모르겠다."

패티가 갈망하는 듯한 표정을 짓자 리처드는 외면하고 재빨리 나갔다. 패티는 불을 끄고 옷을 입은 채 누워서 들리지 않도록 숨죽이며 실망감에 한참 동안 울다 잠들었다.

다음 날 아침 내리꽂히는 햇빛 때문에 6시에 잠이 깨 집 안에서 누군가 일어나 움직이는 소리가 들리기를 하염없이 기다리다가, 패티는 열 받아서 정말로 성가신 존재가 되어주었다. 그날 온종일 패티는 평생 동안 고분고분할 걸 하루 동안 다 했다. 허레라의 친구들은 행동이 거칠었고, 최신 문화 용어를 이해하지 못한다고 패티를 보잘것없는 사람 취급했다. 패티에게는 자기의 가치를 증명할 세 번의 짧은 기회가 주어졌고, 그 뒤에 그들은 잔인하게 그녀를 무시했다. 그런 다음 그들은 리처드와 외출했고, 패티는 안도의 한숨을 내쉬었다. 리처드가 아침 식사로 먹을 도넛 상자를 들고 혼자 돌아왔다.

"오늘은 저 방에서 작업할 거야. 쟤네 엉망으로 해놓은 꼴을 도저히 못 보겠어. 너 사포질 좀 해볼래?" 리처드가 말했다.

"호숫가에 놀러 갈까 생각 중이야. 실내가 너무 더워서. 아니면 박물관에 갈까?"

리처드가 패티를 근엄한 표정으로 쳐다보았다. "박물관에 가고 싶다고?"

"여기서 나가 시카고 구경을 할 수 있는 거라면 뭐든."

"그건 오늘 밤에 하자. 매거진이 공연하거든. 매거진 알아?"

"난 아무것도 몰라. 모르겠어?"

"기분이 나쁘구나. 떠나고 싶을 테지."

"난 아무것도 하고 싶지 않아."

"같이 방을 깨끗하게 치우면 오늘은 더 편하게 잘 수 있을 거야."

"상관없어. 사포질은 하고 싶지 않아."

부엌은 한 번도 청소하지 않은 듯, 마치 정신병자 사는 집같이 구역질 나는 돼지우리 냄새가 풍겼다. 패티는 리처드가 밤에 잔 소파에 앉아 그에게 좋은 인상을 주려고 가져온 책 중 한 권을 읽으려고 애썼다. 헤밍웨이의 소설인데 찌는 듯한 열기와 악취에, 피곤한 데다 목구멍이 막힌 듯하고, 리처드가 매거진의 음반을 틀어놓아 집중해서 책을 읽을 수 없었다. 더 이상 참을 수 없을 만큼 더워지자 패티는 리처드가 반죽을 칠하고 있는 방에 들어가 산책하고 오겠다고 말했다.

웃통을 벗은 리처드의 가슴에 땀이 흘러내리며, 곧게 뻗은 털이 달라붙어 있었다.

"산책할 만한 동네가 아닌데."

"그럼 같이 가주든지."

"한 시간만 기다려."

"관둬. 혼자 갈래. 이 아파트 열쇠 있니?" 패티가 물었다.

"목발 짚고 혼자 나가겠다고?"

"응, 네가 같이 안 가면."

"한 시간만 기다리면 같이 간다니까."

"글쎄, 난 한 시간 동안 기다리고 싶지 않아."

"그럼 할 수 없지. 부엌 식탁 위에 열쇠 있어."

"너 나한테 왜 이렇게 못되게 구니?"

리처드는 눈을 감고 속으로 열까지 세는 것 같았다. 그가 여자와 여자들이 하는 말을 얼마나 싫어하는지 분명해졌다.

"찬물로 샤워라도 해라. 일을 끝낼 때까지 기다려." 리처드가 말했다.

"있지, 어제, 잠깐 동안 네가 날 좋아하는 것 같았어."

"너 좋아해. 일을 좀 하려는 것뿐이야."

"좋아. 일이나 해." 패티가 말했다.

오후의 거리는 아파트보다 더웠다. 패티는 목발을 성큼성큼 짚으면서 우는 티를 내지 않으려 애썼고, 목적지가 있어서 어딜 가는 것처럼 보이려 애썼다. 패티가 강에 도착하니 어젯밤보다 훨씬 온순해 보였고, 모든 것을 삼켜버릴 악마처럼 보인다기보다는 그저 잡초가 무성하고 더러워 보였다. 강 건너편에는 최근에 지나갔거나 아니면 곧 다가오는 멕시코 명절을 알리는 장식물이 거리를 장식하고 있었다. 아니면 늘 그렇게 장식되어 있는 건지도 몰랐다. 패티는 냉방이 잘된 멕시코 식당을 발견했다. 손님들이 모두 패티를 쳐다보았지만 귀찮게 굴지는 않았다. 패티는 자리에 앉아 콜라를 마시며 신세 한탄에 빠졌다. 그녀의 몸은 리처드를 갈구했지만, 그 밖의 다른 부분은 그녀가 리처드를 따라온 게 실수라는 걸 깨달았다. 리처드와 시카고에 기대한 것들은 머릿속에만 존재하는 엄청난 환상에 불과하다는 것을 알게 되었다. 고등학교 때 배운 스페인어 구절, 로 시엔토(난 느꼈다-옮긴이)와 아세 무초 칼로르(굉장한 열기다-옮긴이)와 케 키에레 라 세뇨라(그 숙녀분이 원하는 게 뭘까-옮긴이)가 주위에서 자꾸 들려왔다. 패티는 용기를 내서 타코 세 개를 주문해 먹어치우고는 창밖으로 반짝거리는 먼지를 일으키며 지나가는 버스를 하염없이 바라보았다. 이제는 오후 시간을 때우는 방법에 관한 한 일가견이 생긴 필자가 그 당시 시간이 흘러간 느낌을 묘사하면, 그건 정말 **덧없었다**. (지루하게 긴 동시에 어지러울 정도로 빠르게 흘렀고, 초에서 초로 촘촘히 들어차 있으면서도 시간에서 시간으로 흘러갈 때는 텅 빈 공허함이 느껴졌다.) 젊은 노동자 무리가 가게로 들어와 패티에게 지나친 관심을 보이기 시작했다. 그들이 그녀의 물레타스(목발-옮긴이)에 대해 얘기하기 시작하자 그녀는 가게를 빠져나왔다.

패티가 온 길을 되짚어 집으로 돌아갈 때 해는 동서로 난 거리의 끝에 오렌지 모양 공처럼 보였다. 이제야 깨달았지만, 패티는 밖에 오래 있으면서 리처드를 걱정시키려 했지만 이 전략은 완전히 실패한 것 같았다. 아파트에 도착하니 아무도 없었다. 패티가 머무는 방의 벽은 거의 마무리되어 있었고, 바닥은 비질이 잘되어 있었으며, 침대는 진짜 침대보와 베개가 정돈되어 있었다. 침대 커버 위에는 리처드가 깨알 같은 대문자로 적은 쪽지가 놓여 있었다. 자기가 가는 클럽 이름과 고가철도를 타고 오는 방법이 적혀 있었다. 이런 말도 쓰여 있었다. '**주의: 집주인들과 같이 올 수밖에 없었음.**'

패티는 외출할지 결정하기 전에 잠깐 눈을 붙이려고 누웠다. 그리고 몇 시간 후 허레라의 친구들이 도착한 소리에 잠에서 깨어 방향감각을 잃고 허둥댔다. 패티는 한 발로 깡충깡충 뛰어 안방으로 들어갔고 가장 마음에 안 드는, 전날 밤 속옷 차림으로 나온 애한테서 리처드가 다른 사람들과 다른 데 가면서 패티에게 기다리지 말고 자라고 했다는 말을 전해 들었다. 뉴욕에 제때 데려다줄 시간은 충분하니 걱정하지 말라면서.

"지금 몇 시니?" 패티가 물었다.

"1시쯤."

"새벽?"

허레라의 친구가 패티를 곁눈질하며 대답했다.

"아니, 개기일식이 나타나고 있는걸."

"근데 리처드는 어디 있어?"

"여자애들 한두 명이랑 나가던데. 어디 간다는 말은 안 했어."

패티는 거리 감각이 무딘 편이다. 제시간에 웨체스터에 도착해 가족들과 함께 모홍크 마운틴 하우스에 가려면 패티와 리처드는 그날 새벽 5시에 시카고를 출발해야 했다. 패티는 잠을 자느라 그 시간을 놓쳤고, 흐리고 폭풍이 몰아치는 날씨에 엉뚱한 도시에서 엉뚱한 계절에 잠에서 깼다. 리처드는 여전히 오지 않았다. 패티가 기름에 전 도넛을 먹고 헤밍웨이의 소설을 몇 쪽 뒤적이자 11시가 되었고, 그때는 패티도 자기 계산이 말이 안 된다는 걸 깨달았다.

패티는 눈을 질끈 감고 수신자 부담으로 부모님께 전화를 걸었다.

"시카고라니! 말도 안 돼. 공항 근처니? 비행기 탈 수 있어? 지금쯤 도착할 거라고 생각했다. 아버지가 빨리 출발하자고 하시는데. 주말이라 차가 막힌다고."

"내가 다 망쳤어요. 죄송해요." 패티가 말했다.

"그럼, 내일 아침까지 거기로 곧장 올 수 있어? 만찬은 내일 저녁에 열리니까."

"애써볼게요." 패티가 말했다.

그때는 조이스가 주 의회 의원이 된 지 3년이 된 해였다. 친척들과 가족의 친구들이 이렇게 중요한 행사에 참석하기 위해 모홍크에 모이고, 패티의 세 동생이 주말을 얼마나 기대하고 있는지 그리고 말 그대로 전국 각지에서 축하 메시지가 쏟아져 들어오는 게 얼마나 영광스러운지 조이스가 일일이 패티에게 늘어놓지만 않았어도 그녀는 어떻게든 모홍크에 갔을 것이다. 하지만 패티는 조이스의 말을 들으면서 묘한 평온함과 확신이 몰려왔다. 시카고에 가랑비가 내리기 시작했다. 비에 젖은 콘크리트와 미시간 호의 좋은 냄새가 바람에 실려 커튼을 젖히고 실내로 들어왔다. 예전 같으면 느꼈을 분노도 일어나지 않았고, 새롭게 냉정한 눈으로 패티는 자신을 들여다보고, 그녀가 부모님 결혼기념 행사에 참석하지 않는다 해도 아무에게 해를 끼치지 않을 거라는 사실을 깨달았다. 이미 대부분의 정지 작업은 이루어진 셈이다. 패티는 거의 해방됐다는 걸 깨달았고, 마지막 한 발자국을 내딛는 게 약간 소름 끼쳤다. 하지만 나쁜 의미의 소름은 아니다. 말이 안 될 수도 있겠지만.

패티가 창가에 앉아 비 냄새를 맡으며 오래전에 버려진 공장 지붕 위에 자란 잡초와 덤불이 바람에 휘날리는 모습을 지켜보고 있을 때 리처드가 전화를 했다.

"이렇게 돼서 정말 미안해. 한 시간 안에 갈게."

"서두를 필요 없어. 이미 너무 늦었으니까." 패티가 말했다.

"파티는 내일 밤이라며."

"아니, 그건 만찬이야. 내가 거기 도착해야 하는 건 **오늘**이야. 오늘 5시까지."

"젠장, 정말이야?"

"정말 잊어버린 거니?"

"지금 머릿속이 좀 뒤죽박죽이야. 잠이 모자라서."

"그래, 어쨌든 알았어. 난 이제 집에 가야겠다."

패티는 집으로 가기로 맘먹었다. 옷 가방을 계단 아래로 밀어 던지고 목발을 짚고 내려가, 할스테드 가에서 무면허 불법 영업 택시를 타고 터미널로 가서 그레이하운드 버스를 타고 미니애폴리스로 가서, 다시 히빙으로 가는 버스로 갈아타고, 진 버글런드가 임종할지도 모르는 루서란 병원에 도착했다. 바깥 온도는 4도였고 이른 시간 히빙의 텅 빈 시내 거리에는 비가 쏟아졌다. 월터의 뺨은 그 어느 때보다 발그레했다. 버스 정류장을 빠져나와 담배 냄새에 절고 휘발유를 엄청 먹어치우는 월터 아버지의 차 안에서, 월터의 목에 팔을 두르고 그가 어떻게 입맞춤을 하는지 알아보려는 모험을 감행한 패티는 그가 키스를 아주 잘한다는 걸 알고는 감사했다.

3장. 자유 시장은 경쟁을 촉진한다

　이 글에서 패티의 부모와 관련해 혹시라도 불평하거나 전적으로 그들 탓을 하는 어조가 묻어날지 몰라, 필자는 적어도 엄마 조이스와 아버지 레이에게 한 가지에 대해서만은 감사한다는 점을 인정한다. 그것은 패티에게 다른 자매처럼 예술적 창의력을 북돋아주려고 전혀 노력하지 않았다는 점이다. 패티에 대한 조이스와 레이의 무관심은 어릴 때는 마음에 상처가 되었을지 몰라도, 동생들을 보고 있으면 생각할수록 다행이라는 생각이 든다. 그녀의 동생들은 이제 40대 초반인데, 뉴욕에 혼자 살고 있으며 너무 괴짜거나 제멋대로라 진득하니 사람을 사귀지 못했다. 아직까지 부모의 경제적 도움을 받으면서 예술계에서 성공하는 것이 특별한 운명이라고 믿고 있다. 결국 똑똑하고 비범하다고 여겨지는 것보다 멍청하고 둔하다고 여겨지는 게 훨씬 나았다는 것이다. 그렇기 때문에 패티의 부모는 패티가 창피하게 만들지 않고 아주 조금만 창의력을 보여도 깜짝 놀라며 흐뭇해했다.
　젊은 월터에게 높이 살 만한 점은 패티의 승리를 열렬히 응원했다는 것이다. 엘리자가 한때 패티의 편에 서긴 했지만 시큰둥하고 그다지 흡족하지 않은 동지였다면, 월터는 패티의 마음에 상처를 주는 모든 사람(그녀의 부모든, 형제자매든)에게 적개심이 활활 타올랐다. 그리고 월터는 그 밖에 삶의 다른 영역에서는 너무 지적으로 정직했기에, 그가 패티의 가족을 비판하고, 패티가 가족을 이기기 위해 짜낸 계획이 아무리 미심쩍어도 거기에 전적으로 동참할 때에는 정말 믿음직했다. 월터는 패티가 남자에게 바라는 모든 것을 갖춘 남자는 아닐지 몰라도, 그녀의 광적인 팬 역할을 하는 데는 그를 따라갈 사람이 없었다. 그리고 당시에 패티는 로맨스보다는 열렬한 추종자가 절실히 필요했다.

이제 와 돌이켜보니 패티가 운동선수 생활을 마감한 후 몇 년 동안 직장 경력을 쌓으면서 더 분명한 정체성을 확립하고, 남자 경험도 해보고, 다방면에서 좀 더 성숙해진 후 엄마가 되었으면 좋았을 거라는 생각이 든다. 하지만 그녀는 이제 더 이상 대학 운동선수가 아닌데도 여전히 머릿속에는 숏클락(농구에서 슛 제한 시간 표시 장치-옮긴이)이 돌아가고, 경기 종료를 알리는 버저가 울리기 전에 득점을 해야겠다는 강박관념에 사로잡혔으며, 예전보다 훨씬 연전연승이 절실해졌다. 그리고 이기는 방법은, 동생들과 엄마를 이길 수 있는 최선의 방법은 미네소타에서 가장 착한 사람과 결혼해서, 가족 중 그 누구보다 크고 좋고 잘 꾸민 집에 살면서, 순풍순풍 아기를 낳고, 조이스가 엄마로서 하지 못한 모든 걸 해내는 것이다. 그리고 월터는, 열렬한 페미니스트이자 '인구 성장 제로'라는 조직의 학생 회원임에도 패티의 가족계획을 주저 없이 받아들였다. 패티야말로 월터가 원하던 **바로** 그런 여자였기 때문이다.

두 사람은 패티가 대학을 졸업하고 3주 만에 결혼했다. 그녀가 버스를 타고 히빙에 간 지 거의 정확히 1년이 되어갈 무렵이었다. 패티가 웨체스터에서 부모님 주관 아래 제대로 된 결혼식을 마다하고 히네핀 카운티 법원에서 결혼하겠다고 결심했을 때, 월터의 어머니 도로시는 부드럽고 타이르는 듯하면서도 고집스럽게, 눈살을 찌푸리고 우려를 표시했다. "너희 친정 식구들을 초대하는 게 좋지 않겠니?" 도로시는 패티가 가족과 가깝지 않다는 건 이해했지만, 부드럽게 말했다. "그래도, 결혼이라는 인류지대사에 가족들을 초대하지 않은 걸 나중에 후회하지 않을까?" 패티는 웨체스터에서 결혼하면 어떤 모양이 될지 도로시에게 설명하려고 애썼다. 조이스와 레이의 가장 친한 친구들과 조이스의 거물급 정치 자금 후원자 200여 명을 초대할 거고, 조이스는 패티의 둘째 동생을 신부 들러리로 세우고, 또 다른 동생은 식이 진행되는 동안 춤을 추게 하라고 패티를 압박할 테고, 샴페인을 과도하게 마신 레이는 패티의 운동선수 친구들이 들을 만한 거리에서 레즈비언에 관한 농담이나 지껄일 거라고. 도로시의 눈에 눈물이 약간 어렸다. 패티가 불쌍해서인지, 가족에 대해 패티가 너무 차갑고 매몰차게 구는 게 슬퍼서인지는 알 수 없었지만, 도로시는 부드러운 말투로 끈질기게 설득했다. 모든 걸 패티가 바라는 대로 하고 아주 작은 규모라도 결혼식은 치르자고.

　패티가 결혼식을 치르지 않으려 한 또 다른 중요한 이유는 리처드가 월터의 들러리가 될 게 분명했기 때문이다. 그녀의 이러한 생각은 언뜻 뻔한 이유에서지만, 또 한편으로는 리처드와 자기의 둘째 동생이 만나면 무슨 불상사가 생길까 겁이 났다. (필자는 여기서 드디어 당당하게 동생의 이름이 애비게일이라는 것을 공개한다.) 엘리자가 리처드와 엮인 것도 속상한데 그가 단 하룻밤이라도 애비게일과 엮인다면 패티의 인생은 끝장나고 말 것이다. 물론 도로시에게 그런 얘기는 하지 않았다. 그저 자신은 예식 같은 걸 별로 안 좋아한다고 말했다.

　절충안으로 패티는 결혼하기 전 봄에 월터를 가족에게 소개하기로 했다. 필자는, 월터를 가족에게 소개할 때 아주 조금 창피했다는 것을 인정해야 하는 점이 마음 아프다. 이것도 그녀가 결혼식을 하고 싶지 않은 또 하나의 이유였을지 모른다. 패티는 월터가 가진 장점 때문에 그를 사랑했다(그리고 지금도 **정말** 사랑한다, **정말** 사랑한다고). 패티는 월터와 단둘이 있을 때는 그의 장점을 자기는 이해하지만 자기 동생들, 특히 애비게일의 삐딱한 눈에는 그 장점이 보이리라는 보장이 없다고 생각했다. 월터는 긴장할 때마다 낄낄거리며 웃었고, 툭하면 얼굴이 빨개졌으며, 천성이 너무 착하다는 것도 문제였다. 이러한 특징은 보다 넓은 관점에서 보면, 패티에게는 소중하고 자부심마저 느끼게 했다. 하지만 패티가 가족들과 있을 때 강렬하게 나타나는 삐딱한 눈으로 보면, 월터가 180센티미터가 넘는 장신에 아주 멋진 남자가 아니라는 사실이 유감스러웠다.

조이스와 레이는 패티가 동성애자가 아니라는 사실에 남몰래(조이스는 서로 다름을 포용하려 애썼기 때문에 남몰래) 가슴을 쓸어내리면서 월터에게 점잖게 행동한 점은 인정한다. 월터가 뉴욕에 와본 적이 없다는 말을 듣고 두 사람은 뉴욕의 명예대사를 자처하며, 정작 조이스는 뉴욕의 주도인 얼바니에서 정신없이 바빠 가보지 못한 박물관 전시회에 그를 데려가라고 패티를 다그쳤다. 당시에는 아직 어둡고 활기찬 지역이던 소호에 있는 식당을 포함해 〈뉴욕타임스〉가 인정한 식당 중 하나를 골라 거기서 만나 저녁을 먹자고 했다. 패티는 부모님이 월터를 놀릴까 봐 걱정했지만, 월터가 부모님 편을 들고 그녀가 왜 그들을 못 견뎌하는지 이해하지 못할까 봐, 진짜 문제가 있는 사람은 패티라고 생각하게 되고, 월터를 만난 지 1년이 채 되지 않았는데도 패티가 이미 절실하게 의지하게 된, 그녀가 선하다는 맹목적 믿음을 월터가 잃을까 봐 그러자고 했다.

다행히, 고급 레스토랑이라면 사족을 못 쓰고 뻘쭘하게 다섯 명이 함께 저녁을 먹자고 여러 번 우기던 애비게일은 더할 나위 없이 불쾌하게 굴었다. 사람들이 모이는 데는 자기 얘기를 듣는 것 외에 다른 이유도 있다는 생각을 전혀 하지 못하는 애비게일은 끊임없이 주절거렸다. 뉴욕의 연극계(대역을 얻은 이후로 자기 경력에 이렇다 할 진전이 없으므로 불공평한 분야라고 단정했다)에 대해, 창의성에 대해 자기와 생각이 전혀 다른 "별 볼 일 없는 능구렁이" 예일대 교수에 대해, 자기 돈으로 〈헤다 게이블러〉를 제작해 멋지게 주역을 소화해낸 태미라는 이름의 자기 친구에 대해, 술 마신 다음 날 겪은 숙취와 아파트 임대료 인상 제한 규정과, 들어주기 역겨운 다른 사람들의 섹스 사건까지 쉴 새 없이 떠들었다. 레이는 자기 포도주 잔을 계속 직접 채우면서 섹스 사건에서 음란한 내용을 낱낱이 털어놓으라고 요구했다. 소호의 식당에서 열린 저녁 모임 중간에 (얌전히 애비게일의 말을 한마디도 놓치지 않고 경청하던) 월터가 받아야 할 관심을 애비게일이 가로채는 게 더 이상 참을 수 없던 패티는 입 닥치고 다른 사람도 말 좀 하자고 대놓고 말했다. 그리고 곧 분위기가 썰렁해져서 말없이 식기 부딪는 소리만 들렸다. 그때 패티가 우물에서 물을 긷는 우스꽝스러운 몸짓을 하면서 월터가 자기 얘기를 하게 했다. 그런데 돌이켜보니, 그게 실수였다. 월터는 공공정책에 대해 열성적이지만 정치인의 진면목을 알지 못했고, 주 의회 의원이라면 자기 생각에 흥미를 보일 것이라고 생각했다.

월터는 예비 장모에게 로마 클럽에 대해 아는지 물었다. 조이스는 모른다고 고백했다. 월터는 로마 클럽(클럽 회원 중 한 사람을 2년 전 매컬리스터 대학 강연자로 자신이 직접 초청했다는 설명을 곁들여)이 성장의 한계를 연구하는 목적으로 조직된 클럽이라고 설명했다. 마르크스나 자유 시장, 공히 주류 경제 이론은 경제성장이 긍정적 효과만 있다는 것을 당연하게 여기고 1~2퍼센트 GDP 성장률은 적정하며 인구 증가율 1퍼센트는 바람직하다고 여기지만, 월터의 말에 따르면 이러한 성장률이 100년에 걸쳐 증가할 경우 끔찍한 수치가 나왔다. 세계 인구는 180억 명에 이르고, 세계 에너지 소비는 지금의 열 배가 되었다. 이러한 수치가 **그다음** 100년 동안 지속적으로 증가하면 도저히 가늠하기 불가능한 수치가 나온다고 했다. 따라서 로마 클럽은 지구를 파괴하고 모두 굶어 죽거나 서로 죽이는 사태를 막기 위해 성장에 제동을 걸되, 보다 합리적이고 인간적 방식으로 제동을 걸 방법을 모색하고 있었다.

"로마 클럽이 이탈리아 플레이보이 클럽 같은 거예요?" 애비게일이 물었다.
"아니, 성장에 집착하는 우리의 태도를 바꿔보려는 사람들의 모임이지.

음, 모두 성장에 집착하잖아. 하지만 생각해보면, 이미 성숙한 유기체에 성장이란 기본적으로 암이야, 그렇지? 입에서 뭐가 자라난다면, 아니면 창자 안에서 뭐가 자란다면 그건 나쁜 일이지, 그렇지? 그래서 지식인과 자선가들이 우리의 좁은 시야를 벗어나 유럽과 서반구에서 최고위급 차원에서 정부 정책에 영향을 미치려고 만든 작은 조직이야." 월터가 대답했다.

"로마의 플레이보이 버니들이군." 애비게일이 말했다.

"노르포커 비르지니아!" 레이가 끔찍한 이탈리아 억양으로 말했다.

조이스가 큰 소리로 목청을 가다듬었다. 가족들만 있을 때는 레이가 포도주에 취해 망신스럽고 음탕하게 굴어도 조이스는 자기만의 몽상에 빠지면 되지만, 예비 사위 앞에서는 창피할 수밖에 없었다.

"자네 생각도 무척 흥미롭지만, 난 이…… 클럽이라는 걸 잘 알지 못해서. 하지만 분명히 우리가 사는 세상이 처한 상황에 대한 도발적 관점인 건 틀림없네."

월터는 패티가 그만하라는 시늉을 하는데도 보지 못하고 계속 말했다.

"로마 클럽 같은 게 필요한 이유는요, 성장에 대해 합리적으로 대화하려면 기존의 정치적 절차 밖에서 시작돼야 하거든요. 장모님도 아시겠지만, 선거에서 이기려면 성장률을 뒤집자는 얘긴 고사하고 성장률을 **낮추자**는 얘기도 꺼낼 수 없죠. 정치적 자살행위나 마찬가지니까요."

"그렇다고 할 수 있지." 조이스가 쓴웃음을 지으며 말했다.

"하지만 **누군가**는 얘기를 해야 하고 정책에 영향을 줘야 하죠. 그렇지 않으면 우리가 지구를 죽이게 되니까요. 우리 스스로 마구 번식해 목구멍을 틀어막는 꼴이 되는 거죠."

"목구멍 얘기가 나왔으니 말인데, 아빠 거기 있는 그 포도주 아빠 목으로만 넘어가는 거예요, 아님 우리도 마셔도 되는 거예요?" 애비게일이 말했다.

"한 병 더 시키자." 레이가 말했다.

"그럴 필요 없을 것 같은데." 조이스가 말했다.

레이가 손을 들어 조이스의 말을 막았다.

"여보, 좀 진정해. 다 괜찮은데 뭐."

패티는 경직된 미소를 지으며 레스토랑 안의 분위기 있고 아늑한 불빛 아래에서 우아하고 고상하게 식사를 하는 다른 손님들을 보았다. 물론 이 세상에서 뉴욕보다 좋은 도시는 없었다. 이 사실은 패티의 가족이 자신들에 대해 만족감을 갖게 해준 바탕이 되었고, 그걸 바탕으로 모든 것을 비웃어도 되었으며, 그걸 담보로 성숙한 어른처럼 행동하는 대신 유치하게 행동할 권리를 얻었다. 소호의 식당에 앉아 있는 패티의 역할이라면 자신이 조금도 이길 승산이 없는 힘에 맞서는 것이다. 패티의 가족은 뉴욕을 접수했고, 절대로 양보하지 않을 것이다. 그저 이곳에 다시는 발을 들여놓지 않는 것(이런 레스토랑 문화가 존재한다는 사실조차 잊는 것)이 그녀가 할 수 있는 유일한 선택이었다.

"자네는 포도주 애호가가 아니구먼." 레이가 월터에게 말했다.

"마음만 먹으면 분명히 될 수도 있었을 겁니다." 월터가 말했다.

"이거 아주 좋은 아마로네인데, 조금만 맛을 보지 그러나."

"감사합니다만, 사양하겠습니다."

"정말?" 레이가 월터에게 병을 들어 흔들어 보였다.

"네, 사양한다잖아요! 월터가 지난 나흘 동안 매일 밤 말했잖아요. 어디 갔다 오셨어요? 레이? 술 취해서 역겹고 무례하게 굴고 싶어 하는 사람*만* 있는 거 아니잖아요. 두 시간 동안 섹스에 대해 농담하는 대신 실제로 성숙한 대화를 즐기는 사람도 있다고요." 패티가 소리를 질렀다.

레이는 그런 말을 하는 패티가 재미있다는 듯 씩 웃었다. 당황한 월터는 얼굴이 빨개졌고, 애비게일은 목을 이리저리 돌리면서 심술궂게 눈살을 찌푸리며 "레이'? 언제부터 아빠를 '레이'라고 부르기로 했어?"라며 호들갑을 떨었다. 조이스는 안경을 쓰고 후식 메뉴를 살폈다.

다음 날 아침, 조이스가 떨리는 목소리로 패티에게 말했다.

"월터는 내가 생각한 것 이상이더라. 보수적이라는 단어가 맞는지 모르겠다만, 딱히 보수적이라고 할 수는 없는 것 같다만. 하지만 사실, 민주적 절차라는 관점에서 보면 권력은 국민으로부터 위로 흐르는 법이고 모두 풍요로운 삶을 살 권리가 있다고 본다면 딱히 **독재적**이라고 할 순 없지만, 어떤 면에서 보면 그래, 거의 보수적이더구나."

두 달 후 패티의 졸업식에 온 레이는 터져 나오는 웃음을 애써 억누르며 그녀에게 말했다.

"세상에, 월터 걔 성장인가 뭔가 얘기하면서 얼굴이 너무 시뻘게져서, '어이구, 저러다 **심장 발작** 일으키지' 싶었다."

그리고 6개월 뒤, 월터와 패티가 판단 오류로 웨체스터에 딱 한 번 추수감사절을 보내러 온 자리에서 애비게일이 패티에게 말했다.

"**로마 클럽**은 잘돼가? 아직 **로마 클럽**에 가입 안 했어? 클럽에 입장하는 데 필요한 비밀번호가 뭔지는 알아냈고? 클럽 안에 있는 푹신한 가죽 의자에 앉아봤어?"

패티는 라과디아 공항에서 흐느껴 울며 월터에게 말했다.

"우리 식구들 정말 싫어!"

그러자 월터가 씩씩하게 말했다.

"우리끼리 식구를 만들지 뭐!"

불쌍한 월터. 처음에는 부모를 경제적으로 부양하기 위해 배우와 감독의 꿈을 접더니, 아버지가 돌아가셔서 해방되자마자 패티와 맺어져 지구를 구하겠다는 열망을 접고 쓰리엠사에 취직했다. 패티가 소원대로 고색창연한 멋진 집에서 전업주부로 들어앉아 애를 키울 수 있도록. 월터는 패티가 신바람 나서 세운 계획에 같이 흥분했고, 집을 수리하고 그녀의 집안으로부터 그녀를 방어하는 일에 온몸을 던졌다. 몇 년 후 패티가 그를 실망시키고 나서야 월터는 그녀의 다른 가족에게 너그러워졌다. 유일하게 에머슨가라는 난파선에서 탈출해 생존기를 들려주게 된 패티가 운이 좋은 거라고 말했다. 월터의 말에 따르면, 애비게일은 엄청나게 물자가 부족한 섬(맨해튼 섬!)에 발이 묶여 감상적인 찌꺼기로 연명하고 있으니 대화를 독점해 허기를 달래려는 심정을 이해해야 한다고 했다. 월터는 패티에게 섬에서 탈출할 용기도 힘도 없고 굶주린 동생들을 가엾게 생각하라고 했다. 하지만 이런 말을 한 건 한참 후였다. 결혼 초 몇 년 동안 월터는 패티에게 후끈 달아올랐기에 그녀는 절대 잘못을 저지르지 않는다고 생각했다. 그리고 그때가 정말 좋은 시절이었다.

월터의 승부욕은 가족을 상대로 한 경쟁심이 아니었다. 패티가 그를 처음 만났을 때 월터는 이미 가족과의 경기에서 이긴 뒤였다. 버글런드가의 일원이 되는 포커 게임에서 월터는 외모와 여자를 대하는 기술만 빼고 좋은 패를 모조리 손에 쥐었다. (그의 형은 현재 세 번째 젊은 아내와 살고 있는데 아내가 밥벌이를 해 그를 먹여 살렸고, 월터에게 없는 바로 그 패를 손에 쥐었다.) 월터는 로마 클럽에 대해 알고 있을 뿐 아니라 난해한 소설을 읽고 이고르 스트라빈스키의 음악에 심취했으며, 구리관 연결 부위에 땜질하고 목재를 마무리하는 손질 방법도 알았다. 새가 지저귀는 소리만 듣고도 무슨 새인지 알아맞혔고, 문제가 있는 여자를 감싸주는 방법도 알았다. 월터는 자기 가족 중 너무 명명백백한 승자였기 때문에 난파당한 다른 가족을 도우러 정기적으로 배를 타고 항해해 집에 갈 여유가 있었다.

"이제 내가 어떻게 자랐는지 보여줘야겠네."

패티가 리처드와 뉴욕 여행을 취소하고 히빙에 왔을 때 버스 정류장 밖에서 월터가 말했다. 두 사람은 월터 아버지의 크라운 빅토리아를 타고 있었는데 두 사람이 내쉰 뜨겁고 거친 호흡 때문에 수증기가 가득해 차 안이 뿌옇게 되었다.

"네 방을 보고 싶어. 전부 다 보고 싶어. 년 정말 멋진 사람인 것 같아!" 패티가 말했다.

월터는 또 한 번 오랫동안 패티에게 키스했고, 다시 걱정스러운 얼굴로 되돌아갔다.

"하지만 널 데려가려니, 우리 집이 너무 창피하다."

"창피해하지 마. 네가 **우리** 집에 한번 와봐야 하는데. 완전 괴물들의 대행진이지."

"어, 글쎄, 우리 집은 너희 집만큼 재미있지도 않아. 완전히 철광 오지거든."

"가자. 보고 싶어. 너랑 자고 싶어."

"나도 좋은데, 우리 엄마가 불편해하실지 몰라." 월터가 말했다.

"네가 있는 곳 **가까이**에서 자고 싶다고. 그러고 나서 같이 아침 먹고 싶어."

"그건 가능하지."

사실 패티는 위스퍼링 파인스의 풍경을 보자마자 정신이 번쩍 들었다. '히빙에 오다니, 내가 무슨 짓을 한 거야' 하며 순간적으로 회의가 들었다. 월터의 단짝 친구가 패티에게 주는 육체적 만족감을 절대 줄 수 없는 남자의 품에 달려들게 만든, 이만하면 만족스럽다고 생각한 패티의 정신 상태가 흔들렸다. 월터네 모텔은 겉보기에 그리 나쁘지 않았고, 주차장에 자동차가 꽤 있는 걸로 봐서 파리를 날리지는 않는 모양이었지만, 사무실 뒤에 있는 살림집은 정말 웨체스터와는 하늘과 땅 차이였다. 그 모습을 보니, 뉴욕의 교외에서 자란 패티가 얼마나 많은 혜택을 누리고 살았는지, 예전에는 혜택이라고 느끼지 못하던 것들이 얼마나 큰 혜택이었는지 알 수 있었다. 뜻밖에도 패티는 집이 뼈저리게 그리워졌다. 살림집에는 스펀지 같은 카펫이 깔려 있었고, 뒤쪽에 있는 개울을 향해 눈에 띌 만큼 기울어져 있었다. 거실 겸 식당에는 담배를 비벼 끈 자국으로 뒤덮인, 자동차 휠 캡만 한

도자기 재떨이가 침대 겸용 대형 소파 가까이 놓여 있었다. 이 집에서 살다가 죽음을 맞이한 진 버글런드는 거기 앉아 낚시와 사냥에 관한 잡지를 읽었고, 쌍둥이 도시와 덜루스(미네소타에 있는 도시명-옮긴이)에 있는 방송국에서 전송해 모텔의 안테나로 접수할 수 있는 프로그램을 닥치는 대로 시청했다. 월터가 자기 동생과 같이 쓰는 코딱지만 한 침실은 경사면 맨 아래 있었고, 개울가의 수증기 때문에 축축했다. 카펫에는 중앙을 가로지르는 끈적끈적한 잔여물로 선이 그어져 있었는데, 월터가 어릴 때 자기 영역을 표시하느라 테이프를 붙였다 떼어낸 자국이다. 월터가 어린 시절에 한 노력을 말해주는 온갖 물건이 아직도 한쪽 벽을 장식하고 있었다. 보이스카우트 안내 책자, 상, 대통령 전기 축약본 전집, 월드 북 백과사전 전집 가운데 몇 권, 작은 동물의 뼈대, 텅 빈 수족관, 수집한 동전과 우표, 창밖으로 전선이 이어지는 과학 실험용 온도계 겸 기압계 등이었다. 뒤틀린 방문에는 누렇게 바랜, 붉은 크레용으로 '금연'이라고 쓴 표지판이 걸려 있었다. '금'의 기역 자와 '연'의 이응 자는 삐뚤빼뚤했지만, 결연한 반항심이 느껴졌다.

"내가 처음으로 한 반항이야." 월터가 말했다.

"몇 살 때니?" 패티가 물었다.

"글쎄, 열 살쯤? 내 동생이 천식이 심했거든."

밖에는 비가 퍼붓고 있었다. 도로시는 자기 방에서 자고 있었지만, 월터와 패티는 여전히 욕정에 들떠 있었다. 월터는 자기 아버지가 운영하던 '라운지'를 보여주었다. 박제한 물고기가 벽에 걸려 있고, 그가 아버지를 도와 자작나무 합판으로 만든 바가 있었다. 월터의 아버지 진은 입원하기 전인 최근까지만 해도 늦은 오후가 되면 바 뒤에 서서 담배를 피우고 술을 마시며 친구들이 일을 마치고 술 마시러 오기를 기다렸다.

"이게 우리 집이야. 여기가 내가 자란 곳이지." 월터가 말했다.

"네가 여기 출신이라는 게 마음에 들어."

"무슨 말인지 모르겠지만, 좋은 뜻으로 받아들일게."

"그냥 널 아주 존경한다는 뜻이야."

"좋은 뜻인 것 같네." 월터는 안내 데스크로 가서 열쇠들을 바라보았다. "21호 어때?"

"좋은 방이야?"

"다른 방과 똑같지 뭐."

"난 스물한 살이니까, 딱 어울리네."

21호실의 바닥은 바랜 데다 칠이 벗겨진 곳투성이고, 다시 칠을 하지 않고 수십 년간 박박 긁어내기만 한 것 같았다. 개울가의 축축한 기운이 느껴지긴 했지만, 못 견딜 정도는 아니었다. 침대는 나지막하고 퀸 사이즈가 아니라 표준이었다.

"마음에 안 들면 머물지 않아도 돼. 아침에 버스 정류장에 데려다줄게."

월터가 패티의 가방을 내려놓으며 말했다.

"아냐! 좋은데 뭐. 내가 놀러 왔니? 널 보러 온 거지. 너한테 도움이 되고 싶어서."

"그래. 네가 원하는 게 내가 아니라는 생각에 걱정될 뿐이야."

"뭐, 이제 걱정 안 해도 돼."

"글쎄, 그래도 걱정되는걸."

패티는 월터를 침대에 눕히고 자신의 몸으로 그에게 확신을 주려고 했다. 하지만 곧 월터는 걱정이 끓어올랐다. 그는 일어나 자세를 바로하고, 패티가 리처드와 함께 여행을 떠난 이유를 물었다. 그가 그녀에게 묻지 않기를 간절히 바란 그 질문이다.

"모르겠어. 그냥 자동차 타고 무작정 떠나는 여행이 어떤 건지 경험해보고 싶었나 봐." 패티가 말했다.

"흠."

"꼭 확인해야 할 게 있었어. 그렇게밖에는 설명을 할 수가 없네. 내가 눈으로 직접 확인해야 할 일이 있었다고. 그리고 확인했고, 이제 여기 왔잖아."

"뭘 확인했는데?"

"내가 있고 싶은 곳이 어딘지, 누구와 함께 있고 싶은지."

"무척 빨리도 알아냈네."

"바보 같은 실수였어. 너도 알겠지만 그 앤 사람을 보는 자기만의 방식이 있어. 자기가 원하는 게 뭔지 파악하려면 시간이 좀 필요하잖아. 그 일로 날 원망하진 말아줘." 패티가 말했다.

"그렇게 빨리 파악했다니, 놀라워서."

패티는 이내 울음을 터뜨렸고, 월터는 잠시 남을 위로하는 데 능숙한 본연의 모습으로 돌아갔다.

"갠 나한테 못되게 굴었어. 넌 그 애랑 정반대야. 그리고 난 지금 그 애와 정반대인 사람이 필요해. 나한테 잘해줄 수 있지?" 패티가 눈물을 흘리며 말했다.

"잘해줄 수 있지." 월터가 그녀의 머리를 쓰다듬으며 말했다.

"절대 네가 후회하지 않게 해줄게."

필자의 가물가물한 기억으로는 이게 정확히 패티가 한 말이다.

필자가 지금도 생생하게 기억하는 건 다음과 같다. 월터가 그동안 본 적 없는 낯선 표정을 하고 패티의 어깨를 거칠게 잡아 침대 위에 자빠뜨리고 그녀의 다리 사이로 자기 몸을 짓눌렀다. 뭔가 아름답고 남자다운 걸 가리고 있던 커튼이 갑자기 열리는 것 같았다.

"**너 때문에 화난 게 아냐.**" 그가 말했다. "알아? 난 너의 전부를 사랑해. 구석구석 하나도 빠짐없이. **빠짐없이** 말이야. 널 처음 본 순간부터 그랬어. 알아?"

"응. 저, 고마워. 그런 줄 알긴 했지만 네가 직접 얘기해주니 좋다."

하지만 그의 얘기는 그걸로 끝난 게 아니었다.

"이해하니. 나…… 나……." 월터는 머뭇거리며 적당한 단어를 찾았다. "문제가 있어. 리처드랑 **문제**가 있다고."

"무슨 문제?"

"난 그 앨 못 믿겠어. 걜 좋아하지만 믿진 못하겠어."

"맙소사, 믿어도 돼. 걘 분명히 널 아낀다니까. 걔가 널 얼마나 감싸는데." 패티가 말했다.

"늘 그런 건 아냐."

"나한테는 그러던걸. 걔가 널 얼마나 존중하는지 아니?"

월터는 분노에 차서 패티를 내려다보았다.

"그럼 왜 걔랑 간 거야? 걔가 왜 시카고에 너랑 같이 있었느냐고? 뭐야, **제기랄**. 말이 안 되잖아!"

월터는 자기의 입에서 '제기랄'이라는 말이 나오자 자신의 분노에 지레 화들짝 놀라는 것 같았고, 패티는 다시 울기 시작했다.

"맙소사, 제발, 맙소사, 제발, 나 여기 있잖아. 응? 네 곁에 있다고! 시카고에서 아무 일도 없었어. 정말 아무 일도."

패티는 월터를 가까이 잡아당겨 그의 엉덩이를 세게 끌어안았다. 하지만 월터는 그녀의 가슴을 만지거나 청바지를 벗기지 않았고, 리처드라면 틀림없이 그랬을 텐데, 벌떡 일어나 21호 방 안을 왔다 갔다 했다.

"이게 옳은 건지 모르겠어. 있잖아, 난 바보가 아냐. 나도 눈이 있고 귀가 뚫렸다고. 난 **바보**가 아냐. 이제 어떻게 해야 할지 모르겠어." 월터가 말했다.

월터가 리처드에 대해 아무것도 모르는 바보가 아니라는 말을 들으니 마음이 놓였다. 하지만 패티는 그를 안심시킬 수 있는 방법이 바닥났다. 그녀는 침대 위에 누워 지붕에 떨어지는 빗소리를 들으며 리처드의 차에 올라타지만 않았으면 이런 상황은 일어나지 않았을 텐데, 자긴 벌을 받아 마땅하다고 생각했다. 그러면서도 일이 더 잘 풀릴 수도 있었다는 생각을 하지 않을 수 없었다. 먼 훗날 늦은 밤에 월터와 패티 사이에 어떤 일이 벌어질지 미리 보여주는 장면이었다. 패티는 훌쩍거리고, 월터는 그녀를 심하게 벌줘서 미안하다고 사과하는 동안 화가 누그러지고, 밤이 늦었으니 그만하고 잠자리에 들자고 그가 말하는 장면. 그리고 두 사람은 먼 훗날 정말 밤늦도록 이런 장면을 연출했다. 너무 늦어서 벌써 이른 새벽이 되어 있었다.

"씻어야겠어." 패티가 마침내 입을 열었다.

월터는 얼굴을 손으로 감싸고 다른 침대에 앉아 있었다.

"미안해. 정말 너 때문에 그러는 게 아냐."

"솔직히, 계속 그렇게 말하는 거 별로 듣기 안 좋거든."

"미안. 믿을지 모르겠지만 나쁜 뜻으로 한 말은 아니야."

"'미안하다'는 말도 별로 듣고 싶지 않아."

월터는 얼굴에서 손을 떼지 않은 채 패티에게 씻는 데 도움이 필요한지 물었다.

"괜찮아."

부목을 대고 붕대 감은 무릎을 욕조 바깥에 내놓고 목욕을 하려면 상당한 노력이 필요했지만, 패티는 괜찮다고 말했다. 30분 후 패티가 잠옷을 입고 화장실에서 나왔을 때 월터는 그동안 꼼짝도 하지 않은 것처럼 보였다. 패티는 월터 앞에 서서 그의 곱슬곱슬한 머리카락과 왜소한 어깨를 내려다보았다.

"저, 월터. 네가 원한다면 아침에 떠날게. 하지만 지금은 좀 자고 싶어. 너도 자야지."

월터가 고개를 끄덕였다.

"리처드랑 시카고에 가서 미안해. 내가 같이 가자고 한 거지, 그 애 잘못은 아니야. 날 원망해, 그 앨 원망하지 말고. 그런데 지금 당장은 너 때문에 기분이 엉망이다."

월터가 고개를 끄덕이고 일어섰다.

"잘 자라고 키스해줄래?" 패티가 말했다.

월터는 키스를 했고, 싸우는 것보다 키스가 훨씬 좋았다. 너무 좋은 나머지 두 사람은 곧 이불 속에 들어가 불을 껐다. 햇빛이 커튼 주위로 스며들었다. 북쪽 지방에 있는 시골에서는 5월에 날이 일찍 밝았다.

"난 사실 섹스에 대해 아무것도 몰라." 월터가 고백했다.

"그래, 뭐 그렇게 복잡할 것 없어." 패티가 말했다.

그렇게 해서 두 사람의 인생에서 가장 행복한 시절이 시작되었다. 특히 월터에게는 아주 신나는 나날이었다. 원하는 여자를 손에 넣었고, 그 여자는 리처드에게 갈 수도 있었지만 자신을 선택했다. 그리고 사흘 뒤 루서란 병원에서 월터 아버지의 끊임없는 투쟁은 그의 죽음과 함께 종식되었다. (죽는다는 건 아버지로서는 더할 나위 없는 패배였다.) 월터의 아버지가 운명한 날 아침, 패티는 월터, 도로시와 함께 병원에 있었다. 그녀는 두 사람이 눈물 흘리는 모습을 보고 자기도 눈물을 흘렸다. 거의 아무 말도 하지 않고 함께 차를 타고 모텔로 돌아오면서 패티는 실제로 결혼한 것 같은 느낌이 들었다.

모텔 주차장에서, 도로시가 안으로 들어가 누운 뒤 패티는 월터가 이상한 행동을 하는 것을 보았다. 월터는 주차장 한쪽 끝에서 다른 쪽 끝으로 내달았고, 내달으면서 펄쩍펄쩍 뛰었으며, 다시 돌아서서 내달기 전에 발끝으로 통통 튀었다. 화창한 아침이었고, 북쪽에서 끊임없이 바람이 세차게 불어 시내를 따라 서 있는 소나무들이 위스퍼링 파인스라는 마을 이름 그대로 속삭이고 있었다. 한번은 주차장 끝까지 마구 내달리더니 그 자리에서 깡충깡충 뛰고는, 패티가 있는 방향에서 몸을 돌려 73번 도로를 달려 내려가기 시작했다. 그러고는 한참 아래쪽에 있는 모퉁이를 돌아 시야에서 사라지더니 한 시간 만에 돌아왔다.

다음 날 오후 21호실에서 훤한 대낮에 창문을 활짝 열고 빛바랜 커튼이 펄럭이게 놔둔 채 두 사람은 웃고 울며 기쁨에 들떠 섹스를 했다. 그때 느낀 강렬하고 순진한 희열감을 필자가 지금 돌이켜보니 억장이 무너지는 것 같다. 그러고 나서 또 울고 섹스를 했으며, 나란히 누운 두 사람은 몸에 땀이 흥건하고 심장은 쿵쾅거리는 채 소나무의 신음 소리에 귀를 기울였다. 패티는 강력한 마약을 하고 나서 약효가 가라앉지 않았거나, 놀라울 정도로 생생한 꿈을 꾸고 있는 느낌이 들었다. 하지만 그녀는 매 순간 마약에 취한 것도, 꿈도 아니며, 자기의 인생이 펼쳐지고 있다는 걸 분명히 알고 있었다. 과거는 사라지고 오직 현재만 있는 삶, 그녀가 상상한 그 어떤 로맨스와도 다른 로맨스가 펼쳐지고 있었다. 21호실 덕분이다! 21호실에서 그런 일이 있으리라고 패티가 상상이나 할 수 있었겠는가? 정말 아늑하고 깨끗한 구닥다리 방이고, 월터는 다정하고 깔끔하고 고지식한 사람이었다. 패티는 스물한 살이었고, 캐나다에서 불어오는 싱싱하고 맑으며 강한 바람에서 스물한 살다운 자신을 느꼈다.

월터 아버지의 장례식에 400여 명의 조문객이 왔다. 패티는 진을 잘 알지 못했지만, 그래도 많은 사람이 와준 것이 뿌듯했다. (성대한 장례식을 치르는 방법 중 하나는 일찍 죽는 것이다.) 진은 낚시와 사냥을 좋아하고, 참전 용사 친구들과 어울리는 걸 좋아한 붙임성 있는 사람이었다. 알코올의존자에 교육도 제대로 받지 못했고, 자신의 꿈과 희망, 사랑을 남편이 아닌 둘째 아들에게 쏟아붓는 사람을 아내로 둔 불운한 사내였다. 월터는 진이 도로시를 모텔에서 무던히도 부려먹은 걸 절대 용서하지 않으려 했지만, 솔직히 필자의 의견으로 도로시는 상냥한 성격에 자기희생적이지만 넋두리하는 유형이기도 했다. 병원에서 장례식이 끝나고 연회가 열리는 동안 패티는 월터의 확대가족에 대한 단기 집중 심층 강좌를 들었는데 그야말로 초록은 동색이었다. 패티는 모든 것에서 긍정적인 면을 찾으려고 노력했다.

도로시의 형제 다섯 명이 참석했는데, 다섯 명 모두 월터의 형처럼 최근까지 감옥살이를 했다. 월터의 형은 예쁘지만 천박해 보이는 (첫 번째) 부인과 두 아이를 데려왔다. 군복을 입은 과묵한 동생도 왔다. 정말 중요한 한 사람이 빠졌는데, 그건 바로 리처드였다.

월터는 리처드에게 아버지의 사망 소식을 알리기 위해, 수소문 끝에 미니애폴리스에 있는 리처드의 베이스 연주자 허레라를 찾는 복잡한 과정을 거쳐야 했다. 리처드는 뉴저지 주 호보켄에 있었다. 그는 월터에게 전화로 애도의 뜻을 표한 뒤 자기는 빈털터리가 되어서 장례식에 갈 수 없다고 말했다. 월터는 리처드에게 괜찮다고 말했지만, 몇 년 동안 그 일을 꽁하게 마음에 담아두었다. 월터는 리처드가 아예 올 생각도 없었다고 생각했지만, 사실 그의 그런 비난은 리처드에게 부당했다. 월터는 이미 마음속으로 리처드에게 화가 나 있었고, 그가 장례식에 오기를 **바라지도** 않았기 때문이다. 하지만 패티는 자신이 이런 점을 지적해서는 안 된다는 것을 잘 알고 있었다.

월터와 패티가 뉴욕으로 여행을 갔을 때, 패티는 월터에게 리처드를 수소문해서 함께 시간을 보내는 게 어떠냐고 제안했다. 월터는 지난 몇 달간 두 번이나 리처드에게 전화를 걸었지만 그는 **한 번도** 먼저 전화하지 않았다는 점을 지적했다.

패티가 말했다. "하지만 그 앤 네 단짝 친구잖아." 월터가 대답했다. "아니, **네가** 내 단짝이야."

패티가 말했다. "그래도 남자 친구들 중에서는 그 애가 네 단짝이잖아. 한 번 찾아봐."

월터는 자신이 늘 그래왔다고 우겼다. 항상 쫓아다니는 건 자신이고 달아나는 건 리처드였다는 것이다. 둘 사이에는 항상 '벼랑 끝 전술' 같은 게 존재했으며, 먼저 눈을 깜박이고 절박해 보이는 사람이 되지 않으려고 경쟁했는데 이제 그런 짓에 넌덜머리가 난다고 했다. 월터는 리처드가 자기를 실망시키는 행동을 한 건 이번이 처음이 아니라고 했다. 월터가 말하기를, 만약 리처드가 친구 관계를 유지하고 싶다면 단 한 번이라도 먼저 전화를 거는 수고를 할 수 있지 않느냐고 했다. 패티는 리처드가 아직 시카고에서의 일 때문에 겸연쩍어하고, 행복한 월터의 가정생활을 방해하지 않으려 하고 있으며, 따라서 월터가 리처드에게 먼저 다가가야 한다고 생각했다. 하지만 그 문제에 관해 월터를 밀어붙이면 안 된다는 걸 알았다.

엘리자는 월터와 리처드 사이에 동성애적인 뭔가가 있다고 생각했지만, 필자가 지금 생각해보면 형제간의 경쟁심 같은 게 아닌가 싶다. 항상 형에게 두들겨 맞거나 무시당하고, 동시에 동생을 짓누르고 무시해온 월터가 형제들과 그런 관계에서 벗어나자 가족 안에서는 더 이상 상대를 찾을 수 없게 되어 애증의 감정을 표현하고 경쟁할 또 하나의 형제가 필요했는지도 모른다. 그리고 월터를 끊임없이 괴롭히는 의문은, 필자가 보기에는, 리처드가 동생인지 형인지, 문제아인지 영웅인지, 상처 받은 사랑하는 친구인지 위협적인 경쟁자인지 분명하지 않다는 점이다.

월터는 자기가 패티에게 첫눈에 반했듯이 리처드도 첫눈에 마음에 들었다고 했다. 월터의 아버지가 그를 매컬리스터 대학에 자동차로 데려다주고 커내디언 클럽 위스키를 마시기 위해 서둘러 히빙으로 돌아간 첫날 밤, 월터는 리처드를 만났다. 월터는 여름에 기숙사 배정 사무실에서 리처드의 주소를 알아내 정성껏 쓴 편지를 그에게 보냈지만, 리처드는 답장을 하지 않았다. 두 사람의 기숙사에 있는 침대 중 하나에 기타 가방과 종이 상자, 더플백이 놓여 있었다. 월터는 이 단출한 짐의 주인을 저녁 식사 후 기숙사 홀에서 열린 신입생 오리엔테이션에서 만났다. 월터는 그 순간을 패티에게 두고두고 얘기했다. 어떤 애가 다른 사람들과 뚝 떨어져 구석에 혼자 서 있었는데, 그 애에게서 눈을 뗄 수 없었다고. 키가 훤칠하고 여드름이 난 얼굴에 흑인 헤어스타일을 한 유대인으로, 이기 팝(미국의 가수 겸 영화배우-옮긴이)이 프린트된 티셔츠를 입은 리처드는 다른 신입생들과 모습이 딴판이었다. 그 앤 기숙사 사감이 신입생들의 관심을 끌기 위해 하는 농담에 웃지 않았으며, 공손하게 미소 짓지도 않았다. 월터는 신입생들을 웃기려 애쓰는 사감에게 연민을 느꼈기에 그의 노력을 높이 사는 뜻에서 크게 웃어주었고, 키 크고 웃지 않는 그 애와 친구가 되고 싶었다. 월터는 그 애가 자기 룸메이트이길 바랐고, 실제로 그랬다.

놀랍게도 리처드도 월터를 좋아했다. 두 사람의 우정은 월터가 밥 딜런과 고향이 같다는 우연에서 시작됐다. 신입생 오리엔테이션 이후 뺨에 솜털이 뽀송뽀송한 월터와 기숙사 방으로 돌아와서 리처드는 그에게 히빙에 대해 꼬치꼬치 물었다. 경치는 어떻고, 월터가 아는 사람 중 지머먼(밥 딜런의 본명이 로버트 앨런 지머먼이다-옮긴이)이라는 성을 가진 사람이 있는지 물었다. 월터가 자기네 모텔은 시내에서 수 킬로미터 떨어진 곳에 있다고 설명했지만, 모텔이라는 것도 리처드에게 깊은 인상을 주었다. 월터가 알코올의존자 아버지를 둔 전액 장학생이라는 사실도 리처드에게 좋은 인상을 주었다. 리처드는 자기가 월터에게 답장을 못한 이유는 그보다 5주 전에 아버지가 폐암으로 돌아가셨기 때문이라고 했다. 리처드는, 밥 딜런은 꼴통이지만 아름답고 순수한 꼴통으로, 젊은 음악가들에게 자신도 꼴통이 되길 원하게 했으므로 히빙은 그런 꼴통이 득실거리는 곳일 거라고 늘 생각해왔다고 했다. 기숙사 방에 앉아 자신의 새 룸메이트가 하는 말을 열심히 들으면서 좋은 인상을 주려고 애쓰는, 뺨에 솜털이 뽀송뽀송한 월터는 리처드의 그런 이론을 반박하는 명백한 증거였다.

그날 밤 리처드는 여자애들 얘기를 했는데, 월터가 절대 잊지 못할 말이었다. 리처드는 매컬리스터 대학에는 과체중인 영계가 지나치게 많다며 불만을 털어놓았다. 리처드는 그날 오후 대학 주변 거리를 둘러보며 이 마을 영계들이 어울려 노는 장소가 어디인지 알아보려 했다. 그는 자기에게 미소 지으며 인사하는 사람이 너무 많아 깜짝 놀랐다고 했다. 심지어 반반하게 생긴 영계들도 미소 지으며 인사를 했다고 했다. 그러고는 허빙도 그런지 물었다. 리처드는 아버지 장례식에서 아주 섹시한 사촌을 한 명 알게 됐는데 불행히도 열세 살밖에 안 됐고, 지금은 자기한테 자위행위를 한 이야기를 적은 편지를 보낸다고 했다. 월터도 여자에게 접근하는 데 다른 사람의 도움이 필요하지는 않았지만, 필자는 형제간의 경쟁심 때문에 서로 전혀 다른 분야에 각각 특화하게 된 게 아닌가 싶다. 리처드가 여자 따먹는 데 집착했다는 점이 월터로 하여금 그 분야에서 경쟁하지 않으려는 데 큰 동기부여를 하지 않았나 싶다.

중요한 사실 하나는, 리처드가 어머니와 정상적인 모자 관계가 아니었다는 점이다. 리처드의 어머니는 그의 아버지 장례식에도 오지 않았다. 리처드가—훨씬 나중에—패티에게 말한 바에 따르면, 그의 어머니는 정신이 불안정한 사람으로, 열아홉에 자기를 임신시킨 남자의 일생을 끔찍하게 만든 후 결국 광신도가 되었다. 리처드의 아버지는 그리니치빌리지에 사는 색소폰 연주자이자 떠돌이였다. 리처드의 어머니는 키가 크고 반항적인 와스프(WASP, White Anglo Saxon Protestant의 줄임말로 미국 사회의 전통적 주류—옮긴이)로 좋은 집안 출신에 절제력이 없었다. 그의 어머니는 4년에 걸쳐 폭음과 연쇄적인 불륜 행위로 소란을 피우고는 아버지 캐츠에게 아들의 양육을 맡겼다(리처드는 처음에는 그리니치빌리지에서, 나중에는 용커스에서 살았다). 그 후 캘리포니아에 가서 예수를 영접하고 아이 넷을 더 낳았다. 리처드의 아버지는 음악 연주를 완전히 그만뒀지만, 술은 끊지 않았다. 그는 우체국에서 일하는 신세가 되었고, 재혼하지 않았다. 술이 그를 완전히 파멸시키기 전 수년 동안 어린 여자 친구를 여럿 사귀었는데, 그중 어린 리처드에게 필요한 안정적인 엄마 역할을 해준 사람은 없었다. 한 명은 아버지의 아파트에서 도둑질을 한 뒤 달아났고, 또 한 명은 리처드를 돌보면서 총각 딱지를 떼어주었다. 그 일이 일어난 직후 리처드의 아버지는 그를 어머니 쪽 가족에게 보내 거기서 여름을 나게 하려 했지만, 리처드는 그곳에서 일주일을 넘기지 못했다. 리처드가 캘리포니아에 도착한 첫날 온 가족이 모여 손에 손을 맞잡고 그가 무사히 도착한 것을 주님께 감사드렸는데, 그 다음부터 일이 아주 이상하게 돌아간 게 틀림없다.

월터의 부모는 단순히 사교 목적으로 교회에 나가는 사람들로, 이 키가 껑충한 고아를 따뜻하게 맞아주었다. 도로시는 특히 리처드를 좋아했는데 ─ 어쩌면 점잖은 척하면서 그에게 다른 감정을 품고 있었는지도 모른다 ─ 그에게 방학 때 히빙에서 지내라고 권했다. 리처드는 딱히 갈 곳이 없었기에 도로시의 제안을 기꺼이 받아들였다. 어쩌면 제안할 필요도 없었을 것이다. 리처드는 총을 잘 다뤄 월터의 아버지 진을 흐뭇하게 했는데, 진이 리처드에 대해 더 흡족해한 점은 월터가 젠체하는 녀석과 어울릴까 봐 늘 걱정이었는데 리처드는 그런 애가 아니라는 사실이었다. 리처드는 또 집안일을 거들어 도로시를 감동시켰다. 리처드는 ─ 아주 가끔이지만 ─ 좋은 사람이 되기를 무척 원했고, 자신을 좋은 애라고 생각하는 도로시 같은 사람들에게는 더할 나위 없이 예의 바르게 굴었다. 리처드는 도로시에게 특별하지도 않은 요리의 조리법을 물어보고, 균형 잡힌 식생활에 대한 정보는 어디서 얻을 수 있는지 묻기도 했다. 그런 리처드의 행동은 월터의 눈에 가식적이고 잘난 척하는 것으로 비쳤다. 리처드가 실제로 장을 보고 요리를 할 가능성은 거의 없었고, 도로시가 눈앞에서 사라지자마자 그는 본래의 모습으로 돌아갔기 때문이다. 하지만 월터는 리처드와 경쟁하고 있었고, 마을 영계들을 유혹하는 실력은 출중하지 않을지 몰라도 여자의 말에 진지하게 귀 기울이는 건 확실히 **그**의 전문 분야였다. 월터는 자신만의 전문 분야를 눈에 불을 켜고 지켰다. 따라서 필자는 리처드가 진정으로 선함을 존중했는지에 관해서는 월터의 판단보다 자신의 판단이 신뢰할 만하다고 본다.

리처드의 높이 살 만한 점은, 끊임없이 나은 사람이 되려 하고 부모의 빈 자리를 채우려 노력했다는 것이다. 그는 음악을 연주하고 자기만의 독특한 취향으로 고른 책을 읽으며 불우한 어린 시절을 견뎌냈다. 리처드가 월터에게 끌린 이유 중 하나는 지성과 성실성이다. 리처드는 어떤 분야(프랑스 실존주의, 남아메리카 문학)에 대해서는 깊이 파고들었지만, 방법이나 체계에 문제가 있었다. 그는 월터의 지적인 몰입에 대해 진정으로 경외심을 갖고 있었다. 리처드는 자신을 착한 사람이라고 생각하는 사람들에게 하듯 월터에게 더할 나위 없이 예의 바르게 굴지는 않았지만 월터의 생각에 귀 기울였고, 그의 독특한 정치적 신념에 대해 설명해달라고 졸랐다.

필자의 생각에는, 리처드가 북부 지방 시골 출신의 볼품없는 애와 친구가 되는 것으로 **경쟁** 우위에 놓이게 됐다고 본다. 그럼으로써 보다 유복한 가정 출신의 매컬리스터 대학의 속물들과 자신을 차별화했다. 이런 속물들이 리처드 같은 애를 경멸하는 만큼 리처드도 이런—여자들을 포함해서—속물들을 경멸했다(물론 이런 여자들과 섹스하는 건 마다하지 않았지만). 밥 딜런에 대한 다큐멘터리 〈뒤돌아보지 마〉는 리처드와 월터 두 사람 모두 기념비적 작품이라 여겼기에, 패티도 결국 테이프를 빌려 아이들이 잠든 시간에 월터와 함께 보았다. 그 영화에서 가장 유명한 장면은, 런던에서 열린 파티에서 딜런이 단지 꼴통처럼 행동하면서 재미를 보려는 목적으로 가수 도노번을 묵사발 만들고 모욕을 주는 장면이다. 월터는 도노번이 안됐다고 생각했지만—자신이 도노번보다 딜런 같으면 좋겠다는 생각이 들지 않는다는 점이 더 속상했지만—패티는 그 장면에서 전율을 느꼈다. 딜런의 놀라울 정도로 노골적인 승부욕! 그 장면에서 패티는 이렇게 생각했다. '인정하자, 승리는 매우 달콤하다는 것을.' 그녀는 그 장면을 보고 나서야 리처드가 그 속물들이 아니라 음악적 소양도 갖추지 못한 월터와 어울리는 이유를 알 수 있었다.

지적인 면에서 보면 월터가 형이고 리처드는 추종자였다. 하지만 리처드에게는 똑똑하다는 건 착하다는 것과 마찬가지로 본경기 전에 펼쳐지는 막간 여흥이었다. 월터가 리처드를 믿지 않는다고 한 것은 바로 이 점을 염두에 두고 한 말이다. 월터는 리처드가 뭔가 숨기고 있다는 느낌을 떨치지 못했다. 리처드에게는 어두운 면이 있었고, 밤이면 몰래 자기가 원하는 목적을 달성하기 위해 사라졌지만 그 목적에 대해서는 절대 입을 다문다는 느낌을 떨칠 수 없었다. 그리고 월터는 리처드 자신이 우위를 점할 때만 월터와 기꺼이 친구로 지낼 거라고 생각했다. 리처드는 특히 둘 사이에 여자가 끼어들면 신뢰하기 어려워졌고, 월터는 여자가 잠시라도 자기보다 리처드에게 중요한 존재가 되는 걸 불만스러워했다. 리처드는 그렇게 생각하지 않았다. 그는 여자에게 금방 싫증을 내고 늘 차버렸기 때문이다. 리처드는 늘 월터에게 돌아왔고, 그에게는 싫증을 내지 않았다. 하지만 월터의 생각으로는 자기가 좋아하지도 않는 사람들을 쫓아다니느라 그렇게 많은 정력을 낭비하는 리처드가 **의리 없다고** 느껴졌다. 리처드가 돌아오면 언제나 받아주는 자신이 나약하고 초라한 느낌이 들었다. 월터는 리처드가 자기를 좋아하는 것보다 자기가 리처드를 더 많이 좋아하며, 리처드보다 자기가 친구 관계를 유지하기 위해 더 많이 노력한다는 생각에 괴로워했다.

두 사람의 관계에 위기가 닥친 것은 패티가 두 사람을 만나기 2년 전인 4학년 때다. 그 당시 월터는 노미라는 이름의 사악한 2학년 여학생에게 푹 빠져 있었다. 리처드의 말로는—언젠가 리처드에게 직접 들었다—상황은 간단했다. 성경험이 없는 순진한 월터가 자신을 좋아하지도 않는 별 볼 일 없는 여자애한테 이용당했고, 결국 리처드가 나서서 그 여자애가 별 볼 일 없는 애라는 걸 증명해 보이기로 했다. 리처드의 말에 따르면, 차지하려 애쓸 가치도 없는 애였고, 손바닥으로 쳐서 잡아야 할 모기처럼 미미한 존재였다. 하지만 월터의 생각은 달랐다. 그는 리처드에게 너무 화가 나서 몇 주 동안 말도 하지 않았다. 두 사람은 4학년생들에게 배정되는, 공간이 둘로 나뉜 기숙사 방을 함께 쓰고 있었다. 매일 밤 리처드가 돌아와 월터의 방을 거쳐 사생활 보호가 더 잘되는 자기 방으로 갈 때, 월터의 방 앞에서 발걸음을 멈추고 일방적인 대화를 했는데 이 광경은 제삼자가 보았다면 아주 재미있었을 것이다.

리처드: "아직도 나랑 말 안 섞는다 이거지. 굉장하다. 얼마나 오랫동안 이럴래?"

월터: 묵묵부답.

리처드: "내가 여기 앉아 너 책 읽는 거 빤히 쳐다보는 거 싫으면 한마디만 해."

월터: 묵묵부답.

리처드: "재미있는 책이냐? 책장도 안 넘기는 것 같은데."

월터: 묵묵부답.

리처드: "너 어떤지 알아? 계집애같이 굴고 있잖아. 이건 계집애들이나 하는 짓이야, 월터. 진짜 엿 같다. 나 열 받는단 말이야."

월터: 묵묵부답.

리처드: "내가 사과하기를 기다리는 건지 모르겠지만, 절대 그런 일 없을 거다. 네 마음이 상했다면 유감이지만, 난 양심에 털끝만큼도 거리끼는 짓 안 했다."

월터: 묵묵부답.

리처드: "너 알지? 내가 아직 학교에 다니는 건 순전히 네 덕이라는 거. 4년 전에 누가 나한테 내가 대학 졸업할 확률이 얼마나 되는지 물어봤다면 아마 거의 없다고 대답했을 거다."

월터: 묵묵부답.

리처드: "아, 진짜, 좀 실망이다."

월터: 묵묵부답.

리처드: "좋아, 관두자. 계집애처럼 굴어라. 상관하지 않을 테니."

월터: 묵묵부답.

리처드: "야, 만약 내가 마약중독인데 네가 내 약을 없애버리면 너한테 화가 나겠지만 한편으로는 날 위해 그런 거라고 이해할 거다."

월터: 묵묵부답.

리처드: "그래, 좋은 비유가 아니라는 건 인정해. 하지만 뭐, 말하자면 사실 마약을 내다 버리지 않긴 했지. 나야 마약을 그냥 가볍게 즐기는 것뿐이지만, 만약 네가 완전히 마약에 빠져 사람 구실도 못할 정도가 되면, 품질이 우수한 마약을 내다 버리는 건 못할 짓이긴 하다는 전제 아래……."

월터: 묵묵부답.

리처드: "아, 그래. 바보 같은 비유다."

월터: 묵묵부답.

리처드: "웃으라고 한 얘기야. 이 대목에서 웃어야지."

월터: 묵묵부답.

어쨌든, 훗날 두 사람의 증언대로 필자가 작성한 바로는 이상과 같다. 월터는 부활절 방학 때까지 리처드와 말을 하지 않았다. 월터는 방학 때 집에 혼자 갔고, 도로시는 월터가 리처드를 데려오지 않은 이유를 힘들게 알아냈다. "사람들을 있는 그대로 받아들여라." 도로시가 월터에게 말했다. "리처드는 좋은 친구잖아. **의리를 지켜야지.**" (도로시는 의리를 소중히 여겼고—의리는 도로시의 그리 평탄하지 않은 삶에 의미를 부여했다—패티는 월터가 도로시의 말을 인용하는 걸 종종 들었다. 월터는 의리에 거의 종교적 의미를 부여하는 것 같았다.) 월터는 자기가 좋아하는 여자를 빼앗은 건 **의리 없는** 행동이 아니냐고 했지만, 리처드에게 호감을 가진 탓인지 도로시는 그 애가 월터의 마음에 상처를 주려고 일부러 그랬다고는 생각하지 않는다고 했다. "살면서 친구가 있다는 건 좋은 거야. 친구를 얻고 싶으면 세상에 완벽한 사람은 없다는 점을 명심해야 한다."

이 사건의 본질을 더 이해하기 어렵게 하는 점은 리처드가 유혹한 아이들은 거의 예외 없이 음악팬*이고, 그의 가장 오랜 팬이자 가장 열렬한 팬인 월터는 리처드를 사이에 두고 그들과 엄청난 경쟁을 해야 했다. 그렇지 않았다면 여자애들이 자기 애인의 단짝 친구에게 친근하게 대하거나 적어도 묵인은 했을 텐데, 리처드의 여자애들은 월터에게 차갑게 굴어야 한다고 생각했다. 골수팬은 항상 자기가 열광하는 대상과 자신이 특별한 관계라고 느끼고 싶어 하기 때문이다. 여자애들은 그러한 관계가 아무리 사소해도, 또 그런 관계가 자기 머릿속에만 존재하는 상상일 뿐일지라도, 특별한 관계라는 생각을 뒷받침한다고 여기는 것을 목숨 걸고 지켰다. 여자애들이 리처드와 자는 방법 이상으로 그와 특별한 관계라고 여길 만한 방법은 없다고 생각한 건 이해가 간다. 이 여자애들에게 월터는 성가시고 하찮은 작은 벌레나 다름없었다. 리처드를 안톤 폰 베베른(오스트리아 출신의 작곡가이자 지휘자-옮긴이)과 벤저민 브리튼(영국 출신의 작곡가, 지휘자, 피아니스트-옮긴이)의 세계로 안내한 사람이 바로 **월터**인데도 말이다. 리처드가 초기에 발표한, 사회에 대한 분노를 표현한 노래에 정치적 틀을 부여해준 사람도 바로 **월터**다. 섹시한 여자애들한테 찬밥 신세인 것도 억울한데, 월터를 더 속상하게 한 것은—월터와 패티가 서로에게 비밀 없이 모든 것을 털어놓은 시기에 그가 그녀에게 고백했다—자기도 근본적으로 그 여자애들과 다

---

* 시카고에서 버스를 타고 히빙으로 가면서, 패티는 리처드가 자신을 소 닭 보듯이 한 까닭이 그녀가 리처드의 음악에 시큰둥한 반응을 보였고, 이런 점이 그의 신경을 거슬렸을 거라는 생각이 들었다. 그렇다고 해서 그녀가 달리 어찌할 방도가 있는 건 아니었지만. - 저자 주

를 게 없다는 생각이 들었다는 점이다. 월터도 리처드와 특별한 관계를 통해 자신이 더 멋지고 괜찮은 사람이라고 느끼고 싶어 하는, 그에게 들러붙어 사는 기생충이나 마찬가지라는 생각이 들었다고 했다. 그리고 가장 속상한 것은 리처드가 그런 사실을 알고 있었고, 그 때문에 월터는 더 고독했으며, 리처드와의 관계를 더욱 목숨 걸고 지키게 했다.

엘리자의 경우 상황은 거의 최악이었다. 엘리자는 월터를 무시하는 데 만족하지 않고 기를 쓰고 월터의 기분을 상하게 했다. 월터는 궁금했다. 리처드는 자신에게 그렇게 못되게 구는 여자애와 어떻게 잠자리를 같이할 수 있단 말인가. 그때는 월터도 철이 들어 리처드에게 묵묵부답으로 일관하지는 않았지만 더 이상 밥을 같이 먹지 않았고, 그럼에도 그의 공연장을 꼬박꼬박 찾은 이유는 자기가 엘리자를 싫어한다는 걸 보여주기 위해서였다. 또 나중에는 리처드가 창피해서 엘리자가 가져온 코카인을 하지 않게 하려는 심산이었다. 물론 리처드는 창피하다고 그만둘 애가 아니었다. 그때도, 그 후로도 그랬다. 리처드와 월터 두 사람 사이에 패티를 두고 어떤 대화가 오갔는지 자세히 알 길은 없으나, 필자의 생각으로는 노미나 엘리자의 경우와 전혀 다른 얘기를 주고받았을 것이다. 리처드는 월터에게 좀 더 적극적으로 패티를 밀어붙이라고 충고하고, 월터는 패티가 강간당한 적이 있는 데다 목발을 짚고 있다는 말로 대답을 대신했을지 모른다. 사실 다른 사람들이 자신에 대해 어떤 말을 하는지 짐작하는 일은 매우 어렵다. 리처드가 속으로 패티를 어떻게 생각했는지는 그녀에게 점점 분명하게 보였다. 이 대목에 대해 필자는 나중에 자세히 언급하겠다. 지금으로서는 리처드가 뉴욕으로 이사를 갔고 거기에 머물렀으며, 수년 동안 월터는 패티와 함께 인생을 설계하느라 바빠서 리처드를 그리워할 틈이 없었다는 정도만 말해둔다.

그리고 리처드는 더 리처드다워지고, 월터는 더 월터다워졌다. 저지에 자리를 잡은 리처드는 마침내 사교 목적으로 음주를 하는 건 괜찮겠다는 결론에 도달했다. 하지만 얼마 후, 나중에 리처드가 말한 대로 "엉망진창"이 되었고, 술을 입에 대는 건 안전하지 못하다는 결론에 도달했다. 리처드는 월터랑 산 동안만큼은 자기 아버지의 인생을 망친 알코올을 멀리했고, 다른 사람들이 돈을 내고 산 코카인만 했으며, 음악 활동에 진전이 있었다. 하지만 혼자가 된 후 한동안 엉망진창으로 살았다. 그와 허레라는 보컬을 함께 맡아줄 몰리 트루메인이라는 금발 머리의 예쁘장한 여자애를 영입해 3년이 걸려서야 트로매틱스를 재구성했고, 소규모 음반 회사를 통해 첫 음반 〈광산 갱도에서 온 안부 인사〉를 발표했다. 리처드는 낮에는 맨해튼 섬 남쪽 지역에 사는 상류층 사람들의 지붕 위에 덱을 설치해주는 일을 했다. 그들은 예술가나 음악가와 어울리는 걸 멋지다고 생각하는 부류였다. 즉, 덱 공사하는 인부가 오후 2시쯤 어슬렁거리며 나타나 두세 시간 일하고 사라져도, 그래서 닷새면 끝낼 일을 3주 동안 엿가락처럼 늘여서 해도 신경 쓰지 않는 사람들이었다. 리처드의 밴드가 낸 두 번째 음반 〈네가 눈치채지 못했을까 봐 하는 말인데〉는 첫 음반보다 주목을 끌지 못했지만, 좀 더 큰 음반 회사가 발매한 세 번째 음반 〈보수 반동의 영광〉은 여러 연말 10대 인기 가요 순위에 오르기도 했다. 세 번째 음반이 발매될 당시 미네소타를 지나가게 된 리처드는 월터와 패티네 집에 미리 전화를 걸어 오후를 함께 보냈다. 그날 리처드는 몰리를 데려왔는데 그의 여자 친구 같기도, 아닌 것 같기도 한 그녀는 예의를 차리기는 했지만 따분해하는 모습이 역력했고, 말도 별로 하지 않았다.

월터는 그날 오후—필자는 이상할 정도로 그날 일이 별로 기억나지 않는다—매우 흡족해했다. 패티는 아이들을 돌보느라 정신이 없었고, 몰리가 단답형이 아닌 문장으로 얘기하게 하려고 애썼다. 월터는 자기가 수리한 집 안 곳곳을 보여주고, 패티와 만든 작품인 인물 좋고 활달한 아이들을 자랑했으며, 리처드와 몰리가 공연 기간에 먹어본 식사 중 최고의 만찬을 즐기는 모습을 보고 흐뭇해했다. 무엇보다 중요한 것은, 리처드에게서 얼터너티브 음악에 대한 자료를 뽑아내 그 후 몇 달 동안 심심찮게 우려먹었다는 점이다. 월터는 리처드가 언급한 음악가의 음반을 모조리 사들였다. 그러고는 집수리를 하는 동안 그 음반을 틀어놓고, 자신들이 음악에 일가견이 있다고 자부하는 이웃과 동료 남성들에게 호감을 사며 양손에 떡을 쥐고 있다는 느낌을 만끽했다. 그날 월터와 리처드의 우열 관계는 월터에게 무척 만족스러운 상태였다. 리처드는 가난하고, 의기소침하고, 너무 여위었으며, 함께 온 여자는 지나치게 과묵하고 표정이 어두웠다. 의심할 여지없이 '형' 자리를 확보한 월터는 편안하게 몸을 기댄 채 리처드가 이룩한 성공을 자신의 성공적 인생을 더 멋지게 장식해주는 액세서리로 여기며 통쾌함을 맛보았다.

이 시점에서 월터를 다시 대학 시절의 속상하던 시절, 자기가 너무 사랑하기 때문에 그 사람한테 당하더라도 **질** 수밖에 없는 심정 때문에 괴로워한 시절로 돌아가게 하려면 해괴한 사건이 연속해서 일어나지 않고는 불가능하다. 일단 가정생활이 극도로 악화되어야 한다. 월터는 조이와 극심한 갈등을 겪고, 조이를 이해하지도, 조이에게 존경을 받지도 못하고, 자신과 조이의 부자 관계가 자기와 조이 할아버지의 부자 관계를 빼닮았다는 점을 깨달아야 한다. 그리고 리처드는 음악가로서 막판 뒤집기에 성공해 화려한 경력을 쌓고, 패티는 리처드와 격정적 사랑에 빠지는 것이다. 하지만 이 모든 사건이 일어날 확률이 얼마나 되겠는가.

애석하게도, 전혀 없지는 않았다.

성관계에 지나치게 많은 의미를 부여하고 싶지는 않지만, 그렇다고 해서 그 문제에 대해 불편한 마음을 무릅쓰고 한 단락 정도 할애하지 않는다면 필자는 직무유기를 범하는 셈이다. 유감스러운 것은, 얼마 지나지 않아 패티는 월터와 섹스하는 일이 따분하고 무의미하게 느껴졌고—매번 그 밥에 그 나물이었다—대체로 그를 위해 마지못해 했다. 그리고 성의 없이 하게 되었다. 보통은 섹스가 아닌 다른 걸 하고 싶어 했다. 차라리 푹 자고 싶었다. 아니면 아이들 방에서 집중력을 흐트러뜨리거나 부모를 약간 걱정시키는 소리가 흘러나오기를 바랐다. 그도 아니면 그녀는 흥미진진한 서부 지역 대학 농구 경기 중계가 시작하려면 몇 분이나 남았는지 머릿속으로 계산하고 있었다. 마당 가꾸기, 집 안 청소, 장보기 같은 집안일도 섹스보다 맛깔스럽고 중요한 일로 생각되고, 긴장을 풀고 빨리 해치운 뒤 아래층으로 내려가 작은 플라스틱 상자에서 시들어가는 봉선화에 물을 주어야겠다는 생각이 든다면 이미 상황은 끝난 것이다. 패티는 빨리 끝내는 방법을 찾아냈다. 아예 처음부터 월터를 구강성교로 만족시킨 뒤 월터에게 자기는 졸리니 개의치 말라고 했다. 하지만 불쌍한 월터는 자신의 만족보다 그녀가 만족하는지를 중요시했고, 아니면 적어도 자신의 만족은 패티가 만족하는지에 달려 있다고 생각하는 성격이었다. 패티는 그런 월터가 자기를 얼마나 곤란한 상황에 놓이게 하는지 좋게 설명할 방법을 찾을 수 없었다. 그러려면 결국 월터가 그녀를 원하는 만큼 패티는 그를 원하지 않으며, 배우자와의 성적 만족은 월터와 사는 데서 누리는 다른 장점을 얻기 위해 패티가 포기한 것 중 하나(좋다, 가장 중요한 것이라고 하자)라는 사실을 그에게 얘기할 수밖에 없기 때문이다. 그리고 그런 말은 사랑하는 남자에게 털어놓기 힘든 것이 사실이다. 월터는 패티가 섹스를 더 즐길 수 있도록 하기 위해 한 가지만 빼고 전부 시도했다. 그 한 가지는, 패티가 섹스를 즐길 수 있도록 해야 한다는 생각을 버리고 그냥 그녀를 식탁에 엎어놓고 뒤에서 하는 것이다. 하지만 이런 행동을 할 수 있다면 월터는 더 이상 월터가 아닐 것이다. 월터는 월터고, 패티가 있는 그대로 자신을 원하기를 바랐다. 월터는 패티와 서로 원하는 게 같기를 바랐다! 때문에 구강성교는 패티에게는 부작용을 동반했다. 월터가 꼭 보답으로 그녀에게 구강성교를 하려 했고, 패티는 무척 간지러움을 탔다. 결국 패티는 몇 년 동안 거부한 끝에 마침내 그가 구강성교를 포기하게 했다. 그녀는 양심의 가책을 느꼈다. 자기가 낙오자라는 느낌이 드는 것이 **화가 나고**

짜증스러웠다. 어느 날 오후, 집에 놀러온 리처드와 몰리의 표정에 피곤한 기색이 역력했는데 패티의 눈에는 두 사람이 밤새 섹스를 하느라 지쳐 피곤한 것으로 보였다. 그리고 패티가 이런 생각을 했다는 것은 그 시점에 그녀의 정신 상태가 어땠으며, 패티가 섹스에 완전히 흥미를 잃고 제시카와 조이의 엄마 구실을 하는 데 완전히 몰입하게 된 것에 대해 많은 것을 말해준다. 패티는 그런 두 사람이 부럽지도 않았다. 그녀에게 섹스는 딱히 할 일 없는 젊은 애들이 기분 전환을 위해 하는 것으로 여겨졌다. 리처드나 몰리도 섹스를 해서 활기가 넘쳐 보이지는 않았으니까.

얼마 후 트로매틱스는 매디슨에서 열리는 다음 공연을 위해 떠났다. 그리고 이전보다 훨씬 삐딱해 보이는 제목을 붙인 음반을 발표했고, 특정한 종류의 비평가들과 전 세계 5000명 정도가 이들의 노래를 마음에 들어했다. 더 이상 예전처럼 젊지 않은, 초췌하고 고학력인 백인 남자들이 모인 아담한 장소에서 공연을 했다.

패티와 월터는 일상생활에 젖어들었다. 그리고 그 일상생활에서 일주일에 30분 정도 성관계 때문에 계속 스트레스를 받았지만, 플로리다의 습도처럼 약간 불쾌한 정도였다. 필자는 그때 느낀 경미한 수준의 불쾌감과 엄마로서 저지른 큰 실수 사이에 상관관계가 있다는 점을 인정한다. 예전에 엘리자의 부모는 서로에게 너무 몰입한 나머지 엘리자에게 충분히 관심을 쏟지 않는 실수를 범했다. 패티는 이미 조이와의 관계에서 정반대 실수를 저질렀다고 할 수 있다. 하지만 엄마로서 저지른 실수 외에도 이 글에는 패티가 저지른 수많은 실수가 등장하는데, 굳이 조이에게 한 실수까지 들춰내 안 그래도 괴로운 마음을 더 괴롭게 하는 건 비인간적 일인 듯싶다. 조이한테 한 실수까지 곱씹어야 한다면 필자는 아마도 바닥에 드러누워 영원히 일어나지 못할지도 모른다.

처음에는 월터와 리처드가 다시 가까운 친구가 되었다. 월터는 대인관계가 원만했지만, 집에 와서 자동응답기를 틀 때 리처드의 목소리가 흘러나오기를 바랐다. "어이, 나 지금 저지에 있는데, 쿠웨이트 상황에 대해 내가 안심할 만한 얘길 해줄 수 있나 싶어서. 전화 좀 줘." 이런 말을 하는 리처드의 목소리 말이다. 리처드가 월터에게 전화하는 횟수나, 월터와 얘기할 때 예전보다 덜 방어적 태도를—자기가 아는 사람 중 월터와 패티만 한 사람이 없고, 두 사람이 자신을 건전하고 희망이 있는 세계와 이어주는 생명 줄이라고 했다—취했다는 사실로 미루어볼 때, 리처드가 진심으로 월터를 좋아하고 필요로 하며, 단순히 수동적으로 월터의 친구가 되는 데 동의한 게 아니라는 사실을 마침내 월터가 깨달은 것이다. (이때쯤 월터는 의리에 대한 어머니의 충고를 언급하며 감사해했다.) 트로매틱스가 공연 때문에 근처에 올 때면 리처드는 시간을 내서, 주로 혼자 월터네 집에 들렀다. 리처드는 유달리 제시카에게 관심을 보였다. 제시카가 친할머니를 쏙 빼닮은, 진정으로 영혼이 착한 아이라고 여겼으며, 제시카가 좋아하는 작가들과 동네 무료 급식소에서 하는 봉사활동에 대해 집요하게 물었다. 패티는 좀 더 자기를 닮은 딸을, 그리고 그녀가 저지른 수많은 실수를 타산지석 삼아 위안을 얻을 딸을 원할 수도 있었지만, 패티는 세상이 어떻게 돌아가는지 알 만큼 현명한 딸을 둔 것이 실로 자랑스러웠다. 패티는 제시카에게 감탄하는 리처드의 눈을 통해 자기 딸을 보는 것을 즐겼고, 리처드와 월터가 함께 외출할 때면 자기 남편인 좋은 남자와 남편이 아닌 섹시한 남자 두 사람이 함께 차에 오르는 모습을 보며 안도감을 느꼈다. 리처드의 월터에 대한 애정은 패티가 월터에 대한 자부심을 느끼게 했다. 리처드의 카리스마가 닿기만 하면 뭐든 품질이 보장되는 듯했다.

옥에 티가 하나 있다면, 몰리를 대하는 리처드의 태도를 월터가 못마땅하게 여겼다는 점이다. 몰리는 목소리가 아름다웠지만, 우울증이나 조울증일 수도 있고, 맨해튼 섬 남동부에 있는 아파트에서 대부분의 시간을 혼자 보냈다. 낮에는 잠만 자고, 밤에는 프리랜서로 책 편집 교정보는 일을 했다. 몰리는 리처드가 와서 자고 가라고 하면 언제든 한달음에 달려갔고, 리처드는 그녀가 자신의 파트타임 애인인 것에 별로 불만이 없다고 주장했다. 하지만 월터는 두 사람의 관계에 대한 생각이 서로 다르다는 의심이 들었다. 패티는 수년에 걸쳐, 리처드가 월터에게 비밀리에 한 여러 가지 역겨운 얘기를 월터가 털어놓게 했다. 그중에는 이런 말도 있었다. "가끔 난 이런 생각이 들어. 내가 세상에 존재하는 목적은 가능한 한 많은 여자의 질 속에 내 성기를 삽입하는 일이라는 거.", "평생 같은 사람과 섹스를 한다는 건 나한테는 사형선고나 마찬가지야." 몰리가 마음속으로, 리처드가 이런 태도를 버릴 거라고 믿고 있을 거라는 월터의 생각은 적중했다. 몰리는 리처드보다 두 살이 더 많았고, 그녀가 갑자기 더 늦기 전에 아기를 갖고 싶다고 결심했을 때 리처드는 왜 절대로 그런 일이 있을 수 없는지 설명했다. 두 사람의 관계는 급속도로 악화되어 리처드가 몰리를 차버렸고, 그녀는 밴드를 그만두었다.

몰리의 어머니는 〈뉴욕타임스〉에서 오랫동안 예술 부문 기자로 일했다. 이러한 사실로 미루어볼 때, 음반은 몇천 장 팔릴 뿐이고 공연장에 모인 청중은 100명에도 못 미치는데도 〈뉴욕타임스〉에 몇 번이나 기사가 실리고 ("끊임없이 창의성을 발휘하고, 항상 새로운", "무관심에도 굴하지 않고 트로매틱스는 꿋꿋하게 자신만의 길을 간다") 〈네가 눈치채지 못했을까 봐 하는 말인데〉 이후 음반을 낼 때마다 짤막한 평이 실린 이유를 알 수 있다. 우연인지 모르겠지만, 〈미치도록 행복해〉—몰리가 떠난 후 처음 낸 음반이자 트로매틱스의 마지막 음반—는 〈뉴욕타임스〉뿐 아니라 트로매틱스 지지층의 마지막 방어선이나 다름없는 주간 무가지까지 외면했다. 트로매틱스가 다시 쌍둥이 도시를 찾았을 때 리처드는 월터 부부와 이른 저녁을 먹으면서 어떻게 된 건지 나름대로 논리를 폈다. 지금까지 깨닫지 못했지만 그동안 언론의 관심을 끌어왔으며, 마침내 언론이 문화적 소양이나 장외 음악에 대한 지식을 갖추는 데 반드시 트로매틱스를 알 필요가 없다는 결론을 내렸고, 따라서 리처드의 편의를 더 봐줄 이유가 없었다는 얘기다.

그날 밤, 패티는 귀마개를 갖고 월터와 함께 공연장을 찾았다. 제시카보다 나이가 별로 많지 않을 것 같은, 이곳에 사는 여자애 네 명으로 구성된 식 첼시스(Sick Chelseas)가 트로매틱스 공연에 앞서 오프닝을 했다. 패티는 리처드가 무대 뒤에서 네 명 가운데 누구에게 치근덕거렸는지 알아맞히려 했다. 그 여자애들을 질투하는 건 아니었다. 단지 리처드가 측은하다는 느낌이 들었다. 리처드는 훌륭한 음악가지만 최고의 삶을 살고 있지 않으며, 그동안 그가 자기 비하식으로 한 말과 패티와 월터의 삶이 부럽다고 한 말이 농담이 아니었다는 사실을, 패티와 월터는 마침내 깨달았다. 식 첼시스의 공연이 끝난 뒤 청중 가운데 이들과 같은 또래의 친구들이 클럽을 빠져나가자 리처드가 무표정하게 내뱉은 조롱("사람들에게 더 인기 있는 다른 400 바가 아니라 이 400 바에 와줘서 고맙수다……. 우리도 잘못 찾아온 것 같소이다")과 새 음반의 대표곡을 출싹거리며 부르는 걸 들으려고 남은 사람은 30명이 채 되지 않는 트로매틱스의 골수팬뿐이었다.

덩치 큰 SUV 안에 솟아오른 씨알만 한 머리통들!
이보게들, 운전대 잡은 모습이 미치도록 행복해 보이네!
캐시 리*의 천편일률적인 미소!
리지스 필빈**의 수많은 얼굴!
슬슬 이런 기분이 들기 시작한다고!
미치도록 행복해, 미치도록 행복해!

---

* 미국의 아침 방송 토크쇼 여자 진행자.
** 미국의 아침 방송 토크쇼 남자 진행자.

그리고 이어서 훨씬 지루하고 역겨운 노래 '그.널.수.어.'를 불렀는데, 이 노래는 전기면도기와 유리 깨지는 소리를 생각나게 하는, 기타의 시끄러운 소음을 배경으로 리처드가 다음과 같은 시를 읊는 것이었다.

>그들은 널 매수할 수 있어
>그들은 널 도살할 수 있어

>진부하고 귀여운 이름이 붙은 요구르트
>고양이가 어제 토했다네

>테크노 크림, 베이지 옐로
>아첨꾼이 한턱 냈다네

>그들은 널 위협할 수 있어
>그들은 널 매장할 수 있어

>짓밟히고 숨 막히고 어리석은 청년
>촌뜨기에게 소비 지상주의를 배웠다네

>나라꼴이 이것밖에 안 된다네
>나라꼴이 이것밖에 안 된다네

리처드가 마지막으로 박자가 느린 컨트리풍 노래 '바의 어두운 저편'을 부를 때, 패티는 그가 측은해서 눈시울을 적셨다.

아무런 표시도 없고 어디로도 통하지 않는 문이 있다네
바의 어두운 저편에는
내가 원하던 건 오직 하나
그대와 우주에서 길을 잃는 것
우리가 죽었다는 소식이
우주 공간을 지나 우리를 쫓아오네
공중전화가 있는 곳에서 우리는 길을 잘못 꺾었네
다시는 아무도 우리를 보지 못했다네

밴드는 훌륭했지만—리처드와 허레라는 거의 20년간 함께 공연했다—아무리 훌륭한 밴드라도 이렇게 텅 빈 공연장의 쓸쓸함을 극복할 수는 없었다. '나는 햇빛이 싫어'라는 노래를 한 곡 더 부른 뒤, 리처드는 무대 옆 출구로 퇴장하지 않고 기타를 무대 연단에 세워놓고 담배에 불을 붙이고는 무대 아래 관중석으로 뛰어 내려왔다.

"두 사람 모두 남아줘서 고마워. 일찍 일어나야 하는 거 아는데."

리처드가 버글런드 부부에게 말했다.

"잘했어! 훌륭한 연주였어!" 패티가 말했다.

"정말이야. 지금까지 낸 음반 중 최고야. 노래 끝내주는데. 또 한 단계 올라갔네." 월터가 말했다.

"그래."

혹시라도 식 첼시스 멤버 중 누가 서성이는지 클럽 뒤쪽을 보느라 정신이 팔린 리처드가 대답했다. 한 명이 있었다. 리처드가 누구와 잘지 내기를 했다면 패티가 돈을 걸었을 예쁘장하게 생긴 베이스 연주자가 아닌, 키 크고 불만이 가득해 보이는 떫은 표정의 드럼 연주자였다. 패티가 언뜻 생각하기에 말이 되긴 했다.

"나랑 얘기하려고 기다리는 사람이 있거든. 너희는 바로 집에 가고 싶겠지? 물론 원하면 같이 어울려도 되고." 리처드가 말했다.

"아냐, 가봐." 월터가 말했다.

"네 공연을 보게 돼서 정말 좋았어, 리처드." 패티가 말했다. 그녀는 리처드의 팔에 다정하게 손을 댔고, 그가 떫은 표정의 드럼 연주자에게 걸어가는 모습을 지켜보았다.

램지힐에 있는 집으로 돌아오는 길에 볼보 자동차 안에서 월터는 '미치도록 행복해'가 얼마나 훌륭한 곡인지 입에 침이 마르게 칭찬했다. 데이브 매튜스 밴드 공연에는 수백만 명이 몰려들면서 리처드 캐츠가 **존재한다**는 사실조차 모르는 미국 대중의 수준 낮은 취향을 개탄했다.

"미안하지만, 데이브 매튜스의 어디가 잘못됐는데?" 패티가 물었다.

"거의 다. 기술적인 부분만 빼고." 월터가 말했다.

"그렇구나."

"특히 진부한 가사가 그렇지. '자유로워져야 해, 아주 자유로워야 해, 예, 예, 예. 자유 없이 살 수 없네, 예, 예.' 무슨 노래든 가사가 다 비슷해."

패티가 소리 내어 웃었다. "리처드가 그 여자애랑 잘 거라고 생각해?"

"시도는 분명히 하겠지. 아마 성공할 거고." 월터가 말했다.

"그 애들 별로던데. 그 여자애들 말이야."

"그래, 별로였어. 리처드가 걔랑 관계를 한다 해도, 그 애들이 재능이 있다고 인정하는 건 아닐 거야."

집에 도착해서 잠든 아이들을 본 뒤, 패티는 민소매 옷과 짧은 면바지로 갈아입고 월터 옆에 누웠다. 패티에게 그리 흔한 일은 아니지만, 그렇다고 해서 언급할 필요가 있거나 자세히 살펴볼 필요가 있을 만큼 선례가 없는 일은 아니었다. 그리고 월터는 패티가 원한다면 언제든 기꺼이 받아줄 준비가 되어 있었다. 크게 법석 떨 일은 아니고 그저 늦은 저녁에 일어난 뜻밖의 일이지만, 필자가 돌이켜보니 이때가 거의 두 사람의 삶에서 정점이었던 것 같다. 아니, 더 정확히 말하면 아마도 종점이었나 보다. 패티의 기억에 마지막으로 결혼 생활이 편안하고 안락하다고 느낀 때였다. 400 바에서 월터에게 느낀 친밀함, 처음 만났을 때의 기억, 리처드와 편안해진 관계, 부부로서 베푸는 친절함과 따뜻함, 오래전부터 가깝게 지낸 친구와 어울리는 즐거움, 그리고 자기 몸속에서 월터를 느끼고 싶어 한 패티의 갑작스럽고 강렬한 욕망은 두 사람 모두에게 드문 선물이었다. **결혼 생활이 원만하다**는 얘기였다. 그리고 계속 이렇게 원만하거나 점점 좋아지지 말아야 할 이유도 없었다.

몇 주 후 도로시가 그랜드래피즈의 자신이 일하는 옷가게에서 쓰러졌다. 패티는 예전에 조이스가 그랬듯이, 시어머니가 병원에서 제대로 진료를 받고 있는지 월터에게 거듭 물었다. 도로시가 여러 개의 내장 기관 기능이 멈추고 세상을 떠나면서 패티의 우려는 사실로 드러났다. 월터는 단순히 어머니를 잃은 것뿐 아니라 어머니의 파란만장했던 삶을 슬퍼했다. 이 슬픔은 어머니의 죽음으로 느끼게 된 홀가분함과 해방감으로 어느 정도 경감되었다. 어머니에 대한 책임감이 없어졌고, 월터와 미네소타를 이어주던 밧줄이 끊어진 것이다. 패티는 자신도 강렬한 슬픔을 느끼는 것에 놀랐다. 월터와 마찬가지로 도로시도 늘 패티의 장점만 보았고, 패티는 도로시처럼 인자하고 너그러운 사람도 '인간은 홀로 죽는다'는 법칙에서 예외가 될 수 없다는 것이 유감스러웠다. 결코 인간의 선함에 대한 믿음을 포기하지 않은 도로시도 홀로 죽음의 문턱을 넘어야 한다는 사실이 패티의 마음을 아프게 했다.

패티는 자신도 불쌍하다는 생각이 들었다. 다른 사람이 외롭게 죽어가는 모습을 지켜본 사람들이 으레 그렇듯이. 패티는 불안한 정신 상태에서 장례식을 치렀다. 조이보다 나이 많은 이웃집 여자애 코니 모너핸이 아들을 성적으로 이용하고 있다는 사실을 알게 되었을 때, 패티가 상황 대처를 엉망으로 한 원인은 부분적으로는 아마 이러한 정신 상태였기 때문이라고 필자는 해명하고 싶다. 그 일을 알고 나서 패티가 연속적으로 저지른 실수를 일일이 열거하면 끝도 없다. 필자는 자신이 조이에게 한 짓을 생각하면 지금도 얼굴이 뜨거워지고 도대체 왜 그랬는지 설명할 길이 없다. 새벽 3시에 박스 뜯는 칼을 손에 쥐고 뒷골목에 세워진 이웃의 픽업트럭 바퀴를 찢어놓으면 법정에서는 정신이상이라는 구실을 댈 수 있다. 하지만 과연 도덕적 행동일까.

피고 측: 피고는 애초부터 자신이 어떤 사람인지 월터에게 분명히 경고하려 했다. 피고는 자기가 뭔가 잘못된 데가 있다고 그에게 **분명히** 말했다.

검사 측: 월터는 조심했다. 히빙까지 와서 날 잡아 잡수라고 한 것은 피고다.

피고 측: 하지만 피고는 좋은 사람이 되려 애썼고, 행복한 삶을 꾸려가려고 노력했지 않은가! 모든 걸 포기하고 오로지 훌륭한 엄마이자 전업주부가 되려고 무던히 노력했다.

검사 측: 동기가 불순하다. 피고는 자기 엄마와 여동생들에 대한 경쟁심에서 그렇게 한 것이다. 피고는 자기 아이들을 이용해서 그들을 비난한 것이다.

피고 측: 피고는 아이들을 사랑했다!

검사 측: 피고는 제시카를 적당히 사랑한 반면, 조이는 도가 지나칠 정도로 사랑했다. 피고는 그게 잘못이라는 걸 알면서도 그만두지 않았다. 그 이유는 피고 자신이 원하는 남자가 월터가 아니라는 사실에 월터에게 화가 나서, 또 피고는 성품이 악하고 한때 스타이자 승부사였던 자신이 가정주부의 삶에 갇혀 사는 데 대한 보상을 받을 자격이 있다고 생각했기 때문이다.

피고 측: 하지만 사랑이라는 건 억지로 되는 것이 아니다. 조이의 모든 면이 피고에게 엄청난 기쁨을 주었는데, 그건 **피고의** 잘못이 아니다.

검사 측: 피고의 잘못이다. 엄청난 양의 쿠키와 아이스크림을 먹어치운

사람이 몸무게가 130킬로그램이 넘는 지경에 이르고 나서 본인 잘못이 아니라고 할 수는 없다.

피고 측: 하지만 피고는 그런 사실을 몰랐다! 피고는 자기가 부모에게 받지 못한 관심과 사랑을 아이들에게 쏟는 게 옳은 일이라고 생각했다.

검사 측: 피고는 분명이 알았다. 월터가 누누이 여러 번 얘기했다.

피고 측: 하지만 월터는 믿을 수 없다. 월터가 조이를 꾸짖는 역할을 했기 때문에 피고는 조이를 변호해주고 감싸주는 역할을 해야 한다고 생각했다.

검사 측: 문제는 월터와 조이의 관계가 아니다. 문제는 피고와 월터의 관계고, 피고는 그걸 알고 있었다.

피고 측: 피고는 월터를 사랑한다!

검사 측: 증거는 그렇지 않다는 걸 보여준다.

피고 측: 그렇게 말한다면, 월터도 피고를 사랑하지 않았다. 월터는 피고를 있는 그대로 사랑하지 않는다. 월터는 자기 머릿속에서 만들어낸 모습의 피고를 사랑한다.

검사 측: 그게 사실이면 얼마나 좋겠는가. 피고에게는 유감스러운 일이지만, 월터는 '그럼에도' 패티와 결혼한 게 아니라 '그렇기 때문에' 피고와 결혼한 것이다. 선한 사람이 반드시 선한 사람과 사랑에 빠지는 것은 아니다.

피고 측: 피고가 월터를 사랑하지 않는다고 말하는 건 부당하다.

검사 측: 피고가 행동을 똑바로 하지 않는다면 피고가 월터를 사랑한다고 골백번 말해도 소용없다.

월터는 패티가 끔찍한 이웃의 흉측한 트럭 바퀴를 난도질했다는 사실을 알았다. 그 문제에 대해 두 사람이 대화를 나눈 것은 아니지만, 월터는 알고 있었다. 사실, 두 사람이 그 문제에 대해 전혀 얘기를 하지 않았기 때문에 패티도 월터가 그 일을 안다는 것을 눈치챘다. 블레이크는 자신의 흉측한 여자 친구 캐럴의 집 뒤에 흉측한 부속 건물을 짓고 있었으며, 패티는 매일 저녁 포도주를 한 병 이상 마시고는 한밤중에 불안감과 분노에 땀이 범벅되어 잠이 깨서는, 심장이 두근거려 미친 사람처럼 집 아래층을 왔다 갔다 했다. 수면 부족 상태인 패티의 눈에 블레이크는 무척 밉살스럽게 보였다. 빌 클린턴이 모니카 르윈스키와의 관계에 대해 거짓말하게 한 특별 검사의 밉살스러움과, 그 일로 최근 클린턴을 탄핵한 의회 의원의 밉살스러움이 블레이크에게서 느껴졌다. 패티는 빌 클린턴이 정치인으로서는 드물게 잘난 척하지 않는 사람, 깨끗한 척하지 않는 사람이라고 여겼다. 주저하지 않고 빌 클린턴과 잠자리를 같이했을 수백만 명의 미국 여성 중 한 사람이었다. 패티는 자기가 아끼는 대통령을 감싸기 위해서라면 블레이크의 차바퀴를 납작하게 만드는 것쯤은 아무것도 아니라고 생각했다. 이렇게 말한다고 해서 패티에게 면죄부를 주려는 건 아니다. 다만 그 당시 그녀의 정신 상태가 어땠는지 분명하게 밝혀두려는 것뿐이다.

패티를 짜증나게 한 더 직접적인 이유는, 그해 겨울 조이가 블레이크를 존경하는 척했기 때문이다. 똑똑한 조이가 블레이크를 **진짜로** 존경할 리는 없었다. 단지 반항적인 청소년기를 겪으면서 패티를 멀리하기 위해 그녀가 싫어하는 것만 골라 좋아하는 척했을 뿐이다. 패티는 조이를 지나치게 사랑해서 너무 많은 실수를 저질렀으니 어쩌면 당해도 쌀지 모른다. 하지만 그 당시 그녀는 자기가 그런 대우를 받을 만큼 잘못한 일이 없다고 생각했다. 패티는 마치 채찍으로 얼굴을 맞은 것 같았다. 그리고 조이가 깐죽거려 패티가 자제력을 잃은 적이 몇 번 있는데, 그때 자기가 조이에게 얼마나 심한 말을 할 수 있는지 확인했기 때문에 되도록 블레이크나 월터 같은 제삼자에게 화풀이를 하는 게 안전하다고 생각했다.

패티는 자신이 알코올의존자라고 생각하지 않았다. 그녀는 알코올의존자가 아니다. 패티는 자기 아버지처럼 가족에게서 벗어나기 위해 좀 지나치게 마신 것뿐이다. 예전에 월터는 아이들이 잠든 뒤 패티가 포도주를 한두 잔 즐기는 걸 **좋아했다**. 월터는 어릴 때부터 알코올 냄새만 맡아도 역겨웠지만, 그런 나쁜 기억을 잊고 패티의 숨결에서 풍기는 알코올 냄새를 좋아하게 되었다고 말했다. 패티의 숨결을 사랑했기 때문이다. 패티의 숨결은 그녀의 몸속 깊숙한 곳에서 나왔고, 월터는 그녀의 내면을 사랑했다. 월터는 종종 그녀에게 사랑의 맹세 같은 말을 했다. 패티는 그에게 해줄 수 없지만, 월터가 하면 그녀를 흥분시키던 말들. 하지만 한두 잔이 여섯 잔 혹은 여덟 잔으로 늘어나자 모든 게 변했다. 월터는 밤에 아들의 도덕적 결함에 대해 얘기할 때 그녀가 맑은 정신으로 들어주기를 바랐지만, 패티는 그의 말을 듣지 않으려면 맑은 정신이 아니어야 했다. 알코올의존증이 아니었다. 그건 자기방어였다.

그리고 월터가 갖고 있는 심각한 개인적 결함은 이런 것이다. 그는 조이가 자신과 닮지 않았다는 것을 받아들일 수 없었다. 조이가 자기처럼 숫기 없고 여자애들에게 숙맥이었다면, 조이가 즐거운 마음으로 자식의 도리를 했다면, 자기에게 이것저것 가르쳐주는 아버지를 원했다면, 조이가 구제불능일 정도로 정직했다면, 약자의 편을 들었다면, 자연을 사랑했다면, 돈에 무관심했다면 조이와 월터는 죽이 잘 맞았을지 모른다. 하지만 조이는 어릴 때부터 리처드 캐츠 같은 아이였다. 애쓰지 않아도 멋있고, 자신감 넘치고, 자기가 원하는 걸 얻기 위해 몰입하고, 도덕성 여부에 아랑곳하지 않았으며, 여자애를 대할 때 어려워하지 않았다. 월터는 그런 아들에 대한 짜증과 실망을 패티에게 쏟아놓았다. 마치 그녀의 잘못이라는 듯이. 월터는 패티에게 자기가 조이를 야단칠 때 자기편을 들어달라고, 비디오게임을 금지하고 TV를 지나치게 많이 보지 않게 하고, 여성을 비하하는 음악을 듣지 못하게 하는 것을 도와달라고 15년 동안 부탁했다. 하지만 패티는 있는 그대로 조이를 사랑했다. 그녀는 월터가 못하게 하는 걸 어떻게든 할 방법을 찾아내는 조이의 능력에 감탄하고 재미있어했다. 그녀가 보기에 조이는 정말 놀라운 아이였다. 공부도 잘하고, 일도 열심히 하고, 학교에서도 인기 있고, 사업가적 기질도 뛰어났다. 패티가 혼자 조이를 키웠다면 그 애를 엄하게 다뤘을지 모른다. 하지만 그 역할은 월터가 떠맡았고, 패티는 아들과 친한 친구처럼 지내도 된다고 생각했다. 패티는 조이가 싫어하는 선생님 흉내를 낼 때도 마구 웃어댔고, 이웃에 대한 추잡한 소문을 조이에게 곧이곧대로 들려주었으며, 조이의 침대 위에 무릎을 팔로 감싸고 앉아 그 애를 웃기려고 수단과 방법을 가리지 않았다. 심지어 월터를 우스갯거리로 만드는 일도 금기 사항이 아니었다. 패티는 조이가 월터의 기이한 행동—철저한 금주, 눈보라를 헤치고 자전거로 출근하겠다는 고집, 지루한 사람을 따돌릴 줄 모르는 성격, 고양이를 싫어하는 성격, 종이 타월을 못마땅하게 여기는 점, 난해한 연극에 열광하는 점—을 비웃게 하는 일이 결코 월터를 배반하는 짓이라고 생각하지 않았다. 월터의 이런 모든 특징은 패티가 좋아하는 부분이고, 그녀는 조이도 자신과 같은 눈으로 월터를 바라보기를 원했다. 아니면 그렇게 합리화했다. 솔직히, 패티가 진정으로 원한 것은 조이를 즐겁게 해주는 일이었다.

패티는 이웃집 여자애에게 **헌신적인** 조이가 이해되지 않았다. 코니 모너핸, 그 앙큼한 질투쟁이가 더러운 발톱으로 조이를 잠시 움켜쥔 거라고 생각했다. 코니가 얼마나 위협적인 존재인지, 패티가 그 심각성을 파악하는 데 굼뜬 건 큰 실수였다. 그리고 몇 달 동안 코니에 대한 조이의 감정을 과소평가하는 바람에—패티는 코니를 다치게 하지 않으면서 그 애의 천박한 엄마와 꼴통인 남자 친구를 아무렇지도 않게 놀려도 되고, 조이도 곧 자신과 함께 그들을 비웃을 거라고 믿었다—좋은 엄마가 되려고 15년 동안 쌓아올린 공든 탑이 무너져버렸다. 패티는 완전히 망쳐놓았다. 그러고는 정신 줄을 놓아버렸다. 한번은 패티와 월터가 크게 싸웠는데, 월터는 제멋대로 구는 조이의 성격이 패티 탓이라고 했다. 그녀는 그의 말에 제대로 반박

할 수 없었다. 마음속으로 굳게 믿고 있는 사실, 그녀와 조이의 친구 같은 관계를 월터가 망쳤다는 생각을 입 밖에 낼 수 없었기 때문이다. 월터는 패티와 한이불을 덮고 자는 남편인 데다 그녀가 어른인 자기편이 되어야 한다고 우기는 바람에, 조이는 엄마를 적으로 여기게 됐다. 결국 패티는 월터를 미워하게 되었고, 결혼 생활 자체를 혐오했다. 나중에 조이가 집을 나가 모너핸의 집으로 들어가자 패티는 모두 자신의 실수라며 후회의 눈물을 흘렸다.

이는 빙산의 일각에 지나지 않지만, 필자는 그 당시에 대해 이미 너무 많은 얘기를 했으므로 이제 다음으로 넘어가겠다.

집에 혼자 있으면 좋은 점은, 듣고 싶은 음악을 마음껏 들을 수 있다는 것이다. 조이는 특히 컨트리음악만 틀면 고통과 혐오감에 비명을 질렀고, 월터는 대학 시절 라디오 진행할 때의 취향을 여전히 간직한 채 패치 클라인, 행크 윌리엄스, 로이 오비슨, 자니 캐시 같은 극소수의 빈티지 음악만 좋아했다. 패티도 그 음악들을 좋아했지만, 그에 못지않게 가스 브룩스와 딕시 칙스도 좋아했다. 아침에 월터가 출근하자마자 패티는 정신을 쏙 빼놓을 정도로 볼륨을 크게 틀어놓고 자신이 당한 것처럼 공감이 가는 동시에 웃길 정도로 이질감이 느껴지는 실연에 대한 가사에 심취했다. 패티는 가사와 사연을 좋아했고—월터는 패티가 리게티(헝가리 출신의 20세기 작곡가-옮긴이)나 욜라탱고(미국 얼터너티브 록 밴드-옮긴이)에 관심을 갖도록 애쓰는 일을 오래전에 포기했다—바람피우는 남자와 강인한 여자, 인간의 불굴의 정신에 관한 내용은 아무리 들어도 질리지 않았다.

그 시기에 리처드는 셋의 나이를 합쳐도 자신의 나이를 겨우 넘는 세 명의 아이들과 월넛 서프라이즈라는 얼터너티브 컨트리 밴드를 새로 만들었다. 그의 오랜 친구이자 베이스 연주자인 허레라에게 불운만 닥치지 않았어도 리처드는 트로매틱스를 계속 유지했을 것이다. 정신없고 산만하며 후줄근한 허레라에 비하면, 리처드는 말쑥한 양복 차림의 신사 같다. 저지가 너무 부르주아적이고 흡족할 만큼 우울한 도시가 아니라고 생각한 허레라는 코네티컷 주 브리지포트로 이사를 가서 그곳 빈민가에 정착했다. 어느 날 허레라는 랠프 네이더(미국의 소비자 보호 운동가이자 환경 운동가-옮긴이)와 다른 녹색당 후보들이 연설하는 집회에 참석하러 하트포드에 갔고, 자기가 "도플러퍼스"라고 이름 붙인 볼거리를 마련했다. 도플러퍼스는 축제에서 볼 수 있는 문어 모양 탈것으로, 허레라와 친구 일곱 명이 이 문어의 빨판 여덟 개에 각각 앉아 빙글빙글 돌면서 휴대용 앰프로 애도가를 연주했는데, 연주 소리가 왜곡되어 이상하게 들렸다. 허레라의 여자 친구가 나중에 리처드에게 "사람이 100명 이상" 집회에 모였으니 도플러퍼스의 인기는 "놀라울" 정도였고 "대박"이었다고 말해주었다. 그런데 집회가 끝나고 허레라가 짐을 싸고 있을 때 그의 밴이 언덕을 미끄러져 내려가기 시작했다. 밴을 쫓아간 허레라가 창문 안으로 팔을 뻗어 운전대를 잡았지만 벽 쪽으로 차를 휙 돌리는 바람에 그의 몸이 벽과 차 사이에 끼어 빈대떡처럼 납작해지고 말았다. 허레라는 어찌어찌 짐을 싼 뒤 피를 토하며 브리지포트로 밴을 몰았고, 비장(脾臟) 파열에 갈비뼈 다섯 개와 쇄골이 부러지고 폐에 구멍이 뚫려 거의 죽어가는 걸 그의 여자 친구가 병원으로 데려가 살려놓았다. 〈미치도록 행복해〉의 실패에 이어 이런 불상사가 생기자 리처드는 어떤 계시라고 여겼다. 하지만 그는 음악 없이 살 수 없었기에 페달 스틸 기타를 훌륭하게 연주하는 어린 팬들과 의기투합했고, 월넛 서프라이즈가 탄생했다.

  리처드의 사생활도 월터와 패티보다 나을 게 없었다. 트로매틱스의 마지막 투어 공연에서 수천 달러를 손해 봤고, 의료보험이 없는 허레라에게 병원비로 몇천 달러를 빌려주었다. 리처드가 월터에게 전화로 말한 대로 사정은 엉망이었다. 지난 20년 동안 리처드를 지탱해준 것은 월세가 거의 거저라고 할 수 있는, 저지에 있는 건물 1층의 큰 아파트였다. 리처드는 물건을 내다 버리는 적이 없었는데, 아파트가 크기 때문에 가능했다. 월터는 뉴욕 여행길에 리처드의 집에 한 번 들른 적이 있다. 아파트 바깥 통로는 고물 스테레오 장비와 침대 매트리스, 픽업트럭의 남은 부품으로 발 디딜 틈이 없었고, 뒤뜰에는 덱 만드는 일을 하고 남은 건축자재가 가득했다. 무엇보다 좋은 점은, 리처드의 아파트 바로 밑에 있는 지하실에서 트로매틱스가 다른 입주자들을 방해하지 않고 연습을(그리고 나중에는 녹음까지) 할 수 있었다는 점이다. 리처드는 늘 입주자들과 좋은 관계를 유지하려 애썼다. 하지만 몰리와 헤어진 후, 좋은 관계에서 한발 더 나아가 입주자 한 명과 엮이는 엄청난 실수를 저질렀다.

그 당시에는 리처드가 여자를 대할 때 허튼소리를 하는지 판단할 자격이 있다고 자부하는 월터 외에는 그 누구도 그것이 실수라고 생각하지 않았다. 월터가 전화 통화에서 리처드에게 이제 유치한 행동은 그만두고 성인 여성과 어른다운 관계를 유지하는 게 어떠냐고 말했을 때, 월터의 머릿속에서 경고 사이렌이 울렸다. 리처드와 관계를 맺은 입주자는 에콰도르 출신의 엘리 포사다라는 여자였다. 30대 후반의 그녀는 아이 둘을 키우고 있었는데, 리무진 운전사였던 남편은 풀라스키 고속도로에서 교통 사고로 죽었다. (패티는 리처드가 재미로 수없이 많은 어린 여자들을 건드렸지만, 실제로 오랫동안 사귄 여자들은 자기 또래거나 나이가 많은 여자들이라는 사실을 잊지 않았다.) 엘리는 의료보험 기관에서 일했고, 리처드 바로 앞집에 살았다. 리처드는 월터에게 거의 1년 동안이나 엘리의 아이들이 뜻밖에 자기를 잘 따르고 자기도 애들이 마음에 든다느니, 집에 왔을 때 엘리가 자기를 반겨주는 게 너무 좋다느니, 그녀 외에 다른 여자는 흥미 없다느니, 엘리랑 함께 산 이후로 가장 좋은 음식을 먹고 건강해졌다느니, 보험 일이라는 게 정말 굉장하다느니(이 말을 들은 월터의 머릿속에 경고음이 크게 울렸다) 하며 신나게 보고했다. 월터는 리처드가 더할 나위 없이 행복하던 1년 동안 그의 말이 사실 같지도, 논리적이지도 않으며 먼 나라 얘기를 하는 것 같다고 패티에게 말했다. 월터는 리처드가 마침내 본성을 찾았을 때 놀라지도 않았다. 리처드가 월넛 서프라이즈와 함께 만든 음악은 보험 일보다 굉장했고, 그의 어린 밴드 멤버들의 주위를 맴도는 비쩍 마른 어린 여자애들도 그리 흥미 없지 않았으며, 엘리는 배타적 성관계의 계약을 엄격하게 해석하는 사람이고, 리처드는 머지않아 밤에 자기 집에 돌아가는 걸 두려워하게 되었다. 엘리가 숨어서 그를 기다리고 있었기 때문이다. 그 후 엘리는 건물 입주자를 동원해 리처드가 공동으로 쓰는 공간을 임의로 사용한다는 불만을 건물주에게 제기했다. 그동안 코빼기도 비치지 않던 건물주는 그에게 등기우편을 보내 집을 나가라고 통보했다. 마흔셋에 신용카드 한도를 초과한 리처드는 짐을 맡겨둔 보관소 창고 임대료 월 300달러 청구서만 달랑 손에 쥐고 엄동설한에 거리로 나앉는 신세가 됐다.

이때야말로 월터가 리처드에게 형 노릇을 할 수 있는 절호의 기회였다. 월터는 리처드가 월세를 내지 않고 작곡에 전념하며 뒤엉킨 삶을 정리하는 동안 돈도 꽤 벌 수 있는 방법을 제안했다. 월터는 그랜드래피즈 근처 호숫가에 있는 아담한 집 한 채를 어머니 도로시에게서 물려받았다. 월터는 쓰리엠사를 그만두고 자연보존협회에서 일하게 된 이후로 쭉 그 집 안팎을 손보려고 했는데, 자기 대신 리처드가 그 집에 살면서 부엌을 개조하고 눈이 녹으면 집 뒤쪽에 큰 덱도 만들어 호수를 감상할 수 있게 하면 어떻겠느냐고 제안한 것이다. 리처드는 시간당 30달러를 받으며 전기와 난방을 공짜로 쓰고 자기 계획에 맞춰 일을 진행하면 되었다. 절박한 상황에 놓인 데다, (리처드가 패티에게 나중에 말했듯이) 버글런드 일가를 자기 가족 다음으로 가깝게 생각하는 그는 겨우 하루 생각해보고 월터의 제안을 받아들였다. 월터는 리처드가 자신의 제안을 받아들인 것이 그가 자기를 정말 사랑하는 소중한 증거라고 생각했다. 하지만 패티에게는 별로 시기가 좋지 않았다.

리처드는 미어터질 듯 물건을 실은 낡은 도요타 픽업트럭을 몰고 북쪽으로 올라가는 길에 세인트폴에 들렀다. 오후 3시쯤 리처드가 도착했을 때 패티는 이미 술 한 병을 비운 뒤라 손님을 맞는 안주인 역할을 할 형편이 아니었다. 월터가 요리를 하는 동안 패티는 세 사람 몫의 술을 혼자 다 마셨다. 월터와 패티는 오랜 친구를 보자 기다렸다는 듯 조이에 대해 상반된 얘기를 쏟아놓았다. 조이는 이들과 함께 저녁을 먹는 대신 옆집의 꼴통에 보수적인 머저리와 에어하키를 하고 있었다. 두 사람 사이에서 쩔쩔매던 리처드는 가끔 밖으로 나가 담배를 피우면서 심호흡을 한 뒤 굳게 마음먹고 다시 안으로 들어와 버글런드 부부의 넋두리를 계속 들어주었다.

"잘될 거야." 리처가 다시 안으로 들어오며 말했다. "너희만 한 부모가 또 어디 있냐? 단지, 알잖아, 조이가 개성이 강하다 보니 부모와 독립된 자기만의 정체성을 세우려고 그러는 거야. 시간이 지나면 해결될 거야."

"**세상에**, 언제부터 그렇게 똑똑하셨어?" 패티가 말했다.

"리처드가 책도 많이 읽고 머리로 생각도 하는 그런 괴짜 중 한 명인 거 몰라?" 월터가 말했다.

"그렇지, 나랑은 다르지." 패티가 리처드에게 몸을 돌렸다. "어쩌다 이이가 읽으라고 추천한 책을 안 읽을 때도 있거든. 가끔 그냥 지나치는데, 내가 책을 잘 읽지 않는다는 걸 돌려서 말하는 모양이야. 수준 미달인 내 지적 수준을 말이야."

리처드가 패티를 언짢은 표정으로 쳐다보았다. "좀 작작 마셔라."

리처드의 그 말은 패티의 가슴을 주먹으로 치는 거나 마찬가지였다. 월터가 못마땅해하면 패티는 더욱더 보란 듯이 삐딱하게 행동했지만, 리처드가 못마땅해하면 그녀는 유치하게 행동했고 아름답지 않은 면을 그대로 드러냈다.

"패티가 지금 많이 속상해서 그래." 월터는 마치 리처드가 이해하기 힘들겠지만 자신은 패티의 편이라고 그에게 경고하듯 나직이 말했다.

"맘껏 마셔라. 난 단지 조이가 돌아오길 바란다면, 집을 좀 편안하다고 생각하게 해줘야 하지 않을까 싶어서 한 말이야." 리처드가 말했다.

"지금으로서는 그 애가 집에 있었으면 **좋겠는지도** 잘 모르겠어. 그 애의 버릇없는 행동에서 벗어나 잠시 숨을 돌리는 게 좋기도 하거든." 월터가 말했다.

"그래, 어디 보자. 조이는 독립을 얻었고, 월터는 숨을 돌리게 됐고, 패티한테는 뭐가 있어? 패티는 얻은 게 뭐지? 포도주겠지, 그렇지? 패티는 포도주를 얻었지." 패티가 말했다.

"이거 왜 이래. 자기 연민 같은데?" 리처드가 말해다.

"맙소사." 월터가 말했다.

리처드의 눈을 통해 패티가 변해가는 모습을 보는 것은 참혹했다. 몇천 킬로미터 떨어져 있을 때는 리처드의 연애 문제, 영원할 것만 같던 소년 같은 면, 유치한 행동은 그만두겠다는 결심에 매번 실패하는 그의 모습에 미소 지었고, 이곳 램지힐에서는 어른으로서 보다 성숙한 삶이 존재한다고 생각하기 쉬웠다. 하지만 지금 패티는 리처드와 함께 부엌에 있었고—늘 그랬듯이, 패티는 리처드의 키가 숨 막힐 정도로 크고, 카다피를 닮은 얼굴은 성숙하고 주름이 깊으며, 숱이 많은 짙은 머리카락은 멋지게 희끗희끗해졌다고 생각했다—리처드는 그녀가 그동안 집이라는 울타리 안에서 얼마나 자기밖에 모르는 어린아이처럼 살아왔는지 정신이 번쩍 나게 했다. 패티는 정신적으로 미성숙한 친정 식구들에게서 해방됐지만 정작 자신이 미성숙한 아이처럼 돼버린 것이다. 패티는 일도 하지 않았고, 아이들은 자신보다 어른이 됐으며, 성관계도 거의 하지 않았다. 패티는 리처드 보기가 창피했다. 지금도 패티는 그 옛날 리처드와 함께한 여행에 대한 기억을 소중히 생각했으며, 그 기억을 마음 깊이 안전한 곳에 고이 간직한 채 포도주처럼 무르익기를 바랐다. 그래서 상징적으로나마 리처드와 자기 사이에 있을 수도 있는 불씨를 살려두고 함께 나이 들어가고 싶었다. 세월이 흘러 봉인된 병 속에 담긴 기억이 숙성하면서 가능성은 바뀌었지만 아직 내용물이 상하지 않았고 어쩌면 마실 수도 있는, 일종의 보험 같은 것이었다. 한번은 방탕한 리처드 캐츠가 패티에게 같이 뉴욕에 가서 살자고 했지만 그녀는 거절했다. 이제 패티는 일이 그런 식으로 풀리지 않으리라는 것을 알고 있었다. 그녀는 마흔두 살이고, 코가 빨개지도록 술이나 마시는 신세였다.

패티는 휘청거리지 않으려고 애쓰며 조심스럽게 일어섰다. 그러고는 잔에 반쯤 남은 술을 개수대에 버렸다. 그녀는 빈 잔을 부엌 개수대에 놓고 잠깐 위층에 올라가 눕겠다고, 두 사람 먼저 저녁을 먹으라고 말했다.

"패티." 월터가 말했다.

"괜찮아. 정말 괜찮아. 좀 많이 마셨을 뿐이야. 나중에 내려올지도 몰라. 미안해, 리처드. 얼굴 보니 좋다. 난 그냥 기분이 좀."

패티는 호숫가에 있는 집을 좋아했고 한번 가면 혼자 몇 주 동안 머물기도 했지만, 리처드가 그곳에서 일하는 봄에는 한 번도 가지 않았다. 월터는 주말이 낀 긴 연휴 때 몇 번 시간을 내어 리처드를 도와주러 갔지만 그를 보기가 민망한 패티는 가지 않았다. 패티는 집에서 체력을 단련했다. 음주에 대한 리처드의 충고를 받아들이고, 조깅을 시작했으며, 체중도 늘려 주름 진 얼굴을 부드럽게 만들었다. 자신만의 세계에 갇혀 살며 부인하던 외모에 대한 현실을 대체로 인정했다. 패티가 외모를 바꾸지 않은 한 가지 이유는 그녀가 싫어하는 이웃 캐럴 모너핸이 자신의 성노리개 블레이크가 나타나자 외모를 바꿨기 때문이다. 패티는 캐럴이 하는 일은 무엇이든 질색을 했지만, 결국 캐럴의 전철을 밟았다. 질끈 동여맨 머리를 나이에 걸맞은 헤어스타일로 바꾸고 염색도 했다. 예전의 농구 선수 친구들을 더 자주 만났으며, 패티를 만난 친구들은 사람이 달라 보인다며 칭찬을 아끼지 않았다.

리처드는 5월 말쯤 동부로 돌아갈 예정이었지만, 예전의 리처드가 어디로 가겠는가. 6월 중순 패티가 시골에서 몇 주를 보내려고 그곳에 갔을 때도 여전히 덱을 만들고 있었다. 월터도 함께 갔지만 처음 나흘 동안만 머물고, 자연보존협회의 주요 기부자가 서스캐처원에 있는 호화 '캠프'에서 여는 자선 모금 VIP 낚시 여행을 떠났다. 겨울 내내 호숫가 근처에 얼씬도 하지 않은 패티는 월터와 리처드가 뒤뜰에서 망치질과 톱질을 하는 동안 진수성찬을 준비하는 등 근사한 식사를 대접하겠다며 난리법석을 떨었다. 패티는 대견하게도 내내 맑은 정신이었다. 저녁에는 조이가 집에 없어서인지 TV를 보는 것도 시시했다. 패티는 도로시가 가장 아끼던 안락의자에 앉아 월터가 오래전부터 읽어보라고 한 《전쟁과 평화》를 읽었다. 남자들은 체스를 두었다. 다행히 월터가 리처드보다 체스를 잘 두었고, 매번 월터가 이겼다. 하지만 리처드는 끈질기게 한 판만 더 하자고 졸랐고, 패티는 이 때문에 월터가 무척 지칠 거라는 걸 알았다. 월터는 이기려고 안간힘을 썼기 때문에 초긴장 상태였고, 나중에 잠들려면 몇 시간이 걸렸다.

"또 가운데를 꽉 막는 짓을 하네. 넌 왜 만날 가운데를 막냐, 정말 싫다." 리처드가 말했다.

"난 가운데를 막는 사람이야." 월터가 들뜬 승리감을 꾹 누르며 숨이 막히는 듯한 목소리로 말했다.

"아, 미치겠네."

"효과 만점이지." 월터가 말했다.

"내가 뚫는 방법을 모르니까 효과 만점인 거지."

"너도 아주 재미있는 수를 두는데, 뭐. 예측을 못하겠어."

"그래, 그러고도 계속 지잖아."

낮은 환하고 길었으며, 밤이 되자 놀라울 정도로 서늘해졌다. 패티는 북쪽 지방의 초여름을 좋아했다. 월터와 히빙에서 보낸 처음 며칠을 생각나게 했다. 상큼한 공기와 촉촉한 흙, 침엽수 향기. 패티의 인생에서 아침에 해당하는 시기였다. 패티는 스물한 살 시절이 그 어느 때보다 어렸다는 느낌이 들었다. 웨체스터에서 보낸 어린 시절은 시간상으로는 먼저지만, 왠지 그때보다 나중인 것 같고 보잘것없는 시기였다. 집 안에서 도로시를 생각나게 하는 기분 좋은 곰팡이 냄새가 희미하게 났다. 밖에는 조이와 패티가 무명이라고 이름 붙인 호수가 있고, 나무껍질과 침엽수 잎사귀들이 잠겨 물이 짙어 보였으며, 호수 표면에는 솜털구름이 비쳤다. 여름이면 울창한 낙엽수가, 런드너라는 이름의 가족들이 8월에 주말을 보내는 근처에서 유일한 또 한 채의 집을 가렸다. 버글런드네 집과 호수 사이에는 다 자란 자작나무 몇 그루가 서 있고, 풀이 무성한 작은 언덕이 있었다. 해나 바람이 모기의 활동을 방해할 때면 패티는 풀밭에 누워 몇 시간 동안 책을 읽었다. 아주 가끔 비행기가 머리 위를 지나가거나 자동차가 비포장도로를 지나가는 경우 외에는 전혀 다른 세상에 있는 듯한 느낌이 들었다.

월터가 서스캐처원으로 떠나기 전날, 패티의 심장박동이 빨라지기 시작했다. 사실 심장은 제 기능을 할 뿐이었다. 다음 날 아침, 패티가 월터를 그랜드래피즈에 있는 비행장에 데려다주고 호숫가 집으로 돌아왔을 때, 그녀는 심장이 너무 빨리 뛰는 바람에 팬케이크 반죽을 만들려고 손에 쥐고 있던 달걀을 바닥에 떨어뜨렸다. 패티는 손을 부엌 조리대 위에 올려놓고 심호흡을 한 뒤 바닥에 무릎을 꿇고 깨진 달걀을 치웠다. 부엌의 마지막 손질은 나중에 월터가 할 예정이지만, 새 타일 바닥 틈새를 회반죽으로 메우는 것은 리처드의 일인데도 아직 손도 대지 않았다. 그래도 리처드가 두 사람에게 말했듯이, 그는 밴조를 연주하는 법을 터득했다.

해가 뜬 지 네 시간이 지났지만, 리처드가 청바지에 멕시코 치아파스 원주민의 해방과 해방 운동부 사령관 마르코스를 지지한다는 문구가 적힌 티셔츠를 입고 침실에서 나왔을 때도 아직 꽤 이른 아침이었다.

"메밀가루 팬케이크 어때?" 패티가 명랑한 목소리로 말했다.

"좋은데."

"싫으면 달걀 프라이를 만들어줄게."

"팬케이크 좋아해."

"베이컨 굽는 것도 엄청 쉽지."

"베이컨은 사양 안 하지."

"그래! 그럼 팬케이크랑 베이컨으로 하자."

리처드의 심장도 빨리 뛰었는지 모르겠지만, 그는 적어도 그런 내색을 하지 않았다. 패티는 선 채로, 월터가 그녀에게 말했듯이 대학 1학년 때 월터가 문명인답게 포크 잡는 법을 가르쳐준 대로 리처드가 포크를 잡고 팬케이크 두 무더기를 해치우는 것을 지켜보았다.

"오늘 뭐 할 거니?" 리처드가 약간 호기심을 보이며 패티에게 물었다.

"아, 생각 안 해봤는데. 아무것도 안 할 거야! 난 휴가라고. 아침에는 아무것도 하지 않을 거고, 점심때는 네 점심이나 차리지 뭐."

리처드는 고개를 끄덕이고는 계속 아침을 먹었고, 패티는 갑자기 자신이 현실과 동떨어진 환상 속에 사는 사람 같다는 생각이 들었다. 패티는 화장실에 가서 변기 뚜껑을 닫고 그 위에 앉아 뛰는 가슴을 진정했다. 리처드가 밖으로 나가 목재를 나르는 소리가 들렸다. 아침에 누군가 일을 시작하는 소리에서는 위험한 슬픔이 묻어난다. 마치 정적이 깨지면서 고통을 느끼는 것 같다. 하루 일과를 시작하는 첫 순간은 그날을 구성하는 모든 다른 순간을 상기시키고, 순간을 부분적으로 나눠 생각하는 것은 결코 바람직하지 않다. 다른 순간이 외로운 첫 순간과 합류하고 나서야 하루는 더 안전하게 하루다워진다. 패티는 이 상태가 발생하기를 기다렸다가 화장실에서 나왔다.

패티는 《전쟁과 평화》를 들고 잔디가 깔린 둔덕으로 갔다. 예전에 자신의 문학적 소양으로 리처드에게 좋은 인상을 주려 했던 희미한 기억을 떠올리며 책을 읽으려 했지만, 군대 장면이 나오는 대목을 넘어가지 못하고 똑같은 쪽을 읽고 또 읽었다. 월터가 패티에게 애써 그 이름을 가르쳐주려 한, 청아하게 지저귀는 개똥지빠귀인가 때까치인가 하는 새가 아랑곳하지 않고 그녀의 머리 바로 위에서 지저귀기 시작했다. 그 새의 노래는 새의 머릿속에 인이 박혀 지워지지 않는 생각 같았다.

패티의 느낌은 이랬다. 무자비하고 잘 조직된 저항운동원이 그녀의 마음속 어둠을 뚫고 침투한 것 같았고, 그렇기에 양심의 스포트라이트가 그들의 근처에 단 한순간도 얼씬거리지 **못하게** 해야 했다. 월터에 대한 패티의 사랑, 월터에 대한 정절, 선한 사람이 되고 싶은 패티의 소망, 월터가 평생 리처드와 경쟁해온 것에 대한 이해, 리처드의 성품에 대한 냉정한 판단, 이 모든 건 차치하고라도 남편의 단짝 친구와 바람을 피운다는 염병할 짓. 우월한 전투력을 갖춘 이 모든 생각이 저항운동 조직을 전멸할 만반의 준비가 되었다. 그래서 패티는 양심 세력의 주의를 완전히 딴 데로 돌려야 했다. 패티는 옷차림에 신경 쓰는 것조차 허락하지 않았다. 그녀는 점심 전 새참으로 커피와 쿠키를 리처드에게 갖다 주러 가기 전에 특히 몸매가 잘 드러나는 민소매 옷을 입을까 하는 생각을 억눌렀다. 그 생각을 즉시 떨쳐내야 했다. 꼬리를 친다는 아주 작은 낌새만 채도 탐조등 불빛을 유인할지 모르고, 탐조등 불빛에 드러난 광경은 너무 역겹고 창피스럽고 처량할 것이기 때문이다. 그가 역겨워하지 않는다 해도 패티는 역겨움을 느낄 것이다. 그리고 리처드가 그녀의 음주를 못마땅하게 여길 때와 같은 반응을 보인다면, 그건 재앙이고 치욕이며 최악이었다.

하지만 심하게 빨리 뛰는 패티의 맥박은 그녀가 이런 기회를 다시는 얻지 못하리라는 점을 말해주었다. 육체가 절정기를 완전히 지나기 전에는. 패티의 맥박은, 서스캐처원에 있는 낚시 캠프가 경비행기, 무선, 위성 전화로만 닿을 수 있는 곳이고, 월터는 급한 일이 아니면 앞으로 닷새 동안 전화를 하지 않을 것이라는 사실을 그녀가 잘 알고 있다고 말해주었다.

패티는 리처드의 점심을 식탁에 차려놓고 근처의 작은 도시 펜으로 차를 몰았다. 그녀는 하마터면 교통사고를 낼 뻔했다. 자기가 사고로 죽은 뒤 월터가 만신창이가 된 자기 몸을 부여잡고 흐느끼고, 리처드는 슬픔을 억누르며 월터를 위로하는 장면을 상상하는 데 정신이 팔려, 펜에 있는 유일한 정지 신호를 그냥 지나칠 뻔한 것이다. 브레이크의 끽 하는 소리가 희미하게 들렸다.

생각일 뿐이다! 생각일 뿐이다! 패티에게 유일하게 희망을 준 건 그녀가 내면의 갈등을 아주 잘 숨기고 있다는 사실이다. 그녀는 지난 나흘간 멍하고 정신이 불안정하기는 했지만 2월보다는 훨씬 잘 버텼다. 패티가 악의 힘을 잘 숨기고 있었다면, 리처드도 그에 상응하는 악의 힘을 느끼면서도 그 힘을 잘 숨기고 있다고 할 수 있다. 하지만 아주 작은 한 조각 희망일 뿐이다. 환상 속에서 헤매는 사람들이 그런 식으로 생각하는 법이다.

패티는 펜에 있는 가게의 몇 종류 갖춰놓지 않은 맥주 코너에서 밀러와 쿠어스, 버드와이저 중 어떤 것을 고를지 망설였다. 그녀는 맥주 캔 여섯 개들이 묶음을 손에 들고, 그걸 마시면 기분이 어떨지 알루미늄을 통해 미리 알 수 있다는 듯이 서 있었다. 리처드는 패티가 취한 모습을 보고 눈살을 찌푸렸다. 그녀는 맥주 묶음을 다시 선반에 올려놓고 가게의 다른 코너로 억지로 발길을 돌렸지만, 토할 것 같을 때 장을 보는 건 쉬운 일이 아니다. 그녀는 새가 노래를 반복해 부르듯이 맥주 코너로 다시 돌아갔다. 맥주 깡통은 저마다 포장이 달랐지만 내용물은 하나같이 도수가 낮았다. 패티는 그랜드래피즈에 가서 진짜 포도주를 좀 살까 하는 생각을 잠깐 했다. 아무것도 사지 않고 그냥 집으로 돌아갈까 하는 생각도 했다. 하지만 돌아가면 뭘 할 것인가? 패티는 서서 망설이는 동안 피곤함이 몰려왔다. 앞으로 닥쳐올 가능성이 있는 결과 중 그 어떤 것도 지금 패티의 심장을 빨리 뛰게 하는 이 비참한 심정을 달래줄 만큼 위안과 기쁨을 가져다주지는 않을 거라는 예감이 들었다. 다시 말해, 그녀는 너무 불행한 사람이 되는 게 어떤 건지 깨달았다. 그래도 필자는 그때 펜의 가게에 서서 자기가 갈 데까지 갔고, 앞으로 닷새 안에 어떤 식으로든 위기가 해결될 거라고 순진하게 믿었던, 지금보다 젊은 패티가 부럽고 측은하다.

계산대에 있던 통통한 10대 여자 점원이 꼼짝도 하지 않고 서 있는 패티에게 관심을 보였다. 패티는 정신 나간 사람처럼 미소 짓고는 랩으로 싼 닭 한 마리와 초라하고 시들시들한 굵은 파 한 단을 들고 계산대로 갔다. 말짱한 정신에 긴장하는 것보다 끔찍한 것은, 취했는데도 여전히 긴장감에 휩싸여 있는 것이라고 생각했다.

"우리 통닭 구이 만들어 먹자." 집으로 돌아온 패티가 리처드에게 말했다.

리처드의 머리카락과 눈썹, 땀이 맺힌 넓은 이마에 톱밥 가루가 달라붙어 있었다.

"고맙네."

"덱, 정말 멋지다. 훨씬 나은데. 완성하려면 얼마나 더 걸릴 것 같아?"

"이틀 정도."

"있잖아, 너 뉴욕으로 돌아가도 돼. 월터랑 내가 마무리하면 되니까. 지금쯤 돌아가야 하잖아."

"마무리하고 가는 게 좋지. 한 이틀이면 될 텐데 뭐. 네가 혼자 있고 싶어서 그러는 게 아니라면."

"내가 여기 혼자 있고 싶냐고?"

"내 말은, 시끄럽잖아."

"아니야. 난 공사 현장의 소음이 좋더라. 왠지 마음이 편안해지거든."

"너희 이웃집은 빼고."

"뭐, 우리 이웃은 싫고. 그건 좀 다르지."

"그렇지."

"그럼 난 가서 닭을 손질할게."

패티가 말할 때 무슨 낌새를 보았는지, 리처드가 얼굴을 조금 찡그리며 물었다.

"괜찮아?"

"아냐, 아냐. 난 여기 오는 거 좋아해. 여긴 내가 세상에서 가장 좋아하는 곳이야. 여기가 문제를 **해결**해주는 건 아니지만. 무슨 말인지 알지? 아침에 일어나 신선한 공기 냄새를 맡으면 정말 좋아."

"내 말은, 내가 여기 있는 게 괜찮은지 물은 거야."

"어, 그럼. 맙소사, 물론이지. 그래! 그러니까 월터가 널 얼마나 아끼는지 알잖아. 너랑 오랫동안 친구였는데 별로 얘기한 적이 없는 것 같아. 하지만 뉴욕으로 돌아가야 한다면 괜히 남을 필요 없어. 난 여기 혼자 있는 데 익숙하니까. 괜찮아."

패티는 장황하게 말을 늘어놓았다. 그리고 두 사람 사이에 잠시 침묵이 흘렀다.

"정말 원하는 게 뭐야? 내가 있었으면 좋겠다는 거야, 갔으면 좋겠다는 거야?" 리처드가 물었다.

"맙소사. 내가 한 말 또 하고 또 하네, 그렇지? 방금 내가 말 안 했니?"

패티는 리처드가 그녀 때문에, 여자 때문에 나는 짜증을 꾹 참는 데 한계를 느끼는 게 보였다. 그는 눈동자를 굴리더니 목재 하나를 집어 들었다.

"나 마무리하고 먹 감으러 간다."

"추울 텐데."

"날이 갈수록 괜찮아지는데, 뭐."

집 안으로 들어오면서 패티는 월터가 뼈저리게 부러웠다. 월터는 리처드에게 사랑한다고 말해도 되고, 그런 말을 한다고 해서 그 대가로 마음의 동요, 자신도 사랑받고 싶은 것보다 더한 것을 원하지도 않았다. 남자들은 정말 날로 먹는다니까! 그에 비하면 패티는 해가 바뀌어도 끊임없이 기다리며 메마른 거미줄을 뽑아내는, 제자리에 앉은 채 부풀어 오른 거미 같았다. 패티는 갑자기 오래전 여자애들이 어떤 기분을 느꼈을지 이해할 수 있었다. 리처드에게 마음대로 다가갈 수 있고, 눈엣가시 같던 월터를 경멸한 여대생들 말이다. 패티는 잠시 예전에 엘리자가 그런 것처럼 월터를 보았다.

'해야 할 것 같은데, 해야 하지 않겠어, 해야 할걸.' 패티는 닭을 씻으며 자신에게 말했지만, 진심은 아니라고 자신에게 다짐했다. 호수에서 풍덩 하는 소리가 들렸다. 패티는 오후의 햇빛을 받아 아직 반짝이는 호수 위에 드리운 나무의 그림자 근처에서 리처드가 수영하는 모습을 보았다. 리처드가 옛날에 부르던 노래 가사처럼 정말 햇빛을 싫어한다면 6월의 미네소타 주 북쪽 지역은 머물기 힘든 곳이다. 낮이 너무 길어 해가 질 무렵이면 해의 연료가 바닥나지 않는 것이 놀라울 지경이니까. 해가 계속 이글이글 타올랐다. 패티는 헤엄치러 가서 찬물에 정신이 번쩍 나도록 하는 대신 자기 다리 사이를 움켜쥐었다. 내가 살아 있는 건가? 나한테 몸뚱이가 있는 건가?

패티는 아주 이상한 각도로 감자를 자르고 있었다. 잘린 감자 조각은 기하학적 퍼즐 같았다.

몸을 씻은 리처드가 수십 년 전에 분명 새빨간 색이었을, 아무것도 쓰여 있지 않은 티셔츠를 입고 부엌으로 들어왔다. 그의 머리카락은 물에 젖어 축 늘어졌고, 윤기 나는 검은색이라 한결 젊어 보였다.

"이번 겨울에 스타일을 바꿨나 보네." 리처드가 패티에게 말했다.

"아닌데."

"아니라니? 헤어스타일이 다른데. 좋아 보여."

"거의 안 바뀌었는데. 살짝 바꿨거든."

"살도 좀 찐 것 같고."

"뭐, 조금."

"보기 좋아. 넌 너무 마르지 않아야 보기 좋더라."

"내가 뚱뚱해졌다는 걸 돌려서 말하는 거야?"

리처드가 인내심을 발휘하려는 듯 눈을 꼭 감고 얼굴을 찡그렸다. 그러고는 눈을 뜨고 말했다. "무슨 말이 그래?"

"어?"

"갈까? 그거야? 나랑 여기 있는 게 불편한 것처럼 이상한 가식을 부리고 있는 것 같아서."

통닭 굽는 냄새가 패티가 예전에 먹던 그 뭔가의 냄새와 비슷했다. 패티는 손을 씻고 물기를 닦은 뒤 아직 완성하지 않은 찬장 안을 뒤져 공사 때문에 먼지가 쌓인 요리용 술을 찾아냈다. 그녀는 술을 주스 잔에 따른 뒤 식탁 앞에 앉아 말했다.

"좋아, 솔직히 말해볼까? 네가 있으니까 좀 긴장돼."

"그러지 않아도 돼."

"내 맘대로 안 되는걸."

"그럴 이유가 뭐 있어."

패티가 듣고 싶은 대답이 아니었다.

"한 잔만 마실게." 그녀가 말했다.

"내가 너한테 술 마신다고 뭐라 하는 사람이라고 생각하면 그건 오해다."

패티가 고개를 끄덕였다. "좋아, 알았어. 알려줘서 고마워."

"쭉 술이 마시고 싶었던 거야? 맙소사. 마셔라, 마셔."

"그러고 있잖아."

"너 정말 이상한 사람이다. 칭찬으로 하는 말이야."

"칭찬으로 받아들일게."

"월터는 진짜 운이 좋은 거야."

"글쎄, 유감스럽게도 그렇지 않으니 어쩌니. 월터가 아직도 그렇게 생각하는지 잘 모르겠어."

"그렇다니까. 장담해. 정말 그래."

패티가 고개를 가로저으며 말했다.

"나의 이상한 면을 월터가 좋아하지 않는다고 말하려던 거야. 월터는 좋은 쪽으로 이상한 면은 좋아하지만 나쁜 쪽으로 이상한 면은 전혀 좋아하지 않는데, 요즘 그가 느끼는 건 거의 나쁜 쪽으로 이상한 면이지. 내 말은, 내가 결혼한 사람이 내 나쁜 쪽 이상한 면을 개의치 않는 네가 아닌 게 모순이라는 말이야."

"나하고 부부 하고 싶지 않을걸."

"알아, 끔찍할 거야. 나도 들은 얘기가 있으니까."

"그렇게 말하니 유감스럽지만, 뭐 놀랄 일은 아니다."

"월터는 나한테 뭐든 다 얘기하거든."

"그렇겠지."

호수에서 오리가 꽥꽥거리며 뭐라고 하는 것 같았다. 물오리들이 호수 건너편 구석 갈대숲에 둥지를 틀었다.

"내가 블레이크의 자동차 바퀴를 찢어놓았다고 월터가 얘기하디?" 패티가 물었다.

리처드는 눈썹을 치켜세웠고, 패티는 그에게 자초지종을 말했다.

"완전 개판이다." 패티가 얘기를 마치자 리처드가 감탄스럽다는 듯이 말했다.

"알아. 그렇지?"

"월터도 알아?"

"음. 좋은 질문이다."

"월터한테 뭐든 다 말하지는 않는 모양이군."

"맙소사, 리처드. 난 월터한테 아무것도 얘기 안 해."

"얘기해도 될 텐데. 월터는 네가 생각하는 것보다 훨씬 많이 알고 있을 텐데."

패티가 심호흡을 한 뒤 월터가 자기에 대해 알고 있는 비밀이 어떤 건지 물었다.

"네가 행복하지 않다는 거." 리처드가 말했다.

"아무리 눈치가 없어도 그쯤은 알 수 있어. 또?"

"조이가 집을 나간 게 월터 탓이라고 네가 생각한다는 거."

"아, 그거. 그건 내가 월터한테 대충 말했는데 뭐. 그러니 그건 월터가 아는 비밀이라고 할 수 없지."

"좋아, 그럼 네가 말해봐. 바퀴 찢어놓은 거 말고 월터가 모르는 비밀이 뭐지?"

곰곰이 생각해봤지만, 이 질문에 생각나는 거라고는 공허한 삶, 빈 둥지, 이제 아이들이 성장해 날아가버린 지금, 자기 존재의 무의미함뿐이다. 술이 패티를 더 울적하게 했다.

"내가 저녁 차릴 동안 노래나 한 곡 불러줘. 그렇게 해줄 수 있어?"

"글쎄, 좀 이상하다." 리처드가 말했다.

"뭐가?"

"몰라, 그냥 좀 이상해."

"넌 가수잖아. 그게 네 일이고."

"내 노래, 별로 안 좋아하잖아."

"'바의 어두운 저편' 불러줘. 그 노래 좋더라."

리처드는 한숨을 쉬고 머리를 숙이더니 팔짱을 끼고 잠드는 것처럼 보였다.

"왜 그래?" 패티가 말했다.

"내일 떠나야겠다. 그래도 괜찮다면."

"알았어."

"이제 남은 작업은 이틀도 채 안 걸릴 거야. 텍은 지금 그 상태로 써도 되고."

"알았어. 그런데 이유를 물어봐도 돼? 난 네가 여기 있으니까 좋은데." 패티가 일어나 술잔을 개수대에 내려놓았다.

"그냥 가는 게 좋을 것 같아."

"알았어, 좋을 대로 해. 한 10분만 있으면 닭이 다 되겠다. 식탁 좀 차려줄래?"

리처드는 식탁에서 꼼짝도 하지 않았다. 그가 한참 후에 입을 열었다.

"그 노래는 몰리가 만든 거야. 난 그 노래로 음반을 낼 자격이 없는데, 야비한 짓이지. 의도적이고 계산된 야비한 짓."

"그 노래, 정말 슬프고 아름다워. 그런데 안 쓰고 버려?"

"그래야지. 그래야 맞는 거지."

"너희 두 사람 잘됐으면 했는데. 오랫동안 만났잖아."

"그렇기도 하고, 그렇지 않기도 하지."

"그래, 알아. 그래도."

패티가 식탁을 차리고, 샐러드 재료를 섞고, 통닭의 살을 칼로 저미는 동안 리처드는 생각에 잠겨 앉아 있었다. 패티는 입맛이 없을 줄 알았는데, 일단 통닭을 한 입 베어 물자 전날 저녁 이후로 아무것도 먹지 않았고 아침에는 새벽 5시에 일어난 것이 기억났다. 리처드도 말없이 저녁을 먹었다. 어느 시점에 이르자 두 사람의 침묵은 놀랍고 긴장감도 있었지만, 조금 더 지나자 피곤하고 기운 빠지게 했다. 패티는 식탁을 치우고 남은 음식을 정리했다. 그런 다음 설거지를 하고 리처드가 현관에 나가 담배를 피우는 모습을 지켜보았다. 해가 완전히 저물었지만 하늘은 여전히 훤했다.

'그래, 리처드가 떠나는 게 낫지. 그게 나아.' 그녀는 생각했다.

패티가 현관 밖으로 나가서 말했다.

"누워서 책 좀 읽다가 일찍 잘게."

리처드가 고개를 끄덕였다. "좋은 생각이다. 잘 자."

"저녁이 너무 길어. 훤한 게 어두워지질 않는다니까." 패티가 말했다.

"여기 있는 동안 정말 좋았어. 너희 둘 다 고맙다."

"월터의 생각이었는데, 뭐. 난 그런 제안을 할 생각도 못했는걸."

"월터는 널 믿어. 너도 월터를 믿으면 다 잘될 거야." 리처드가 말했다.

"글쎄. 그럴 수도, 아닐 수도 있지."

"월터 곁에 있고 싶은 거야?"

좋은 질문이었다.

"월터를 잃고 싶지 않아. 네 질문이 그건지 모르겠지만. 월터 곁을 떠나겠다고 생각하면서 소일하지는 않아. 난 모너핸네가 지긋지긋해진 조이가 돌아올 날만 기다리고 있어. 아직 고등학교 1년이 더 남았거든."

"그 말의 요점이 뭔지 잘 모르겠네."

"아직 내 가족이 소중하다는 뜻이야."

"그래. 정말 화목한 가정이야."

"그래. 그럼 아침에 봐."

"패티." 리처드가 재떨이로 쓰고 있던, 도로시의 덴마크산 크리스마스 볼에 담배를 비벼 껐다. "난 내 가장 친한 친구의 결혼 생활을 엉망으로 만든 사람이 되고 싶지 않아."

"아니지! 맙소사, 물론 아니지!" 패티는 이제 거의 실망감에 울고 있었다. "그러니까, 정말, 리처드, 미안, 내가 뭐라고 했기에? 난 자러 갈 테니 내일 아침에 보자고 했잖아. 그 말밖에 안 했어! 내 가족이 소중하다고 말했잖아. 내가 한 말은 정확히 그거야."

리처드는 못 참겠다는 듯, 의심스러운 표정으로 그녀를 바라보았다.

"정말이야!"

"좋아, 그래. 괜히 넘겨짚고 싶은 생각은 없지만, 이 긴장감이 뭔지 이해하려고 애쓰는 중이야. 예전에도 이런 대화 나눈 적 있는데, 기억나니?" 리처드가 말했다.

"그래, 기억나."

"그러니까 짚고 넘어가는 게 말을 안 하는 것보다 낫다고 생각했지."

"좋아. 고마워. 넌 정말 좋은 친구야. 그리고 나 때문이라면, 내일 떠날 필요 없어. 여기서 무서워할 게 뭐 있어? 달아날 이유가 없잖아."

"고마워. 그래도 어쨌든 떠날래."

"그래."

패티는 안으로 들어가 도로시의 침대에 누웠다. 패티와 월터가 이곳에 오기 전까지 리처드가 쓰던 침대. 긴 낮 동안 숨어 있던 시원한 공기가 느껴지기 시작했지만, 아직도 창문마다 푸른빛이 어렴풋이 깔려 있었다. 그건 꿈의 빛이고, 광기의 빛으로 좀처럼 사라지지 않았다. 패티는 그 빛을 어둡게 하려고 램프를 켰다. 저항 세력이 발각됐다! 이제 다 틀렸다! 패티는 모직 잠옷을 입고 누워 지난 몇 시간 동안 있었던 일을 되짚어보고 그 모든 일에 소름이 끼쳤다. 패티는 리처드가 소변을 보는 운치 있는 울림과 변기 물 내리는 소리, 수도 파이프에 물 흐르는 소리, 물 펌프가 잠시 나지막이 힘쓰는 소리를 들었다. 패티는 자신으로부터 한숨 돌리기 위해 《전쟁과 평화》를 집어 들고 오랫동안 읽었다.

필자는 지금 이런 생각을 해본다. 패티가 만약 털털하고 선한 피에르와 천생연분인 나타샤 로스토프가 피에르의 멋진 친구 안드레이 왕자와 사랑에 빠지는 바로 그 대목에 도달하지 않았더라면 상황이 다르게 전개됐을까. 패티는 이렇게 되는 줄 몰랐다. 책을 읽으며 피에르의 실연은 느린 동작으로 재난이 일어나는 것처럼 생각됐다. 상황이 다르게 전개될 가능성은 별로 없다. 하지만 소설의 그 대목이 패티에게 미친 효과, 자신의 상황과 너무나 맞아떨어지는 점은 정말 환상적이었다. 그녀는 자정이 넘도록 책을 읽었고, 이제는 군대가 나오는 장면에까지 몰입했다. 램프를 껐을 때 날이 완전히 저문 것을 보고 안도했다.

아직 어둑어둑한 시간, 잠에 취한 패티가 침대에서 일어나 복도로 나갔다. 그러고는 리처드의 침실로 가서 그가 누워 있는 침대로 기어 올라갔다. 방은 추웠고, 패티는 그에게 몸을 밀착했다.

"패티." 리처드가 말했다.

하지만 패티는 자고 있었다. 고개를 가로저으며 깨지 않으려 했다. 패티를 막을 방법은 없었다. 그녀는 자면서도 결의가 굳었다. 패티는 리처드의 몸 위에 자기를 펼쳐서 자기 몸이 리처드를 완전히 감쌀 만큼 크다고 느끼면서 얼굴로 리처드의 머리를 짓눌렀다. 두 사람의 몸이 접촉하는 부분을 최대한으로 하려고 애썼다.

"패티."

"음."

"자는 거면 깨봐."

"아니, 나 자고 있어. 자고 있으니까 깨우지 마."

리처드의 음경이 속옷을 탈출하려고 안간힘을 썼다. 패티는 거기에 자기 배를 대고 문질렀다.

"미안하지만, 일어나야겠어." 리처드가 패티 밑에서 꿈틀거리며 말했다.

"안 돼, 깨우지 마. 그냥 날 가져."

"맙소사." 리처드가 패티에게서 떨어지려 했지만 그녀는 아메바처럼 찰싹 달라붙었다. 리처드는 그녀의 손목을 잡아 떼어내려 했다. "난 의식을 잃은 사람은 상대 안 해. 믿을지 모르겠지만 그게 내 원칙이야."

"음. 우리 둘 다 잠들어 있는걸. 진짜 멋진 꿈을 꾸고 있는 거야." 패티가 잠옷 단추를 풀면서 말했다.

"그래. 하지만 아침에 깨잖아. 깨면 무슨 꿈을 꿨는지 기억하게 돼."

"하지만 그냥 단지 꿈이라면…… 난 꿈을 꾸고 있어. 나 도로 잠들 거야.

너도 자. 잠들라고. 우리 둘 다 잠들 거야. 그러고 나서 난 갈게."

패티가 이 말을 전부 할 수 있었고, 말했을 뿐 아니라 나중에 아주 분명하게 기억할 수 있다는 사실은 그녀가 당시에 수면 상태였다는 말의 진정성에 대해 의심을 갖게 한다. 하지만 필자는 월터를 배신하고 그의 친구에게 다리를 벌린 그 순간에 깨어 있지 않았다고 **강력히** 주장한다. 아마도 눈만 꼭 감으면 된다고 생각하는 타조 흉내를 내고 있었든지, 구체적인 희열에 대한 기억은 없다는 사실, 단지 행위만 어렴풋이 인식하고 있다는 점으로 미루어 패티의 주장이 맞을지도 모르겠다. 하지만 사고와 관련한 한 가지 실험을 해본다고 가정하고 패티가 그러한 행위 도중 전화가 울린다고 상상하면, 패티는 놀라서 의식을 되찾았을 것이다. 그러므로 전화가 울리지 않는 상태에서는 패티가 수면 상태였다는 논리적인 결론이 나온다.

행위가 끝난 후 패티는 잠에서 깼고, 놀라서 생각하다가 재빨리 자기 침대로 돌아왔다. 그다음에 패티가 기억하는 건 창문이 밝아왔다는 것이다. 패티는 리처드가 일어나 화장실에서 소변보는 소리를 들었다. 그러고 나서 리처드가 내는 소리가 무슨 뜻인지 헤아리기 위해 애썼다. 트럭에 짐을 싣는지, 다시 작업을 하러 가는지. 다시 작업을 하러 가는 것 같았다! 패티가 마침내 용기를 내어 밖으로 나왔을 때 리처드는 집 뒤에 무릎을 꿇고 목재 쪼가리 더미를 분류하고 있었다. 해가 뜨긴 했지만 얇은 구름에 가려 희미한 원반처럼 보였다. 날씨가 변하면서 호수 표면에 물결을 만들었다. 햇빛이 만들어내는 빛과 그림자가 없으니 숲은 더 엉성하고 텅 비어 보였다.

"어이, 잘 잤어?" 패티가 말했다.

"잘 잤어." 리처드가 그녀를 쳐다보지 않고 말했다.

"아침 먹었니? 달걀 요리 만들어줄까?"

"커피 마셨어. 됐어."

"달걀 요리 만들어줄게."

리처드는 일어서서 손을 엉덩이에 대고 목재를 둘러보면서도 여전히 패티에게 눈길을 주지 않았다.

"월터를 위해 이것 좀 똑바로 해주려고. 어떻게 되어가는지 알 수 있도록 말이야."

"알았어."

"짐 싸려면 두어 시간 걸릴 거야. 넌 할 일이나 해라."

"그래. 도와줄까?"

리처드가 고개를 가로저었다.

"정말 아침 안 먹어도 돼?"

패티의 말에 리처드는 아무 대꾸도 하지 않았다.

패티의 눈에 파워포인트로 작성한 명단이 뚜렷이 다가왔다. 위에서부터 착한 순서대로. 당연히 맨 위는 월터, 그 뒤를 제시카가 바짝 따랐고, 다소 멀리 떨어진 곳에 조이와 리처드의 이름이, 그리고 한참 아래 지하 저장고쯤 외진 곳에 자신의 흉물스러운 이름이 있었다.

패티는 방으로 가져간 커피를 들고 앉아 리처드가 물건을 정리하는 소리에 귀 기울였다. 못을 상자에 담느라 달그락거리는 소리와 공구 상자가 덜그럭거리는 소리가 들렸다. 아침 늦게, 패티는 떠나기 전에 점심이라도 먹고 가라고 리처드에게 권했다. 그는 그러겠다고 대답은 했지만, 별로 친근한 태도가 아니었다. 패티는 너무 겁이 나서 울음조차 나오지 않았다. 부엌에 가서 샐러드에 넣을 달걀을 삶았다. 패티가 완전히 정신 줄을 놓은 게 아니라면 그녀가 바랄 수 있는 계획, 아니면 희망, 아니면 환상은, 리처드가 그날 떠나려는 계획을 접고, 다음 날 밤 패티가 다시 몽유병 증세를 보이고, 그다음 날 모든 게 즐겁고 아무 말도 오가지 않고, 몽유병 증세가 더 나타나고, 또 즐거운 하루가 지나고, 그리고 리처드가 트럭에 짐을 싸서 뉴욕으로 돌아가고, 아주 먼 훗날 무명 호수에서 며칠 밤 동안 꾼 강렬하고 멋진 꿈을 회상하며 실제로 일어난 일인지 생각해보는 것이다. 이 낡은 계획(아니면 희망, 아니면 환상)은 이제 수포로 돌아갔다. 새로운 계획은 지난밤 일을 잊으려 애쓰고, 마치 그런 일이 없던 것처럼 구는 것이다.

이 새로운 계획에 포함되지 **않았다**고 거리낌 없이 말할 수 있는 한 가지는, 식탁 위에 반쯤 먹다 만 점심을 남긴 채 패티의 청바지가 바닥에 널려 있고, 그녀가 입고 있는 수영복의 사타구니 부분이 한쪽으로 불편하게 쏠린 채 리처드가 순수한 벽지를 바른 도로시의 거실 벽에 그녀를 밀어붙이고, 벌건 대낮에 정신이 말짱한 채로 흥분의 도가니에 빠뜨린 것이다. 벽에 자국이 남지는 않았지만, 그 이후로 벽의 그 부분은 영원히 또렷하게 기억될 것이다. 그 부분은 영원히 전류가 흐르고 역사가 뒤바뀐, 우주의 작은 좌표였다. 그 부분은 나중에 월터와 패티가 호숫가 집에서 주말을 단둘이 보낼 때도 말없이 두 사람 곁을 지켰다. 어쨌든 패티는 태어나서 처음으로 섹스를 제대로 한 것 같았다. 그녀의 눈을 뜨게 해주었다. 그 이후로 패티는 끝장났다. 그러나 그 사실을 깨닫기까지는 시간이 좀 걸렸다.

"좋아, 그런데…… 그러니까, 좋았어."

패티는 벽에, 자기 엉덩이가 있던 곳에 머리를 대고 바닥에 앉아 말했다.

바지를 입은 리처드가 부엌을 왔다 갔다 하며 말했다.

"나 그냥 집 안에서 담배 한 대 피울게. 괜찮다면."

"상황이 상황이니만큼 예외를 인정해야지."

하늘에 구름이 잔뜩 끼었고, 스크린 도어를 통해 찬 바람이 들어왔다. 새 지저귀는 소리가 완전히 멈췄고, 호수는 황량해 보였다. 자연은 찬 기운이 지나가기를 기다리고 있었다.

"근데 수영복은 왜 입고 있니?" 리처드가 담배에 불을 붙이며 물었다.

패티가 웃었다. "네가 떠나면 수영하러 가려고."

"얼어 죽겠다."

"오래 하지는 않을 거야. 그냥 몸에 소름이 돋을 정도로만."
"그렇겠지."
찬 바람과 리처드가 피우는 캐멀 담배의 연기가 환희와 회한처럼 뒤섞였다. 패티가 이유 없이 웃기 시작했고, 우스운 말을 찾아냈다.
"너 체스는 개판으로 두지만 다른 게임에서는 분명히 네가 이긴다."
"주둥이 닥쳐." 리처드가 말했다.
패티는 리처드가 어떤 표정으로 말했는지 알 수 없지만, 화가 났을지도 모른다는 생각에 겁이 나서 웃음을 참으려고 애썼다.
리처드가 거실 탁자 위에 앉아 결연한 표정으로 연기를 내뿜고 말했다.
"우리 다시는 이러면 안 돼."
패티의 입에서 또다시 웃음소리가 새어 나왔다. 어쩔 수 없었다. 그녀가 말했다.
"아니면 한두 번만 더 하고 다시는 안 하든가."
"그게 우리한테 무슨 소용이 있냐?"
"가려운 데는 긁은 셈이 되는 거지. 그것뿐이야."
"내 경험으로는 그렇게 안 되더라고."
"네 경험을 믿어야겠네, 그럼. 그렇지 않니? 난 경험이 없으니."
"이렇게 하자. 지금 당장 관두든지 네가 월터와 헤어져. 하지만 후자는 용납할 수 없으니, 지금 당장 우리가 관두는 거야."
"아니면, 세 번째 가능성도 있지. 우리가 그만두지 않고 나는 월터에게 말 안 하고."
"그렇게 살고 싶지 않아. 넌 그렇게 살고 싶어?"
"월터가 이 세상에서 가장 사랑하는 세 사람 중 두 사람이 너랑 나인 건 사실이야."
"세 번째는 제시카고."

"제시카가 평생 나를 증오하고 아버지 편을 드는 게 위안이 되려나. 월터 곁에는 항상 제시카가 있을 테니."

"월터가 바라는 건 그게 아니야. 난 월터한테 그런 짓 안 해."

패티는 제시카 생각이 나서 다시 웃었다. 제시카는 아주 착하고 지나칠 정도로 착실하며 더할 나위 없이 어른스러운 아이로, 무책임하고 생각 없는 엄마 패티와 무자비한 동생 조이의 행동에 화나고 약이 오른 모습이 너무 극단적이라 우스워 보이지 않은 적이 거의 없었다. 패티는 딸을 무척 아꼈고, 제시카가 자기에 대해 나쁘게 생각하면 가슴이 미어질 것이다. 그래도 제시카가 퍼부을 악담을 상상만 해도 재미있었다. 제시카는 너무 진지했기 때문에 그런 것을 귀찮아하지 않았다. 그게 바로 두 사람이 잘 지내는 이유이기도 했다.

"네가 동성애자일 가능성도 있다고 생각하니?" 패티가 리처드에게 물었다.

"그걸 이제 와서 물어?"

"몰라. 그냥 아무 여자랑 닥치는 대로 자는 남자는 뭔가를 증명해 보이려고 그러는 거잖아. 아니면 뭔가 아니라고 증명해 보이든가. 넌 내 행복보다는 월터의 행복을 더 중요하게 생각하는 것 같아."

"내 말 믿어라. 난 월터한테 뽀뽀하는 데 관심 없거든."

"알지, 안다고. 하지만 무슨 뜻인지 알잖아. 내 말은, 넌 분명히 곧 나한테 싫증 낼 거야. 마흔다섯이 된 내가 벌거벗은 모습을 보고 넌 생각하겠지, '흠. 아직 이걸 내가 원하나? 아니지!' 하지만 월터는 싫증 내지 않잖아. 그한테는 뽀뽀하고 싶은 생각이 없으니까. 월터하고는 평생 가깝게 지낼 수 있잖아."

"완전 D. H. 로런스 소설이네." 리처드가 짜증난다는 듯이 말했다.

"내가 읽어야 할 또 한 사람의 작가야."

"아서라."

패티는 피곤한 눈과 하도 비벼대서 쓰라린 입을 문질렀다. 그녀는 대체적으로 지금 전개된 상황에 매우 만족했다.

"너 도구를 아주 능숙하게 다루던데." 패티는 또 한 번 낄낄거리며 말했다. 리처드가 다시 부엌을 돌아다니기 시작했다. "좀 진지해봐, 응? 애 좀 써봐."

"이건 우리만의 시간이야, 리처드. 내 말은 그것뿐이야. 우리한테는 이틀 정도의 시간이 있고, 우리가 어떻게 활용하느냐가 문제지. 어떤 식으로든 곧 지나간다고."

"내가 실수했어. 생각 없이. 어제 아침에 떠났어야 하는 건데." 리처드가 말했다.

"네가 어제 떠났다면 내 몸의 일부만 빼고 나머지는 기뻤을 거야. 그리고 그 부분은 아주 중요한 부분이라고 할 수 있지."

"널 보거나 네 곁에 있는 게 좋아. 월터가 너랑 함께 있다고 생각하면 기분이 좋아져. 넌 그런 사람이야. 이틀쯤 더 있어도 괜찮겠다고 생각했는데 실수였어."

"패티 나라, 실수 나라에 오신 것을 환영합니다."

"난 네가 몽유병이 있다고는 꿈에도 생각지 못했어."

패티가 웃으며 말했다. "기발한 착상이었다, 그렇지?"

"맙소사, 좀 진정해, 응? 너 정말 짜증난다."

"정말 좋은 건, 상관없다는 거야. 더 나쁜 일이 생길 게 뭐가 있겠어? 네가 나에게 짜증이 나서 떠나는 것 외에 말이야."

리처드는 패티를 바라보더니 웃었고, 방 안은 마치 햇살로 가득 찬 듯했다. 패티의 생각에 리처드는 아름다운 남자였다.

"나 너 정말 좋아해. 많이 좋아해. 늘 좋아했어." 그가 말했다.

"나도 동감."

"난 네가 잘 살기를 바랐어. 알아들어? 난 네가 월터를 얻을 자격이 있는 사람이라고 생각했어."

"그래서 그날 밤 시카고에서 종적을 감추고 돌아오지 않았군."

"뉴욕에서 잘 안 됐을 거야. 안 좋게 끝났을 거라고."

"뭐, 네 생각이 그렇다면."

"그렇다면이 아니라 그래."

패티가 고개를 끄덕였다. "그럼 그날 밤 나랑 정말 자고 싶었던 거구나."

"그래, 엄청. 자고 싶었을 뿐 아니라 너한테 얘기도 하고 네 얘기도 듣고. 다른 점은 그거야."

"뭐, 알게 돼서 다행이네. 20년이 지나긴 했지만, 이제 그건 내 걱정 목록에서 지워도 되겠네."

리처드가 또 다른 담배에 불을 붙였다. 두 사람은 도로시가 쓰던 낡은 싸구려 양탄자를 사이에 두고 잠시 그 자리에 앉아 있었다. 나무들이 신음 소리를 냈다. 미네소타 북쪽에 머지않아 가을이 온다는 걸 알리는 소리였다.

"이거 아주 난감한 상황이 될 소지가 있어. 그렇지 않아?" 마침내 패티가 말했다.

"응."

"내가 생각하는 것보다 훨씬."

"응."

"내가 몽유병 증상이 나타나지 않았다면 좋았을 거라는 얘기네."

"응."

패티는 월터를 생각하며 울었다. 두 사람은 지난 몇 년 동안 떨어져서 잔 적이 거의 없기 때문에 패티는 월터를 그리워할 기회도, 그리워하는 걸 깨달을 기회도 없었다. 그런데 지금은 월터가 고마웠다. 머리가 혼란스러웠고, 필자는 아직도 마음이 혼란스럽고 괴롭다. 이미 그곳 무명 호수에서, 하늘은 여전히 잔뜩 흐렸지만, 패티는 문제가 또렷이 보였다. 패티는 자기만큼 월터를 아끼고 자기만큼 월터를 감싸주는 이 세상의 단 한 사람과 사랑에 빠진 것이다. 다른 누군가 패티를 월터로부터 등 돌리게 만들려 해도 넘어가지 않았을 텐데. 그리고 더 끔찍한 것은, 패티가 리처드에 대해 책임을 느낀다는 점이다. 리처드에게는 월터 같은 사람은 하나도 없는데, 월터에 대한 의리가, 리처드 자신의 생각으로도, 음악 외에 자신을 인간다운 인간으로 지탱해주는 몇 안 되는 것 중 하나인데 말이다. 이 모든 것을 패티가 잠버릇과 이기심 때문에 망쳐버렸다. 인생이 뒤죽박죽이고 유혹에 넘어가기 쉽지만, 그럼에도 자기 삶에서 도덕적 질서를 유지하려 무던히도 애쓰는 사람을 패티가 이용했다. 이번에는 리처드를 생각하며 울었다. 하지만 월터를 생각하며 더 많이 울었고, 불행하고 잘못을 저지른 자신을 생각하며 더 많이 울었다.

"우는 것도 좋은 방법이야. 난 울어본 적이 없지만." 리처드가 말했다.

"일단 시작하면 멈출 수가 없어."

패티가 훌쩍거렸다. 수영복을 입고 있던 그녀는 갑자기 춥고 몸이 좋지 않았다. 패티는 리처드에게 다가가 그의 따뜻하고 널찍한 어깨에 팔을 두르고는 그와 함께 양탄자 위에 누웠다. 길고 눈부신 잿빛 오후는 그렇게 흘러갔다.

모두 합쳐 세 번이었다. 한 번, 두 번, 세 번. 한 번은 자면서, 한 번은 격렬하게, 그러고 나서 완전한 오케스트라처럼 또 한 번. 세 번. 달랑 세 번이었다. 필자는 40대 중반의 시간을, 몇 번인지 세고 또 세면서 보냈지만 세 번 이상은 나오지 않았다.

그 외에는 별로 말할 것이 없다. 그저 추가로 실수를 더 했다는 말밖에는. 첫 번째 실수는 패티가 리처드와 양탄자 위에 누워 있는 동안 함께 저질렀다. 두 사람은 리처드가 떠나야 한다는 결론에 동의했다. 아직 몸이 쑤시고 지쳐 있는 동안 관계가 더 깊어지기 전에 리처드가 떠나야 한다고 서둘러 결정을 내렸다. 이 사태를 곰곰이 잘 생각해보고 냉정한 판단을 내리기로 했는데, 만약 부정적인 판단을 내리게 되면 리처드가 더 오래 머무르는 건 고통을 더할 뿐이라고 생각했다.

이런 판단을 내린 뒤 일어나 앉은 패티는 나무들과 덱이 흠뻑 젖어 있는 것을 보고 놀랐다. 빗줄기가 너무 가늘어 지붕에 빗방울 떨어지는 소리도 들리지 않았고, 처마의 홈통으로 흐르지도 않았다. 패티는 리처드의 빛바랜 붉은 티셔츠를 입고 그에게 가져도 되는지 물었다.

"내 셔츠는 왜?"

"네 체취가 묻어 있잖아."

"몸에서 나는 냄새를 누가 좋아해?"

"그냥 네 물건 하나만 간직하고 싶어."

"좋아. 네가 나한테 바라는 게 그것뿐이길 바라자."

"난 마흔둘이야. 임신하려면 2만 달러가 들지. 산통을 깨려는 건 아니지만."

"난 타율 제로라는 데 자부심을 느낀다. 망치지 마라, 응?"

"그럼 난? 병 옮을까 봐 걱정해야 하니?"

"나 주사 다 맞았다. 네가 묻는 게 그건지 모르겠지만. 난 병적일 정도로 조심하거든."

"다른 여자들한테도 똑같이 말하겠지."

그렇게 대화는 계속됐다. 사이좋은 친구들이 수다를 떨듯이. 분위기가 밝아지자 패티는 이제 리처드가 떠나기 전에 자기에게 노래를 들려주지 않겠다고 댈 핑계가 없어졌다고 말했다. 리처드가 밴조를 꺼내 튕기는 동안 그녀는 샌드위치를 만들어 포일에 쌌다.

"오늘 밤은 여기서 자고 아침 일찍 떠나."

리처드는 그녀의 말에 대답할 가치도 없다는 듯 미소만 지었다.

"비가 오잖아. 곧 어두워질 테고."

"절대 안 돼. 미안. 널 못 믿겠다. 받아들여라." 리처드가 말했다.

"하하하. 왜 노래 안 하니? 네 목소리 좀 듣자."

리처드는 패티를 위해 '그늘진 숲'을 불러주었다. 그는 세월이 흐르면서 처음에 기대한 것과 달리 기교도 있고 자기 색깔도 분명한 가수가 되었고, 울림통이 커서 목소리에 집이 들썩이는 듯했다.

음악 하는 사람들은 일단 발동이 걸리면 멈추는 것을 싫어한다. 리처드는 기타 줄을 조절하더니 컨트리음악 세 곡을 연달아 불렀는데, 이곡들은 나중에 월넛 서프라이즈가 〈무명 호수〉 음반에 수록했다. 어떤 가사는 아무 의미도 없는 음절에 불과했다. 나중에 훨씬 나은 가사로 바뀌었지만, 그래도 패티는 자기가 좋아하는 컨트리풍 노래에 감동하고 흥분한 나머지 그가 세 번째 곡을 부르는 도중 소리를 지르기 시작했다.

"그만! 알았어! 됐어! 그만! 됐다니까! 그만해!"

하지만 리처드는 멈추지 않았고, 음악에 너무 심취해 패티를 외롭고 버림받았다는 느낌이 들게 했다. 결국 그녀는 꺽꺽 울기 시작했고, 마침내 히스테리를 일으키는 통에 리처드는 — 방해받아서 짜증난 표정이 역력했지만 — 노래를 그만 부를 수밖에 없었다. 리처드가 패티를 진정시키려 했지만 쉽지 않았다.

"여기, 네 샌드위치." 패티가 샌드위치를 리처드에게 던지다시피 하며 말했다. "가. 가기로 했으니까 가야. 알았어? 당장! 정말이야! **지금!** 노래해달라고 해서 미안해. **또 내 잘못이군**. 실수한 거 반성하고 다시는 이러지 말자, 알았지?"

리처드는 심호흡을 한 뒤 무슨 선언이라도 하려는 듯 몸을 일으켰지만, 어깨를 늘어뜨리고 하려던 말을 입 밖에 내지 않고 삼켰다.

"네 말이 맞아. 내가 이럴 필요가 없지." 그가 성가시다는 듯 말했다.

"결정 잘한 거야, 그렇게 생각 안 해?"

"그런 것 같네."

"그럼 그만 가."

그렇게 해서 리처드는 떠났다.

그리고 패티는 더 열심히 책을 읽었다. 처음에는 절박한 심정으로 현실에서 도피하기 위해, 나중에는 위안을 얻기 위해 읽었다. 월터가 서스캐처원에서 돌아올 무렵, 그녀는 사흘 동안 쉬지 않고 《전쟁과 평화》의 남은 부분을 다 읽었다. 나타샤는 안드레이에게 순결을 바치기로 마음먹지만 아나톨리의 유혹에 빠져 몸을 빼앗기고 만다. 안드레이는 절망감을 안고 전투에 참가해 심한 부상을 당하지만 가까스로 목숨을 건진 뒤 나타샤의 간호를 받고 그녀를 용서한다. 그 후 전쟁 포로로 지내면서 성숙하고 생각도 깊어진 훌륭한 피에르가 나타샤 앞에 나타나 행복하게 잘 산다는 내용이다. 패티는 지난 사흘 동안 평생을 압축해서 산 것 같은 느낌이 들었다. 초강력 자외선 차단제를 열심히 발랐는데도 흉측하게 햇볕에 탄, 패티의 피에르가 황야에서 돌아왔을 때 그녀는 다시 그를 사랑하려고 노력할 준비가 되어 있었다. 패티는 덜루스로 월터를 마중 나갔고, 돌아오는 길에 그가 자연을 사랑하는 백만장자들과 보낸 얘기를 들었다. 백만장자들은 월터에게 지갑을 활짝 연 것이 분명했다.

"믿을 수가 없군. 넉 달 동안이나 여기 있었는데 여덟 시간이면 마무리할 일을 안 하고 그냥 가다니." 집에 돌아온 월터가 거의 마무리된 덱을 보고 말했다.

"숲이 지긋지긋했나 봐. 뉴욕으로 돌아가는 게 좋겠다고 하더라고. 그래도 몇 곡 만들었어. 갈 때가 돼서 간 거지." 패티가 말했다.

월터가 얼굴을 찡그렸다. "리처드가 당신한테 노래를 불러줬어?"

"세 곡." 패티가 월터에게서 몸을 돌리며 말했다.

"노래는 좋아?"

"정말 좋아."

패티는 호수 쪽으로 걸어 내려갔고, 월터는 그녀의 뒤를 따랐다. 패티가 월터와 거리를 두는 건 어렵지 않았다. 두 사람은 처음에만 오랜만에 만나 포옹하고 입맞춤하는 부부처럼 보였다.

"두 사람, 잘 지냈어?" 월터가 물었다.

"조금 어색했지. 가고 나니까 마음이 놓이더라고. 리처드가 여기 묵은 하루 저녁에는 큰 잔으로 셰리를 마셔야 했어."

"괜찮네 뭐. 한 잔이라며."

패티는 아무리 사소한 것이라도 월터에게 거짓말하지 않겠다고, 좁은 의미에서 진실이라고 할 수 없는 말은 하지 않겠다고 다짐했다.

"책 **많이** 읽었어. 내가 읽은 책 중에 《전쟁과 평화》가 최고인 것 같아."

"부럽다." 월터가 말했다.

"뭐가?"

"그 책을 처음으로 읽는 경험을 하는 거. 그리고 며칠 동안 쉬지 않고 그럴 수 있었던 거."

"정말 좋은 책이야. 그 책 덕분에 내가 변한 것 같기도 해."

"그러고 보니, 진짜 좀 변한 것 같은데."

"나쁜 뜻은 아니길 바라."

"아니, 그냥 뭔가 달라 보여."

그날 밤 패티는 월터와 잠자리에 들어 잠옷을 벗고는, 자기가 한 짓 때문에 월터를 덜 원하기는커녕 더 원한다는 사실을 깨닫고 안심이 됐다. 사실, 월터와의 섹스는 괜찮았다. 그게 뭐 잘못됐단 말인가.

"우리 더 자주 하자." 패티가 말했다.

"언제든지. 정말 언제든."

패티가 뼈저리게 반성하고 섹스에 맛을 들인 덕에 두 사람은 그 여름 제

2의 신혼을 만끽했다. 패티는 좋은 아내가 되고 월터를 기쁘게 해주려 애썼지만, 그런 노력이 결실을 맺기도 전에, 리처드가 떠난 지 채 며칠도 지나지 않아 이메일을 주고받기 시작했다. 몇 주 후에는 월터가 바운더리 워터스에서 또 다른 VIP 대상 여행 행사를 주관하는 동안, 어쩌다 보니 리처드에게 비행기를 타고 미니애폴리스로 와서 호숫가 집에 오도록 허락했다는 사실을 빼놓으면 안 될 듯싶다. 리처드가 보낸 이메일은 모조리 삭제했듯, 패티는 그의 비행 일정이 담긴 이메일을 받자마자 비행 편명과 도착 시간을 외우고는 삭제했다.

패티는 리처드가 도착하기 일주일 전 혼자 호숫가 집으로 가서 완전히 혼란에 빠졌다. 매일 저녁 몸을 가누지 못할 정도로 취했고, 한밤중에 일어나 겁에 질린 채 자책하며 어쩔 줄 몰라 했다. 아침 늦게까지 잤으며, 한동안 차분해져서 책을 읽다가도 벌떡 일어나 전화기 근처를 한 시간 넘게 배회하며 리처드에게 전화를 걸어 오지 말라고 할지 망설였다. 그리고 마침내 모든 걸 잠시 잊기 위해 술병을 땄다.

서서히 리처드가 도착하는 날짜가 다가왔다. 도착 전날 밤, 패티는 토할 정도로 술을 마시고는 거실에서 잠들었고, 동트기 직전에 갑자기 화들짝 놀라 일어났다. 패티는 덜덜 떨리는 손과 팔을 진정시키고 그에게 전화를 걸기 위해 아직 회반죽도 바르지 않은 부엌 바닥에 누워야 했다.

자동응답기가 전화를 받았다. 리처드는 예전에 살던 곳에서 조금 떨어진 곳에 있는 작은 아파트를 얻었다. 그의 새 아파트에 대해 패티가 떠올릴 수 있는 것이라고는, 리처드가 한때 월터와 같이 살던 아파트의 검은 벽지를 바른, 패티가 그를 쫓아낸 방보다 조금 더 큰 장소라는 것밖에 없었다. 패티는 다시 전화를 걸었고, 이번에도 자동응답기에서 그의 목소리가 흘러나왔다. 그녀가 세 번째로 전화를 걸었을 때 리처드가 전화를 받았다.

"오지 마. 도저히 안 되겠어." 패티가 말했다.

리처드는 아무 말이 없었지만, 패티는 그의 숨소리를 들을 수 있었다.

"미안해." 패티가 말했다.

"두어 시간 후에 다시 전화하는 게 어때? 아침에 기분이 어떤지 보고."

"난 내내 토했어. 토하고 있었다고."

"안됐다."

"제발 오지 마. 귀찮게 하지 않겠다고 약속할게. 어디까지 갈 수 있는지 한번 해보고 싶었는데, 안 되겠어."

"무슨 말인지 알 것 같다."

"그러는 게 옳아. 그렇지?"

"아마도. 아마 그럴 거야."

"월터한테 그럴 순 없어."

"좋아. 안 갈게."

"네가 오는 게 싫다는 것이 아니라, 그냥 오지 말라고 부탁하는 거야."

"네가 원하는 대로 할게."

"아니, 맙소사. 잘 들어. 난 너한테 내가 원하는 대로 하지 **말라고** 부탁하는 거라고."

뉴저지 주의 저지에서 이 얘기를 듣고 있는 리처드는 아마도 열심히 눈동자를 굴리고 있었을 것이다. 하지만 패티는 리처드가 자기를 만나고 싶어 하고, 다음 날 아침 비행기를 탈 준비가 되어 있으며, 리처드가 오지 않기로 확실하게 합의를 보려면 두 사람의 대화가 두 시간 동안 다람쥐 쳇바퀴 돌 듯 계속되어 해결할 수 없는 갈등 상황을 만들어내고, 마침내 두 사람 모두 기분이 잡치고 지쳐서, 자신과 상대방이 역겨워져 둘이 만난다는 일이 내키지 않게 될 수밖에 없다는 걸 알고 있었다.

자신이 리처드의 애정을 헛되이 했다는 느낌도 패티를 비참하게 하는 데 한몫했다. 패티는 말도 안 되는 소리를 지껄이는 여자를 리처드가 질색한다는 사실을 알고 있었고, 그가 참을 수 있는 시간보다 119분을 더 참아가면서 두 시간 동안 그녀의 얘기를 참고 들어줬다는 사실 때문에 고마웠다. 패티는 리처드의 애정을 **헛되이, 낭비**했다는 생각에 슬펐다. 그의 사랑을 낭비한 것이다.

그래서—두말할 필요 없이—패티는 20분 후 리처드에게 다시 전화를 걸어, 처음 통화보다는 짧지만 훨씬 짜증스러운 말을 해댔다. 이것을 시작으로, 나중에 패티가 월터와 워싱턴으로 이사한 후에는 더 확실하게 그런 행동을 했다. 패티는 월터가 인내심의 한계를 느끼게 만들려고 기를 썼고, 그럴수록 월터는 더 큰 인내심을 보였다. 그러면 패티는 포기하지 않고 인내심을 잃게 하려고 더욱 기를 썼다. 다행히 리처드는 월터와 달리 참을성이 별로 없었다. 리처드는 마침내 전화를 끊어버렸고, 한 시간 후 패티가 다시 전화를 걸었을 때도 받지 않았다. 패티는 곧 리처드가 전화를 받지 않은 이유가 비행기를 타기 위해 뉴어크 공항으로 떠났기 때문이라는 사실을 깨달았다.

잠도 거의 자지 않았고 전날 먹은 것도 없는 데다 다 토했는데도, 패티는 금세 기분이 좋아졌다. 정신이 맑아지고 기운이 났다. 그녀는 집 안을 청소하고, 월터가 추천한 조지프 콘래드의 소설을 절반가량 읽었으며, 포도주는 더 이상 사지 않았다. 월터가 바운더리 워터스에서 돌아오자 패티는 진수성찬을 차렸고, 두 팔 벌려 그의 목을 껴안고 반겼으며—무척 드문 일이다—지나친 애정 표현으로 월터가 움찔하게 했다.

패티는 그 당시 직장을 구하든가, 학업을 계속하든가, 자원봉사 활동이라도 해야 했다. 하지만 늘 뭔가 일이 생겼다. 조이가 항복하고 집으로 돌아와 고등학교 3학년을 보낼지도 몰랐다. 술에 절고 우울증에 시달리는 동안 내버려둔 집과 정원도 손질해야 했다. 마음 내킬 때마다 무명 호수에 가서 한 번에 몇 주씩 머물 수 있는 자유도 소중했다. 이보다 더 총체적인 자유, 자신을 괴롭힐 걸 알면서도 패티가 포기하지 못하는 자유가 있었다. 필라델피아에 있는 제시카의 대학에서 주말에 진행하는 부모 방문 행사에 월터는 갈 수 없었고, 패티가 참석하는 데 관심을 보이자 월터는 떨 듯이 기뻐했다. 월터는 가끔 모녀 사이가 흡족할 만큼 가깝지 않아서 걱정했다. 패티는 '부모 방문 주말' 전 몇 주 동안 리처드와 이메일을 주고받으며, **하루 낮과 밤을** 필라델피아에 있는 호텔에서 둘이 함께 지내며 레이더망에서 사라지는 상상을 하며 보냈다.

패티는 월터에게 하루는 혼자서 관광할 예정이라고 말한 뒤 목요일에 필라델피아로 떠났다. 택시를 타고 시내 중심가로 향하면서 패티는 뜻밖에도 정말 그럴 걸 하는 생각이 들어 뼈저리게 후회했다. 사랑에 미친 여자가 아니라, 독립적인 성인 여성으로서 거리를 활보하며 자유를 만끽하고, 호기심 많고 사리분별 있는 관광객이 되어보지 않은 것을 후회했다.

믿어지지 않겠지만, 21호실 이후로 혼자 호텔에 가본 적이 없는 패티는 소피텔의 호텔 방이 안락하고 고급스러운 것을 보고 놀랐다. 그녀는 리처드를 기다리는 동안 조심스럽게 호텔 방의 모든 시설을 훑어보았고, 약속 시간이 지나자 다시 한번 살펴보았다. 패티는 TV를 보려고 했지만 집중이 되지 않았다. 마침내 전화벨이 울렸을 때 그녀의 신경은 이미 너덜너덜해진 상태였다.

"일이 생겼어." 리처드가 말했다.

"알았어. 그래, 일이 생겼다는 거지. 알았어." 패티가 창가로 가서 밖을 내다보았다. "뭐야? 다른 여자야?"

"귀엽다." 리처드가 말했다.

"아유, 조금만 시간을 주면 온갖 상투적인 짓은 다 해주지. 우리, 질투는 아직 시작도 안 했잖아. 이건 그러니까, 질투 첫 장인 셈이지."

"아무도 없어."

"**아무도? 아무도** 없었다고? 맙소사, 나도 그보다는 행동거지가 조신하지 않았다. 결혼 생활을 하느라."

"그동안 아무도 없었다는 말이 아니라, 지금 아무도 없다는 거야."

패티는 창문에 머리를 기댔다.

"미안해. 나 자신이 너무 늙고, 너무 추하고, 너무 바보 같고, 너무 질투심 많다고 느껴져서 그래. 나도 이런 말하는 내가 싫어."

"오늘 아침에 걔한테 전화가 왔어." 리처드가 말했다.

"누구?"

"월터. 그냥 전화벨이 계속 울리도록 내버려뒀어야 하는데 받았지 뭐야. 널 공항에 바래다주려고 일찍 일어났다며 네가 보고 싶다고 하더라. 그동안 두 사람 사이가 아주 좋았다면서. 뭐라더라, 몇 년 만에 가장 행복하다나."

패티는 아무 말도 하지 않았다.

"네가 만나러 간다고 하니까 제시카가 속으로 좋아한다면서, 네가 뭐 이상한 말을 해서 창피하게 할까 봐, 아니면 네가 그 애의 남자 친구를 마음에 들어하지 않을까 봐 좀 걱정이 된다고 하더라. 월터는 네가 제시카를 위해 필라델피아로 가서 무척 기뻐하더라고."

패티는 리처드의 말에 귀 기울이려고 애쓰며 창가에서 몸을 꼼지락거렸다.

"지난겨울 나한테 심한 말 한 것 때문에 마음이 안 좋았다고 했어. 너에 대해 내가 오해하지 않았으면 좋겠대. 지난겨울은 조이 때문에 힘들었지만 지금은 훨씬 좋아졌다고. '몇 년 만에 가장 행복하다'고 하더라. 분명히 그렇게 말했어."

갑자기 목이 멘 패티는 흐느껴 우느라고 듣기 거북한 이상한 트림 같은 소리를 냈다.

"**무슨 소리야?**" 리처드가 물었다.

"아무것도 아니야. 미안."

"그래, 그럼."

"그래."

"가지 않기로 했어."

"그래, 이해해. 물론이지."

"그럼 됐어."

"그래도 그냥 오는 게 어때? 그러니까, 나 여기 와 있잖아. 그리고 나서 난 엄청 행복한 생활로, 넌 뉴저지로 돌아가면 되잖아."

"난 그저 월터가 한 말을 전하는 것뿐이야."

"엄청나게, 엄청나게 행복한 내 인생."

아, 자기 연민은 얼마나 강한 유혹인가. 패티에게는 그토록 달콤하고 말하지 않을 수 없지만, 리처드에게는 너무나 추한 자기 연민. 그녀는 도를 넘어선 순간 자신이 도를 넘어섰다는 것을 깨달았다. 패티가 진정하고 차분하게 대했다면 리처드가 필라델피아로 오도록 할 수 있었을지 모른다. 어쩌면 그녀는 다시는 집으로 돌아가지 않았을지 모른다. 패티는 리처드가 점점 냉정해지고 멀어지는 것을 느꼈고, 자신이 더 처량하게 느껴졌으며, 마침내 전화를 끊고 또 다른 달콤함에 자신을 온전히 맡겼다.

도대체 이런 자기 연민은 어디서 오는 걸까. 그 엄청난 양의 자기 연민 말이다. 어느 모로 보나 패티는 화려한 삶을 누렸다. 하루 종일 어떻게 하면 보람 있고 만족스러운 삶을 살 수 있을지 생각할 여유가 있었지만, 그녀의 선택과 자유가 가져다주는 것은 비참함 뿐이었다. 필자는 패티가 너무 자유로운 데 대해 자기 연민을 느꼈다고 결론을 내리지 않을 수 없다.

그날 저녁 필라델피아에서 불미스러운 작은 사건이 하나 일어났다. 패티는 아무나 유혹해보려고 호텔 바로 내려갔다. 그리고 세상에는 두 부류의 인간이 있다는 것을 알게 되었다. 바의 의자에 혼자 앉아 있어도 편안한 사람들과 그렇지 않은 사람들. 그리고 거기 있는 남자들은 너무 **멍청해** 보였고, 오랜만에 패티는 취해서 강간당하는 게 어떤 느낌인지 생각하기 시작했고, 다시 호텔 방으로 올라가 자기 연민에 미친 듯 빠져들었다.

다음 날 아침, 패티는 지하철을 타고 제시카가 다니는 대학으로 갔다. 누군가에게 의지하고 싶은 상태인지라 하루가 잘 풀릴 리 없었다. 그녀는 자신의 엄마가 자기에게 해주지 않은 모든 것을 지난 19년 동안 제시카에게 해주려고 노력했지만—제시카가 참가하는 경기는 하나도 놓치지 않았고, 칭찬을 쏟아부었으며, 제시카의 학교생활에 관심을 기울였다. 또 제시카가 마음 상하거나 실망하면 아무리 사소한 일이라도 아이의 편이 되어주었고, 대학에 지원할 때는 깊이 관여했다—패티와 제시카는 가까워지지 않았다. 한편으로는 제시카가 뭐든 혼자 알아서 했기 때문이기도 하고, 또 한편으로는 패티가 조이에게 지나치게 관심을 쏟았기 때문이기도 하다. 패티가 마음을 쏟아부은 상대는 제시카가 아닌 조이였다. 그러나 조이는 그녀의 실수 때문에 마음의 문을 굳게 닫았고, 패티는 제시카의 아름다운 교정에 와서 '부모 방문 주말'에 신경도 쓰지 않았다. 그냥 딸과 단둘이 시간을 보내고 싶었다.

유감스럽게도 제시카의 남자 친구 윌리엄은 눈치가 없었다. 금발 머리에 선해 보이는 윌리엄은 캘리포니아 출신 축구 선수로, 그의 부모는 오지 않았다. 윌리엄은 패티와 제시카가 점심 먹는 데까지 쫓아왔다. 제시카의 오후 미술사 강의, 제시카의 기숙사 방에도 따라왔으며, 패티가 제시카에게 시내에서 저녁을 사주겠다고 하자 제시카는 이미 세 사람을 위해 근처에 예약했다고 말했다. 식당에서 제시카는 윌리엄에게 고등학교 다닐 때 만든 자선단체에 대해 얘기해보라고 졸랐고, 패티는 묵묵히 듣기만 했다. 샌프란시스코에 있는 축구 클럽이 가난한 말라위 소녀들의 교육을 지원하는, 기괴할 정도로 훌륭한 단체였다. 패티는 연신 포도주만 마셨다. 그녀는 네 번째 잔을 반쯤 비운 뒤 자신이 한때 대학 운동선수로 날렸다는 사실을 윌리엄이 알아야 한다고 생각했다. 제시카가 전미 2위 팀 소속이던 엄마의 얘기를 꺼낼 생각조차 하지 않자 결국 패티가 그 얘기를 꺼낼 수밖에 없었다. 패티는 너무 잘난 척한 것 같아 자기를 쫓아다니던 엘리자의 얘기, 그 애의 습관적인 마약 복용과 백혈병에 대한 거짓말, 무릎 다친 얘기를 해서 무마하려고 했다. 패티는 큰 소리로 말했고, 듣는 사람이 재미있어한다고 생각했다. 하지만 윌리엄은 웃기는커녕 불안한 표정으로 제시카를 흘끔거렸다. 팔짱을 낀 제시카의 입은 이미 10리 밖으로 나와 있었다.

"그래서 어쩌라고요." 제시카가 마침내 입을 열었다.

"어쩌긴. 내가 대학 다닐 때 어땠는지 얘기한 것뿐이야. 재미없는지 몰랐다." 패티가 말했다.

"재미있습니다." 윌리엄이 말했다.

"내가 재미있는 건, 전에 한 번도 들어본 적이 없는 얘기뿐이라는 거예요." 제시카가 말했다.

"내가 엘리자 얘기 안 했던가?"

"아니요, 조이한테 했겠죠."

"분명히 얘기한 것 같은데."

"아니에요, 엄마. 미안하지만 안 했어요."

"글쎄, 어쨌든 지금 얘기하고 있잖니. 너무 말이 많긴 했지만."

"그러게!"

패티는 자기가 실수했다는 것을 알았지만, 어쩔 수 없었다. 제시카와 윌리엄이 서로에게 다정하게 구는 모습을 보니 열아홉 살 때의 자신, 그저 그런 학교 성적, 카터와 엘리자의 해괴한 관계가 생각났고, 삶이 후회스럽고 비참하게 느껴졌다. 패티는 다시 제시카의 대학으로 가서 웅장한 캠퍼스를 돌아보고, 총장 관저 앞에 있는 잔디밭에서 오찬을 하고, 다른 학부모 몇십 명이 참석한 오후 세미나('다원적 가치의 세계에서 정체성 확립'이라는 주제로 진행되었다)에 참석하는 등 모든 행사를 견뎌냈다. 그리고 다음 날 패티는 우울증에 빠졌다. 다른 사람들은 그녀보다 잘 적응하는 것 같았다. 학생들은 모두 밝고 뭐든 척척 해냈으며, 등받이 없는 의자에 앉아서도 편안해 보였다. 학부모들은 자식들을 대견해하고 자식들과 친구처럼 어울렸으며, 대학교도 튼튼한 재정과 이타적 사명감에 자부심을 느끼는 것 같았다. 패티는 정말 좋은 엄마였다. 그녀는 딸이 자기보다 행복하고 순탄하게 살아갈 수 있는 여건을 마련해주었다. 하지만 다른 가족들의 말이나 행동으로 미루어볼 때 패티는 가장 중요한 면에서 좋은 엄마가 아니라는 사실이 드러났다. 다른 모녀들은 어깨를 나란히 하고 웃거나 서로 휴대전화를 비교해보며 잘 닦은 길로 걸어갔지만, 제시카는 패티보다 한두 발 앞서 잔디밭으로 걸어갔다. 제시카가 그 주말에 패티에게 부여한 역할은 딸이 다니는 멋진 학교에 감탄하는 것뿐이었다. 패티는 엄마 역할을 잘하기 위해 최선을 다했지만, 마침내 우울증이 찾아오면서 중앙 잔디밭에 여기저기 놓인 의자 하나를 골라 앉아야 했다. 그리고 제시카에게 윌리엄은 빠지게 하고 단둘이 시내에서 저녁을 먹자고 통사정을 했다. 고맙게도 윌리엄은 그날 오후에 경기가 있었다.

제시카는 멀찌감치 떨어져 패티를 조심스럽게 살펴보며 말했다.

"윌리엄과 나는 오늘 밤에 공부할 거예요. 사실 어제랑 오늘도 하루 종일 공부할 계획이었거든요."

"나 때문에 못한 거네. 미안하다." 패티는 우울한 상태에서 진심으로 말했다.

"아니, 괜찮아요. 엄마가 오기를 진심으로 바랐어요. 내가 어떤 곳에서 4년을 보내는지 보여주고 싶었거든요. 단지 공부할 게 너무 많아서."

"아냐, 괜찮아. 훌륭하다. 잘 지내고 있다니 대견해. 정말 자랑스럽다. 정말이야, 제시카. 넌 정말 훌륭한 애야."

"뭐, 고마워요."

"저, 내가 묵는 호텔 방에 같이 가볼래? 정말 재미있는 방이야. 룸서비스도 주문할 수 있고, 미니바에서 술도 꺼내 마실 수 있고. 내 말은 **년** 마셔도 된다는 말이지. 난 오늘 밤에는 안 마실 거야. 그냥 여자끼리, 우리 둘이 하룻밤 같이 보내자는 거야. 공부는 가을 학기 내내 할 수 있잖니."

패티는 눈을 내리깐 채 제시카의 대답을 기다렸다. 그녀는 자기의 제안이 두 사람 모두에게 너무 생소한 일이라는 것을 뼈저리게 실감했다.

"정말 공부해야 돼요. 이미 윌리엄과 약속했거든요." 제시카가 말했다.

"하지만 제발, 제시카. 하룻밤 공부 안 한다고 어떻게 되는 거 아니잖아. 엄마한텐 중요한 일이야."

제시카가 대답을 하지 않자 패티는 할 수 없이 딸에게 시선을 돌렸다. 제시카는 쓸쓸함을 억누르며 대학 본관 건물을 바라보고 있었다. 본관 건물 바깥벽에는 1920년 학번이 헌정한 지혜의 말이 새겨진 돌이 있었다. '**그대의 자유를 선용하라.**'

"부탁이야." 패티가 말했다.

"아니, 그러고 싶지 않아요." 제시카가 패티를 쳐다보지도 않고 말했다.

"어젯밤 취해서 멍청한 소리를 해서 미안하다. 너한테 보상하고 싶어."

"엄마를 벌주려는 게 아니에요. 단지, 우리 학교가 엄마 마음에 안 드는 게 분명하고 내 남자 친구도 못마땅한 게 분명하고……." 제시카가 말했다.

"아니야, 괜찮은 애던데 뭐, 맘에 들어. 단지 난 너를 보러 온 거지, 그 앨 보러 온 게 아니잖니."

"엄마, 난 한 번도 엄마 속 썩인 적 없어요. 엄마가 얼마나 날 거저 키웠는지 알아요? 난 마약도 안 하고, 조이처럼 말썽도 안 부리고, 엄말 창피하게 하지도 않았잖아요. 꼴불견인 광경을 연출하지도 않고. 난 그런 거 **한 번도** 안 했어……."

"알지! 그래서 너한테 정말 고마워."

"좋아요. 그럼 내가 내 인생을 살고, 내 친구들을 사귀고, 내가 갑자기 엄마 위주로 모든 걸 바꾸지 않는다고 불평하지 마세요. 엄만 내가 뭐든지 스스로 알아서 하기 때문에 덕 많이 봤어요. 적어도 내가 그것 때문에 죄책감을 느끼게 하지는 말아줘요."

"제시카, 하룻밤 같이 보내자는 건데 뭘 그렇게 대단한 일인 것처럼 그러니?"

"그럼 엄마도 대단한 일인 것처럼 그러지 마세요."

제시카가 보여준 자제심과 냉정한 태도는 패티가 열아홉 살 때 조이스에게 차갑고 원칙대로 군 것에 대해 자신이 마땅히 받아야 할 벌이라고 생각했다. 그녀는 스스로 한심하다는 생각이 들어 어떤 벌을 받아도 당연하다고 생각했다. 패티는 울음을 참았다. 울거나 뾰로통해서 그 길로 지하철역으로 가버려서 얻을 수 있는 감정적 이득이 무엇이든, 패티는 자신이 그런 이득을 얻을 **자격**이 없다고 생각했다. 패티는 자제심을 발휘해서 제시카와 그 애의 룸메이트와 함께 학생 식당에서 이른 저녁을 먹었다. 패티는 제시카가 자기보다 어른 같다는 생각이 들었지만, 어른답게 행동하려고 노력했다.

세인트폴로 돌아온 후에도 패티의 정신 건강은 곤두박질쳤고, 더 이상 리처드에게 이메일이 오지도 않았다. 필자는 패티도 이메일을 보내지 않았다고 말할 수 있으면 좋겠지만, 이제 그녀가 실수를 하고 괴로워하고 자신을 욕되게 하는 능력이 무궁무진하다는 게 분명해졌다. 패티가 보내도 괜찮을 것 같아서 리처드에게 보낸 이메일은, 월터한테서 몰리 트루메인이 맨해튼 남동쪽에 있는 자신의 아파트에서 수면제를 먹고 자살했다는 소식을 듣고 보낸 것이다. 패티는 이메일에서 품위를 잃지 않았고, 리처드가 자기를 그렇게 기억해주기를 바랐다.

그해 겨울과 봄에 리처드가 뭘 하며 보냈는지는 여러 매체에 소개된 글에서 알 수 있다. 〈무명 호수〉 음반이 출시되고 리처드 캐츠를 숭배하는 '컬트'가 형성된 후 특히 〈피플〉과 〈스핀〉, 〈엔터테인먼트 위클리〉에서 자세히 다루었다. 월넛 서프라이즈를 높이 평가하고, 오랜 세월 트로매틱스의 골수

팬임을 공개적으로 고백한 사람들 가운데 주요 인사로는 마이클 스타이프와 제프 트위디가 있었다. 리처드의 꾀죄죄하고 고학력인 백인 남성 팬은 이제 더 이상 젊지 않지만, 영향력 있는 예술 잡지 편집인이 꽤 있었다.

월터로 말하자면, 자기가 가장 좋아하는 무명 밴드가 갑자기 모든 사람의 선곡 목록에 들어갔을 때 느끼는 분개함을 천배 이상으로 증폭하면 그의 심정을 잘 설명한 거라고 할 수 있다. 월터는 새 음반의 이름을 도로시의 집 근처 호수를 본떠 지었다는 것과 그 음반에 수록된 많은 곡이 그 집에서 만들어졌다는 것에 자부심을 느꼈다. 리처드도 각 노래의 가사마다 등장하는 '당신'이 사실은 패티지만, 사람들이 죽은 몰리라고 착각하도록 교묘하게 가사를 지었다. 리처드는 월터가 자신에 관한 기사는 빠짐없이 오려서 보관한다는 사실을 알고 인터뷰를 할 때도 그 방향으로 이야기를 몰고 갔다. 하지만 리처드가 각광을 받자 월터는 마음이 상했고, 실망감을 느꼈다. 월터는 리처드가 더 이상 연락을 거의 하지 않는 이유가 이해가 간다고, 그가 지금 여러 가지로 너무 바빠서 그렇다고 말했지만, 월터는 사실 이해하지 못했다. 둘 사이의 우정은 월터가 늘 우려한, 바로 그런 관계인 것으로 드러났다. 리처드는 자기 인생이 밑바닥을 헤맬 때도 그런 사람 같지 않았다. 리처드는 늘 숨겨둔 음악적 의도가 있었고, 여기에 월터는 포함되지 않았으며, 결국 자신의 음악적 주장을 팬들에게 직접 전달했고, 늘 목표물에서 눈을 떼지 않았다. 별 볼 일 없는 음악 전문 기자들은 월터를 수소문해 인터뷰할 만큼 부지런을 떨었지만, 월터의 이름은 대부분 대중의 눈길을 끌지 못하는 인터넷 언론에서 언급되었다. 월터가 읽어본 인터뷰 기사에서 리처드는 그를 "정말 좋은 대학 동창"이라고 간단히 말할 뿐 주요 잡지에서는 이름조차 언급하지 않았다. 월터는 자기가 그렇게 리처드한테 정신적, 지적, 물질적으로 지원했으면 적어도 그보다는 좀 더 인정을 받을 거라고 생각했을 것이다. 하지만 월터의 마음을 가장 상하게 한 것은, 리처드가 자기의 삶에서 차지하는 의미와 비교하면 자기는 리처드에게 별로 의미 없는 존재인 것처럼 느껴졌다는 점이다. 리처드가 마침내 시간을 내어 월터에게 연락을 했을 때 마음이 몹시 상해 있던 월터는 그와 냉랭한 대화를 나누었고, 리처드가 다시 연락하기를 꺼리게 했다.

월터는 승부욕에 불타올랐다. 자신이 형 노릇을 해왔다고 믿었는데, 리처드가 다시 한번 그렇지 않다는 걸 증명해 보였기 때문이다. 리처드는 체스도 못 두고, 여자를 오랫동안 사귀거나 훌륭한 시민의식을 발휘하는 데 재주가 없었지만 그의 집요함, 목적의 순수함, 새로 발표한 아름다운 곡들 덕분에 대중의 사랑과 감탄, 축하를 받았다. 월터는 갑자기 자기의 인생과 열정을 쏟아부은 집과 마당, 작은 미네소타를 경멸했다. 패티는 자신이 성취한 것을 하찮게 생각하는 월터의 태도에 충격을 받았다. 〈무명 호수〉 음반이 출시되고 몇 주 만에 월터는 휴스턴으로 날아가 억만장자 빈 헤이븐과 인터뷰를 했다. 그로부터 한 달 후에는 주중에 워싱턴 D.C.에서 일하며 보내기 시작했다. 월터가 워싱턴으로 가서 청솔산 신탁기금을 설립하고 더 야심 찬 국제적 거물이 되겠다고 결심한 까닭은, 리처드에 대한 경쟁심 때문이라는 게 패티의 눈에는 빤히 보였다. 월터도 아마 그렇게 느꼈을 것이다. 12월에 월넛 서프라이즈가 금요일 밤 올페움에서 윌코와 공연할 때, 리처드는 월터와 패티를 만나러 세인트폴에 오지 않았다.

패티도 그 공연에 가지 않았다. 그녀는 새 음반에 수록된 노래를 차마 들을 엄두가 나지 않았다. 두 번째 곡의 과거시제 이상은 들을 수가 없었다.

    당신 같은 사람은 없었어.
    내게는. 아무도 없어.
    난 아무하고도 살지 않고 있어. 내 사랑.
    아무하고도. 당신이 그 아무였어.

아무도 당신 같지 않았어.
당신이 그 아무였어.
나에게 소중한 그 아무.
당신 같은 사람은 없었어.

패티는 리처드가 먼저 연락을 하지 않는 한 자기가 먼저 연락을 하지 않으리라 다짐했고, 그를 과거에 묻어버렸다. 월터가 새로 열정을 쏟아부을 대상을 발견한 것을 보고는 마치 〈아테네의 악당〉 같은, 무언가 흥미진진한 게 느껴졌다. 그리고 패티는 두 사람이 워싱턴에서 새 출발을 할 수 있다는 희망을 가졌다. 그녀는 여전히 무명 호수에 있는 집을 좋아했지만, 조이를 포용하지 못한, 배리어 가에 있는 집에는 넌더리가 났다. 패티는 미네소타 주에서 단풍이 물들어가는 나무들을 바람이 흔들고 있을 맑은 가을의 어느 토요일 오후에 조지타운을 찾았고, 속으로 이렇게 말했다. '그래, 난 할 수 있어.' (패티는 조이가 막 입학한 버지니아 대학이 그곳에서 가깝다는 사실도 의식하고 있었을까? 그녀의 지리적 감각은 자신이 생각하는 만큼 그렇게 형편없는 게 아니지 않았을까?) 놀랍게도 패티는 워싱턴으로 이사를 오고 나서야—짐 가방 두 개를 들고 택시로 록크릭을 건널 때쯤—자신이 정치와 정치가를 얼마나 싫어했는지 기억이 났다. 그녀는 29번가에 있는 집으로 걸어 들어가는 순간, 자기가 또 실수했다는 것을 깨달았다.

2004년

산정 제거(山頂 除去)

리처드 캐츠는 열성적인 어린 밴드 멤버들과 함께 스튜디오로 돌아와 월넛 서프라이즈의 두 번째 음반을 녹음해야 하는 시점에서―처음에는 미국 내에서 받아주는 도시마다 공연을 하고 점점 먼 외국까지 진출해, 밴드 멤버들이 터키에 사이프러스 공연까지 추가하는 데 반발했다. 앙카라에 있는 호텔 방에서 밴드 드럼 연주자인 팀이 사만다 파워가 세계 '인종 청소'에 대해 쓴 역작의 염가 보급판 한 권을 던졌고, 그걸 막으려던 리처드의 왼손 집게손가락이 부러졌다. 리처드는 혼자 아디론댁(뉴욕 주 북동쪽에 있는 산맥-옮긴이)에 있는 오두막에 가서 덴마크 예술영화에 삽입할 음악을 만들다 지겨워지자, 플래츠버러에 있는 코카인 판매상을 찾아내 덴마크 정부의 예술 지원 기금 5000유로를 코로 들이마신 뒤 한동안 소리 소문 없이 잠적해 뉴욕과 플로리다를 돌아다니며 마이애미에서는 음주 운전과 마약 소지로 체포되고, 탤러해시에 있는 겁서 재활치료원에 제 발로 걸어 들어가 6주 동안 해독 치료를 받고 쾌유를 바라는 복음전도사에게 빈정거리다가, 겁서에서 수두가 유행했을 때 조심하지 않은 바람에 대상포진에 걸려 치료를 받았고, 다른 밴드 멤버들은 무리하지 않고 잘 즐기는 듯한 영계와 마약에 대한 자기방어를 더 튼튼히 한다는 명목 아래 자기 아파트에 틀어박혀 책만 읽으면서 전화도 받지 않고 이메일에 답장도 보내지 않는 등 녹음을 미루고 피해 다닐 수 있는 모든 수단과 방법을 다 써먹었을 때―팀에게 엽서를 보내 자기는 완전히 땡전 한 푼 없는 빈털터리가 되었고, 지붕에 덱 만드는 일로 전업한다고 다른 멤버들에게 전해달라고 했다. 그리고 나머지 월넛 서프라이즈 멤버들은 그동안 리처드를 기다린 자신들이 쪼다 같았다.

캐츠는 정말 땡전 한 푼 없었다. 수입과 지출은 밴드가 1년 반 동안 공연하며 돌아다니는 동안 대충 맞아떨어졌다. 수입이 늘어날 때마다 캐츠는 호텔 방을 업그레이드했고, 바에 있는 밴드 팬과 낯선 사람들에게 술을 샀다. 〈무명 호수〉와 예전 트로매틱스의 음반에 대한 소비자의 관심이 다시 불붙은 덕에 캐츠는 지난 20년 동안 번 돈을 합친 것보다 많은 돈을 벌었다. 하지만 잃어버린 자아를 찾겠다며 한 푼도 남김없이 날려버리는 데 성공했다. 오랫동안 트로매틱스의 간판이던 캐츠가 겪은 가장 충격적인 사건은 첫째, 그래미상 후보에 올랐고, 둘째, 자기 음악이 미국 공영 라디오에서 흘러나오는 걸 들었으며, 셋째, 12월 판매 집계로 미루어보건대 〈무명 호수〉가 미국 공영 라디오를 청취하는 몇십만 가구에서 잘 다듬은 크리스마스트리 아래에 놓아두기 안성맞춤인 작은 크리스마스 선물로 인기를 끈 일이다. 특히 그래미상 후보에 오른 사건은 캐츠를 어리둥절하고 당혹스럽게 했다.

캐츠는 대중을 겨냥한 사회생물학 서적을 많이 읽었고, 우울한 성격이 인간의 유전인자로 끈질기게 살아남는 이유는, 우울증은 인간이 끊임없는 고통과 시련을 겪으면서 이에 성공적으로 적응하게 되었기 때문이라고 생각했다. 비관적인 생각, 자신이 쓸모없고 가치 없는 존재라는 느낌, 쾌락에서 만족감을 얻지 못하는 점, 세상이 대체로 거지발싸개 같다는 고통스러운 인식. 예를 들어, 캐츠의 부친 쪽 조상인 유대인들은 무자비한 반유대주의자들 때문에 이 유대인촌에서 저 유대인촌으로 쫓겨 다녔고, 캐츠의 모친 쪽인 앵글족과 색슨족은 여름이 짧은 북유럽의 척박한 토양에 호밀과 보리를 키우느라 애를 먹었기 때문에, 늘 기분이 나쁘고 최악의 사태가 벌어질 것만 같은 느낌을 갖는 것은 지독하게 힘든 삶의 여건에 자신을 적응시키는 당연한 방편이었다. 정말 나쁜 소식이야말로 우울한 사람들을 기쁘게 한다. 냉혹한 현실을 견뎌낸 우울한 사람들이 절망 속에서나마 유전자를 후손에게 남겼고, 자기계발을 추구하는 사람들은 기독교로 개종하거나 기후가 더 온화한 지역으로 옮겨갔다. 냉혹하고 무자비한 여건에 놓인 캐츠는 물 만난 고기 같았다. 트로매틱스와 함께하는 동안 캐츠의 전성시대는 두 번의 레이건 정권 시기, 아버지 부시 정권 시기와 일치했다. 빌 클린턴 집권 시기(적어도 르윈스키 사건이 일어나기 전까지)는 캐츠에게 고난의 시기였다. 이제 사상 최악의 정권인 아들 부시가 권력을 잡았으니 캐츠는 다시 음악을 만들어도 될 법했는데, 크게 성공하는 사건이 터진 것이다. 캐츠는 물 밖으로 나온 물고기처럼 뭍에서 팔딱거렸고, 그의 정신적 아가미는 대중의 인정과 물질적 풍요로 가득한 대기로부터 어두운 자양분을 빨아들이기 위해 안간힘을 썼지만 아무 소용이 없었다. 캐츠는 사춘기 이후로 그 어느 때보다 자유로웠지만 동시에 그 어느 때보다 자살 충동에 시달렸다. 2003년이 며칠 남지 않은 어느 날, 캐츠는 다시 덱 만드는 일을 시작했다.

처음 의뢰한 두 사람은 괜찮았다. 사모펀드 부문에서 일하는 두 청년인데, 그들은 칠리페퍼스(출장 연회 서비스를 하는 레스토랑 이름-옮긴이)에 열광하고 음악에 관한 한 리처드 캐츠와 루트비히 판 베토벤이 서로 다른 사람인지도 구별하지 못했다. 그래서 그는 비교적 평화로운 작업 여건에서 톱질을 하고 못총으로 못을 박았다. 그리고 2월경, 캐츠는 운이 없게도 세 번째 작업을 할 때쯤 자신을 안다고 생각하는 사람들의 일을 맡게 되었다. 건물은 처치 가와 브로드웨이 가 사이에 있는 화이트 가에 있었는데, 예술 서적을 출판하는 부유한 의뢰인은 트로매틱스의 음반 전작을 레코드로 소장하고 있었다. 그는 예전에 호보켄에 위치한 클럽 맥스웰에 있던 많지 않은 손님 중 자기를 기억하지 못하는 캐츠에게 서운해하기까지 했다.

"사람도 많았고, 제가 얼굴을 잘 기억하지 못해서요." 캐츠가 말했다.

"몰리가 무대에서 떨어진 그날 밤, 우리 다 함께 술을 마셨잖아요. 몰리의 피가 묻은 냅킨을 지금도 갖고 있는데. 정말 기억이 안 나요?"

"전혀요. 미안해요."

"어쨌든 음악이 인정을 받는 걸 보니 좋네요. 그럴 자격이 있어요."

"그 얘기는 별로 하고 싶지 않은데. 지붕 얘기나 합시다." 캐츠가 말했다.

"만들고 싶은 대로 만들고 비용이나 청구해요. 리처드 캐츠가 내 덱을 만들었다는 게 중요하니까. 별로 오래 하지는 않을 것 같지만, 당신이 이런 일을 한다는 얘길 듣고 놀랐어요."

"대충 덱 크기가 어느 정도고, 어떤 자재를 쓰면 좋겠는지 말해주면 도움이 될 텐데요."

"정말 마음대로 하라니까요. 알아서 해요. 상관없으니까."

"그래도 좀 들어보세요. 상관있다고 치고. 상관이 없다면 내가 왜……." 캐츠가 말했다.

"지붕을 덮어요. 네? 크게 만들고." 의뢰인이 캐츠에게 짜증난 목소리로 말했다. "루시가 여기서 파티를 하고 싶어 하니까. 그래서 우리가 이 집을 샀거든요."

의뢰인에게는 재커리라는 아들이 있었다. 스타이브선트 고등학교(수학과 과학에 특화한, 뉴욕에 있는 일류 공립 고등학교-옮긴이) 3학년인 재커리는 유행에 민감하며 기타를 꽤 잘 쳤다. 재커리는 캐츠가 작업을 시작한 첫날 학교에서 돌아와 지붕 위로 올라오더니 마치 캐츠가 쇠사슬에 묶인 사자라도 되는 것처럼 안전거리를 유지하듯 저만치 떨어져 서서 빈티지 기타에 대해 자기가 얼마나 잘 아는지 과시할 수 있는 계산된 질문을 캐츠에게 퍼부었다. 이를 쓸데없는 물질적 허영이라 여긴 캐츠는 대놓고 그 애에게 그렇게 말했고, 재커리는 그의 말에 기분이 상해서 가버렸다.

이튿날, 캐츠가 목재와 합판을 지붕으로 나르는데 재커리의 엄마 루시가

3층 층계참에서 그를 불러 세웠다. 그러고는 묻지도 않았는데 트로매틱스는 유치하게 잘난 척하고 불안감을 조장하는 아이들 그룹으로 자신은 전혀 흥미 없다는 평가를 늘어놓았다. 루시는 입술을 약간 벌리고 도발적인 시선으로 자신의 존재감—자기가 연출하는 극적인 효과—을 확인하고 싶어 했다. 그런 여자들이 으레 그렇듯, 루시는 자기의 도발적인 태도가 참신하다고 확신하는 것 같았다. 캐츠는 말 그대로 여자들이 하는 똑같은 도발적인 행동을 골백번 겪었고, 그래서 그런 행동에 자극받은 척할 수 없다는 사실에 마음이 좋지 않았다. 나이가 들면서 자신감을 잃는 가운데 굳세게 자존심을 지키려고 발버둥치는 루시 같은 여자를 동정하는 우스운 처지가 된 것이다. 캐츠는 루시가 마음에 든다 해도 이 여자랑 엮여서 잘될 리 없다고 생각했지만, 루시의 의견에 이의를 제기하는 척이라도 하지 않으면 그녀의 자존심이 상하리라는 것을 알았다.

"알아요. 그래서 성인 여성도 공감할 수 있는, 성인 느낌이 물씬 나는 음반을 제작하는 건 나로서는 파격이었죠." 캐츠가 합판을 벽에 세우며 말했다.

"내가 〈무명 호수〉를 마음에 들어했다고 넘겨짚으시네." 루시가 말했다.

"댁이 그걸 마음에 들어했는지 아닌지 내가 신경 쓴다고 넘겨짚으시네."

캐츠가 응수했다. 그는 아침 내내 계단을 오르락내리락했지만, 그를 정말 지치게 한 건 연기를 해야 하는 것이다.

"괜찮았어요. 좀 과대평가됐다고 할까." 루시가 말했다.

"더 이상 이의를 제기할 여지가 없네요." 캐츠가 말했다.

루시는 그에게 짜증이 나서 가버렸다.

1980년대와 1990년대에 캐츠는 건축업자로서 최고의 광고 전략—대중이 알아주지 않는 음악을 고집스럽게 추구하므로 경제적 지원을 받을 자격이 있다는 사실—을 약화시키지 않으려고 건축업자로서는 프로답지 않게 행동해야 했다. 캐츠의 주 고객층은 트라이베카(Tribeca, 맨해튼 커넬 가 아래에 있는 삼각형 모양의 지역 이름-옮긴이)에 거주하는 예술가와 영화계 종사자였는데, 이들은 캐츠에게 먹을 것도 주고 가끔 마약도 주었다. 이들은 캐츠가 오후가 절반쯤 지나기도 전에 일하러 나타나고, 임자 있는 여자한테 치근덕거리지 않고, 계획한 시간표대로 예산에 맞춰 일을 끝냈다면, 캐츠가 정말 음악에 전념하는지 의구심을 가졌을지 모른다. 이제 트라이베카 지역은 금융 산업계가 완전히 점령했고, 탱크톱에 속이 비치는 비키니 팬티를 걸친 루시는 가까스로 가린 음모와 탄탄한 허벅지를 드러낸 채 다리를 꼬고 앉아 〈뉴욕타임스〉를 읽거나 전화 통화를 하며 캐츠가 지붕 위 통창을 지나갈 때마다 손을 흔들었다. 캐츠는 어느새 아침 9시에 정확히 나타나 밤에도 몇 시간씩 더 일하며 일을 예정보다 하루나 이틀쯤 일찍 마무리하고 빨리 이 집구석을 빠져나가려고 하는, 철저한 직업 정신과 프로테스탄스 윤리를 갖추게 되었다.

캐츠는 섹스와 음악에 혐오감을 느끼며 플로리다에서 돌아왔다. 이는 그에게 전혀 새로운 느낌이었고, 캐츠는 이 느낌이 자기의 정신 상태의 문제지 실제로는 전혀 그렇지 않다는 사실을 알 만큼은 제정신이었다. 여자의 몸이 근본적으로 똑같다고 해서 골라먹는 즐거움이 사라지지 않듯이, 장조와 단조, 4분의 2박자와 4분의 4박자, A-B-A-B-C처럼 대중음악의 기본 골격이 같다고 해서 절망할 이유는 없었다. 뉴욕 어딘가에서 매일, 매시에 열정적인 어떤 젊은이가 적어도 몇 사람의 귀에는 천지가 창조된 날 아침처럼 새롭게 들릴 음악을 만들어내고 있었다. 플로리다 보호관찰소에서 해고 통지를 받고, 가슴 큰 공원관리부 관리자 마타 몰리나와 작별한 이후부터 캐츠는 스테레오를 켜거나 악기를 만지거나 누군가를 침대로 끌어들이는 일을 다시는 할 수 없었다. 거의 하루도 빠짐없이 누군가의 지하 연습실이나 바나나 리퍼블릭, 갭 상점 앞 길거리에서 흘러나오는 새로운 곡이 그를 멈칫하게 했고, 맨해튼 남쪽 지역의 거리에서는 누군가의 인생을 바꿰놓을 성성한 영계들과 마주쳤다. 하지만 캐츠는 그 누군가가 자신일지도 모른다는 사실을 더 이상 믿지 않았다.

매서운 날씨에 하늘은 잔뜩 찌푸린 목요일 오후, 약하게 내리는 눈은 시내 고층 빌딩과 하늘의 경계선을 허물어 울워스 건물과 건물에 달린 작은 탑을 희미해 보이게 하고 비스듬히 허드슨 강으로 떨어져 검푸른 대서양으로 흘러들었으며, 네 층 아래로 지나가는 자동차와 행인이 까마득히 멀어 보였다. 눈이 녹은 거리에서 크게 들려오는 자동차 소음은 캐츠의 귀에서 나는 소리를 묻어버렸다. 캐츠는 세 개의 굴뚝 사이에 있는 공간에 잘 맞게 합판을 잘라 끼워 넣으면서 눈과 육체노동에 이중으로 갇힌 듯한 느낌이 들었다. 오후가 지나고 밤이 되었지만 그는 담배 생각이 한 번도 나지 않았다. 요즘 캐츠는 일하는 틈틈이 담배를 피우며 하루를 감당할 수 있을 만큼의 작은 크기로 나누었기에, 점심으로 샌드위치를 먹고 갑자기 반갑지 않은 재커리가 나타날 때까지 채 15분도 지나지 않았다고 느꼈다.

재커리는 후드 티셔츠에 캐츠가 런던에서 처음 본 그런 종류의 약간 짧은 스키니 바지를 입고 있었다. 그가 물었다.

"투치 피크닉 어떻게 생각해요? 좋아해요?"

"못 들어봤는데." 캐츠가 말했다.

"말도 안 돼! 못 믿겠는데요."

"정말이야." 캐츠가 말했다.

"플레이그런츠는요? 걔들 굉장하지 않아요? 37분짜리 노래 말이에요."

"못 들어봤는데."

"저기요, 1960년대 말에 핑크 필로에 대해 녹음하던, 휴스턴의 사이키델릭 밴드들은 어떻게 생각해요? 아저씨네 밴드의 초기 음악이랑 비슷한 노래도 꽤 있는데." 재커리가 의기소침해져서 말했다.

"네가 밟고 있는 그거, 지금 써야 하는데." 캐츠가 말했다.

"개들 중 몇 명이 영향을 준 거라고 생각했는데. 특히 페샤와르 릭쇼 말이에요."

"왼발 좀 잠깐 들어봐."

"저기요, 하나만 더 물어봐도 돼요?"

"이 톱, 엄청 시끄러울 거다."

"딱 하나만 더요."

"좋아."

"이거 음악 만드는 과정의 일부예요? 옛날에 하던 일 다시 하는 거?"

"그런 생각은 안 해봤는데."

"학교 친구들이 묻더라고요. 그래서 내가 아저씨가 음악을 만드는 과정의 일부라고 생각한다고 말해줬죠. 아마도 다음 음반에 쓸 소재를 모으느라 노동자의 정신세계를 이해하려는 거라고요."

"부탁 하나만 하자. 네 친구들한테 부모님이 덱을 설치한다고 하면 나한테 전화하시라고 해라. 14번가랑 브로드웨이 서쪽 아래 지역이면 어디든 가능하다고."

"좀 말해줘요. 그래서 일하는 거예요?"

"톱이 굉장히 시끄럽다."

"좋아요. 그럼 하나만 더 물어볼게요. 진짜 마지막이에요. 인터뷰 좀 해줄래요?"

캐츠는 전기톱을 켰다.

"부탁이에요, 네? 우리 반에 어떤 여자애가 있는데 〈무명 호수〉에 푹 빠졌거든요. 아저씨를 인터뷰해서 디지털로 녹음한 걸 인터넷에 올리면 걔가 나한테 관심을 보일 것 같은데." 재커리가 말했다.

캐츠는 톱을 내려놓고 심각한 표정으로 그 애를 바라보았다.

"넌 기타도 칠 줄 알면서 여자애 하나 못 꼬이는 거야?"

"그게, 특별히 그 애만요. 갠 좀 취향이 주류라 잘 안 되네요."

"그 애를 네 여자로 만들고 싶다는 거지? 그 애 없이는 못 살겠고."

"그런 셈이죠."

"그리고 그 앤 3학년이고. 월반한 것도 아니고."

캐츠는 이런 말을 하지 않으려고 했지만 예전에 계산하던 버릇이 반사적으로 튀어나왔다.

"제가 알기로는 아니에요."

"이름은?"

"케이틀린요."

"내일 학교 끝나고 데려와."

"하지만 그 애는 아저씨가 여기 있다는 걸 안 믿을걸요. 그래서 인터뷰를 해야 한다는 거예요. 아저씨가 여기 있다는 걸 증명하려면. 그럼 아마 아저씨를 만나고 싶어서 따라올 거예요."

캐츠는 섹스를 안 한 지 이틀 모자란 8주가 됐다. 지난 7주 동안은 마약과 술을 입에 대지 않으려면 당연히 섹스를 멀리해야 한다고 생각했다. 하나의 미덕이 또 다른 미덕을 강화하는 셈이다. 다섯 시간 전만 해도 지붕의 통창으로 재커리의 노출증 엄마를 내려다보면서도 아무 관심이 없었고, 약하지만 구토를 느끼기까지 했다. 그런데 갑자기 신의 계시를 받은 것처럼, 금욕 생활은 하루 모자란 8주에서 종지부를 찍게 될 거라는 분명한 예감이 들었다. 지금부터 내일 밤까지 케이틀린을 따먹기 위한 용의주도한 계획을 세우고, 그 애가 어떤 얼굴과 몸매일지 조금씩 다른 수백만 가지 모습으로 상상하고는, 자기 실력을 한껏 발휘한 후 그 열매를 즐기게 될 순간을 상상하며 보낼 거라는 예감이 들었다. 재커리를 묵사발 내고, '주류' 취향이라는 열여덟 살짜리 자기 팬의 환상을 박살낸다는 고결한 봉사 차원에서. 캐츠는 악에 대한 무관심을 미덕으로 만드는 것뿐이다.

"이렇게 하자. 네가 인터뷰 계획을 세우고 질문을 준비해. 한두 시간 후에 내려가마. 하지만 내일은 결과를 보여줘야 한다. 네가 헛소리한 게 아니라는 걸 확인해야겠어."

"짱이에요." 재커리가 말했다.

"무슨 말인지 알지, 응? 난 인터뷰 더 이상 안 해. 예외를 만들려면 결과를 보여줘야지."

"맹세해요. 그 애도 아마 오려고 할 거예요. 틀림없이 아저씨를 만나고 싶어 할 거라고요."

"좋아, 그럼 가서 내가 얼마나 엄청난 부탁을 들어준 건지 곰곰이 생각하고 있어. 7시쯤 내려가마."

어둠이 깔렸다. 눈은 잦아들었고 홀랜드 터널(허드슨 강 밑으로 지나가는, 저지와 맨해튼을 연결하는 터널-옮긴이)의 악몽 같은 교통체증이 시작됐다. 맨해튼의 지하철 노선 가운데 두 개를 제외한 전 노선과 절대로 없어서는 안 될 패스 트레인(맨해튼과 저지를 연결하는 기차-옮긴이)이 캐츠가 서 있는 곳에서 27킬로미터 떨어진 곳에서 모두 만났다. 이 동네의 집결지였다. 세계무역센터가 있던 자리에 밝힌 조명 기둥도, 연방준비제도의 금궤도, 맨해튼 구치소와 증권거래소와 시청도, 모건스탠리와 아메리칸 익스프레스, 버라이즌(미국의 최대 통신회사-옮긴이)의 창문 없는 거대한 건물도 이곳에 있었다. 산화해서 피부가 녹색이 된, 항구 저편의 가슴 떨리게 하는 자유의 여신상도 보였다. 뉴욕이 제대로 돌아가게 하는 땅딸막한 여자 공무원들과 비쩍 마른 남자 공무원들이 색색의 작은 우산을 쓰고 퀸스와 브루클린에 있는 집으로 돌아가기 위해 체임버 가로 몰려들었다. 작업 조명을 켜기 전, 잠시 동안 캐츠는 거의 행복감을 느낄 뻔했고, 다시 본래의 익숙한 자신으로 돌아가는 느낌이 들었다. 하지만 두 시간 후 작업 공구를 싸면서 캐츠는 이미 케이틀린을 온갖 방법으로 혐오하고 있었다. 영계와 섹스하고 싶은 이유가 그 영계를 혐오하기 때문이라니, 이 무슨 해괴하고 잔인한 섭리란 말인가. 그리고 이전에도 수없이 그랬듯, 이번 경우도 끝이 아주 좋지 않을 것이고 그동안 자중하며 보낸 시간을 헛되이 하는 꼴이 될 거라는 사실을 알았다. 캐츠는 이렇게 자기의 노력을 헛되이 할 케이틀린이 더 싫었다.

하지만 그래도 재커리는 밟아줄 필요가 있었다. 그 녀석은 방음 장치가 된 연습실이 있는 데다 캐츠가 30년 동안 소유한 것보다 기타를 더 많이 갖고 있었다. 테크닉 면에서만 볼 때 캐츠가 주위들은 바로는, 그 녀석은 캐츠가 과거에도 그랬고 앞으로도 꿈도 못 꿀 뛰어난 솔로 연주자다. 하지만 미국 고등학생 가운데 그런 녀석이 어디 한둘인가. 재커리는 곤충학이나 금융 파생 상품에 심취해 자기 아버지가 못 이룬 록 음악에 대한 꿈을 대신 실현하리라는 희망을 저버리는 대신 지미 헨드릭스를 똑같이 베꼈다. 이쯤 어딘가에서 상상력의 부재가 드러났다.

캐츠가 콧물을 훌쩍이며 얼었다가 실내 온기에 녹아 저릿저릿해진 손을 비비면서 재커리의 연습실에 들어갔을 때, 그 애는 애플 랩톱 컴퓨터와 질문 목록을 인쇄한 종이를 들고 앉아 있었다. 재커리는 접는 의자를 가리키며 캐츠에게 앉으라고 권했다. 그 애가 물었다.

"우선 노래 한 곡 하고, 인터뷰가 끝난 뒤 한 곡 더 해줄 수 있어요?"

"싫은데." 캐츠가 말했다.

"한 곡만요. 그럼 정말 멋질 텐데."

"질문이나 해라, 응? 안 그래도 쪽팔려 죽겠는데."

질문: 그러니까 리처드 캐츠 씨, 〈무명 호수〉 음반을 낸 지 3년이 됐고, 월넛 서프라이즈가 그래미상 후보에 오른 지는 정확히 2년이 됐습니다. 그 이후 삶이 어떻게 바뀌었는지 말해줄래요?

답변: 그 질문에는 대답 못하겠다. 좀 나은 질문 없냐?

질문: 그럼 일용직 노동자로 돌아가기로 한 결정에 대해 말해보시죠. 예술적 영감이 떠오르지 않나요?

답변: 질문의 방향을 바꿔야겠다.

질문: 좋아요. MP3 혁명에 대해 어떻게 생각하세요?

답변: 혁명이라, 우와. '혁명'이란 단어, 다시 들으니 반갑네. 노래 한 곡이 껌 한 통 값밖에 안 되고, 씹는 껌 단물 빠질 때까지 걸리는 시간만큼밖에 노래가 지속되지 않고, 그럼 또 1달러 내야 되는 거, 그거 좋지. 록 음악이 순응과 소비주의의 기름 부음을 받은 몸종이 아니라 그에 대한 응징이라고 착각하던 시대, 과거가 마침내 막을 내렸다. 그 시대 정말 짜증났어. 밥 딜런과 이기 팝의 참모습, 말하자면 이들이 윈터그린 치클릿 껌 제조업자라는 사실을 볼 수 있게 됐다는 것은 로큰롤을 위해서도, 더 크게는 이 나라를 위해서도 바람직한 일이야.

질문: 록이 체제 저항정신을 잃었다는 건가요?

답변: 애초에 체제 저항정신 같은 건 없었다는 얘기야. 처음부터 쭉 윈터그린 치클릿 껌이었는데 우리가 그렇지 않은 척하기를 즐긴 거지.

질문: 밥 딜런이 전자음악을 시작했을 때는요?

답변: 고대 역사에 대해 논하고 싶다면 프랑스 혁명으로 돌아가보자. 기억나니? 이름이 뭐더라, 장 자크인지 뭔지 하는 로커가 '마르세예즈'를 작곡했을 때, 1792년에 그 노래가 울려 퍼지기 시작했을 때, 갑자기 농민이 들고 일어나서 귀족을 몰아냈을 때 말이야. 바로 그런 게 세상을 바꾸는 노래지. 농민에게 필요한 건 깡다구였거든. 농민은 이미 다른 조건은 다 갖추고 있었어. 굴욕적인 노역, 극심한 가난, 도저히 갚을 수 없는 빚, 열악한 노동 조건 등. 하지만 노래 없으면 말짱 꽝이지. 정말로 세상을 바꾼 건 급진적인 혁명가 스타일이라고.

질문: 리처드 캐츠의 앞으로 계획은요?

답변: 공화당 정치에 관여해볼까 해.

질문: 웃기시네.

답변: 정말이야. 그래미상 후보에 오른 건 정말 큰 영광이었어. 아주 중요한 이번 선거에서 그 영광을 십분 활용해야 할 의무감을 느낀다. 난 대중음악 주류에 관여하고, 치클릿을 생산할 기회를 얻었고, 애플 컴퓨터가 만든 상품의 모양이나 느낌은 그 회사가 세상을 더 살기 좋은 곳으로 만드는 데 헌신한다는 걸 말해주거든. 세상을 더 살기 좋은 곳으로 만드는 일, 멋지지 않아? 그리고 애플 컴퓨터는 더 좋은 세상을 만들려고 다른 회사보다 훨씬 애쓰는 게 틀림없어. 아이팟이 다른 MP3 플레이어보다 월등하게 낫잖아? 그러니까 다른 회사 것보다 훨씬 비싸고, 다른 회사 소프트웨어랑 호환도 안 되지. 글쎄, 솔직히 더 나은 세상에서는 왜 가장 멋진 상품이 더 좋은 세상에 사는 아주 소수의 사람들에게 역겨울 정도로 가장 많은 수익을 가

져다주는지 분명하지 않거든. 이게 아마 여기서 한발 물러나 멀리 보고 나만의 아이팟을 갖는 게 세상을 더 나은 곳으로 만드는 바로 그것인지 생각해봐야 하는 경우일 거다. 그렇기 때문에 공화당이 참신하게 와 닿는 거야. 공화당은 더 나은 세상이 어떤 세상인지를 개개인이 결정하도록 놔두거든. 자유를 옹호하는 당이잖아, 그렇지? 그래서 난 왜 편협한 기독교 도덕군자들이 공화당에 막강한 영향력을 행사하는지 이해가 안 가. 그 사람들은 개인의 선택의 자유를 반대하잖아. 금전과 물질 숭배에 반대하는 사람도 있고. 내 생각에는 아이팟이 공화당 정치의 진정한 모습이고, 음악계가 이 점에서는 전면에 나서서 정치적으로 더 적극적이 되고, 자부심을 갖고 큰 소리로 이렇게 말해야 한다고 생각해. '우리, 치클릿 껌 제조업자들은 사회 정의, 정확하고 객관적으로 확인할 수 있는 정보, 의미 있는 노동, 국가 이념 간의 조화, 지혜 따위에는 관심이 없다. 우리는 우리가 듣고 싶은 것만 듣고 나머지는 다 무시할 수 있는 선택권을 원한다. 우리는 우리처럼 멋진 사람들이 되고 싶어 하지 않는 무례한 사람들을 조롱하는 데 찬성한다. 우리는 그저 아무 생각 없이 5분마다 우리에게 쾌락을 주는 것을 원한다. 우리는 우리가 가진 지적재산권을 무자비하게 행사하고 이용하고 싶다. 우리는 애플 컴퓨터의 허가를 받은 하청업체가 겨우 39센트를 들여 만든 멋진 실리콘 아이팟 케이스를 25달러 주고 사라고 열 살짜리 아이들을 꼬드기는 데 찬성한다.'

질문: 하지만 정말로, 지난해 그래미 시상식에서 전쟁에 반대하는 분위기가 강했잖아요. 후보자 모두 아주 거리낌 없이 말하던데요. 성공한 음악가들이 다른 사람의 본보기가 돼야 할 책임이 있다고 생각해요?

답변: 나, 나, 나, 사, 사, 사, 파티, 파티, 파티. 눈을 꼭 감고 자기만의 작은 세계에서 록 음악을 하자. 내가 하고 싶은 말은, 우리는 이미 공화당이 바라

는 완벽한 타의 모범이라는 거야.

질문: 그렇다면 지난해 시상식에서 왜 아무도 전쟁에 반대한다는 발언을 못하게 언론 통제를 했나요? 셰릴 크로가 공화당을 지지한다는 말인가요?

답변: 그러길 바라. 사람 좋아 보이던데. 그 여자가 민주당원이라는 건 생각하기도 싫다.

질문: 셰릴 크로는 전쟁에 반대한다고 공개적으로 말해왔는데요.

답변: 너 조지 부시가 정말 동성애자를 혐오한다고 생각하니? 부시가 정말 낙태에 관심이 있다고 생각해? 너 딕 체니가 정말 사담 후세인이 9·11 사태의 배후라고 믿는다고 생각하니? 오랫동안 껌을 제조해온 사람으로서 말하는데, 셰릴 크로는 추잉 껌 제조업자야. 셰릴 크로가 이라크 전쟁을 어떻게 생각하는지에 관심이 있는 사람이, 보노(U2의 리더-옮긴이)의 목소리가 몇 푼 안 된다는 이유로 엄청 비싼 MP3 플레이어를 사는 사람과 똑같은 사람이라고.

질문: 하지만 사회에는 지도자가 있어야 하잖아요, 그렇죠? 민간 기업을 옹호하는 미국 정부가 반전운동을 주도할 가능성이 있는 사람들의 의사 표현을 억누르려고 한 거잖아요?

답변: 넌 껌 만드는 회사 회장이 충치 예방 운동을 이끌기를 바라냐? 껌 만들 때 써먹는 방법으로 광고를 만들어 그 껌이 몸에 안 좋다고 세상에 알리라고? 방금 보노를 놀리긴 했지만, 그 사람은 음악계 사람들을 다 합쳐도

따라갈 수 없는 훌륭한 사람이야. 껌 팔아서 한밑천 챙겼으면, 지나치게 비싼 아이팟도 좀 팔아서 더 부자가 되고, 그렇게 얻은 부와 지위를 이용해 백악관에 초청받고, 아프리카에서 선행 좀 베풀려고 애써야 하지 않겠어. 이런 거야. 남자답게 굴어라. 받아들여. 너도 지배층에 속한다는 걸 인정하라고. 지배층을 신뢰하고 네 지위를 굳건히 다지기 위해 수단과 방법을 가리지 않을 거라고.

질문: 그 말은 이라크 전쟁에 찬성한다는 뜻인가요?

답변: 내 말은, 이라크를 침공하는 게 나 같은 사람이 지지할 성격의 일이었다면 그런 일은 애초에 일어나지 않았을 거라는 말이야.

질문: 이제 리처드 캐츠 씨의 개인 이야기를 나눠보죠.

답변: 아니, 이제 녹음기 끄고 그만하자.

"멋져요. 완벽했어요. 당장 인터넷에 올리고 케이틀린한테 링크를 보내야지." 재커리가 말했다.
"그 애 이메일 주소 알아?"
"아뇨. 하지만 알고 있는 애를 알아요."
"그럼 두 사람, 내일 방과 후에 보자."
예전에 인터뷰를 하고 나서 느낀 후회가 물밀 듯 몰려온 캐츠는 처치 가를 걸어 내려가 패스 트레인 역 쪽으로 갔다. 누굴 모욕했을까 봐 걱정하는 게 아니었다. 누굴 모욕하는 게 캐츠의 일이니까. 그는 자신이 처량해 보일까 봐 걱정이 되었다. 너무나 명백히 한물간 음악가가 자기보다 나은 음악가들을 험담하는 걸로 비칠까 봐. 캐츠는 방금 자기가 새삼스럽게 일깨워 보여준 사람, 그 사람이 유감스럽게도 자신이라는 것이 몹시 싫었다. 그리고 바로 그것이 캐츠가 아는 우울증에 대한 가장 간단한 정의였다. 몹시도 자신을 혐오하는 증상.

저지로 돌아온 캐츠는 매주 서너 번은 저녁을 사기 위해 들르는 이로(그리스식 샌드위치—옮긴이) 가게에 들러 가장 낮은 등급의 고기와 피타 빵이 든 무겁고 냄새나는 봉지를 들고 가게를 나온 뒤 계단을 올라 집으로 갔다. 지난 2년 반 동안 거의 비워놓다시피 한 아파트는 캐츠에게 반기를 드는 듯, 더 이상 그의 아파트이기를 원하지 않는 듯 느껴졌다. 코카인만 조금 하면 분위기를 확 바꿀 수 있을 텐데, 잃어버린 예전의 친숙함을 되찾을 수 있을 텐데. 하지만 그것도 몇 시간, 기껏해야 며칠 못 가서 상황은 악화될 것이다. 아직까지 그나마 반쯤 마음에 드는 공간은 부엌인데, 눈부신 형광등 불빛이 그의 기분과 맞았다. 캐츠는 에나멜 칠한 식탁에 앉아 자기가 가장 좋아하는 작가 토마스 베른하르트의 책을 읽으며 저녁밥 맛이 어떤지 잊으려고 애썼다.

캐츠의 뒤쪽에 있는, 더러운 그릇으로 가득한 개수대에 놓인 유선전화의 벨이 울렸다. 자동응답기에 뜬 이름을 보니 **월터 버글런드**였다.

"월터, 미치겠네. 왜 하필 지금 귀찮게 구냐?" 캐츠가 혼잣말을 했다.

캐츠는 내키지 않았지만 받을까 하는 생각도 들었다. 요즘 부쩍 월터가 그리웠기 때문이다. 하지만 전화를 받기 직전에 패티가 집 전화로 전화하는 걸지도 모른다는 생각이 들었다. 캐츠는 몰리 트러메인과의 경험을 통해 여자가 물에 빠졌을 때는 자신도 빠져죽을 각오를 하지 않는 한 구해주려고 애쓰지 말아야 한다는 것을 깨달았다. 그래서 그는 패티가 허우적거리며 살려달라고 울부짖는 동안 둑에 서서 바라보기만 했다. 지금 패티가 어떤 기분이든 캐츠는 그녀의 얘기를 듣고 싶지 않았다. 〈무명 호수〉를 들고 지긋지긋할 때까지 공연을 다니며 얻은 것이 있다면 가사에 담긴 의미를 모두 제거해버렸다는 점, 즉 거기에 수록된 곡을 만들 때 느낀 슬픈 감정(몰리 때문에, 또 패티 때문에)과 노래 자체를 완전히 분리했다는 점이다. 캐츠는 그 공연이 슬픈 감정 자체를 없애버렸다고 생각했다. 하지만 전화벨이 울리는 동안 전화기에 손을 대고 싶은 생각은 없었다.

캐츠는 자동응답기에 녹음된 내용을 들었다.

'리처드? 나 월터야…… 버글런드. 거기 있는지 모르겠다만, 아마 국내에 없을 수도 있고. 내일쯤 만날 수 있을까 해서. 나 내일 뉴욕으로 출장 가는데 너한테 제안할 것이 하나 있거든. 갑자기 만나자고 해서 미안해. 어떻게 지내는지 인사나 하려고 전화한 거야. 패티가 안부 전해달래. 잘 지내!'

'메시지 삭제는 3번을 누르세요.'

2년 만의 연락이다. 월터의 침묵이 길어지면서, 캐츠는 순간적으로 멍청해지거나 비참해진 패티가 무명 호수에서 있었던 일을 죄다 남편에게 털어놓았다고 생각하기 시작했다. 여성 평등론자인 월터는 남성을 역차별하는 이중 잣대를 들이대 패티는 금방 용서해주고 캐츠에게만 배신의 오명을 씌울 것이다. 캐츠는 그 누구도 두렵지 않았지만 이상하게 월터와 관련해서는 상황이 꼬여, 월터가 두렵고 자신은 보잘것없는 사람으로 느껴졌다. 패티를 저버려 자신의 쾌락을 희생하고, 그녀의 결혼을 파국으로 이끌지 않기 위해 잔인하게 패티를 실망시킴으로써 캐츠는 월터의 반열에 올랐지만, 이 수고로 얻은 것은 월터가 패티를 가진 것에 대한 부러움뿐이었다. 캐츠는 버글런드 부부와 연락을 끊는 것이 두 사람을 위하는 거라고 생각하려 했지만, 사실 두 사람이 얼마나 행복하고 원만한 결혼 생활을 하는지 알고 싶지 않았다.

캐츠는 월터가 자기에게 소중한 존재인 이유를 딱 꼬집어 말하기가 어려웠다. 분명 단순히 우연인 부분도 있다. 캐츠의 자아가 완전히 형성되기 전, 남에게 영향을 잘 받는 나이에 월터와 친근감을 형성했기 때문이다. 캐츠가 보통 사람의 세상으로 난 문을 걸어 잠그고 사회 부적응자나 낙오자들과 어울리기 전에 그의 인생으로 월터가 들어왔다. 월터는 구제불능일 정도로 순진한 동시에, 약삭빠르고 집요하며 아는 것도 많았다. 캐츠도 월터 못지않게 패티에게 끌렸다는 점, 그리고 패티가 월터에게 끌린 정도보다 자기가 월터에게 끌린 정도가 더 강했다는 점도 문제를 복잡하게 했다. 오랜만에 만나면 캐츠의 아랫도리를 후끈 달아오르게 하는 남자는 월터밖에 없었다. 성관계나 동성애가 아닌, 오랫동안 기대해오다가 코카인을 처음으로 코로 들이마셨을 때 느낀 흥분 같은 것이지만, 분명히 뭔가 심오한 화학적 반응이 있었다. 사랑이라고 해야 한다고 우기는 그 무언가. 캐츠는 버글런드가 가정을 꾸리는 걸 지켜보고, 버글런드의 아이들을 알게 되고, 중서부 어딘가에 그들이 잘살고 있고, 자기가 기분이 울적할 때면 언제든 들를 수 있다는 것이 좋았다. 그런데 캐츠는 버글런드의 여름 별장에서, 좁은 틈새를 뚫고 기회를 포착하는 데 뛰어난 농구 선수와 단둘이 밤을 보내 그들의 인생을 망쳐놓았다. 따뜻하고 가정적인 캐츠의 피난처가 하룻밤 사이에 패티의 뜨겁고 허기진 음부라는 소우주로 축소되었다. 그리고 잔인하리만치 너무나 덧없는 순간 동안만 그 소우주에 접근할 수 있었다는 사실이 믿어지지 않았다.

'패티도 안부 전해달래.'

"쳇, 웃기고 있네." 캐츠는 샌드위치를 먹으며 또 혼잣말을 했다. 하지만 식욕이 진정되고 자신이 식욕을 채우고 있던 방법이 역겹게 느껴지자마자 그는 전화를 걸었다. 월터가 받았다.

"웬일이냐?"

"**너**야말로 웬일이냐? 동에 번쩍 서에 번쩍 종횡무진으로 활약한 것 같더구나." 월터는 들떠서 친근하게 대꾸했다.

"그렇지 뭐, 온몸이 전율하도록 노래를 불러댔지. 좋은 시절이었어."

"음악에 맞춰 가볍게 스텝도 밟아가면서 말이지."

"바로 그거지. 데이드 카운티 감옥에서."

"그래, 그 얘기 들었다. 도대체 플로리다에서 뭘 하고 있었던 거야?"

"남아메리카 출신 영계를 하나 만났는데, 사람인 줄 알았지 뭐냐."

"유명세 치르는 거겠지. '유명해지면 뭐든 지나칠 정도로 해야 한다.' 우리가 그런 말하던 거 기억나?"

"글쎄, 다행히 이젠 유명한 거 걱정 안 해도 된다. 버스에서 내렸어."

"무슨 뜻이야?"

"나 다시 덱 만드는 일한다."

"덱이라고? 농담해? 말도 안 돼! 넌 호텔 방을 난장판으로 만들고, 사람을 엄청 역겹게 만드는 노래나 만들어야 하는데."

"그런 거 이제 지겹다. 난 내가 생각할 수 있는 가장 영예로운 일을 하고 있는 거야."

"하지만 재능 낭비다."

"말조심해라. 나 상처 받을라."

"정말이야, 리처드. 너한테는 엄청난 재능이 있어. 사람들이 네 음반 중 하나를 좋아했다는 이유만으로 음악을 그만둘 수는 없어."

"엄청난 재능이라. 꼭 틱-택-토 게임(오목과 비슷한 게임-옮긴이)의 천재라고 하는 것처럼 들린다. 우린 지금 대중음악 얘기를 하고 있는 거야."

"우와, 우와, 우와. 이런 얘기를 들으리라고는 생각지도 못했는데. 난 네가 녹음 끝내고 공연 준비를 하고 있을 거라고 생각했어. 네가 덱 만드는 일을 하고 있다는 걸 알았다면 진작 연락했을 텐데. 귀찮게 하지 않으려고 일부러 연락하지 않았거든." 월터가 말했다.

"넌 날 귀찮게 한 적 없어."

"난 하도 연락이 없어서 네가 바쁜 줄 알았지."

"내 탓이로소이다. 너희는 어떻게 지내? 다 잘돼가지?"

"그럭저럭. 우리 워싱턴으로 이사한 거 알지?"

캐츠는 눈을 감고 그 얘기를 들은 기억이 있는지 확인하기 위해 뇌 신경 조직을 바삐 움직이며 말했다. "그래, 들은 것 같다."

"그런데 여기 일이 좀 복잡해져서 말이야. 사실 그래서 너한테 전화를 한 거야. 제안할 게 한 가지 있거든. 내일 오후에 시간 돼? 느지막이."

"늦은 오후는 곤란한데. 아침은 어때?"

월터는 자기가 정오에는 로버트 케네디 주니어를 만나야 하고, 저녁에는 워싱턴으로 돌아가 토요일 아침 비행기로 텍사스에 가야 한다고 설명했다.

"지금 전화로 얘기해도 되고. 하지만 내 비서가 널 정말 보고 싶어 해서. 네가 같이 일할 사람이 내 비서거든. 내 비서가 다 얘기할 텐데, 괜히 내가 먼저 말 꺼내서 김새게 하고 싶지 않거든." 월터가 말했다.

"비서라고?" 캐츠가 말했다.

"랄리사라고 해. 젊고 똑똑한 아가씨지. 사실 우리 집 바로 위층에 사는데, 네 마음에 쏙 들 거야."

명랑하고 흥분한 월터의 목소리에서 죄책감이나 흥분감이 약간 느껴졌다. 캐츠는 '사실'이라는 단어도 놓치지 않았다.

"랄리사라니, 이름이 왜 그런데?"

"인도 벵골 사람이야. 미주리에서 자랐고. 실제로 보면 아주 예뻐."

"그래. 제안이라는 게 뭔데?"

"지구를 구하는 것."

"그렇구나."

캐츠는 월터가 계산적으로 랄리사라는 미끼를 던지고 있다고 생각했고, 다른 사람이 자기를 그렇게 쉽게 꾐에 넘어가는 사람이라고 생각하는 것이 신경에 거슬렸다. 그래도 월터는 정당한 이유 없이 절대로 여자를 예쁘다고 하지 않는다는 것을 아는지라, 캐츠는 꾐에 넘어갔고 호기심이 발동했다.

"내일 오후 일정을 조정해볼게." 캐츠가 말했다.

"좋아." 월터가 말했다.

일이 될 거면 되는 거고, 안 될 거면 안 되는 거다. 캐츠의 경험으로는 여자를 기다리게 해서 손해 볼 건 없었다. 캐츠는 화이트 가에 있는 재커리에게 전화를 걸어 케이틀린과 만나기로 한 약속을 연기해야겠다고 말했다.

다음 날 오후 3시 15분, 약속 시간보다 15분밖에 늦지 않은 리처드는 월터네 집으로 갔다. 월터와 '인도 영계'가 모서리에 놓인 테이블에 앉아 기다리고 있었다. 캐츠는 테이블로 가까이 다가가기도 전에 자기는 '인도 영계'와 엮일 가능성이 전혀 없다는 사실을 깨달았다. 여자들이 자기는 임자 없는 사람이고 고분고분하게 굴겠다는 신호를 보낼 때 쓰는 몸짓이 열여덟 가지 있는데, 랄리사는 이 가운데 족히 열두 가지 신호를 월터에게 보내고 있었다. 그녀는 말 그대로 월터가 하는 **말 한 마디 한 마디에 귀 기울이는** 게 어떤 건지 몸으로 보여주었다. 월터가 자리에서 일어나 캐츠를 포옹하러 오자 랄리사의 눈이 월터에게 고정된 채 그가 움직이는 대로 따라갔다. 캐츠는 예쁜 여자의 고개가 돌아가게 할 정도로 월터의 남자다운 모습을 본 적이 없다. 월터는 짙은 색 고급 양복을 입었고, 여느 중년 남성처럼 살이 좀 붙었다. 어깨는 더 넓어졌고, 가슴팍도 앞으로 내밀고 있었다.

"리처드, 이쪽은 랄리사야." 월터가 소개했다.

"만나서 정말 반가워요." 랄리사가 리처드와 건성으로 악수하며 말했다. 만나서 영광이라느니, 기쁘다느니, 열성팬이라는 말은 한마디도 하지 않았다.

캐츠는 갑자기 엄청난 사실을 깨닫고 한 방 얻어맞은 듯한 기분을 느꼈다. 캐츠가 늘 스스로에게 해온 거짓말과 달리, 캐츠는 월터가 친구임에도 그의 여자를 원한 게 아니라 바로 월터가 친구이기 때문에 그의 여자를 원한 것이다. 지난 2년 동안 캐츠는 끊임없이 팬들한테 시달려 지긋지긋했는데, 지금은 갑자기 랄리사가 월터를 좋아한다는 이유 때문에 그녀가 자기 팬이라는 찬사를 받지 못하는 것에 실망했다. 랄리사는 까무잡잡한 피부에 전체적으로 동글동글하고 날씬했다. 동그란 눈과 동그란 얼굴, 동그란 가슴에 목과 팔은 가늘었다. B+는 너끈히 되고 추가 학점을 따려고 노력한다면 A-는 될 듯싶었다. 캐츠는 머리카락 사이에 손을 넣어 합판 가루를 털어냈다. 캐츠의 오랜 친구이자 적인 월터는 그를 다시 만나 진심으로 기뻐하는 것 같았다.

"그래, 어떻게 지냈어?" 캐츠가 물었다.

"뭐, 꽤 정신없었지. 어디서부터 얘길 해야 하나." 월터가 말했다.

"옷 멋진데. 잘 어울려."

"아, 맘에 들어. 랄리사가 사라고 해서."

월터가 자신의 몸을 내려다보며 말했다.

"내가 옷차림이 너무 추레하다고 계속 말했거든요. 10년 동안 한 번도 새 옷을 안 샀다잖아요!" 랄리사가 말했다.

랄리사의 말투에 약한 인도 억양이 섞여 있었다. 뭔가를 강타하는 듯하고, 단호하며, 자기는 월터의 소유물이라는 그런 억양이었다. 랄리사가 월터를 기쁘게 하려고 안달하는 몸짓을 보이지 않았다면, 캐츠는 이미 그녀가 월터를 가졌다고 믿었을 것이다.

"너도 좋아 보인다." 월터가 말했다.

"거짓말해줘서 고마워."

"아니, 정말 좋아 보여. 키스 리처즈(영국의 록 그룹인 롤링 스톤스의 기타 연주자-옮긴이)처럼 보이는데."

"아, 이제야 솔직하게 나오시네. 키스 리처즈는 챙 달린 할머니 모자 쓴 늑대처럼 보이잖아. 그 사람이 자주 하는 머리띠 말하는 거지?"

월터가 랄리사에게 물었다. "리처드가 할머니처럼 보여?"

"아~니요." 랄리사는 퉁명스럽게 둥근 '아' 소리를 냈다.

"워싱턴으로 이사 왔다고?" 캐츠가 말했다.

"어. 일이 이상하게 그렇게 됐어. 난 휴스턴에 사는 빈 헤이븐이라는 사람 밑에서 일하는데, 석유랑 가스 사업을 크게 하는 사람이야. 그 사람 장인은 전통적인 공화당원이었고, 닉슨, 포드, 레이건 정권에서 일했어. 그의 장인이 딸한테 조지타운에 있는 집을 유산으로 남겼는데, 거의 쓰지 않고 있거든. 빈이 신탁기금을 창설하고는 1층은 사무실로 만들고, 2층과 3층은 시세보다 싸게 패티하고 나한테 팔았지. 맨 꼭대기 층에는 가사 도우미가 거주하는 작은 아파트가 있는데, 랄리사가 거기에 살아." 월터가 말했다.

"전 워싱턴에서 세 번째로 통근 시간이 짧은 사람이에요. 버글런드 사무총장님이 통근하는 데 걸리는 시간은 대통령 통근 시간보다 짧다니까요. 부엌은 같이 쓰고 있어요." 랄리사가 말했다.

"좋겠네." 캐츠가 월터에게 의미심장한 눈길을 보내며 말했지만 월터는 눈치채지 못한 것 같았다. "그런데 신탁기금이 뭐야?"

"지난번 통화할 때 내가 얘기한 것 같은데."

"한동안 너무 여러 가지 마약을 했기 때문에 같은 말을 적어도 두 번은 들어야 기억하거든."

"청솔산 신탁기금이라고 해요. 자연을 보존하는 전혀 새로운 접근 방식이죠. 버글런드 사무총장님의 생각이에요." 랄리사가 말했다.

"사실은 빈의 생각이야. 적어도 시작은 그랬어."

"하지만 정말 창의적인 생각은 다 사무총장님이 했어요."

랄리사가 캐츠에게 말했다.

웨이트리스(전혀 특별할 것도 없고, 이미 캐츠가 알고 있으며, 고려 대상에서 제외했다)가 커피 주문을 받았고, 월터는 청솔산 신탁기금에 관한 이야기를 시작했다. 월터의 말에 따르면, 빈 헤이븐은 비범한 사람이다. 빈과 그의 부인 키키는 새를 열렬하게 사랑하며, 조지와 로라 부시 내외, 딕과 린 체니 내외와 친분이 있었다. 빈은 텍사스와 오클라호마의 유전과 가스전에 돈을 쏟아부어 수억 달러를 벌었다. 나이가 든 데다 자식도 없는 빈은 재산의 절반 이상을 단 한 종류의 새를 보호하는 데 쓰기로 결정했다. 그 새의 이름이 청솔새인데, 자태가 아름다울 뿐 아니라 북아메리카에서 개체 수가 가장 빨리 줄어들고 있었다.

"청솔새 사진 보여드릴게요." 랄리사가 가방에서 브로슈어를 꺼내며 말했다.

겉장에 실린 청솔새는 캐츠의 눈에는 평범해 보였다. 푸른빛에 자그마하고 별로 영특해 보이지도 않았다.

"새 맞네." 캐츠가 말했다.

"잠깐만요. 새가 중요한 게 아니에요. 이 사업은 새를 보호하는 것 이상으로 중요해요. 일단 사무총장님의 고견을 들어보세요." 랄리사가 말했다.

고견이라니! 캐츠는 월터가 만나자고 한 진짜 이유가 자신이 **흠모**하는 꽤 반반한 스물다섯 살짜리 여자를 보여주기 위해서라는 생각이 들기 시작했다.

월터의 말에 따르면, 청솔새는 기후가 온화하며 성숙하고 단단한 나무가 들어찬 숲 속에 서식하는데, 가장 큰 서식지는 중앙 애팔래치아 산맥이다. 특히 웨스트버지니아 남쪽에 상당히 큰 무리가 서식하고, 빈 헤이븐은 재생 불가능한 에너지 산업과의 관계를 활용해 석탄 회사와 손잡고 거대한 민영 청솔새 영구 보존 지역을 만들고, 그 밖에도 멸종 위기에 놓인 종을 보존할 수 있는 기회를 포착했다. 석탄 회사들은 청솔새가 곧 '멸종위기종법안'이 정한 멸종 위기종으로 지정되면 자기들이 숲의 나무를 베어내고 산을 폭파할 수 있는 자유를 침해당할 수 있다고 걱정했다. 빈은 석탄 산업계를 설득해 계속 석탄을 채굴하도록 허락되는 한 청솔새를 보존해 멸종 위기종으로 지정되지 않도록 하고, 석탄 산업계가 절실히 필요로 하는 언론의 좋은 평판을 얻을 수 있다고 믿었다. 그리고 월터가 이 신탁기금의 사무총장 자리를 차지한 사정은 이러하다. 월터는 미네소타의 자연보존협회에서 일하며 광산 산업계와 좋은 관계를 유지했고, 보기 드물게 석탄 산업계 사람들을 건설적으로 참여시키는 데 열린 생각을 갖고 있었다.

"헤이븐 씨는 사무총장님 전에 대여섯 명의 후보를 면담했는데, 어떤 사람은 면담 도중에 일어나 가버렸대요. 그 사람들은 생각이 너무 편협하고 비판당하는 걸 두려워했어요. 큰 위험을 기꺼이 감수하고 사람들이 어떻게 생각하는지 개의치 않을 수 있는 빈 같은 사람을 알아보는 눈이 사무총장님 말고는 아무도 없었죠." 랄리사가 말했다.

월터는 랄리사의 찬사에 얼굴을 찌푸렸지만 흐뭇해하는 것이 분명했다.

"그 사람들은 나보다 좋은 직장에 다녔으니 잃을 게 많았겠지."

"하지만 어느 환경보호주의자가 자연을 보존하는 것보다 직장 보존을 더 중요시하겠어요?"

"글쎄, 유감스럽게도 그런 사람이 많아. 부양해야 할 가족도 있고 책임도 있으니까."

"사무총장님도 그렇잖아요!"

"야, 인정해라. 넌 너무 훌륭하다니까." 캐츠가 떨떠름하게 말했다.

모두 가려고 자리에서 일어섰을 때 캐츠는 랄리사가 엉덩이가 크거나 허벅지가 두꺼울 것이라는 희망을 아직 버리지 않고 있었다.

신탁기금은 청솔새를 보호하기 위해 웨스트버지니아 주 와이오밍 카운티에 260제곱킬로미터의 도로 없는 부지를 조성했다. 그 주위에는 넓은 '완충지대'를 만들어 자동차를 타고 와서 사냥과 여가를 즐길 수 있도록 하는 것이 목표였다. 그렇게 넓은 땅의 지상권과 채광권을 확보하려면 신탁기금은 우선 산 정상을 제거하는 방법으로 거의 그 지역의 3분의 1에 해당하는 넓이에서 석탄을 캘 수 있도록 허용해야 했다. 바로 이 때문에 다른 후보들이 겁을 먹고 도망간 것이다. 현재 사용하고 있는 산 정상 제거 방법은 생태계를 심각하게 훼손한다. 산 정상의 바위를 폭파해 그 밑에 있는 석탄 광맥을 드러나게 하기 때문에 주위의 계곡은 파손된 돌무더기로 가득해지고, 생물이 많이 서식하는 근처의 시냇물은 사라지게 된다. 하지만 월터는 잘만 관리하면 사람들이 생각하는 것보다 환경을 덜 훼손할 수 있다고 믿었다. 더 이상 채굴할 광물이 없는 토지의 큰 이점은 아무도 그 지역을 다시 파헤치지 않는다는 것이다.

캐츠가 월터와 관계에서 그리운 것 중 하나는 실제 생각에 대해 의견을 나누는 일이었다. 그가 말했다.

"하지만 석탄은 그냥 지하에 내버려둬야 하지 않냐? 난 네가 석탄 채굴을 싫어하는 줄 알았는데."

"그 얘기를 하려면 길어지니까 따로 시간을 내야지." 월터가 말했다.

"사무총장님은 화석연료 대 핵연료와 풍력에 대해 아주 참신한 생각을 갖고 계세요." 랄리사가 말했다.

"우린 석탄에 대해 **현실적인** 생각을 갖고 있다고 해두자." 월터가 말했다.

더 고무적인 것은, 다른 많은 새처럼 청솔새가 겨울을 나는 남아메리카에 신탁기금이 돈을 쏟아붓고 있는 점이라고 월터는 계속 얘기를 이어갔다. 안데스 산맥의 숲은 무서운 속도로 사라져가고, 지난 2년 동안 월터는 매달 콜롬비아로 출장을 가서 토지를 대규모로 사들이고 지역 생태 여행을 권장했으며, 지역 농부들이 나무 대신 태양열이나 전기 난방을 사용하도록 돕는 비정부 단체와 의견을 조율했다. 남반구에서는 적은 돈으로 많은 일을 할 수 있었고, 범미 청솔새 공원의 남쪽 절반은 이미 조성한 상태였다.

"헤이븐 씨는 남아메리카에서는 아무 계획이 없었어요. 사무총장님이 지적하고 나서야 관심을 갖게 된 거죠." 랄리사가 말했다.

"다른 것은 차치하더라도 두 대륙에 걸쳐 펼쳐지는 공원을 조성하면 교육적 효과도 얻을 수 있다고 생각했어. 모든 것은 서로 유기적으로 연관되어 있다는 점을 역설하는 거지. 텍사스와 멕시코에 있는 청솔새의 이동 경로를 따라 작은 보존 구역을 만들어 지원할 생각도 하고 있어." 월터가 말했다.

"좋아, 아주 좋은 생각인데." 캐츠가 무덤덤하게 말했다.

"**정말** 좋은 생각이죠." 랄리사가 월터를 그윽한 눈길로 바라보며 말했다.

"문제는, 서식지가 너무 빠른 속도로 사라지고 있기 때문에 정부의 조치를 기다리다가는 일을 망칠 수도 있다는 거야." 월터가 말했다. "정부라는 게, 생물의 다양성에 손톱만큼도 관심 없는 다수가 선출하는 사람들로 구성되니까. 하지만 억만장자들은 관심을 갖지. 그 사람들은 지구를 완전히 망가뜨리지 말아야 할 이유가 있으니까. 그들과 그들의 자손은 지구가 제공하는 혜택을 누릴 경제적 능력이 있는 사람들이거든. 빈 헤이븐이 텍사스에 있는 자기 목장에서 자연보호를 시작한 이유는 큰 새는 사냥감으로, 작은 새는 관상용으로 좋아하기 때문이야. 물론 이익을 위해서지만, 누이 좋고 매부 좋은 경우잖아. 서식지를 개발하지 않고 보호하는 일을 하려면 미국 유권자를 설득하는 것보다 억만장자 몇 명을 설득하는 게 훨씬 수월해. 미국의 유권자들은 유선방송이나 보고, 엑스박스(Xbox)로 게임이나 하고, 케이블만 깔려 있으면 행복한 사람들이니까."

"게다가 넌 3억 명에 달하는 미국인이 야생동물 서식지를 돌아다니기를 원하지 않지." 캐츠가 말했다.

"바로 그거야. 그러면 자연 서식지가 아니니까."

"말하자면, 네가 적진으로 넘어갔다는 얘기구나."

월터가 웃었다. "맞아."

"헤이븐 씨를 한번 만나봐야 한다니까요. 정말 독특한 분이세요."

랄리사가 캐츠에게 말했다.

"조지 부시, 딕 체니랑 친구라는 사실만 봐도 알 수 있을 것 같은데."

"아뇨, 캐츠 씨. 그렇지 않아요. 그것만으로는 어떤 사람인지 알 수 없어요." 그녀가 대답했다.

랄리사가 '아뇨' 할 때 '아'를 발음하는 게 너무 매력적이어서 캐츠는 계속 그녀의 말을 반박하고 싶었다.

"그리고 그 사람, 사냥도 한다며. 그럼 딕 체니와도 사냥을 하겠네, 그렇지?"

"사실 가끔 딕 체니랑 함께 사냥을 하긴 해." 월터가 말했다. "하지만 헤이븐 사람들은 사냥한 걸 먹고 자기들 땅에 서식하는 야생동물을 관리하거든. 사냥은 문제될 게 없어. 부시 집안사람들도 문제가 아니고. 빈이 워싱턴에 오면 백악관에 가서 롱혼이 출전하는 경기를 보고, 경기 중간 휴식 때는 로라를 설득한다니까. 빈은 영부인이 하와이에 서식하는 바닷새에 대해 관심을 갖게 했어. 거기서도 조만간 무슨 일이 벌어질 거야. 부시와의 관계 자체는 문제가 아니야." 월터가 말했다.

"그럼 뭐가 문제야?" 캐츠가 물었다.

월터와 랄리사가 불편한 눈길을 주고받았다. 월터가 대답했다.

"글쎄, 몇 가지가 있는데 우선 돈이 문제야. 남아메리카에 우리가 쏟아붓는 돈을 생각할 때 웨스트버지니아에서 공공 기금을 받으면 큰 도움이 될 거야. 그리고 산정 제거 문제는 정말 빼도 박도 못하게 됐어. 지역 시민 단체가 석탄 산업계, 특히 '산정 제거법'을 거세게 비난하고 있거든."

"산정 제거법은 산 정상을 제거하는 방법을 말해요." 랄리사가 말했다.

"〈뉴욕타임스〉는 부시와 체니가 이라크를 침공한 건에 대해서는 그냥 넘어가주고 계속 산정 제거법을 비난하는 사설만 싣고 있어." 월터가 말했다. "주 정부도, 연방 정부도, 민간 기업도 산 정상을 없애고, 조상 대대로 살아온 보금자리에서 가난한 사람들을 몰아내는 프로젝트에는 절대 손도 안 대려고 한다니까. 삼림 개간이란 말은 듣기도 싫어하고, 지속 가능한 환경 관련 직종에도 귀 기울이지 않지. 와이오밍 카운티는 인구도 매우 적어. 우리 계획 때문에 영향을 받는 가구는 200가구도 채 되지 않거든. 하지만 이게 완전히 악덕 기업 대 힘없는 보통 사람의 문제로 돌변했지 뭐야."

"정말 멍청하고 비이성적이에요. 사무총장님 얘기를 **들으려고도** 하지 않는다니까요. 사무총장님은 개간에 대해 좋은 생각이 있는데, 우리가 방으로 들어가면 사람들은 귀를 막아버리죠." 랄리사가 말했다.

"애팔래치아 지역의 삼림 사업이라는 게 있는데. 자세한 내용에 관심이 있기는 하냐?" 월터가 물었다.

"난 너희 두 사람이 그 얘기하는 걸 지켜보는 데 더 관심이 있다." 캐츠가 말했다.

"그게, 그러니까 간단히 말하면, 산정 제거법이 비난을 받는 이유는 대부분의 지상권 소유자가 옳은 방법으로 개간하자고 주장하기 때문이야. 석탄 회사가 채굴권을 행사해서 산을 깎으려면 채권을 담보로 잡혀야 하는데, 이 채권은 토지가 원래 상태로 회복되기 전에는 돌려받을 수 없어. 문제는, 이 지상권 소유자들이 개발업자가 와서 호화로운 콘도를 지을 거라는 희망에 오지의 척박하고 함몰하기 쉬운 평지를 계속 받아들인다는 거야. 사실 개간을 제대로만 하면 정말 울창하고 생물 다양성이 보존되는 숲을 만들 수 있거든. 보통 표층토 깊이를 45센티미터쯤으로 하는데 그 대신 120센티미터 정도로 하고 풍화된 사암을 사용하는 거지. 토양을 너무 꽉 다지지도 않고. 그리고 빨리 자라는 나무와 천천히 자라는 나무를 적당한 계절에 적당히 섞어서 심어야 해. 이렇게 만든 숲이 이전에 있던 재생림보다 실제로 청솔새 서식에 **더 적합하다**는 증거도 있어. 그래서 우리 계획은 청솔새를 보존하는 것뿐 아니라 생태계를 올바르게 보존하는 방법을 알리는 거야. 하지만 주류 환경론자들은 일을 올바르게 하는 데는 관심이 없어. 일을 올바르게 하면 석탄 회사들이 덜 악당으로 보이게 되고 산 정상 제거는 정치적으로 더 수용 가능해지거든. 그래서 우리는 외부에서 기금을 모을 수가 없고, 여론도 우리를 등지려고 한다니까."

"또 다른 문제는 우리가 독자적으로 그 일을 하려면 공원 규모를 훨씬 줄여야 하는데, 그러면 청솔새의 주요 서식지 역할을 하기에는 너무 작아지거나, 석탄 회사에 훨씬 많이 양보해야 한다는 거죠." 랄리사가 말했다.

"사실 석탄 회사들이 어느 정도 악덕하기는 하지." 월터가 말했다.

"그래서 우리는 헤이븐 씨의 돈에 대해 꼬치꼬치 물을 수가 없었어요."

"할 일이 많은 것 같다. 내가 억만장자라면 지금 당장 수표책을 꺼낼 텐데." 캐츠가 말했다.

"더 안 좋은 문제도 있어요." 랄리사가 눈을 이상하게 반짝이며 말했다.

"듣기 지겹지 않아?" 월터가 물었다.

"전혀. 솔직히 지적인 자극에 조금 굶주려 있었거든." 캐츠가 말했다.

"문제는, 유감스럽게도 빈이 다른 꿍꿍이속이 있는 것으로 드러났거든."

"부자들은 **갓난아이** 같다니까요. 좆나게 갓난아이처럼 굴죠."

"다시 말해봐요." 캐츠가 말했다.

"뭘요?"

"좆나게. 발음하는 게 마음에 드네."

랄리사는 얼굴이 빨개졌다. 캐츠는 마침내 랄리사와 통했다.

"좆나게, 좆나게, 좆나게." 랄리사가 기꺼이 말했다. "전 자연보존협회에서 일할 때 연중행사로 파티를 했어요. 부자들은 한 테이블에 2만 달러나 내면서 기념품이 든 가방을 꼭 받으려고 했죠. 기념품 가방에는 다른 사람들이 기부한 온갖 잡동사니로 가득한데도요. 하지만 기념품이 든 가방을 주지 않으면 그다음 해에는 2만 달러를 기부하지 않아요."

"이런 얘기, 밖에 나가서 다른 사람한테 절대 하면 안 된다. 맹세해."

월터가 캐츠에게 말했다.

"맹세하지."

월터가 말하기를, 청솔산 신탁기금은 2001년 봄에 만들었다. 그때 빈 헤이븐은 워싱턴에서 부통령의 악명 높은 에너지대책위원회 회의에 참석 중이었는데, 딕 체니는 국민이 낸 세금으로 이 위원회에 참가하는 사람들을 정보 공개법으로부터 보호하고 있었다. 하루 종일 계속된 긴 회의를 마친 어느 날 밤, 빈은 칵테일을 마시면서 나돈 에너지와 블래스코의 회장들과 얘기를 나누었고 청솔새 문제를 납득시켰다. 빈은 일단 자기가 이들을 놀리는 게 아니라는 사실을 납득시키자―빈이 정말 사냥할 수 없는 새를 보호하려 한다는 사실을 납득시키자―원칙적 합의에 도달했다. 빈은 산정 제거법이 허용되지만 후에는 다시 숲을 조성해서 영원히 야생동물 보호 지역으로 만들 수 있는 대규모 부지를 물색하기로 했다. 월터는 신탁기금의 사무총장으로 채용됐을 때 이러한 합의 내용에 대해 알고 있었다. 월터가 모르고 있던 사실은―최근에서야 알았는데―2001년 같은 주에 부통령이 은밀하게 빈에게 대통령이 규제와 세제를 바꿔서 애팔래치아 산맥에서 천연가스를 추출하는 일이 경제성 있도록 만들려고 한다고 말했다. 그리고 빈은 와이오밍 카운티뿐 아니라 석탄이 매장돼 있지 않거나 이미 모조리 채굴된, 웨스트버지니아의 다른 지역 몇 군데에서도 엄청난 규모의 채굴권을 사들였다. 월터가 말하기를, 신탁기금이 앞으로 필요한 보존 지역을 확보하려는 거라고 빈이 주장하지만 않았어도 월터는 쓸모없어 보이는 권리를 이렇게 대규모로 사들이는 게 뭔가 미심쩍은 구석이 있다는 사실을 눈치챘을지도 모른다.

"두말할 것도 없이 빈은 위장술로 우리를 이용한 거죠." 랄리사가 말했다.

"어쨌든 빈이 정말 새를 좋아하고 청솔새 보호를 위해 좋은 일을 많이 한다는 점은 인정해야지." 월터가 말했다. "그런데 기념품 가방도 챙기고 싶었던 거지. 아직 공식적으로 발표하지 않아서 넌 못 들었겠지만 웨스트버지니아는 완전히 파헤쳐질 위기에 놓였어. 우리가 영구 보존 지역이 될 거라고 생각한 수억 제곱미터의 땅이 우리가 여기 앉아 있는 이 순간에도 파괴되고 있거든. 서식지가 분산되고 파괴되는 정도로 말하면 석탄 산업계가 지금까지 저지른 일 못지않게 해로운 일이지. 채굴권을 갖고 있으면 공유지에서조차 맘대로 권리를 행사할 수 있거든. 온 사방에 길을 내고, 수천 개의 유정(油井)을 파고, 시끄러운 장비를 밤낮으로 돌려대고, 밤새도록 환하게 불을 밝히고 말이야."

"그러는 동안 빈의 채굴권 가치는 천정부지로 치솟겠지." 캐츠가 말했다.

"바로 그거야."

"그런데 그동안 보존 지역으로 만든다고 사들인 땅을 팔고 있다는 거야?"

"일부는."

"끝내주는군."

"빈은 돈을 많이 쓰고 있어. 그리고 자기가 아직 채굴권을 갖고 있는 지역에서는 채굴에 따른 피해를 경감할 조치를 취할 거야. 하지만 여론이 우리에게 우호적이었다면 불필요할 엄청난 비용을 대느라 채굴권을 많이 팔아야 했어. 말하자면, 빈은 내가 생각한 것만큼 신탁기금에 투자할 생각이 없었던 거지."

"다시 말하면, 네가 속았다는 거네."

"속았지, 아주 조금. 그래도 청솔새 보호 공원은 만들겠지만. 이 얘기, 누구한테도 하지 마라."

"그럼 어떻게 되는 거냐? 그러니까 부시의 친구들은 사악하다는 내 주장이 옳았다는 사실 말고." 캐츠가 말했다.

"사무총장님과 제가 악당을 위해 일하는 사기꾼이 된 거죠." 랄리사가 이상하게 눈을 반짝이며 말했다.

"사기꾼은 아니지. 사기꾼이라고 하지 마. 우린 사기꾼이 아니야." 월터가 재빨리 바로잡았다.

"아니죠. 사기꾼이라고 할 수 있죠."

"사기꾼이라고 발음하는 것도 마음에 드는데." 캐츠가 랄리사에게 말했다.

"우린 그래도 빈을 좋아해. 단지 우리에게 완전히 솔직하지 않았을 뿐 독특한 사람이야. 그러니까 우리도 빈에게 완전히 솔직할 필요는 없는 거지." 월터가 말했다.

"지도와 표를 보여드릴게요." 랄리사가 가방을 뒤지며 말했다.

밴 운전기사들과 길모퉁이에 있는 경찰서의 경찰관들이 일찌감치 워커스 바에 들어와 테이블을 채우고 바를 점령했다. 바깥에는 늦겨울인 2월 오후의 빛이 남아 있었고, 거리는 터널로 향하는 주말 차량이 즐비했다. 또 다른 현실 세계인 화이트 가의 지붕에서 캐츠는 작정하고 묘령의 케이틀린을 유혹하고 있었다. 그런데 이제는 그럴 가치도 없어 보였다. 캐츠는 자연이 훼손되든 보존되든 상관없지만, 월터가 부시 일당과 맞서 그들을 이기려 한다는 사실은 부러웠다. 치클릿 껌을 만들거나 경멸스러운 사람들의 집에 덱을 만들어주는 일보다 훨씬 **흥미로웠다.**

"내가 애초에 이 일을 맡은 이유는 밤잠을 이룰 수 없었기 때문이야. 이 나라 되어가는 꼴이 견딜 수 없더라고. 클린턴은 환경보호를 위해 한 일이 아무것도 없어. 오히려 해를 끼쳤지. 클린턴은 그냥 모두 플리트 우드맥의 노래에 맞춰 신나게 즐기기를 바란 거야. '내일에 대한 생각을 멈추지 말아요' (빌 클린턴이 선거 캠페인 당시 사용한 노래-옮긴이)? **헛소리.** 내일을 생각하지 않은 것이 바로 클린턴이 환경보호를 위해 한 일이야. 그리고 앨 고어는 배짱이 없어서 녹색 깃발을 휘날릴 엄두도 못 냈고, 사람만 좋아서 플로리다 주 선거 개표 때는 이를 악물고 싸울 능력도 없었지. 난 세인트폴에서 그럭저럭 괜찮게 지냈지만, 자연보존협회에서 일하면서 미네소타 전역을 돌아다녔는데 시를 벗어날 때마다 누가 내 얼굴에 염산을 뿌리는 것 같더라고. 기업형 농장뿐 아니라 도시가 교외까지 마구잡이로 점점 뻗어나가는 게 정말 끔찍했어. 그중에서도 저밀도 개발이 **제일** 끔찍해. 온 사방에 SUV에, 스노모빌에, 제트스키에, 전지형(全地形) 만능차에, 8000제곱미터가 넘는 잔디밭이지. 화학물질에 푹 전 그놈의 천편일률적인 잔디밭 말이야."

"지도 여기 있어요." 랄리사가 말했다.

"그래, 이걸 보면 서식지가 어떻게 돼가는지 알 수 있지." 월터가 캐츠에게 코팅한 지도 두 장을 건넸다. "이건 분산되지 않은 1900년 서식지고, 이건 분산되지 않은 2000년 서식지야."

"먹고살 만해지면 이렇게 되지." 캐츠가 말했다.

"너무 마구잡이로 개발하고 있다니까. 이렇게 분산되지만 않아도 다른 종의 동물들도 살아남기에 충분할 만큼 땅이 있을지 모르는데." 월터가 말했다.

"훌륭한 꿈이다. 동감이야."

캐츠가 말했다. 돌이켜보니, 자기 친구는 코팅한 자료를 들고 다닐 운명이었다는 생각이 들었다. 하지만 그래도 지난 2년 동안 월터가 **분노**에 찬 사람으로 변했다는 사실이 놀라웠다.

"내가 밤잠을 못 이루는 이유가 이거야. 서식지 분산. 인터넷이나 케이블 방송 같다니까. 중심도 없고, 공동체의 합의도 없고, 신경을 분산시키는 소음만 가득하지. 차분하게 앉아서 진득하니 대화를 나눌 수가 없다니까. 전부 허접한 쓰레기에 마구잡이 개발뿐이야. 진정한 것, 정직한 것은 죽어가고. 지적으로, 문화적으로 우리는 당구공처럼 여기저기 부딪히면서 최첨단 자극에 무작정 반응하고 있어." 월터가 말했다.

"인터넷에 아주 괜찮은 포르노도 있던데. 사람들이 그러더라고." 캐츠가 말했다.

"미네소타에서 나는 체계적으로 성취한 일이 전혀 없었어. 그저 서로 분리되어 흩어져 있는 아름다움의 조각을 긁어모으고 있었을 뿐이야. 북아메리카 지역에는 600여 종의 새가 있는데 그중 3분의 1은 서식지 분산 때문에 죽어가고 있어. 200명의 부자가 각각 한 종류의 새를 선택해서 그들의 주요 서식지가 분산되는 것을 막아준다면 그 새들을 모두 구할 수 있을지도 모른다는 게 빈의 생각이야."

"청솔새는 아주 까다로운 새예요." 랄리사가 말했다.

"이 새는 성숙한 낙엽수림 나무 꼭대기에서 번식을 하는데, 새끼들이 날 수 있게 되자마자 가족 전체가 안전을 위해 더 낮은 곳에 서식하는 식물로 거처를 옮기지. 그런데 숲이 목재와 숯을 만드느라 다 잘려나가고, 재생림은 이 새들이 살기에 적당한 하층 식물이 없어. 숲에 도로와 농장이 들어서는 데다 석탄을 채굴하느라 갈라지고 쪼개져 고양이, 너구리, 까마귀에게 청솔새가 공격받기 쉽거든." 월터가 말했다.

"그러니까 순식간에 청솔새가 사라지게 되는 거죠." 랄리사가 말했다.

"무자비하네. 그냥 새 한 종류일 뿐이긴 하지만." 캐츠가 말했다.

"어떤 종류의 생물이든 지속적인 생존권을 누려야 해." 월터가 말했다.

"물론이지. 난 단지 네가 왜 이런 생각을 하게 됐는지 이해하려는 거야. 우리 대학 다닐 때 넌 새에 관심이 없던 걸로 기억하는데. 그땐 인구과잉이나 성장의 한계에 관심이 많았잖아."

월터와 랄리사가 다시 한번 눈길을 주고받았다.

"인구과잉 문제가 바로 당신이 우리를 도와줬으면 하는 문제예요." 랄리사가 말했다.

캐츠가 웃었다. "이미 최선을 다하고 있는걸."

월터가 코팅한 표를 뒤적거리며 말했다.

"난 곰곰이 다시 생각해봤어. 여전히 밤잠을 설치고 있었거든. 아리스토텔레스와 서로 다른 여러 가지 원인 기억나? 동력인(動力因), 형상인(形相因), 목적인(目的因). 자, 까마귀나 살쾡이들이 둥지를 덮치는 건 청솔새 개체 수가 줄어드는 동력인이야. 그리고 서식지 분산은 **그런 일**이 발생하는 형상인이고. 그런데 목적인은 뭘까? 그건 우리가 겪는 모든 문제의 뿌리라고 할 수 있지. 목적인은 지구상에 사람이 너무 많다는 거야. 남아메리카에 가면 더 확실히 알 수 있어. 일인당 소비가 늘어나는 것도 맞는 말이고, 중국이 거기서 불법적으로 천연자원을 뽑아내는 것도 맞는 말이야. 하지만 가구당 아이 여섯 명 대 1.5명을 생각해봐. 한없이 지혜로운 교황의 말대로, 생기는 대로 아이를 낳은 사람들은 자식을 먹여 살리려고 환경을 짓밟기 마련이라니까."

"언제 우리와 함께 남아메리카에 가요. 좁은 도로를 따라가다 보면 낡은 엔진과 싸구려 휘발유 때문에 끔찍한 매연에, 언덕은 전부 벌거숭이고, 한 집에 애들은 여덟에서 열 명이죠. 정말 끔찍해요. 꼭 한번 같이 가요. 우리에게도 곧 닥칠 문제니까요."

'괴짜군.' 캐츠는 생각했다. '반반하고 아담한 괴짜.'

월터가 캐츠에게 코팅한 표를 건네며 말했다.

"미국에서만 앞으로 40년 후면 인구가 50퍼센트 늘게 돼. 이미 준교외 지역에 얼마나 인구가 밀집해 있는지 생각해봐. 교통체증과 도시 팽창, 환경 훼손, 석유 수입 의존도를 생각해봐. 거기에 50퍼센트를 더해보라고. 이건 미국에 국한된 얘기고, 이론적으로는 더 많은 인구를 수용할 수 있지. 전 세계의 탄소 배출량에 아프리카의 인종 학살과 기아, 아랍 세계에서 궁지에 몰려 과격해진 하층민, 바다에서 물고기 남획, 이스라엘의 불법 정착, 중국 한족의 티베트 탄압, 핵무기 보유국인 파키스탄의 수천만 빈민. 인구만 줄어도 이 세상에는 해결할 수 없거나 적어도 경감될 수 없는 문제가 거의 없어." 월터가 캐츠에게 표를 또 하나 넘겨주었다. "그런데 2050년에는 30억이 더 늘어나. 너랑 내가 어려서 유니세프 모금 상자에 동전을 넣던 시절의 세계 전체 인구만큼 더 **늘어난다**는 거야. 우리가 아무리 애써서 자연을 보존하고 삶의 질을 높이려 해도 압도적인 인구 증가에는 속수무책이지. 사람들의 소비 습관은 바꿀 수 있어. 시간과 노력이 들긴 해도. 하지만 인구가 계속 증가하면 아무리 노력해도 소용없어. 그런데도 **아무도** 공개적으로 이 문제를 거론하려고 하지 않는다는 거야. 방 안에 거대한 코끼리가 있는데,

모두 입 다물고 있는 거지. 그게 우리를 죽이고 있는데도."

"생각난다. 우리 아주 길게 얘기를 나눴지." 캐츠가 말했다.

"대학 때 이 문제에 관심이 많았던 건 사실이야. 그런데 나도 번식을 하긴 했다."

캐츠는 눈썹을 치켜세웠다. 자기 아내와 아이들 얘기를 하면서 **번식**이라는 단어를 쓰다니. 월터가 말을 이었다.

"나도 나름대로 1980년대와 1990년대에 일어난 보다 광범위한 문화적 변화의 일부였던 것 같아. 폴 에를리히, 로마 클럽, 인구 성장 제로 단체 덕분에 인구과잉은 1970년대에는 분명히 공론화됐지만, 갑자기 얘기가 사라졌어. 언급조차 못하게 됐지. 녹색혁명이 부분적인 이유야. 알다시피 기아 문제가 사라지지는 않았지만 재앙 수준까진 아니었던 거지. 인구 억제는 정치적으로 비난을 받았고. 전체주의 국가인 중국은 한 자녀 정책을 실시하고, 인디라 간디는 강제로 불임수술을 하게 하고, 미국의 인구 성장 제로 단체는 토착민 우선주의자에 인종차별주의자로 그려졌지. 진보주의자들은 전부 겁이 나서 입을 다물었어. 시에라 클럽조차 겁을 먹었으니까. 물론 보수주의자들은 애초부터 이 문제에 관심도 없었고. 이념 자체가 이기적이고 단기적인 이익을 추구하고, 모든 게 하느님의 뜻이라고 해석하는 사람들이니까. 그래서 인구문제는 배 속에 암처럼 자라고 있는데, 우린 그걸 알면서도 그냥 생각하지 않기로 한 거야."

"그 문제랑 청솔새가 무슨 상관인데?" 캐츠가 물었다.

"**밀접한** 관련이 있죠." 랄리사가 말했다.

"아까 말한 대로, 신탁기금의 사명을 어느 정도 우리 재량껏 해석해서 청솔새 생존을 보장하는 걸 우리의 과제로 삼았다는 거야. 문제의 근원을 찾아 생각을 더듬었는데 마침내 2004년 우리가 내린 결론은, 목적인이나 원동력으로 말하자면, 인구 성장을 뒤집자는 얘기를 하는 게 완전히 몹쓸 짓이고 전혀 근사하지 않은 짓이 돼버렸다는 거야."

"그래서 제가 사무총장님에게 물었죠. 아는 사람 중 가장 근사한 사람이 누구냐고." 랄리사가 말했다.

캐츠가 웃으며 고개를 가로저었다. "어, 아냐. 안 돼, 안 돼, 안 돼."

"들어봐, 리처드. 보수주의자들이 이겼어. 그들이 민주당을 중도 우익으로 만들어버렸거든. 공화당이 나라 전체를 메이저리그 야구 경기 때마다 '신이여 미국을 축복하소서'라고 노래하며 **신**이라는 단어를 강조해서 부르짖게 했다니까. 보수주의자들이 모든 전선에서 승리했다고. 특히 문화적으로. 그중에서도 **특히** 출산과 관련해서. 1970년에는 지구의 미래를 걱정하고 아이를 낳지 않는 게 멋진 일이라고 생각했어. 하지만 좌우를 막론하고 요즘 모든 사람이 동의하는 점은 아기를 많이 갖는 건 아름다운 일이라는 거지. 많을수록 좋다, 케이트 윈슬릿이 임신했단다, 잘됐다, 잘됐어. 아이오와에 사는 어떤 멍청이가 여덟 쌍둥이를 낳았단다, 좋다, 좋아. SUV를 몰고 다니는 게 얼마나 바보 같은 짓인지 얘기하다가도 사람들이 소중한 아기를 보호하기 위해 산다고 하면 얘기가 쏙 들어가지."

"죽은 아기? 거 흉하다. 설마 영아 살해를 주장하는 건 아니지?" 캐츠가 말했다.

"물론 아니지. 우린 단지 아기를 갖는 걸 좀 창피한 일이라고 느끼게 하고 싶은 거야. 비만이 창피하듯. 아기만 내세우지 않는다면 에스컬레이드(캐딜락이 만든 SUV 이름-옮긴이) 모는 게 창피한 일이 될 수 있다는 거야. 8000제곱미터가 넘는 대지에 370제곱미터가 넘는 집을 짓고 사는 게 창피한 일이 될 수 있다는 거야." 월터가 말했다.

"'그렇게 살고 싶으면 살아도 되지만 그런 생활 방식으로 칭송받을 거라고는 더 이상 기대하지 마라'는 게 우리가 전달하려는 메시지죠." 랄리사가 말했다.

캐츠는 괴짜 같은 랄리사의 눈을 들여다보며 말했다.

"당신은 아이를 원하지 않는다는 거네."

"네." 랄리사가 그의 시선을 피하지 않고 대답했다.

"나이가 스물다섯 살쯤 되나?"

"스물일곱 살이요."

"5년 후면 생각이 달라질지도 모르는데. 서른 살쯤 되면 초조해질 거야. 적어도 여자들을 겪어본 내 경험으로는."

"전 아니에요." 랄리사가 자신의 말을 강조하기 위해 안 그래도 동그란 눈을 더 크게 떴다.

"아이들, 예쁘지. 아이들은 항상 내 삶에 의미를 부여했어. 사랑을 하고, 아이를 낳고, 아이들이 자라서 사랑을 하고, 또 그 애들이 아이를 낳고. 삶이란 늘 그런 거지. 아기를 갖고 생명을 더 만들어내고. 문제는, 생명의 탄생은 개인 차원에서 보면 아름답고 의미 있는 일이지만, 전 세계적 차원에서 보면 더 많은 죽음을 의미한다는 거야. 평온한 죽음도 아니고. 앞으로 100년 후면 세계 생물종의 절반이 사라지게 돼. 적어도 백악기-제3기 이후로 최악의 대량 멸종이 일어나는 거야. 먼저 생태계가 완전히 파괴될 거고 그러면 대규모 기아에 질병, 살인까지 일어날 거야. 개인 차원에서는 '정상적인' 게 지구 차원에서 보면 끔찍하고 전례 없는 일이 되는 거지."

"캐츠가 문제인 거랑 비슷하죠." 랄리사가 이렇게 말한 듯 들렸다.

"내가 뭘 어쨌기에?" 캐츠가 물었다.

"C, A, T, S. 고양이들 말이에요. 다들 고양이를 좋아하고 밖에 돌아다니게 내버려두잖아요. '고양이 한 마리가 새를 잡아봤자 몇 마리나 잡겠어'라고 말들 하죠. 하지만 해마다 미국에서 **10억** 마리의 명금(鳴禽)이 집고양이와 도둑고양이에게 죽음을 당해요. 북아메리카에서 노래하는 새들의 개체 수가 줄어드는 가장 큰 이유죠. 하지만 모두 자기가 키우는 고양이에 빠져

새는 관심조차 없어요." 랄리사가 말했다.

"모두 생각하기 싫어한다니까. 그냥 살던 대로 살고 싶어 하지." 월터가 말했다.

"사람들이 인구과잉에 대해 생각하게 하도록 우릴 좀 도와주세요. 우린 해외에서 가족계획이나 여성을 상대로 한 교육을 할 재원이 없어요. 특정한 생물을 지정해서 보호하는 단체거든요. 그럼 우리가 할 수 있는 일은 뭘까요? 어떻게 하면 정부와 비정부 단체가 인구 억제에 더 많이 투자하게 할 수 있을까요?" 랄리사가 말했다.

캐츠가 월터에게 미소를 지어 보이며 말했다.

"우리 이 얘기 오래전에 끝냈다고 이 아가씨한테 얘기했냐? 네가 나한테 만들게 하려고 애쓴 노래들에 대해 얘기했냐고."

"아니. 하지만 우리가 한 말 기억나? 네가 그랬잖아. 네가 유명하지 않기 때문에 네 노래에 사람들이 관심을 갖지 않는 거라고." 월터가 말했다.

"우리가 구글로 검색해봤는데요, 당신과 트로매틱스를 따르는 꽤 알려진 음악가가 상당히 많더라고요." 랄리사가 말했다.

"이봐, 트로매틱스는 없어. 월넛 서프라이즈도 없고."

"내가 제안하려는 건 이거야. 덱을 만들면서 얼마나 버는지 모르겠지만, 우리랑 같이 일하는 동안 그 몇 배를 줄게. 여름에 음악 겸 정치 축제를 열까 생각 중이야. 웨스트버지니아에서. 멋진 문구를 만들어 인구 문제에 대한 경각심을 높이는 거지. 젊은이들에게 초점을 맞춰서." 월터가 말했다.

"전국에 있는 대학에 여름 인턴십 모집 광고를 낼 작정이에요. 캐나다와 남아메리카에서도요. 사무총장님이 재량껏 쓸 수 있는 자금으로 하면 스무 명에서 서른 명 정도는 받을 수 있거든요. 하지만 먼저 우리 인턴십을 하는 게 멋진 일이라고 생각하게 해야 해요. 올여름에 아주 멋진 대학생들이 하고 싶어 하는 **바로 그런** 것으로 만들어야 한다는 거죠." 랄리사가 말했다.

"빈은 내 재량으로 쓰는 돈에 대해서는 가타부타하지 않아. 청솔새만 자료에 넣으면 우리 마음대로 할 수 있어." 월터가 말했다.

"하지만 서둘러야 해요. 대학생들이 벌써 여름에 뭘 할지 계획을 세우고 있거든요. 앞으로 몇 주 안에 그들을 모집해야죠." 랄리사가 말했다.

"최소한 네 얼굴과 이름이 필요해. 비디오를 찍어주면 더 좋고. 노래를 만들어주면 더더욱 좋고. 제프 트위디(미국 밴드 윌코의 리더-옮긴이)나 벤 지바드(미국의 몇몇 성공적인 인디 록 밴드의 멤버로 활동-옮긴이), 잭 화이트(화이트 스트라입스의 리드보컬-옮긴이) 같은 사람들에게 연락하고, 무료로 축제에 참가해줄 수 있는지 알아봐주면 고맙겠다. 협찬해줄 곳을 뚫어주면 정말 최고지." 월터가 말했다.

"우리가 인턴 후보들에게 리처드 캐츠와 직접 일할 거라고 말할 수 있으면 더 좋고요." 랄리사가 말했다.

"너와 조금이라도 만날 기회가 있다고 말할 수만 있어도 아주 훌륭하지." 월터가 말했다.

"포스터에는 '올여름 워싱턴에서 록의 신화 리처드 캐츠와 함께!' 뭐 그런 말을 넣으면 좋을 것 같아요." 랄리사가 말했다.

"멋져 보이도록 만들어야 해. 순식간에 확 퍼지게 말이야." 월터가 말했다.

속사포처럼 쏟아내는 두 사람의 얘기를 들은 캐츠는 거리감이 느껴지고 울적해졌다. 월터와 이 여자애는 세상이 얼마나 엉망인지 너무 자세히 들여다보다 그 생각이 주는 압박감에 못 이겨 정신이 어떻게 된 것 같았다. 두 사람은 하나의 생각에 사로잡혀 그 생각이 옳은 것처럼 서로 믿게 했다. 현실과 유리된 자기들만의 세상을 만들어 그 안에 갇혀버린 것이다. 자기들이 사는 세상에는 자기 둘밖에 없다는 사실을 깨닫지 못하는 것 같았다.

"뭐라고 말해야 할지 모르겠다." 캐츠가 말했다.

"하겠다고 해요!" 랄리사가 눈을 빛내며 말했다.

"며칠 동안 휴스턴에 가는데, 그동안 내가 링크로 정보를 좀 보내줄 테니 읽어봐. 그리고 화요일에 다시 얘기하자." 월터가 말했다.

"아니면 지금 당장 하겠다고 하세요." 랄리사가 말했다.

기대와 희망에 부푼 두 사람은 못 견딜 정도로 눈이 부신 전구 같았다. 캐츠가 시선을 돌리며 말했다. "생각해볼게."

워커스 바 밖으로 나와 길에서 랄리사와 헤어지며, 캐츠는 그녀의 하체가 흉측하지 않다는 사실을 확인했지만 그건 이제 아무 상관없었다. 월터에 대한 측은함만 더할 뿐이었다. 랄리사는 대학 친구를 만나러 브루클린에 간다고 했다. 캐츠는 펜 스테이션에서 패스를 타면 되기 때문에 월터와 함께 커넬 가를 향해 걸었다. 두 사람 앞에는 세상에서 가장 인구밀도가 높은 섬에 있는 건물의 창문들이 지는 햇빛을 반사해 친근하게 반짝거렸다.

"아, 난 정말 뉴욕이 좋아. 워싱턴은 뭐가 잘못돼도 크게 잘못됐어."

월터가 말했다.

"여기도 잘못된 거 많아."

캐츠가 유모차를 급히 몰고 지나가는 엄마를 피하며 말했다.

"그래도 최소한 여긴 실제로 존재하는 장소 같잖아. 워싱턴은 모든 게 추상적이야. 권력에 접근하는 것 외에는 아무것도 없어. 물론 뉴욕에서 사인펠드(코미디언 이름-옮긴이)나 톰 울프(작가-옮긴이), 마이크 블룸버그(뉴욕 시장-옮긴이)랑 이웃이면 재미는 있겠지만, **뉴욕**에서는 그런 게 중요하지 않잖아. 워싱턴에서는 사람들이 말 그대로 자기 집이 존 케리(당시 대선에 출마한 상원의원-옮긴이)의 집에서 몇 미터나 떨어져 있는지 얘기한다니까. 동네도 특징이 하나도 없고. 사람들을 흥분시키는 건 단 하나, 권력과 얼마나 가까운가 하는 거야. 완전히 권력 숭배 문화가 만연해 있다니까. 사람들은 자기가 회의에서 폴 울포위츠(전 국방부 차관, 전 세계은행 총재-옮긴이) 옆자리에 앉거나 그로버 노퀴스트(과세 반대론자-옮긴이)의 조찬에 초대받으면 오르가 숨을 느낄 때처럼 몸을 부르르 떨지. 하루 24시간 동안 어떻게 하면 권력에 가까이 다가갈지만 생각한다고. 흑인 사회도 뭔가 잘못됐어. 워싱턴에서 가난한 흑인으로 사는 것보다 비관적인 삶을 살 수 있는 곳은 이 나라에 없어. 두려움의 대상도 아니야. 잊을 만하면 생각나는 존재에 불과하다고." 월터가 말했다.

"배드 브레인즈(하드코어 펑크 밴드-옮긴이)와 이안 머카이(하드코어 펑크 밴드 마이너 쓰레트의 리더-옮긴이)가 워싱턴 D.C. 출신이라는 거 기억해."

"알아. 그거야 우연한 역사적 사건이지 뭐."

"어쨌든 너 젊었을 때 좋아했잖아."

"야, 난 정말 뉴욕의 지하철이 좋다니까!" 월터가 캐츠를 따라 지린내가 진동하는 업타운행 지하철 승강장으로 내려가며 말했다. "사람은 이렇게 살아야지. 고밀도! 고효율!" 월터가 지쳐 보이는 지하철 승객들에게 흐뭇한 눈길을 던졌다.

캐츠는 패티에 대해 물어볼까 하다가 그녀의 이름을 입에 올릴 용기가 나지 않아 관뒀다.

"그래, 그 인도 여자애는 혼자야, 뭐야?"

"누구, 랄리사? 아냐. 대학 때부터 사귄 남자 친구가 있어."

"그 남자 친구도 너희 집에 사냐?"

"아니, 걘 내슈빌에 있어. 볼티모어에서 의대 다녀. 지금은 인턴이고."

"그런데 그 여자애는 워싱턴에 남았다고?"

"그 앤 이 프로젝트에 관심이 많아. 솔직히 남자 친구와 곧 헤어질 것 같고. 아주 고지식한 인도인이거든. 랄리사가 내슈빌로 같이 가지 않는다고 했을 때 난리법석을 피웠지."

"넌 랄리사한테 뭐라고 했는데?"

"자신의 권리를 위해 맞서라고 했지. 그 남자앤 워싱턴에서 일을 구하려면 얼마든지 구할 수 있거든. 남자 친구의 직장을 위해 모든 걸 희생할 필요는 없다고 말했어. 그 애랑 나는 부녀 같은 사이야. 부모님이 아주 보수적이더라고. 랄리사는 자기를 신뢰하고, 단순히 누군가의 아내가 될 사람으로 보지 않는 사람 밑에서 일하는 걸 감사하게 생각하는 것 같아."

"그리고 하나만 분명히 해두자. 너 걔가 너한테 푹 빠진 거 알고 있지?"

월터의 얼굴이 빨개졌다. "몰라. 뭐 아주 조금. 그건 사실 머릿속에 그려 놓은 이상 같은 거라고 보는데. 부녀 사이 같은 거."

"아이고, 꿈 깨라, 인마. 그 애 머리가 네 무릎께에서 위아래로 움직이는 동안 그 반짝반짝 빛나는 눈으로 너를 올려다보는 상상을 한 번도 한 적이 없다고?"

"맙소사, 없어. 그런 건 상상 안 하려고 한다. 특히 부하 직원은."

"하지만 상상을 안 하는 데 항상 성공하는 건 아니지?"

월터는 승강장에서 누가 엿듣는지 주위를 살피더니 목소리를 낮추며 말했다.

"다른 건 차치하더라도 여자가 무릎 꿇고 있는 모습은 왠지 천박해 보여."

"한번 해보시고 판단은 개한테 맡기지 그러시나."

"글쎄, 리처드. 여자는 남자랑 다르다는 걸 나도 알아." 월터가 여전히 벌게진 얼굴로 불편하게 웃으며 말했다.

"양성 평등은 어떡하고? 너 양성 평등론자 아니었어?"

"그냥, 내 생각에는 말이야, 만약 너한테 딸이 있다면 여자의 입장을 좀 더 이해할 수 있을 거야."

"난 바로 그 이유 때문에 딸을 원하지 않는다, 이거야."

"글쎄, 너한테 딸이 있다면 알기가 그리 어렵지 않은 게, 아주 젊은 여성들은 한 사람에 대한 자기의 욕망과 존경, 사랑을 전부 혼동하고 그걸 이해하지 못한다는 거야."

"뭘 이해하지 못하는데?"

"남자에게 자기는 그저 물건에 불과하다는 것. 어떤 남자는 자기 그거, 알지, 그거를 얻는 데에만 관심이 있을지 모른다는 것." 월터의 목소리가 속삭임으로 변했다. "젊고 반반한 누군가 자기 거시기를 빨아주기를 바란다는 것. 그게 그 남자의 유일한 관심일 수 있다는 것."

"미안하지만, 말이 안 돼. 존경받는 게 뭐가 잘못이냐? 말이 전혀 안 돼." 캐츠가 말했다.

"이 얘기 그만하자."

지하철 A선이 도착했고, 두 사람은 지하철을 탔다. 그리고 캐츠는 즉시 반대편 출입문에 서 있는 대학생의 눈빛에서 자기를 알아보는 걸 감지했다. 캐츠는 머리를 숙이고 몸을 돌렸지만, 녀석이 감히 그의 어깨에 손을 올리며 물었다.

"저 실례지만, 가수 맞죠? 리처드 캐츠죠?"

"실례 맞습니다." 캐츠가 말했다.

"귀찮게 안 할게요. 당신의 음악을 좋아한다고 말하고 싶었어요."

"그래, 고맙군." 캐츠가 눈을 내리깔고 말했다.

"특히 초기 작품요. 요즘 제가 즐겨 듣고 있거든요. 〈보수 반동의 영광〉 같은 거요. 우와, 세상에. 정말 끝내주는 음반이에요. 제 아이팟에 저장했어요. 보여줄게요."

"됐다. 믿을게."

"아, 네. 물론이죠. 귀찮게 해서 미안해요. 진짜 당신 팬이에요."

"괜찮다."

두 사람이 주고받는 대화를 지켜보는 월터의 표정은 그가 캐츠와 같이 갔던 대학 파티 때 보인 놀라움과 자부심, 애정, 분노, 무시당하면서 느끼는 외로움이 한데 섞여 있었다. 캐츠는 그때도 월터의 그런 표정이 못마땅했는데 지금은 더더욱 싫었다.

34번가 출구로 나오며 월터가 말했다.

"너라는 느낌은 참 묘하겠다."

"내가 나니 비교할 대상이 없네."

"그래도 틀림없이 기분 좋을 거야. 어떤 면에서는 기분이 좋다고 하지 않는다면 못 믿겠는데."

캐츠는 월터의 말을 곱씹어보고는 대답했다.

"어떤 물건이 없는 상황이 싫지만 그 물건 자체는 싫은 그런 경우라고 할까."

"**나**라면 기분 좋을 것 같은데." 월터가 말했다.

"내 생각에도 넌 그럴 것 같아."

월터가 유명하다고 말해줄 수 없는 캐츠는 앰트랙 열차 시간을 알려주는 전광판이 있는 곳까지 함께 걸었다. 전광판은 남쪽으로 내려가는 아셀라 기차가 45분 지연된다고 알려주었다. 월터가 말했다.

"열차는 정말 훌륭한 운송 수단이야. 나도 종종 이용한다니까."

"같이 기다려줄게."

"아냐, 그럴 필요 없어."

"아냐, 콜라 한잔 살게. 워싱턴에서 드디어 술을 입에 대기로 했다면 한잔 사고."

"아냐, 여전히 난 절대 금주자야. 이거 진짜 멍청한 단어다."

캐츠에게 열차 지연은 패티 얘기를 꺼낼 운명이라는 징조였다. 하지만 역에 있는 바에서 신경을 박박 긁는 앨라니스 모리셋의 노래를 들으며 패티 얘기를 꺼내자, 월터의 눈빛이 경직되고 멀어졌다. 월터는 뭔가 말을 하려는 듯 숨을 들이쉬었지만 아무 말도 하지 않았다.

"너희 좀 어색하겠다. 위층에는 그 애가 살고, 네 사무실은 아래층이고." 캐츠가 선수를 쳤다.

"뭐라고 말해야 할지 모르겠다, 리처드. 정말 모르겠어."

"두 사람 사이는 괜찮아? 패티는 뭐 재미있는 일 좀 해?"

"집사람은 조지타운에 있는 헬스클럽에서 일해. 그걸 재미있는 일이라고 할 수 있을까?" 월터가 무겁게 고개를 가로저었다. "난 평생 우울증에 걸린 사람이랑 살아왔어. 집사람이 도대체 왜 그렇게 불행한지 모르겠어. 왜 그런 기분에서 헤어 나오지 못하는지. 워싱턴으로 이사 오고 나서는 한동안 좀 좋아지는 것 같았어. 세인트폴에서 상담 치료를 받으면서 글쓰기 프로젝트를 시작했는데, 일기나 자서전 비슷한 건데 절대 입을 안 여네. 그거 쓰고 있는 동안은 괜찮더라고. 하지만 지난 2년은 내내 안 좋았어. 우리가 워싱턴으로 이사 오자마자 직장을 구해서 제2의 인생을 시작할까 했는데 그 나이에 별다른 기술도 없이 일자리 구하는 게 쉽지 않더라고. 집사람은 아주 똑똑하고 자존심이 강해서 거절당하는 걸 못 견디고, 신입사원으로 일하는 것도 못 견디더라고. 학교 방과 후 체육 수업에 자원봉사도 했지만 그것도 잘 안 됐지. 결국 항우울제를 복용하게 했는데, 계속 복용했더라면 도움이 됐을 텐데 약 먹으면 기분이 이상해진다고 하더라고. 한동안 정말 사람 못 견디게 힘들게 하더군. 짜증이 심해지더니 복용하는 양을 자기한테 맞게 조절해보기도 전에 약을 중단해버렸어. 그리고 결국 지난가을 거의 강제로 직장을 구하게 했지. 경제적 부담을 나누자는 게 아니었어. 난 내가 하는 일보다 봉급을 많이 받고, 제시카는 졸업한 데다 조이도 우리한테 의지하지 않으니까. 하지만 여유 시간이 너무 많아서 그게 독이더라고. 집사람이 선택한 직장은 헬스클럽의 접수대에서 일하는 거였어. 뭐 괜찮은 헬스클럽이긴 하지. 우리 신탁기금 이사회 사람들 중 한 사람이랑 거물급 기부자 한 사람도 거기 다니니까. 하지만 내 아내가, 내가 아는 사람들 가운데 가장 똑똑한 사람 중 하나인 패티가, 회원권 카드나 긁어주고 즐겁게 운동하시라고 인사나 하는 일을 하고 있어. 그리고 운동에 중독된 것 같아. 하루에 적어도 최소 한 시간은 운동을 하고 오지. **겉모습**은 정말 멋지다니까. 11시에 퇴근하는데, 집에 오면서 음식을 사와. 내가 집에 있으면 같이 저녁을 먹는데, 나더러 왜 아직까지 내 비서랑 성관계를 안 하느냐고 물어본다니까. 방금 전에 네가 말한 것처럼 말이야. 너처럼 단도직입적이지는 않지만."

"미안하다. 몰랐네."

"네가 어떻게 알겠니? 누가 상상이나 했겠어? 매번 똑같은 얘기를 해야 한다니까. 내가 사랑하는 사람은 패티고, 그녀가 내가 원하는 사람이라고. 그러고 나서 우리는 대화의 주제를 바꾸지. 지난 몇 주 동안은 계속 가슴 성형을 하겠다고 해서 사람을 돌게 하더군. 정말 울고 싶더라. **멀쩡**한데 왜 칼을 대냐고. 겉은 멀쩡한데, 완전히 제정신이 아니야. 그러면서 곧 죽을 텐데 그전에 가슴이 좀 봉긋한 게 어떤지 알고 싶다나. 목표를 세우면 돈을 모으는 데 도움이 된다면서. 이제 그……." 월터가 고개를 가로저었다.

"이제 그 뭐?"

"아무것도 아냐. 이전에 돈으로 뭘 하고 있었는데, 내 생각에는 아주 잘못이었던 것 같아."

"어디 아파? 건강 문제야?"

"아니. 신체 얘기가 아냐. 곧 죽는다는 얘기는 앞으로 40년 후를 말하는 거지. 우리 모두 언젠가는 죽는다는 말이야."

"정말 안됐다. 전혀 몰랐네."

캐츠의 검은색 리바이스 바지 속에 있는 항로를 비추는 불빛, 선진문명에 묻혀 오랫동안 잠자던 송신기가 깜박거리기 시작했다. 죄책감을 느껴야 할 순간에 캐츠는 발기가 되고 있었다. 아, 아랫도리의 선견지명은 대단하다. 아랫도리는 한순간에 미래를 예견하지만, 뇌는 아랫도리를 뒤쫓아 혜안을 방해하는 현재를 지나 예정된 결과로 인도하는 길을 찾아야 한다. 캐츠는 패티가 지금 월터가 묘사한 갈팡질팡 헤매는 듯 보이는 삶을 통해, 곡물

밭에 나타나는 불가사의한 원형 무늬처럼, 넓은 옥수수 밭을 선택적으로 용의주도하게 짓밟아 신호를 만들어놓았다는 걸 알 수 있었다. 땅 위에 있는 월터는 읽을 수 없었지만, 높은 공중에 있는 캐츠는 다음과 같은 메시지를 읽을 수 있었다. '우리 사이는 아직 끝나지 않았어. 우리 사이는 아직 끝나지 않았어.' 캐츠와 패티의 삶은 섬뜩할 정도로 닮아 있었다. 창의성을 발휘한 생산적 시기가 잠깐 있었고, 그 뒤를 이어 실망스러움과 혼란의 시기가 찾아왔으며, 절망과 마약에 전 나날에 이어 거지 같은 직업을 갖게 된 것이다. 캐츠는 단순히 성공이 자기 인생을 망쳤다고 생각했지만, 생각해보니 사실 작곡가로서 최악인 때는 버글런드네와 멀어진 때와 일치한다는 사실을 깨달았다. 그리고 지난 2년 동안 패티에 대한 생각은 별로 하지 않았지만, 이제 캐츠는 바지 속에서 뭔가 꿈틀거리는 걸 느낄 수 있었다. 그리고 그 이유는, 두 사람 사이가 끝나지 않았기 때문이었다.

"패티랑 제시카는 잘 지내?"

"서로 말을 안 해." 월터가 말했다.

"가깝지 않다는 얘기구면."

"아니, 말 그대로 서로 얘기를 안 한다고. 한 사람이 부엌에 있으면 다른 한 사람은 절대 부엌에 안 들어가. 서로 피하려고 아주 애를 쓴다니까."

"누가 먼저 시작했는데?"

"말하고 싶지 않아."

"알았어."

역에 있는 바의 오디오에서 '내가 당신을 좋아하는 이유'가 흘러나왔다. 캐츠는 이 노래가 버드 라이트 맥주 광고 네온사인이 걸려 있고, 가짜 크리스털 전등갓에 열차의 검댕이 묻은, 튼튼하고 싸구려 티 나는 폴리우레탄 가구에 안성맞춤이라는 생각이 들었다. 캐츠가 이런 데서 자기 노래가 흘러나오는 걸 들을 위험은 아직 크지 않았지만, 정도 문제일 뿐 위험이 전혀 없는 건 아니었다.

"패티는 서른 살 이하는 다 싫어하기로 했대. 한 세대 전체에 대한 편견이 생겼어. 그리고 그 문제만 거론하면 아주 웃기지만 점점 극악해지고 못 말리게 된다니까." 월터가 말했다.

"반면에 넌 젊은 세대가 아주 마음에 드나 보네." 캐츠가 말했다.

"일반적인 법칙이 틀리다는 걸 증명하려면 단 한 가지 반증만 있으면 돼. 난 적어도 제시카랑 랄리사, 두 가지 반증 사례를 들 수 있어."

"조이는 아니고?"

"두 가지 사례가 존재한다면 틀림없이 더 있을 거라는 얘기지." 월터는 자기 아들 이름을 못 들은 척하며 말했다. "이번 여름에 내가 바라는 게 그거야. 젊은이들이 아직 생각도 할 줄 알고, 사회적 양심도 있고, 그들을 믿고 함께 일할 수 있다는 거."

"너랑 나랑 아주 다르다는 거, 알지? 난 미래에 대한 환상, 신념 그런 거 안 키워. 그리고 난 애들은 짜증나. 기억하지?" 캐츠가 말했다.

"네가 너 자신에 대해 틀린 적이 많다는 건 기억해. 난 네가 스스로 생각하는 것보다 훨씬 믿는 게 많다고 생각해. 그런 솔직한 네 성격 때문에 널 따르는 사람들이 있는 거야."

"솔직하다는 건 중립적인 가치다. 하이에나도 솔직하지. 진짜 하이에나 말이야."

"그래서 어쩌라고. 너한테 연락하지 말았어야 한다고?" 월터가 떨리는 목소리로 말했다. "사실, 널 귀찮게 하고 싶지 않았지만 랄리사가 설득하는 바람에 넘어간 거야."

"아냐, 연락 잘했어. 오랫동안 연락 안 했잖아."

"난 네가 우리를 잊었거나, 뭐 그랬을 거라고 생각했어. 내가 멋있는 사람도 아니고. 너랑 끝났다고 생각했지."

"미안. 정말 바빴어."

하지만 월터는 점점 마음이 상했고, 거의 울먹울먹했다.

"넌 나를 창피해하는 것 같다. 이해는 하지만 기분은 별로 안 좋네. 난 우리가 친구라고 생각했어."

"미안하다고 했잖아."

캐츠가 말했다. 그는 월터가 감정적인 데 화가 났다. 월터와 패티를 위해 연락을 하지 않은 건데, **두 번**이나 사과를 해야 한다는 부당함과 모순에 화가 났다. 캐츠는 보통 절대 사과하지 않았다.

"뭘 기대했는지 모르겠지만, 적어도 패티랑 내가 널 도와줬다는 걸 인정해주길 바란 것 같아. 우리 어머니 집에서 그 노래들을 만들었잖아. 우리가 네 가장 오랜 친구라는 점. 가슴속에 담아두지는 않겠지만, 분명히 네게 말하고 내가 어떤 느낌인지 알려주고 싶었어. 더 이상 그런 느낌이 들지 않게 털어버리고 싶었거든." 월터가 말했다.

캐츠의 핏속에서 끓어오르는 분노는 아랫도리가 받은 계시와 의견이 일치했다. 그는 생각했다. '친구, 이번에는 내가 다른 종류의 은혜를 베풀겠다. 못 다한 사업을 마무리해야겠다. 너랑 그 인도 영계가 나한테 감사하게 될 거다.'

"분명히 해두는 거 좋지." 캐츠가 말했다.

여자의 세계

조이 버글런드는 세인트폴에서 자라면서 운명의 여신이 자기편이라는 확신을 수없이 받았다. 미식축구 선수가 느린 동작으로 움직이는 상대 팀 수비 선수들을 전속력으로 달려 제치고 요리조리 피해 마침내 완전히 뻥 뚫린 구장을 질주할 때, 초보자 수준의 비디오게임에서 모든 수가 눈에 훤히 들어오고 즉각적으로 파악이 될 때의 그 느낌이 지난 18년 동안 조이가 인생에서 느껴온 것이다. 세상이 그에게 다가왔고, 조이는 손만 뻗으면 되었다. 조이는 걸맞은 옷에 헤어스타일을 하고 샬러츠빌에 신입생으로 입학했다. 학교는 조이를 D.C.의 버지니아 교외 출신인 이상적인 룸메이트와 짝지어줬다. 첫 2주 반 동안 대학교는 조이가 늘 알고 있던 세상의 연장선상에 있는 것처럼 보였다. 단지 지금 알고 있는 세상보다 좋았다. 이에 대해 정말 확신했기에—그리고 당연한 걸로 생각했기에—9월 11일 아침 조이는 불타오르는 세계무역센터와 국방성을 지켜보고 있는 룸메이트 조녀선을 내버려두고 경제학 201 강의를 들으러 갔다. 조이는 강당에 도착해 텅 빈 강당을 보고 나서야 뭔가 단단히 잘못됐다는 것을 깨달았다.

그 후 몇 주, 몇 달 동안 조이는 아무리 애써도 반쯤 빈 교정을 가로지르며 무슨 생각을 했는지 기억이 나지 않았다. 이렇게 어찌할 바를 모르는 느낌이 드는 건 전혀 조이답지 않았고, 화학관 건물 계단에서 조이가 느낀 분노는 테러 공격을 강렬한 **개인적인** 적개심으로 만드는 불씨가 되었다. 나중에 점점 일이 꼬이면서 조이는 어릴 때부터 타고났다고 믿어온 자신의 행운이 그보다 고차원의 액운, 너무 잘못돼서 사실이라고 믿어지지 않을 만큼 나쁜 운에 압도당했다는 느낌이 들었을지 모른다. 조이는 이런 부당함과 불의가 백일하에 드러나고 다시 세상이 바로잡혀 자신이 기대해온 대로 대학 생활을 할 수 있게 되기를 기다리고 또 기다렸다. 하지만 기다리던 일이 일어나지 않자 그는 뭔지 확실히 알 수 없는 대상에 분노를 느꼈다. 돌이켜보니 그 대상은 **거의** 오사마 빈 라덴 같지만, 꼭 그렇지도 않았다. 그 대상은 뭔가 더 깊은 것, 정치적인 것이 아니라 뭔가 구조적인 악 같은 것이었다. 무심코 길을 걷다가 보도에 불룩 튀어나온 것에 걸려 넘어지게 됐을 때 그 불룩 튀어나온 것 같은 것이었다.

9·11 사태 이후 조이는 모든 것이 너무 바보 같다고 생각했다. 현실적으로 아무 도움도 되지 않는 철야 기도회를 여는 것도, 똑같은 참상 장면을 반복해서 보는 것도, 남학생 클럽에서 '당신을 지지합니다'라는 현수막을 내건 것도, 펜실베이니아 주립대학 대항 미식축구 경기가 취소된 것도 모두 바보 같았다. 사지(死地)를 떠나(버지니아 대학에 있는 모든 사람이 '캠퍼스'라는 말 대신 '사지'라는 말을 쓰는 것도 우스웠다) 가족의 품으로 돌아간 애들도 바보 같았다. 조이가 묵는 기숙사에 있는 진보주의 학생 네 명은 스무 명의 보수적인 애들을 상대로 논쟁을 벌였다. 열여덟 살 된 애들이 중동에 대해 왈가왈부하는 걸 누가 귓등으로나 들을까. 테러 공격에 친척이나 가족, 친구를 잃은 학생들도 있는데 바보같이 엄청 호들갑을 떨어댔다. 세계 도처에서 끊임없이 다른 방식으로 일어나는 끔찍한 죽음은 하나도 중요하지 않다는 듯. 뉴욕의 테러 공격 현장에서 일하는 사람들을 돕겠다며 근엄한 표정으로 대절한 밴에 오르는 고학년 학생들에게 박수를 보내는 것도 우스웠다. 그 애들 아니면 뉴욕에 일할 사람이 없을까. 조이는 그저 하루 빨리 정상적인 일상으로 돌아가기를 바랐다. 마치 CD 플레이어가 벽에 부

딮혀 듣고 있던 음악을 건너뛰어 알지도 못하고 좋아하지도 않는 곡으로 넘어갔는데, 멈추게 할 수 없을 때의 기분이었다. 조이는 너무 외롭고, 소외감이 느껴지고, 익숙한 것이 그리워 코니 모너핸에게 그레이하운드 버스를 타고 자기를 보러 와도 된다고 허락하는 다소 심각한 실수를 저질렀다. 그렇게 함으로써 코니에게 피할 수 없는 작별을 위한 정지 작업을 한 여름 동안의 노력이 물거품으로 돌아갔다.

여름 내내 조이는 아홉 달 동안 서로 만나지 않는 게 왜 중요한지, 코니에게 애써 이해시켰다. 서로에 대한 감정을 시험해보자는 것이다. 각자 독립적인 자아를 성장시키고 이 독립적인 자아 둘이 여전히 잘 어울리는지 보자는 것인데, 고등학교 화학 실험이 연구가 아니듯 이 시험이라는 것도 조이에게 아무 의미가 없었다. 코니는 결국 미네소타에 남게 됐고, 사업 경력을 쌓은 조이는 코니보다 이국적이고 세련되고 논리 정연한 여학생들을 만났다. 적어도 9·11 사태 전까지는 그랬다고 생각했다.

조이는 유대인 명절에 조녀선이 집에 가 있는 동안 코니가 와 있도록 계획을 짰다. 코니는 주말 내내 조이의 침대에 진을 치고는, 짐 가방을 자기 바로 옆 바닥에 두고 물건을 쓰자마자 가방에 도로 집어넣었다. 마치 자기가 남기는 발자취를 최소한으로 줄이려는 것 같았다. 조이가 월요일 오전 강의 준비를 위해 '플라톤'을 읽는 동안 코니는 1학년 학생 명단과 사진이 담긴 책자를 보며 표정이 이상하거나 이름이 웃긴 아이들을 보고 즐거워했다. 조이가 세어보니, 두 사람은 40시간 동안 여덟 번 섹스를 했으며 코니가 가져온 수경 재배 대마초를 줄곧 피워댔다. 코니를 다시 버스 정류장으로 배웅할 때 조이는 코니의 MP3 플레이어에 새 노래들을 넣어주고 미네소타로 돌아가는 버스 안에서 보내야 하는 24시간 동안 들으라고 했다. 유감스러운 사실은, 조이가 코니에게 책임을 느끼기는 하지만 결국 헤어져야 하는데 방법을 찾을 수 없다는 점이었다.

버스 정류장에서 조이는 코니의 학교 문제를 끄집어냈다. 그녀는 학교에 다니겠다고 약속했지만, 조금 고집을 부리며 아무 설명도 없이 약속을 지키지 않았다.

"1월에는 수업을 듣기 시작해. 인버힐스에 들어갔다가 내년에 미네소타 대학으로 편입하면 되잖아." 조이가 코니에게 말했다.

"알았어." 코니가 말했다.

"넌 정말 똑똑해. 계속 웨이트리스만 할 순 없잖아." 조이가 말했다.

"알았어. 널 위해서 할게."

코니가 쓸쓸한 표정으로, 버스를 타기 위해 줄 서는 사람들 쪽으로 시선을 돌렸다.

"나를 위해서가 아니야. 너를 위해서지. 약속했잖아."

코니가 고개를 가로저었다. "넌 내가 널 잊기를 바라는 거야."

"아니야, 절대 아니야." 조이는 그녀의 말이 맞았지만 그렇게 말했다.

"학교에 다닐게. 그렇다고 널 잊지는 못할 거야. 그 무엇도 내가 널 잊게 할 수는 없어." 코니가 말했다.

"그래. 하지만 그래도 우리는 자신이 어떤 사람인지 알아낼 필요가 있어. 우리 둘 다 좀 더 성숙해져야 해."

"난 내가 누군지 이미 아는데, 뭘."

"네가 틀릴지도 몰라. 아마 아직도 넌……."

"아냐, 난 틀리지 않았어. 내가 원하는 건 너랑 함께 있는 것뿐이야. 내 인생에서 바라는 건 그것뿐이라고. 넌 세상에서 가장 좋은 사람이야. 넌 네가 원하는 건 뭐든 하면 돼. 내가 곁에 있어줄게. 회사를 경영하면 내가 네 밑에서 일할 수도 있어. 대통령에 출마하면 네 선거운동을 도와줄게. 누구나 꺼리는 일도 내가 다 할게. 법을 어겨야 할 사람이 필요하면 내가 할게. 아이를 원하면 내가 키울 거고."

조이는 이런 위험한 선언에 적당한 답변을 하려면 정신이 멀쩡해야 하는데 유감스럽게도 대마초 때문에 조금 멍했다.
"난 네가 이렇게 했으면 좋겠어. 대학을 졸업해. 예를 들어, 네가 내 밑에서 일하고 싶다면 여러 가지 아는 게 많아야 해."
"그래서 **널 위해** 학교에 가겠다잖아. 내 말 못 들었어?" 코니가 말했다.
세인트폴에서는 깨닫지 못했지만, 이제 조이는 뭔가를 얻기 위해 치러야 할 대가가 첫눈에 분명히 보이지 않는다는 사실을 깨닫기 시작했다. 고등학교 때 누린 쾌락에 부과된 눈덩이처럼 늘어난 이자를 갚아야 할 날이 그의 앞에 놓여 있었다.
"줄 서는 게 좋겠다. 좋은 자리 잡으려면." 조이가 말했다.
"그래."
"그리고 우리 적어도 일주일 동안은 전화하지 않기. 예전처럼 철저히 지키자."
"알았어." 코니가 버스 승강장 쪽으로 천천히 걸어갔다. 조이는 가방을 들고 그녀를 뒤따라갔다. 조이는 적어도 코니가 구경거리가 될 만한 장면을 연출하지는 않을 거라는 사실을 알고 있었다. 코니는 조이를 곤란하게 한 적이 없었다. 길거리에서 손을 잡고 걷자고 우기지도 않았고, 매달리거나 뾰로통하거나 비난하지도 않았다. 코니는 단둘이 있을 때를 위해 자신의 애정을 모두 비축해두었다. 그녀는 그 방면에서는 대가였다. 버스 문이 열리자 코니는 타오르는 듯한 눈길로 그를 바라보고는 가방을 운전사에게 건네주고 버스에 올라탔다. 창가에서 조이를 향해 손을 흔들거나 입맞춤하는 표정을 지어 보이는 짓은 하지 않았다. 귀에 이어폰을 꽂고 의자에 몸을 푹 파묻은 코니는 곧 시야에서 사라졌.
그 후 몇 주 동안은 잠잠했다. 코니는 조이의 말대로 전화를 하지 않았다. 온 나라를 휘감은 열기가 가라앉기 시작하고, 가을이 깊어져 블루리지 산맥 햇빛이 건초 빛깔을 띠고, 단풍 든 나뭇잎과 잔디의 짙은 향이 은은하게 풍겼다. 조이는 캐벌리어스팀(버지니아 대학의 미식축구팀-옮긴이)이 진 경기를 관전했고, 체육관에서 운동을 했으며, 술살이 몇 킬로그램 붙었다. 조이는 같은 기숙사에 사는 부유한 집안의 자제들과 어울렸는데, 그들은 아랍 세계에 융단폭격을 해서 고분고분하게 해야 한다고 믿었다. 조이는 우익이 아니지만 우익인 사람들과 어울려도 불편하지 않았다. 조이가 경험한 정신적 혼란을 치유하기 위해 아프가니스탄을 박살낼 필요는 없었지만 어느 정도 위안이 될 것 같았다.

모두 거나하게 취해 대화의 주제가 성관계로 옮겨가서야 조이는 소외감을 느꼈다. 코니와의 관계는 너무 강렬하고 이상해서—너무 **진지하고**, 너무 사랑이라는 감정으로 뒤죽박죽되어—친구들 앞에서 과장하며 뻐기기 어려웠다. 조이는 함께 어울리는 기숙사 친구들이 집단으로 허장성세를 부리며 학생 명단에 수록된 여학생 중 엄선한 여자애들에게 자기들이 하고 싶은 외설적인 행위에 대해 떠들어대고, 간혹 고등학교 다닐 때 마약을 한 상태에서 마약에 취해 제정신이 아닌 여학생에게 추잡한 짓을 했다고 주장하며 조금도 후회나 반성의 기미를 보이지 않는 모습에 경멸과 부러움을 동시에 느꼈다. 친구들은 아직도 구강성교에 집착했다. 조이만 구강성교를 고상한 자위행위, 점심시간에 주차장에서 재미 보는 것과 다를 바 없다고 생각했다.

자위는 품위 없는 욕구 해소 방법이지만, 조이는 코니와의 관계를 서서히 정리할 방법을 찾으면서 자위의 효용 가치를 깨닫게 되었다. 조이가 가장 선호한 욕구 해소 장소는, 그가 대출 데스크에서 자기 공부를 하고 〈월스트리트 저널〉을 훑어보고 가끔 얼간이 과학도에게 교과서 대출을 해주며 한 시간에 7달러 65센트를 받는 과학도서관에 있는 장애인용 화장실이었다. 대출 데스크에서 일하게 된 것은, 운명의 여신이 조이에게 미소 짓는다는 것을 확인시킨 또 다른 증거였다. 조이는 도서관이 소장한 폭넓은 분야의 희귀본이 별도의 구역에 보관되어 있으며 대출이 불가능하다는 것을 알고 놀랐다. 앞으로 몇 년 안에 틀림없이 디지털로 전환될 것이다. 도서관에 소장된 희귀본 중에는 과거에 널리 사용된 언어로 쓰인, 화려한 그림이 수록된 책이 많았다. 19세기 독일인은 특히 인간의 지식을 집대성하는 데 대가였다. 100년 묵은 독일의 성(性) 해부학도를 보며 자위행위를 하면 조금은 고상해질 것 같았다. 조이는 조만간 코니와의 사이에 흐르는 침묵을 깨야 한다는 사실을 알고 있었지만, 매일 저녁 장애인 화장실에서 주걱 모양 수도꼭지를 틀어 성숙한 생식세포와 전립선에서 분출된 액체를 씻어 내려보낸 후에는 항상 하루 더 미루었다. 어느 날 늦은 저녁 대출 데스크에서 일하던 중 조이가 코니에게 연락하는 일을 너무 미뤘다는 걸 깨달은 바로 그 날, 조이는 코니 엄마의 전화를 받았다.

"캐럴 아주머니. 안녕하세요." 조이가 싹싹하게 말했다.

"잘 있었니, 조이. 내가 왜 전화했는지 알겠지?"

"아뇨, 모르겠는데요."

"네가 우리 꼬마 친구의 마음을 아프게 해서 전화했다."

조이는 속이 뒤집히는 걸 느끼며 사람이 없는 서가 쪽으로 가서 말했다.

"오늘 밤에 전화하려고 했어요."

"오늘 밤. 정말 오늘 밤에 전화하려 했다고?"

"네."

"왜 그 말이 믿어지지 않는 걸까?"

"저야 모르죠."

"코니는 벌써 잠들었으니 전화 안 한 게 낫지 싶다. 저녁도 안 먹고 잠들었어. 7시에."

"전화 안 하길 잘했네요, 그럼."

"조이, 농담 아냐. 요즘 코니가 우울해한단다. 너 때문에 우울증에 걸린 것 같다. 그만 가지고 놀아라. 알아들어? 내 딸은 네가 주차 미터기에 묶어놓고 잊어버려도 되는 애완견이 아니야."

"항우울제를 먹여보세요."

"코니는 자동차 창문을 다 닫은 채 차 뒷좌석에 내버려둬도 되는 네 애완동물이 아니란 말이다." 캐럴은 말하면서 비유적인 표현을 찾는 데 슬슬 발동이 걸리기 시작했다. "같은 식구였는데 우리가 왜 너한테 이런 대접을 받아야 하는지 모르겠다. 이번 가을은 정말 모두에게 힘든 시기였는데, 넌 **감감무소식**이더구나."

"저, 수업도 들어야 하고…… 바쁜 일이 많았어요."

"5분 시간 내서 전화하기도 힘들 만큼 바쁘단 말이지. 3주 반이나 연락도 하지 않고."

"정말 오늘 밤에 전화하려고 했어요."

"코니 얘기는 잠시 접고, 우리 2년이나 가족처럼 지냈잖니. 내가 이런 말까지 하게 되리라고는 생각지도 못했다만, 네가 너희 엄마에게 어떻게 했는지 슬슬 감이 잡히기 시작한다. 정말이야. 이번 가을에야 네가 정말 냉정한 사람이라는 걸 깨달았다."

조이는 심리적 중압감에 천장을 향해 웃었다. 조이는 캐럴을 대할 때 늘 뭔가 꺼림칙한 느낌이 들었다. 캐럴은, 사립 고등학교 출신의 같은 기숙사 친구들과 조이에게 클럽 가입을 권유하는 남학생 클럽 회원들이 말하는 '성친엄'이었다(**성**관계 하고 싶은 **친**구 **엄**마의 준 말인데, 조이는 '하고 싶은'의 '**하**' 자가 빠진 게 어설프게 느껴졌다). 조이는 보통 누가 업어가도 모를 정도로 깊이 잤지만, 모녀핸네 집에서 사는 동안 코니의 침대에서 자다가 야릇하고 불길한 예감이 들어 밤중에 잠을 깬 적이 가끔 있었다. 무의식 상태에서 누나의 침대를 침범하는 끔찍한 일을 저지르는 장면, 우발적으로 블레이크 아저씨의 이마에 못총으로 못을 박는 장면, 그리고 가장 이상한 장면은 5대호 가운데 한 호수의 부두에 있는 거대한 기중기가 모선의 갑판에 있는 무거운 컨테이너를 들어 올려 더 작고 납작한 바지선 위에 사뿐히 내려놓는 장면이었다. 이러한 환영은 주로 캐럴과의 사이에 부적절한 일이 일어난 후에 보였다. 빼꼼히 열린 캐럴과 블레이크의 침실 문 사이로 캐럴의 벌거벗은 엉덩이를 봤을 때. 블레이크가 저녁 식탁에서 트림을 할 때. 캐럴이 조이에게 의미심장하게 한쪽 눈을 찡긋했을 때. 캐럴이 코니가 피임약을 먹어야 하는 이유를 (젊은 시절 자기의 부주의한 행동을 생생하게 묘사하면서) 장황하고 노골적으로 조이에게 설명했을 때. 코니는 절대로 조이에게 불만을 표시할 능력이 없었기에 코니의 불만을 전달하는 일은 캐럴의 몫이었다. 캐럴은 코니의 수다스러운 입이고, 사실대로 말하는 변호인이며, 블레이크가 친구들을 만나러 나가고 없는 주말 밤이면 조이는 가끔 가상의 3인 섹스에서 두 사람 사이에 낀 존재 같은 생각이 들었다. 캐럴의 입은 코니가 말하려 하지 않는 것을 대신 떠들어댔고, 코니는 말없이 캐럴이 할 수 없는 모든 행동을 조이와 했으며, 조이는 뭔가 꺼림칙한 것의 함정에 빠진 듯한 기분이 들면서 새벽에 깨어나곤 했다. '성친엄.'

"그럼 제가 어떻게 했으면 좋겠어요?" 조이가 물었다.

"뭐, 우선 좀 더 책임감 있는 남자 친구가 됐으면 좋겠다."

"전 코니의 남자 친구가 아니에요. 우린 지금 휴식기라고요."

"휴식기라니, 무슨 뜻이지?"

"떨어져 지내는 걸 연습하고 있다는 뜻이에요."

"코니 말은 다르던데. 네가 코니한테 학교에 들어가 사무 능력을 기르고, 네가 하는 일을 도와줄 비서가 되기를 원한다고 하던데."

"저, 캐럴 아주머니. 제가 그 말을 했을 땐 제정신이 아니었거든요. 코니가 가져온 엄청 센 대마초를 하고 멍한 상태에서 잘못 말한 거예요."

"코니가 대마초 하는 거 내가 모른다고 생각하니? 블레이크랑 난 코가 없는 줄 알아? 네가 하는 말 중 내가 모르는 건 하나도 없다, 얘. 그런 말하면 여자 친구에 대해 고자질이나 하는 나쁜 남자 친구로밖에 안 보여."

"제 말은요, 제가 말을 잘못했다는 거예요. 잘못 말한 것을 바로잡을 기회도 없었고요. 한동안 연락하지 않기로 해서요."

"그게 누구 책임이니? 코니한테 넌 신 같은 존재라는 거 알지? 말 그대로 신, 조이. 네가 코니한테 숨을 참으라고 하면 걘 기절할 때까지 숨을 참을 아이야. 구석에 가서 앉아 있으라고 하면 걘 아마 굶어서 고꾸라질 때까지 구석에 앉아 있을 거다."

"그게 누구 잘못인데요?" 조이가 말했다.

"네 잘못이지."

"아뇨, 아주머니. 아주머니 잘못이죠. 아주머니가 부모잖아요. 코니가 살고 있는 집은 아주머니 집이잖아요. 전 그냥 잠깐 살기 위해 들어간 거고."

"아, 이제 갈 길을 가시겠다, 책임도 지지 않고? 결혼만 안 했지, 코니와 넌 부부나 다름없이 살았어. 우리 가족처럼 지냈지."

"우와, 우와, 캐럴 아주머니. 전 대학교 신입생이에요. 아세요? 맙소사, 이런 대화를 하고 있는 것조차 얼마나 이상한지 아세요?"

"난 지금 네 나이보다 한 살 많을 때 아기를 낳고 혼자서 세상을 헤쳐나가야 했다."

"그래서 잘되셨나요?"

"솔직히, 괜찮은 편이다. 이런 말은 안 하려고 했다만, 너무 시기상조인 것 같아서, 하지만 네가 물어보니 얘기하마. 블레이크랑 난 아이를 갖기로 했다. 가족이 늘어나게 됐지."

조이는 캐럴이 자기에게 임신했다고 말하는 걸 알아챘다.

"보세요, 저 아직 일하고 있거든요. 임신 축하드리고, 다 좋은데 지금 좀 바빠서요."

"바쁘다고? 그래."

"내일 오후에는 꼭 코니한테 전화하겠다고 약속드릴게요."

"안 된다. 미안하지만 그걸로는 부족해. 당장 여기로 와서 코니랑 같이 시간을 보내라."

"그건 불가능해요."

"그럼 추수감사절에 일주일 정도 있다 가렴. 가족끼리 오붓하게 보내자. 우리 넷이서. 그러면 코니도 기대에 부풀어 기분이 좀 나아질 거다. 코니가 얼마나 우울한지 네 눈으로 직접 봐야 해."

조이는 추수감사절을 룸메이트 조너선과 함께 워싱턴에서 보낼 작정이었다. 조너선의 누나는 듀크 대학 3학년으로 사진발이 끝내주든지, 아니면 정말 직접 꼭 만나봐야 할 미인이었다. 이름은 제나인데, 그 이름은 조이에게 부시 대통령의 쌍둥이 딸 제나를 떠올리게 했다. 부시라는 이름이 그렇듯, 파티를 좋아하고 도덕관념이 희박할 것 같았다.

"비행기 표 살 돈이 없어요." 조이가 말했다.

"코니처럼 버스 타고 오면 되잖아. 아니면 조이 버글런드는 버스를 타기엔 너무 귀하신 몸인가?"

"다른 계획도 있고요."

"그럼 계획을 바꿔야겠네. 지난 4년간 네 여자 친구였던 사람이 심각한 우울증에 걸렸어. 몇 시간 동안 계속 울고 밥도 안 먹지. 손님이 주문한 것도 기억하지 못해 헷갈리고, 웃지도 않아. 직장에서 마약을 하는지도 몰라. 놀랄 일도 아니지. 그러고는 집으로 돌아오면 곧장 침대에 들어가 꼼짝도 안 해. 오후에 출근할 때는 내가 점심시간에 집에 와서 코니가 일어나 옷 입고 출근 준비했는지 확인해야 하지. 전화를 안 받거든. 그러고 나서 내가 차로 프로스트에 데려다주고 들어가는 걸 확인해야 해. 블레이크에게 대신 코니를 데려다주게 하려고도 해봤지만, 코니는 그이한테 말도 하지 않고 그이의 말을 듣지도 않아. 가끔 코니가 나와 블레이크의 관계를 망치려고 한다는 생각까지 든다니까. 네가 가버려서인지 그냥 막 사는 애 같아. 병원에 가자고 하면 아픈 데 없다고만 하고. 내가 코니한테 도대체 왜 그러는지, 앞으로 어떻게 하려고 그러느냐고 물어보면 너랑 같이 사는 게 자기 계획이래. 그 계획밖에 없대. 그러니까 네 추수감사절 계획이 뭔지는 모르겠지만 취소하는 게 좋을 거다." 캐럴이 말했다.

"내일 전화한다고 말씀드렸잖아요."

"네가 내 딸을 4년 동안 성노리개로 이용하고 네 맘대로 가버릴 수 있다고 생각한다면 큰 오산이다. 설마 정말 그렇게 생각하는 건 아니겠지? 네가 코니랑 관계를 갖기 시작했을 때 그 앤 **아이**였어."

조이는 자기가 나무 위에 지은 집에서 핫팬츠를 입은 코니가 사타구니를 비비더니 자기 손보다 작은 그의 손을 잡아 자기 몸으로 가져가 어디를 만져야 하는지 가르쳐주고, 조이도 기꺼이 응했던 그날을 생각했다.

"그땐 저도 애였어요."

"얘, 넌 애였던 적이 없어. 넌 언제나 냉정하고 침착했지. 네가 조그만 아기일 때도 알았다. 넌 울지도 않더라. 평생 그런 애는 처음 봤다. 넌 발가락을 찧었을 때도 안 울었어. 얼굴이 온통 일그러졌지만 눈물 한 방울 흘리지 않았지." 캐럴이 말했다.

"아뇨, 울었어요. 분명히 운 거 기억나요."

"넌 코니를 이용하고, 날 이용하고, 블레이크를 이용했어. 그런데 이제 우리한테 등 돌리고 가버리겠다고? 세상이 그렇게 호락호락한 줄 아니? 우리가 네 기쁨조라고 생각했어?"

"저도 코니가 병원에 가서 약을 처방받게 하려고 했어요. 그런데 아주머니, 지금 우리가 하고 있는 얘기 정말 이상한 거 모르시겠어요? 바람직한 대화가 아니라고요."

"그럼 적응해야겠네. 이런 대화 내일도 할 거고, 그다음 날도, 또 그다음 날도 할 거니까. 네가 추수감사절 연휴에 온다고 할 때까지."

"추수감사절 때 안 가요."

"뭐, 그럼 계속 내 전화 받는 데 익숙해져야겠네."

도서관 문이 닫힌 뒤 조이는 쌀쌀한 밤거리를 걸어 기숙사에 갔다. 그러고는 숙소 밖에 있는 벤치에 앉아 휴대전화를 만지작거리며 누구한테 전화를 걸지 망설였다. 조이는 세인트폴에서 지낼 때 친구들에게 코니와 자기의 관계에 대해 거론하지 말라고 분명히 해두었고, 버지니아에 와서는 비밀로 했다. 같은 기숙사에 있는 아이들은 거의 모두 매일 부모님과 통화했고, 심지어 매 시간 통화하는 아이도 있었다. 그런 아이들을 보며 조이는 뜻밖에도 부모님한테 감사하는 마음이 들었다. 그의 부모님은 그가 옆집에 사는 동안 그의 의견을 존중하고 품위 있게 처신했다는 사실을 조이는 새삼 깨달았다. 그런 생각 때문에 덜컥 겁이 나기도 했다. 자유를 원했고, 부모님은 그에게 자유를 허락했다. 그런데 이제 와서 부모님 품으로 돌아갈 수는 없었다. 9·11 사태 이후 잠깐 연락을 주고받긴 했지만, 대부분 겉도는 얘기였다. 패티는 CNN을 시청하면 자신에게 안 좋은데도 TV에서 눈을 뗄 수 없다며 주절거렸고, 월터는 오랫동안 품어온 종교에 대한 반감을 쏟아놓았다. 누나 제시카는 서양 문화 이외의 문화권에 대해 자기가 알고 있는 걸 과시하고, 미국의 제국주의에 대항하는 그들의 입장을 설명하며 열변을 토했다. 조이는 아무리 힘들어도 제시카에게는 절대 전화하지 않을 것이다. 조이가 아는 사람 가운데 이 세상에 남은 단 한 사람이 제시카고, 조이가 북한에 갔다가 체포되고, 기꺼이 잔소리 들을 준비가 되어 있다면 또 모르겠지만.

캐럴이 조이에 대해 잘못 알고 있다는 것을 자신에게 확인이라도 시키듯, 조이는 어둠 속에서 벤치에 앉아 조금 울었다. 비참해하는 코니를 위해, 코니를 캐럴에게 떠맡긴 것이 속상해서, 그녀를 구해줄 사람이 자신이 아니라는 사실 때문에 울었다. 그러고 나서 조이는 눈물을 닦고 패티에게 전화를 걸었다. 캐럴이 창가에 서서 귀 기울였다면, 아마 조이네 전화벨이 울리는 소리를 들었을지도 모른다.

"조지프 버글런드. 어디서 많이 들어본 이름인데." 패티가 말했다.

"엄마, 잘 지내셨어요?"

침묵이 흘렀다.

"그동안 전화 못해서 미안해요." 조이가 말했다.

"뭐, 탄저균 소동에, 우리 집을 팔려는 부동산업자가 제정신이 아니고, 아빠는 워싱턴을 왔다 갔다 하느라 정신없는 거 말고는 별일 없다. 워싱턴에 착륙하는 비행기 승객들은 착륙 한 시간 전에 좌석을 이탈하면 안 되는 거 아니? 무슨 그런 법이 다 있어? 아니, 도대체 생각이 있는 거야? 안전띠 매라는 등에 불이 들어와 있으면 테러범이 폭파 계획을 취소한다니? 아빠가 그러시는데, 이륙하자마자 승무원이 늦기 전에 미리 화장실 다녀오라고 한대. 그러고는 캔 음료수를 그대로 준다는구나."

패티는 중얼거리는 할머니 같았다. 조이가 생각하는 예전의 활기 넘치는 엄마가 아니었다. 조이는 다시 눈물이 나는 걸 참으려고 눈을 질끈 감았다. 지난 3년 동안 조이가 한 행동은 모두 그가 어릴 때 엄마와 나눈 지나치게 사적인 대화를 하지 않기 위한 계산된 것이었다. 엄마가 **입 다물고**, 자제하고, 조심성 없이 아무 얘기나 그에게 하는 짓을 관두고, 조이만 보면 뭔가 잘해보려고 애쓰는 짓도 관두게 하기 위해서였다. 이제 엄마는 그가 원하는 대로 됐고 그를 데면데면 대했는데, 조이는 갑자기 엄마를 잃은 것 같았다. 예전의 엄마를 되찾고 싶었다.

"잘 지내냐고 물어봐도 되니?" 패티가 말했다.

"잘 지내요."

"예전에 노예를 부리던 주에서 살 만하다고?"

"아주 좋아요. 날씨도 화창하고."

"그렇지, 미네소타에서 자라면 그 점이 좋아. 어딜 가든 미네소타보다는 날씨가 좋으니까."

"그러게요."

"새 친구는 많이 사귀었어? 사람들 많이 만나고?"

"네."

"좋아, 좋아, 좋아. 좋아, 좋아, 좋아. 조이, 전화 잘했다. 그러니까, 안 해도 되는 거 아는데 해서 좋다고. 여기 집에 진짜 네 팬이 있다."

1학년 남학생 무리가 기숙사에서 뜰로 쏟아져 나왔고, 맥주에 취해 목소리가 컸다. 친구들이 울부짖듯 "조이이이이, 조이이이이" 하고 다정하게 불렀다. 조이는 고개를 끄덕이며 차분하게 응수했다.

"거기도 팬이 있나 보네." 패티가 말했다.

"네."

"우리 아들, 인기도 많지."

"그러게요."

남학생 무리가 새로운 맥주 공급처를 찾아 몰려가자 다시 침묵이 흘렀다. 조이는 친구들이 몰려가는 모습을 보며 상대적 박탈감에 가슴이 아팠다. 그는 가을 학기 생활비를 계획보다 한 달 치를 더 빨리 써버렸다. 다른 애들은 맥주 여섯 잔을 마시는 동안 한 잔밖에 못 마시는 가난한 아이가 되고 싶지 않았지만, 그렇다고 다른 아이한테 얹혀서 무임승차하고 싶지는 않았다. 그는 인심도 쓰고 뻐기고 싶었는데, 그러려면 돈이 필요했다.

"아빠 새 일은 어떻대요?"

조이는 엄마와 대화를 이어가려고 애썼다.

"할 만한가 봐. 요즘 정신없어. 갑자기 엄청난 액수의 남의 돈으로 이 세상의 잘못됐다고 생각하는 걸 전부 바로잡으려 하고 있지. 아무도 잘못을 바로잡으려 하지 않는다고 불평하곤 했잖니. 이제 자기가 직접 바로잡으려 하는데 그게 가능하니? 우리 모두 자포자기하고 있는데. 아빤 나한테 새벽 3시에 이메일을 보낸다. 잠을 잘 못 이루는 것 같아."

"엄만? 엄만 어떻게 지내요?"

"어, 물어봐줘서 고맙지만, 모르는 게 낫지 싶다."

"알고 싶어요."

"아니, 알고 싶지 않을걸. 그리고 걱정하지 마라. 빈정대는 것도, 야단치는 것도 아니니까. 넌 네 인생이, 난 내 인생이 있으니까. 다 좋아. 좋다고."

"그럼 하루 종일 뭘 하며 지내세요?"

"그건, 사실 너니까 말하는 건데, 좀 어색한 질문이구나. 애 없는 부부한테 왜 애 안 갖느냐고 묻거나, 결혼 안 한 사람한테 왜 결혼 안 하느냐고 묻는 거나 같거든. 너한테는 아무렇지도 않겠지만, 다른 사람들은 그렇게 받아들이지 않을 수도 있는 질문이 있다. 조심해야지." 패티가 말했다.

"흠."

"좀 애매한 상황이지. 이사 가는 걸 알면서 인생에서 큰 변화를 만들기가 쉽지 않아. 그냥 혼자 재미로 글을 한번 써볼까 해. 그리고 부동산업자가 언제 집 보여주러 올지 모르니까 집도 깔끔하게 해놓아야 하고. 잡지를 가지런히 늘어놓는 데도 시간이 오래 걸리더라." 패티가 말했다.

엄마를 잃은 것 같은 조이의 상실감이 짜증으로 변했다. 엄마는 조이를 야단치는 게 아니라고 아무리 말해도 결국 그를 나무라고 있었다. 엄마들의 꾸중은 끝이 없다. 조이는 위로를 받고 싶어 엄마에게 전화를 걸었는데 오히려 그가 엄마를 위로해야 하는 상황이었고, 그마저 하지 못하는 꼴이 된 것이다.

"생활비는 어때? 돈은 넉넉하니?" 조이가 짜증난 걸 눈치라도 챈 듯 패티가 물었다.

"좀 빠듯해요." 조이가 인정했다.

"그렇겠지!"

"버지니아 주 주민이 되면 학비는 훨씬 싸질 거예요. 첫해여서인지 좀 힘들긴 하네요."

"돈 좀 보내줄까?"

조이는 어둠 속에서 미소 지었다. 그는 엄마가 좋았다. 어쩔 수 없었다.

"아빠가 돈은 한 푼도 못 준다고 말한 걸로 아는데."

"아빠한테 미주알고주알 얘기할 필요 없잖아."

"엄마한테 돈을 받으면 학교에서 날 지역 주민으로 인정해주지 않을 텐데."

"학교도 다 알 필요는 없잖아. 내가 수표로 보내고 네가 현금으로 바꾸면 되니까."

"네, 그런데 조건이 뭐예요?"

"없어. 정말 아무 조건도 없어. 네가 이미 아빠한테 분명히 말했잖아. 이미 분명하게 말한 걸 지키겠다고 엄청 높은 이자를 내면서 대출 받을 필요는 없지."

"생각해볼게요."

"수표는 우편으로 보내마. 현금으로 바꿀지, 말지는 네가 결정해라. 나랑 의논할 필요 없어."

조이는 다시 미소 지었다. "이러는 이유가 뭐예요?"

"글쎄. 믿거나 말거나, 난 네가 원하는 대로 살기를 바라. 거실 탁자에 잡지를 가지런히 정리하며 나 자신에게 많은 걸 물어볼 시간이 있었어. 만약 네가 아빠와 나한테 평생 다시는 보고 싶지 않다고 말하면, 그래도 난 네가 행복하기를 바랄까 하는 그런 거."

"그건 정말 기괴한 가정인데. 사실과 너무 동떨어지잖아요."

"그렇게 말하니 다행이다만, 내 말의 요지는 그게 아니야. 내 말은, 우리 모두 그 질문에 대한 대답을 안다고 생각하지. 부모는 아이들이 잘되기를 바란다. 아이들에게 어떤 보답을 받든 말든. 사랑이란 건 그래야 하는 거다, 그렇지? 하지만 말이다, 사실 생각해보면 좀 이상한 믿음이지. 사람들이 그렇지 않다는 걸 알잖아. 이기적이고, 근시안적이고 자기중심적이면서도 의존적이고. 왜 부모라는 이유만으로 더 나은 사람이 돼야 하는 거지? 그렇지 않잖아. 언젠가 너한테 할머니, 할아버지에 대해 말해준 적 있을 거야. 예를 들면……."

"별로 얘기 안 했는데요."

"네가 공손하게 부탁하면 언제든 더 얘기해줄게. 하지만 내 말은, 너와 관련해서 이 사랑이라는 것에 대해 진지하게 생각을 많이 해봤다는 거야. 그래서 내린 결론은……."

"엄마, 다른 얘기하면 안 될까요?"

"내가 내린 결론은……."

"아니면 다른 날 얘기하든지. 다음 주나 뭐. 자기 전에 할 일이 좀 많아서요."

세인트폴에 있는 패티는 마음에 상처를 입은 듯 아무 말이 없었다.

"미안해요 엄마. 너무 늦은 데다 피곤하고 아직 할 일도 남았거든요."

"내가 왜 수표를 보내는지 이유를 설명하려고 한 것뿐이다."

패티가 낮은 목소리로 말했다.

"알았어요. 고마워요 엄마. 엄마가 최고라니까."

패티는 훨씬 작고 더 상처 받은 목소리로 조이에게 전화해줘서 고맙다고 말한 뒤 전화를 끊었다.

조이는 캠퍼스 치안경찰의 눈에 띄지 않고 숨어서 울 수 있는 빌딩 틈새나 나무, 수풀을 찾으려고 잔디 주위를 둘러보았다. 결국 찾지 못한 조이는 기숙사 안으로 달려 들어갔다. 그러고는 토하기 직전인 것처럼 무작정 자기 기숙사 동도 아닌 곳에서 제일 먼저 눈에 띄는 화장실 한 칸으로 들어가

문을 걸어 잠그고 엄마를 증오하며 흐느꼈다. 누군가 탈취 비누와 곰팡이 냄새를 뿌옇게 피우면서 샤워를 하고 있었다. 조이가 들어가 있는 화장실 칸의 녹슬어 울퉁불퉁한 문에는, 정액을 분출하며 슈퍼맨처럼 하늘로 치솟는, 커다랗고 웃는 얼굴을 한 발기한 음경이 매직으로 그려져 있었다. 그 아래에는 누군가 이렇게 써놓았다. '**당장 따먹든가 싸 뭉개라.**'

  패티는 캐럴 모너핸처럼 단순 명료하게 꾸짖지 않았다. 캐럴은 코니와 달리 그다지 영리하지 않았다. 코니의 머릿속에는 비딱하고 다부진 생각이 들어 있었고, 단둘이 있을 때만 조이에게 자신의 단단하고 예민한 클리토리스에 접근을 허락하는 명민함도 갖추었다. 코니는 캐럴, 블레이크, 조이와 함께 저녁 식사를 할 때면 눈을 내리깔고 자신만의 야릇한 생각에 잠겨 밥을 먹었다. 하지만 식사 후 조이와 단둘이 침실에 있을 때는 캐럴과 블레이크가 식탁에서 보여준 역겨운 행동을 그대로 재현했다. 한번은 코니가 조이에게, 블레이크가 하는 말 족족 그 요점은 다른 사람들이 얼마나 멍청하고 자기가 다른 사람들보다 얼마나 우월하며, 그런데도 자기가 얼마나 부당한 대우를 받는지에 대한 거라는 사실을 알아챘는지 물었다. 블레이크의 말에 따르면, 아침에 TV에서 하는 일기예보는 멍청하고, 폴슨네가 재활용품 수거함을 멍청한 곳에다 두었고, 자기 트럭의 안전띠 착용 경고음은 멍청해서 60초 안에 꺼지지 않고, 서밋 가에서 제한 속도로 운전하는 통근자도 멍청하고, 서밋과 렉싱턴 가에 있는 정지 신호가 바뀌는 시간 간격이 멍청하게 되어 있고, 시내 건축 규정도 멍청했다. 조이는 코니가 다음과 같은 예를 하나도 빠뜨리지 않고 모조리 흉내 내는 동안 웃으며 즐거워했다. 새 TV 리모컨의 디자인이 멍청하고, NBC 황금시간대 편성표가 멍청하게 바뀌었고, 내셔널 리그(미국의 2대 메이저 리그 중 하나-옮긴이)는 멍청하게도 지명타자 규칙을 채택하지 않았고, 바이킹스(미네소타의 미식축구팀-옮긴이)는 멍청하게도 브래드 존슨과 제프 조지를 놓아주었고, 제2차 대통령 선거 후보 토론회의 진행자는 멍청하게도 앨 고어가 거짓말쟁이라는 점을 집요하게 캐지 않았고, 미네소타 주는 성실한 시민의 세금으로 불법체류 멕시코 인과 속임수로 복지 혜택을 받는 인간들에게 무료로 **특급** 의료 서비스를 제공하는 멍청한 짓을 하고 있었다.

"그거 알아?" 코니가 마침내 말했다.

"뭐?"

"넌 절대 안 그런다는 거. 넌 정말 다른 사람들보다 똑똑해. 그러니까 다른 사람들을 멍청하다고 말할 필요가 없지."

조이는 코니의 칭찬을 받아들이면서도 내심 마음이 불편했다. 우선 자신과 블레이크를 직접 비교하는 데서 코니의 강한 경쟁심이 느껴졌다. 모녀 간의 복잡한 갈등 사이에서 인질 아니면 전리품이 된 것 같은 찝찝한 기분이 들었다. 조이가 모너핸네로 이사 올 때 남을 비난하는 버릇을 버린 건 사실이지만 그전에는 그 또한 온갖 것을 멍청하다고 했고, 특히 자기 엄마는 신경을 박박 긁을 정도로 끊임없이 멍청한 행동을 한다고 생각했다. 그런데 코니가 다른 사람들이 멍청하다고 불평하는 사람들은 자신들이 멍청해서 그러는 거라고 말하고 있었다.

사실 패티가 멍청한 행동을 한 건 조이와 관련된 일뿐이었다. 물론 패티가 투팍(미국의 유명 래퍼-옮긴이)을 깔본 건 정말 멍청한 행동이었다. 조이는 투팍의 최고 작품을 천재 수준의 역작이라고 생각하는데 말이다. 또 〈결혼해서 자식 낳고(Married with Children)〉(미국의 시트콤-옮긴이)에 대해 혐오스러워한 것도 멍청한 행동이었다. 등장인물의 멍청한 행동이 치밀하게 계산된 극단적 행동이라서 정말 뛰어난데도. 하지만 조이가 〈결혼해서 자식 낳고〉 재방송을 그렇게 열심히 보지 않았다면 패티는 그 시트콤에 대한 험담을 하지 않았을지 모른다. 조이가 투팍을 그렇게 존경하지 않았다면, 패티는 어설프게 투팍 흉내를 내면서 채신없이 굴지 않았을지 모른다. 패티가 멍청한 행동을 한 진짜 이유는 조이가 친구로 남기를 바랐기 때문이다. 조이가 TV 시트콤이나 명실상부한 천재 래퍼가 아니라 엄마에게 흠뻑 빠져 즐거워하기를 바랐다. 이것이 바로 패티가 저지른 멍청한 행동이다. 패티는 조이가 좋아하는 것에 대해 경쟁심을 느꼈다.

결국 조이는 자기가 더 이상 엄마의 꼬마 친구 역할을 하고 싶지 않다는 사실을 엄마의 머리에 확실히 박히게 하려고 안간힘을 쓰게 됐다. 의식적으로 세운 계획은 아니었다. 도덕군자인 척하는 누나에게 오랫동안 짜증을 느껴온 데 대한 부산물이었다. 조이는 누나를 경악시킬 가장 좋은 방법은, 부모님이 그랜드래피즈에 있는 편찮으신 할머니와 지내는 동안 친구들을 집으로 불러들여 짐빔(버번위스키의 이름-옮긴이)을 마시고 코가 비뚤어지게 취한 뒤, 다음 날 밤 누나 방과 자기 방 사이에 있는 벽에 코니를 밀어붙이고 엄청 시끄럽게 섹스를 해서 제시카가 벨 앤 서배스천(스코틀랜드 출신의 7인조 그룹-옮긴이)의 볼륨을 댄스 클럽 수준으로 높이게 하고, 나중에 자정이 지나서 조이의 잠긴 침실 문을 백옥같이 흰 손가락 관절로 두드리게 하는 것이었다.

"제기랄, 조이! 당장 그만두지 못해! **당장**! 알아들어?"

"이봐, 난 너한테 지금 은혜를 베풀고 있는 거야."

"**뭐?**"

"넌 고자질할 게 없으면 심심하잖아. 이게 다 널 위한 거야. 고자질할 거리를 만들어주고 있으니까!"

"지금 **당장** 이른다. 아빠한테 **지금 당장** 전화한다."

"맘대로 하시지! 내 말 못 들었어? 널 위해서 이러는 거라고."

"개자식. 이 능청스럽고 좁쌀만 한 **개자식**. **당장** 아빠한테 전화할 거야……."

코니는 입술과 젖꼭지가 새빨갛게 되어 홀딱 벗은 채 숨죽이고 앉아 두려움과 경이로움, 흥분, 동지 의식, 희열이 뒤섞인 눈길로 조이를 바라보았다. 조이는 그런 코니를 보며 그녀는 어떤 규칙도, 예의도, 도덕도, 자신이 조이가 선택한 여자 친구고 공범이라는 사실의 1000분의 1만큼도 중요하게 생각하지 않는다는 확신이 생겼다.

조이는 그 주에 할머니가 돌아가실 거라고 생각하지 않았다. 할머니는 연세도 그렇게 많지 않았다. 할머니가 돌아가시기 하루 전날에 난장판을 만든 엄청난 잘못을 저지른 꼴이 되어버렸다. 얼마나 잘못했는지, 패티와 월터는 조이에게 소리도 지르지 않았다. 패티와 월터는 히빙에서 열린 장례식에 그가 참석하지 못하게 했다. 조이는 다른 식구들이 함께 슬픔을 나누는 동안 그 슬픔에 동참하지 못하고 혼자 내버려져 죄책감을 느껴야 했다. 도로시는 조이의 삶에서 유일한 조부모였고, 조이가 아주 어릴 때 불구가 된 자기 손을 조이가 잡아보게 하고, 그 손도 사람 손이고 무서워할 것 없다는 걸 깨닫게 해주어서 그에게 깊은 인상을 주었다. 그 후 조이는 도로시가 올 때마다 패티와 월터가 할머니를 위해서 하라는 것은 무엇이든 했다. 도로시는 조이가 유일하게 100퍼센트 착하게 군 사람이었다. 그런데 갑자기 그녀가 죽은 것이다.

도로시의 장례식이 끝나고 몇 주 동안 패티는 조이를 내버려두었다. 그다음 몇 주 동안은 냉담하게 대했지만, 곧 조이에게 들러붙기 시작했다. 패티는 조이가 코니에 대해 자기에게 솔직하게 털어놓는다고 생각해서 자기도 조이에게 자식에게 하기에 적절하지 않은 얘기를 털어놓았다. 패티는 조이를 자기를 이해해주는 사람으로 지정하려 했고, 조이에게 그건 엄마의 꼬마 친구가 되어주는 것보다 끔찍했다. 친구보다 부적절했고, 헤어나기 어려웠다. 패티는 항상 비밀을 털어놓으면서 시작했다. 어느 날 오후, 패티가 조이의 침대에 앉아 자기가 대학 때 마약중독에 병적으로 거짓말을 하는 친구한테 스토킹을 당했는데 그럼에도 자기는 그 친구를 사랑했고, 레이는 그 친구를 못마땅해했다는 얘기를 하기 시작했다.

"누군가에게 털어놓아야 했어. 아빠한테는 말하고 싶지 않았다. 어제 새

운전면허증을 발급받으려고 줄을 서 있는데 그 친구가 줄 앞쪽에 서 있지 뭐니. 난 무릎을 다친 날 이후로 한 번도 그 애를 본 적이 없었거든. 20년 만인가. 살이 많이 찌긴 했지만 분명히 그 애였어. 그런데 그 애를 보자마자 겁이 나는 거야. 죄책감을 느낀 거지." 패티가 말했다.

"왜 겁이 나요? 왜 죄책감이 든 거죠?"

조이는 자기가 마치 토니 소프라노(TV 드라마 〈The Sopranos〉의 주인공-옮긴이)의 정신과 상담 의사처럼 말하고 있다는 생각이 들었다.

"몰라. 그 애가 뒤돌아 나를 볼까 봐 뛰쳐나왔어. 면허증 받으러 다시 가야 해. 그 애가 나를 볼까 봐 겁이 나더라. 무슨 일이 벌어질지 무서웠어. 알지, 나 동성애자 아닌 거. 내가 동성애자였다면 내가 날 몰랐겠니. 내 옛날 친구 중 절반이 동성애자야. 그리고 난 절대 아니고."

"다행이네요." 조이가 어색하게 웃으며 말했다.

"하지만 어제 그 애를 보고 내가 그 애를 사랑했다는 걸 깨달았어. 그리고 그 사실을 감당할 수가 없었던 거지. 그 애는 리튬 때문에 살이 찐 것처럼 보이더라."

"리튬이 뭐예요?"

"조울증 치료로 먹는 약이야. 조증과 우울증을 왔다 갔다 하는 병."

"아."

"그런데 난 그 앨 완전히 버렸어. 레이가 그 앨 너무 싫어했기 때문이지. 아픈 애였는데, 전화도 안 하고 그 애가 보낸 편지는 열어보지도 않고 버렸어."

"하지만 엄마한테 거짓말을 했잖아요. 무서운 사람이었잖아요."

"알아, 알아. 그래도 죄책감이 들어."

그 후 몇 달 동안 패티는 조이에게 다른 비밀을 많이 털어놓았다. 그 비밀은 독을 바른 사탕 같았다. 한동안 조이는 멋지고 솔직한 엄마를 둔 자신이 행운아라고 생각했다. 조이는 같은 반 친구들이 저지른 여러 가지 역겨운

짓과 사소한 범죄 행위를 엄마에게 고해바치면서, 1970년대 청소년보다 지금의 청소년이 얼마나 더 닳고 타락했는지 보여주려고 애썼다. 그러던 어느 날 두 사람은 데이트 강간에 대한 얘기를 주고받았고, 패티는 조이에게 자신이 10대 때 데이트 강간을 당했다는 얘기를 하는 게 자연스럽다고 생각했다. 제시카에게 절대로 말해서는 안 된다는 다짐도 받았다. 제시카는 조이처럼 자기를 이해하지 못한다면서. 아무도 조이처럼 자기를 이해하지 못한다면서. 패티의 얘기를 듣고 난 뒤 조이는 밤에 잠자리에 누워서도 그 강간범에게 살의를 느낄 정도로 화가 났고, 부당한 세상에 분노가 치밀었다. 그동안 패티를 흉본 것에 죄책감이 들었고, 어른들의 비밀스러운 세계에 접근을 허락받았다는 사실에 자신이 특별하고 중요한 존재라고 느끼며 잠을 이루지 못했다. 그런데 어느 날 아침 잠에서 깬 조이는 갑자기 엄마가 못 견딜 만큼 증오스러웠다. 엄마와 한방에 있으면 몸에 뭐가 스멀스멀 기어가는 것 같고 속이 메스꺼웠다. 화학적 변화가 일어난 것 같았다. 자신의 내장 기관과 척수에서 독극물이 새어 나오는 것 같았다.

오늘 조이가 패티와 전화하면서 느낀 점은 엄마가 **전혀** 멍청하지 않다는 사실이다. 패티가 꾸중하는 방법은 교묘했다. 패티가 자기 인생을 사는 데 지혜롭지 못한 건 멍청해서가 아니었다. 어떻게 보면 정반대였다. 패티는 자신을 희극적이면서도 비극적인 대상으로 바라보았고, 그런 자신을 진정으로 부끄러워했다. 하지만 이 모두가 결국은 그에 대한 꾸중으로 이어졌다. 패티는 사라져가는, 아주 정교한 부족 언어로 말하는 것 같았고, 그 언어를 계승하거나 사장시키는 건 젊은 세대(즉, 조이)의 책임인 것처럼 느끼게 했다. 아니면 자신이 아빠가 아끼는 멸종 위기에 놓인 새의 한 종류고, 지나가는 행인이 공감하고 들어줄까 싶은 절박한 마음으로 숲 속에서 잊혀져 가는 노래를 부르고 있는 것처럼 굴었다. 세상은 모두 자신의 반대편에 서 있다고 생각했고, 조이가 자신이 아니라 세상의 편을 든다고 나무라는 듯이 말했다. 조이도 자기만의 인생을 살아야 할 것 아닌가! 문제는 그가 어릴 때 나약한 마음에 자신이 엄마의 언어를 이해한다는 걸 보여주었고, 엄마의 노래에 공감한다고 생각하게 했다는 점이다. 그리고 지금 패티는 조이 안에 아직 엄마를 이해할 수 있는 능력이 남아 있으며, 마음만 먹으면 언제든 다시 그 능력을 발휘할 수 있다는 사실을 그에게 상기시키려 했다.

기숙사 화장실에서 샤워를 하고 있는 사람이 누군지 몰라도 이제 샤워를 마치고 수건으로 몸을 닦고 있었다. 복도로 나가는 문이 열렸다 닫히더니 또 열렸다 닫혔다. 박하 향 치약 냄새가 세면대를 넘어 조이가 숨어 있는 화장실 칸으로 들어왔다. 조이는 우는 동안 발기한 음경을 속옷과 카키색 바지에서 꺼내 부여잡았다. 그가 음경의 끝 부분을 꽉 누르면 머리 부분에 피가 몰려 크고 흉측하고 거의 검은색으로 변하게 만들 수 있었다. 조이는 그런 자기의 음경을 감상하는 게 좋았고, 역겨우면서도 황홀한 그 모습이 자신에게 주는 위안과 독립심이 좋아서 사정을 해 발기가 수그러지도록 하고 싶지 않았다. 물론 하루 종일 발기한 상태로 돌아다니면 사람들이 흔히 말하는 추잡한 놈이 될지 모른다. 블레이크가 바로 그런 사람이었다. 조이는 그처럼 되고 싶지는 않았지만, 엄마가 비밀을 털어놓는 대상은 더더욱 되고 싶지 않았다. 발기한 자신의 음경을 보면서 소리 내지 않고 손가락에 쥐가 나도록 음경을 문지른 조이는 마침내 변기 뚜껑을 열고 사정한 뒤 물을 내렸다.

위층 복도 구석방에서는 조너선이 존 스튜어트 밀의 책을 읽으면서 월드 시리즈 경기 9회를 보고 있었다. 조너선이 말했다.

"아주 복잡한 상황이야. 양키스 때문에 정말 마음이 찢어진다."

혼자서는 야구를 절대 안 보지만 다른 사람이 있을 때는 어울려서 보는 조이는, 조너선의 침대에 앉아 랜디 존슨이 패색이 짙은 양키스 타자에게 속구를 던지는 모습을 지켜보았다. 점수는 4대 0이었다.

"아직 가능성이 있어." 조이가 말했다.

"절대 그런 일 없어. 그런데 언제부터 익스팬션팀(새로 창단하거나 구단주가 새로 바뀐 팀-옮긴이)이 네 시즌 만에 월드 시리즈에 출전하는 게 허용된 거야? 난 애리조나에 야구팀이 있다는 사실조차 아직 납득이 안 가는데." 조너선이 말했다.

"드디어 제정신으로 돌아왔구나."

"오해하지는 마. 양키스가 지는 것보다 고소한 건 없어. 턱 없는 천재 호르헤 포사다가 패스한 공으로 한 점 얻으면 더 좋고. 하지만 올해는 왠지 양키스가 이겼으면 좋겠다. 뉴욕을 위해 희생도 감수하는 애국심을 발휘하는 거지."

"난 매년 양키스가 이기길 바라는데." 조이는 실제로는 그렇게 생각하지 않으면서 그렇게 말했다.

"그러게, 뭐냐? 넌 미네소타 트윈스를 응원해야 하는 거 아냐?"

"우리 부모님이 양키스를 싫어하거든. 아빠가 트윈스를 좋아하는 **이유**는 돈을 많이 못 벌기 때문이지. 돈 버는 걸로 치면 양키스 선수들은 적이야. 그리고 엄마는 뉴욕에 관련된 거라면 뭐든 광적으로 싫어하고."

조너선은 조이를 호기심 어린 눈으로 바라보았다. 지금까지 조이는 자기 부모에 대해 말하는 것을 삼갔고, 짜증날 정도로 신비주의를 고집하는 듯이 보이지 않을 만큼만 말해주었다.

"왜 뉴욕을 싫어하시는데?"

"몰라. 고향이라 그런가 봐."

TV에서는 데릭 지터가 2루에서 아웃되고 경기가 끝났다.

"만감이 교차한다." 조너선이 TV를 끄며 말했다.

"그런데 난 외할머니랑 외할아버지도 모르는 거 아니?" 조이가 말했다. 우리 엄만 좀 이상해. 내가 어릴 때 딱 한 번 이틀 정도 우리 집에 다녀가셨어.

와 계시는 동안 우리 엄마는 완전히 신경과민에 가식적으로 굴더라니까. 한번은, 우리 가족 모두 뉴욕으로 휴가를 갔다가 외조부모를 만났는데 그때도 안 좋았어. 내 생일보다 3주 늦게 생일카드를 받은 적이 있는데 우리 엄마는 완전히 늦게 보냈다고 할머니랑 할아버지를 욕하고 난리더라니까. 그분들 잘못도 아닌데. 만나지도 않는 사람의 생일을 어떻게 기억하냐고."

조녀선이 인상을 쓰며 진지하게 물었다. "뉴욕 어디?"

"몰라. 교외 어디. 우리 외할머니는 정치인이래. 주 의회라나. 외할머니는 아주 선하고 우아한 유대인인데, 우리 엄마는 외할머니랑 같은 방에 있는 것도 못 견뎌해."

"우와, 다시 말해봐. 너희 엄마 유대인이야?" 조녀선이 침대에서 허리를 곧추세우고 똑바로 앉았다.

"뭐, 이론상으로는 그렇지."

"인마, 그럼 넌 유대인이네! 전혀 몰랐어!"

"한 4분의 1만 그렇다고 봐야지. 피가 많이 희석됐으니까." 조이가 말했다.

"당장 이스라엘로 이민 가도 되겠다, 무조건."

"평생소원을 이루게 생겼군."

"말이 그렇다는 거지, 뭐. 데저트 이글(이스라엘에서 생산하는 반자동 권총—옮긴이)도 차고 다닐 수도 있고, 아니면 전투기 조종도 할 수 있고, 이스라엘 여자랑 데이트도 하고."

조녀선은 랩톱 컴퓨터를 열어, 대구경 탄띠를 훌떡 벗은 D컵 가슴 위로 어깨에서부터 두른, 구릿빛 피부의 이스라엘 여신들의 사진이 실린 사이트를 찾아냈다.

"내 스타일은 아닌데." 조이가 말했다.

"내 스타일도 아니야. 내 말은, 네 스타일**이면** 그럴 수도 있다는 거지."

조녀선은 그렇게 말했지만 본심은 그렇지 않은 것 같았다.

"또 불법으로 정착하고 팔레스타인 사람들의 권리를 무시하는 건 문제 아니야?"

"그럼, 문제지! 문제는 친서방 민주주의 국가인 이스라엘이 무슬림 과격파와 적대적 독재자들에게 섬처럼 둘러싸여 있다는 거지."

"그래. 하지만 그런 곳에 나라를 세우는 게 멍청한 짓 아냐? 유대인들이 중동에 정착하지 않았다면 우리가 그들을 지원할 필요도 없고, 그럼 아랍 국가들이 우리한테 그렇게 적대적이지 않을지도 모르잖아." 조이가 말했다.

"너 혹시 홀로코스트는 아는 거야?" 조녀선이 물었다.

"알아. 그런데 왜 차라리 뉴욕으로 오지 않은 거야? 미국은 들어와 살게 했을 텐데. 여기에 예배당 짓고 살았으면 우린 아랍과 정상적인 관계를 유지할 수 있었을 텐데 말야."

"하지만 홀로코스트는 유럽에서 일어났잖아. 누구나 문명 세계라고 여긴 유럽에서 자기 민족의 절반이 인종 학살에 희생되면 자신 말고는 아무도 못 믿게 되지."

조이는 조녀선이 자기보다 자기 부모와 비슷한 태도를 보이는 게 영 불편했다. 따라서 이길 생각도 없는 논쟁에서 지게 생겼다는 사실이 못마땅했다. 그럼에도 조이는 끈질기게 계속했다.

"좋아, 그런데 왜 그게 우리 문제가 돼야 하는 거지?"

"우리는 어디에서든 민주주의와 시장경제를 지지해야 하기 때문이지." 조녀선이 말했다. "그게 바로 사우디아라비아의 문제점이야. 경제적으로 미래가 불투명한 성난 젊은이들이 너무 많아. 빈 라덴이 그런 사람들을 모집한다니까. 팔레스타인 사람들 문제에 대해서는 나도 전적으로 너와 동감이야. 완전 테러범 양성소지. 그래서 아랍 국가에 자유를 가져다줘야 한다는 거야. 그런데 중동 전체에서 민주주의가 제대로 굴러가는 단 하나의 국가를 나 몰라라 하면 도움이 되겠냐."

조이는 조너선이 침착하고 지적일 뿐 아니라 멍청한 척하지 않고도 세련되게 지적임을 과시할 수 있는 자신감을 갖춘 것이 부러웠다. 조너선은 세련되게 똑똑한 척하는 방법을 알고 있었다.

"야, 나 추수감사절에 너희 집 초대받은 거 아직 유효해?" 조이가 화제를 바꾸었다.

"유효하냐고? 넌 무조건 대환영이다. 우리 집은 자기를 혐오하는 그런 유대인이 아니거든. 우리 부모님은 유대인을 정말 좋아해. 네가 오면 극진하게 대접할걸."

다음 날 오후, 혼자 기숙사 방에 있던 조이는 코니에게 전화해서 병원에 가라고 하겠다는 약속을 아직 지키지 못한 것에 부담감을 느끼며, 조너선의 컴퓨터를 켜고 그의 누나 제나의 사진을 뒤졌다. 조이는 조너선이 이미 자기에게 보여준 가족사진만 본다면 그의 물건을 뒤지는 게 아니라고 생각했다. 조이에게 유대인의 피가 흐른다는 사실을 알고 조너선이 반가워한 것을 보면 제나도 조이를 따뜻하게 환영해줄 것 같았다. 조이는 가장 잘 나온 제나의 사진 두 장을 자기 하드 드라이브에 복사하고 자기만 찾을 수 있도록 파일 확장자명을 바꿨다. 코니에게 전화를 해야 하는 끔찍한 일을 하기 전에 코니를 대체할 구체적인 대안을 떠올릴 수 있도록.

지금까지는 학교 여학생들과 별로 재미를 보지 못했다. 버지니아 대학에서 조이가 만난 반반한 여자애들은 조이의 호의를 의심하고 아무리 꼬여도 넘어가지 않았다. 제일 반반한 아이들조차 캐벌리어팀 경기 보러 가는데 무슨 켄터키 더비 경마 구경을 가는 것처럼 짙은 화장에 정장을 입고 나타났다. 그보다 못한 이류급 여자애들은 파티에서 술 취하면 조이와 엮일 의향이 있다는 표시를 하기도 했다. 하지만 무슨 이유에서인지, 조이가 배짱이 없어서인지, 시끄러운 음악 때문에 소리쳐 말하기 싫어했기 때문인지, 아니면 자기가 너무 잘났다고 생각해서인지, 그도 아니면 술 취한 여자애들은 멍청하고 짜증났기 때문인지, 조이는 이런 파티와 파티에서 엮이는 관계에 대해 일찌감치 편견이 생겼다. 그리고 차라리 다른 남학생들과 어울리는 게 낫겠다는 결론에 도달했다.

조이는 전화기를 붙잡고—아마 30분쯤—비가 오려는지 하늘이 잿빛이 될 때까지 한참을 앉아 있었다. 조이가 멍청하게 너무 오랫동안 전화기를 붙들고 망설이는 바람에 그의 엄지손가락이 저절로 코니의 번호가 저장된 단축 버튼을 눌렀고, 전화벨 울리는 소리에 억지로 행동을 취하게 된 건 마치 활에서 화살이 날아가는 것 같았다.

"와! 어디야?" 코니가 평상시의 밝은 목소리로 물었다. 조이가 그동안 그리워해온 목소리다.

"내 방이야."

"거기 날씨 어때?"

"글쎄, 좀 흐린 것 같은데."

"세상에, 여긴 오늘 아침에 **눈**이 내렸어. 벌써 겨울이야."

"그래. 저, 너 괜찮니?" 조이가 물었다.

"나?" 코니는 조이의 질문에 놀란 것 같았다. "응. 하루 종일 네가 보고 싶어 죽겠지만, 잘 버티고 있어."

"오랫동안 전화 못해서 미안해."

"괜찮아. 너랑 얘기하고 싶긴 하지만, 우리가 서로 자제해야 하는 이유를 잘 알고 있어. 난 인버힐스에 보낼 서류 만들고 있었어. 12월에 볼 SAT 시험 신청도 했고. 네가 하라는 대로."

"내가 그러라고 했어?"

"네 말대로 가을에 학교 다니려고, 공부하려고 책도 샀어. 매일 세 시간씩 공부할 거야."

"그러니까, 정말 괜찮단 말이지?"

"그렇다니까! 넌 어때?"

조이는 캐럴이 얘기한 코니와, 지금 명료하고 차분하게 말하는 코니가 너무 달라서 혼란스러웠다.

"나 어젯밤에 너희 엄마랑 통화했어." 조이가 말했다.

"알아. 엄마한테 들었어."

"임신하셨다고?"

"응. 경사 났지 뭐. 쌍둥이인 것 같아."

"정말? 왜?"

"몰라. 그냥 느낌이 그래. 그리고 아주 끔찍할 것 같아."

"너희 엄마랑 나눈 대화, 정말 이상했어."

"내가 잘 얘기했어. 다시는 전화 안 할 거야. 또 하면 얘기해. 내가 못하게 할게."

"네가 굉장히 우울하다고 하시던데." 조이가 엉겁결에 내뱉었다.

갑자기 침묵이 흘렀다. 코니식의, 완전히 블랙홀 같은 침묵이 흘렀다.

"네가 하루 종일 잠만 자고 잘 먹지도 않는다고 걱정 많이 하시더라."

조이가 말했다. 또다시 침묵이 흐른 뒤 코니가 대답했다.

"한동안 조금 우울했어. 하지만 그건 엄마가 상관할 문제가 아니야. 지금은 전보다 괜찮아졌어."

"그래, 다행이다."

하지만 조이는 왠지 전혀 다행스럽게 느껴지지 않았다. 코니가 병적으로 나약하고 매달리는 모습을 보였다면 조이가 탈출할 수 있는 경로를 찾으려고 애썼을지도 모른다.

"그런데 너 다른 여자들이랑 잤니? 난 그래서 네가 전화를 안 하는 거라고 생각했지." 코니가 말했다.

"아니, 아니야. 전혀."

"그래도 괜찮아. 지난달에 이 말을 하려고 했어. 넌 남자라 욕구가 강하잖아. 난 네가 수도승처럼 지낼 거라고 기대하지 않아. 그냥 섹스일 뿐인데, 뭐. 상관없어."

"음, 너도 똑같이 그럴 수 있어."

조이는 또 다른 탈출 경로를 감지한 것에 고마워하며 말했다.

"하지만 난 절대로 안 그럴 거야. 너처럼 나를 대해주는 사람은 없어. 난 남자들 눈에 보이지도 않는다니까." 코니가 말했다.

"전혀 안 믿기는데."

"아냐, 정말이야. 가끔 식당에서 친절하게 대하거나 좀 치근덕거리기도 하지만 안 통해. 아무래도 상관없어. 너만 있으면 돼. 사람들이 그걸 눈치챘나 봐."

"나도 너만 있으면 돼."

조이는 자신이 만든 안전 수칙을 어긴 채 중얼거리고 말았다.

"남자는 다르다는 거 알아. 그뿐이야. 그냥 편하게 생각해." 코니가 말했다.

"나 사실은 자위 엄청 많이 하고 있어."

"그래, 나도. 몇 시간이고 계속. 어떤 때는 하루 종일 자위만 하고 싶다니까. 아마 그래서 엄만 내가 우울하다고 생각하나 봐."

"하지만 **정말** 우울한 것일지도 모르지."

"아냐. 그냥 오르가슴 느끼는 게 좋아서 그래. 네 생각을 하고 나서 절정에 달해. 네 생각을 좀 더 하고 또 절정에 달하고. 그것뿐이야."

대화는 금세 폰 섹스로 변질됐다. 두 사람은 초창기에 몰래 숨어 다니며 각자의 방에서 전화로 속삭이던 때 이후로는 폰 섹스를 하지 않았다. 하지만 그사이 폰 섹스 내용이 훨씬 다채로워졌다. 이제 서로에게 어떻게 말해야 할지 알게 됐기 때문이다. 마치 두 사람이 한 번도 관계를 하지 않은 것 같았다. 마치 지각변동이 일어난 것 같았다.

두 사람이 폰 섹스를 끝내고 나서 코니가 말했다.

"네 그게 묻은 네 손가락을 빨고 싶어."

"너 대신 내가 핥고 있어." 조이가 말했다.

"좋아. 나 대신 핥아줘. 맛이 좋아?"

"응."

"무슨 맛인지 나도 느낄 수 있을 것 같아."

"나도 네 맛을 느낄 수 있어."

"아, 자기야."

이런 대화는 곧 다시 폰 섹스로 이어졌지만, 이번에는 다소 불안감이 느껴졌다. 조녀선이 오후 수업을 끝내고 곧 돌아올지도 모르기 때문이었다.

"자기야. 아, 우리 자기, 우리 자기, 우리 자기, 우리 자기." 코니가 말했다.

조이는 다시 절정에 도달했고, 배리어 가에 있는 코니의 침실에 함께 있다고 생각했다. 조이의 활처럼 휜 등과 코니의 활처럼 휜 등. 조이의 작은 가슴과 코니의 작은 가슴. 두 사람은 누워서 휴대전화로 가쁜 숨을 몰아쉬었다. 조이는 전날 밤 캐럴에게, 코니가 이렇게 된 건 자기가 아니라 캐럴 탓이라고 말한 걸 깨달았다. 조이는 지금 자신의 몸속에서 두 사람이 서로 상대방의 존재를 만들어왔다는 걸 느낄 수 있었다.

"네 엄마가 나한테 추수감사절 때 집에 와서 보내라고 하시더라."

한참 후에 조이가 말하자 코니가 대답했다.

"그러지 않아도 돼. 아홉 달 동안 서로 떨어져 지내기로 했잖아."

"글쎄, 나한테 엄청 뭐라고 하시더라고."

"엄마 방식이 그렇잖아. 못됐어. 하지만 내가 얘기했으니까 다시는 그러지 않을 거야."

"그럼 넌 아무래도 상관없다는 거야?"

"넌 내가 원하는 게 뭔지 알잖아. 추수감사절은 그것과 아무 상관없어."

조이는 서로 정반대인 두 가지 이유 때문에, 코니가 캐럴처럼 추수감사절 때 다녀가라고 조르기를 바랐다. 한편으로는 코니를 만나 같이 자고 싶었고, 또 한편으로는 코니의 흠을 찾아내 그녀와 헤어질 구실이 생겼으면 하고 바랐다. 하지만 코니는 명료하고 차분하게 조이가 지난 몇 주 동안 반쯤 풀어놓은 고리를 다시 잠가버렸다. 그 어느 때보다 단단히 잠갔다.

"이제 전화 끊어야겠다. 조너선이 돌아올 때가 됐거든." 조이가 말했다.

"알았어." 코니가 그렇게 말하며 조이를 놓아주었다.

두 사람이 나눈 대화는 조이가 기대했던 것과 너무나 달라 그는 도대체 어떻게 해야 할지 감이 잡히지 않았다. 조이는 현실이라는 천에 난 좀먹은 구멍을 통해 표면으로 나오듯 침대에서 일어났다. 가슴이 쿵쾅거리고 눈의 초점도 맞지 않은 채, 투팍과 나탈리 포트만의 시선을 한꺼번에 받으며 방 안을 왔다 갔다 했다. 조이는 코니를 많이 좋아했다. 늘. 그런데 하고많은 때 놔두고 왜 하필 지금 마치 생전 처음인 것처럼 **정말 코니가 좋다**는 엄청난 생각의 파도에 휘말리는 걸까? 몇 년 동안 코니와 섹스를 하고 코니를 부드럽게 감싸주었는데, 왜 이제야 애정이라는 엄청난 바다로 빨려 들어가는지. 두려울 정도로 중요한 의미에서 코니와 통한다고 느껴지는 이유가 뭘까. 하필 왜 지금?

'이건 잘못이야, 잘못이야.' 조이는 잘못이라는 걸 알았다. 그는 자기 컴퓨터 앞에 앉아서 조너선의 누나 사진을 보며 생각을 정리하려고 애썼다. 다행히 조이가 파일 확장자명을 JPG로 다시 바꾸다 현장에서 덜미를 잡히기 전에 조너선이 방으로 들어왔다.

"이봐, 유대인 형제. 안녕?"

조너선이 총 맞은 사람처럼 침대에 쓰러지며 말했다.

"안녕." 조이가 서둘러 파일 창을 닫으며 대답했다.

"우와, 맙소사. 이게 웬 염소 소독약 냄새지? 수영장에 갔다 오기라도 했나?"

그 순간 조이는 룸메이트에게 자신과 코니 사이에 있었던 일을 모조리 털어놓을 뻔했다. 하지만 조이가 헤매던 꿈나라, 코니와 성적으로 하나가 된 지하 세계는 조너선의 얼굴을 보자 재빠르게 뒤로 물러났다.

"무슨 소리야?" 조이가 웃으며 말했다.

"맙소사. 창문 좀 열어라. 너를 좋아하긴 하지만 아직 이 정도까진 아닌데."

조너선의 불평을 진심으로 받아들인 조이가 창문을 열었다. 조이는 그다음 날 또 코니에게 전화를 했고, 이틀 후에 또 했다. 그는 너무 자주 연락하지 말자는 자신의 그럴듯한 주장을 조용히 묻어둔 채, 과학 도서관에서 외로이 하던 자위행위 대신 코니와 폰 섹스에 빠져들었다. 자위는 지금 생각하니 역겹고 생각만 해도 창피했다. 조이는 코니와 일상적인 대화를 피하고 오직 섹스 얘기만 하는 한, 지나치게 자주 연락하지 말자는 엄격한 규칙을 위반하는 것은 아니라고 스스로를 설득했다. 하지만 두 사람이 이러한 허점을 이용하기 시작하고 10월이 지나 11월이 되고 해가 짧아지면서, 조이는 마침내 코니가 자신들의 지난 관계를 정의하고 미래를 설계하는 상상을 하기 시작하는 말을 듣고 두 사람의 관계가 **더 깊고 현실적인** 관계가 되어간다는 걸 깨달았다. 이렇게 관계가 깊어지는 게 야릇하게 느껴졌다. 두 사람이 한 일이라고는 서로 절정에 이르게 해주는 것뿐이었는데 말이다. 하지만 돌이켜보니, 세인트폴에서 코니의 침묵은 일종의 보호막 역할을 한 것 같았다. 두 사람의 관계에 정치인이 말하는 부인의 가능성을 부여한 것이다. 이제 섹스가 코니의 언어—크게 소리 내어 말할 수 있는 언어—로 자리를 잡으니 그녀가 조이에게 더 현실로 다가왔다. 두 사람은 더 이상 자기들이 그저 본능을 따르는 말 못하는 어린 동물인 척할 수 없었다. 말은 모든 것을 덜 안전하게 했고, 말은 한계가 없었으며, 말은 자기만의 세상을 만들었다. 어느 날 오후 코니의 말에 따르면, 흥분한 자기의 클리토리스가 20센티미터로 늘어났고, 부드러운 연필 같은 그 돌기를 조이의 음경 순을 조심스럽게 벌리고 음경의 끝까지 밀어넣는다고 했다. 또 어느 날은 코니가 졸라서, 조이는 그녀의 항문에서 매끄럽고 따끈한 대변이 흘러나와 자기 입으로 들어갔고, 뭐 말일 뿐이니까, 최상급 다크 초콜릿 맛이 났다고 말했다. 조이는 코니의 말을 듣고 있으면 어떤 짓을 해도 창피하지 않았다. 조이는 일주일에 네 번, 심지어 다섯 번도 좀 구멍으로 다시 들어가 두 사람이 만든 세계 속으로 사라졌고, 다시 좀 구멍 밖으로 빠져나와 창문을 닫고 식당으로 가거나 기숙사 라운지로 내려가서, 대학 생활에서 요구되는 대로 친구들에게 피상적으로 친근하게 굴었다.

코니가 말했듯, 섹스일 뿐이다. 조이는 추수감사절을 보내기 위해 조너선과 차를 타고 버지니아 교외로 가면서 코니가 자신에게 다른 사람과 섹스를 해도 좋다고 허락한 사실을 생각했다. 두 사람은 조너선의 랜드 크루저를 타고 있었다. 조너선이 고등학교 졸업 선물로 받은 차로, 신입생은 자동차를 몰고 다니면 안 된다는 규정을 무시하고 버젓이 교정 밖에 세워두던 차다. 조이는 영화나 책을 통해 대학생들은 추수감사절 때 기강이 느슨해지면 무슨 짓이든 할 수 있다고 생각하게 됐다. 가을 내내 조이는 조너선에게 제나에 대해 아무것도 물어보지 않으려고 조심했다. 미리 그의 의심을 사기 시작하면 좋을 게 없다는 판단에서였다. 하지만 랜드 크루저 안에서 조이가 제나의 이름을 언급하자마자 그동안 조심한 건 헛수고였다는 것을 깨달았다. 조너선은 다 안다는 표정으로 그를 바라보며 "누나한테는 진지하게 사귀는 남자 친구가 있어"라고 말했다.

"그렇겠지."

"아니, 잘못 말했다. **누나**만 진지한 관계라고 생각하는 남자 친구가 있는데, 정말 재수 없고 멍청한 놈이야. 네가 왜 누나에 대해 묻는지 물어본다면 내 지적 능력에 대한 모욕이니 묻지 않으마."

"예의상 물어본 것뿐이야."

"하하. 정말 웃겼어. 누나가 마침내 대학에 가게 됐을 때 난 내 진정한 친구가 누구고, 어떤 녀석들이 누나를 보러 우리 집에 들락거렸는지 알게 됐지. 절반 정도가 그런 녀석이더라고."

"나도 똑같은 문제가 있었는데, 우리 누나 때문은 아니지만." 조이는 제시카 생각이 나서 웃었다. "내 경우는 푸스볼(Foosball, 손으로 하는 축구 게임기-옮긴이)이랑 에어하키, 통 맥주였어." 조이는 여행을 한다는 해방감에 지난 2년 동안의 고등학교 시절에 대해 조녀선에게 털어놓았다. 조녀선은 진지하게 경청했지만, 조이가 여자 친구와 동거한 부분에만 관심을 보였다.

"그 애는 지금은 어디에 있어?" 조녀선이 물었다.

"세인트폴에. 아직 그 집에 살아."

"이런, 잠깐. 유대교 속죄일에 우리 방에 들어가는 걸 봤다고 케이시가 말한 **그 여자애**는 아니지? 그렇지?"

"맞아. 그 애야. 우린 헤어졌는데, 뒷걸음을 좀 쳤지." 조이가 말했다.

"이런 새빨간 거짓말쟁이! 그냥 한번 만난 애라고 했잖아."

"아니, 난 얘기하고 싶지 않다고만 했다."

"그냥 한번 만난 거라고 **믿게 했잖아**. 내가 없을 때 그 애를 방으로 불러들이다니, 나쁜 자식."

"말한 대로 그냥 좀 뒷걸음질한 거야. 지금은 헤어졌어."

"정말? 전화 연락도 안 해?"

"뭐, 조금. 굉장히 우울해하거든."

"놀랍다. 이 엉큼한 거짓말쟁이."

"난 거짓말쟁이 아니야." 조이가 말했다.

"어디 거짓말쟁이가 스스로 거짓말쟁이라고 하냐? 네 컴퓨터에 그 애 사진 있지?"

"아니." 조이는 거짓말을 했다.

"조이, 이 신비로운 사나이. 도망자. 제기랄, 이제 이해가 간다." 조너선이 말했다.

"그래. 하지만 내가 유대인인 건 변함없으니 그래도 날 좋아해야 해."

"내가 언제 널 안 좋아한다고 했냐. 더 이해가 간다는 거지. 네가 여자 친구가 있든 없든 상관 안 해. 누나한테 말 안 한다고. 미리 말해두지만, 너한텐 우리 누나의 마음을 열 수 있는 열쇠가 없는 것 같다."

"그게 뭔데?"

"골드먼 삭스에 다니는 거. 누나의 남자 친구가 다니는 회사야. 그가 자기 입으로 그러더라. 서른 살에 억만장자가 될 거라고."

"그 사람도 이번에 너희 부모님 댁에 오냐?"

"아니, 지금 싱가포르에 있어. 작년에 졸업했는데, 벌써 싱가포르까지 날아가서 하루 종일 몇십 억 달러짜리 뭔가를 한단다. 누나는 집에서 혼자 한숨만 내쉬고 있을 거다."

조너선의 아버지는 특히 미국과 이스라엘을 위해, 세계를 더 자유롭고 안전한 곳으로 만들기 위해 미국이 탁월한 군사력을 일방적으로 행사할 수 있어야 한다고 주장하는 싱크탱크의 설립자이자 저명한 소장이다. 10월과 11월에 조너선은 일주일이 멀다 하고 〈뉴욕타임스〉나 〈월스트리트 저널〉에 실린, 과격한 이슬람의 위협에 대해 열변을 토하는 자기 아버지의 기고문을 보여주었다. 두 사람은 그가 〈뉴스아워〉와 폭스 뉴스에 출연한 것도 보았다. 조너선의 아버지가 입을 열 때마다 엄청나게 흰 치아가 번쩍거렸고, 조너선의 할아버지라고 해도 될 만큼 나이 들어 보였다. 조너선과 제나 외에도 두 명의 전 부인들과 낳은, 두 사람보다 나이가 많은 세 명의 자식이 더 있었다.

조너선 아버지의 세 번째 결혼 보금자리는 버지니아 매클린에 있었다. 조이가 자신이 부자가 되면 살고 싶어 하는, 외진 숲 속에 자리 잡은 집이었다. 집 안으로 들어가자 바닥은 결이 섬세한 참나무로 되어 있고, 방이 수없이 많아 보였다. 창밖에는 잎사귀가 대부분 떨어진 나무들 사이로, 딱따구리들이 날아다니는 나무가 우거진 계곡이 내다보였다. 조이도 책이 가득 꽂히고 고상한 취향으로 꾸민 집에서 자라긴 했지만, 엄청난 양의 양장본 책과 조너선의 아버지가 해외에 거주할 때 수집한, 최고가 틀림없는 귀중한 물건들을 보고 압도당했다. 조너선이 조이의 고등학교 시절 얘기를 듣고 놀랐듯, 조이는 지저분하고 약간 천박하기까지 한 자기 룸메이트가 품격 있고 호화로운 집안 출신이라는 데 놀랐다. 한 가지 안 어울리는 것은, 구석 여기저기에 놓인 조악한 유대교 관련 물건이다. 조이가 눈에 띄게 거대하고 은색 칠을 한 마노라(유대교에서 쓰는 촛대-옮긴이)를 보고 능글맞게 웃는 모습을 본 조너선은, 그 마노라가 아주 옛날 것이고 희귀한 귀중품이라고 말했다.

한때 엄청난 미인이었을 것 같은 조너선의 어머니 타마라는 여전히 미인인데, 조이에게 그가 사용할 호화스러운 침실과 욕실을 보여주었다.

"조너선 말로는 유대인이라고?" 그녀가 물었다.

"네, 그렇습니다." 조이가 대답했다.

"유대교를 믿지는 않고?"

"사실, 유대인이라는 것도 의식하지 않고 있었습니다. 한 달 전까지만 해도요."

타마라가 고개를 가로저었다. "이해가 안 되는구나. 흔한 일인 건 알지만, 그래도 이해가 안 돼."

"그렇다고 해서 제가 기독교인이거나 뭐, 그런 건 아니고요. 그냥 우리 집에서 종교는 큰 문제가 아니었습니다." 조이가 변명하듯 말했다.

"어쨌든 우리 집에 온 걸 환영한다. 네 혈통에 대해 배우면 좀 더 흥미를 갖게 될 거야. 하워드와 난 특별히 보수적인 사람들은 아니란다. 우린 자기 뿌리를 의식하고 기억하는 일이 중요하다고 생각할 뿐이야."

"아마 우리 엄마랑 아빠가 채찍질해서 정신 번쩍 들게 해주실 거다."

조녀선의 말에 타마라가 웃으며 말했다.

"걱정하지 마라. 살살 하마."

"좋아요. 전 뭐든 각오가 되어 있습니다." 조이가 말했다.

두 청년은 기회를 잡자마자 지하 휴게실로 도망쳤다. 휴게실에 있는 물건은 블레이크와 캐럴의 대실에 있는 놀이 기구가 무색할 정도로 번쩍번쩍했다. 마호가니로 된 당구대 위에 깔린 푸른색 펠트는 그 위에서 테니스를 쳐도 될 만큼 넓었다. 조녀선은 조이에게 복잡하고 끝없이 계속되는 짜증 나는 카우보이 풀이라는 게임을 가르쳐주었는데, 이 게임을 하려면 중앙에 볼을 모으는 기계가 없는 당구대가 필요했다. 조이가 승리를 장담할 수 있는 에어하키로 바꾸자고 제안하려는 순간, 조녀선의 누나 제나가 아래층으로 내려왔다. 제나는 두 살 위라는 이점을 등에 업고 조이를 본체만체하고는 동생과 가족 문제에 대해 얘기하기 시작했다.

조이는 사람들이 '숨 막힐 듯하다'라고 하는 게 무슨 뜻인지 알 것 같았다. 제나는 자기 주위의 모든 것, 심지어 그녀를 쳐다보는 사람의 기본적인 내장 기관 기능까지 멈추게 할 정도로 사람을 동요시키는 아름다운 여자였다. 조이가 그동안 '반반한' 여자애들을 보고 감탄한 아름다움은, 제나의 몸매와 피부색, 골격 구조 근처에도 못 갈 정도였다. 제나의 사진들조차 그녀의 실제 모습을 제대로 보여주지 못했다. 숱이 많은 제나의 머리카락은 윤기가 흐르고 붉은색이 도는 금발이었다. 그녀는 커다란 듀크 대학 운동복 상의와 모직 파자마 하의를 입고 있었는데, 그 헐렁헐렁한 옷이 그녀의 완벽한 몸매를 가리기는커녕 헐렁한 옷조차도 막을 수 없는 몸매의 위력을 드러냈다. 조이가 눈독을 들인, 휴게실에 있던 물건들은 제나에게 가려져 보이지도 않았다. 천편일률적인 이류급 물건으로 여겨졌다. 하지만 제나를 슬쩍 훔쳐보았을 때 그는 머리가 아찔해서 그녀를 제대로 보지도 못했다. 이 모든 게 이상하게 조이를 피곤하게 했다. 표정 관리도 제대로 할 수 없었다. 제나와 자기 누나의 아름다움에 전혀 감탄하지 않는 동생 조너선이, 제나가 금요일로 계획한 뉴욕으로 쇼핑하러 가는 문제에 대해 말다툼하는 동안, 조이는 멍청하게 눈을 내리깔고 능글맞게 웃고 있는 자신을 의식했다.

"우리한테 오픈카 주고 가지 마. 그거 타면 조이하고 나는 평생을 함께하기로 한 게이 커플로 보인단 말이야."

제나에게 딱 하나 단점이 있다면 분명히 목소리일 것이다. 너무 조인 듯하고, 어린 소녀 같은 목소리였다. 그녀가 말했다.

"웃기고 있네. 그래, 청바지를 엉덩이에 반쯤 걸친 게이 커플이 평생을 함께 한다고?"

"누나가 뉴욕에 갈 때 오픈카 몰고 가면 안 돼? 전에도 한번 몰고 갔잖아."

"엄마가 안 된대. 연휴 주말에는. 랜드 크루저가 훨씬 안전하거든. 일요일에 돌아올 거야."

"그걸 말이라고 해? 랜드 크루저가 얼마나 잘 뒤집히는지 알아? 절대 안전하지 않다고."

"그 얘긴 엄마한테 해. 신입생인 네가 타는 랜드 크루저가 안전하지 않은 차고, 그래서 내가 뉴욕에 갈 때 그 차를 타면 안 된다고 말해."

"야, 주말에 뉴욕 갈래?"

조너선이 묻자 조이가 대답했다.

"당근이지!"

"그냥 카브리올레 타. 사흘밖에 안 되는데, 어디가 덧나니?" 제나가 말했다.

"아냐, 좋은 생각인 것 같아. 다 같이 랜드 크루저를 타고 뉴욕에 가서 쇼핑하는 거야. 누나가 내 바지도 골라주고." 조너선이 말했다.

"그게 말도 안 되는 첫 번째 이유를 들려줄까? 첫째, 넌 묵을 데도 없잖아." 제나가 말했다.

"닉의 집에서 같이 묵으면 안 돼? 닉은 싱가포르에 있잖아."

"닉이 대학 신입생 남자애들이 자기 아파트에 묵는 걸 좋아하겠니? 그리고 토요일이면 돌아와."

"두 사람뿐인데, 뭐. 나하고 엄청 깔끔한 미네소타 출신 룸메이트."

"나 깔끔해." 조이가 보증하듯 제나에게 말했다.

"그렇겠지." 제나가 높은 곳에 서서 조이를 내려다보며 전혀 관심 없다는 듯 말했다. 하지만 제나는 조이 때문에 거절하기가 어려웠다. 제나는 자기 동생한테 하듯 낯선 사람에게 시건방지게 굴 수 없었다. "난 상관없지만, 닉한테 물어볼게. 그 대신 닉이 싫다고 하면 안 가는 거다."

제나가 위층으로 올라가자마자 조너선은 손을 들어 올려 조이에게 하이파이브를 했다. "뉴욕, 뉴욕. 닉이 내 생각대로 쪼잔하게 굴면 케이시네 집에 가서 묵으면 될 거야. 맨해튼 북동쪽 어디쯤이라는데."

조이는 제나의 아름다움에 놀랐다. 그는 제나가 서 있던 자리로 갔다. 파촐리 향기가 희미하게 났다. 조너선의 룸메이트라는 이유만으로 주말 내내 그녀의 곁에서 보낼 수 있다는 게 기적 같았다.

"너마저도. 알겠다. 내 인생이 이렇다니까." 조너선은 고개를 가로저으며 울적하게 말했다.

조이는 얼굴이 빨개지는 것을 느꼈다. "내가 이해가 안 되는 건, 넌 왜 그렇게 못생겼냐는 거다."

"하, 너 사람들이 나이 들어 부모가 된 사람들에 대해 뭐라고 하는 줄 알아? 우리 아빠는 내가 태어났을 때 쉰한 살이었어. 누나가 태어난 후 2년 동안 유전자가 많이 훼손된 거지. 다 너처럼 예쁘장하게 태어나는 줄 알아?"

"네가 나한테 그런 감정을 느끼는 줄은 몰랐는데."

"어떤 감정? 난 여자애들이 예쁜지에만 관심이 있어."

"웃기시네. 부잣집 자식 주제에."

"예쁘장, 예쁘장."

"웃기시네. 에어하키 할 때 엉덩이를 힘껏 차주마."

"차기만 하는 거면 상관없어."

타마라가 경고를 하긴 했지만, 조이가 매클린에 묵는 동안 조너선의 부모는 다행히도 종교적으로 가르치려 들거나 부모처럼 간섭하지 않았다. 조이와 조너선은 지하실 홈 시어터에 진을 치고 뒤로 젖혀지는 안락의자에 앉아 2.5미터 크기의 프로젝션 스크린으로 천박한 TV 프로그램을 새벽 4시까지 시청하며 서로의 성적 취향에 대해 농담을 주고받았다. 조이와 조너선이 마침내 정신을 차릴 때쯤, 추수감사절이 되자 친척들이 도착하기 시작했다. 조너선은 친척들과 얘기를 나눠야 했기에 조이는 혼자 제나가 지나갈 만한 곳이나 나타날 만한 곳에 시선을 집중하면서 아름답게 꾸민 방을 헬륨 입자처럼 돌아다녔다. 다가오는 뉴욕 여행은, 닉이 자기 집에 묵는 것을 허락했고, 마치 은행에 넣어둔 저금 같았다. 적어도 같은 차를 타고 먼 길을 왕복하며 제나에게 좋은 인상을 심어줄 기회를 잡을 수 있을 것이다. 지금으로서는 제나의 모습을 보는 데 익숙해지려고, 그녀를 쳐다보는 일을 덜 불가능한 일로 만드는 데 주력했다. 제나는 목을 가린 단정한 드레스를 입고 있었다. 화장하는 기술이 뛰어나든지, 아니면 화장을 거의 안 한 것 같았다. 조이는 제나가 인내심을 갖고 자기에게 할 말이 많은 대머리 친척 아저씨들과 얼굴의 주름을 편 친척 아주머니들에게 응수하는 예의 바른 모습을 지켜보았다.

저녁 식사가 나오기 전에 조이는 슬쩍 빠져나가 자기 침실로 가서 세인트폴에 전화를 했다. 지금 조이의 상태에서 코니에게 전화를 하는 건 말도 안 되는 일이다. 가을에는 내내 이상하게도 없던, 두 사람 사이에 오간 추잡한 대화가 창피하다는 생각이 스멀스멀 떠올랐다. 하지만 부모님은 전혀 별개의 문제다. 패티가 보내준 수표를 조이가 현금으로 바꿔 쓰고 있다는 사실만으로.

월터가 전화를 받았다. 월터는 2분 남짓 조이와 통화하고 나서 패티에게 전화기를 넘겨주었다. 조이는 아버지의 그런 행동이 배신처럼 느껴졌다. 그는 사실 아버지를 꽤 존경했다. 조이를 못마땅해하는 데 일관성이 있었고, 자기가 생각하는 원칙을 엄격하게 지켰다. 아버지가 어머니에게 너무 많은 것을 알아서 하게 맡기지만 않았어도, 그는 아버지를 더 존경했을 것이다. 조이는 자기를 지지해줄 남자가 필요했지만, 아버지는 조이를 엄마에게 넘겨버리고 손을 털었다.

"안녕, 너구나." 패티가 다정하게 말하자 조이는 움찔했다. 조이는 즉시 딱딱하게 대해야겠다고 마음먹었지만, 늘 그렇듯 엄마는 우스갯소리와 폭포처럼 쏟아지는 웃음소리로 조이를 무장해제했다. 그는 어느새 제나를 제외하고 매클린의 전경을 엄마에게 미주알고주알 설명하고 있었다.

"집이 유대인으로 꽉 찼다고? 재미있겠다." 엄마가 말했다.

"엄마도 유대인이면서. 그럼 나랑 제시카도 유대인이고. 제시카가 아이를 낳으면 그 애들도 유대인이고." 조이가 말했다.

"정신 나간 소리 좀 그만해라." 패티가 말했다. 동부에서 석 달을 보내고 나니 조이는 엄마에게 미네소타 억양이 약간 있다는 게 느껴졌다. "종교 문제는 말이지, 사람은 자기가 생각하는 모습이 자기의 진짜 모습이야. 다른 사람이 이러쿵저러쿵할 수 없는 거지."

"하지만 엄만 종교가 없잖아요."

"그게 바로 내가 하고 싶은 말이다. 너희 외할아버지와 외할머니가 나랑 의견이 일치하는 몇 안 되는 것 중 하나가 그거야. 다행이지. 종교라는 건 멍청한 거야. 네 이모는 여전히 나랑 생각이 다르지만. 네 이모랑 나는 예전이나 지금이나 의견이 일치하는 게 하나도 없거든."

"어떤 이모?"

"애비게일 이모. 애비게일은 카발라에 심취해서 자기의 유대인 뿌리를 다시 찾는다더구나. 어떻게 아느냐고 묻고 싶지? 이모한테서 행운의 편지, 사실 카발라에 대한 이메일을 받았거든. 진짜 엉망이더라. 그래서 답장을 보내 이런 행운의 편지 좀 제발 보내지 말라고 했더니, 나한테 다시 자기가 한 유대인 안식일 행정(行程)에 대해 답장을 보냈더라."

"전 카발라가 뭔지도 몰라요." 조이가 말했다.

"이모가 기꺼이 너한테 얘기해줄 거다. 네가 연락만 하면. 아주 중요하고 신비로운 거라고 떠들더라. 마돈나도 믿는다던데. 그렇다면 뭐, 더 이상 할 말 있겠니."

"마돈나가 유대인이에요?"

"그래, 조이. 이름을 보면 모르겠니?" 패티가 조이를 비웃었다.

"뭐, 어쨌든 섣불리 판단하지 않을래요. 뭔지 알아보기도 전에 미리 거부하고 싶진 않아요." 조이가 말했다.

"맞아. 누가 아니. 너한테 소용이 있을지."

"그럴지도 모르죠." 조이가 쌀쌀맞게 대꾸했다.

아주 긴 만찬 식탁에서 조이는 제나와 같은 쪽에 앉았기 때문에 그녀의 얼굴이 보이지 않았다. 그래서 대머리 친척 아저씨 중 한 명과 대화하는 데 집중할 수 있었다. 그 아저씨는 조이가 유대인이라 생각하고, 최근에 여행 겸 출장으로 다녀온 이스라엘에 관한 얘기를 쏟아놓았다. 조이는 대부분 아는 척했다. 통곡의 벽, 거기 있는 터널, 다윗의 탑, 마사다, 야드 바셈 등 완전히 생소한 얘기가 나올 때만 놀라는 척했다. 엄마가 유대인을 혐오한다는 사실을 뒤늦게 발견한 데다 멋진 저택과 황홀할 정도로 아름다운 제나, 그리고 진정으로 지적 호기심을 충족하고 싶은 다소 낯선 감정이 한데 뒤섞여 조이는 실제로 유대인이 되고 싶었다. 유대인으로서 소속감을 느끼는 게 어떤 건지 알고 싶었다.

식탁 맨 끝에 앉아 있는, 조너선과 제나의 아버지가 외교 문제 얘기를 장황하게 늘어놓는 바람에 조금씩 다른 대화는 수그러들고 말았다. 제나 아버지의 목에 칠면조 목같이 늘어져 덜렁거리는 살점은 TV로 볼 때보다 더 눈에 띄었다. 두개골이 쪼그라들어 웃을 때 치아가 더 하얗게 보였다. 이렇게 시들시들한 사람이 눈부신 제나 같은 미인을 만들어냈다는 사실만으로도 그는 조이에게 뛰어난 인물로 보였다. 제나의 아버지는 아랍 세계에서 회자되는 '새로운 형태의 명예훼손', 즉 9·11 사태 때 쌍둥이 빌딩에 유대인은 한 명도 없었다는 거짓말, 국가 비상시에는 악의적 거짓말에 대항하기 위해 선의의 거짓말을 할 필요가 있다고 역설했다. 제나의 아버지는 마치 자기가 직접 아테네에서 플라톤으로부터 깨달음을 얻은 것처럼 플라톤에 대한 얘기를 했다. 그리고 대통령의 내각 장관들의 이름을 성을 빼고 부르면서, "우리"가 지정학적 교착상태라는 난국을 타개하고 자유민주주의를 수호하는 지역을 확장하기 위해서는 이 역사적인 순간을 잘 활용해야 한다고 대통령에게 "압력을 가해"왔다고 설명했다. 또 제나의 아버지는 평상시 미국 여론은 고립주의와 불가지론이 대세지만 테러 공격으로 "우리"는 냉전 종식 이후 처음으로 "철학자"(정확히 어떤 철학자를 말하는지 조이는 알 수 없었다. 아니면 앞서 언급을 했는데 조이가 듣지 못하고 놓쳤을지도 모른다)가 나서서 자기의 철학이 보여준 대로 정당하고 필요하다고 생각하는 사명을 완수하기 위해 나라 전체가 일치단결할 수 있는 천재일우의 기회를 얻었다고 말했다.

"사실을 어느 정도 부풀리는 데 익숙해져야 해." 제나의 아버지는 특유의 미소를 지으며 이라크의 핵 보유 능력에 대해 가볍게 이의를 제기한 친척 아저씨에게 말했다. "현대 대중매체는 벽에 비친 아주 희미한 그림자에 불과해. 철학자는 이 그림자를 조작해 더 중요한 진실을 밝히는 데 도움이 되도록 할 의지가 있어야 한다고."

조이는 제나에게 깊은 인상을 주고 싶은 충동을 느끼고 자신의 입에서 실제로 말이 터져 나오기 전까지, 아주 짧은 순간 나락으로 떨어지는 공포감을 느꼈다. 조이가 불쑥 말했다.

"하지만 그게 진실인지 어떻게 알죠?"

사람들이 모두 조이를 향해 고개를 돌렸고, 조이의 가슴은 방망이질치기 시작했다.

"확실하게 알 수는 없지." 제나의 아버지가 특유의 미소를 지으며 말했다. "그건 자네 말이 맞아. 하지만 최고의 석학들이 수십 년간 연구해온 결과에 따르면, 세상에 대한 우리의 인식은 보편적 인간의 자유라는 귀납적 원칙과 놀라울 정도로 조화를 이루고 있다는 사실을 깨달을 때 우리의 생각이 대체로 올바른 방향으로 가고 있다는 걸 말해주는 좋은 지표가 되는 거지."

조이는 전적으로 동의한다는 듯 열심히 고개를 끄덕였다. 그런데도 집요하게 물고 늘어지는 자신에게 놀랐다.

"하지만 우리가 이라크에 대해 거짓말을 하기 시작하면 9·11 사태 때 유대인은 한 명도 죽지 않았다고 말하는 아랍과 다를 바가 없잖아요."

제나의 아버지는 눈썹 하나 까딱하지 않고 말했다.

"자네 아주 똑똑한 젊은이로구먼, 그렇지 않은가?"

조이는 빈정거림인지, 칭찬인지 헷갈렸다.

"조녀선이 그러는데, 자네 아주 훌륭한 학생이라더군." 노인네가 점잖은 목소리로 말했다. "그러니 자네만큼 똑똑하지 않은 사람들을 보면 답답한 경험을 한 적이 있을 테지. 그 논리가 너무나 자명한 진실을 깨달을 능력이 없을 뿐 아니라 그런 진실을 인정할 의지도 없는 사람들 말일세. 자기들의 논리가 말도 안 된다는 사실을 개의치 않는 사람들 말이야. 그렇게 답답한 기분이 든 적 있나?"

"하지만 그건 그 사람들의 자유죠. 그게 자유 아닌가요? 자기 나름대로 생각할 권리. 물론 가끔 성가시긴 하죠."

식탁에 앉아 있는 사람들이 조이의 말에 껄껄 웃었다.

"그렇지. 자유란 성가신 거야. 바로 그렇기 때문에 이번 가을 우리에게 주어진 이 기회를 절대 놓치지 말아야 하는 거야. 자유로운 국민으로 구성된 나라 전체가 잘못된 논리를 버리고 더 나은 논리로 재무장하는 것. 필요한 모든 수단과 방법을 동원해서."

더 이상은 한순간도 주목받는 상황을 견뎌낼 수 없을 것 같아서 조이는 더 열심히 고개를 끄덕였다.

"아버님 말씀이 옳습니다. 지당하신 말씀입니다."

제나의 아버지는 조이가 들어본 적도 없는, 부풀린 사실과 자신의 확고한 견해를 계속 쏟아놓았다. 조이는 자기 의견을 당당히 밝히고 제나가 그 모습을 봤다는 사실에 흥분해 온몸이 전율했다. 가을 내내 잃은 느낌, 자신도 한몫하는 사람이라는 느낌이 되돌아온 듯했다. 조너선이 식탁에서 일어나자 조이도 휘청거리며 자리에서 일어나 그를 따라 부엌으로 갔다. 두 사람은 454밀리리터 용량의 텀블러에 남은 포도주를 모아 가득 채웠다.

"인마, 적포도주랑 백포도주를 그렇게 섞으면 어떻게 하냐." 조이가 말했다.

"로제라는 거야, 이 바보야. 언제부터 네가 포도주 애호가가 됐냐?" 조너선이 말했다.

두 사람은 철철 넘치도록 부은 잔을 들고 지하로 내려가 에어하키를 하면서 포도주를 마셨다. 조이는 아직도 온몸이 욱신거리고 전율이 흐르는 것 같아 알코올의 효과를 거의 느끼지 못했는데, 조너선의 아버지가 지하로 내려와 두 사람과 합류했기 때문에 오히려 다행이었다.

"카우보이 풀 한판 어때?" 조너선의 아버지가 손을 비비며 말했다. "조너선이 자네한테 우리 가족이 하는 게임을 가르쳐줬겠지?"

"네, 전 완전히 젬병이에요."

"이건 풀 게임의 진수라고 할 수 있지. 당구와 포켓볼의 장점만 합쳐놓은 거라고 할까."

노인네가 공 한 개, 세 개, 다섯 개를 정해진 자리에 놓으며 말했다. 조너선은 아버지 앞에서 좀 긴장한 듯했고, 조이는 그 모습이 재미있었다. 조너선을 긴장시킬 수 있는 사람은 그의 부모뿐이라고 생각했기 때문이다.

"우리만의 특별한 규칙이 있는데, 오늘 밤에는 그 규칙을 나한테 적용하마. 조너선, 어때? 아주 잘하는 사람은 5번 공 뒤에서 점수 올리는 걸 허용하지 않는 것이 규칙이다. 너희 두 사람은 그래도 되고. 너희들 큐볼(당구에서 자기 차례의 공을 이르는 말-옮긴이)을 직선으로 치는 법은 알겠지? 난 5번 공을 넣을 때마다 다른 공들 중 하나를 넣거나 쳐야 하는 거다."

조너선이 눈을 굴리며 말했다. "좋아요, 아버지."

"자, 시작해볼까." 조너선의 아버지가 큐 끝을 문지르며 말했다.

조이와 조너선은 서로 쳐다보면서 터져 나오는 웃음을 참으며 낄낄거렸다. 노인네는 눈치도 채지 못했다.

조이는 자신의 게임 실력이 형편없어서 속상했다. 노인네가 조이에게 요령을 몇 가지 가르쳐주었지만 술기운이 돌기 시작해 그의 실력은 더 형편없어졌다. 조너선은 승부욕에 불타올라 눈에 불을 켜고 게임을 했다. 조너선은 조이가 본 적 없는 심각한 표정으로 게임을 하고 있었다. 조너선의 아버지는 자기 차례가 되기까지 여유가 생기자 조이에게 여름방학 계획에 대해 물었다.

"아직 멀었는데요." 조이가 말했다.

"그리 멀지 않았어. 자네는 관심 있는 분야가 뭔가?"

"돈을 버는 게 급선무고요, 버지니아에 있어야 해요. 학비를 제가 벌거든요."

"조너선한테 들었다. 정말 굉장한 야심이야. 내가 이런 말하면 지나칠지 모르겠다만, 집사람 말로는 자네가 종교에 대해 모르고 자랐고, 자네가 물려받은 전통에 대해 이제 관심을 갖기 시작했다던데. 세상을 살아가는 데 그게 중요한 요소라고 생각하는지 모르겠지만, 만약 그렇다면 자네에게 스스로 생각하고 그걸 실천할 용기가 있다는 점을 높이 사고 싶네. 나중에 자네가 자네 가족 전체를 인도해서 조상의 전통을 더듬어보도록 하게 될지 누가 아는가."

"제 뿌리에 대해 아무것도 아는 게 없어 저도 유감입니다."

노인네는 그의 아내가 그런 것처럼 못마땅하다는 듯 고개를 가로저었다.

"세상에서 가장 놀랍고 오랜 세월 지속되어온 게 우리의 전통일세. 특히 요즘 젊은이들에게 호소력이 큰 전통이지. 개인의 선택을 중요하게 여기니까. 유대인한테 아무도 믿음을 강요할 수 없네. 자네 스스로 결정해야지. 말하자면 자네한테 필요한 애플리케이션과 선택 사양을 자네 스스로 선택하라는 말일세."

"네, 재미있네요." 조이가 말했다.

"그럼 다른 계획은 뭔가? 자네도 요즘 사람들 대부분이 그렇듯 사업에 관심이 있는가?"

"네, 그럼요. 경제학을 전공할까 생각하고 있습니다."

"좋지. 돈 벌고 싶은 게 뭐 나쁜 일인가. 난 돈을 벌려고 애쓸 필요는 없었지. 물론 물려받은 걸 잘 관리해왔다고 말할 수는 있지만. 맨손으로 이곳에 와서 신시내티에 정착한 우리 증조할아버지 덕분이지. 이 나라는 우리 증조할아버지에게 기회를 주었고, 능력을 마음껏 발휘할 자유를 주었다네. 내가 평생을 이렇게 살기로 결심한 이유지. 자유를 소중히 여기고 다음 세기의 미국인도 우리처럼 축복받은 삶을 살 수 있도록 하기 위해 애쓰는 일 말일세. 돈 버는 게 뭐 잘못됐는가. 하지만 삶에는 돈 이상의 뭔가가 있어야 한다네. 자네가 어느 편인지 선택을 하고 자신이 선택한 것을 지키기 위해 싸워야 하는 거야."

"지당하신 말씀입니다." 조이가 말했다.

"올여름 우리 연구소에 괜찮은 일자리가 있는데, 자네가 조국을 위해 뭔가 하는 데 관심이 있다면 말일세. 테러 공격 이후 우리 연구소에 후원금이 엄청 쏟아져 들어오고 있거든. 정말 감사한 일이지. 관심 있으면 한번 응모해보게."

"꼭 하겠습니다." 조이는 그렇게 대답하며 자신이 소크라테스와 대담하는 젊은이 가운데 한 사람처럼 말한다는 생각이 들었다. "네, 의문의 여지가 없습니다"와 "의심할 여지없이 그래야죠"를 주제로 한 변주곡을 대화 내내 부르짖는 그런 젊은이. "솔깃한데요. 꼭 응모하겠습니다."

조녀선은 큐볼을 너무 끌어당기다 긁어버렸고, 자기 차례에서 올린 점수를 모두 잃었다. "제기랄!" 그가 소리치더니, 다시 한번 분명하고 확실하게 소리쳤다. "**제기랄!**" 그러고는 자기 큐로 테이블 모서리를 내리쳤다. 잠시 분위기가 어색해졌다.

"점수를 많이 올린 후에는 특히 조심해야지." 그의 아버지가 말했다.

"알아요, 아빠. **안다고요**. 조심했어요. 두 사람 대화 때문에 집중하지 못한 것뿐이에요."

"조이, 자네 차례지?"

친구가 무너져 내리는 모습에 웃음을 참기 힘든 이유가 뭘까. 조이는 자기는 아버지와 이런 식으로 대화를 주고받을 필요가 없다는 사실에 해방감을 느꼈다. 그는 시간이 지날수록 운명의 여신이 자신에게 다시 미소 짓기 시작했다고 느꼈다. 조이는 다음 공을 치지 못하고 놓쳤고, 조녀선을 위해 다행스러운 일이라고 생각했다.

하지만 조녀선은 그래도 조이에게 화를 냈다. 두 판 모두 이긴 그의 아버지가 위층으로 올라가자 조녀선은 조이를 그다지 농담 같지 않은 어조로 호모라고 불렀다. 그러고는 제나와 뉴욕에 가는 게 별로 좋은 생각이 아닌 것 같다고 말했다.

"왜 아닌데?" 실망한 조이가 물었다.

"몰라. 그냥 가고 싶지 않아."

"신날 거야. 무너진 쌍둥이 빌딩 현장도 어떻게 됐는지 보러 가고."

"그 지역은 접근이 차단됐어. 아무것도 볼 수 없을 거야."

"〈투데이 쇼〉를 어디서 찍는지도 보고 싶단 말이야."

"그거 후졌어. 그냥 창문이라고."

"야, 뉴욕이잖아. 그냥 가자."

"그럼 제나 누나랑 둘이 가든지. 그게 네가 바라는 거잖아, 그렇지? 누나랑 맨해튼에 가고, 여름엔 우리 아버지 밑에서 일하고. 우리 엄마는 승마를 좋아하는데, 엄마랑 승마도 즐기든지."

조이에게 행운이 따를 때 나쁜 점이 한 가지 있는데, 조이 말고 누군가 대가를 치러야 한다는 것이다. 조이는 누굴 부러워해본 적이 없기 때문에 다른 사람들이 시기하는 모습을 보면 짜증이 났다. 고등학교 때는 조이에게 친구가 많다는 것을 참을 수 없어하던 아이들이 있었는데, 조이는 그런 아이들과 친구 관계를 청산한 적이 여러 번 있었다. 그런 아이들을 볼 때 조이는 속으로 이렇게 말했다. '제발 철 좀 들어라.' 하지만 조너선과는 우정을 쉽게 끝내기 어려웠다. 적어도 이번 학년의 남은 기간 동안은. 조이는 조너선이 심술을 내는 데 짜증이 났지만, 한편으로는 아들로서 받는 고통을 뼈저리게 이해했다.

"좋아. 그냥 여기 있자. D.C. 구경이나 시켜줘. 그렇게 할까?"

조너선이 어깨를 으쓱했다.

"정말이야. D.C.에서 놀자니까."

조너선은 한참을 생각하다가 말했다. "너 우리 아빠를 꽉 잡았는데 말이야. 선의의 거짓말, 그 헛소리할 때. 아빠를 꼼짝없이 네 편으로 만들더니 갑자기 돌변해서 똥 씹은 표정으로 웃더라. 제기랄, 넌 호모 아첨꾼이야."

"그래, 그런 넌 아무 말도 안 하더라." 조이가 말했다.

"이미 겪은 일이거든."

"그럼 왜 난 똑같이 겪으면 안 되냐?"

"넌 겪은 적이 없으니까. 넌 그럴 권리를 네 스스로 쟁취하지 못했단 말이야. 제기랄, 넌 네 힘으로 얻은 게 없다고."

"아버지가 준 랜드 크루저나 몰고 다니는 주제에."

"그 얘긴 더 이상 하고 싶지 않다. 가서 책이나 읽을래."

"좋을 대로 해라."

"뉴욕에 너랑 함께 갈게. 네가 우리 누나랑 자든 안 자든 상관없어. 둘이 잘 어울릴 것 같다."

"그게 무슨 소리냐?"

"알게 될 거야."

"우리 그냥 친구로 지내자. 뉴욕에 안 가도 돼."

"아냐, 가자. 거지 같은 오픈카 몰고 다니고 싶지 않아." 조너선이 말했다.

위층에 있는, 칠면조 냄새가 나는 조이의 침실 침대 옆 탁자 위에는 책— 엘리 위젤의 책, 차임 포톡의 책,《출애굽기》,《유대인의 역사》—이 쌓여 있었고, 조너선의 아버지가 쓴 쪽지가 놓여 있었다. '유대인 전통에 관심을 갖게 해줄 책들이다. 가져도 되고 다른 사람에게 줘도 된다.–하워드.' 책장을 대충 넘기면서 조이는 전혀 흥미를 느끼지 못했지만 이런 것에 관심이 있는 사람들에 대한 존경심이 깊어졌다. 그리고 새삼스럽게 엄마에게 화가 났다. 엄마가 종교를 무시하는 건 자기중심적 생각의 연장선상이라는 생각이 들었다. 모든 것이 엄마라는 태양을 중심으로 돌아가야 한다는 코페르니쿠스적 경쟁심. 조이는 잠들기 전에 114에 전화를 걸어 맨해튼에 있는 애비게일 에머슨의 전화번호를 알아냈다.

다음 날 아침, 조너선이 아직 자고 있는 동안, 조이는 애비게일에게 전화를 해서 자기가 그녀의 조카이며 뉴욕에 다니러 간다고 말했다. 조이의 이모는 이상하게 깔깔거리고 웃더니 배관을 수리할 줄 아느냐고 물었다.

"네?"

"내려가긴 하는데, 그대로 있지를 않네. 꼭 브랜디를 많이 마신 뒤의 나 같다니까."

애비게일이 말했다. 그녀는 계속해서 그리니치빌리지 지대가 낮고 하수도가 오래되었으며, 건물 관리자가 휴가라 없고, 1층 뜰과 접한 아파트에 사는 장점과 단점이 어떻고, 추수감사절 자정에 집에 돌아오니 이웃집에서 내려 보낸 배설물이 완전히 분해되지 않은 채 자기 욕조에 둥둥 떠다니며 부엌 개수대로 흘러나왔다고 말했다.

"아~주 볼만했다. 건물 관리인 없이 보내는 긴 연휴 주말을 이보다 멋지게 시작할 수 있을까."

"아, 그런데 어쨌든 뉴욕에 가는 김에 한번 뵐까 해서요."

그는 말했다. 조이는 이미 만나자는 말을 꺼낸 걸 후회했지만, 이번에는 이모가 그의 물음에 대답했다. 혼자 독백을 늘어놓은 건 그 말들을 몸에서 씻어 내보내야 했기 때문이라는 듯이.

"있잖아, 너랑 네 누나 사진을 본 적이 있다. 인물이 아~주 훤하더구나. 집도 아~주 예쁘고. 길거리에서 널 보면 알아볼 수 있을지도 모르겠다."

"아, 네."

"내 아파트가 지금 좀 지저분해서 말이야. 냄새도 향기롭지 않고! 내가 제일 좋아하는 카페에서 만나는 건 어떨까. 그 카페 웨이터가 빌리지에서 제일 게이 같은 사람인데 내 가장 친한 이성 친구란다. 거기서 만나면 아~주 좋겠는데. 네 엄마랑 나에 대해 네가 모르는 것도 다 얘기해줄 수 있지."

조이는 솔깃했고, 약속 날짜를 잡았다.

뉴욕에 갈 때 제나는 고등학교 친구인 베타니라는 여자애를 데려왔는데, 제나보다 예쁘지는 않았지만 그래도 보통 반반한 게 아니었다. 두 사람은 자동차 뒷좌석에 앉았기에 조이는 제나를 볼 수 없었고, 조너선이 슬림 셰이디의 칭얼대는 노래를 끊임없이 틀어대며 가사를 따라 부르는 통에 제나와 베타니가 무슨 얘기를 하는지 알아들을 수도 없었다. 자동차 앞좌석과 뒷좌석 사이에 오간 대화라고는 제나가 조너선의 운전에 대해 불평하는 것뿐이었다. 조너선은 지난밤 조이에게 느낀 적개심을 길 위에 쏟아내려는 듯 시속 100킬로미터로 달리면서 앞차에 바싹 붙으며 몰았고, 자기만큼 난폭하게 운전하지 않는 운전자에게 욕설을 퍼부었다. 조너선은 삐딱하게 구는 걸 즐기는 것 같았다. 네 사람이 탄 SUV가 엄청나게 주차비가 비싼 미드타운 주차장에 멈춰 서고 고맙게도 음악이 꺼지자 제나가 말했다. "목숨은 살려줘서 고맙다."

뉴욕 여행이 엉망진창이 될 거라는 징후가 그대로 드러났다. 제나의 남자 친구 닉은 그와 마찬가지로 주말에 집을 비우게 된 두 명의 월 스트리트 수습사원과 54번가에 있는, 지하철 때문에 덜컹거리는 낡은 아파트에 살고 있었다. 조이는 도시를 둘러보고 싶었고, 무엇보다 제나의 눈에 에미넴의 노래나 듣는 청소년처럼 보이고 싶지 않았다. 그래도 거실에는 엄청난 크기의 PDP 텔레비전이 있었고, 최신 모델의 엑스박스도 있었다. 조너선은 게임기를 보자마자 같이 하자고 졸라댔다. "나중에 보자, 애들아." 제나가 베타니와 함께 다른 친구들을 만나러 나가며 말했다. 세 시간 후, 조이가 너무 늦기 전에 산책이나 하자고 말하자, 조너선은 조이에게 호모 자식같이 굴지 말라고 했다.

"너 **왜** 그러냐?" 조이가 말했다.

"아니지, **너**야말로 왜 그러냐? 여자애들 하는 짓 하고 싶으면 누나를 따라

갈 것이지."

사실 조이에게는 여자애들 하는 짓 하는 게 더 솔깃했다. 조이는 여자애들을 좋아했고, 그 애들하고 어울리는 게 그리웠으며, 그 애들이 얘기하는 모습이 그리웠다. 조이는 코니가 그리웠다.

"쇼핑하고 싶다고 한 건 너잖아." 조이가 말했다.

"왜, 내 바지가 엉덩이를 탱탱해 보이게 하지 않는다는 거냐?"

"저녁도 좀 먹으면 좋겠고."

"그래. 아주 로맨틱한 곳에서 우리 단둘이."

"뉴욕 피자 어때? 세계에서 제일 맛있다며."

"아니, 그건 뉴헤이븐이지."

"알았어. 그럼 뉴욕 델리 먹자. 배고파 죽겠다."

"그럼 냉장고 뒤져봐."

"제기랄, 냉장고는 너나 뒤져라. 난 나갈 거다."

"그래, 뭐 그러든가."

"너 계속 여기 있을 거야? 나 문 열어줄 사람이 있어야 하잖아."

"그래, 자기."

조이는 목구멍에 뭔가 치밀어 오르고 계집애처럼 눈물이 나려는 걸 참으며 밤거리로 나왔다. 조너선이 삐친 걸 보니 실망스러웠다. 조이는 갑자기 자기가 훨씬 어른스럽다고 느껴졌다. 5번가를 거니는 쇼핑객들을 헤치고 지나가면서 자신의 이런 어른스러움을 제나에게 어떻게 보여줄지 생각했다. 조이는 길거리에서 폴란드 소시지 두 개를 사서 군중이 더 빽빽하게 들어찬 록펠러 센터로 밀고 들어가 스케이트 타는 사람들을 구경하며, 아직 불이 켜지지 않은 엄청 큰 크리스마스트리와 불빛을 환하게 밝힌 NBC 건물을 감상했다. 여자애들 하는 짓을 좋아하는 게 뭐 어때서? 그렇다고 조이가 '찌질이'가 되는 건 아니다. 조이는 너무 외로웠다. 그는 스케이트 타는 사람들을 바라보다가 세인트폴이 그리워져 코니에게 전화를 걸었다. 프로스트 식당에서 일하는 코니는 오래 통화할 수 없었기에, 조이는 그녀가 보고 싶고, 자기가 어디에 서 있으며, 지금 있는 곳을 그녀에게 구경시키고 싶다는 말밖에 하지 못했다.

"사랑해, 자기야." 코니가 말했다.

"나도 사랑해."

다음 날 아침, 조이는 제나에게 말을 건넬 기회를 잡았다. 일찍 일어나는 편인 조이가 버지니아 대학 티셔츠와 페이즐리 무늬의 속옷 하의를 입고 어슬렁어슬렁 부엌으로 걸어 들어갔을 때, 아침형 인간이 분명한 제나가 이미 밖에 나가 아침거리를 사왔다. 조이는 벌거벗은 것 같은 기분이 들었다. 제나가 말했다.

"너랑, 아침 먹을 자격 없는 내 동생이랑 먹으라고 베이글 좀 사왔어."

"고마워." 도로 들어가서 바지를 입고 나올지, 그냥 그대로 물건을 과시할지 생각하며 조이가 말했다. 제나가 더 이상 그에게 관심을 보이지 않았기에 조이는 바지를 입지 않기로 했다. 하지만 토스터에서 베이글이 구워지길 기다리며 제나의 머리와 어깨, 꼬고 있는 맨살 다리를 흘끔거리다 발기가 되고 말았다. 조이가 거실로 달아나려 할 찰나에 그녀가 고개를 들고 말했다.

"미안하지만 이 책 알아? 이 책 엄청 재미없다."

조이는 얼른 의자 뒤로 가서 아랫도리를 가리며 말했다. "무슨 책인데?"

"노예제도에 관한 건 줄 알았는데, 이젠 뭔지 모르겠어." 제나는 글씨가 빽빽이 들어찬 두 쪽을 펼쳐 보여주었다. "정말 웃기는 건 말이지, 지금 두 번째 읽고 있거든. 듀크에서 하는 강의의 절반은 이 책을 추천하는데, 도대체 무슨 얘긴지 모르겠어. 등장인물에게 무슨 일이 일어난 건지."

"난 작년에 학교에서 구약성서의 아가서를 읽었는데 정말 놀랍더라. 내가 읽은 소설 중 최고였어." 조이가 말했다.

제나는 조이에 대한 무관심과 읽던 책에 대한 짜증이 뒤섞인 복잡한 표정을 지었다. 조이는 제나의 맞은편에 앉아 베이글을 베어 물고 한참을 씹었다. 베이글을 계속 씹던 조이는 목구멍으로 잘 넘어가지 않을 것 같은 생각이 들었다. 하지만 서두를 필요 없었다. 제나가 아직 책을 읽으며 이해하려 애쓰고 있었기 때문이다.

"누나 동생 왜 저래?" 조이가 베이글을 겨우 삼킨 뒤 물었다.

"무슨 뜻이야?"

"짜증나게 굴잖아. 애처럼. 그렇게 생각 안 해?"

"나한테 묻지 마. 갠 내 친구가 아니라 **네** 친구잖아."

제나는 계속 책을 뚫어져라 보았다. 제나의 거만하고 씨알도 안 먹힐 것 같은 태도는 버지니아 대학의 최고 반반한 여학생들의 태도와 똑같았다. 한 가지 다른 점이 있다면, 조이에게는 제나가 그 여자애들보다 훨씬 매력적으로 느껴졌고, 지금 제나의 샴푸 냄새를 맡을 수 있을 만큼 그녀와 가까이 있다는 것이다. 식탁 아래 속옷 안에서 반쯤 게양된 조이의 깃봉은 재규어 자동차 후드에 달린 장식물처럼 제나를 가리켰다.

"오늘 뭐 할 거야?" 조이가 물었다.

제나는 조이가 옆에 있는 게 성가시지만 할 수 없이 대꾸한다는 듯 책을 덮었다. "쇼핑. 밤에는 브루클린에서 파티가 있고. 너는?"

"보다시피 아무것도. 누나 동생이 아파트에서 한 발짝도 나가려 하지 않잖아. 4시에 이모 한 분을 만나기로 했어. 그게 다야."

"남자애들이 더 힘들어하는 것 같아. 집에 있는 걸 말이야. 우리 아빠 진짜 **굉장한** 분이고 난 그게 괜찮거든. 아빠가 유명해도 말이야. 하지만 조너선은 늘 자기가 잘났다는 걸 보여줘야 한다고 생각하지." 제나가 말했다.

"하루 열 시간씩 TV 보면서?"

제나가 인상을 쓰며 조이를 똑바로 쳐다보았다. 아마 처음으로.

"너, 내 동생 **좋아하긴** 하니?"

"아닌 게 확실해. 목요일 밤부터 이상하게 굴고 있으니까. 어제 운전하는 것 좀 봐. 누난 왜 그러는지 혹시 아나 해서."

"그 애한테 제일 중요한 건, 사람들이 자기 아빠가 누구이기 때문이 아니라 자기라는 사람 자체를 좋아해주는 거야."

"그렇겠지." 약간 고무된 조이가 덧붙였다. "아니면 자기 누나가 누구이기 때문이 아니라."

제나가 얼굴을 붉혔다! 약간. 그리고 고개를 가로저으며 말했다.

"난 대단한 사람이 아니야."

"하하하." 조이가 웃었다. 그의 얼굴도 빨개졌다.

"난 분명히 우리 아빠 같은 사람은 아니야. 큰 뜻도, 야심도 없고. 생각해보면, 사실 난 상당히 이기적이거든. 코네티컷에 40만 제곱미터 되는 땅에 말 몇 마리 키우고 상주하는 조련사에, 뭐 전용기 정도? 그럼 더 이상 바랄 게 없어."

조이는 제나의 미모를 넌지시 언급하기만 해도 그녀가 술술 얘기한다는 것을 눈치챘다. 조이는 일단 제나의 입이 열리고 그 틈새를 비집고 통과하자 그다음에는 어떻게 해야 할지 알았다. 여자의 얘기에 귀 기울이고 이해해주는 방법을 말이다. 거짓으로 귀 기울이고 이해하는 척하는 게 아니다. 조이는 여자의 세계를 이해했다. 잠시 후, 부엌의 침침한 겨울빛 아래 조이는 베이글에 연어와 양파, 케이퍼를 어떻게 올려놓아야 하는지 제나에게 배우고 있었다. 제나와 얘기하는 것이 코니나 엄마, 할머니, 캐럴과 얘기하는 것보다 불편하게 느껴지지도 않았다. 제나의 미모는 여전히 눈부셨지만, 그의 깃봉은 이제 고개를 숙였다. 조이는 제나에게 자신의 가족 상황에 대한 몇 가지 정보를 던져주었고, 제나는 가족들이 자기 남자 친구를 별로 탐탁지 않게 여긴다고 털어놓았다.

"정말 말도 안 돼. 조너선이 여기 같이 오려고 한 이유 중 하나도 그거야. 그래서 아파트에서 안 나가려 하는 거라고. 나랑 닉 사이를 어떤 식으로든 방해하겠다는 생각이야. 자기가 방해하고 주위에 어슬렁거리면 깨질 거라고 생각하는 거지."

"닉을 왜 안 좋아하는데?"

"우선 그는 천주교 신자고, 라크로스 선수거든. 엄청 똑똑하지만 우리 가족이 원하는 그런 똑똑함이 아니야." 제나가 웃었다. "내가 닉한테 우리 아빠의 싱크탱크에 대해 얘길 했거든. 그랬더니 다음번에 남학생 클럽에서 파티를 할 때 맥주 통에 '싱크탱크'라고 써 붙였더라고. 난 정말 재미있다고 생각했는데. 무슨 말인지 알지?"

"누난 술 많이 마셔?"

"아니, 눈곱만큼. 닉도 직장에 다니고부터는 잘 안 마셔. 지금은 일주일에 한 번 잭 앤 코크(전형적인 미국 칵테일 이름-옮긴이) 마시는 정도. 진급하는 데만 신경 쓰고 있거든. 가족 중 자기가 처음으로 4년제 대학에 갔다나. 우리 가족과는 정반대지. 우리 집에서는 박사 학위가 하나밖에 없으면 별 볼 일 없는 사람이거든."

"누나한테는 잘해줘?"

제나는 어두운 표정으로 시선을 피하며 대답했다.

"닉과 같이 있으면 마음이 편해. 9·11 사태 때 우리 둘이 건물 높은 층에 있었다면 아마 그는 어떻게든 빠져나갈 방법을 찾아냈을 거야. 탈출할 방법을 찾아냈을 거라고. 그런 느낌이야."

"캔터 피츠제럴드(9·11 사태 때 단일 회사로는 희생자가 가장 많이 발생한 회사-옮긴이)에 그런 사람 많았어. 배짱 있고 수단도 좋은 증권 거래인들. 하지만 결국 못 빠져나왔잖아." 조이가 말했다.

"그럼 그 사람들은 닉 같은 사람이 못 되는 거지." 그녀가 말했다.

제나가 마음의 문을 닫는 모습을 보며 조이는 그녀와 같은 여자를 차지할 가능성이 있는 후보라도 되려면 얼마나 열심히 일하고, 얼마나 많은 돈을 벌어야 할지 궁금했다. 조이의 깃봉이 다시 속옷 안에서 꿈틀거리며 딱딱해졌다. 마치 도전에 응할 태세가 됐다고 말하는 것 같았다. 그의 말랑말랑한 신체 부위, 즉 마음과 머리는 그 심각성에 절망감을 맛보았다.

"오늘 월 스트리트에 가볼까 생각 중이야." 조이가 말했다.

"토요일이라 다 문 닫을 텐데."

"그냥 어떻게 생겼는지 보려고. 거기서 일하게 될지도 모르니까."

"모욕하는 건 아니지만, 넌 그런 데서 일하기에는 너무 착한 것 같다."

제나가 다시 책을 펼치며 말했다.

4주 후 조이는 다시 맨해튼으로 돌아와 애비게일 이모의 집을 봐줬다. 가을 내내 조이는 크리스마스 방학을 어디서 보낼지 걱정했다. 세인트폴의 두 집은 크리스마스를 보내기에 우열을 가릴 수 없을 만큼 끔찍했고, 새로 사귄 대학 친구의 집에서 신세 지기에 3주는 너무 길었다. 조이는 막연히 고등학교 친구 중 한 명의 집에 묵을 생각을 했다. 그러면 부모님 집과 모너핸네를 따로 찾아갈 수 있기 때문이다. 하지만 추수감사절에 만난 애비게일이 크리스마스 휴가 동안 아비뇽에서 열릴 국제 무언극 워크숍에 참가하게 됐는데, 자기가 없는 동안 누가 찰스 가에 있는 아파트에 머물면서 자기가 키우는 고양이 티거와 피글릿의 까다로운 식단에 맞춰 먹이를 줄지 걱정하는 말을 듣고 그 집에 머물기로 결정했다.

애비게일 이모와 만남은 일방적이긴 했지만 재미있었다. 애비게일은 조이의 엄마보다 어렸지만 단정치 못한 10대 같은 옷차림을 제외하면 패티보다 훨씬 나이 들어 보였다. 애비게일한테서 담배 냄새가 났고, 그녀는 초콜릿 무스 케이크 한 조각을 먹을 때 아주 조금씩 잘라 한 입 한 입 음미하며 먹었다. 마치 그 케이크가 그날 자기에게 일어날 일 가운데 최고의 사건인 듯 먹는 모습에, 조이는 가슴이 아릴 정도로 안쓰러웠다. 이모는 조이에게 몇 가지 묻지도 않았고, 그나마 조이가 대답하기도 전에 자기가 먼저 답을 해버렸다. 애비게일은 거의 혼잣말을 했고, 모순된 비평과 자의식적인 감탄사를 남발했다. 조이는 마치 기차에 올라타도록 허락을 받고 한참 동안 타고 가면서 자신이 어느 정도 문맥을 제공하고 이모가 말한 것의 의미를 추측하는 것 같았다. 애비게일이 중얼거리는 모습을 보며 조이는 자기 엄마를 슬픈 만화처럼 만들어놓은 것 같다고 느꼈다. 조이의 엄마도 조심하지 않으면 이모 꼴이 날지 모른다.

애비게일에게는 조이가 존재한다는 사실 자체가 자기 인생에 대해 구구하게 설명을 늘어놓을 필요를 느끼게 하는, 자기 삶에 대한 비난같이 느껴졌다. 애비게일의 말로는, 결혼하고 아기를 낳고 가정을 꾸리는 전통적 삶은 자기와 맞지 않았다. 공개 모집 오디션은 짜고 치는 고스톱이나 다름없고, 캐스팅 책임자는 오직 모델 같은 배우만 원하며, 표현의 창의성에 대해서는 쥐뿔도 모르는, 상업화되고 깊이 없는 기존의 연극계도 적성에 맞지 않았다. 스탠드 업 코미디도 미국 교외 지역에서 보낸 어린 시절에 대한 진실을 바탕으로 내용을 만들어보는 등 아~주 오랫동안 시도해봤지만 남성 취향에 저질 유머가 대부분이라 포기했다. 애비게일은 티나 페이와 세라 실버먼(두 사람 모두 미국의 유명한 여성 코미디언-옮긴이)을 맹렬히 비난했고, 남성 "예술가" 몇 명의 천재성에 대해 입에 침이 마르도록 칭찬했다. 이 예술가라는 사람들은 아마도 무언극을 하거나 광대고, 애비게일이 운 좋게도 워크숍에서나마 점점 친분을 다져가는 사람들인 것 같았다. 조이는 애비게일이 끊임없이 이야기를 하는 동안, 자신에게는 아직 가능성이 있는 그런 성공을 애비게일은 이루지 못했는데도 살아남고자 하는 그녀의 결연한 의지가 존경스럽다는 생각이 들었다. 조이는 애비게일이 정신적으로 불안정한 데다 자신에게 너무 몰입해 있는 것 같아, 이모에게 죄책감을 느끼는 짜증스러운 단계는 건너뛰고 곧바로 동정심을 가졌다. 조이는 자신뿐 아니라 애비게일의 언니인 엄마가 얼마나 운이 좋은지 생각하며, 자신이 베풀 수 있는 최고의 친절은 이모가 스스로 삶을 정당화하도록 해주는 것임을 알았다. 조이는 최대한 빠른 시일 안에 이모의 공연을 보러 가겠다고 약속했고, 이모는 그에 대한 보답으로 집을 봐주겠느냐는 제안을 했다.

뉴욕에서 지내기 시작한 며칠 동안 조이는 기숙사 친구인 케이시와 함께 이 상점, 저 상점을 구경하며 밤새 극도로 현란한 도시에 대한 꿈을 꾼 기분이 들었다. 사람들이 사방에서 조이 쪽으로 몰려왔다. 안데스 산맥에서 온 거리의 악사들은 유니언 스퀘어에서 피리를 불고 북을 쳤다. 군중에게 목례를 하는 근엄한 소방관들은 소방서 밖에 만든 9·11 전당에 모였다. 모피 코트를 입은 두 여성이 블루밍데일스 백화점 앞에서 케이시가 손을 들어 세운 택시에 뻔뻔스럽게도 재빨리 올라탔다. 지하철에서는 미니스커트 안에 청바지를 입은 섹시한 중학생들이 다리를 쩍 벌리고 앉아 있었다. 옥수수 밭이랑처럼 가지런히 머리를 땋아 붙인 흑인 빈민가 아이들은 엄청 큰 파카를 입었고, 방위군은 최신 무기로 무장한 채 그랜드센트럴 역을 순찰하고 있었다. 그리고 아직 개봉도 하지 않은 영화의 해적판 DVD를 파는 중국인 할머니도 있었다. 근육이나 힘줄을 찢은 브레이크 댄서는 통증 때문에 6번 지하철 안에서 몸을 앞뒤로 흔들었고, 집요하게 돈을 애걸하는 색소폰 연주자에게 조이는 5달러를 주고 연주를 들으려 했지만 케이시가 사기꾼이라고 말렸다. 이 모든 만남 하나하나가 조이에게는 보는 즉시 외워지는 한 편의 시 같았다.

케이시의 부모님은 집과 직접 연결된 엘리베이터가 있는 아파트에 살았다. 조이는 뉴욕에서 성공하면 자기도 집에 이런 시설을 갖춰야겠다고 생각했다. 크리스마스이브와 크리스마스에 케이시의 집에서 저녁 식사를 한 조이는 휴일을 어디에서 보낼지 묻는 부모님에게 거짓말을 했다. 하지만 케이시와 가족들은 아침에 스키 여행을 떠날 예정이었고, 케이시네 집에 더 머무르면 싫어하리라는 걸 알았다. 조이가 낡고 어지러운 애비게일의 아파트로 돌아왔을 때 피글릿과 티거는 그가 오랫동안 집을 비운 것에 반항이라도 하듯 여기저기에 토해놓았다. 그는 2주 내내 혼자 보내기로 한 계획이 멍청하고 괴상한 짓이라는 것을 깨달았다.

조이는 엄마에게 전화를 걸어 계획의 일부가 "취소"됐고, "대신" 이모의 빈집을 봐주고 있다고 말해서 사태를 악화시켰다.

"애비게일의 아파트에서? 너 혼자? 이모가 나한테 말도 없이? 뉴욕에서? 너 혼자?" 패티가 말했다.

"네." 조이가 말했다.

"미안하지만 이모한테 그건 용납할 수 없다고 말해라. 나한테 당장 전화하라고 해. 오늘 밤 당장, 꼭."

"이미 늦었어요. 이모는 프랑스에 있으니까. 하지만 괜찮아요. 아주 안전한 동네예요."

하지만 패티는 조이의 말을 들으려 하지 않았다. 패티가 전화기 너머로 월터와 얘기를 주고받는 것 같았지만, 조이는 무슨 말을 하는지 알아들을 수 없었다. 엄마가 히스테리를 부리는 것이 분명했다. 그리고 나서 월터가 전화를 받았다.

"조이, 잘 들어. 듣고 있니?"

"듣고 있어요."

"잘 들어라. 엄마가 소중히 아끼지만 너는 다시는 발을 들여놓지 않겠다는 이 집에 와서 며칠 지낼 만한 예의도 없는 거, 난 상관없다. 그런 끔찍한 결정을 내린 일은 두고두고 반성해도 돼. 그리고 네가 방에 남겨둔 물건은, 네가 와서 가져가리라고 생각했는데 안 가져가니 자선단체에 주거나 청소부가 수거하도록 내다 버리겠다. 너만 손해니까. 하지만 그런 도시에 너 혼자 있는 건, 테러범에게 여러 번 공격당한 그런 도시에서 하루 이틀도 아니고 **몇 주**를 있겠다고 하면 엄마는 내내 걱정할 게 뻔하다."

"아빠, 여긴 정말 안전한 곳이에요. 그리니치빌리지라고요."

"네가 엄마의 명절을 망쳤다. 그리고 얼마 안 남은, 이 집에서 보낼 마지막 며칠도 망쳤다. 이제 와서 내가 왜 너한테 더 많은 걸 기대하는지 모르겠다만, 넌 네가 상상도 못할 만큼 널 사랑하는 사람한테 정말 **잔인할 정도로 이기적으로** 구는구나."

"그럼 엄만 왜 저한테 직접 말 안 해요? 왜 아빠가 하느냐고요. 사실인지 아닌지 제가 어떻게 알죠?"

"네가 조금이라도 생각이 있다면 사실이란 걸 알 거다."

"엄마가 직접 말하지 않으면 모르죠! **아빠**는 저한테 불만이 있으면 직접 말씀하세요. 매번 엄마의 불만만 얘기하지 말고요."

"솔직히 난 엄마만큼 네 걱정 안 한다. 넌 네가 생각하는 것만큼 그리 똑똑하지 않아. 넌 세상이 얼마나 위험한 곳인지 모르는 것 같다. 하지만 네 앞가림을 할 만큼은 똑똑하리라 생각한다. 문제가 생기면 우리한테 가장 먼저 연락하길 진심으로 바란다. 하지만 네가 선택한 인생이고, 내가 거기에 대해 가타부타하진 않겠다."

"뭐…… 고마워요." 조이는 약간 빈정대듯 말했지만 꼭 빈정대는 것만도 아니었다.

"나한테 고마워할 것 없어. 난 네가 지금 하는 짓이 정말 못마땅하니까. 단지 네가 열여덟 살이고, 원하는 대로 살 자유가 있다는 걸 인정하는 것뿐이다. 내 자식이 자기 엄마에게 좀 더 따뜻하게 대할 줄 모른다는 사실에 개인적으로 실망스럽다는 점을 말하는 것뿐이야."

"**엄마한테 물어보시지 그러세요. 내가 왜 이러는지!**" 조이가 무섭게 대들었다. "제가 왜 이러는지 엄만 알고 있다고요! 제기랄. 엄만 **알아요**, 아빠. 아빠가 엄마의 행복을 그렇게 걱정하니까 하는 말인데, **나한테** 그러지 말고 **엄마한테** 물어보시라고요!"

"어디, 아빠한테 그따위 말버릇이야."

"그럼 아빠도 **저한테** 그런 식으로 말하지 마세요."

"알았다. 그렇게 하마."

월터는 이 문제를 더 이상 거론하지 않는 데 안도하는 것 같았고, 조이도 그랬다. 조이는 자신의 인생을 마음대로 할 수 있다는 느낌을 만끽하면서, 한편으로는 자기 안의 또 다른 자아, 분노에 가득 찬 자아, 가족에 대한 복잡한 감정이 갑자기 폭발해 자신을 쥐고 흔들 수 있다는 사실을 깨닫고 혼란스러웠다. 화가 나서 아버지한테 쏟아놓은 말은 엉겁결에 튀어나온 것이 아니라 속으로 미리 준비해둔 말 같았다. 평상시 눈에 보이지 않지만 분명히 지각력이 있고 자신의 의지와 상관없이 언제든 말로 분노를 표출할 준비가 되어 있는, 불만이 가득한 제2의 자신이 항상 자기 안에 도사리고 있는 것 같았다.

"생각이 바뀌면 여기 와서 며칠 지내고 갈 수 있도록 내가 비행기 표를 사주마. 엄마가 무척 좋아하실 거다. 나도 그렇고. 나도 네가 여기 와서 지내면 좋겠다." 월터가 조이와 몇 마디 되지도 않는 크리스마스 인사를 나눈 뒤 할 말이 떨어지자 말했다.

"고마워요. 하지만 알다시피 그럴 수 없어요. 고양이가 있거든요."

"동물 병원에 맡기면 되잖아. 너희 이모는 까맣게 모를 거다. 그 비용도 내가 대마."

"알았어요. 어쩌면, 가능성은 적지만, 어쩌면 갈 수 있을지 모르겠네요."

"알겠다. 크리스마스 즐겁게 보내라. 엄마도 즐겁게 보내라신다."

엄마가 말하는 소리가 전화기 너머로 들렸다. 도대체 **왜** 엄마는 다시 전화를 받아서 조이에게 직접 말하지 않는 걸까? 엄마가 잘못한 걸 인정하는 꼴이 되는 게 확실한데. 이런 식으로는 자기 죄를 인정해봐야 소용없다.

애비게일의 아파트는 작지 않았지만, 애비게일의 흔적이 남아 있지 않은 공간은 한 뼘도 없었다. 고양이들은 여기저기 털을 날리며 전권을 위임받은 것처럼 아파트 안을 순찰하고 다녔다. 침실 옷장에는 바지와 스웨터가 엉망진창으로 가득 쌓여 있어 걸어놓은 코트와 드레스의 끝자락이 구겨져 올라갔고, 서랍장은 하도 꽉 차서 열리지도 않았다. CD는 전부 들어주기 끔찍한 프랑스 가수와 뉴에이지 음악으로 두 줄로 선반에 얹혀 있고, 옆으로 난 틈새에도 모조리 CD가 끼워 있었다. 기의 흐름, 창조적 시각화, 자신에 대한 회의를 극복하는 법 등 책마저도 애비게일다웠다. 그리고 온갖 신기한 장식물도 있었다. 유대교와 관련한 물건뿐 아니라 동양의 향불과 코끼리 머리의 여신상도 있었다. 그런 이 집에 많지 않은 것이 하나 있다면 음식이었다. 부엌을 배회하며, 조이는 피자로 세끼를 때우지 않으려면 직접 장을 봐서 요리할 수밖에 없다고 생각했다. 애비게일의 식단은 뻥튀기, 마흔일곱 종류의 초콜릿과 코코아, 먹은 지 10분 만에 아무거나 집어먹을 정도로 배가 고파지는 컵라면이 전부였다.

조이는 배리어 가에 있는 널찍한 집과 엄마가 만들어준 맛있는 음식이 생각났다. 잠시 꼬리를 내리고 아빠가 사준다는 비행기 표를 받을까 하는 생각도 했지만, 자기 안에 숨은 또 다른 자아에게 분노를 표출할 기회를 더 주지 않기로 마음먹었다. 세인트폴에 대한 생각을 떨쳐내려면 애비게일의 놋쇠 침대에 누워 자위하는 방법밖에 없었다. 고양이들이 문밖에서 꾸짖듯 울어대는 가운데 조이는 몇 번이고 자위를 했지만 흡족하지 않았다. 조이는 자기 컴퓨터로는 인터넷 접속이 안 되기에 이모의 컴퓨터를 켰고, 포르노 사이트에 접속해 자위를 했다. 이런 사이트가 으레 그렇듯, 조이가 접속한 무료 포르노 사이트는 더 추잡하고 흥미를 돋우는 사이트로 연결됐다.

결국 이 중 한 사이트가 〈마법사의 제자〉(디즈니사에서 만든 판타지 애니메이션-옮긴이)에 나온 악몽처럼 팝업창을 만들어내기 시작했고, 조이는 결국 컴퓨터를 꺼야 했다. 이미 여러 번 학대당한 끈적끈적한 음경이 손에서 흐물흐물해지자 조이는 컴퓨터를 서둘러 다시 부팅하려 했지만, 이모 컴퓨터의 하드드라이브가 과부하되고 자판이 말을 듣지 않게 하는 에일리언 소프트웨어의 지시를 받고 있다는 걸 발견했다. 이모의 컴퓨터가 바이러스에 감염된 건 지금 문제도 아니었다. 그가 당장 세상에서 원하는 단 한 가지를 얻을 수 없다는 것이 더 큰 문제였다. 그건 예쁘장한 여자가 흥분하는 모습을 보며 다섯 번째로 사정을 하고 잠을 좀 청하는 것이다. 조이는 눈을 감고 머릿속에 남아 있는 이미지를 떠올리며 일을 끝내려 했지만, 고양이 우는 소리 때문에 정신이 분산됐다. 조이는 부엌으로 가서, 새로 사다 놓으려면 돈이 많이 들지 않기를 바라면서 새 브랜디 병을 땄다.

다음 날 아침, 조이가 숙취를 느끼며 잠에서 깼을 때 아파트에서 악취가 났다. 고양이 배설물이기를 바랐지만 좁고 후끈후끈한 화장실에 들어가 발견한 것은 하수구 오물이었다. 조이는 건물 관리인에게 전화를 걸었고, 두 시간 후에 지메네스라는 남자가 배관 수리하는 장비가 가득한, 바퀴 달린 장바구니를 끌고 나타났다.

"이 낡은 건물엔 문제가 엄청 많아." 지메네스 씨가 어쩔 수 없다는 듯 고개를 절레절레 흔들며 말했다. 그는 조이에게 욕조와 세면대를 사용하지 않을 때는 마개를 꼭 막아놓으라고 했다. 사실 고양이에게 밥 주는 복잡한 방법과 함께 애비게일이 여러 가지 주의사항을 적어놓고 떠났지만, 전날 케이시의 집으로 가기 위해 서둘러 나가면서 깜박 잊었다.

"엄청 문제가 많아." 지메네스 씨가 웨스트빌리지의 오물을 배관 청소 용구로 하수구에 밀어 넣으며 말했다.

다시 혼자가 된 조이는 2주 동안 홀로 지내면서 브랜디에 절어 자위할 생각을 하니 새삼 끔찍한 생각이 들어 코니에게 전화를 걸었다. 그녀가 와서 자기와 같이 지낼 수 있다면 자기가 버스표를 사주겠다고 했다. 코니는 바로 그러마고 했지만 버스비는 받지 않겠다고 했다. 이로써 조이의 휴가는 구제받은 셈이다.

조이는 컴퓨터를 잘 만지는 사람을 불러 이모의 컴퓨터를 고치고 자기 컴퓨터를 재구성했다. 조이는 딘 앤 덜루카(뉴욕에서 유명한 식품점-옮긴이)에 가서 조리된 음식을 사는 데 60달러를 썼고, 고속버스 터미널에서 코니를 보자 더할 나위 없이 반가웠다. 지난달에는 머릿속으로 제나와 비교하느라 코니도 나름대로 예쁘장하다는 사실을 잊고 있었다. 코니는 그만하면 날씬한 편이고, 만나는 데 돈이 들지 않는 데다 열정적이었다. 코니는 조이가 본 적 없는 피코트를 입고 거침없이 조이에게 다가와, 마치 거울에 자기 얼굴을 바싹 갖다 대듯 얼굴을 조이의 얼굴에 댄 뒤 눈을 크게 뜨고 그의 눈을 들여다보았다. 조이는 내장이 녹아내리는 것 같았다. 그는 이제 마흔 번쯤 섹스를 하게 됐지만, 그게 다가 아니었다. 버스 터미널과 두 사람 주위를 지나가는 가난한 여행객들이 밝기와 색깔 선명도를 조절할 수 있는 기능을 갖추고, 조이가 오래전부터 알아온 이 여자애가 나타나자 밝기와 선명도가 갑자기 줄어든 것처럼 느껴졌다. 30분 전만 해도 생생한 컬러로 보이던 통로와 길이 그가 코니와 함께 빠져나올 때 희미하고 멀리 있는 것처럼 보였다.

그 후 몇 시간 동안 코니는 몇 가지 다소 놀라운 사실을 털어놓았다. 첫 번째 소식은 지하철을 타고 찰스 가로 갈 때 들었다. 조이가 그녀에게 어떻게 식당에서 휴가를 그리 길게 받을 수 있었느냐고, 코니가 없는 동안 대신 일할 사람을 구했냐고 물었다.

"아니, 그냥 그만뒀어." 코니가 말했다.

"**그만뒀다고?** 그 식당 바쁠 때 아냐?"

코니가 어깨를 으쓱하며 말했다. "너에게 내가 필요하잖아. 전화만 하면 당장 달려온다고 했잖아."

코니의 말에 놀란 조이는 지하철 열차의 밝기와 색깔 선명도가 정상으로 돌아온 듯 보였다. 마치 대마초에 취한 뇌가 약에 취해 오랫동안 몽롱한 꿈에 빠져 있다 정신이 번쩍 든 것 같았다. 다른 지하철 승객들은 자기 삶을 살고 자신의 목표를 추구하는 게 보였다. 조이도 그래야 했다. 자기가 제어할 수 없는 무언가에 너무 빨려 들어가면 안 된다.

광란의 폰 섹스 내용 중 하나, 코니의 대음순이 엄청나게 벌어져 조이의 얼굴을 뒤덮고 그의 혀가 엄청 길어서 혀끝이 그녀의 질 속 깊숙한 끝 부분에 닿는 장면이 생각난 조이는, 버스 터미널로 가기 전에 깔끔하게 면도했다. 하지만 이제 두 사람이 실제로 만나니 그런 환상이 말도 안 되고 기억하기도 싫었다. 조이는 아파트에 도착하자 버지니아에서 주말을 함께 보낼 때 그랬듯이 곧장 코니와 침대로 뛰어들지 않고, 텔레비전을 켜고 관심도 없는 대학 미식축구 점수를 확인했다. 그러고는 갑자기 급히 이메일을 확인해서 지난 세 시간 동안 친구 중 누가 연락을 했는지 알아야 할 것 같았다. 코니는 고양이와 소파에 앉아 조이의 컴퓨터가 켜지는 동안 참을성 있게 기다렸다.

"저, 자기 엄마가 안부 전해달래."

"**뭐?**"

"네 엄마가 안부 전해달랬다고. 내가 집을 나설 때 얼음을 깨고 있다가 내 큰 가방을 보더니 어디 가냐고 물었어."

"그래서 여기 온다고 **말했어?**"

코니는 정말 놀란 것 같았다.

"말하면 안 되는 거였어? 나한테 잘 놀다 오라고 하고는 안부 전해달라던데."

"비꼬듯이?"

"모르겠어. 그랬을지도 모르겠다, 생각해보니. 난 그저 네 엄마가 나한테 말을 걸어서 기뻤어. 나 싫어하는 거 알거든. 이제 나한테 익숙해지나 했지."

"아닐걸."

"내가 잘못 말한 거면 미안해. 내가 잘못인지 알고도 그랬을 리 없다는 거 알지? 몰라?"

컴퓨터 앞에서 일어난 조이는 화를 꾹 참고 말했다.

"괜찮아. 네 잘못이 아니야. 뭐, 조금 잘못하긴 했지만."

"자긴 내가 창피해?"

"아니."

"우리가 전화로 얘기한 게 창피해? 그래서 그런 거야?"

"아니."

"난 사실 창피해, 조금은. 꽤 저질인 것도 있었어. 더 이상 그 짓은 못할 것 같아."

"네가 시작했잖아!"

"알아, 안다고. 하지만 다 내 탓으로 돌리진 말아줘. 절반만 내 잘못이야."

코니의 말이 사실이라는 걸 인정하듯, 조이는 그녀가 앉아 있는 소파로 다가가 그녀의 발아래 무릎을 꿇고 고개를 숙인 뒤 그녀의 다리에 손을 얹었다. 이렇게 코니가 입은 청바지, 가장 잘 어울리는 꼭 끼는 청바지를 바로 눈앞에 두고, 조이는 자기가 이류 대학 미식축구를 보면서 친구들과 통화하는 동안 그녀가 오랜 시간을 버스 안에서 보냈다는 사실을 떠올렸다. 그는 곤경에 처했다. 그녀는 생각지도 못한, 정상적인 세계에 생긴 틈새로 추락하고 있었다. 그는 차마 그녀의 얼굴을 쳐다볼 수 없었다. 손을 그의 머리에 올려놓은 코니는 조이가 얼굴로 청바지 지퍼를 누를 때 저항하지 않았다. "괜찮아. 괜찮을 거야. 다 괜찮을 거야." 코니가 그의 머리를 쓰다듬으며 말했다.

고마운 마음이 든 조이는 코니의 청바지를 벗기고 눈을 감고 그녀의 속옷에 얼굴을 잠시 올려놓았다. 그러고는 속옷마저 벗겨내고 면도한 자신의 입술과 턱으로 까끌까끌한 그녀의 음모를 누르면서 코니가 자기를 위해 음모를 다듬었다는 걸 깨달았다. 고양이 한 마리가 관심을 끌려고 조이의 발에 올라타는 게 느껴졌다. 야옹, 야옹.

"이러고 세 시간쯤 있고 싶어." 조이가 그녀의 체취를 들이마시며 말했다.

"밤새도록 그러고 있어도 돼. 어차피 할 일도 없으니까." 코니가 말했다.

그런데 바지 주머니에 있는 휴대전화가 울렸다. 전원을 끄려고 전화기를 꺼냈는데 세인트폴 전화번호가 떴다. 조이는 엄마에게 화가 나서 전화기를 부숴버리고 싶었다. 조이는 코니의 다리를 벌리고 혀로 그녀를 공격했다. 그리고 더 깊숙이 들어가 자신을 코니로 가득 채우려 했다.

세 번째로 놀라운 사실은, 나중에 늦은 저녁 섹스를 한 뒤 잠시 쉬고 있을 때 밝혀졌다. 지금까지 잠잠하던 윗집에 사는 사람이 이모의 침대 바로 위에서 발을 굴렀고, 고양이는 문밖에서 애타게 울부짖었다. 코니는 SAT 시험 본 얘기를 했는데—조이는 코니의 시험에 대해 까맣게 잊고 있었다—연습문제보다 실제 시험이 훨씬 쉽게 나왔고, 따라서 샬러츠빌에서 몇 시간 거리에 있는, 지역적 다양성을 위해 중서부 출신 학생들을 입학시키려고 하는 모턴 대학에 응모를 해볼까 생각 중이고, 합격할 수 있을 것 같다는 얘기였다.

이 모든 게 조이에게는 잘못된 것처럼 느껴졌다.

"난 네가 미네소타 대학에 갈 줄 알았는데."

"아직 생각은 있어. 하지만 네 곁에 가까이 있으면 얼마나 좋을까 생각하게 됐어. 주말에 만날 수 있잖아. 물론 모든 일이 잘 풀리고 우리 둘 다 그러길 원한다는 가정 아래. 그럼 좋지 않을까?"

조이는 맑은 정신으로 생각을 하려고 코니의 다리를 휘감고 있던 자기 다리를 풀었다.

"물론이지. 하지만 저, 사립학교는 등록금이 엄청 비싸거든."

맞는 말이라고, 코니가 말했다. 하지만 모턴 대학은 학자금 융자도 해주고, 캐럴에게 자기 교육 신탁자금에 대해 물어보니 아직 돈이 많다고 했다는 것이다.

"얼마나 있는데?" 조이가 물었다.

"많이. 7만 5000달러쯤. 학자금 융자 받으면 3년 학비로 충분할 거야. 내가 모은 1만 2000달러도 있고. 여름에는 일하면 되니까."

"잘됐네." 조이가 억지로 말했다.

"스물한 살이 될 때까지 기다렸다가 현금으로 받으려고 했는데, 좋은 교육을 받아야 한다는 네 말이 옳다는 생각이 들더라."

"하지만 미네소타 대학에 가면 교육도 받고 졸업 후에도 수중에 돈이 남을 텐데."

위층에서 TV 소리와 쿵쾅거리는 소리가 계속 들렸다.

"내가 가까이 있는 게 싫은 모양이구나."

코니가 비난하는 말투가 아닌, 사실을 그대로 말하듯 말했다.

"아니, 아니야. 전혀. 그럼 좋지. 현실적으로 생각해보자는 거지."

"그 집에서 더 이상 못 살겠어. 엄만 쌍둥이를 낳을 거고, 상황은 더 나빠질 거야. 더 이상 거기 못 있겠어."

처음은 아니지만, 조이는 막연히 코니의 아버지에게 화가 치밀었다. 그 사람은 죽은 지 몇 년이 지났고, 코니는 아버지와 연락도 하지 않았으며, 아버지에 대해 언급조차 하지 않았지만, 그렇기에 더더욱 조이는 그녀의 아버지가 경쟁자로 느껴졌다. 코니의 아버지가 조이보다 그녀의 인생에 먼저 연관됐다. 그 사람은 자기 딸을 버린 데다 캐럴에게 월세가 저렴한 집을 얻어주고 차버렸지만, 코니의 천주교 여학교 학비는 그 사람 돈으로 냈다. 그 사람은 코니의 삶에 존재했지만 조이와 아무 상관도 없었다. 코니에게 조이

외에 달리 기댈 곳이 있다면—조이가 그녀를 완전히 떠맡지 않아도 된다면—기쁘겠지만, 조이는 코니 아버지의 부도덕한 태도가 자꾸 못마땅하게 생각됐다. 바로 아버지의 부도덕함 때문에 코니 자신이 도덕관념이 없고, 규칙과 관습에 이상할 정도로 무관심하고, 우상을 숭배하듯 무한하게 애정을 쏟을 수 있고, 뿌리칠 수 없는 강렬한 열정을 가진 사람이 된 것 같았다. 그리고 무엇보다 조이는 자기보다 코니를 경제적으로 훨씬 여유 있게 만들어준 데 대해 그녀의 아버지를 증오했다. 자신이 걱정하는 것의 1퍼센트만큼도 코니가 돈 걱정을 하지 않는다는 사실이 조이를 더 열 받게 했다.

"나한테 안 해본 거 해봐." 코니가 조이의 귀에 대고 속삭였다.

"저 TV 소리, 정말 짜증난다."

"우리가 얘기한 거 해봐, 자기야. 같이 똑같은 음악을 들으면서 널 내 뒤로 느끼고 싶어."

조이는 TV에 대해 까맣게 잊었고, 코니의 말대로 하는 동안 피가 머리로 몰려 TV 소리를 묻어버렸다. 새로운 관문을 통과하고, 수위를 조절하고, 색다른 만족감을 확인한 뒤 조이는 애비게일의 화장실에서 몸을 씻었다. 고양이에게 먹이를 주고, 이미 때는 늦었고 소용도 없지만 코니와 거리를 두려고 거실을 어슬렁거렸다. 조이가 컴퓨터를 켰을 때 새로 온 이메일은 하나뿐이었다. **duke.edu**라는 낯선 주소에 제목에는 **뉴욕에 있다며?**라고 쓰여 있었다. 내용을 읽기 시작하고서야 조이는 제나가 보낸 이메일이라는 걸 알았다. 제나가 그 고귀한 손가락으로 한 자 한 자 직접 쳐서 보낸 이메일이었다.

버글런드 씨, 안녕. 조너선이 그러는데 너 뉴욕에 있다며? 나도 그런데. 금융업계에서 일하는 청년들이 이렇게 미식축구 경기를 끊임없이 시청하면서 얼마나 많은 돈을 내기로 걸지 누가 알았겠어. 날아가는 파리가 자긴 몰랐다고 그러더라. 네가 금발 머리를 한 개신교 신자인 조상들처럼 크리스마스를 보내는지 모르겠지만, 닉이 월 스트리트에 대해 궁금한 거 있으면 와서 물어보라네. 기꺼이 얘기해준다고. 닉이 기분 좋을 때 (그리고 휴가 중일 때) 신속하게 행동에 옮기는 게 좋을 것 같다. 골드먼삭스도 이때는 쉬나 보네. 누가 알았겠어. 친구, 제나가.

조이는 제나의 이메일을 다섯 번이나 읽었다. 지금 조이가 기분이 더럽고 피곤한 것과는 정반대로 제나의 이메일은 깔끔하고 신선했다. 제나는 드물게 생각이 깊은 사람이든, 아니면 자기가 닉과 가깝다는 걸 조이에게 과시하려는 것이라면, 드물게 못된 사람이든 둘 중 하나였다. 어느 쪽이든 조이는 자기가 제나에게 좋은 인상을 줬다는 걸 깨달았다.

대마초 연기가 침실에서 새어 나왔고, 뒤이어 코니가 벌거벗은 채 고양이처럼 사뿐사뿐 방에서 걸어 나왔다. 조이는 컴퓨터를 끄고 코니가 그의 얼굴에 내민 대마초를 한 모금 빨았다. 또 한 모금, 또 한 모금, 또 한 모금, 또 한 모금, 또 한 모금 빨았다.

착한 남자의 분노

춥고 비가 주룩주룩 내리는 3월의 어느 우울한 늦은 오후, 월터는 랄리사와 함께 차를 타고 찰스턴에서 남부 웨스트버지니아의 산악 지대로 들어서고 있었다. 랄리사는 운전을 급하고 조심성 없이 했지만, 월터는 자기가 운전할 때 다른 운전자를 비난하며 치밀어 오르는 분노를 느끼는 것보다 랄리사의 옆 좌석에 앉아 있는 불안한 승객이 되는 편이 낫다고 생각했다. 월터는 운전을 할 때면 자신만 적절한 속도로 운전을 하는 것 같은 느낌이 들었다. 지나치게 교통법규를 곧이곧대로 지키지도 않고 위험하게 위반하지도 않으면서 적정한 균형점을 찾는 사람은 자기뿐이라고 생각했다. 지난 2년 동안 월터는 웨스트버지니아의 도로에서 수없이 많은 시간을 운전하면서, 멍청할 만큼 천천히 운전하는 차는 뒤에 바싹 붙어 위협하고, 무례하게 자기 뒤에 바싹 붙는 차들은 속도를 늦춰 벌주면서, 자기 오른쪽으로 추월하려는 녀석들로부터 고속도로 안쪽 차선을 목숨 걸고 지켜냈다. 어떤 멍청이나 휴대전화로 떠드는 수다쟁이가 제한 속도를 신주 모시듯 지키며 안쪽 차선을 막히게 하면 그런 운전자를 오른쪽으로 추월하면서 마구 화를 냈다. 좌·우회전 깜빡이를 켜지 않고 운전하는 사람들의 특성과 정신 상태를 분석했고(거의 대부분 젊은 녀석들로 깜빡이를 켜는 것이 자신의 남성성에 대한 모독이라고 생각한다. 이들이 모는 픽업트럭이나 SUV 크기를 보면 작은 물건에 대한 보상 심리가 있는 게 분명하다), 웨스트버지니아에서 말 그대로 일주일에 한 번 차선 위반으로 인명 사고를 내는 석탄 트럭 운전자들이 죽이고 싶을 만큼 미웠다. 위험하다는 증거가 널렸는데도 석탄 트럭의 적재 중량을 5만 킬로그램 이하로 제한하지 않는 부패한 주 의회를 탓하기도 했다. 또 바로 앞 운전자가 파란불인데 급정거 브레이크를 밟았다가 노란불로 바뀔 때 힘껏 속도를 내 교차로를 통과한 뒤 빨간불로 바뀌는 바람에, **수 킬로미터** 전방에 교차로를 통과하는 차는 꼴도 안 보이는데 월터를 **1분은 족히** 교차로에서 대기하게 만들 때 "기가 차군! 기가 차!"라고 중얼거렸다. 빨간불일 때 우회전해도 교통 위반이 아닌데도 꼼짝도 하지 않으려는 운전자 때문에 빠져나가지 못할 때 내뱉고 싶은 욕설을 랄리사 때문에 고통스럽게 삼키며 "어이! 정신 차려. 이 세상에 너 혼자 사냐! 다른 사람들 생각도 좀 해! 운전 좀 제대로 해라! 야!" 하고 외쳤다. 월터는 자기가 운전대를 잡고 언덕을 헐떡거리며 올라가는 트럭 뒤를 따라가면서 머리에 피가 솟구치는 스트레스를 겪느니, 차라리 랄리사가 가속페달을 힘껏 밟아 이런 트럭을 추월할 때 아드레날린이 분출하는 걸 경험하는 게 훨씬 나았다. 월터는 조수석에 앉아 창밖으로 회색 성냥개비처럼 솟은 애팔래치아 산맥의 침엽수림과 채굴하느라 파헤친 산등성이를 보면서 화를 낼 만한 가치가 있는 문제에 자신의 분노를 발산할 수 있었다.

두 사람이 렌터카를 타고 I-64번 고속도로상의 25킬로미터 길이의 경사진 도로를 올라갈 때 랄리사는 들떠 있었다. 버드 상원의원이 연방 정부에서 따온 예산으로 만든, 엄청난 비용이 든 도로다.

"축하해야죠. 오늘 밤 자축할 거죠?"

"베클리에 괜찮은 식당이 있는지 알아보고. 그럴 가능성은 적지만." 월터가 말했다.

"우리, 코가 비뚤어지게 마셔봐요. 시내에서 제일 좋은 식당에 가서 마티니를 마셔요."

"물론이지. 내가 마티니 엄청 큰 걸로 한 잔 사지. 원하면 더 마셔도 되고."

"하지만 사무총장님은요? 한 번만. 이번 한 번만 예외로 하면 안 될까요?"

"지금 이 나이에 마티니를 마시면 죽을지도 몰라."

"그럼 도수가 약한 맥주 한 잔만 드세요. 전 마티니를 석 잔 마실 거니까, 절 제 방에 데려다주시고요."

월터는 랄리사가 이런 말을 하는 게 마음에 들지 않았다. 그녀는 별 뜻 없이 지껄이는 게 분명했다. 그녀는 활달한 아가씨일 뿐이다. 사실 요즘 그녀는 월터의 인생에서 가장 밝은 한 줄기 빛이었다. 그는 고용인과 피고용인 사이의 육체적 접촉은 가볍게 얘기할 문제가 아니라고 생각했다.

"마티니 석 잔 마시면 내일 아침에 머리가 '우지끈우지끈'하다는 뜻을 새로 정의해야 할걸." 월터는 두 사람이 지켜보기 위해 가는, 와이오밍 카운티에서 있을 예정인 철거 작업에 빗대어 썰렁한 농담을 했다.

"마지막으로 술 마신 게 언제예요?"

"없어. 한 번도 술을 마신 적이 없거든."

"고등학교 때도요?"

"없어."

"말도 안 돼요! 한번 마셔보세요. 가끔 술 마시는 건 정말 재미있어요. 맥주 한 잔 마신다고 알코올의존자가 되는 건 아니라고요."

"내가 걱정하는 건 그게 아니야."

월터는 말하면서 과연 사실인지 생각해봤다. 그의 어린 시절을 망친 아버지와 형은 알코올의존자였고, 그의 중년을 신속하게 파멸로 이끌고 있는 아내는 알코올의존자 기질이 다분했다. 월터가 엄격하게 음주를 멀리한 건 바로 이들에 대한 반작용에서였다. 처음에는 절대로 아버지나 형처럼 되지 않으려는 바람에서, 나중에는 패티가 취하면 그에게 못되게 구는 것과 정반대로 그녀에게 더할 나위 없이 다정하게 대하기 위해서였다. 월터와 패티가 서로 어울려 사는 방법 중 하나였다. 월터는 늘 말짱한 정신이었고, 패티는 가끔 취했으며, 두 사람은 **절대** 상대방에게 변할 것을 요구하지 않았다.

"그럼 뭐가 걱정이에요?" 랄리사가 물었다.

"47년 동안 잘해온 걸 망칠까 봐 그러지. 망가지지 않은 걸 왜 고치려고 하겠어?"

"재미있으니까요!" 랄리사는 자기가 모는 차가 만들어낸 진창물이 차에 튈까 봐 운전대를 급하게 꺾었다. "제가 맥주 한 잔 주문해드릴게요. 축하하는 의미에서 딱 한 모금만 드세요."

찰스턴 남쪽에 있는, 북쪽의 단단한 나무로 이뤄진 숲은 춘분 전날인 지금도 회색과 검은색이 섞인 우중충한 장식용 직물 벽걸이 같았다. 한두 주 있으면 남쪽에서 불어온 따뜻한 공기가 이 숲을 녹색으로 물들이고, 그로부터 한 달 후에는 열대 지방에서 날아온 새들이 숲을 노래로 가득 채울 것이다. 하지만 그는 회색빛 겨울이 북부 지방 숲의 자연스러운 상태라고 여겼다. 여름은 해마다 우연히 숲에 내려지는 은총일 뿐이다.

그날 일찍 찰스턴에서 월터와 랄리사, 그 지역을 담당하는 변호사들은 포스터할로 지역을 철거하고 미래에 청솔새 보호 구역으로 지정할 5000만 제곱미터 이상에 달하는 지역의 산정 제거에 필요한 서류를 청솔산 신탁기금의 산업계 협력체인 나돈과 블라스코에 제시했다. 나돈과 블라스코의 대리인들은 신탁기금 쪽 변호사들이 지난 2년간 준비해온 산더미 같은 서류에 서명했고, 이로써 석탄 회사들은 채굴을 끝낸 지역을 영원히 '야생' 지역으로 보존하는 데 필요한 매립에 동의하고 권한을 양도해야 하는 의무를 지게 됐다. 신탁기금의 이사장 빈 헤이븐은 원거리 화상 회의를 통해 이 서명식에 '참석'했고, 나중에 월터의 휴대전화에 직접 전화를 걸어 축하한다고 말했다. 하지만 월터는 축하할 기분이 아니었다. 오히려 그 반대였다. 그는 드디어 아름답고 숲이 우거진 산등성이 여남은 개와 다양한 생물이 서식하는 맑은 물이 흐르는 3급, 4급, 5급 하천을 없애는 일이 가능하도록 만들었다. 이를 달성하기 위해 빈 헤이븐은 주의 도처에 있는 2000만 달러에 달하는 채광권을 그 땅을 유린할 가스 채굴업자에게 팔아넘기고 수익금은 월터가 좋아하지 않는 사람들에게 넘겨야 했다. 도대체 뭘 위해서? 웨스트버지니아 지도상에서 겨우 우표로 가려질, 코딱지만 한 크기의 지역을 멸종 위기에 처한 동물의 '주요 서식지'로 만들기 위해서.

월터는 세상에 대한 분노와 실망으로 마치 자신이 북부의 회색빛 숲처럼 느껴졌다. 그리고 따뜻한 남아시아에서 태어난 랄리사는 그의 영혼에 잠시 여름을 몰고 오는 명랑한 사람이었다. 오늘 밤 월터가 축하하고 싶은 단 하나는, 이제 웨스트버지니아 일이 '성공적으로' 마무리됐으니 인구과잉 문제에 착수할 수 있다는 사실뿐이다. 하지만 젊은 비서의 기분을 망치고 싶지는 않았다.

"좋아. 맥주 한번 마셔보지. 자네를 위해."

"아니요, 사무총장님 **자신**을 위해서요. 이건 전부 사무총장님이 이뤄낸 일인걸요."

월터는 이 문제에 관한 한 그녀가 틀렸다는 걸 알고 고개를 가로저었다. 랄리사의 친근함과 매력, 용기가 아니었다면 나돈과 블라스코와 협상이 결렬됐을지 모른다. 월터가 큰 그림을 그린 건 맞다. 하지만 그가 생각해낸 건 큰 그림뿐이다. 이제는 어느 모로 보나 랄리사가 주도자였다. 그녀는 그날 아침의 회의 때문에 입은 줄무늬 정장 위에 후드 달린 팔 없는 상의를 입고 있었다. 뒤로 젖혀진 후드에는 풍성한 검은 머리카락이 가득했다. 랄리사의 손은 운전대 위에 10시와 2시 방향으로 놓여 있었고, 맨 손목이 드러났으며, 은팔찌는 상의 밑단 아래 떨어져 있었다. 현대사회에 대해 월터가 혐오하는 것은 수없이 많고 특히 자동차 문화를 개탄했지만, 젊은 여성 운전자들이 보여주는 자신감, 지난 100여 년간 여성들이 성취한 자립심은 그가 혐오하는 대상이 아니었다. 가속페달을 밟는 랄리사의 날렵한 발이 말해주듯, 남녀 평등은 월터로 하여금 21세기를 살아가는 걸 감사하게 했다. 신탁기금 일과 관련해 월터가 해결해야 할 가장 어려운 문제는, 청솔새 공원의 경계로 표시된 지역 안에 작은 토지를 소유하거나 집 또는 트레일러를 갖고 있는, 대부분이 가난한 200여 가구를 어떻게 처리할 것인가 하는 거였다. 남자들 중에는 아직 광부나 운전사로 석탄 산업 분야에서 일하는 사람도 있었지만 대부분 실직 상태였다. 총과 내연 기관을 만지며 소일했고, 전지형(全地形) 만능차를 몰고 깊은 숲 속에 들어가 동물을 잡아 식생활을 꾸려나갔다. 월터는 신탁기금이 언론의 관심을 끌기 전에 신속하게 움직여 가능한 한 많은 가구의 권리를 돈 주고 사들였다. 하지만 이 지역의 환경보호 단체를 달래보려는 시도는 역효과를 낳았고, 무서울 정도로 열성적인 환경 운동가 조슬린 존이라는 사람이 신탁기금을 반대하는 운동을 시작했다. 아직 마음을 정하지 못한 100여 가구가 있었는데, 이들은 대부분 포스터할로로 이어지는 나인마일 계곡에 살고 있었다.

포스터할로 문제를 제외하고, 빈 헤이븐은 주요 서식지에 안성맞춤인 2억 6000만 제곱미터에 달하는 부지를 발견했다. 지상권의 98퍼센트는 단 세 기업이 갖고 있었는데, 이 가운데 두 기업은 얼굴도 없고 경제적으로 이성적 판단을 할 줄 아는 지주회사고, 나머지 한 회사는 포스터라는 가문의 소유인데, 버지니아 주를 떠난 지 1세기가 넘은 이들은 현재 해안 지역에서 풍요로운 생활을 누리고 있었다. 세 회사 모두 인증 삼림 조성 토지를 관리하고 있었고, 땅을 적당한 시장가격에 신탁기금에 팔지 않을 이유가 없었다. 헤이븐스 헌드레드 거의 중심부에는 거대한 모래시계와 비슷한 모양의 석탄 광맥이 있었다. 지금까지는 아무도 5000만 제곱미터에 달하는 이 땅을 채굴하지 않았다. 와이오밍 카운티는 웨스트버지니아에서도 오지 중의 오지인 데다 경사가 심했기 때문이다. 아주 좁은 도로가 하나 있지만 석탄을 실은 트럭이 이 도로로 드나드는 건 불가능했고, 나인마일 계곡을 따라 언덕으로 구불구불하게 나 있는 도로였다. 모래시계의 잘록한 허리 부분에 해당하는 계곡의 꼭대기에는 포스터할로가 자리했고, 거기에 코일 마티스의 일가와 친구들이 살고 있었다.

수년 동안 나돈과 블라스코는 마티스를 어르고 달랬지만, 그럴수록 그의 반감만 더 샀다. 빈이 석탄 회사들과 협상 초기에 제시한 중요한 미끼는 코일 마티스 문제를 처리해주겠다는 것이었다.

"이건 누이 좋고 매부 좋은 일일세." 헤이븐이 월터에게 말했다. "우리는 새로 나타난 당사자니까 마티스가 반감을 갖을 이유도 없고, 특히 나돈 측은 내가 마티스 문제를 처리해준다고 하니까 양보를 많이 했네. 내가 나돈이 아니라는 이유만으로 길거리에서 몇백만 달러를 거저줍게 된 거지."

그러면 오죽이나 좋을까!

코일 마티스는 웨스트버지니아 오지의 부정적인 정신을 상징하는 인물 같았다. 그는 모든 사람을 싫어했다. 마티스의 적의 적이라도, 그에게는 그저 또 다른 적일뿐이었다. 거대 석탄 회사, 광부 노조, 환경 운동가, 온갖 형태의 정부 기관, 흑인, 남의 일에 간섭하는 북부 지역 백인 등 모든 사람을 똑같이 싫어했다. 그의 삶의 철학은 '**씨발, 물러서지 않으면 후회할 거다**'였다. 석탄 회사들이 들어오면 여섯 세대의 마티스 조상이 묻힌 시내 옆 가파른 언덕이 가장 먼저 폭파될 지역 중 하나였다. (월터가 신탁기금에서 일하게 됐을 때 아무도 웨스트버지니아에 묘지 문제가 있다는 얘기를 하지 않았지만 그는 곧 그 사실을 알아냈다.)

월터도 대상이 명확하지 않은 분노에 일가견이 있는 사람이라, 마티스가 고집스럽고 자기 파괴적인 그의 아버지를 생각나게 하지 않았다면 그를 설득할 수 있었을지 모른다. 그는 우호적인 내용을 담은 편지를 수없이 보냈지만, 답장을 받지 못했다. 7월의 어느 무더운 아침, 월터와 랄리사가 무작정 나인마일 계곡의 먼지 이는 도로를 자동차로 올라가고 있을 때 월터는 이미 솔깃할 만한 제안을 준비해뒀다. 그는 마티스가와 그 이웃들에게 4000제곱미터당 1200달러를 주고 보존 지역의 남쪽 자투리에 움푹 파인 지역의 땅을 무료로 제공하고, 이주 비용에 최첨단 시신 발굴과 재매장 비용도 제공할 의향이 있었다. 하지만 코일 마티스는 자세한 얘기는 들으려고 하지도 않았다. 마티스는 "안 돼, **안 돼**"라고 말했다. 자기도 가족 묘지에 묻힐 예정이며, 그 누구도 자기를 막을 수 없다는 말도 덧붙였다. 갑자기 월터는 열여섯 살로 돌아갔고, 화가 나서 미칠 지경이었다. 무례하고 몰상식한 마티스에게 화가 날 뿐 아니라, 경제관념은 비합리적이지만 어떤 면에서는 월터가 존경하는 그런 면을 가진 사람에게 그가 맞서게 만든 빈 헤이븐에게도 화가 치밀었다. 월터는 마티스가 절대 들어오지 말라고 경고한, 고물이 여기저기 널브러진 뜰 옆에서 뜨거운 햇볕 때문에 땀을 비 오듯 흘리며 "죄송합니다만, 정말 **어리석은** 결정이네요"라고 말했다.

마티스가 서명을 할 거라고 생각한 서류가 든 가방을 들고 월터의 옆에 서 있던 랄리사는 그의 이 엄청난 말실수에 모골이 송연해져 목청을 가다듬었다.

몸이 날렵하고 놀라울 정도로 인물이 출중한 50대 후반의 중년인 마티스는 주위를 둘러싸고 있는, 울창하고 벌레들이 윙윙거리며 날아다니는 언덕으로 시선을 향하며 기쁜 듯 미소 지었다. 마티스의 개들 가운데 한 마리인, 해괴하게 생긴 콧수염 난 잡종견 한 마리가 으르렁거리기 시작했다.

"어리석다! 거참 재미있는 말이오, 형씨. 살다 보니 형씨 덕분에 이런 날도 보는군. 내가 어리석다는 얘기를 매일 듣는 건 아니거든. 여기 사는 사람들한테 물어보면 알 거요. 나한테 절대 그런 말하면 안 된다는 것을." 마티스가 말했다.

"이봐요, 당신이 아주 똑똑한 분이라는 거 압니다. 단지······." 월터가 말했다.

 "열까지 셀 정도로는 똑똑하다, 이거지. 형씨는 어떠쇼? 보아 하니 가방끈이 꽤 긴 것 같은데. 열까지 셀 수 있으신가?"

 "사실 1200까지 셀 수도 있습니다. 거기에 480을 곱하는 방법도 알고요. 거기에 20만을 더하는 법도 압니다. 그리고 잠깐 시간을 내서 제 말을 들어보시면……."

 "그럼 거꾸로 셀 줄은 아쇼? 내가 먼저 하지. 10, 9……."

 "이봐요, '어리석다'라는 말을 써서 정말 죄송합니다. 햇살이 좀 따갑네요. 그럴 생각은 아니었……."

 "8, 7……."

 "나중에 다시 오는 것이 좋겠습니다. 시간 날 때 읽어보시라고 자료 좀 두고 갈게요." 랄리사가 말했다.

 "오, 내가 글을 읽을 줄은 안다고 생각하나 보지?" 마티스가 얼굴에 광채를 띠고 말했다. 이제 그의 개 세 마리가 모두 으르렁거렸다. "6을 셀 차례 같은데. 5였나? 내가 이렇게 어리석어요. 벌써 까먹었네."

 "이봐요, 제가 진심으로 사과……."

 "4, 3, 2!"

 상당히 영리한 게 분명한 개들이 이제 귀를 납작하게 붙이고 전진했다.

 "나중에 다시 오겠습니다." 월터는 랄리사와 서둘러 뒤로 물러나며 말했다.

 "한 번만 더 오면 자동차를 박살 내버리겠소!" 마티스가 즐거운 듯 두 사람의 등에 대고 소리쳤다.

 험한 길을 내려와 고속도로로 들어서는 내내 분노를 참지 못한 월터는 멍청하게 행동한 자신에게 큰 소리로 욕을 퍼부었다. 여느 때 같으면 칭찬도 하고 안심도 시켜줄 랄리사는 시름에 잠긴 채 조수석에 앉아 앞으로 어떻게 할지 곰곰이 생각하고 있었다. 마티스가 협조하지 않으면 헤이븐스 헌드레드를 확보하기 위해 지금까지 해온 모든 일이 무산될 게 뻔했다. 먼지 나는 계곡을 다 내려왔을 때 랄리사가 사태를 다음과 같이 평가했다.

"마티스는 중요한 사람인 것처럼 대우해줘야 해요."

"그 사람은 별 볼 일 없는 반사회적 인물이야." 월터가 말했다.

"그렇다고 해도," 랄리사가 말했다. 그녀가 즐겨 쓰는 표현인 이 말을 할 때는 독특하고 매력적인 인도식 억양으로 발음했는데, 월터는 그녀의 이 말이 듣기 좋았다. "마티스가 중요한 사람이라고 느끼게 해줘야 할 필요가 있어요. 우리의 구세주라고 생각하게 해야지, 우리에게 매수당했다고 생각하게 하면 안 된다고요."

"그래. 하지만 우리가 그 사람에게 바라는 건 매수당하는 것뿐이잖아."

"다시 올라가서 여자들이랑 얘기를 해볼까 봐요."

"여긴 가부장 전통이 강한 거 몰라? 눈치 못 챘어?"

"아뇨. 여자들이 더 굳센 것 같아요. 제가 여자들이랑 얘기 좀 나눌 수 있게 해주세요."

"이건 악몽이야, **악몽**."

"그렇다고 해도, 제가 남아서 이 사람들과 얘기를 나눠보는 게 좋을 것 같아요." 랄리사가 말했다.

"마티스는 이미 우리 제안을 거절했잖아. 단호하게."

"그럼 더 좋은 제안을 하죠. 사무총장님은 헤이븐 씨에게 더 좋은 제안을 해달라고 얘기하세요. 워싱턴으로 돌아가셔서 말씀하세요. 사무총장님은 거기 다시 안 가시는 게 좋을 것 같아요. 제가 가면 위협적이라고 생각하지 않을지도 모르죠."

"그럴 수는 없어."

"전 개들이 안 무서워요. 마티스는 개들이 사무총장님에게 으르렁거리게 했지, 저한테는 그러지 않았다는 생각이 드는데요."

"진짜 절망적이다."

"그럴지도, 아닐지도 모르죠." 랄리사가 말했다.

아담한 체구에 짙은 피부의 랄리사가 이미 신체적 위협을 당한, 가난한 백인들이 사는 곳에 혼자 돌아가겠다는 용기를 차치하더라도, 월터는 이후 몇 달 동안 포스터할로에 기적을 일으킨 사람은 작은 마을 출신에 화난 알코올의존자 아들인 자신이 아니라, 교외에서 자란 전기 엔지니어의 딸인 랄리사라는 사실을 깨달았다. 월터는 보통 사람들과 교감하는 능력이 없을 뿐더러 그의 성품 자체가 자신이 태어나고 자란 오지에 대한 반감을 바탕으로 형성되었다. 마티스는 가난한 백인들의 특성인 비이성적 태도와 분노로 월터의 존재 자체를 모욕했기에 그는 눈에 뵈는 게 없을 정도로 화가 났다. 하지만 랄리사는 마티스 같은 사람들을 겪어본 경험이 없는데도 돌아가서 마음을 열고 공감할 수 있었다. 그녀는 자존심 강한 가난한 시골 사람들을 자동차를 운전하듯 다뤘다. 선의를 갖고 다가오는 활달한 자기 같은 사람이 해를 입힐 일은 없을 거라는 태도로. 그리고 가난한 시골 사람들은 화난 월터에게는 곁을 주지 않았지만, 랄리사에게는 정중하게 대했다. 랄리사의 성공으로 월터는 열등감을 느꼈고, 자신은 그녀가 흠모할 자격이 없는 사람이라고 생각했다. 그래서 더욱더 그녀에게 고마웠다. 이 일로 월터는 젊은이들과 그들이 세상에 베풀 수 있는 선행에 대해 더 열렬히 성원하게 되었다. 그리고 의식적으로 자신을 부추기지는 않았지만, 랄리사를 부적절할 정도로 많이 사랑하게 되었다.

랄리사가 포스터할로에 돌아가서 수집해온 정보를 바탕으로 월터와 빈 헤이븐은 주민들의 귀가 솔깃할 만한 새로운 제안을 만들어냈다. 랄리사는 단순히 현금을 더 쥐여주는 건 소용없을 거라고 말했다. 마티스의 체면을 세워주려면, 그가 새로운 약속의 땅으로 주민들을 이끄는 모세가 되게 해줘야 했다. 유감스럽지만, 적어도 월터의 생각으로는, 포스터할로의 주민들은 사냥, 엔진 수리, 채소 가꾸기, 약초 캐기, 빈곤층에 대한 정부 보조금으로 나온 수표를 현금으로 바꾸는 일 외에는 기술이 거의 없었다. 그럼에도 빈 헤이븐은 사업상 아는 지인들에게 폭넓게 자문을 구했고, 한 가지 흥미로운 가능성을 제시했다. 그것은 방탄조끼였다.

2001년 여름, 휴스턴으로 날아가 헤이븐을 만나기 전까지 월터는 선한 텍사스 사람이라는 개념에 익숙지 않았다. 뉴스에는 온통 악한 텍사스 사람들만 나왔기 때문이다. 헤이븐은 힐컨트리에 넓은 목장을 소유했고, 코퍼스크리스티 남쪽에는 그보다 큰 목장이 있었다. 두 목장 다 관리를 잘해서 사냥감용 새들이 서식하고 있었다. 헤이븐은 하늘을 나는 계피색 쇠오리를 기꺼이 총으로 쏴 떨어뜨리는 등 텍사스식으로 자연을 사랑하는 사람이지만, 자기 소유지에 있는 둥지에서 태어난 외양간올빼미 새끼를 폐쇄 회로 스파이 카메라를 통해 몇 시간이고 관찰하는 데 몰두하기도 했고, 겨울철새인 도요새의 깃털 무늬에 대해 전문가처럼 읊어대기도 했다. 헤이븐은 땅딸막하고 퉁명스러우며 머리 모양이 원뿔형으로 생겼는데, 월터는 1차 면접을 하는 첫 순간부터 그가 마음에 들었다. 그때 월터는 이렇게 말했다.

"단 한 종류의 참새목과 새를 위해 수억 달러를 내놓으시겠다고요? 돈 쓰시는 방법이 흥미롭습니다."

헤이븐은 원뿔형 머리를 한쪽으로 기울였다. "거기에 불만이라도 있소?"

"꼭 그런 건 아닙니다만, 그 새는 아직 연방 정부의 보호 조류 명단에도 올라가지 않은 새라서. 그런 생각을 하시는 이유가 궁금해서요."

"내 생각은, 수억 달러는 내 돈이니 맘대로 쓰겠다, 이거요."

"옳은 말씀입니다."

"청솔새에 대한 최고의 과학적 조사 보고서를 보면 지난 40년간 개체 수가 1년에 3퍼센트씩 줄고 있다고 하오. 연방 정부의 명단에 올리는 데 필요한 기준을 넘지 못했다고 해서 멸종되지 말라는 법은 없소. 멸종으로 치닫고 있는 거요."

"맞습니다. 그래도…….."

"하지만 더 심각한 멸종 위기에 처한 종이 많다는 건 나도 알고 있소. 그리고 누군가 그 동물을 걱정해주기를 하느님께 기도드리고 있소. 내가 목을 그어 한 종류의 새를 구할 수만 있다면 기꺼이 목을 그을 것인지 자문하곤 하오. 우리 모두 한 인간의 생명이 새 한 마리의 목숨보다 귀하다는 걸 알고 있소. 하지만 내 이 구질구질한 삶이 한 종류의 새 전체보다 값진가?"

"고맙게도 아무도 그런 선택을 하도록 강요받지는 않았죠."

"어떤 의미에서는 그렇소. 하지만 더 넓은 의미에서 보면, 그건 모두가 하고 있는 선택이지. 지난 2월 대통령 취임식 직후 국립오듀본협회 회장이 전화를 했소. 마틴 제이라는 사람인데, 새 이름이니 환경 단체장 하기에는 이름 한번 걸맞지 않은가. 그가 말하기를, 백악관에서 칼 로브 대통령 비서실장과 잠깐 만날 수 있게 주선해줄 수 있느냐는 거야. 자기한테 한 시간만 할애해주면 칼 로브를 설득해서 자연 보존을 우선적인 정책으로 만들면 새 행정부가 정치적 승자가 될 수 있다고 하겠다는 거지. 그래서 내가 그 사람한테 말했소. 칼 로브랑 한 시간 면담하는 건 주선해줄 수 있지만 그럼 먼저 내 부탁을 들어달라고. 신뢰할 만한 독립적인 여론조사 기관에 의뢰해 부동표 투표자들 가운데 환경문제의 우선순위가 어느 정도인지 조사해달라고, 칼 로브에게 수치를 보여주면 귀가 솔깃할 거라고. 그랬더니 그가 머리를 조아리며 '감사합니다. 정말 감사합니다. 정말 잘됐습니다. 당연히 들어드리죠' 그러더라고. 그래서 내가 그 사람한테 한 가지 사소한 문제가 있다고 했지. 조사를 의뢰해서 그 결과를 칼 로브에게 보여주기 전에 조사 결과에 대해 미리 대충 알아야 한다고 말이오. 그게 여섯 달 전 일이고, 그 후 다시는 연락을 안 하더군."

"이 문제와 관련된 정치에 관한 한 저와 의견이 같군요." 월터가 말했다.

"집사람인 키키와 난 기회가 있을 때마다 영부인 로라를 설득하고 있소. 그쪽을 설득하는 게 더 가능성이 높을지도 모르니까."

"멋진데요. 정말 훌륭하십니다."

"너무 큰 기대는 말게나. 가끔 보면 부시는 로라가 아니라 로브랑 결혼한 것 같다는 생각이 든다니까. 내가 그런 말을 했다고는 어디 가서 하지 말고."

"그런데 왜 하필 청솔새를 고르셨나요?"

"난 새가 좋소. 예쁘고 작은 새 말이오. 내 엄지손가락 첫마디보다 작은 것이 해마다 남아메리카까지 날아갔다가 다시 돌아오지 않소. 그것만 해도 정말 아름다운 거지. 한 사람당 한 종류의 새를 보호하는 거면 충분하지 않소? 사람 620명을 모으면 북아메리카에서 번식하는 새 종류는 모두 보호할 수 있소. 울새를 맡게 되는 사람은 운 좋게도 보호하는 데 한 푼도 안 써도 되지. 하지만 난, 난 도전하는 걸 좋아하오. 애팔래치아 석탄 광산을 설득하는 건 무척 힘든 일이거든. 당신이 이 신탁기금을 이끌어가려면 그 사실을 받아들여야 할 거요. 산정 제거 채굴에 대해 열린 마음을 가져야 한다는 말이오."

펠리컨 오일이라는 회사를 운영하면서 40년간 석유와 가스 사업을 해온 빈 헤이븐은, 켄 레이(에너지 회사 엔론의 붕괴를 초래한 장본인-옮긴이)와 러스티 로즈(음악 밴드 이름-옮긴이)에서 시작해 앤 리처즈(텍사스 정치인-옮긴이)와 리오그란데 저지대의 '새 신부'로 알려진 톰 핀첼리 신부에 이르기까지 텍사스의 주요 인사들과 친분을 쌓았다. 헤이븐은 특히 유전 서비스업을 하는 거대 기업 LBI 사람들과 가까이 지냈는데, LBI는 최대 경쟁사인 핼리버튼처럼 레이건과 아버지 부시 행정부에서 미국의 주요 방위산업체로 성장했다. 헤이븐은 코일 마티스 문제를 해결하기 위해 LBI에 도움을 요청했다. 핼리버튼의 전 최고 경영자는 지금 사실상 이 나라를 다스리고 있지만(부시 행정부의 부통령 딕 체니가 이 회사의 CEO였다-옮긴이) 그런 핼리버튼과 달리

LBI는 아직 새 행정부에 줄을 대려고 애쓰는 중이었고, 따라서 조지와 로라 부시의 절친한 친구를 위해서라면 어떤 부탁이든 들어줄 태세였다.

LBI의 자회사인 아디 엔터프라이즈는 최근에 고급 방탄조끼를 공급하는 큰 계약을 따냈다. 수제 폭발물이 이라크 여기저기에서 폭발하면서 미군들은 뒤늦게나마 방탄조끼가 절실하게 필요하다는 사실을 깨달은 것이다. 값싼 노동력이 있고, 규제가 허술하며, 2000년 대통령 선거에서 뜻하지 않게 부시와 체니에게 승리를 안겨준 웨스트버지니아를—웨스트버지니아는 1972년 닉슨이 압도적 승리를 거둔 이후 처음으로 공화당 후보를 선택했다—빈 헤이븐과 교류하는 사람들은 우호적인 시선으로 바라보았다. 아디 엔터프라이즈는 휘트먼 카운티에 서둘러 방탄조끼 제조 공장을 건설하고 있었다. 헤이븐은 아디가 직원을 채용하기 전에 포스터할로 주민을 위해 120개의 정규직을 확보할 수 있었다. 그 대가로 아디에게 필요한 노동력을 사실상 무료로 제공하기로 했다. 헤이븐은 랄리사를 통해 코일 마티스와 다른 포스터할로 주민들에게 무상으로 고급 주택을 지원해주고 직업훈련을 해주겠다고 약속하고, 앞으로 20년 동안 근로자들의 의료보험과 연금을 지급하는 데 충분한 기금을 아디에 일시불로 제공하겠다고 해서 거래 조건을 한층 솔깃하게 했다. 직업 안정성으로 말하자면, 부시 행정부의 여러 관료가 발표한 내용을 지적하는 것으로 충분할 것이다. 즉, 미국은 앞으로 수세기 동안 중동에서 미국의 이익을 보호할 거라는 선언 말이다. 테러와의 전쟁은 가까운 시일 안에 끝날 가능성이 거의 없고, 방탄조끼에 대한 수요는 끝이 없을 것이다.

부시와 체니가 이라크를 처리한 방법에 대해 아주 낮은 평가를 내리고, 방위산업체의 도덕관념에 대해서는 더욱 낮은 평가를 내리는 월터는 LBI와 함께 일하면 웨스트버지니아에서 그가 하는 일을 반대하는 좌익 환경 운동가들에게 자신을 공격할 강력한 무기를 제공하는 것 같아 마음이 불편했다. 하지만 랄리사는 열성적이었다. 그녀가 월터에게 말했다.

"**완벽해요.** 이렇게 하면 과학적 근거를 바탕으로 한 매립 사례 그 이상이 될 수 있어요. 멸종 위기에 처한 동물을 보존하기 위해, 삶의 터전을 잃은 사람들이 이주하고 직업교육을 받을 수 있도록 해주는 인도주의적 사례가 되는 거라고요."

"일찌감치 합의한 주민들은 운이 없게 됐군." 월터가 말했다.

"형편이 어려우면 그 사람들에게도 일자리를 줘야죠."

"수백만 명도 더 될 텐데."

"그리고 애국심을 보여준다는 것도 훌륭하잖아요! 주민들이 전시에 조국을 위해 뭔가 도움이 되는 일을 하게 될 거란 말이죠." 랄리사가 말했다.

"내 생각에, 그들은 조국에 도움이 되려고 노심초사하며 잠을 설칠 사람들 같진 않은데."

"아뇨, 그건 사무총장님이 틀렸어요. 루앤 코피의 두 아들은 이라크에 파견됐어요. 루앤은 나라에서 아들들을 보호하기 위해 더 강력한 조치를 취하지 않는다고 분개하는데요. 제가 그녀와 실제로 얘기를 해봤거든요. 그녀도 정부를 싫어하긴 하지만 테러범들은 더 싫어해요. 완벽하다니까요."

그래서 빈 헤이븐은 전용기를 타고 찰스턴으로 날아가 랄리사와 함께 직접 포스터할로를 찾았고, 월터는 베클리에 있는 모텔 방에서 분노와 치욕감에 부글부글 끓고 있었다. 코일 마티스가 아직도 월터에 대해 건방지고 멍청한 자식이라고 장황하게 늘어놓더라는 랄리사의 얘기는 놀라울 것도 없었다. 랄리사는 월터의 악역 뺨치게 착한 사람 역할을 해냈다. 그리고─조지 부시와 친구 사이라는 점에서도 알 수 있듯이─보통 사람들과 교감하는 데 능숙한 빈 헤이븐도 포스터할로에서 상당히 관대한 대접을 받았다. 나인마일 계곡 외부에서 온 시위자들이 꼴통 조슬린 존의 인도 아래 플래카드(**신탁기금은 믿지 말자**)를 들고 모임이 개최되는 작은 초등학교 바깥까지 행진해 왔지만, 이미 할로에 사는 80가구 모두 권리를 양도했고, 워싱턴에 있는 신탁기금의 계좌에서 인출한 80장의 거액 당좌수표를 받았다.

90일이 지난 지금 포스터할로는 신탁기금 소유의 유령 마을이 됐으며, 다음 날 아침 6시에 철거될 예정이다. 월터는 이른 아침부터 철거 작업을 참관할 이유가 없다고 생각했고, 참관하지 않을 이유는 여러 가지 된다고 생각했다. 하지만 랄리사는 청솔새 공원에 있는 마지막 남은 영구 구조물을 제거할 시간이 임박했다는 사실에 흥분했다. 월터는 랄리사를 채용하면서 인간의 때가 전혀 묻지 않은 260제곱킬로미터 넓이의 청정 지역이라는 비전을 제시해 그녀를 유인했고, 그녀는 이 비전을 높이 샀다. 이 비전이 실현되기 직전까지 오게 한 사람은 랄리사이므로, 월터는 그녀가 포스터할로에 가는 걸 막을 수 없었다. 월터는 자기가 줄 수 있는 모든 사소한 것을 랄리사에게 주려고 했다. 사랑만은 줄 수 없었기 때문이다. 월터는 종종 제시카에게 너그럽게 허용하고 싶은 유혹을 느꼈지만, 아버지 역할을 제대로 하기 위해 꾹 참은 것들을 랄리사에게 허락했다.

랄리사는 기대에 부풀어 몸을 앞으로 구부린 채 렌터카를 타고 베클리에 도착했다. 그곳에는 비가 점점 더 세차게 내리고 있었다.

"내일이면 그 길이 엉망이 되겠는데." 월터가 창밖으로 빗줄기를 내다보며 말했는데, 목소리에서 못마땅해하는 노인의 심술 같은 게 느껴졌다.

"4시에 일어나서 천천히 가죠." 랄리사가 말했다.

"하, 그런 일은 처음이겠군. 차를 천천히 모는 거 못 본 것 같은데."

"저, 정말 신난다고요, 사무총장님!"

"난 여기에 있으면 안 되는데. 내일 아침에 기자회견을 해야 하는데."

월터가 떨떠름하게 말했다.

"신시아 말로는, 언론에 보도되려면 월요일에 하는 게 좋다던데요."

신시아는 홍보 팀장으로 지금까지 한 주 업무는 언론과 접촉을 피하는 일이었다.

"어느 쪽이 더 두려운 건지 모르겠어. 아무도 오지 않을 거라는 건지, 아니면 기자들이 회견장에 가득 찰 거라는 건지." 월터가 말했다.

"물론 기자들이 꽉 차야죠. 정말 놀라운 기삿거리잖아요. 잘만 설명하시면요."

"두려운 생각밖에 안 들어."

랄리사와 모텔에 묵는 일은 두 사람의 직장 동료 관계에서 가장 힘든 부분이었다. 워싱턴에서는 랄리사가 바로 위층에 살았지만 서로 다른 층이었고, 패티가 있었기 때문에 유혹을 덜 느꼈다. 베클리에 있는 모텔에서 두 사람은 똑같은 카드 키를 똑같이 생긴 문에 밀어 넣었고, 4.5미터밖에 떨어져 있지 않았다. 똑같이 더할 나위 없이 우중충한 방으로 들어갔는데 그 우중충함은 뜨겁게 타오르는 불륜 관계로만 극복할 수 있을 것 같았다. 월터는 자기와 똑같은 방에서 랄리사가 얼마나 적적할지 생각하지 않을 수 없었다. 그가 그녀에게 열등감을 느낀 이유는 한편으로는 그저 부러웠기 때문이다. 랄리사의 젊음, 순수한 이상, 옴짝달싹 못하는 상황에 처한 자신의 처지와 달리 그녀가 처한 상황의 단순함이 부러웠다. 그리고 겉보기에 그가 묵는 방과 똑같지만 랄리사의 방은 아름답고 열망이 허락되고 충만한 방 같고, 자기 방은 공허하고 아무것도 할 수 없는 불능의 방 같았다. 월터는 텔레비전을 켜고 볼륨을 크게 높인 뒤, 외롭게 샤워를 하기 위해 옷을 벗으면서 이라크에서 가장 최근 발생한 살육전을 보도하는 CNN 방송을 보았다.

어제 아침 그가 공항으로 출발하기 전 패티가 침실 문간에 서서 말했다. "가능한 한 쉽게 말할게. 당신 내 허락받은 거야."

"무슨 허락?"

"알면서 뭘 물어. 내 허락받은 거라고."

패티가 비참한 표정을 짓지 않고 청승맞게 손을 비틀지 않았다면, 월터는 그녀가 진심으로 말한 거라고 믿을 뻔했다.
"무슨 소린지는 모르겠지만, 난 당신 허락 바라지 않아." 월터가 말했다.
패티는 간절히 애원하는 눈길로 월터를 바라보더니 자포자기한 듯 그를 혼자 내버려두고 자리를 떴다. 30분 후, 그는 나가는 길에 패티가 이메일도 하고 글도 쓰는 작은 방 문을 똑똑 두드렸다. 최근 들어 패티는 점점 이 방에서 자는 횟수가 늘어났다. "여보." 월터가 문밖에서 말했다. "목요일 밤에 봐." 패티가 대답이 없자 그는 다시 노크를 한 뒤 방으로 들어갔다. 패티는 접이식 소파에 앉아 한쪽 손의 손가락들을 다른 쪽 손으로 꼭 쥐고 있었다. 얼굴은 울긋불긋하고, 표정은 망연자실했으며, 눈물 자국이 보였다. 월터는 패티의 발치에 쭈그리고 앉아 그녀의 손을 잡았다. 그녀의 손은 나머지 신체 부위보다 빨리 노화하고 있었고, 앙상하게 뼈만 남은 데다 피부가 얇았다. "난 당신을 사랑해. 알고 있지?" 월터가 말했다.
패티는 입술을 깨물면서 고개를 끄덕였다. 말은 고맙지만 못 믿겠다는 표정이었다. "알았어. 늦겠다, 가야지." 그녀가 울음을 참느라 속삭이는 목소리로 말했다.
월터는 신탁기금 사무실로 가는 계단을 내려오면서 생각했다.
'나는 몇천 번을 더 이 여인이 내 가슴에 비수를 꽂도록 내버려두어야 하는 걸까.'
불쌍한 패티, 승부욕이 강하지만 패배한 패티. 워싱턴에서 보람 있는 일이라고는 아무것도 하지 않고 있는 패티는 월터가 랄리사를 흠모하는 걸 눈치채지 않을 수 없었다. 월터는 패티 때문에, 자신이 랄리사를 사랑한다는 사실을 행동에 옮기기는커녕 생각조차 하지 않으려 했다. 그가 단순히 혼인법을 곧이곧대로 실천하려는 건 아니었다. 월터는 자신이 패티보다 더 좋다고 여기는 여자가 있다는 사실을 절대 그녀가 알게 할 수 없었다. 랄리사가 패티보다 **더** 좋았다. 이건 엄연한 사실이었다. 하지만 월터는 죽으면 죽었지, 이 명백한 사실을 패티에게 말할 수 없었다. 그가 아무리 랄리사를 사랑한다 해도, 패티와의 결혼 생활이 아무리 못 견디게 힘들어도, 패티에 대한 월터의 사랑은 차원이 달랐다. 보다 폭넓고 보다 추상적이지만, 그럼에도 평생 책임을 져야 한다는 근본적 차원의 사랑이었다. 선한 사람이어야 한다는 근본적인 이유에서였다. 월터가 랄리사를 말 그대로 그리고/혹은 은유적 표현을 써서 해고한다면, 랄리사는 몇 달은 울겠지만 다시 자기 인생을 살면서 누군가를 만나고 좋은 일을 할 거다. 하지만 패티는, 요즘 들어 점점 그에게 잔인하게 굴고 그의 손길을 피했지만, 여전히 월터가 자기를 우러러보기를 바랐다. 월터도 그 사실을 알고 있었다. 안 그랬으면 패티가 왜 아직도 그의 곁에 있겠는가. 그는 아주 잘 알고 있었다. 패티의 마음 한가운데 공허함이 있었고, 그 빈자리를 최선을 다해 사랑으로 채워주는 것이 그의 몫이었다. 그녀 안에서 꺼져가는 희망의 불꽃을 지켜줄 수 있는 사람은 월터뿐이었다. 그래서 그가 처한 상황이 이미 어쩔 수 없고, 매일 악화되고 있지만 월터는 계속 버틸 수밖에 없었다.

모텔 화장실에서 샤워를 끝내고 나온 월터는 거울에 비친, 나이 든 모습이 역력한 자신을 보지 않으려 애쓰며 블랙베리 휴대전화를 확인하고 리처드 캐츠가 보낸 이메일을 보았다.

어이, 친쿠. 여기 일 끝났어. 이제 워싱턴에서 만날까, 어쩔까? 나 호텔에 묵어야 하냐, 아님 너희 소파에서 잘 수 있냐? 나 정당한 대우를 받을 자격 있다.
너의 아름다운 여인들에게 안부 전해라. RK

월터는 리처드의 이메일을 보며 왠지 심기가 불편했다. 맞춤법이 틀렸기 때문에 리처드가 기본적으로 부주의한 사람이라는 사실이 생각났기 때문인지도 모른다. 하지만 2주 전에 맨해튼에서 만나고 뒷맛이 안 좋았기 때문일 수도 있다. 월터는 오랜 친구를 다시 만나 기쁘긴 했지만, 나중에 식당에서 리처드가 랄리사에게 '좆나게'라는 단어를 반복하게 하고, 그 뒤에 랄리사가 구강성교에 관심이 있을 거라는 얘기를 넌지시 한 것, 다른 누구와도 절대 패티의 험담을 한 적 없는 월터가 펜스테이션에 있는 바에서 그녀를 험담했다는 사실이 머릿속을 떠나지 않았다. 마흔일곱이나 됐는데도 자기 마누라 험담이나 하고, 얘기하면 안 될 비밀을 털어놓으며 대학 룸메이트에게 깊은 인상을 주려고 한 자신이 한심했다. 리처드는 그를 만나 반가워하는 것 같았지만, 그가 예전처럼 자기의 세계관을 월터에게 강요하고 자신을 패배시키려 한다는 생각을 떨칠 수 없었다. 헤어지기 전에 놀랍게도 리처드가 자기의 이름과 대중적인 호감을 인구과잉에 대항하는 사업에 사용하도록 허락했을 때 월터는 바로 랄리사에게 전화를 걸어 희소식을 전했다. 하지만 그 소식을 온전히 열렬하게 환영한 사람은 랄리사뿐이었다. 월터는 워싱턴으로 가는 열차 안에서 자기가 옳은 일을 한 건지 긴가민가했다.

그런데 왜 리처드는 이메일에서 랄리사와 패티의 **미모**를 언급했을까? 왜 두 사람에게 안부 전하라면서 월터의 안부는 묻지 않았을까? 늘 그렇듯이 부주의해서 빠뜨린 건가? 하지만 월터의 생각은 달랐다.

모텔에서 길을 따라 내려가면 스테이크 하우스가 있는데, 내부는 온통 플라스틱이지만 바는 제대로 갖추었다. 전혀 두 사람이 갈 만한 장소가 아니었다. 월터와 랄리사 두 사람 모두 쇠고기를 먹지 않았기 때문이다. 하지만 모텔 직원이 추천한 곳은 거기뿐이었다. 플라스틱으로 된 부스에서 월터는 맥주잔을 들어 마티니가 들어 있는 랄리사의 잔과 부딪쳤고, 그녀는 순식간에 마티니를 다 마셨다. 월터는 웨이트리스에게 한 잔을 더 청하고 메뉴를 꼼꼼히 살피며 고심했다. 소의 방귀에서 배출되는 메탄가스, 양돈장과 양계장에서 흘러나온 배설물로 오염된 하천, 양식 새우와 양식 연어 때문에 악몽으로 변해가는 생태계, 젖소 공장에서 마구 주입하는 항생제, 식량 생산과 판매의 세계화로 운송에 낭비되는 연료. 이 중 월터가 양심을 버리지 않고 선택할 수 있는 메뉴는 감자, 콩, 양식 담수어밖에 없었다.

"에라, 모르겠다. 난 립아이 스테이크 먹을게." 월터가 메뉴판을 접으며 말했다.

"훌륭해요. 탁월한 선택이에요." 벌써 취기가 올라 얼굴이 벌겋게 된 랄리사가 말했다. "전 어린이 메뉴에 있는 그릴 치즈 샌드위치로 할게요."

맥주는 맛이 독특했다. 뜻밖에 시큼하고 맛이 없었다. 마치 밀가루를 마실 수 있을 정도로 물에 풀어놓은 같았다. 서너 모금 마시자 월터는 보통은 잠잠한 뇌혈관이 어지럽게 요동치는 것을 느꼈다.

"리처드가 이메일을 보냈어. 우리랑 같이 일하겠다네. 그래서 주말에 내려오라고 했어."

"그것 보세요! 제 말이 맞죠? 캐츠 씨한테 물어볼 필요도 없다고 하셨잖아요."

"그러게. 자네 말이 맞았어."

랄리사는 월터의 표정에서 뭔가를 눈치챘다. "기쁘지 않으세요?"

"아, 물론 기쁘지. 이론상으로는. 한 가지 의심스러운 구석이 있어서 말이야. 그러니까, 근본적으로 리처드가 승낙한 이유를 모르겠다는 거야."

"우리가 잘 설득해서 그런 거 아니에요?"

"응, 그럴지도 모르지. 아니면 자네가 엄청 예뻐 보였든지."

랄리사는 월터의 말을 듣고 기쁘기도, 혼란스럽기도 했다.

"캐츠 씨는 친한 친구죠, 그렇죠?"

"친한 친구였지. 그러더니 걔가 유명해졌어. 그리고 이제는 그 친구한테서 믿을 수 없는 구석만 보여."

"어떤 점을 못 믿는데요?"

월터는 고개만 가로젓고 말을 하지 않으려 했다.

"캐츠 씨가 **저**한테 어떻게 할까 봐 믿을 수 없다고 하시는 거예요?"

"아니, 그건 바보 같은 생각이고. 그렇지 않아? 그러니까, 자네가 뭘 하든 내가 무슨 상관이겠어. 자넨 성인이고, 자기 앞가림은 할 수 있잖아."

랄리사가 웃었다. 이번에는 그냥 기쁘게 웃을 뿐, 전혀 헷갈리는 것 같지 않았다.

"캐츠 씨는 정말 재미있는 분 같아요. 카리스마도 있고. 하지만 좀 안됐어요. 무슨 말인지 아시죠? 항상 삐딱한 태도를 유지하려고 안간힘을 쓰는 그런 남자 같아요. 사무총장님과는 전혀 달라요. 지난번에 함께 얘기할 때 보니, 사무총장님을 많이 존경하는 것 같던데요. 그런 티 안 내려고 무지 애쓰면서. 못 느끼셨어요?" 랄리사가 말했다.

월터는 랄리사의 말이 자기를 기쁘게 한 정도가 위험수위에 이르렀다고 느껴졌다. 믿고 싶었지만 믿을 수가 없었다. 그는 리처드가 나름대로 무척 잔인한 성격이라는 것을 알고 있었기 때문이다.

"정말이에요, 사무총장님. 그런 사람은 아주 **유치한** 사람이라고요. 가진 거라곤 자긍심과 삐딱한 태도, 자제력뿐이죠. 그 사람이 단 한 가지 사소한 걸 가진 데 비해 사무총장님은 나머지를 다 갖추셨잖아요."

"하지만 리처드가 가진 게 세상이 원하는 거잖아. 온라인으로 검색한 자료 다 읽었으니까 내가 무슨 말을 하는지 알 거야. 세상은 생각이나 감동이 아니라 지조와 초연함을 더 높이 산다니까. 그래서 리처드를 믿지 못한다는 거야. 늘 자기가 이길 수 있도록 경기를 짜놓거든. 속으로는 우리가 하는 일을 존경할지 모르지만, 절대 공개적으로는 그걸 인정하지 않을 거야. 자기의 삐딱한 태도를 유지해야 하니까. 그게 세상이 원하는 거니까. 그리고 그렇다는 걸 본인이 아니까."

"그래요. 하지만 그렇기 때문에 우리랑 일하는 게 잘됐다는 거예요. 난 사무총장님이 초연하길 바라지 **않아요**. 전 초연한 사람은 흥미 없어요. 전 사무총장님 같은 사람이 좋아요. 하지만 캐츠 씨는 우리가 대중과 소통할 수 있도록 도와줄 수 있어요."

월터는 웨이트리스가 주문을 받으러 오자 안도했고, 랄리사가 자기를 좋아하는 이유를 듣는 즐거움을 끝냈다. 하지만 랄리사가 마티니를 두 잔째 마시면서 위험수위는 더욱 높아졌다.

"개인적인 질문 하나만 해도 돼요?" 랄리사가 물었다.

"어…… 물론."

"제가 묻고 싶은 건요, 저 나팔관 묶어버릴까요?"

랄리사가 다른 테이블에도 들릴 만큼 큰 소리로 말해서 월터는 반사적으로 손가락을 입술로 가져갔다. 안 그래도 두 사람은 식당 안에서 눈에 띄는 존재였다. 두 종류의 웨스트버지니아 촌사람들, 과체중인 사람들과 비쩍 마른 사람들 사이에서 유일하게 도시적인 남자가 다른 인종인 여자와 앉아 있었다.

"그게 마땅한 것 같아요. 전 아이를 갖고 싶지 않거든요." 랄리사가 더 나직이 말했다.

"글쎄, 난…… 난……." 월터가 말했다. 그가 하고 싶은 말은 이랬다. 랄리사가 오랫동안 사귄 남자 친구 자이람을 거의 만나지 않으니까 임신이 당장 걱정할 일은 아니고, 어쩌다 임신을 하더라도 중절수술을 하면 된다고. 하지만 부하 직원의 나팔관에 대한 얘기를 하는 건 더할 나위 없이 부적절하다는 생각이 들었다. 그녀는 마치 월터의 허락을 구하거나, 아니면 그가 못마땅해할까 봐 두려운 듯 수줍어하며 멍한 표정으로 그를 보고 웃었다.

"내 생각에는 기본적으로 리처드 말이 맞는 것 같아. 그가 무슨 말했는지 기억해? 이런 문제에 대해 마음이 변할 수도 있다고. 선택의 여지를 남겨두는 게 좋을 깃 같은데." 월터가 말했다.

"하지만 지금 제가 옳다는 걸 확실히 **안다면** 어쩌죠? 내가 못 믿는 건 미래의 나라면요?"

"뭐, 미래의 자네는 더 이상 과거의 자네가 아니지. 자네는 새로운 자네가 될 거라고. 그리고 새로운 자네가 원하는 건 다른 것일 수도 있지."

"그럼 미래의 저는 **꺼지라고** 해요. 미래의 제가 아이를 낳고 싶어 한다면, 전 미래의 저를 존중할 수 없어요."

월터는 다른 사람들이 쳐다보는지 확인하고 싶은 걸 꾹 참았다.

"도대체 뜬금없이 이 얘기는 왜 나온 거야? 자넨 자이람을 거의 보지도 못하잖아."

"자이람은 자식을 바라거든요. 그래서 그런 거예요. 내가 아이를 바라지 않는다는 게 정말이라는 걸 믿지 않으려고 해요. 그러니까 보여줘야 한다고요. 그래야 귀찮게 하지 않을 테니까요. 이젠 그의 여자 친구이고 싶지도 않아요."

"우리가 이런 얘기 나누는 게 옳은 건지 정말 모르겠다."

"알았어요. 하지만 제가 사무총장님 아니면 누구한테 이런 얘길 하겠어요? 절 이해하는 사람은 사무총장님뿐인걸요."

"아, 맙소사, 랄리사." 월터의 뇌가 맥주와 함께 머릿속에서 요동쳤다. "미안해. 정말 미안해. 일부러 그런 건 아닌데 어쩌다 보니 자네를 이 지경으로 만들었군. 자네는 앞날이 구만리인데 내가, 내가 자네를 잘못된 길로 이끈 것 같아."

모든 게 단단히 잘못됐다. 세계 인구에 대해 구체적이고 협소한 뭔가를 얘기하려다 두 사람에 대해 포괄적인 뭔가를 얘기하는 것처럼 되고 말았다. 월터는 아직 포기할 준비가 되어 있지 않은, 보다 포괄적인 가능성을 포기한 것 같았다. 실제로 그게 가능할 리 없다는 걸 알지만.

"이건 다 제 생각이에요. 사무총장님 생각이 아니라고요. 사무총장님이 제 머리에 주입하신 게 아니에요. 전 단지 조언을 구한 것뿐이에요." 랄리사가 말했다.

"그렇다면 난 하지 말라고 조언하고 싶네."

"알았어요. 그럼 전 한 잔만 더 마실래요. 아니면 마시지 말라고 하실 건가요?"

"그만 마시면 좋겠는데."

"그래도 그냥 한 잔 시켜주세요."

월터가 당장이라도 뛰어들 수 있는 틈이 그의 눈앞에서 벌어지고 있었다. 그는 이 틈이 이렇게 빨리 눈앞에서 벌어질 수 있다는 사실에 놀랐다. 월터는 이전에 꼭 한 번 더—아니, 아니, 아니, **단 한 번**—사랑에 빠졌고, 1년이 넘어서야 행동에 옮겼으며, 그러고 나서도 관계를 진전시키는 데 필요한 일은 상당 부분 패티가 했다. 그런데 이제 보니 **몇 분** 안에 승부가 나는 일이었다. 몇 마디 경솔한 말을 더 하고, 맥주 한 잔 더 마시면, 그러고 나면 무슨 일이 일어날지 장담할 수 없었다.

"내 말은, 자네한테 내가 인구과잉 얘기를 너무 많이 한 것 같다는 뜻이야. 그 문제에 너무 열성적이게 만들었다는 거지. 나의 바보 같은 분노와 내가 관심을 갖는 문제에 너무 몰두하게 만든 거 아닌가 싶어. 인구과잉 문제가 아닌 그 이상의 얘기를 하려던 게 아니라고."

랄리사가 고개를 끄덕였다. 작은 진주알만 한 눈물이 속눈썹에 맺혔.

"내가 자네 아버지 같은 느낌이 들어." 월터가 횡설수설했다.

"알겠어요."

하지만 '아버지 같다'는 것도 옳은 말은 아니었다. 월터가 절대 자신에게 허락하지 않을 거라는 걸 인정하기에 너무 고통스러운 그런 사랑을 완전히 포기해버리는 거나 마찬가지였기 때문이다.

"물론 자네 아버지라고 하기에는 너무 젊지만, 아니면 너무 젊을 뻔했다고 할 수 있지. 어쨌든, 자네는 자네 아버지가 계시고. 난 그냥 자네가 내게서 아버지가 하실 그런 조언을 구했다는 애길 하고 있는 거야. 자네 상사로서 그리고 훨씬 연장자로서 자네를 염려한다고나 할까. 그런 의미에서 '아버지 같다'는 거지. 무슨 금기라는 의미가 아니라."

월터는 그 말을 하면서도 정말 말도 안 되는 소리라는 생각이 들었다. 그에게 문제가 되는 건 바로 그놈의 금기였다. 그걸 아는 듯한 랄리사는 사랑스러운 눈을 들어 그의 눈을 똑바로 쳐다보았다.

"절 사랑하지 않으셔도 돼요, 사무총장님. 그냥 저만 사무총장님을 사랑하면 되죠. 제가 사무총장님을 사랑하는 건 막을 수 없어요."

틈이 아찔할 정도로 크게 벌어졌다.

"나도 자네를 정말 사랑해! 내 말은…… 어떤 의미에서는 그렇다는 얘기야. 아주 한정된 그런 의미에서. 정말 자네를 사랑해. 많이. 솔직히 아주 많이. 알아? 그렇다고 어쩔 도리가 있는 게 아니잖아. 그러니까, 계속 같이 일하려면 절대로 이런 식으로 얘기하면 안 돼. 안 그래도 이미 너무너무 잘못됐다고." 월터가 말했다.

"네, 알아요. 그리고 사무총장님은 유부남이고." 랄리사가 눈을 내리깔았다.

"그래, 바로 그거야. 바로 그거라고! 그런데 이러고 있으니."

"네, 그런데 이러고 있네요."

"술 한잔 더 하지."

사랑을 고백하고 위기를 면한 월터는 웨이트리스를 찾아 버무스를 많이 섞은 석 잔째 마티니를 주문했다. 그는 평생 툭하면 얼굴에 홍조를 띠었지만 그래도 가시기는 했는데, 이번에는 얼굴이 붉어지더니 홍조가 가시지 않았다. 그의 욕구는 절실한 동시에 이해하기 힘들었다.

월터가 소변기 앞에 서서 심호흡을 하고 드디어 소변을 내보내려는 찰나 문이 열리더니 누가 화장실로 들어왔다. 월터는 그 남자가 손을 씻고 젖은 손을 말리는 동안 화끈거리는 얼굴로 서서 방광이 수줍음을 극복하기를 기다리고 있었다. 월터가 소변을 내보내는 데 거의 성공하려는 순간 그는 세면대에서 손을 씻은 남자가 일부러 안 나가고 어슬렁거리고 있다는 걸 깨달았다. 월터는 소변보는 걸 포기하고 괜히 물만 내려 보낸 뒤 바지 지퍼를 올렸다.

"병원에 한번 가보쇼, 형씨. 소변보는 데 문제가 있나 본데." 세면대에서 손 씻던 남자가 느릿느릿 잔혹한 어조로 말했다. 30대 백인 남성에 고생한 흔적이 얼굴에 역력한 것이, 월터가 생각하는 좌·우회전 깜빡이를 켜지 않고 운전하는 운전자의 특징을 모두 갖추었다. 그 남자는 월터가 서둘러 손을 씻고 말리는 동안 월터의 어깨 가까이 서 있었다.

"짙은 색 고기를 좋아하시나 보네, 그렇지?"

"뭐라고요?"

"형씨가 그 깜둥이 여자애랑 하는 짓 다 봤다고 말했수다."

"그 여자는 **아시아인**이오. 실례하겠……."

월터가 그 남자를 피해 돌아가며 말했다.

"사탕은 살살 녹지만 술은 술술 넘어가지. 그렇지 않소, 형씨?"

그 남자의 목소리에서 너무 강렬한 증오심이 느껴져 월터는 폭력을 휘두를까 봐 두려워 대답도 하지 않고 화장실을 빠져나와 그 상황을 모면했다. 월터는 지난 35년간 주먹을 날리거나 맞은 적이 없었고, 마흔일곱 살인 지금 주먹을 날리면 열두 살 때보다 훨씬 기분 나쁠 것 같았다. 월터는 폭력을 분출하지 못해 전신을 부르르 떨었고, 부당한 대우를 받았다는 데 분개해 휘청거리며 자리로 돌아와 양상추 샐러드 앞에 앉았다.

"맥주 맛 어때요?" 랄리사가 물었다.

"특이해." 잔에 남은 맥주를 쭉 들이켜며 월터가 말했다. 머리가 목에서 분리되어 파티 풍선처럼 천장으로 둥둥 떠오르는 느낌이었다.

"제가 하지 말아야 할 말을 했다면 사과드릴게요."

"신경 쓰지 마. 나……." 월터가 말했다. '나도 널 사랑해. 나도 널 끔찍이 사랑해.' "내 입장이 좀 난처해, 자기. 아니, '자기'가 아니라 '저기'. 랄리사, 저기, 내 입장이 참 난처하다고."

"맥주 한잔 더 하셔야겠네요." 랄리사가 음흉한 미소를 지었다.

"알다시피, 그게, 내 아내도 사랑하거든."

"물론이죠." 랄리사가 말했다. 하지만 그녀는 협조하려고 **시도도** 하지 않았다. 그녀는 고양이같이 등을 활처럼 휘며 테이블을 가로질러 앞으로 몸을 쭉 뻗어, 샐러드 접시 양쪽에 아름답고 젊은 손에 달린 열 개의 창백한 손톱을 펴 보이며, 월터에게 손을 대라고 유혹했다. "나 넘 취했당!" 랄리사가 월터를 짓궂게 쳐다보며 말했다.

"똑바로 앉아." 월터가 근엄하게 말했다.

"쫌 있다가요." 랄리사가 쭉 뻗은 손가락을 꼼지락거리며 말했다.

"당장 바로 앉지 못해. 우리는 신탁기금을 대표하는 얼굴이라고. 그 점을 항상 염두에 둬야지."

"저, 방에 데려다줘셔야 델 꺼 같아여, 샤무청장님."

"우선 뭐라도 먹자."

"음." 랄리사가 눈을 감고 미소 지었다.

월터는 자리에서 일어나 웨이트리스에게 다가가 저녁을 포장해달라고 했다. 그가 자리로 돌아왔을 때 랄리사는 아직도 앞으로 고꾸라져 있었고, 반쯤 마신 석 잔째 마티니는 팔꿈치 옆에 있었다. 월터는 그녀를 일으켜 세워 팔 위쪽을 단단히 잡고 밖으로 데리고 나와 차 조수석에 앉혔다. 포장한 음식을 가지러 다시 들어간 월터는 유리 칸막이로 된 방에서 아까 자기를 괴롭힌 남자와 마주쳤다.

"제기랄, 짙은 색 고기 애호가. 우라지게 볼만하네. 당신 여기서 뭐하는 거야?"

월터는 남자를 피해 돌아가려 했지만, 남자가 그를 가로막았다.

"물었잖소."

"흥미 없소이다." 월터가 말했다. 그는 남자를 밀치고 지나가려 했지만 그 남자가 월터를 방의 뼈대가 흔들릴 정도로 유리 칸막이에 세게 밀어붙였다. 그 순간, 사태가 악화되기 전에 안쪽 문이 열렸고 산전수전은 물론 공중전, 시가전, 게릴라전까지 다 겪었을 법한 식당 여주인이 나와 무슨 일이냐고 물었다.

"이 사람이 날 귀찮게 해요." 월터가 숨을 거칠게 몰아쉬며 말했다.

"변태 같은 새끼."

"딴 데 가서 싸우쇼." 여주인이 말했다.

"난 아무 데도 안 가. 이 변태한테 가라고 하쇼."

"그럼 자리로 돌아가 엉덩이 붙이고, 나한테 그 따위로 말하지 마."

"밥을 먹을 수가 있어야지. 저 인간 때문에 속이 울렁거려서 말이야."

월터는 두 사람이 해결하도록 내버려두고 안으로 들어갔고, 덩치가 장난 아닌 젊은 금발 머리 여자의 살기등등한 증오의 눈길을 느꼈다. 분명히 월터를 괴롭히던 남자의 애인인데, 문간에 있는 테이블에 혼자 앉아 있었다. 월터는 음식을 기다리는 동안 하고많은 날 놔두고 하필 오늘 밤 자기와 랄리사가 이런 증오심을 불러일으켰는지 곰곰이 생각했다. 두 사람은 가끔 노려보는 시선을 받기는 했지만 대부분 작은 동네에서 그런 일을 겪었고, 오늘 같은 일은 일어나지 않았다. 사실 월터는 찰스턴에서 흑인과 백인 연인들을 상당히 많이 보았고, 웨스트버지니아 주는 많은 문제를 안고 있지만 인종차별은 그다지 큰 문제가 아닌 것을 깨닫고는 반갑고 놀라웠다. 웨스트버지니아의 주민은 거의 백인이기에 인종 문제가 전면에 부각되지 않았다. 월터는 랄리사와 자기가 그 남자와 여자의 시선을 끈 이유는, 월터가 느낀 더러운 죄책감을 그들이 감지했기 때문이라는 결론을 내릴 수밖에 없었다. 그 두 사람은 **월터**만 증오할 뿐 랄리사는 증오하지 않았다. 그리고 그는 그런 취급을 당해도 싸다고 생각했다. 마침내 포장한 음식이 나왔다. 월터는 손이 하도 떨려서 카드 영수증에 간신히 서명했다.

모텔로 돌아온 월터는 랄리사를 안고 빗속을 뚫고 걸어가 그녀의 방문 앞에 앉혔다. 랄리사가 걸을 수 있다는 걸 알았지만 그녀가 자길 안아서 방에 데려다달라고 한 말을 들어주고 싶었다. 그리고 랄리사를 아이처럼 팔로 안으니 월터에게도 도움이 됐다. 그에게 책임감을 상기시켰기 때문이다. 랄리사는 침대에 앉자마자 고꾸라졌고, 월터는 한때 제시카와 조이에게 했듯이 그녀에게 이불을 덮어주었다.

"난 옆방에 가서 저녁 먹을게." 월터가 랄리사의 이마에 붙은 머리카락을 부드럽게 쓸어 넘기며 말했다. "네 저녁은 여기 둘게."

"가지 마세요. 여기서 TV 보세요. 정신 차리고 나서 저녁 같이 먹어요." 랄리사가 말했다.

월터는 이 부탁도 들어주기로 했다. 그는 유선방송에서 PBS 채널을 찾아 〈뉴스아워〉 끝 부분을 시청했다. 존 케리의 참전 기록에 대한 토론이었는데 뜬금없는 내용이라 너무 불안해져서 무슨 내용인지 이해하기 어려웠다. 그는 더 이상 어떤 뉴스를 보는 것도 견딜 수가 없었다. 모든 게 너무 빨리 진행됐다. 너무 빨리. 그는 케리의 선거운동을 보면서 동정심이 들었다. 이제 일곱 달도 채 남지 않았는데, 그동안 여론을 환기시키고 3년 동안 첨단 기술을 이용해 이루어진 거짓과 조작을 파헤쳐야 했기 때문이다.

월터는 빈 헤이븐과 나돈, 블라스코 간에 도달한 최초의 합의 시한인 6월 30일이 지나 재협상을 하게 되지 않도록 두 회사가 신탁기금과 계약을 하도록 만들어야 하는 엄청난 압박감에 시달렸다. 서둘러 코일 마티스의 문제를 해결하고 마감 시한을 맞추려다 보니, 월터는 터무니없고 혐오스러운 일이지만 LBI와 방탄조끼 계약을 체결하지 않을 수 없었다. 그리고 이제 재고의 여지도 없이 석탄 회사들은 나인마일 계곡을 파괴하고 산속으로 굴착기를 끌고 들어가려 서두르고 있었다. 웨스트버지니아에서 월터가 세운 몇 안 되는 공적 중 하나는 산정 제거 허가가 신속히 처리되도록 하고, 애팔래치아 환경법 센터가 더디게 진행되는 소송 대상에서 나인마일 지역을 제외하도록 설득하는 데 성공한 점인데, 바로 그 덕분에 석탄 회사들은 마음 내키는 대로 할 수 있게 된 것이다. 거래는 이미 성사됐고, 월터는 이제 웨스트버지니아는 잊고 인구과잉을 막는 과업에 매진해야 했다. 대부분의 인문과학 단과대 학생들이 여름방학에 뭘 할지 결정하고 케리의 선거운동에 참여하기 전에 인턴 모집을 시작해야 했다.

월터가 맨해튼에서 리처드를 만난 지 2주 반 만에 세계 인구는 700만 명이 늘었다. 뉴욕 전체 인구에 맞먹는 세계 인구의 **순** 증가분 700만 명이 숲을 베어내고, 하천을 오염시키고, 목초지를 포장도로로 만들고, 플라스틱 쓰레기를 태평양에 버리고, 휘발유와 석탄을 태우고, 다른 동물을 멸종시키고, 좆같은 교황에게 복종해 열두 명의 아이를 쑥쑥 낳은 것이다. 월터의 생각에 세상에서 천주교 교회보다 끔찍한 악은 없었다. 인류와 인류에게 주어진 놀라운 지구가 처한 절박한 상황을 개선하는 것보다 시급한 문제는 없었다. 물론 요즘은 부시와 빈 라덴이라는 '샴쌍둥이'가 천주교 뒤를 바싹 쫓고 있지만. 월터는 교회나 '**진실한 인간은 예수를 믿는다**'는 표지판이나 물고기 상징을 볼 때마다 분노로 가슴이 조여왔다. 그러니까, 웨스트버지니아 같은 곳에서는 월터가 해 뜬 후 거리로 나설 때마다 그런 느낌을 받은 셈이고, 바로 그런 느낌 때문에 그가 운전할 때 치미는 분노를 억누르지 못하는 것이었다. 그리고 그건 단순히 종교 때문이 아니었다. 미국 동포들이 **뭐든** 큰 것을 선호하고 그게 자기만 누리는 권리라고 여기기 때문만도 아니었다. 단순히 월마트와 양동이 가득 넘치는 옥수수 시럽과 높이가 남산만 한 괴물 같은 트럭 때문이 아니었다. 이 나라에서 아무도 매달 1300만 명의 유인원을 한정된 지구 표면에 구겨 넣는 게 어떤 의미를 갖는지에 대해 생각하는 데 **단 5초도** 할애하지 않는다는 느낌이 들었다. 동포들의 무관심하고 해맑도록 평온한 태도 때문에 그는 화가 치밀었다.

패티는 최근에 월터에게 운전할 때마다 라디오를 들으면 화를 좀 누그러뜨릴 수 있을 거라고 했다. 하지만 월터에게는 어느 라디오 방송국을 틀든지 미국에서는 그 누구도 지구 파괴에 대해 걱정하지 않는다는 메시지만 들렸다. 종교 방송과 컨트리음악 방송, 극보수주의 논객인 러시 림보 같은 자가 진행하는 방송은 모두 적극적으로 지구의 파멸을 부추겼다. 클래식 록과 뉴스 네트워크 방송은 아무것도 아닌 일에 호들갑을 떨었다. 월터가 생각하기에 공영 라디오는 더 심했다. 〈마운틴 스테이지〉와 〈프레리 홈 컴퍼니언〉은 말 그대로 지구가 불타는 동안 빈둥거리고 있었다. 그중 가장 끔찍한 방송은 〈모닝 에디션〉과 〈올 싱스 컨시더드〉였다. 공영 라디오의 보도부는 한때 상당히 진보적 성향이었으나 이제는 중도우파 자유 시장 이념을 대변했고, 국가 경제성장률이 조금만 **낮아져도** "비보(悲報)"라고 떠들어댔다. 문학소설과 월넛 서프라이즈 같은 기이한 음악 밴드에 대한 비평에 일부러 아침과 저녁의 소중한 방송 시간을 낭비하고 있었다. 그 방송 시간을 인구과잉과 대규모 멸종에 대한 대중의 경각심을 높이는 데 쓸 수도 있을 텐데.

그럼 TV는 어떤가. TV 방송도 라디오 방송과 마찬가지였다. 아니, TV가 라디오보다 열 배는 더 심했다. 월터는 세계가 불타오르고 있는데 〈아메리칸 아이돌〉의 가식적인 반전을 놓치지 않고 시청하는 나라는 가까운 장래에 재앙을 당해도 싸다는 생각이 들었다.

물론 그런 생각이 옳지 않다는 것을 알고 있다. 세인트폴에서 산 20년 동안 그런 생각을 하지 않았기 때문이다. 월터는 분노가 우울증과 밀접한 관련이 있다는 걸 알았고, 오로지 대재앙의 시나리오에만 집착하는 게 정신건강상 바람직하지 않다는 것도 알았고, 자기가 집착하는 이유는 아내에 대한 짜증과 아들에 대한 실망 때문이라는 것도 알았다. 아마도 월터가 혼자 있었다면 분노를 견디지 못했을지 모른다.

하지만 랄리사가 내내 월터와 함께 있어주었다. 랄리사는 월터의 생각을 이해했고, 긴급한 상황이라는 데 공감했다. 월터가 랄리사를 처음 인터뷰할 당시, 랄리사는 열네 살 때 가족과 함께 벵골 서부를 여행한 얘기를 했다. 열네 살이라는 나이는 캘커타의 인구밀도와 그로 인해 그곳 사람들이 받는 고통, 그들의 비루한 삶을 보고 단순히 슬퍼하거나 끔찍해하는 데서 그치지 않고 **역겨움을 느낄** 만한 나이였다. 역겨움을 느낀 그녀는 미국으로 돌아와 대학에 진학해 개발도상국의 여성 문제에 초점을 맞추고 채식주의와 환경 관련 공부에 몰두하게 되었다. 그녀는 대학 졸업 후 자연보존협회에서 좋은 일자리를 얻었지만 그녀의 관심 분야는—월터가 젊을 때 그랬듯이—인구, 지속 가능과 관련된 문제였다.

물론 랄리사에게는 이와 전혀 다른 면도 있었다. 강하고 보수적인 남성에게 취약하다는 점이다. 그녀의 남자 친구 자이람은 체구가 크고 약간 못생겼지만 오만하고 야심만만한 심장외과 수련의다. 랄리사처럼 매력적인 여성들은 어딜 가든 남자들이 치근덕거리는 걸 피하기 위해 자이람 같은 남자를 사귀곤 했다. 하지만 자이람이 6년에 걸쳐 점점 얼토당토않은 행동을 하자 그녀는 결국 정나미가 떨어졌다. 랄리사가 오늘 밤 월터에게 한 질문, 즉 불임수술에 대한 질문에서 놀라운 점이 하나 있다면 그녀가 그런 질문을 할 필요를 느꼈다는 사실 그 자체다.

랄리사는 왜 월터에게 그런 걸 물어봤을까?

월터는 TV를 끄고 방 안을 배회하며 그 문제를 좀 더 자세히 생각해보고 곧 답을 얻었다. 랄리사는 **월터**가 자기와 아이를 갖는 데 관심이 있는지 묻고 있었던 것이다. 아니면 더 정확히 말해, 랄리사는 월터가 원한다 해도 자기가 아이를 원하지 않을지도 모른다는 걸 경고한 셈이다.

그리고 역겨운 점은 — 솔직히 말하자면 — 월터가 **정말** 랄리사와 아이를 갖고 싶었다는 사실이다. 그가 제시카를 애지중지하지 않았다는 얘기가 아니다. 더 추상적이긴 하지만 조이도 사랑했다. 하지만 애들 엄마가 갑자기 아주 멀게 느껴졌다. 패티는 애초부터 월터와 결혼하고 싶어 안달이 난 사람도 아니었다. 아주 오래전 어느 여름날 저녁, 미니애폴리스에서 그는 **리처드**에게서 처음으로 패티 얘기를 들었다. 자기랑 잠자리를 같이하는 여자애가 스타 농구 선수랑 같이 살고 있는데, 지금까지 자기가 생각해온 여자 운동선수와 다르다는 말이었다. 패티는 거의 리처드와 엮일 뻔했지만 그러지 않았다는 사실 — 그녀가 월터의 사랑에 굴복했다는 사실 — 을 바탕으로 두 사람은 인생을 함께하기로 하고, 결혼하고, 집을 장만하고, 아이를 낳았다. 두 사람은 늘 금슬이 좋았지만 약간 어울리지 않는 부부였다. 요즘은 점점 두 사람이 연분이 아니라는 생각이 새록새록 들었다. 랄리사는 진정으로 월터와 정신세계를 공유하고 월터를 진심으로 우러러보는 천생연분이었다. 만약 두 사람이 아들을 낳는다면 아마 월터를 닮을 것이다.

　월터는 계속 방 안을 왔다 갔다 했고, 몹시 동요했다. 술과 성가시게 구는 무식한 백인 노동자들 때문에 정신이 팔리긴 했지만 발밑의 틈새가 점점 넓게 벌어지고 있었다. 그는 이제 자기 부하 직원과 **아이** 갖는 문제를 생각하고 있었다! 그리고 그런 생각을 하지 않는 척조차 하지 않았다! 이게 다 지난 **한 시간** 동안 벌어진 일이다. 월터가 랄리사에게 나팔관을 묶지 말라고 조언할 때만 해도 그는 자신과 그 문제를 연관시키지 않았다.

　"사무총장님?" 랄리사가 침대에서 불렀다.

　"어, 괜찮아?" 월터가 그녀의 곁으로 다가가 물었다.

　"토할 것 같았는데, 지금은 괜찮아졌어요."

　"다행이네!"

　랄리사가 눈을 빠르게 깜박거리며 부드러운 미소를 띠고 월터를 쳐다보왔다. "곁에 있어줘서 정말 고마워요."

"당연하지."

"맥주 드신 건 괜찮으세요?"

"모르겠어."

랄리사의 입술이, 그녀의 입이 코앞에 있었고, 월터의 심장은 갈비뼈를 부수고 튀어나올 듯 뛰었다. 입 맞춰! 입 맞춰! 입 맞추라니까! 심장이 그렇게 부추기는 듯했다.

그 순간 블랙베리가 울렸다. 청솔새가 지저귀는 벨소리다.

"받으세요." 랄리사가 말했다.

"음……."

"괜찮으니까 받으세요. 전 여기 누워 있으면 돼요."

전화를 건 사람은 제시카로, 급한 일은 아니었다. 둘은 매일 통화했다. 하지만 전화기에 뜬 제시카의 이름을 보는 것만으로 월터는 갈라진 틈새의 벼랑 끝에서 뒤로 물러났다. 그는 다른 침대에 앉아 전화를 받았다.

"아빠, 어디 걸어가며 전화 받는 것처럼 들려요. 어디 가는 길이세요?"

"아니. 실은 축하할 일이 있어서."

"꼭 **러닝머신**에서 운동하는 것처럼 들려요. 숨이 차 헐떡거리는 것처럼."

월터는 손에 전화기를 쥐고 있을 힘도 없었다. 그는 옆으로 드러누워 그날 아침에 일어난 일과 자기가 저지른 실수에 대해 딸에게 얘기했고, 제시카는 아버지를 위로하려고 최선을 다했다. 월터는 매일 딸과 전화하는 일상적인 일을 소중히 여기게 됐다. 제시카는 이 세상에서 월터가 상대방의 삶에 대해 캐묻기 전에 자신에게 먼저 묻도록 허락하는 유일한 사람이다. 제시카는 그렇게 월터를 챙겼고, 월터의 책임감을 물려받은 아이였다. 제시카의 목표는 작가가 되는 거고, 최근에는 맨해튼에서 월급을 받으며 편집 보조로 일하고 있지만, 환경문제에 관심이 많아서 앞으로 자기 글의 초점을 환경문제에 맞추고 싶어 했다. 월터는 리처드가 워싱턴으로 올 예정인데, 제시카도 주말에 와서 젊은이의 소중한 의견을 보태줄 수 있는지 물었다. 제시카가 흔쾌히 응했다.

"오늘 어떻게 지냈어?" 월터가 물었다.

"내가 일하는 동안 룸메이트들이 더 나은 애들로 바뀌는 기적은 안 일어났어요. 담배 연기 못 들어오게 하려고 방문 밑을 옷으로 막아놨다니까."

"네가 왜 그 애들이 실내에서 담배 피우게 놔둬야 하니? 그 애들한테 말해."

"맞아요. 하지만 다수결에서 제가 밀리거든요. 이제 막 피우기 시작해서 얼마나 멍청한 짓인지 깨닫고 끊을 가능성이 아직 있긴 하지만, 그때까지는 숨을 참고 살아야겠어요."

"일은 어때?"

"평소와 똑같죠, 뭐. 사이먼은 점점 천박하고 주접스러워지고 있어요. 그 사람은 피지 제조 공장 같아요. 그가 한번 책상에 왔다 가면 책상 위에 있는 걸 전부 닦아야 한다니까. 오늘은 그 사람이 에밀리의 책상 앞에서 한 시간쯤 어슬렁거렸어요. 자기랑 닉스 팀 농구 경기 보러 가자고 말이에요. 이유는 모르겠지만, 선임 편집자들은 전부 운동경기를 포함해서 온갖 행사의 표를 공짜로 얻거든요. 지금 닉스는 VIP석 메우느라 안간힘을 쓰고 있는 게 틀림없어요. 에밀리가 뭐라고 한 줄 아세요? '거절하는 방법을 몇백 가지나 더 찾아야 하지?' 그래서 참다못해 제가 사이먼에게 다가가 그 사람 **부인**에 대해 묻기 시작했죠. 말이 돼요? 부인에, 티넥에 있는 집에, 애가 세 명인데. '어이, 에밀리 셔츠 안을 들여다보는 짓 좀 그만하시지'라고 말하고 싶었다니까요."

월터는 잠시 눈을 감고 할 말을 찾았다.

"아빠, 듣고 계세요?"

"응, 듣고 있어. 몇 살이니? 그 사이먼이라는 사람."

"몰라요. 확실하지 않아요. 에밀리 나이의 두 배 조금 안 될 거예요. 머리를 염색하는 것 같기도 하고. 어떤 때는 머리 색깔이 조금 변하거든요. 매주. 하지만 피지 때문일 수도 있고. 내 직속 상사가 아닌 게 천만다행이에요."

월터는 갑자기 울음이 터져나올 것 같아 걱정되었다.

"아빠, 듣고 있어요?"

"그럼, 그럼."

"아빠가 아무 말 안 할 때 전화기가 먹통이 되는 것 같아서 그래요."

"어, 저기, 네가 주말에 온다니 정말 잘됐다. 리처드는 손님방에 묵게 해야겠다. 토요일에는 회의가 길어지겠지만 일요일에는 간단히 끝내자. 구체적인 계획을 좀 세워볼래? 랄리사도 벌써 좋은 생각을 많이 내놓았다."

"여부가 있겠어요." 제시카가 말했다.

"그래, 잘됐다. 내일 다시 얘기하자."

"그래요. 사랑해요, 아빠."

"나도 사랑한다, 우리 딸."

월터는 전화기가 손에서 미끄러지게 놔두고 싸구려 침대 위에서 조용히 몸을 떨면서 한참을 울었다. 그는 어떻게 해야 할지, 어떻게 살아야 할지 막막했다. 월터가 삶에서 새롭게 맞닥뜨린 것마다 그가 옳은 방향으로 가고 있다는 확신을 주었다. 하지만 그다음에 새로 맞닥뜨리는 건 정반대 방향으로 그를 이끌었고, 그것도 옳다고 느껴졌다. 지배적인 논점이 없었다. 월터는 자신이 오직 살아남는 것 자체가 목적인 경기에서 수동적으로 반응하는 핀볼 같다고 느꼈다. 결혼을 청산하고 랄리사를 따르는 게 거역할 수 없는 일인 것 같았다. 하지만 제시카의 나이 든 상사의 모습에서 자신도 더 많이 가질 권리가 있다고 생각하고 과잉 소비하는 미국 백인 남성을 보는 순간 그 생각이 싹 달아났다. 젊고 신선한, 동양에서 온 누군가에게 빠지는 건 국내 공급량을 소진해 외국에서 조달하려는 낭만적인 제국주의였다. 마찬가지로 자신의 주장이 논리적이고 완수하고자 하는 사명이 옳은 일이라는 확신을 갖고 2년 반 동안 신탁기금을 위해 월터가 다져놓은 길이 이 순간 찰스턴에선 끔찍한 실수로 느껴졌다. 인구과잉 문제도 마찬가지다. 이 시대에 가장 중요한 문제를 해결하는 데 전력을 다하는 것보다 가치 있게 사는 방법이 어디 있겠는가. 그러나 랄리사가 나팔관을 묶어버리는 걸 생각하면 이 문제도 날조되고 보람 없는 일로 생각됐다. 어떻게 살아야 할까.

월터가 눈물을 닦고 마음을 가다듬고 있을 때 랄리사가 다가와 그의 어깨에 손을 올려놓았다. 그녀에게서 달콤한 마티니 향기가 났다.

"우리 사무총장님." 랄리사가 월터의 어깨를 어루만지며 부드럽게 말했다. "사무총장님은 이 세상에서 최고의 상사예요. 정말 훌륭한 분이죠. 내일 아침이 되면 다 괜찮을 거예요."

고개를 끄덕인 월터가 훌쩍거리고 숨을 조금 헐떡거리며 말했다.

"제발 불임수술하지 마."

"안 해요. 오늘 밤에는 안 할 거예요." 랄리사가 그를 쓰다듬으며 말했다.

"아무것도 서두를 필요 없어. 뭐든지 좀 늦출 필요가 있다고."

"천천히, 천천히, 네. 전부 천천히 해요."

랄리사가 그에게 입을 맞췄다면 월터도 입을 맞췄을지 모른다. 하지만 랄리사는 계속 그의 어깨를 어루만졌고, 결국 월터는 정신을 차리고 그녀의 상사다운 태도를 되찾았다. 랄리사는 뭔가를 동경하는 듯한 표정을 지었지만 크게 실망한 것 같지는 않았다. 그녀가 졸린 어린아이처럼 하품을 하고 기지개를 켰다. 월터는 랄리사의 샌드위치를 남겨놓고 스테이크를 들고 옆방으로 갔다. 스테이크를 손에 들고 턱에는 기름을 묻힌 채 살점을 뜯어 죄책감과 함께 야만스럽게 허겁지겁 삼켰다. 월터는 다시 기름이 번들번들한 약탈자 같은, 제시카의 직장 상사를 생각했다.

그 생각에 정신이 들어 자기 방이 적적하고 초라하다고 느낀 월터는 세수를 하고 두 시간 동안 이메일을 확인했다. 그동안 랄리사는 약탈이 일어나지 않은 자기 방에서 잠을 자면서 꿈을 꿀 것이다. 무슨 꿈일까. 그는 짐작이 가지 않았다. 하지만 월터는 벼랑 끝에 아주 가까이 갔다가 뒤로 서툴게 물러나는 일을 겪었으니 다시는 벼랑 끝에 가까이 가는 위험한 짓은 하지 않게 됐다고 생각했다. 그리고 지금은 그래도 괜찮았다. 절제와 자기 부정. 그게 월터가 아는 삶의 방식이다. 그는 당분간 두 사람이 함께 여행할 일은 없을 거라는 데서 위안을 얻었다.

홍보 담당자인 신시아는 보도자료 최종 초안과 내일 정오 포스터할로의 철거가 시작되자마자 배포할 선언문 초안을 월터에게 이메일로 보냈다. 신탁기금의 콜롬비아 연락책인 에두아르도 소켈로도 일요일에 있을 큰딸의 열여섯 번째 생일 파티에 불참하고 워싱턴으로 날아오겠다는 걸 확인해주는 무뚝뚝하고 불만에 찬 이메일을 보냈다. 월요일에 기자회견을 할 때 소켈이 옆에 있어야 했다. 그래야 공원이 범미적 성격을 띤다는 점을 강조하고, 남아메리카에서 신탁기금이 거둔 성공을 강조할 수 있었다.

대규모 생물 보존을 위한 토지 거래는 최종적으로 결론이 나기 전까지 쉬쉬하는 게 보통이다. 하지만 6000만 제곱미터에 달하는 삼림이 산정 제거로 훼손되는 정도의 폭발력 있는 거래가 비밀리에 진행되는 일은 거의 없었다. 2002년 말, 신탁기금이 청솔새 보호 구역에서 산정 제거를 허락할지도 모른다고, 월터가 지역 환경 단체에 넌지시 **귀띔**했는데도 조슬린 존은 웨스트버지니아에 있는, 석탄 산업에 반감을 갖고 있는 모든 기자에게 그 사실을 알렸다. 금세 부정적인 기사가 쏟아져 나왔고, 월터는 이를 공론화하기가 힘들었다. 시간이 얼마 남지 않았다. 대중을 교육하고 설득해서 우호적인 여론을 조성할 여유가 없었다. 나돈, 블라스코와 한 협상은 비밀에 부치고 랄리사로 하여금 코일 마티스와 그의 이웃들이 기밀 유지 서약에 서명하도록 설득하게 한 뒤 모든 일이 성사될 때까지 기다리는 것이 나았다. 하지만 중장비가 들어오는 지금 이제는 다 틀렸다. 월터는 자기의 입장을 밝히고, 이를 과학을 근거로 한 매립과 인간적 이주 대책의 '성공 사례'라고 포장해야 했다. 하지만 생각할수록 언론이 산정 제거법을 걸고 넘어가 자기를 묵사발로 만들 거라는 확신이 들었다. 여론을 잠재우는 데 몇 주를 낭비할지도 모른다. 그러는 사이 월터가 중요하게 여기는 한 가지 문제, 즉 인구과잉 문제를 타개하는 일을 할 수 있는 시간도 얼마 남지 않았다.

불안한 마음으로 보도자료를 다시 한번 읽어본 월터는 이메일 목록을 확인하고 **caperville@nytimes.com**에서 온 새로운 이메일을 발견했다.

안녕하세요, 버글런드 씨.
저는 댄 케이퍼빌이라고 합니다. 애팔래치아 지역에 있는 토지 보존에 대한 기사를 쓰고 있어요. 청솔산 신탁기금이 최근에 웨스트버지니아 와이오밍 카운티에서 대규모 삼림지를 보존하는 계약을 체결한 걸로 알고 있는데요. 이와 관련해서 빠른 시일 안에 편하실 때 말씀을 나누고 싶습니다만······.

씨발, 뭐야? 오늘 아침에 체결한 계약에 대해 〈뉴욕타임스〉가 어떻게 벌써 알았지? 월터는 지금 이 상황에서는 이메일에 대해 곰곰이 생각할 마음의 준비가 되어 있지 않았기에 즉시 답변을 작성해서 마음이 변하기 전에 보내버렸다.

친애하는 케이퍼빌 씨.
문의 감사합니다! 우리 신탁기금이 하는 멋진 사업에 대해 저도 말씀 나누고 싶습니다. 사실 오는 월요일 아침 워싱턴에서 기자회견을 열어 아주 중대하고 멋진 새로운 환경 보존 사업에 대해 발표할 예정인데요, 참석해주시면 감사하겠습니다. 권위 있는 〈뉴욕타임스〉의 평판을 고려해서 일요일 저녁 보도 자료 초안 사본도 보내드리겠습니다. 월요일 아침 일찍 기자회견 전에 저와 말씀을 나누실 수 있다면 그런 자리도 마련해 보죠.
적극적인 협조를 기대합니다.

월터 E. 버글런드
청솔산 신탁기금 사무총장

월터는 이메일 전문을 복사한 뒤 **WTF?**(What the fuck?[씨발, 뭐야?]-옮긴이)라는 제목으로 신시아와 랄리사에게 보내고는 격앙돼서 방 안을 왔다 갔다 했다. 맥주를 한 잔 더 마시면 얼마나 좋을까 하는 생각이 들었다. (47년 만에 처음으로, 그것도 맥주 한 잔밖에 안 마셨는데 벌써 알코올의존자가 된 기분이었다.) 지금 해야 할 일은 랄리사를 깨워 찰스턴에서 아침 첫 비행기를 타고 워싱턴으로 돌아가 기자회견을 금요일로 앞당겨 기사를 내보내는 일이다. 하지만 정신이 없을 정도로 빨리 돌아가는 세상은 지금 월터에게 절실히 필요한 **단 두 가지**를 허락하지 않으려고 음모를 꾸미고 있었다. 이미 랄리사의 키스는 물 건너갔지만 적어도, 웨스트버지니아에서 엉망진창이 된 일을 해결하기 전에 랄리사, 제시카, 리처드와 주말에 인구과잉 방지 사업의 계획을 세울 수 있기를 바랐다.

10시 30분, 계속 방 안을 왔다 갔다 하던 월터는 너무나 박탈감이 들고, 불안하고, 스스로 비참한 생각이 들어 패티에게 전화를 걸었다. 월터는 자기가 정절을 지켰다는 사실을 인정받고 싶었다. 아니면 자기가 사랑하는 사람에게 화풀이를 하고 싶었는지 모른다.

"어머, 웬일이야? 전화하리라고 기대도 안 했는데. 잘돼가?"

"다 잘 **안 되고** 있어."

"그럴 거야! 그렇다고 말하고 싶은데 아니라고 하려니까 미치겠지? 그렇지 않아?"

"아, 맙소사, 또 시작이네. 제발 부탁인데 오늘 밤은 그러지 좀 마."

월터가 말했다.

"미안. 난 그냥 위로하려는 거였어."

"여기 지금 **일**과 관련된 문제가 있거든, 패티. 믿을지 모르겠지만, 사소한 개인적 감정 문제가 아니라 일과 관련해서 **정말 심각한 난관**에 부딪혔다고. 그래서 위로 좀 받으려고 전화한 거야. 오늘 아침 회의에 참석한 누군가 언론에 정보를 흘려서 내가 나서고 싶은지 확신도 없는 정보 때문에 언론 앞에 나서게 생겼어. 이미 전부 엉망진창으로 만들었다는 느낌이 든단 말이야. 내가 성사시킨 일이라고는 5000만 제곱미터에 달하는 땅을 폭파해서 달 표면처럼 만든 것밖에 없는데. 세상 사람들도 그 사실을 알아야 하고. 이젠 사업이 어떻게 되든 관심도 없어."

"사실 그 달 표면, 그건 좀 너무한 것 같아."

"고맙네! 위로해줘서 정말 고마워!"

"오늘 아침 〈뉴욕타임스〉에 난 기사를 얘기하는 것뿐이야."

"오늘 신문에?"

"응. 당신이 말한 청솔새랑 산정 제거가 얼마나 나쁜지에 대해 언급했더라고."

"맙소사! 오늘?"

"응, 오늘."

"제기랄! 오늘 누군가 서류를 보고 그 기자한테 내용을 흘린 게 틀림없어. 그 기자는 나한테 30분 전에 연락했는데."

"어쨌든 당신이 알아서 하겠지만, 그 산정 제거는 좀 끔찍하긴 하더라."

월터는 이마를 움켜쥐었고, 다시 눈물이 날 것만 같았다. 하필 오늘 이때, 아내한테서 이런 말을 들었다는 게 믿을 수 없었다.

"언제부터 〈뉴욕타임스〉의 골수팬이 되셨어?"

"난 그냥 끔찍한 것 같다고 말하는 것뿐이야. 이견을 제시하는 사람조차 없는 것 같던데."

"〈뉴욕타임스〉에 난 기사를 곧이곧대로 믿는다고 자기 엄마를 비웃은 사람이 누구더라."

"하하하. 내가 이젠 우리 엄마가 된 거야? 내가 산정 제거를 못마땅해한다고 갑자기 우리 엄마 **조이스**가 된 거냐고."

"내 말은, 그게 사실의 전부가 아니라는 거야."

"당신은 우리가 석탄을 더 태워야 한다고 생각하는 거잖아. 석탄 태우는 걸 더 쉽게 만들려고 한다고. 지구온난화가 심각한데도."

월터는 손을 미끄러뜨려 눈을 가렸고, 아플 때까지 꾹 눌렀다.

"그 이유를 설명해줄까? 그래줄까?"

"당신이 그러고 싶다면."

"우린 재앙을 향해 가고 있단 말이야, 패티. 완전한 파멸을 향해 가고 있다고."

"글쎄, 솔직히 당신은 어떤지 모르겠지만 나는 다행이라는 생각이 드는데."

"우리 얘기가 아니야!"

"하하하! 몰랐어. 정말 당신 말이 무슨 뜻인지 몰랐다고."

"세계 인구와 에너지 소비가 어느 시점이 되면 급격히 줄어들 거라는 말이야. 더 이상 지탱할 수 있는 지점을 지금 이미 넘어섰어. 일단 붕괴되기 시작하면 생태계를 회복하는 데 허락되는 시간은 많지 않아. 물론 그것도 회복할 생태계가 남아 있어야 가능하지만. 그러니까 중요한 문제는 지구가 붕괴되기 전에 얼마나 훼손될 것인가 하는 점이야. 마지막 남은 나무 한 그루까지 베어내고 대양 생물도 씨를 말리고 다 써버린 다음에 붕괴할 것이냐, 아니면 생존 가능한 훼손되지 않은 서식지가 남아 있을 것이냐."

"어느 쪽이든 그때쯤이면 우린 벌써 죽고 없을 텐데, 뭘." 패티가 말했다.

"그래. 하지만 내가 죽기 전에 서식지를 만들어놓으려고 애쓰고 있다고. 피난처. 생태계 한두 개가 위기를 극복하고 살아남도록 하려는 거지. 그게 우리 사업의 목적이야."

"전 세계에 흑사병이 번지고, 타미플루나 시프로 같은 약을 타려고 사람들이 길게 줄을 서게 되고, 당신은 우리가 세상에 유일한 생존자 두 사람이 되게 하려는 거구나. '아이고, 미안해서 어쩌나. 이런, **방금** 약이 똑 떨어졌네.' 우린 착하고 예절 바르고 고분고분하게 굴고 나서 죽는다는 말이네."

"지구온난화는 심각한 위협이야." 월터가 패티에게 말려들지 않으려고 애쓰며 말했다. "하지만 방사능 폐기물 문제만큼 심각하지는 않아. 생물은 우리 생각보다 훨씬 빨리 환경에 적응하지. 기후변화를 100년에 걸쳐서 보면 취약한 생태계도 기후변화를 극복할 가능성이 있다는 거야. 하지만 핵원자로가 폭발하면 그 즉시 모든 게 훼손되고 그렇게 5000년 동안 훼손된 채 남아 있게 돼."

"야호, 석탄이다. 석탄을 더 태우자."

"패티, 그리 간단한 문제가 아니야. 다른 대안을 고려하면 문제가 복잡해져. 핵 재앙은 하룻밤 사이에 일어날 수도 있어. 하룻밤 사이에 일어난 재앙을 견뎌낼 수 있는 생태계는 없어. 전부 풍력에너지 얘기를 하는데 풍력도 그리 좋은 대안이 아니야. 멍청한 조슬린 존이 두 가지 선택을 보여주는 브로슈어를 갖고 있는데, 선택의 여지가 **단지** 두 가지밖에 없다는 거지. 그림 A는 산정 제거 후의 황폐화된 모습이고, 그림 B는 원래대로 보존된 삼림지대에 열 개의 풍차가 서 있는 걸 보여주지. 이 그림에서 잘못된 게 뭘까? 풍차가 열 개밖에 없다는 거야. 사실은 **1만** 개 정도는 있어야 하는데. 웨스트버지니아의 산 정상이 모두 풍력발전 터빈으로 뒤덮여야 해. 철새가 그

터빈을 통과해 지나간다고 상상해봐. 그리고 주 전체를 풍차로 덮어버리면 그래도 관광객이 찾아올까? 게다가 석탄과 경쟁을 하려면 풍차는 쉬지 않고 돌아가야 해. 지금부터 100년 후에도 여전히 눈엣가시 같은 흉측한 물건이 서 있을 테고, 그나마 남아 있던 야생동물은 모두 사라지겠지. 하지만 산정 제거 지역은 100년 후면, 잘 매립하면, 완전하지 않을지 몰라도 성숙한 삼림으로 회복될 수 있어."

"그런데 그 사실을 당신만 알고 신문은 모른다, 이거군." 패키가 말했다.

"그렇지."

"당신이 틀릴 리는 만무하고."

"석탄 대 풍력이나 원자력에 대한 얘기는 틀리지 않지."

"당신이 지금 나한테 설명한 것처럼 설명하면 사람들이 믿을 거고, 그럼 문제없겠네."

"**당신**은 믿어?"

"난 그런 판단을 내리는 데 필요한 사실을 다 알지는 못하잖아."

"그런 사실은 내가 다 알고 있어. 그래서 당신한테 설명했잖아! 왜 나를 못 믿는 거야? 왜 나를 안심시켜주지 못하는 거냐고."

"그런 일은 얼굴 반반한 그 애가 할 일인 줄 알았지. 당신 안심시키는 일을 그 애가 맡은 이후로 난 좀 서툴러져서. 그 애가 나보다 훨씬 잘하기도 하고."

월터는 대화가 더 잘못된 방향으로 흐르기 전에 통화를 끝냈다. 그러고는 불을 끈 뒤 주차장 불빛이 어리는 창 옆에 있는 침대에 누워 잘 준비를 했다. 만신창이가 되어 비참한 월터가 위안을 얻을 수 있는 곳은 어둠뿐이었다. 커튼을 쳤지만 커튼 밑으로 여전히 불빛이 새어 들어왔다. 월터는 여분의 침대에 싸인 침대보와 베개, 베갯잇을 벗겨 최대한 새어 들어오는 빛을 막았다. 그러고 나서 수면 마스크를 아무리 고쳐 써도 흩어진 광입자가 굳게 닫힌 눈꺼풀을 두드렸고, 완벽하게 어두워지지 않았다.

월터와 패티는 서로 사랑했고, 매일 상대방에게 고통을 주었다. 월터가 평생 그 외에 한 일은 모두, 심지어 랄리사에 대한 염원조차, 이 상황에서 벗어나려는 몸부림 이상은 아니었다. 월터와 패티는 같이 살 수도, 떨어져 살 수도 없었다. 두 사람이 더 이상 견딜 수 없는 파국의 지점에 도달했다고 월터가 생각할 때마다 파국에 도달하지 않고 더 버틸 여지가 있다는 걸 깨달았다.

지난여름 워싱턴에 천둥과 비바람이 치던 어느 날 밤, 월터는 수년 동안 미뤄온 온라인 은행 계좌를 개설하고, 개인적으로 해야 할 일을 작성한 목록에서 그 일을 지웠다. 워싱턴으로 이사 온 이후 패티는 집안일에 점점 신경 쓰지 않고 더 이상 장도 보지 않았지만, 공과금을 내고 수표책 관리하는 일은 하고 있었다. 월터는 수표 입출금 상황을 자세히 들여다본 적이 없었는데, 45분 동안 온라인 계좌 개설 소프트웨어와 씨름한 끝에 드디어 컴퓨터 화면에 숫자들이 나타나게 하는 데 성공했다. 그는 매달 500달러가 인출된 것을 보고 처음엔 나이지리아나 모스크바에서 해커가 침입해 돈을 훔치는 거라고 생각했다. 하지만 패티가 이걸 못 봤을 리가 없었다.

월터는 위층에 있는 패티의 작은 방으로 올라갔다. 그녀는 옛 농구 선수 친구들 중 한 명과 전화로 즐겁게 수다를 떨었고—월터가 아닌 다른 사람들과는 여전히 웃고 농담을 했다—월터는 그녀가 전화를 끊기 전에는 사라질 생각이 없다는 뜻을 분명히 했다.

"현금으로 바꾼 거야. 현금으로 바꾸려고 내가 나한테 수표를 쓴 거라고." 월터가 거래 내역을 출력한 걸 보여주자 패티가 말했다.

"한 달에 500달러씩? 매월 말씀?"

"내가 현금을 인출하는 때니까."

"아니지. 당신은 2주에 한 번 200달러를 인출하잖아. 당신의 은행 거래 내역은 내가 안다고. 그리고 여기 당좌수표 발행 서비스료도 있네. 5월 15일."

"응."

"현금이 아니라 당좌수표 같은데."

딕 체니가 거주하는 부통령 관저인 해군 관측소 방향으로 천둥이 포토맥 강물 색깔인 저녁 하늘을 울리고 있었다. 패티가 팔짱을 끼고 작은 소파에 앉은 채 반항하듯 소리쳤다.

"맞아! 당신한테 들켰네! 조이가 여름 월세를 미리 내야 한다고 했어. 돈 벌면 갚는다고 했다고. 그때 그 애한테 현금이 없었을 뿐이야."

연이어서 두 번째로 조이는 여름에 워싱턴에서 일하고 있었는데 집에 머무르지는 않았다. 조이가 부모의 도움과 호의를 일축한 것도 신경에 거슬리는데, 설상가상 조이가 여름에 일하는 곳은 새로 해방된 이라크에서 제빵 산업 민영화를 수의 계약으로 따낸—재정적으로 LBI에 있는 빈 헤이븐의 친구들의 지원을 받는(당시에 이 사실은 월터에게 큰 의미가 없었다)—부패한 신흥 기업이었다. 이미 몇 주 전 독립기념일에 조이가 피크닉을 하러 집에 들러서는 여름 계획을 밝혔을 때 월터와 조이는 이 문제를 놓고 한바탕 싸웠다. 월터는 화를 터뜨렸고, 패티는 자기 방으로 들어가 나오지 않았다. 조이는 공화당원처럼 능글맞게 웃으며 앉아 있었다. 월 스트리트 사람들처럼 능글맞은 웃음을. 케케묵은 사고방식을 가진 멍청하고 얼뜬 아버지를 봐준다는 듯, 자기가 아버지보다 세상을 더 잘 안다는 듯.

"여기 집에 멀쩡한 방이 있는데, 그 애는 만족스러워 하지 않았어." 월터가 패티에게 말했다. "어른답지 못하니까. 멋지지 않으니까. 출근할 때 버스를 타야 할지도 모르니까, 별 볼 일 없는 사람들하고 같이 말이야!"

"그 앤 버지니아 주민 자격을 유지해야 해. 그리고 갚는다잖아, 응? 내가 물어보면 당신이 뭐라고 할지 뻔해서 당신한테 말 안 하고 알아서 한 거야. 내가 결정하는 게 마음에 안 들면 내 수표책을 가져가든가. 내 은행카드도.

돈이 필요할 때마다 당신한테 애걸해서 타 쓸 테니까."

"매달! 매달 돈을 보냈어! 그렇게 독립심 강한 분한테!"

"**빌려준** 거라고, 알았어? 그 애 친구들은 여윳돈이 차고 넘치지만, 조이는 아주 검소하게 생활하고 있어. 하지만 그 애들하고 연줄이라도 만들어놓고 그 세계에 발을 들여놓으려면……."

"최고의 인간들만 가입할 수 있다는 그놈의 남학생 동아리 세계 말이지……."

"조이도 **계획**이 있다니까. 계획도 있고 당신의 인정을 받고 싶어 한다고."

"금시초문일세!"

"그냥 옷가지 좀 사고 사교비로 쓰는 거야. 자기 학비며 기숙사비며 다 그 애가 내잖아. 조이가 당신과 꼭 닮지 않았다고 해도 좀 봐주면 두 사람이 실제로 얼마나 비슷한지 깨달을지도 몰라. 당신도 그 애 나이 때 스스로 학비를 마련했잖아."

"그래. 하지만 난 4년 동안 똑같은 코듀로이 바지 세 벌로 버텼어. 그리고 난 일주일에 다섯 번 술 퍼마시지도 않았지. 엄마에게 돈 받은 일은 더더구나 없었고."

"**그게, 요즘 세상은 다르다니까.** 세상에서 앞서가려면 어떻게 해야 하는지 당신도 알 거 아냐."

"방위산업체에서 일하고, 매일 밤 동아리 공화당 친구들과 얼굴이 벌게지도록 술 퍼마시고, 그게 세상을 앞서가는 유일한 방법이야? 그 방법밖에 없대?"

"요즘 애들이 얼마나 걱정이 많고 두려워하는지 알기나 해? 엄청난 압박감에 시달리고 있어. 그래서 놀기도 열심히 노는데…… 그게 뭐 어때서?"

오래된 집의 냉방 시설은 바깥에서 밀고 들어오는 습도를 당해낼 재간이 없었다. 천둥은 끊임없이 온 사방에서 울렸고, 창밖의 관상용 배나무는 누가 가지 위에 올라간 것처럼 휘었다. 옷과 직접 닿지 않는 월터의 신체 부위에는 온통 땀이 흘러내렸다. 월터가 말했다.

"갑자기 젊은 애들을 감싸주네. 웬일이야? 당신은 보통 아주……."

"난 당신 **아들**을 감싸는 거야. 눈치채지 못했겠지만, 당신 아들은 슬리퍼나 질질 끌고 다니는 멍청이가 아니라고. 그 앤 누구보다……."

"술 마실 돈을 부쳐주다니, **기가** 막혀서! 이게 뭐 같은지 알아? 기업 지원금하고 똑같아. 말로는 자유 시장을 옹호한다는 기업들이 연방 정부의 젖꼭지나 빨고 있는 것과 다름없다고. '정부 기능을 축소하고, 규제를 풀고, 세금을 감면해야 합니다. 그런데 말이죠…….'"

"이건 **젖꼭지 빠는** 게 아니야." 패티가 증오에 찬 목소리로 말했다.

"비유적으로 한 말이야."

"아주 흥미로운 비유를 하셨네."

"비유는 아주 엄선해서 하거든. 전부 성숙하고 자유 시장을 옹호하는 척하는 기업들이 실제로 알고 보면 다른 사람들이 배를 곯는 동안 연방 정부 예산을 집어삼킨단 말이지. 물고기하고 야생 생물을 위한 예산은 매년 5퍼센트씩 삭감되는데 말이야. 현장에 있는 사무소는 전부 유령 사무소라고. 직원도 없고, 부지 확보할 돈도 없고."

"아이고, 그 귀한 물고기. 그 귀한 야생 생물."

"**난 그것들이 염려돼.** 당신은 이해가 안 돼? 존중해주면 안 되냐고. 그걸 존중해주지 못한다면 도대체 당신은 왜 나랑 사는 거야? 왜 날 떠나지 않는 건데?"

"떠난다고 **해결되는** 게 아니니까. 답답해. 내가 그 생각을 안 해본 줄 알아? 내가 가진 기술하고 직장 경력으로 중년 몸뚱이를 구직 시장에 내놓으라고? 솔직히 난 당신이 청솔새를 위해 하는 일, 정말 멋지다고 생각해."

"개소리!"

"좋아. 개인적으로는 관심 가는 일이 아니야. 하지만……."

"그럼 당신이 관심 있는 건 **뭐야**? 당신은 그런 거 **없잖아**. 매일 아무것도 안 하고 빈둥거리기만 하지. 전혀. 그런 당신을 보고 있으면 돌아가실 것 같다니까. 당신이 그렇게 하루 종일 앉아서 신세 한탄이나 하는 대신 나가서 일자리라도 구해 돈을 벌거나, 아니면 다른 사람을 위해 뭐라도 해주면 자신이 무용지물 같다는 생각이 훨씬 덜할지도 모른다, 이 말이야."

"좋아. 하지만 당신 그거 알아? 아무도 **나한테** 청솔새 구하라며 연봉 18만 달러를 주지는 않는다고. 그런 일 얻으면 좋지. 그런데 난 그럴 능력이 없어. 스타벅스에 취직해서 프라푸치노라도 만들까? 스타벅스에서 하루 여덟 시간 일하면 내가 보람을 느낄 것 같아?"

"그럴지도 모르지! 해보지도 않았잖아! 해본 적이 없지, 평생!"

"이제야 바른 말을 하시네! 이제 얘기가 풀리기 시작하는데!"

"당신을 집에 들여앉히지 말아야 했어. 그게 실수야. 당신 부모님이 왜 당신이 직장을 구하게 하지 않았는지 모르겠어. 하지만……."

"**나도 직장에 다녔어, 제기랄**." 패티가 월터를 발로 차려고 했지만 실수로 무릎을 비켜갔다. "여름 내내 아빠 사무실에서 일했거든. 당신도 대학 다닐 때 봤잖아. 나도 할 수 있다고. 거기서 꼬박 2년을 일했거든. 임신 8개월일 때도 출근했잖아."

"당신은 트리드웰이랑 노닥거리며 커피 마시고, 운동경기나 영화를 봤지. 그건 직장이 아니야. 그건 당신을 아끼는 사람들이 당신을 위해 선심 쓴 거지. 처음에는 아버지 사무실에서 일하고, 그러고는 운동부 친구들하고 일했잖아."

"그럼 20년 동안 하루에 열여섯 시간씩 가사노동한 건? 그것도 무료로. 그건 안 쳐줘? 그것도 '선심' 쓴 건가? 당신 애들 키운 건? 집수리한 건?"

"그건 **당신**이 원해서 한 거잖아."

"당신은 원하지 않았고?"

"당신을 위해서였지. 당신이 원하니까 나도 원한 거라고."
"어이구, 개소리, 개소리, 개소리. 당신도 자신을 위해 원한 거잖아. 당신은 내내 리처드와 경쟁했고, 당신도 그걸 알고 있어. 이제 와서 그걸 잊은 이유는 생각대로 잘 안 됐기 때문이지. 당신이 더 이상 **이기고** 있지 않으니까."
"이기는 거랑은 아무 상관없어."
"거짓말쟁이! 당신도 나만큼 승부욕이 강해. 당신은 솔직하게 사실대로 말하지 않을 뿐이야. 그래서 날 가만히 내버려두지 않고 나한테 그 귀한 일자리를 구하라는 거잖아. 내가 당신을 **낙오자**로 만드니까."
"더 이상 못 들어주겠다. 딴 세상 얘기하는 것 같아."
"맘대로 해. 듣든지 말든지. 하지만 난 아직 당신하고 한편이야. 믿든 말든 난 당신이 이기기를 바라. 내가 조이를 돕는 건 개도 우리 편이기 때문이야. 당신도 도울게. 내일 나가서 당신을 위해 일자리를 구해볼게."
"나를 위해서라고 하지 마."
"아니, 당신을 위해서야. 못 알아듣겠어? 난 위할 **내**가 없어. 난 아무것도 믿는 게 없다고. 아무 신념도 없고. 내가 가진 거라고는 내 편이 전부야. 당신을 위해 일자리를 구할 테니, 제발 날 좀 내버려둬. 내가 버는 돈이 얼마든 그걸 조이에게 줘도 상관하지 말라고. 이제 내 얼굴 지겹게 보지 않아도 될 거야. 그렇게 역겨워하지 않아도 된다고."
"역겨워하지 않아."
"그래? 이해가 안 가는데."
"당신이 싫으면 일자리 구할 필요 없어."
"구하고 싶다니까! 분명히 말했잖아. 당신이 그러라고 했잖아."
"아니, 당신은 아무것도 할 필요 없어. 그냥 다시 나의 패티가 되어줘. 내게 돌아와달라고."
패티는 폭포수 같은 눈물을 쏟아냈고, 월터는 패티와 같이 몸을 뉘었다.

부부 싸움은 섹스로 가는 관문이 되었다. 이제는 섹스를 하려면 싸우는 것 외에는 방법이 없는 것 같았다. 비가 세차게 내리고 번개가 번쩍거리는 동안, 월터는 패티를 자존감과 욕망으로 가득 채워주려고 노력했다. 그가 근심을 털어놓고 위안을 받고 싶은 대상이 패티라는 사실을 납득시키려고 애썼다. 그래도 소용없었지만, 섹스가 끝난 후에는 잠시 말없이 서로 부둥켜안고 누워서, 오랜 결혼 생활을 한 부부답게 자신을 잊고 슬픔을 함께 나누며 상대방에게 받은 상처를 모두 용서하고 휴식을 취했다.

다음 날, 패티는 밖에 나가 일자리를 구했다. 두 시간이 채 못 되어 돌아온 패티는 창문이 많은 '관측소'인 월터의 사무실에 불쑥 들어가 헬스클럽 건강공화국에서 접수계 직원으로 일하게 됐다고 선언했다.

"글쎄, 난 잘 모르겠네." 월터가 말했다.

"뭐라고? 왜 안 되는데? 워싱턴에서 내가 일하기에 창피하거나 구역질 나지 않는 곳은 말 그대로 거기뿐이야. 마침 사람을 구하는 중이었고! 운이 좋았지." 패티가 말했다.

"접수계 직원은 좀 부적절한 것 같다. 당신의 재능을 생각하면 말이야."

"누구에게 부적절한데?"

"몰라. 신탁기금 후원이나 입법 지지, 규제와 관련해 내가 도움을 청하기 위해 접촉해야 할지도 모르는 사람들."

"어머, 세상에. 당신 지금 무슨 말을 하고 있는지 알아? 당신이 지금 한 말이 무슨 뜻인지 아느냐고."

"이봐, 난 솔직히 말하는 거야. 솔직하다는 이유로 비난하진 말아줘."

"월터, 당신이 솔직한 걸 비난하는 게 아니라 **말의 내용**을 비난하는 거야. 뭐! '적절하지 않다'고? 우와."

"당신은 헬스클럽 신참 직원으로 일하기엔 너무 똑똑하다고."

"그게 아니라 내가 너무 나이가 많다는 얘기겠지. 제시카가 여름에 거기서 일한다고 하면 아무 말도 안 할 텐데."

"솔직히, 제시카가 여름에 하고 싶은 일이 그것뿐이라면 실망할 것 같아."

"어머나, 하느님 맙소사. 그럼 난 이러지도 저러지도 못하는 거네. '어떤 직장이라도 직장이 없는 것보다는 나아. 아니면 아니, 아니지, 미안, 잠깐, 당신이 실제로 원하고 할 자격도 있는 직장은 직장을 안 다니는 것만 **못해**.'"

"알았어. 좋아, 해. 상관 안 할 테니."

"상관 안 해줘서 고마워."

"단지 당신이 자신을 너무 싼값에 팔아넘긴다는 생각이 들어서 그래."

"뭐, 당분간만 할 수도 있지. 공인중개사 자격증을 딸까? 다른 직장을 구하기 어려운 이곳 주부들처럼. 그래서 마루도 기울어지고 다 쓰러져가는 코딱지만 한 타운 하우스를 200만 달러에 팔아볼까. '바로 이 화장실에서 1962년 허버트 험프리가 똥을 한 바가지 쌌습니다. 이 역사적 사건을 기리는 의미에서 이 집은 국가 유적으로 등록되었습니다. 그래서 주인이 10만 달러를 더 요구하는 겁니다. 부엌 창문 뒤에는 작지만 아주 예쁜 진달래 관목이 있습니다.' 나도 분홍색이랑 녹색 투피스에 바바리코트를 입어볼까. 첫 실적 올리고 받은 중개비로는 렉서스 SUV를 사야겠네. 그럼 더 적절하겠지."

"알았다고 했잖아."

"고마워, 여보! 내가 원하는 일을 하게 해줘서!"

월터는 패티가 사무실 방문을 나서서 랄리사의 책상 앞에서 멈추는 모습을 지켜보았다.

"안녕, 랄리사. 나 일자리 구했어. 내가 운동하는 헬스클럽에서 일하게 됐어." 패티가 말했다.

"잘됐네요. 그 헬스클럽 마음에 들어하셨잖아요."

"응. 근데 월터는 부적절하다네. 랄리사는 어떻게 생각해?"

"정직한 일은 어떤 일이든 그 일을 하는 사람을 고귀하게 만들어준다고 생각해요."

"**패티**, 알았다고 했잖아." 월터가 소리쳤다.

"봐, 이제야 마음이 변했네. 조금 전까지만 해도 적절하지 않다고 했거든."

"네, 들었어요."

"그렇지, 하하하. 들었을 거라고 생각해. 하지만 못 들은 척해야지, 그렇지?"

"제가 듣는 게 싫으시면 방문을 열어두지 마세요."

랄리사가 쌀쌀맞게 대꾸했다.

"우리 모두 척하는 연습을 더 열심히 해야겠어."

패티는 건강공화국에서 접수계 직원으로 일하며 월터가 바라는 대로 활달해졌다. 아니, 그 이상이었다. 패티의 우울증이 곧 없어지는가 했지만 이는 오직 '우울증'이라는 단어가 얼마나 오해의 소지가 있는 단어인지만 보여주었다. 월터는 그녀의 밝고 활달한 겉모습 뒤에는 아직도 예전의 불행하고 분노와 절망감이 가득한 패티가 존재하고 있다고 확신했다. 패티는 아침 시간을 자기 방에서 보냈고, 헬스클럽에서 오후 근무를 하고 10시가 넘어서야 귀가했다. 미용 잡지와 운동 잡지를 읽기 시작했으며, 눈 화장이 눈에 띄게 짙어졌다. 워싱턴에서 내내 입은 운동복과 헐렁한 청바지, 정신질환을 앓는 사람들이 하루 종일 입는 헐렁한 옷을 벗어던지고, 실제로 돈을 줘야 살 수 있는 착 달라붙는 청바지를 입었다.

"멋진데." 어느 날 저녁 월터가 다정하게 말했다.

"뭐, 이제 수입이 있으니 번 돈을 쓸 데가 있어야 하지 않겠어?" 패티가 말했다.

"대신 언제든지 청솔산 신탁기금에 기부해도 되고."

"하하하."

"기부가 많이 필요해."

"난 즐기고 있어, 월터. 아주 조금 즐기고 있지."

하지만 패티는 즐거워 보이지 않았다. 그녀는 월터의 마음에 상처를 주거나 괴롭히거나, 아니면 뭔가를 증명해 보이려 애쓰고 있었다. 패티가 준 무료 이용권으로 건강공화국에서 운동하던 월터는 그녀가 출입 카드를 스캔해주는 회원들에게 지나치게 친절한 것을 보고 마음이 심란해졌다. 패티는 소매가 짧고 도발적인 슬로건(**밀자, 땀 흘리자, 들자**)이 인쇄된, 보기 좋게 근육이 생긴 팔뚝을 돋보이게 해주는 헬스클럽 티셔츠를 입었다. 패티의 눈은 마약을 한 사람의 눈처럼 번득였고, 패티의 웃음소리는 늘 월터를 흥분시켰지만 헬스클럽 로비에 있던 그의 뒤에서 울려 퍼지는 그녀의 웃음소리는 가식적이고 불길하게 들렸다. 패티는 이제 아무에게나 그 웃음을 흘렸고, 위스콘신 가를 벗어나 헬스클럽으로 들어서는 모든 회원에게 무차별적으로 무의미한 웃음을 살포했다. 그러던 어느 날, 월터는 집에 있는 패티의 책상 위에 가슴 확대 수술 브로슈어가 놓인 것을 보았다.

"맙소사! 이거 정말 추접하다." 브로슈어를 훑어보던 월터가 말했다.

"의료 브로슈어인데, 뭘."

"이건 **정신 질환** 브로슈어야, 패티. 더 심한 정신 질환을 앓을 수 있는 방법을 알려주는 안내서라고."

"미안하지만, 얼마 남지 않은 내 젊은 세월 동안 실제로 가슴이 좀 있는 것도 괜찮을 거라고 생각했어. 어떤가 보려고."

"당신 가슴 **있잖아**. 난 당신 가슴 좋아하는데."

"고맙긴 한데, 결정하는 사람은 당신이 아니지. 당신 몸이 아니잖아. 내 몸이라고. 당신이 항상 말한 게 그거 아니었나? 이 집에서 여성 운동가는 당신이잖아."

"당신 왜 이러는 거야? 자신한테 왜 이러는지 이해가 안 돼."

"싫으면 떠나든가. 그런 생각은 해봤어? 모든 문제가 한꺼번에 해결되잖아, 순식간에."

"그런 일은 절대 없을 거야, 그러니까……."

"그런 일 절대 없을 거라는 거 나도 알아."

"어! 어! 어! 어."

"그래, 나이 좀 몇 년 깎아내고 내가 번 돈으로 나 자신을 위해 뭔가 해보려고. 내가 내 맘대로 '젖탱이' 좀 사겠다는 것뿐이야. 당신도 보면 좋아할지 모르잖아. 그런 생각은 해봤어?"

월터는 두 사람이 싸우면서 오랜 기간 만들어온 독성 물질을 보고 두려워졌다. 그 독성 물질은 애팔래치아 계곡에 있는 연못에 쌓인 석탄 찌꺼기처럼 그의 부부 관계에 고여 있는 걸 월터는 느낄 수 있었다. 와이오밍 카운티처럼 엄청난 양의 석탄이 매장된 곳에서 석탄 회사들은 광산 바로 옆에 석탄 처리 시설을 만들고 가장 가까운 시냇물을 끌어다 석탄을 씻었다. 오염된 물은 독성 찌꺼기가 가득 찬 큰 웅덩이를 만들었고, 월터는 청솔새 공원 한가운데에 석탄 찌꺼기 웅덩이가 있을까 봐 너무 걱정돼 랄리사에게 걱정하지 않을 방법을 강구하라고 했다. 쉬운 일이 아니었다. 석탄을 파헤치면 비소나 카드뮴처럼 수백만 년 동안 안전하게 묻혀 있던 독성 화학물질까지 파헤치게 되는데, 피할 수 없는 일이었다. 지하 폐광에 이 독성 물질을 버려도 지하수에 스며들어 식수를 오염시킬 것이다. 부부 싸움을 할 때 온갖 불미스러운 옛일을 들춰내는 것과 비슷하다. 한번 말을 내뱉으면 주워 담을 수 없다. 랄리사는 자료 조사를 해서 석탄 찌꺼기를 잘 분리해 저장하면 결국 찌꺼기가 건조되고, 부순 암석과 상층토로 잘 덮으면 감쪽같다는 사실을 알아내 월터를 안심시켰다. 그는 웨스트버지니아에 이 석탄 찌꺼기 웅덩이에 대한 얘기를 복음처럼 전파하기로 결심했다. 월터는 생물 주요 서식지와 과학적 근거를 바탕으로 한 매립을 믿는 것과 마찬가지로, 믿어야 했기 때문에, 패티 때문에, 이 얘기를 믿었다. 지금 모텔의 불편한 매트리스 위에 누워 까끌까끌한 침대보와 이불 사이에서 잠을 청하려니 자기가 믿은 것 중 진실이 있기는 한 건가 하는 생각이 들었다.

깜박 잠이 들었나 보다. 3시 40분에 알람이 울리자 월터는 망각의 잠에서 깨어 정신이 번쩍 들었다. 또 두려움과 분노의 열여덟 시간이 그를 기다리고 있었다. 랄리사는 정확히 4시에 월터의 방문을 두드렸다. 캐주얼한 청바지와 하이킹 신발을 신은 그녀는 활기차 보였다.

"기분이 엉망이에요! 어떠세요?"

"나도 그래. 자네는 적어도 그래 보이지는 않은데. 난 보기에도 엉망이지만."

밤새 비는 그쳤다. 비만큼이나 축축하고 남쪽 냄새가 나는 짙은 안개가 자욱했다. 길 건너 트럭 운전사들이 들르는 곳에서 아침을 먹으며 월터는 랄리사에게 〈뉴욕타임스〉의 댄 케이퍼빌이 보낸 이메일 얘기를 했다.

"당장 집으로 돌아가서 내일 아침 기자회견 준비하고 싶으세요?"

"케이퍼빌한테는 월요일에 한다고 했어."

"바뀌었다고 하면 되잖아요. 얼른 해치우고 주말은 편하게 보내는 게 좋을 것 같은데요."

하지만 월터는 고통스러울 정도로 지쳐서 다음 날 아침 기자회견을 할 엄두가 나지 않았다. 월터가 말없이 앉아 괴로워하는 동안 랄리사는 어젯밤 그가 차마 용기가 나지 않아 하지 못한, 블랙베리로 신문 기사를 읽는 일을 했다.

"열두 단락밖에 안 되는걸요. 괜찮네요, 뭐." 랄리사가 말했다.

"그래서 전부 이 기사를 놓치고 우리 집사람한테 그 소식을 들었나 보네."

"어젯밤 통화하셨나 보죠?"

랄리사의 이 말에는 뭔가 다른 의미가 있는 것 같았지만 월터는 너무 피곤해서 알아낼 기운도 없었다.

"누가 누설을 했고, 얼마나 누설을 했는지 궁금해."

"사모님이 누설했는지도 모르죠."

"맞아." 월터는 웃었지만 랄리사의 표정은 굳어 있었다.

"패티가 그럴 리 없어. 다른 건 몰라도 이 문제에 별로 관심도 없거든."

"흠." 랄리사는 팬케이크를 한 입 베어 물더니 여전히 불쾌하고 굳은 표정으로 식당 안을 둘러봤다. 랄리사가 오늘 아침 패티에게 그리고 월터에게 화를 내는 건 당연했다. 거부당하고 외롭지 않았겠는가. 월터가 랄리사의 쌀쌀맞은 모습을 본 건 처음이었다. 월터는 자신과 같은 위치에 있는 남성이 등장하는 책을 읽고 영화를 보며 그런 남성에 대해 도저히 이해가 되지 않은 점이 지금 분명하게 보였다. 누군가로부터 전폭적으로 계속 사랑을 받으려면 어느 시점에 사랑으로 보답을 해줘야 한다는 것이었다. 단순히 좋은 사람인 것만으로는 점수를 얻을 수 없었다.

"그냥 주말에 하기로 한 회의를 하고 싶어. 인구과잉 문제에 대해 이틀 동안 일할 수만 있다면 월요일에는 어떤 일이든 감당할 수 있을 것 같아." 월터가 말했다.

랄리사는 그에게 대꾸도 하지 않고 팬케이크를 다 먹었다. 월터도 억지로 음식을 목구멍으로 넘겼고, 두 사람은 빛으로 오염된 어두운 아침을 향해 걸어 나갔다. 렌터카 운전석에 오른 랄리사는 전날 월터가 옮겨놓은 좌석과 거울을 다시 조정했다. 랄리사가 안전띠를 매려고 대각선으로 손을 뻗었을 때, 월터는 어색하게 그녀의 목에 자기 손을 올리고 가까이 당겨 진지한 눈빛을 교환했다.

"네가 곁에 없으면 난 단 5분도 못 견뎌. 단 5분도. 알아?" 월터가 말했다.

랄리사가 잠깐 생각하고는 고개를 끄덕였다. 그녀는 잡으려던 안전띠를 놓고 자기 손을 월터의 어깨에 올려놓고 정중하게 입맞춤을 했다. 그러고는 그가 어떤 반응을 보이는지 보기 위해 뒤로 약간 물러났다. 그는 지금 자기가 할 수 있는 한 최선을 다했고, 더 이상은 앞으로 나아갈 수 없을 것 같았다. 월터는 뭔가에 몰두한 아이처럼 인상을 찌푸리고, 랄리사가 그의 안경을 벗겨 계기판 위에 올려놓고 손을 그의 머리에 얹고 자기 코를 그의 코에 비비는 동안 잠자코 있었다. 그는 랄리사와 패티의 얼굴이 가까이서 보면 많이 닮았다는 사실에 잠시 주춤했다. 월터는 눈을 감고 랄리사에게 입을 맞추었다. 순수한 그녀의 입술은 폭신하고 복숭아처럼 달콤했으며, 비단결 같은 머리카락 속에서 그녀의 머리는 따뜻하게 느껴졌다. 월터는 자기보다 훨씬 어린 여자에게 입맞춤하는 건 옳지 않다는 느낌을 지우려고 애썼다. 그는 랄리사의 젊음이 자기 손 안에서 바스라질 것처럼 느껴졌고, 그녀가 물러나서 반짝이는 눈으로 자신을 바라보자 안심이 됐다. 월터는 그 순간 뭔가 말을 해야 한다고 생각했지만, 그녀에게서 눈을 뗄 수 없었다. 그의 이런 모습을 본 랄리사가 변속기를 넘어와 그의 몸에 걸터앉았다. 그가 그녀를 품에 안겠다는 신호로 받아들인 것이다. 랄리사는 굶주린 듯 **공격적으로** 그에게 입맞춤을 했고, 기분이 너무 좋은 월터는 몸이 땅 밑으로 꺼지는 것 같았다. 월터는 자유낙하하고 있었다. 그가 믿었던 모든 것들이 어둠 저편으로 사라졌다. 그가 갑자기 울기 시작했다.

"왜 그러세요?" 랄리사가 물었다.

"우리 천천히 하자."

"천천히, 천천히, 알았어요." 랄리사가 월터의 눈물에 입을 맞추고 부드러운 엄지손가락으로 눈물을 닦아주며 말했다. "사무총장님, 슬프세요?"

"아니, 자기, 그 반대야."

"그럼 제가 당신을 사랑하게 해주세요."

"그래, 그렇게 해."

"정말 괜찮아요?"

"응, 하지만 출발해야 할 것 같은데." 월터가 여전히 눈물을 흘리며 말했다.

"조금만 있다가요."

랄리사가 월터의 입술에 혀를 갖다 대자 그는 입을 벌려 그녀의 혀를 받아들였다. 그는 패티의 온몸을 통해 느낀 욕망보다 강한 욕망을 랄리사의 입에서 느꼈다. 그가 나일론 민소매 옷 위로 꽉 움켜쥔 랄리사의 어깨는 뼈와 젖살뿐이고, 근육이 없어 말랑말랑했다. 그녀는 등을 곧추세우고 자기 엉덩이로 그의 가슴을 밀며 눌렀다. 하지만 월터는 아직 그럴 준비가 돼 있지 않았다. 더 가까워지긴 했지만 완전히 거기까지 간 건 아니었다. 지난밤 월터가 저항한 건 금기나 원칙 때문이 아니고, 그가 눈물을 흘린 것도 기뻐서만은 아니다.

이를 눈치챈 랄리사가 그에게서 몸을 뗀 뒤 월터의 표정을 살폈다. 그녀가 월터의 표정에서 뭘 봤는지 모르겠지만 랄리사는 자기 자리로 돌아갔고, 더 멀리서 그를 관찰했다. 월터는 절실하게 랄리사를 갈망했다. 하지만 자신 같은 위치에 있는 남자들에 대해 듣고 읽은 이야기를 희미하게 떠올리며 이것이 바로 그들의 고질적인 버릇이라는 걸 깨달았다. 여자가 기대하고 기다리도록 만드는 것. 두 사람은 고속도로를 오가는 차 소리를 들으며 이른 새벽의 보랏빛 가로등 불빛 아래 한참 동안 앉아 있었다.

"미안해. 어떻게 살아야 할지 아직 모르겠어." 월터가 마침내 입을 열었다.
"괜찮아요. 시간이 어느 정도 필요하시겠죠."
월터는 "어느 정도"라는 말에 주의를 집중하며 고개를 끄덕였다.
"그런데 한 가지만 물어봐도 돼요?" 랄리사가 물었다.
"한 가지가 아니라 100만 가지라도 돼."
"뭐, 지금으로서는 하나뿐이에요. 절 사랑할 수 있을 것 같으세요?"
월터가 미소 지었다. "그럼, 그건 분명해."
"그럼 됐어요." 랄리사가 시동을 걸었다.

살짝 걷힌 안개 사이로 맑은 하늘이 드러났다. 랄리사는 베클리를 빠져나와 이면 도로를 제한속도보다 엄청나게 빠른 속도로 질주했다. 월터는 창밖을 내다보며 근심을 잊고 자유낙하에 몸을 맡겼다. 애팔래치아 삼림이 세계에서 가장 다양한 생물이 서식하는 온대기후 생태계로서, 나무와 난초와 담수 무척추 생물의 다양성으로 치면 고지대 평원이나 모래가 많은 해변 지역이 무색할 정도라는 사실은, 두 사람이 차를 타고 가는 도로에서는 분명하게 보이지 않았다. 울퉁불퉁한 지형과 풍부한 광물 자원은 제퍼슨이 말한 평등한 소작농의 세상을 거부하고 지상권과 광물권을 외부에서 온 소수의 사람들 손에 집중시켰고, 가난한 지역 주민과 외부에서 온 노동자들은 변두리 삶으로 밀려나 벌목을 하고, 광물을 캐고, 광산의 흥망 전후로 생긴 찌꺼기를 주워 모으며 근근이 살아갔다. 월터와 랄리사를 사로잡은 것과 같은 욕정을 억누르지 못하고 일찍 자식을 낳아 세대 간의 나이 차이도 얼마 나지 않았고, 그렇게 몇 세대로 이뤄진 대가족이 넘쳐났다. 웨스트버지니아는 미국의 바나나 리퍼블릭, 미국의 콩고, 미국의 가이아나, 미국의 온두라스였다. 여름에는 도로에서 보는 풍경이 꽤 아름다웠지만 나뭇잎이 모두 떨어진 지금은 녹지 사이로 딱지처럼 여기저기 암석이 솟은 것이 보였다. 아직 어린 재생림의 윗부분은 볼품없이 가늘었으며, 산기슭은 파헤쳐지고, 계곡은 채굴로 오염되었다. 망가진 마구간과 칠이 벗겨진 집들, 주변에 플라스틱과 금속 쓰레기가 허리께까지 차오르도록 수북이 쌓인 이동식 주택, 마구잡이로 파헤쳐진 흙길도 있었다.

더 깊숙한 지역으로 들어가면 그래도 좀 나았다. 오지라서 사람들의 발길이 닿지 않기 때문이다. 사람이 접근할 수 없기 때문에 사람 외에 다른 것은 훨씬 풍부했다. 랄리사는 뇌조를 피하려고 운전대를 급하게 꺾었다. 와이오밍 카운티에서 더 울창한 숲과 덜 훼손된 산 정상, 더 맑은 계곡의 소중함을 일깨워주는 조류 친선 대사였다. 날씨도 개고 있었다.

"널 원해." 월터가 말했다.

랄리사가 고개를 가로저었다. "더 이상 아무 말도 하지 마세요. 알았죠? 아직 할 일이 많아요. 일부터 하고 보죠."

월터는 블랙주얼 계곡(나인마일 계곡이 가장 큰 지류다)을 따라 난 작은 피크닉 장소에서 차를 세우게 할까 하는 유혹을 느꼈지만, 자신이 준비가 됐는지 확신이 없는 상태에서 그녀에게 손을 대는 건 무책임하다는 생각이 들었다. 확실하게 보상을 받을 수만 있다면 조금 지체되는 건 문제가 아니다. 그리고 이곳의 아름다운 풍경, 달콤한 꽃가루 향이 나는 촉촉한 초봄의 공기가 월터에게 확신을 주었다.

두 사람은 6시가 넘어서야 포스터할로로 가는 분기점에 다다랐다. 월터는 나인마일 도로에서 대형 트럭이나 중장비를 보게 될 것으로 기대했지만 한 대도 보이지 않았다. 진흙 깊이 새겨진 바퀴와 트랙터 자국만 있을 뿐이었다. 나무가 잘려나간 숲에는 새로 꺾인 나뭇가지가 바닥에 널려 있거나 나무에 힘없이 대롱대롱 매달려 있었다.

"누가 일찌감치 도착했나 보네." 월터가 말했다.

랄리사는 가속페달을 불규칙하게 밟으며 진창길을 갈지자로 운전했고, 땅에 떨어진 큼지막한 나뭇가지를 피하기 위해 도로 가장자리로 위험하게 핸들을 꺾었다.

"저 사람들, 어제 왔을지도 모르겠네. 잘못 알고 어제 장비를 들여와 일찍 시작했나?" 월터가 말했다.

"정오를 기해 법적 권리를 양도받았으니까요."

"하지만 그렇게 말하지 않았는데. 오늘 아침 6시라고 했거든."

"네. 하지만 석탄 회사들이잖아요."

두 사람은 도로의 가장 좁은 지점에 다다랐다. 나무들은 거칠게 베이고 전기톱으로 잘려나갔으며, 나무 밑동은 계곡 아래로 굴러 떨어져 있었다. 랄리사는 진흙과 돌, 나무 밑동이 어지러이 널린 길을 가로지르기 위해 가속페달을 밟아 차를 이리저리 움직였다. "렌터카라 천만다행이네!" 그녀가 속도를 내 반듯한 도로로 가뿐하게 들어서며 말했다.

3킬로미터가량 앞에 있는, 신탁기금이 소유한 땅 경계선 부근에서 주황색 조끼를 입은 인부들이 쇠사슬로 묶어놓은 문 앞에 모여 있었다. 그 앞길은 승용차 두 대가 가로막고 있었다. 월터는 조슬린 존과 다른 여자들이 클립보드를 들고 안전모를 쓴 십장과 얘기하고 있는 것을 보았다. 지금 이 세상과 그리 다르지 않은 다른 세상에서 만났다면 월터는 조슬린 존과 친구가 됐을지도 모른다. 조슬린은 얀 반 에이크가 그린, 제단 위에 걸린 유명한 그림 속 이브와 닮았다. 그녀는 얼굴이 창백하고 눈의 초점이 흐렸으며, 머리카락과 이마의 경계선이 올라가 있어 머리가 커 보였다. 조슬린은 전혀 동요하지 않고 침착했으며, 어떤 경우에도 흔들리지 않을 만큼 강해 보였다. 월터가 좋아하는 쌉싸래한 샐러드 채소 같은 여자였다. 월터와 랄리사가 차에서 내려 진창길에 올라서자 조슬린이 도로를 걸어 내려와 두 사람에게 인사했다.

"안녕하세요? 무슨 일인지 설명 좀 해주시겠어요?" 조슬린이 말했다.

"도로 공사 같네요." 월터가 시치미를 떼고 말했다.

"계곡으로 토사가 많이 흘러 내려가고 있어요. 블랙주얼까지 이어지는 계곡 절반은 이미 흙탕물이 됐고요. 토양 침식이 완화되는 모습은 전혀 안 보이네요. 솔직히 오히려 그 반대인걸요."

"일꾼들이 알아듣게끔 우리가 얘기하겠습니다."

"환경보호국에 연락해 와서 좀 봐달라고 했어요. 6월쯤 올 것 같아요. 아니면 그 사람들도 매수했나요?"

월터는 제일 뒤에 서 있는 차의 범퍼에 튄 흙탕물 사이로 사인을 보았다. '**나돈이 끝장냈다**'라고 적혀 있었다.

"조슬린, 뒤로 한발 물러나 생각해봅시다. 조금 뒤로 물러나 큰 그림을 그려보자고요." 월터가 말했다.

"싫은데요. 관심 없어요. 전 이 계곡을 더럽히는 토사에만 관심이 있어요.

이 울타리 너머에서 무슨 일이 벌어지는지도 알고 싶고."

"도로가 없는 25만 제곱킬로미터에 달하는 영구 보존 지역을 만들고 있어요. 2000쌍에 달하는 청솔새를 위해 분산되지 않은 서식지를 조성하고 있다고요."

조슬린은 진흙투성이 바닥을 향해 초점이 흐린 눈을 내리깔았다.

"그렇겠죠. 댁이 관심 있는 청솔새. 참 예쁘죠."

"어디 다른 곳으로 가서 편하게 앉아 큰 그림에 대해 얘길 나눠보죠. 우린 그쪽 편이에요." 랄리사가 명랑하게 말했다.

"싫은데요. 잠시 여기서 기다려야 해서요. 〈가제트〉에서 일하는 제 친구한테 와서 봐달라고 했거든요."

"〈뉴욕타임스〉와도 얘기했나요?" 월터는 물어봐야겠다는 생각이 들었다.

"네. 상당히 관심이 있던데요. 요즘은 산정 제거법만 거론하면 모두 귀가 쫑긋해지죠. 여기서 당신들이 하는 짓이 그거잖아요. 그렇지 않은가요?"

"월요일에 기자회견을 할 예정이에요. 전체 계획을 밝힐 거고, 자세한 내용을 알게 되면 아마 좋아하실 겁니다. 기자회견장에 오시겠다면 항공편을 마련해드리죠. 오셨으면 좋겠습니다. 염려하는 부분을 밝히고 싶으면 저랑 같이 공개적으로 토론을 할 수도 있고요." 월터가 말했다.

"워싱턴에서요?"

"네."

"그럴 줄 알았어요."

"우리 본거지거든요."

"그렇죠. 거긴 모든 것의 본거지죠."

"조슬린, 이곳 20만 제곱킬로미터는 손도 대지 않을 거고, 나머지도 몇 년 안에 차차 회복될 겁니다. 우리가 아주 현명한 결정을 했다고 생각하는데요."

"제 의견은 다르다고 말씀드려야겠네요."

"월요일에 우리와 합류하는 문제에 대해 진지하게 생각해보세요. 그리고 〈가제트〉에서 일한다는 친구분께 오늘 제게 연락 좀 달라고 전해주시고요." 월터는 지갑에서 명함을 꺼내 조슬린에게 건넸다. "관심이 있으시면 그분도 저희가 워싱턴으로 초청하겠다고 전해주세요."

언덕 위쪽 멀리에서 천둥소리 같은, 뭔가 폭발하는 소리가 울렸다. 포스터할로에서 나는 듯했다. 조슬린은 우비 파카 주머니에 명함을 넣었다.

"참, 코일 마티스랑 얘기했는데, 여기서 무슨 짓을 하는지 다 알고 있습니다." 조슬린이 말했다.

"코일 마티스는 그 문제에 대해 거론하는 게 법적으로 금지돼 있는데요. 하지만 저와 얘기를 나누고 싶으시면 기꺼이 응하겠습니다." 월터가 말했다.

"그 사람이 휘트먼빌에 있는, 침실 다섯 개짜리 새집에서 살고 있는 것만 봐도 알 수 있죠."

"정말 좋은 집이죠. 예전에 살던 곳보다 훨씬 좋잖아요." 랄리사가 말했다.

"한번 찾아가서 그분도 동의하는지 얘길 해보시죠."

"어쨌든 차를 좀 치워주세요. 그래야 우리가 지나가죠."

"흠, 누굴 불러서 우리 차를 견인하라고 하던가요. 전화가 터질지 모르겠지만. 아마 안 터질걸요."

"이봐요, 조슬린." 분노가 극에 달한 월터가 말했다. "어른답게 얘기할 수 없어요? 의견 차이가 있긴 하지만 우린 결국 같은 편이잖아요."

"미안하지만 아닌데요. 내 방법은 길을 막는 거랍니다."

더 이상 말하면 실수할 것 같아서 월터는 언덕을 걸어 올라갔다. 랄리사가 그의 뒤를 따랐다. 아침나절 내내 되는 일이 없었다. 나이가 제시카 정도밖에 돼 보이지 않는, 안전모를 쓴 십장이 다른 여자들에게 왜 차를 치워야 하는지 정중하게 설명하고 있었다.

"무전기 있어요?" 월터가 십장에게 불쑥 물었다.

"실례지만 누구시죠?"

"청솔산 신탁기금의 사무총장이오. 6시까지 도로 위쪽에서 누굴 만나야 합니다."

"그렇군요. 하지만 이 숙녀분들께서 차를 치워주시지 않으니 곤란하겠는데요."

"그럼 무전기로 연락해서 누구든 내려와 우리를 데려가라고 하면 어떨까요?"

"유감스럽게도 무선 범위를 벗어나서 불가능합니다. 이 지역에서는 먹통이라서요."

"알았소." 월터가 심호흡을 했다. 출입문 너머로 픽업트럭이 세워져 있는 게 보였다. "그럼 당신 트럭으로 우리를 좀 데려다주세요."

"전 출입문 근처를 이탈하면 안 됩니다."

"그래요. 그럼 트럭을 우리에게 좀 빌려주든지."

"그것도 곤란합니다. 당신이 작업장에서 이 차를 몰면 보험 적용을 받지 못하거든요. 하지만 이 숙녀분들께서 조금만 옆으로 차를 옮겨주시면 직접 몰고 오신 차로 올라갈 수 있어요."

월터는 여자들 쪽으로 고개를 돌렸다. 60세 이하로 보이는 사람은 하나도 없었다. 월터가 미소를 띠고 간곡하게 말했다.

"저희를 지나가게 해주시면 모두에게 이득이 됩니다. 저희는 이곳에서 작업이 제대로 진행되는지 감시하러 왔습니다. 저희도 여러분 편입니다. 저희도 여러분처럼 환경을 걱정한다고요. 혹시 이 중 한두 분이 저희를 따라오시⋯⋯."

"그건 곤란한데요." 십장이 말했다.

"곤란한 것 좋아하시네! 여길 지나가야 한단 말이오! 이 빌어먹을 땅의 임자는 **우리란 말이야**! 알아? **여기 눈에 보이는 전부가 우리 거라고**."

"기분이 어때요? 별로죠? 불리한 편에 서니까."

나이가 가장 많아 보이는 여자가 말했다.

"걸어가시려면 그렇게 하십시오. 좀 멀긴 하지만. 진창길이라 두 시간은 잡아야 할 겁니다." 십장이 말했다.

"그냥 트럭이나 빌려주시오. 내가 변상하리다. 아니면 내가 훔쳤다고 하든가, 좋을 대로 하시오. 그놈의 트럭이나 좀 빌려줘요."

랄리사가 월터의 팔에 손을 얹었다. "사무총장님은 차 안에 잠깐 앉아 계세요." 랄리사가 여자들을 향해 말했다. "저희도 여러분 편입니다. 여기까지 나오셔서 저희가 보존하려고 애쓰는 이 멋진 숲에 대한 여러분의 애정과 염려를 보여주신 것에 감사드립니다."

"보존을 이따위로 하쇼?"

이번에도 가장 나이 많아 보이는 여자가 말했다.

랄리사가 월터를 렌터카가 있는 길 아래쪽으로 이끌었다. 그 뒤쪽으로 난 도로를 따라 중장비가 덜컹거리며 올라오는 소리가 들렸다. 덜컹거리는 소음이 점점 커지더니 진흙이 말라붙은 트랙터가 달린, 길 넓이만 한 거대한 굴삭기 한 쌍이 나타났다. 굴삭기가 매연을 토해내도록 엔진을 켜놓은 채 뛰어내린 앞쪽 굴삭기 운전사가 월터에게 다가왔다.

"저기요, 우리가 지나갈 수 있도록 차를 비킬 수 있는 공간이 있는 데까지 후진해주셔야겠는데요."

"그렇게 할 수 있는 것처럼 보여요? 도대체 그렇게 보이냔 말이오?" 월터가 거칠게 말했다.

"나야 모르죠. 하지만 우리가 후진할 수는 없잖습니까? 거의 2킬로미터는 후진해야 분기점에 다다르는데."

랄리사는 월터가 더 화내기 전에 그의 두 팔을 잡고 뜨거운 눈길로 쳐다보았다. "내가 알아서 할게요. 사무총장님은 지금 너무 흥분하셨어요."

"다 이유가 있으니까 흥분했지!"

"사무총장님, **차에 가서 앉아 계세요**. 당장요."

월터는 랄리사가 시키는 대로 했다. 그는 먹통인 블랙베리를 만지작거리며 뒤에 있는 굴삭기가 무심하게 공회전하며 화석연료 폐기물을 뿜어내는 소리를 들으며 한 시간 이상 차 안에 앉아 있었다. 굴삭기 운전사가 마침내 시동을 끄자 더 뒤쪽에서 여러 대의 엔진이 한꺼번에 굴러가는 소리가 들렸다. 네다섯 대의 대형 트럭과 굴삭기가 줄 서 있었다. 누군가 경찰을 불러 존과 열성분자들을 어떻게든 처리해야 할 것 같았다. 그는 와이오밍 카운티 깊숙한 오지에서 오도 가도 못하는 신세가 될 줄은 몰랐다. 랄리사는 도로를 아래위로 오가며 여러 사람과 의견을 나누는 등 친선대사 노릇을 하고 있었다. 월터는 시간을 죽이려고 자기가 모텔에서 잠을 깬 이후로 세상에 어떤 일들이 벌어졌는지 머릿속으로 계산하기 시작했다. 순 인구 증가 6만 명, 미국의 도시 확장으로 없어진 숲 4000제곱킬로미터, 집고양이와 들고양이가 죽인 새 50만 마리, 전 세계에서 태운 석유의 양 1200만 배럴, 대기 중으로 배출된 이산화탄소의 양 1100만 메트릭톤, 지느러미를 얻으려는 사람들에게 살해되어 지느러미가 잘린 채 물 위에 둥둥 떠다니는 상어 15만 마리. 시간이 지나면서 월터는 이 통계 수치를 모두 다시 계산해야 했는데, 그러고 있으니 심술궂게도 묘한 만족감이 들었다. 재수가 너무 나빠서 아예 최악의 나락으로 떨어져 바닥을 쳐야 구제가 되는 그런 날이 있었다.

랄리사는 9시가 다 되어서야 돌아왔다. 중장비 운전사 가운데 한 명이 길 아래쪽 200미터쯤 되는 곳에 승용차를 옆으로 빼고 중장비가 지나갈 수 있는 공간이 있다고 했다. 가장 뒤에 있는 장비의 운전사가 트럭을 고속도로 진입로까지 빼서 경찰에 연락하기로 했다.

"포스터할로까지 걸어가고 싶어?" 월터가 물었다.

"아뇨. 당장 여길 떠나고 싶어요. 조슬린이 카메라를 갖고 있어요. 경찰이 행동을 개시한 뒤 함께 찍히면 곤란해요."

그로부터 반시간 동안 중장비들의 변속기가 부르릉거리고, 제동기가 끽

끽거리고, 시커먼 디젤 연기가 뿜어 나오더니, 그 후 45분 동안 뒤쪽에 있는 트럭이 계곡 아래쪽으로 후진하며 매캐한 연기를 뱉어냈다. 마침내 고속도로에 진입해 자유롭게 달릴 수 있게 되자 랄리사는 직선 도로에서는 가속 페달을 밟고, 커브 길에서는 바퀴 자국을 남기면서 베클리를 향해 전속력으로 차를 몰았다.

두 사람이 허름한 마을 외곽 지역에 다다르자 월터의 블랙베리가 청솔새처럼 지저귀며 문명 세계로 돌아온 것을 알렸다. 지역번호는 쌍둥이 도시 번호였다. 아는 번호일 수도, 아닐 수도 있었다.

"아빠?"

놀란 월터가 인상을 찌푸렸다.

"조이? 우와! 잘 있었니?"

"네. 아빠는요?"

"별일 없지? 네 번호인 줄도 몰랐다. 전화한 지 너무 오래돼서."

전화가 끊긴 것처럼 먹통이었다. 아니면 월터가 뭔가 잘못 말했거나. 잠시 후 조이가 다시 말을 했는데 다른 사람 목소리 같았다. 떨면서 쭈뼛쭈뼛하는 게 조이 같지 않았다.

"어, 뭐 어쨌든, 아빠, 음…… 잠깐 시간 있어요?"

"말해봐."

"어, 글쎄, 그게 그러니까, 제가 좀 곤경에 처했어요."

"뭐라고?"

"곤경에 처했다고요."

부모라면 누구든 자식이 이런 전화를 할까 봐 두려워하는 그런 종류의 전화였다. 하지만 월터는 잠시 동안 자기가 조이의 아버지라는 느낌이 들지 않았다. 그리고 이렇게 말했다.

"어이, 나도 그래! 어디 안 그런 사람 있니?"

그만 좀 해

재커리가 캐츠와 한 인터뷰를 블로그에 올리고 며칠이 지나자 캐츠의 휴대전화 음성 사서함이 메시지로 가득 찼다. 첫 번째 메시지를 보낸 사람은 진드기 같은 독일인 마티아스 드뢰너인데, 캐츠가 월넛 서프라이즈와 독일을 순회할 때 피해 다니느라 애쓰던 기억이 어렴풋이 났다. "다시 인터뷰를 하셨으니까, 약속대로 저한테도 기회를 주시기 바랍니다. 약속하셨죠!" 드뢰너가 말했다. 드뢰너가 메시지에서 캐츠의 휴대전화 번호를 어떻게 알아냈는지 말은 안 했지만, 순회공연을 하는 동안 캐츠가 치근덕거린 여자애한테 바 냅킨에 전화번호를 적어준 게 블로그를 통해 유출됐을 가능성이 크다. 그는 이메일로도 인터뷰 요청을 받았는데, 전화 요청보다 많은 듯했다. 하지만 캐츠는 지난여름 이후로 온라인을 시도할 용기가 나지 않았다. 드뢰너의 메시지 뒤에는 유프로스니라는 이름의 오리건 여자애의 메시지가 있었다. 뒤이어 호주 멜버른의, 목소리가 우렁차고 쾌활한 기자 그리고 열 살밖에 안 된 것 같은 목소리의 아이오와에 있는 대학 라디오 DJ의 메시지가 있었다. 모두 원하는 건 한결같았다. 캐츠가 재커리에게 한 말을 그대로―하지만 약간 다른 어휘를 써서 자기들 이름으로 다시 기사를 쓸 수 있게―되풀이하길 바랐다.

"형씨, 잘나가는데."

블로그에 인터뷰를 올리고 일주일이 지난 뒤, 화이트 가 옥상에서 재커리가 캐츠와 함께 욕망의 대상인 케이틀린을 기다리며 말했다. "형씨"는 재커리가 처음 쓴 호칭이고 캐츠의 신경을 거슬렸지만, 캐츠를 인터뷰하는 기자들이 흔히 쓰는 호칭이다. 캐츠가 이 호칭에 순응하자마자 기자들은 경외하는 척도 안 했다.

"형씨라고 부르지 마라." 캐츠가 말했다.

"그러죠. 좋으실 대로." 재커리가 말했다. 그 애는 합판을 평균대 삼아 앙상한 두 팔을 쫙 벌리고 그 위를 걸었다. 오후 바람이 신선하고 쌀쌀했다. "내 블로그 조회 횟수가 장난이 아니에요. 전 세계적으로 핫 링크되고 있다고요. 아저씨 팬 사이트, 한 번이라도 봤어요?"

"아니."

"내가 지금 거의 최고 순위예요. 내 컴퓨터로 보여줄 수 있는데."

"그럴 필요 없다."

"그들은 권력층에 대항해 진실을 말하는 사람에게 목말라 있어요. 아저씨를 머저리에 불평분자라고 말하는 사람도 있지만, 중요 인물이라면 무조건 싫어하는 비주류니까 걱정 안 해도 돼요."

"위로해줘서 고맙다." 캐츠가 말했다.

케이틀린이 두 명의 친구를 데리고 옥상에 나타났을 때 재커리는 평균대 위에 앉은 채 멋있는 척하느라 소개할 생각도 하지 않았다. 못총을 내려놓은 캐츠는 방문객이 찬찬히 자기를 뜯어보는 바람에 약간 어색하고 민망했다. 케이틀린은 히피같이 차려입었는데 캐럴 킹이나 로라 나이로가 입을 법한 무늬 있는 조끼와 코듀로이 코트를 입고 있었다. 캐츠가 월터 버글런드를 만난 이후 다시 패티에게 집착하지만 않았어도 건드려볼 만했다. 엄선된 청소년과의 만남은 스테이크가 먹고 싶은데 딸기 향을 맡는 거나 마찬가지였다.

"무엇을 도와드릴까, 아가씨들?" 캐츠가 말했다.

"우리가 바나나 빵을 좀 만들어왔어요." 두 친구 가운데 통통한 여자애가 알루미늄포일로 싼 덩어리를 보여주며 말했다.

나머지 두 여자애들이 눈을 굴렸다.

"**쟤 혼자** 만든 거예요. 우리는 아무 상관없어요." 케이틀린이 말했다.

"**호두**(walnuts) 좋아하셔야 할 텐데." 빵을 구워 온 여자애가 말했다.

"아, 알아들었다." 캐츠가 말했다.

약간 어색한 침묵이 흘렀다. 헬리콥터의 회전날개가 맨해튼 남쪽 영공에서 두들기는 소리를 냈는데 바람 때문에 이상하게 들렸다.

"우린 〈무명 호수〉의 열렬한 팬이에요. 여기서 덱 만드신다는 얘길 듣고 왔어요." 케이틀린이 말했다.

"뭐, 보다시피 네 친구 재커리는 약속은 꼭 지킨다."

주황색 스니커즈를 신은 재커리는 합판을 좌우로 기우뚱거리게 하고 있었다. 다시 캐츠와 단둘이 남고 싶은 척하는 걸 보니 여자 꼬이는 기본기가 탄탄한 놈이었다.

"재커리는 아주 훌륭한 젊은 음악인이야. 난 전적으로 재커리의 실력을 인정한다. 재능이 있어." 캐츠가 말했다.

여자애들은 따분하다는 표정으로 재커리를 향해 머리를 돌렸다.

"정말이야. 아래층에 같이 내려가서 재커리가 연주하는 걸 들어봐." 캐츠가 말했다.

"우리는 솔직히 얼터너티브 컨트리음악을 좋아하거든요. 남자애들이 좋아하는 록은 별로예요." 케이틀린이 말했다.

"재커리는 컨트리음악도 잘해." 캐츠가 우겼다.

케이틀린은 어깨의 각을 세우고 무용수처럼 자세를 똑바로 하더니 캐츠가 자기한테 무관심한 태도를 보인 무례함을 만회할 기회를 주겠다는 듯 그를 계속 바라보았다. 케이틀린은 다른 사람이 자기에게 무관심한 데 익숙지 않은 것이 분명했다.

"왜 덱을 만들어요?" 케이틀린이 물었다.

"신선한 공기도 마시고 운동도 되고."

"운동할 필요가 있어요? 탄탄해 보이는데."

캐츠는 무척 피곤했다. 케이틀린과 밀고 당기는 신경전을 단 10초라도 하느니 차라리 죽는 게 나을 것 같았다. 죽으면 캐츠를 부담스럽게 하는, 이 여자아이와 자기의 관계—이 여자아이의 **머릿속**에 있는 리처드 캐츠—를 깨끗이 청산할 수 있을 것 같았다. 이들이 서 있는 곳에서 남서쪽으로 멀리, 아이젠하워 시대에 세운 공조 건물이 거의 모든 트라이베카 거주자의 시야를 가려 19세기 건축물의 경관을 즐길 수가 없었다. 캐츠는 예전에는 이 건물이 도시 미관을 해친다고 생각했지만, 지금은 이 지역을 접수한 백만장자의 시야를 가려 엿 먹인다고 생각하니 고소한 기분이 들었다. 그 건물은 이곳에서 호화롭게 사는 사람들 머리 위에 드리운 죽음의 그림자 같았고, 그의 친구 같았다.

"바나나 빵 한번 볼까." 캐츠가 통통한 여자애한테 말했다.

"윈터그린 치클릿 껌도 좀 가져왔어요." 통통한 여자애가 말했다.

"간직할 수 있도록 상자에 사인해줄게."

"그럼 정말 신나죠!"

캐츠가 도구 상자에서 매직펜을 꺼냈다. "이름이 뭐지?"

"세라."

"만나서 반갑다, 세라. 바나나 빵은 집에 가져가서 후식으로 먹을게."

케이틀린은 잠시 **비도덕적인** 것을 보고 분노하듯, 아름다운 자신이 무시 당하는 이 상황을 지켜보았다. 그러고는 뒤에 다른 여자애를 달고 재커리를 향해 걸어갔다. 캐츠는 생각했다. '싫어하는 여자애들을 따먹으니 그냥 무시하는 건 어때?' 세라에게 계속 관심을 쏟고 정작 끌리는 케이틀린과는 거리를 두면서, 캐츠는 담배를 삼가고 폐를 쉬게 하는 동안 즐기려고 가져온 스콜(씹는담배 이름-옮긴이)이 담긴 양철통을 꺼내 잇몸과 뺨 사이에 넉넉히 집어넣었다.

"저도 한번 해봐도 돼요?" 대담해진 세라가 물었다.

"속이 안 좋을 텐데."

"그래도, 아주 조금만요, 네?"

캐츠가 고개를 가로저으며 양철통을 주머니에 집어넣었다. 세라는 못총을 한번 쏴봐도 되느냐고 물었다. 그 애는 요즘 부모들이 아이들을 어떻게 키우는지 보여주는, 걸어 다니는 광고판 같았다. '넌 뭐든 달라고 해도 된다! 예쁘지 않기 때문에 그러면 안 된다고 생각하지 마라! 대담하게 요청하면 세상은 기꺼이 응할 것이다!' 세라도 나름대로 케이틀린만큼이나 사람을 피곤하게 했다. 캐츠는 자기도 열여덟 살 때 이렇게 피곤한 아이였나 싶었다. 아니면 세상에 대해 분노―세상은 적이고 분노의 대상이 되어도 싸다는 생각―했기 때문에 이런 자신감 넘치는 아이들보다 자신이 더 흥미로운 사람이 됐는지 모른다는 생각이 들었다.

캐츠는 세라가 못총을 쏘아보게 하고 나서(그 애는 못총의 반동에 놀라 비명을 질렀고, 하마터면 못총을 떨어뜨릴 뻔했다) 내보냈다. 제대로 무시당한 케이틀린은 작별 인사도 하지 않고 재커리를 따라 아래층으로 내려갔다. 캐츠는 재커리의 엄마라도 훔쳐볼 요량으로 안방의 지붕에 난 창 주변을 어슬렁거렸지만 덕시아나 침대와 에릭 피슬의 그림, 평면 TV밖에 보이지 않았다.

캐츠는 35세 이상인 여성에게 취약한 자신이 좀 창피했다. 정신이 불안정하고 자기를 버린 엄마 때문에 그런 것 같아 슬프기도 하고 조금 역겹기도 했지만, 그렇게 생겨먹은 뇌 구조를 바꿀 수는 없었다. 코카인이 만족스럽지 않은 것과 마찬가지로, 애들은 끊임없이 사람의 마음을 잡아끌지만 끊임없이 만족스럽지 못했다. 코카인을 하지 않을 때는 그 경험이 환상적이고 비할 바가 없다는 기억을 떠올리며 하고 싶은 마음이 굴뚝같지만, 막상 하고 나면 전혀 환상적이지 않은 데다 공허하고 덧없었다. 뇌의 기계적 반응 같고 죽음의 맛이 느껴졌다. 특히 요즘 어린 여자애들은 동물에게 알려진 모든 체위를 빠른 시일 안에 섭렵해보려고 과다하게 섹스를 했고, 미성숙한 성기는 향도 없고 너무 깨끗하게 털을 밀어버려 인간의 신체 부위처럼 느껴지지 않았다. 캐츠는 어린 여자애를 겪은 10여 년보다 패티와 보낸 몇 시간이 더 생생하게 기억에 남았다. 물론 패티는 오래전부터 알고 지낸 데다 끌리기도 했고, 오랜 기다림 끝에 맺어졌기 때문일 수도 있다. 하지만 패티에게는 어린 여자애한테 없는, 내재적으로 더 인간적인 뭔가가 있었다. 더 까다로웠고, 더 몰입했으며, 더 가질 만한 가치가 있었다. 이제 미래를 예견하는 그의 음경, 신의 능력을 가진 막대가 또다시 패티가 있는 방향을 가리키는 지금, 캐츠는 그녀와 함께할 기회가 왔을 때 왜 그 기회를 십분 활용하지 않았는지 후회스러웠다. 이제는 왜 그런 생각을 했는지 이해조차 되지 않는, 선한 사람이 돼야 한다는 잘못된 생각으로, 캐츠는 필라델피아에서 그녀가 묵은 호텔로 찾아가 패티를 더 만끽할 기회를 포기했다. 북부 지방의 쌀쌀한 어느 날 밤, 월터를 한 번 배신했는데 그 후에도 골백번이고 배신해 욕망을 완전히 해소했어야 했다. 그가 얼마나 그러길 원했는지는 〈무명 호수〉에 수록된 노래만 봐도 알 수 있다. 캐츠는 충족되지 않은 욕망을 예술로 승화했다. 하지만 욕망을 예술로 승화하고 그 덕분에 미심쩍기는 하지만 보상도 받은 지금, 캐츠는 더 이상 채우지 못한 욕망을 저버릴 이유가 없었다. 그리고 월터가 그 인도 여자애에 대한 권리를 행사하고 도덕군자처럼 성가시게 굴지만 않으면 모두에게 두루두루 좋은 일이다.

캐츠는 금요일 저녁 기차를 타고 뉴어크를 출발해 워싱턴으로 갔다. 여전히 음악을 들을 마음의 준비가 돼 있지 않았지만 캐츠가 갖고 있는, 애플이 아닌 다른 회사의 MP3 플레이어는 핑크 노이즈(화이트 노이즈 주파수를 변형해 저음역대의 음량을 높여 모든 주파수대의 소리가 동일하게 들리도록 한 것-옮긴이) 트랙이 가득 저장돼 있었기 때문에 듣지 않을 수 없었다. 커다란 쿠션이 달린 헤드폰을 쓰고 창가 쪽을 향해 몸의 각도를 맞추고 베른하르트의 소설을 얼굴 가까이 대고 필라델피아에 도착할 때까지 완벽하게 사람들의 눈에 띄지 않을 수 있었다. 흰 티셔츠를 입고 종이컵에 든 흰 아이스크림을 먹던 20대 초반의 백인 한 쌍이 캐츠 앞 빈자리에 앉았다. 두 사람의 티셔츠 색깔이 눈부실 정도로 하얘서 백인 일색인 부시 정권의 색깔처럼 보였다. 여자애는 의자를 뒤로 젖혀 캐츠의 공간을 침범했다. 그러고는 아이스크림을 다 먹은 뒤 컵과 숟가락을 좌석 밑, 캐츠가 발을 놓은 곳에 던졌다.

　무겁게 한숨을 내쉰 캐츠가 헤드폰을 벗고 일어나 컵을 그 여자애의 무릎에 떨어뜨렸다.

　"뭐야!" 여자애가 역겹다는 듯 비명을 질렀다.

　"어이, 이봐. 뭐야?" 눈부시게 흰 남자가 말했다.

　"네가 내 발에 이걸 떨어뜨렸잖아." 캐츠가 말했다.

　"얘가 당신 **무릎**에 이걸 던지지는 않았잖아."

　"어이구, 대단하시네. 남의 발에 축축한 아이스크림 통을 떨어뜨린 여자친구의 행동을 정당화하다니." 캐츠가 말했다.

　"이건 **대중교통 수단**이라고요. 다른 사람들을 못 견디겠으면 전용기를 타고 다니든가."

　"그래. 다음번에는 그렇게 하도록 한번 애써보지."

　두 사람은 워싱턴에 도착할 때까지 좌석 등받이를 등으로 쳐서 뒤로 계속 제쳐 캐츠의 공간을 파고들었다. 두 사람은 캐츠를 알아보지 못한 것 같았지만, 알아봤다고 해도 리처드 캐츠가 얼마나 재수 없는 자식인지에 대해 자기들 블로그에 올렸을지도 모른다.

캐츠는 수년에 걸쳐 D.C.에서도 여러 번 공연을 했지만, 이 도시의 수평적 공간과 대각선으로 뻗은 도로는 올 때마다 그를 헷갈리게 했다. 캐츠는 자신이 정부가 만든 미로를 헤매는 쥐 같다는 생각이 들었다. 택시의 뒷좌석에 앉아서 캐츠는 운전사가 자신을 조지타운이 아니라, 집중 심문을 받게 하려고 이스라엘 대사관에 데려가는 것 같은 느낌이 들었다. 어딜 가든 행인은 하나같이 촌스러웠다. 개인의 취향이라는 건 D.C.의 보도와 끔찍하게 넓은 광장에서 증발해버리는 휘발성 물질 같았다. 도시 전체가 낡은 바이커 재킷을 입은 캐츠를 향해 한마디로 이렇게 명령하는 것 같았다. '죽어라.'

그래도 조지타운의 그 집은 특징이 있었다. 캐츠가 알기로는 월터와 패티가 직접 이 집을 고르지는 않았지만 그럼에도 두 사람이 골랐음 직한 훌륭한 도시 중·상류층 취향의 집이었다. 슬레이트 지붕과 여러 개의 지붕창이 있었고, 크고 높은 창문은 실제로 작은 정원 비슷한 공간 쪽으로 나 있었다. 초인종 위에 달린 놋쇠 팻말에는 눈에 잘 띄지 않게 '**청솔산 신탁기금**'이라고 쓰여 있었다.

제시카 버글런드가 문을 열어주었다. 캐츠는 제시카가 고등학생일 때 이후로 보지 못했고, 이제 성숙한 여성이 된 모습을 보고 흐뭇해서 미소 지었다. 하지만 제시카는 짜증이 난 데다 정신이 다른 곳에 팔린 듯이 보였고, 그에게 건성으로 인사했다.

"아, 안녕하셨어요? 그냥 부엌으로 들어오세요, 네?"

제시카는 어깨너머로, 짜 맞춘 나무가 깔린 긴 복도를 흘끔거렸다. 인도 아가씨가 복도 끝에 서 있었다. "안녕하세요, 캐츠 씨." 랄리사가 어색하게 손을 흔들며 소리쳤다.

"잠깐만요." 제시카가 그렇게 말하고는 복도를 따라 걸어갔고, 캐츠는 짐 가방을 들고 책상과 서류 캐비닛이 가득한 큰 방과 회의 탁자가 있는 작은 방을 지나 뒤따라갔다. 따뜻한 반도체와 새로 생산한 제지 냄새가 났다. 부

옆에는 캐츠가 세인트폴에서 본 커다란 프랑스 농가의 식탁이 놓여 있었다.
"잠깐만 실례할게요." 제시카가 집 뒤쪽에 있는 좀 더 격조 있어 보이는 방으로 랄리사를 따라 들어갔다.
"내가 어린 사람이라고. 알아? 여기서는 내가 어린 사람이야. 알아들어?" 제시카의 목소리가 들렸다.
"그래! 물론이야. 그러니까 잘 내려왔다고. 내 말은, 나도 그렇게 나이 많은 사람이 아니라는 거야." 랄리사가 말했다.
"넌 스물일곱이잖아!"
"그건 어린 게 아니니?"
"몇 살 때 처음으로 휴대전화 생겼어? 인터넷 시작한 게 언제냐고?"
"대학교 때. 하지만 제시카, 들어봐……."
"고등학교와 대학교는 **엄청난 차이**야. 지금 사람들이 서로 의사소통하는 방식은 완전히 다르거든. 내 또래는 너보다 훨씬 일찍 배우기 시작했어."
"알아. 나도 동감이야. 네가 왜 나한테 화를 내는지 모르겠다."
"왜 화가 났느냐고? 아빠가 마치 네가 무슨 젊은 사람들을 잘 아는 전문가인 것처럼 생각하잖아. 하지만 넌 그리 대단한 전문가가 **아니야**. 지금 보여줬듯이."
"제시카, 휴대전화 문자와 이메일이 어떻게 다른지는 나도 알아. 피곤해서 말이 잘못 나온 것뿐이야. 일주일 내내 거의 한숨도 못 잤어. 그런 일로 이렇게 법석을 떠는 건 좀 그렇다."
"문자를 **보내기**는 하고?"
"난 휴대전화 문자를 보낼 필요가 없어. 우린 블랙베리를 쓰는데, 문자와 비슷한 기능이 있지만 훨씬 낫지."
"같은 게 아니라니까! **맙소사**. 내 얘기가 바로 그거야! 고등학교 때 휴대전화를 쓰지 않았으면 전화는 이메일과 아주 다르다는 걸 이해하지 못한다니까. 사람들과 연락을 주고받는 방식이 완전히 다르다고. 내 친구들 중에는 이제 거의 이메일을 확인도 안 하는 애도 많아. 너랑 아빠가 대학생을 대상으로 뭔가를 하려면 그 점을 이해하는 게 좋을걸."

"알았어. 그래 나한테 화내. 맘껏 화를 내라고. 하지만 오늘 밤엔 할 일이 있으니까 나 좀 내버려둬."

제시카가 입을 굳게 다물고 고개를 절레절레 흔들며 부엌으로 돌아왔다.

"죄송해요. 좀 씻고 저녁 드세요. 위층에 식당이 있는데 가끔 이용하면 좋아요. 제가, 어." 제시카는 정신이 팔린 듯 주위를 둘러보았다. "요기가 될 만한 샐러드를 많이 만들어놓았어요. 파스타도 다시 데울게요. 맛있는 빵도 있고요. 주말에 집 안이 꽉 찰 정도로 손님이 들이닥칠 때도 우리 엄마가 살 수 없는 유명한 빵이에요."

"내 걱정은 하지 마라. 가방 안에 샌드위치 남은 거 있어." 캐츠가 말했다.

"아니에요. 제가 같이 올라가서 식사하실 동안 말동무해드릴게요. 지금 여기가 좀 지저분해서요. 이 집은 정말…… 정말…… 정말……." 제시카는 손가락을 꽉 쥐고 손을 흔들었다. "아이아이! 이 집은요!"

"진정해라. 다시 만나서 반갑다." 캐츠가 말했다.

"내가 여기 없을 때는 어떻게들 **사나** 몰라. 이해가 안 돼요. 쓰레기 내다버리는 일같이 기본적인 일을 어떻게 하는지 모르겠어요." 제시카가 부엌문을 닫고 목소리를 낮췄다. "**쟤**가 뭘 먹는지는 아무도 몰라요. 엄마가 그러는데 시리얼이랑 우유, 치즈 샌드위치만 먹는데요. 그리고 바나나도. 그런데 음식이 다 어디에 있느냐고요. 냉장고 안에는 **우유**조차 없어요."

캐츠는 자기 잘못이 아니라는 듯 손으로 모호한 몸짓을 해 보였다.

"그리고 있잖아요, 제가 인도 요리를 좀 알거든요. 대학 친구들 중에 인도 애들이 많았어요. 쟤가 **몇 년** 전 처음 여기 왔을 때 인도 요리, 자기가 태어난 곳인 벵골 요리 같은 것 좀 가르쳐줄 수 있느냐고 제가 물었거든요. 전

다른 사람들의 전통을 정말 존중해요. 그래서 크게 한 상 차려 같이 먹을 수 있겠다고 생각했죠. 쟤랑 저랑 가족처럼 식당에서 말이에요. 정말 멋지겠다고 생각했어요. 쟤는 인도 사람이고 전 음식에 관심이 많고. 그랬더니 절 비웃으며 자긴 달걀도 삶을 줄 모른다고 하더라고요. 부모님이 엔지니어들이어서 평생 요리를 해본 적이 없대요. 그래서 그 계획은 물 건너갔죠."

캐츠는 제시카를 보며 미소 지었다. 어쩌면 이 야무지고 아담한 체구에 부모의 개성이 자연스럽게 잘 섞여 있을까 싶었다. 제시카는 말할 때는 패티 같고, 화낼 때는 월터 같았다. 그러면서도 온전히 자기만의 독특한 개성이 있었다. 제시카는 금발 머리를 뒤로 묶었는데, 너무 잡아당겨 단단히 묶는 바람에 눈썹이 치켜세워졌다. 그래서 더더욱 놀라고 빈정대는 듯한 표정으로 보였다. 캐츠는 제시카에게 전혀 끌리지 않았고, 그래서 이 애가 더 마음에 들었다.

"그런데 다들 어디 갔어?" 캐츠가 물었다.

"엄마는 헬스클럽에서 '일하세요.' 아빤, 잘 모르겠고요. 버지니아에서 회의가 있다나. 아빠가 아저씨께 아침에 만나자고 전해달라고 하셨어요. 오늘 밤 집에 있으려고 했는데, 갑자기 일이 생겼다며."

"엄마는 언제 돌아오시니?"

"늦으실 거예요, 틀림없이. 지금은 잘 모르겠지만, 사실 제가 어릴 때는 훌륭한 엄마였어요. 요리도 하고, 사람들한테 따뜻하게 대하고요. 침대 옆에 있는 꽃병에 꽃도 꽂아두고요. 다 옛날 일이지만요."

비상시 안주인 역할을 하는 제시카가 좁은 층계를 올라가, 거실 겸 식당 겸 가족이 모이는 장소로 용도를 바꾼 커다란 2층 침실, 컴퓨터와 접이식 소파가 있는 패티의 작은 방을 캐츠에게 보여주었다. 그리고 3층에 있는, 캐츠가 묵게 될 작은 방을 보여주었다.

"여긴 동생 방인데, 이사 오고 이 방에서 열흘도 자지 않았을 거예요."

정말 조이의 자취는 보이지 않았고, 월터와 패티의 세련된 취향이 묻어나는 가구만 놓여 있었다.

"조이는 어떻게 지내니?"

제시카가 어깨를 으쓱했다. "저한테 묻지 마세요."

"연락 안 해?"

제시카가 신기할 정도로 휘둥그렇고 약간 튀어나온 눈으로 캐츠를 올려다보았다. "가끔 연락해요."

"그래? 어떻게 지내는데?"

"뭐, 공화당원이 됐대요. 그래서 얘기가 안 통해요."

"아."

"목욕 타월 꺼내놨어요. 수건도 필요하세요?"

"아니, 필요 없다."

30분 후, 샤워를 마친 캐츠가 깨끗한 티셔츠를 입고 아래층으로 내려왔다. 식탁에는 저녁 식사가 차려 있었다. 제시카는 식탁 한 귀퉁이에 팔짱을 끼고 앉아—제시카는 아주 꼬장꼬장한 여자애다—캐츠가 식사하는 모습을 지켜보았다.

"아참, 여러 가지로 축하드려요. 갑자기 어딜 가든 아저씨 얘길 듣게 되고, 아저씨 노래를 들으니까 이상해요."

"넌 어때? 어떤 음악 좋아하니?"

"저는 외국 음악 좋아해요. 특히 아프리카랑 남아메리카요. 하지만 아저씨 노래도 좋아요. 그 호수도 알겠던데요."

제시카의 말에는 뭔가 숨은 뜻이 들어 있는 것 같기도, 아닌 것 같기도 했다. 패티가 호수에서 생긴 일을 제시카에게 얘기했을까? 월터가 아니라 제시카에게 말했을까?

"그런데 무슨 일이야? 랄리사와 뭔가 문제가 있는 것 같던데."

제시카의 눈이 또다시 빈정거리는 듯 휘둥그레졌다.
"무슨 일이지?" 캐츠가 물었다.
"아유, 아무것도 아니에요. 그냥 요즘 우리 식구들이 좀 짜증나서요."
"랄리사와 부모님 사이에 문제라도 있니?"
"음."
"좋은 사람인 것 같던데. 똑똑하고, 활달하고, 열성적이고."
"음."
"하고 싶은 얘기가 있는 거야?"
"아뇨! 그냥, 랄리사가 아빠한테 눈독을 들이는 것 같아서요. 그래서 엄마가 힘들어하잖아요. 그런 일이 눈앞에서 버젓이 일어나는 걸 보니 좀 그러네요. 그런데요, 결혼한 사람은 건드리지 말아야 하는 거 아닌가요? 결혼한 사람은 접근 금지 아닌가요?"
캐츠는 얘기가 어디로 흐를지 몰라 목청을 가다듬고는 말했다.
"이론상으로는 그렇지. 하지만 나이가 들면 인생이 복잡해지는 법이거든."
"그렇다고 제가 걜 좋아하거나 받아들여야 할 필요는 없잖아요. 바로 위층에 살고 있는 거 아세요? **항상** 여기 있다고요. 엄마보다 더 오래 있어요. 그건 좀 불공평한 것 같아요. 저는요, 걔가 따로 살 집을 구해 나가야 한다고 생각해요. 하지만 아빠가 그걸 원하지 않는 것 같아요."
"아빠가 그걸 원하지 않는 이유가 뭔데?"
제시카가 우울하고 답답한 표정으로 미소 지었다.
"엄마랑 아빠 사이에 문제가 좀 있거든요. 결혼 생활에 문제가 많아요. 점쟁이가 아니라도 척 보면 알 수 있죠. 그러니까, 엄만 아주 오랫동안 우울증을 앓아왔고, 벗어나지 못하는 것 같아요. 하지만 두 분은 서로 사랑하시거든요. 서로 사랑하는 걸 전 **알아요**. 그리고 이 집 돌아가는 꼴을 보고 있으면 정말 짜증나요. 좀 **나가주면**, 랄리사 말이에요, 좀 나가주면 엄마랑 아빠가 다시 어떻게……."

"너랑 엄마는 사이가 좋니?"

"아뇨, 별로."

캐츠는 제시카가 더 얘기하기를 조용히 기다렸다. 그는 운 좋게도 제시카가 누구든 가장 가까이에 있는 사람에게 속마음을 털어놓고 싶은 기분일 때 옆에 있게 된 것 같았다.

"엄마도 노력하세요. 하지만 엄마는 엉뚱한 말을 하는 데 선수예요. 엄만 제 판단을 존중하지 않아요. 저도 제 앞가림을 할 줄 아는, 지성 있는 성인이라고요. 대학 때 제 남자 친구를요, 정말 착한 앤데, 엄마가 아주 홀대했어요. 내가 그 애랑 결혼이라도 할까 봐 걱정이 됐는지, 걔를 끊임없이 놀리더라고요. 그 앤 제가 처음 사귄 진짜 남자 친구였는데. 나도 좀 대학 생활을 즐겁게 보내고 싶었는데, 엄마가 가만 놔두질 않더라고요. 한번은 윌리엄과 제가 주말에 집에 다니러 왔는데요, 박물관에도 가고 동성애자들 거리 행진도 구경하고요. 그때 우리 집에 묵었어요. 그런데 엄마가 걔한테 여학생들이 남학생 동아리 파티에서 가슴을 보여주는 거 좋아하느냐고 묻더라고요. 신문에서 남자애들이 여자애한테 가슴 보여달라고 소리치는 얘기를 쓴 멍청한 기사를 읽었대요. 그래서 제가 '엄마, 난 버지니아 대학에 다니는 게 아냐. 우리 학교에는 남학생 동아리 같은 거 없어. 그건 남부에 있는 학교 애들이나 하는 멍청한 석기시대 짓이라고. 난 봄방학 때 플로리다에 가서 난장판으로 놀지 않거든. 우린 그 기사에 나온 멍청한 애들과 달라' 하고 말했죠. 그런데도 포기를 안 하는 거예요. 엄마가 윌리엄한테 계속 다른 여자애들 가슴을 어떻게 생각하느냐고 묻더라고요. 걔가 자긴 관심 없다고 하니까 엄마가 놀란 척하는 거예요. 그 애가 진심으로 한 말이라는 걸 **엄마가 알았거든요**. 자기 여자 친구의 엄마라는 사람이 가슴 얘길 하니 엄청 당황해서 어쩔 줄 몰라 하는 건 말할 것도 없고요. 그런데 엄마는 걔 말을 못 믿겠다는 듯 행동하더라고요. 엄마한테는 모든 게 농담처럼 생각되나 봐요. 엄만 **제가** 윌리엄을 비웃기를 바랐어요. 그 애가 가끔 납득하기 어려운 행동을 할 때도 있지만, 그건 제가 판단할 일 아닌가요?"

"엄마가 널 걱정해서 그런 거지. 네가 엉뚱한 사람이랑 결혼할까 봐."

캐츠의 눈은 팔짱을 꼭 끼고 있어서 거의 가려진 제시카의 가슴으로 쏠렸다. 제시카는 패티처럼 가슴이 작았지만 엄마보다 신체 균형이 덜 잡혔다. 지금 캐츠는 패티에 대한 자기의 애정이 그녀의 딸에게까지 연결되는 걸 느꼈지만 제시카에 대해 성적 욕구를 느끼지는 않았다. 캐츠는 제시카가 어른에게 미래에 대한 희망을 갖게 해주는 젊은이라고 한 월터의 말뜻을 알 것 같았다. 생각이 제대로 박힌 아이였다.

"넌 잘 살게 될 거다." 캐츠가 말했다.

"고맙습니다."

"똘똘해. 다시 만나서 반갑다."

"네, 저도요. 마지막으로 만난 게 언젠지 기억도 안 나요. 고등학교 땐가요?" 제시카가 말했다.

"네가 무료 급식소에서 자원봉사를 하고 있을 때였어. 아빠랑 같이 만나러 갔지."

"맞아요. 이력서에 넣을 경력을 만들던 시절이라 봉사 활동을 열일곱 가지나 했어요. 흥분제를 먹은 테레사 수녀 같았죠."

캐츠는 파스타를 더 갖다 먹었는데 올리브와 샐러드 그린 같은 것이 들어 있었다. 샐러드용 채소인 아르굴라였다. 캐츠는 중·상류층 가정의 한복판에 놓여 있었다. 캐츠가 제시카에게 부모님이 헤어지면 어떻게 할지 물었다.

"우와, 글쎄요. 그러지 않기를 바라요. 그럴 것 같으세요? 아빠가 그럴 거라고 하셨어요?" 제시카가 물었다.

"가능성이 전혀 없다고 할 순 없지."

"그럼 저도 다수의 대열에 합류하게 되겠네요. 제 친구들 중 절반은 부모님이 이혼했거든요. 저한테도 그런 일이 생길 줄은 몰랐어요. 랄리사가 나타나기 전까지는요."

"있잖아, 손바닥도 마주쳐야 소리가 나는 법이다. 너무 랄리사만 탓하지는 마."

"어유, 걱정하지 마세요. 아빠 탓도 해요. 분명히 아빠 탓도 할 거라고요. 아빠 목소리에서도 느껴져요. 정말…… 헷갈려요. 그냥 **잘못됐어요**. 전 항상 제가 아빠를 잘 안다고 생각했거든요. 그런데 아니었나 봐요."

"엄마는 어떠니?"

"당연히 엄마도 불쾌해하시죠."

"아니, 엄마가 헤어지고 싶어 한다면? 그럼 넌 어떨 것 같아?"

제시카가 이 질문에 의아한 표정을 짓는 모습을 보니, 패티가 캐츠와 있었던 일을 털어놓은 것 같지는 않았다.

"엄만 절대로 그러지 않을걸요. 아빠가 엄마를 그렇게 만들지 않는 한."

"그만하면 행복하다고 하셔?"

"뭐, 조이가 그러는데 아니래요. 엄만 저한테 말하지 않은 것들을 조이한테는 많이 얘기한 것 같아요. 조이가 절 불쾌하게 하려고 꾸민 얘기일 수도 있고요. 저, 엄마가 아빠를 놀리는 건 사실이에요, 항상. 하지만 별다른 뜻은 없어요. 엄만 모든 사람을 놀리는데요, 뭐. 내가 없는 자리에서는 나도 놀릴 게 틀림없어요. 우리 모두 엄마 눈에 재미있는 사람들로 보이고, 그래서 엄청 짜증나요. 하지만 엄만 정말 가족을 끔찍이 생각해요. 엄만 변화가 생기는 걸 바라지 않을걸요."

캐츠는 제시카의 말이 사실인지 궁금했다. 패티는 4년 전 그에게 자긴 월터 곁을 떠날 생각이 없다고 말했다. 하지만 캐츠의 바지 속에 있는 예언자는 끈질기게 아니라고 주장했다. 패티의 행복에 관한 한 제시카보다 조이가 더 믿을 만한 소식통이 분명했다.

"엄만 좀 이상한 사람이지, 그렇지 않니?"

"엄마한테 화가 나지 않을 땐 엄마가 안돼 보여요. 참 똑똑하신데, 좋은 엄마인 것 빼고는 아무것도 이룬 게 없어요. **저**는요, 절대로 집에서 **제** 애나 키우는 전업주부는 되지 않을 거예요."

"그래도 아이는 갖고 싶은가 보네. 세계 인구과잉 문제에도 불구하고."

제시카의 눈이 휘둥그레지고 볼은 홍조를 띠었다.

"하나 아니면 둘은 낳을 생각이에요. 제대로 된 남자를 만나면요. 그런데 뉴욕에서는 그럴 가능성이 별로 없는 것 같아요."

"뉴욕은 좀 힘들지."

"어머, 아시네요. 고마워요. 저는 태어나서 지난 여덟 달만큼 제 자신이 보잘것없고 완전히 무시당한다고 느낀 적이 없어요. 뉴욕에 가면 신나게 데이트할 줄 알았는데, 남자들이 다 낙오자 아니면 쪼다예요. 정말 **끔찍해요**. 제가 절세미인이 아니라는 건 알지만, 그래도 최소한 5분 동안 정중하게 대화를 나눌 정도는 된다고 생각해요. 여덟 달이 지났는데도 아직도 그 5분을 기다리고 있다니까요. 이젠 데이트하고 싶지도 않아요. 진짜 기운 빠져요."

"네 잘못이 아니다. 넌 예뻐. 단지 뉴욕에서 살기에 너무 착하다고 할까. 인정사정없는 동네니까."

"하지만 나 같은 여자는 많은데, 왜 남자는 없죠? 좋은 남자들은 전부 다른 데로 갔나?"

캐츠는 월넛 서프라이즈의 전 멤버들을 포함해 맨해튼과 그 주변 지역에 사는, 자기가 아는 젊은 남자들을 떠올려봤지만 제시카와 엮어주고 싶은 마음이 드는 녀석은 하나도 없었다.

"여자애들은 대부분 출판이나 예술 분야, 비영리단체에서 일하기 위해 오고, 남자애들은 돈을 벌거나 음악을 하러 뉴욕에 오지. 거기서부터 벌써 궁합이 안 맞는 거야. 여자애들은 착하고 개성이 있는데, 남자애들은 전부 나처럼 개자식이거든. 그러니까 너한테 문제가 있는 게 아니지."

"**단 한 번**이라도 제대로 된 데이트 좀 해봤으면 좋겠어요."

캐츠는 제시카에게 예쁘다고 말한 걸 후회했다. 약간 치근덕거리는 말처럼 들릴 수 있었다. 제시카가 그렇게 받아들이지 않기를 바랐다. 그런데 유감스럽게도 그렇게 받아들인 듯했다.

"아저씨, 정말 개자식 같은 사람이에요? 아니면 그냥 하는 말인가요?"

여우가 꼬리치며 자극하려는 기미가 보이면 단칼에 싹을 잘라내야 한다.

"난 네 아빠에게 호의를 베풀기 위해 온 것뿐이다." 캐츠가 말했다.

"개자식이라면 그런 일을 하겠어요." 제시카가 놀리는 듯한 어조로 말했다.

"장담해. 개자식도 그런 일을 한다." 캐츠가 잔뜩 굳은 표정으로 제시카를 쳐다보았다. 제시카는 그런 캐츠의 표정에 약간 겁먹은 것 같았다.

"이해가 안 돼요." 제시카가 말했다.

"인도와의 전쟁에서 난 네 편 아니다. 네 적이다."

"네? 왜요? 아저씨가 무슨 상관인데요?"

"말했잖아. 난 개자식이라고."

"맙소사. 알았어요." 눈썹을 치켜세운 제시카가 헷갈리고, 겁나고, 화난 표정으로 식탁을 내려다보았다.

"아참, 이 파스타 정말 맛있다. 만들어줘서 고마워."

"네. 샐러드도 드세요." 제시카가 자리에서 일어났다. "전 위층에 올라가서 책이나 읽을게요. 필요하신 거 있으면 부르세요."

캐츠가 고개를 끄덕이자 제시카가 식당에서 나갔다. 그는 제시카가 안쓰러웠지만, 그가 워싱턴에서 할 일은 더러운 일이었다. 제시카한테 사탕발림할 이유가 없었다. 캐츠는 식사를 끝내고 월터가 모은 책들과 책보다 많은

CD와 LP를 둘러보고 위층 조이의 방으로 올라갔다. 캐츠는 패티가 있는 방으로 걸어 들어가는 사람이 되고 싶었지, 패티가 걸어 들어온 방에서 기다리는 사람이 되고 싶지 않았다. 기다리는 사람이 되면 불리해진다. 그건 그답지 않은 행동이다. 캐츠는 보통 귀울림 때문에 귀마개를 하지 않지만, 소심하게 발소리나 목소리에 귀 기울이고 누워 있지 않으려고 귀에 귀마개를 꽂았다.

다음 날 아침, 캐츠는 거의 9시까지 방에서 어슬렁거리다 집 뒤쪽 계단으로 아침을 먹으러 내려왔다. 부엌에는 아무도 없었지만 누군가, 아마 제시카가, 커피를 만들고 과일을 자르고 머핀을 꺼내놓았다. 가는 봄비가 나 팔수선화와 노란수선화가 핀 작은 뒤뜰과 서로 촘촘히 어깨를 맞대고 있는 이웃집 사이로 떨어졌다. 집 앞쪽에서 사람 목소리가 들려서 캐츠는 커피와 머핀을 들고 복도를 걸어갔다. 월터와 제시카, 랄리사가 모두 빡빡 문질러 씻고, 바르고, 머리를 깨끗이 감은 듯 말끔한 용모로 회의실에서 캐츠를 기다리고 있었다.

"마침 왔구나. 이제 시작하자." 월터가 말했다.

"이렇게 일찍 모이는지 몰랐다."

"지금 9시야. 우린 일하는 날이라고."

월터와 랄리사는 커다란 탁자 중앙에 나란히 앉아 있었다. 제시카는 탁자 맨 끄트머리에 팔짱을 끼고 앉아 있었는데, 의심과 방어 태세를 발산해 긴장감이 돌았다. 캐츠는 다른 사람들의 맞은편에 앉았다.

"잘 잤어?" 월터가 물었다.

"응. 패티는?"

월터가 어깨를 으쓱했다. "집사람은 회의에 참석 안 해. 그걸 묻는 거라면."

"우리는 지금 뭔가를 해내려고 해요. 뭔가를 성취하는 게 얼마나 불가능한 일인지 하루 종일 비웃으려고 애쓰는 게 아니라." 랄리사가 말했다.

어이쿠!

제시카의 눈이 이 사람에서 저 사람으로 재빨리 옮겨 다니며, 어떤 반응을 보이는지 살폈다. 가까이에서 보니 월터의 눈가에 다크서클이 짙었다. 탁자 위에 올려놓은 손가락은 떠는 것 같기도, 탁자를 두드리는 것 같기도 했다. 랄리사도 약간 초췌해 보였다. 피부색이 창백해 보였고, 얼굴은 푸르스름했다. 월터와 랄리사가 일부러 서로 반대쪽으로 각을 틀고 앉아 있는 모습을 보고, 캐츠는 두 사람 사이에 화학반응이 이미 일어났는지 궁금했다. 두 사람은 남들 보는 데서 조심스럽게 처신해야 하는 연인처럼 찌무룩하고 떳떳해 보이지 않았다. 아니면 반대로 두 사람의 관계를 확실히 정립하지 못해 서로에게 불만이 있는 것 같았다. 어느 쪽이든 유심히 지켜볼 필요가 있었다.

"그럼 문제부터 정리해보자." 월터가 말했다. "문제는, 아무도 인구과잉을 국가적 담론의 주제로 삼지 않는다는 거야. 김새는 주제니까. 이미 들어본 얘기라는 거지. 지구온난화처럼 아직 그 여파를 부인할 수 없는 지경에 이르지 않았기 때문이고. 가난한 사람들과 교육 수준이 낮은 사람들에게 아기를 너무 많이 낳지 말라고 하면 엘리트주의자라고 생각하거든. 가족의 규모와 경제적 지위는 반비례하고, 여성이 출산을 시작하는 나이도 마찬가진데, 이건 수라는 관점에서 보면 아주 문제가 되는 현상이야. 여성이 첫 출산하는 평균 연령을 18세에서 35세로 높이면 인구 증가율을 반으로 줄일 수 있어. 쥐가 표범보다 번식력이 좋은 이유도 바로 그거지. 성적인 면에서 쥐가 훨씬 일찍 성숙하거든."

"그 비유 자체가 문제다." 캐츠가 말했다.

"맞아. 엘리트주의지. 표범은 쥐나 토끼보다 '고등'동물이지. 그러니까 또 문제가 생기는 거야. 우리가 높은 출산율과 낮은 첫 출산 연령에 대해 주의를 환기시키면 가난한 사람들을 설치류에 비유하는 거나 다름없으니까."

월터가 말했다.

"담배에 비유하는 건 어때요?" 제시카가 탁자 끝에서 말했다. 비싼 대학물을 먹고 세미나 과목에서 의견을 당당하게 밝히는 방법을 배운 게 분명했다. "돈이 있는 사람들은 우울하면 졸로프트나 제낙스 같은 항우울제를 먹고 치료를 받잖아요. 그러니까 담배와 알코올에 세금을 부과하면 가난한 사람들이 피해를 가장 많이 보게 되죠. 저렴한 약을 더 비싸게 만드는 거니까."

"맞아." 월터가 말했다. "아주 훌륭한 지적이다. 종교에도 적용되지. 종교도 경제적으로 어려운 사람들이 복용하는 약이라고 할 수 있는데, 진짜 우리의 적인 종교를 비난하면 경제적으로 어려운 사람들을 비난하는 게 되지."

"총도 마찬가지죠. 사냥도 빈곤층 사람들이 많이 하잖아요."

제시카의 말에 랄리사가 딱딱 끊기는 어조로 말했다.

"헤이븐 씨한테 그렇게 말해보시지. 딕 체니한테 말해보든가."

"아냐, 제시카 말이 맞아." 월터가 말했다.

랄리사가 월터에게 대들었다. "정말요? 전 모르겠네요. 사냥이 인구와 무슨 상관이 있는데요?"

제시카가 못 참겠다는 듯 눈을 굴렸다.

'참으로 힘든 하루가 되겠군.' 캐츠는 생각했다.

"이 모두 개인의 자유라는 문제를 중심으로 돌아가는 거야." 월터가 말했다. "사람들이 이 나라에 온 이유는 돈을 벌거나 자유를 누리기 위해서였지. 돈이 없으면 자유에 더 무섭게 집착하게 되는 거야. 흡연으로 사망해도, 아이들을 먹여 살릴 형편이 안 돼도, 아이들이 총 맞아 쓰러져 죽어가도 말이야. 가난할지는 몰라도 아무도 빼앗아갈 수 없는 단 한 가지는 자기 인생을 맘대로 망칠 자유라는 거야. 빌 클린턴은 그걸 알아챘어. 개인의 자유에 반대하면 선거에서 이길 수 없다는 거. 특히 총기 소지에 반대하면 절대 이길 수 없지."

랄리사가 뾰로통한 대신 월터의 말에 수긍하며 고개를 끄덕이는 걸 보니 상황을 분명하게 파악할 수 있었다. 랄리사가 아직 애원하는 쪽, 월터가 튕기는 쪽이다. 월터는 뜬구름 잡는 얘기를 할 때 가장 편해 보였고, 튼튼한 성곽에 둘러싸인 듯 자신감이 넘쳤다. 매컬리스터 대학을 졸업한 이후로 전혀 변하지 않았다.

"하지만 진짜 문제는," 캐츠가 말했다. "자유 시장 자본주의야. 그렇지? 출산을 **불법화하자**는 얘기가 아니라면 문제는 시민의 자유가 아니지. 인구과잉이 문제라는 게 먹히지 않는 이유는, 출산을 덜 하자는 얘기는 성장을 제한하자는 뜻이거든. 그렇지? 성장은 자유 시장 이념에서 지엽적인 문제가 아니야. 바로 핵심적인 문제지. 자유 시장 경제 이론에서 환경문제는 빼놓아야 하지. 네가 잘 쓰던 말, 그거 뭐였지? '외부 효과'?"

"맞아, 바로 그 말이야." 월터가 말했.

"우리가 졸업한 이후 자유 시장 경제 이론이 그다지 바뀌지 않은 걸로 아는데. 그 이론의 문제는 아무 이론이 없다는 거야. 그렇지? 자본주의는 제한이라는 말을 금기시하지. 자본주의의 목표는 자본을 무한히 늘리는 거니까. 자본주의 언론에서 내 의견을 표명하고 자본주의 문화에서 사람들과 소통하려면 인구과잉은 먹히지 않는다는 거지. 말 그대로 말이 안 되는 거야. 그게 진짜 문제라고."

"그럼 그냥 손 털어야겠네요. 할 수 있는 게 아무것도 없으니까." 제시카가 쌀쌀맞게 말했다.

"내가 문제를 만든 건 아니잖아. 그냥 지적했을 뿐이지." 캐츠가 말했다.

"우리도 문제를 알고 있어요." 랄리사가 말했다. "하지만 우리는 현실적인 조직이라고요. 전체 시스템을 뒤엎으려는 게 아니라 조금 더 개선하려는 거죠. 늦기 전에 위기의식을 높이려는 거라고요. 고어가 기후변화에 대한 위기의식을 높였듯, 우리는 인구과잉에 대한 위기의식을 높이려는 거라고요. 우리한테는 현금 100만 달러와 당장 취할 수 있는 현실적 조치들이 있어요."

"난 사실 전체 시스템을 뒤엎는 일이라면 적극 찬성이야." 캐츠가 말했다.

"이 나라에서 전체 시스템을 뒤엎을 수 없는 이유는 개인의 자유 때문이야." 월터가 말했다. "유럽에서 자유 시장이 사회주의에 의해 어느 정도 보완될 수 있었던 이유는 거기 사람들이 개인의 자유에 지나치게 집착하지 않았기 때문이지. 유럽은 우리와 비슷한 소득 수준인데도 인구 증가율은 더 낮아. 기본적으로 유럽 사람들이 여러 면에서 훨씬 이성적이야. 이 나라에서는 권리에 대해 이성적으로 대화를 할 수가 없어. 전부 감정적이고 계급에 대한 분노 차원에서만 대화가 이뤄지니까. 우익이 그걸 잘 이용하고 있지. 그래서 제시카가 말한 담배 얘기로 다시 돌아가자는 거고."

제시카가 '고마워요!' 하고 말하는 듯한 몸짓을 했다.

복도에서 인기척이 났다. 패티가 딱딱한 굽의 신발을 신고 부엌을 왔다 갔다 하고 있었다. 캐츠는 담배가 피우고 싶어 월터의 빈 머그잔을 가져다 씹는담배를 준비했다.

"긍정적인 사회 변화는 상의하달식으로 일어나." 월터가 말을 이었다. "국립보건원 원장이 보고서를 발표하고, 교육받은 사람들이 그걸 읽고, 영리한 애들은 흡연이 멋진 게 아니라 멍청한 짓이라는 걸 깨닫고, 그러면 흡연율이 감소하는 거지. 아니면 로사 파크스가 버스 안에서 흑인은 백인에게 자리를 양보해야 한다는 법을 어겼고, 대학생들이 그 소식을 듣고 워싱턴에서 시위를 하고, 그들이 버스를 타고 남부로 가자 갑자기 전국적으로 인권 운동이 일어나게 됐지. 이제 어느 정도 교육을 받은 사람이라면 인구 증가를 걱정할 시점이라고 봐. 다음 단계는 대학생들이 인구 증가를 걱정하는 게 멋있는 일이라고 생각하도록 만드는 거야."

월터가 대학생을 주제로 얘기를 계속하는 동안 캐츠는 패티가 부엌에서 뭘 하는지 들으려고 안간힘을 썼다. 캐츠는 자신이 처한 상황이 명료하게 느껴졌다. 캐츠가 원하는 패티는 월터를 원하지 않는 패티였다. 더 이상 가정주부이고 싶지 않은 가정주부였다. 로커와 섹스하고 싶어 하는 가정주부였다. 하지만 지금 캐츠는 패티에게 전화를 걸어 그녀를 원한다고 말하는 대신, 대학교 2학년 학생처럼 가만히 앉아 친구가 떠벌리는 지적인 환상 얘기나 듣고 있었다. 월터의 무엇이 캐츠의 마음을 약해지게 하는 걸까? 캐츠는 마치 자신이 자유롭게 날아다니다 가족이라는 끈적끈적한 거미줄에 걸린 벌레 같은 느낌이 들었다. 그는 월터에게 **착하게** 굴지 않을 수 없었다. 월터를 좋아했기 때문이다. 캐츠가 월터를 그다지 좋아하지만 않았어도 그는 패티를 원하지 않았을지 모른다. 캐츠가 그녀를 원하지 않았다면 캐츠는 지금 여기 앉아서 얘기를 듣는 척하고 있지 않았을지 모른다. 엉망진창이었다.

복도를 걸어오는 패티의 발소리가 들렸다. 월터가 하던 말을 멈추고 심호흡을 했다. 각오를 단단히 하는 것 같았다. 캐츠는 의자를 문 쪽으로 돌렸고, 패티가 거기 서 있었다. 어두운 면을 감춘, 얼굴에 생기가 도는 엄마. 패티는 검은색 부츠를 신고 붉은색과 검은색이 섞인 넉넉한 직물 스커트에 짧고 세련된 비옷을 입었는데 아주 멋져 보였고, 그녀 같지 않았다. 캐츠는 패티가 청바지 말고 다른 옷을 입은 모습을 본 기억이 나지 않았다.

"안녕, 리처드." 패티가 캐츠를 보며 말했다. "모두 안녕. 잘돼가?"

"이제 막 시작했어." 월터가 말했다.

"방해하지 않을게, 그럼."

"멋을 좀 냈네." 월터가 말했다.

"쇼핑하러 가려고. 여기 계속 있을 거면 나중에 보자."

"저녁은 엄마가 하실래요?" 제시카가 물었다.

"아니, 나 9시까지 일해야 돼. 원하면 나가기 전에 만들어놓을 수도 있고."

"그러면 정말 고맙죠. 하루 종일 회의해야 하거든요." 제시카가 말했다.

"내가 여덟 시간 교대 근무만 아니어도 기꺼이 저녁을 차려줄 텐데."

"신경 쓰지 마세요. 관두라고요. 그냥 다 같이 나가서 사 먹든지 하죠." 제시카가 말했다.

"그게 좋겠다." 패티가 말했다.

"자, 그럼." 월터가 말했다.

"그럼 이만. 다들 즐거운 하루 보내요." 패티가 말했다.

그렇게 일사천리로 네 사람을 하나하나 짜증나게 하거나, 무시하거나, 실망시킨 패티는 복도를 걸어가 앞문으로 나갔다. 그녀가 나타난 순간부터 블랙베리를 클릭하던 랄리사가 가장 불만스러워 보였다.

"엄마 이젠 매일 일하는 거예요?" 제시카가 물었다.

"아니, 아니다. 무슨 일인지 모르겠다." 월터가 말했다.

"하지만 항상 뭔가 일이 있잖아요, 그렇죠?" 랄리사가 블랙베리 휴대전화를 만지작거리며 중얼거렸다.

제시카가 즉각 불편한 심기를 랄리사에게로 향했다.

"이메일 다 확인하면 알려줘, 응? 너 준비될 때까지 우린 마냥 앉아서 기다릴 테니까, 알았지?"

랄리사는 입을 꼭 다물고 계속 블랙베리만 만지작거렸다.

"나중에 하면 안 될까?" 월터가 부드럽게 말했다.

랄리사가 블랙베리를 탁자 위에 탁 소리가 나게 올려놓았다.

"알았어요, 준비됐다고요!"

니코틴이 온몸에 퍼지자 캐츠는 기분이 한결 좋아졌다. 패티는 누가 뭐래도 아랑곳하지 않는 것 같았고, 그건 바람직했다. 캐츠는 그녀가 **옷을 신경 써서 입은 것**도 놓치지 않았다. 왜 옷을 차려입었을까? 캐츠한테 잘 보이려고. 금요일과 토요일 밤에 일하는 이유는 뭘까? 캐츠를 피하려고. 맞아, 캐츠가 예전에 그녀를 상대로 한 숨바꼭질을 지금 패티가 하고 있었다. 패티가 나간 뒤 캐츠는 그녀를 더 분명히 볼 수 있었고, 잡음 없이 그녀의 신호를 포착하고, 자기 손이 그녀의 치마 위에 얹힌 모습을 상상하고, 미네소타에서 패티가 얼마나 그를 갈구했는지 기억할 수 있었다.

하지만 당장은 과잉 번식에 집중해야 했다. 첫 번째로 해야 할 구체적인 일은 인구 억제 운동의 명칭을 정하는 것이다. 월터가 생각해낸 이름은 '어리석음에 대항하는 젊은이들'이었다. 월터가 소닉 유스가 부른 노래 중 가장 훌륭한 '파시즘에 대항하는 젊은이들'에 대해 개인적으로 경의를 표하는 의미에서 지은 이름이었다. 하지만 제시카는 부정보다는 긍정의 의미를 지닌 이름을 골라야 한다고 우겼다. 반대가 아니라 찬성의 의미가 들어가야 한다고 했다.

"제 또래의 아이들은 여기 계신 분들보다 훨씬 개인의 자유를 존중하거든요. 엘리트주의나 다른 사람의 관점을 존중하지 않는다는 냄새만 맡아도 알레르기 반응을 일으킨다고요. 그러니까 다른 사람한테 이러지 마라, 저러지 마라 하는 식으로 소통하려 하면 안 돼요. 우리 **모두** 함께하는, 멋지고 긍정적인 선택이라는 생각을 하게 해야 한다고요."

랄리사는 '산 사람 우선'이라는 이름을 제안했는데, 캐츠의 귀에 거슬렸다. 제시카는 노골적으로 경멸하며 묵사발을 만들었다. 그렇게 네 사람은 아침 내내 머리를 맞대고 의논을 했고, 캐츠는 홍보 전문가의 의견이 간절했다. 네 사람은 다음과 같은 이름을 거론했다. '더 외로운 지구', '더 신선한 공기', '무제한 콘돔', '기 출생자의 연합', '자유 공간', '삶의 질', '더 작은 텐트', '그만 좀 해'(캐츠가 마음에 들어한 이름이지만 다른 사람들은 너무 부정적이라고 했다). 이런 이름도 있었다. '산 사람 입에 풀칠', '이성적으로 생각하자', '냉철한 머리', '더 나은 길', '작은 숫자의 힘', '덜 낳으면 더 갖는다', '더 빈 둥지', '무자식 상팔자', '평생 아이들로부터 해방', '아기 없다',

'내 입에 풀칠', '용감히 임신 거부', '인구를 줄이자!', '둘이서 오붓하게', '아마 안 낳을걸', '0 이하', '멈추자', '가정을 깨부수자', '진정하자', '움직일 공간', '더 큰 내 몫', '외동이에요', '숨통 트자', '공간 확대', '있는 그대로 사랑하기', '선택적 불임', '유아기의 종말', '아이들은 잊어라', '둘만의 핵가족', '아마도 절대로', '서두르지 맙시다'. 그리고 네 사람은 이 모든 안을 탈락시켰다. 이런 짓을 하고 있는 것 자체가 이 일이 얼마나 명분이 없고 불가능한 일이며, 애써 멋진 척하려고 안간힘을 쓰고 있다는 사실을 보여주는 거라고, 캐츠는 생각했다. 하지만 월터는 신바람이 나서 회의를 진행했다. 그 모습에서 월터가 오랫동안 비정부 단체라는 부자연스러운 세상에서 일해 왔다는 것을 알 수 있었다. 그리고 놀라운 것은, 월터가 쓰려고 계획한 돈은 진짜 돈이라는 사실이다.

"난 자유 공간으로 했으면 좋겠다." 월터가 마침내 말했다. "반대편에서 쓰는 '자유'라는 단어를 가져온 것이 마음에 들고, 광활한 서부 느낌이 나잖아. 이 이름이 뜨면 우리 조직이 아니라 더 대규모 차원에서 일어나는 운동의 이름으로 쓸 수도 있고. '자유 공간 운동'."

"'무료 주차 공간' 느낌이 드는 사람은 나뿐인가요?" 제시카가 말했다.

"나쁜 연상은 아닌데. 주차 공간을 발견하는 게 얼마나 힘든지 다들 알잖아. 지구상에 인구가 더 적으면 주차 기회는 높아진다? 왜 인구과잉이 바람직하지 않은지 생생하게 보여주는 아주 일상적인 예이기도 하고." 월터가 말했다.

"자유 공간이 등록상표인지 알아봐야 해요." 랄리사가 말했다.

"등록상표 같은 건 집어치우지. 이 세상에 존재하는 말치고 등록상표 아닌 게 어딨어." 캐츠가 말했다.

"단어 사이에 빈칸을 하나 더 두지 뭐. '지구우선!'과 정반대로 말이야. 느낌표도 빼고. 상표법 위반으로 고소당하면 빈칸이 하나 더 있다고 주장하면 되잖아. 그러면 되지, 그렇지 않아? 빈칸 판결 사례?"

"고소당하지 않는 게 더 좋죠." 랄리사가 말했다.

오후에 샌드위치를 시켜 먹었고, 패티는 집에 왔다가 네 사람에게 말도 안 걸고 다시 나갔다. (캐츠는 패티의 다리가 복도를 따라 멀어져갈 때 그녀가 헬스클럽에서 일할 때 입는 검은색 청바지를 힐끔 보았다.) 네 명의 자유 공간 자문단은 랄리사가 이미 어떻게 유인할지 계획을 세워놓은 스물다섯 명의 여름 인턴 채용 계획을 구체적으로 의논했다. 랄리사는 청솔산 신탁기금이 소유한 청솔새 보호 구역 남쪽 끝에 위치한 80제곱킬로미터의 염소 농장에서 인구 증가에 대한 경각심을 높이는 늦여름 음악 축제를 생각했고, 제시카는 즉시 그 계획의 허점을 지적했다. 랄리사는 젊은 사람들과 음악이 어떤 관계인지 **도대체** 알기나 하는 건가? 유명한 사람만 초대한다고 다 되는 게 아니다! 25명의 인턴을 전국 25개 도시로 파견해 **지역** 축제를 열 개 만들어야 한다. 캐츠가 "밴드 배틀"이라고 말했다.

"네, 바로 그거예요. 스무 개의 서로 다른 지역에서 밴드 배틀을 개최하는 거죠." 제시카가 말했다. (그 애는 하루 종일 캐츠에게 쌀쌀맞게 굴었지만 그가 랄리사를 짓이기는 걸 거들자 고마워하는 것 같았다.) 현금을 상품으로 내걸고 20개 도시에서 각각 다섯 개의 밴드를 선정하고 웨스트버지니아에서 자유 공간의 후원 아래 주말 동안 자기 출신 지역을 대표할 밴드를 선정할 배틀을 여는 것이다. 그리고 거물급 음악인을 여럿 초청해 최종 심사를 하도록 해 세계 인구 증가를 뒤집는다는 명분에 그들의 후광을 입히고 아이 낳는 게 멋진 일이 아닌 것처럼 만드는 것이다.

어마어마한 양의 카페인과 니코틴을 섭취한 캐츠는 거의 조증 상태가 되어 부탁이라는 부탁은 다 들어주겠다고 했다. 자유 공간을 위해 노래를 만들고, 5월에는 워싱턴에 다시 와서 자유 공간 인턴들을 만나 사상 교육을 돕고, 뉴욕 밴드 배틀에 초청 손님으로 깜짝 출연하고, 웨스트버지니아에서 개최하는 자유 공간 축제의 사회를 보고, 월넛 서프라이즈를 재구성해 그 축제에서 공연할 수 있도록 하고, 거물급 음악인들을 졸라 출연시키고, 최종 심사할 때 심사위원이 되기로 했다. 하지만 머릿속으로는 텅텅 빈 계좌에 대한 수표를 발행하는 것 이상의 아무것도 아니라고 생각했다. 실제로 캐츠가 화학물질을 흡입한 건 사실이지만 정신은 오로지 월터에게서 패티를 빼앗는 데만 집중되어 있었기 때문이다. 이게 진짜 멜로디고, 나머지는 전부 쓸데없는 고주파수였다. '가정을 깨뜨리자.' 노래 제목을 하나 더 건졌다. 그리고 일단 가정이 깨지면 캐츠는 약속한 걸 지키지 않아도 될 것이다.

회의는 5시쯤 끝났다. 랄리사는 계획을 실행에 옮기기 위해 사무실로 돌아가고, 제시카는 위층으로 사라졌다. 캐츠는 조증이 절정에 달해 함께 외출하자는 월터의 말에 동의하고 말았다. 어쩌면 두 사람이 함께 어울리는 마지막 시간이 될지도 모른다고 생각했다. 갑자기 뜨거운 주목을 받고 있는, 코너 오버스트라는 이름의 재능 있는 젊은이가 이끄는 밴드 브라이트 아이즈가 그날 밤 마침 D.C.의 단골 클럽에서 연주를 하기로 되어 있었다. 공연 입장권은 매진됐지만 월터는 무대 뒤에서 오버스트를 만나 자유 공간에 대해 얘기했고, 캐츠는 조증 상태로 클럽 문 앞에서 출입증 두 개를 얻기 위해 여기저기 전화를 걸어 궁상맞은 부탁을 했다. 무슨 짓을 하는 집에서 패티가 귀가하기를 기다리는 것보다는 나았다.

"날 위해 이 모든 일을 해주겠다니, 믿어지지 않는다." 월터가 가는 길에 저녁을 먹으러 들른, 듀폰서클에 있는 태국 음식점에서 말했다.

"당연히 해야지, 이 친구야." 캐츠는 사테이 꼬치(인도네시아식 꼬치 요리-옮긴이)를 집어 들고는 먹을 수 있을지 고민하다 내려놓았다. 담배를 더 씹는 건 좋은 생각이 아니지만, 그는 양철통을 꺼냈다.

"우리가 대학 다닐 때 하던 얘기를 드디어 실행에 옮기게 되었네. 내겐 정말 큰 의미가 있는 일이야." 월터가 말했다.

캐츠는 식당을 불안하게 두리번거리며 월터를 제외한 모든 것에 시선을 두었다. 절벽에서 뛰어내렸는데 아직 다리가 허공을 휘젓고 있지만 곧 추락할 것 같은 느낌이었다.

"괜찮아? 좀 흥분된 것 같아 보이는데."

"아냐, 괜찮아. 괜찮다고."

"괜찮은 것 같지 않은데. 오늘 그놈의 양철통 한가득 있던 걸 다 썹었잖아."

"너 있는 데서 담배 안 피우려고."

"뭐, 고맙긴 하다만."

캐츠가 물컵에 침을 뱉고 니코틴 때문에 잠시 진정이 된 듯한 착각에 빠진 동안 월터는 사테이 꼬치를 다 먹었다.

"너랑 그 여자애는 잘돼가? 오늘 둘 다 낌새가 좀 이상하더라."

얼굴을 붉힌 월터는 대답하지 않았다.

"같이 잤어?"

"맙소사, 리처드! 네가 상관할 문제 아니야."

"우와, 잤구나?"

"아니, 네가 상관할 문제가 아니라고."

"그 앨 사랑하니?"

"세상에! 그만 좀 해라."

"거봐, 이 이름이 훨씬 낫지. '그만 좀 해!' 느낌표도 갖다 붙이고. 자유 공간은 꼭 무슨 리너드 스키너드(미국 록 밴드 이름-옮긴이) 노래 제목 같다."

"내가 걔랑 자든 말든 왜 그렇게 관심이 많아? 왜지?"

"그냥 보이는 대로 말하는 것뿐이야."

"글쎄, 우린 서로 달라. 너랑 나 말이야. 알아들어? 넌 아마 섹스보다 높은 가치를 지니는 게 있다는 게 이해되지 않을 거다."

"그래, 알아들어. 어렴풋이."

"좋아, 그럼 입 좀 다물어, 응?"

캐츠가 웨이터를 찾느라 식당 안을 두리번거렸다. 그는 기분이 엉망이었고, 월터의 행동이나 말은 전부 짜증스럽게 느껴졌다. 월터가 랄리사를 가질 배짱이 없다고 해도, 계속 '바른 생활 사나이' 역할을 하겠다고 해도 관심 없었다.

"제기랄, 나가자." 캐츠가 말했다.

"밥부터 먹는 게 어때? 넌 배가 안 고픈지 몰라도 난 배고프거든."

"그래, 물론이지."

캐츠의 기분은 한 시간 후 9:30클럽 입구에서 젊은이들에게 떠밀려 들어가면서 바닥으로 곤두박질쳤다. 캐츠가 공연에 관객으로 참석한 건 몇 년 만에 처음이었다. 그는 어릴 때 이후로는 '아이돌' 공연에 가본 적이 없다. 트로매틱스와 월넛 서프라이즈 밴드 시절에도 나이가 꽤 든 관객에게 익숙했기 때문에 아이돌 공연 분위기가 얼마나 다른지 까맣게 잊고 있었다. 브라이트 아이즈의 음반 전집을 소장하고 있으며, 태국 음식점에서 그 밴드에 대해 입에 침이 마르게 칭찬을 늘어놓은, 문화 소비에 열성인 월터와 달리 캐츠는 그 밴드에 대해 간간이 얘기만 들었을 뿐이다. 캐츠와 월터는 머리카락이 납작하게 붙은 사내아이들과 적당히 몸매 좋은 여자애들 등 클럽에 있는 다른 모든 사람보다 나이가 적어도 두 배는 됐다. 캐츠는 여기저기서 자신을 알아보는 시선을 느꼈다. 공연 중간 휴식 시간에 두 사람은 텅 빈 플로어를 지나갔다. 그 순간 캐츠는 뜻하지 않게 대중 앞에 나타나게 됐고, 그 장소에 있음으로써 알지도 못하는 밴드의 능력을 인정하는 꼴이 된, 더할 나위 없는 최악의 실수를 저지르고 말았다. 그는 이런 상황에서 발각되어 원숭이처럼 구경당하는 꼴이 되는 게 더 끔찍한지, 아니면 중년인 자신을 아무도 알아보지 못한 채 그냥 서 있는 게 나은지 알 수 없었다.

"무대 뒤로 가볼래?" 월터가 말했다.

"못하겠어, 친구. 엄두가 안 나네."

"그냥 인사만 하자. 잠깐이면 돼. 자세한 설명은 내가 나중에 하면 돼."

"엄두가 안 난다니까. 잘 알지도 못하는 사람들인데."

중간 휴식 때 틀어주는 믹스는 밴드의 간판스타가 고를 수 있는데, 이 밴드의 믹스는 흠잡을 데 없이 독특했다. (한때 자신도 간판스타였던 캐츠는 믹스를 고른다고 젠체하는 태도와 야비한 수법, 잘난 척하는 것이 싫었다. 탁월한 선곡을 한다는 걸 증명해야 하는 압박감도 싫었기에 그는 다른 멤버들이 하게 했다.) 공연 매니저들이 마이크와 악기를 배치하는 동안 월터는 코너 오버스트 얘기를 쏟아냈다. 열두 살에 녹음을 시작했고, 아직 오마하에 본거지를 두고 있으며, 밴드는 다른 록 그룹과 달리 잘 뭉치고 가족 같다고 떠들어댔다. 출입구 여기저기서 사람들이 쏟아져 들어왔고, 브라이트아이즈(청춘을 찬미하는, 엄청 짜증나는 이름이라고 캐츠는 생각했다)가 뒤를 따랐다. 캐츠의 기분이 가라앉은 이유는 딱히 부러움도 아니고 전적으로 자기는 한물갔다는 느낌 때문만도 아니다. 세상이 산산조각 난 데 대한 절망감 같은 것이다. 미국이라는 나라는 두 나라에서 끔찍한 지상전을 벌이고, 지구는 토스터나 오븐처럼 달아오르는데 이곳 9:30클럽에서는 캐츠 주위에 온통 바나나 빵을 구워 온 세라와 똑같은 수백 명의 아이들이 열렬하게 순수한 권리를 주장하고 있었다. 무엇에 대한 권리? 감정을 표현할 권리, 더할 나위 없이 특별한 밴드를 꾸밈없이 숭배할 권리, 토요일 밤 한두 시간 모여 나이 많은 이들이 그들에게 보이는 냉소와 분노를 거부하는 의식을 거행할 권리. 그들은, 제시카가 회의할 때 말했듯, 누구에게도 악의를 품은 것 같지는 않았다. 그들의 옷차림에서도 알 수 있었다. 그들에게서 캐츠가 젊은 시절 어울리던 무리들이 느낀 분노와 불만은 보이지 않았다. 그들은 분노로 하나가 된 것이 아니라 더 고상하고 존중할 만한 존재 방식을 발견했다는 걸 같은 세대끼리 자축하기 위해 모인 것이다. 그 존재 방식이 소비주의와 더 잘 맞는다는 사실은 우연이 아니다. 그리고 그 존재 방식은 캐츠에게 이렇게 말하고 있었다. '죽어라.'

하늘색 턱시도를 입은 오버스트는 어쿠스틱 기타를 메고 혼자 무대에 서서 긴 솔로 곡을 한두 곡 읊조렸다. 오버스트는 진정한 음악인이고, 나이 어린 천재였으며, 그래서 캐츠는 더더욱 견디기 힘들었다. 고뇌하는 영혼의 예술가적 재능, 인내의 한계를 넘어서까지 자신의 음악을 밀어붙이며 하고 싶은 대로 마음껏 해보는 태도, 팝 음악의 전통에 대항하는 예술적 범죄. 오버스트는 진실성을 연기하고 있었다. 그리고 연기가 진실성을 거짓으로 만들 위험에 처하면 진실성이 얼마나 지키기 힘든 가치인지, 진실한 고뇌를 연기했다. 그러고 나면 도발적인 드레스를 입은 사랑스러운 젊은 여성 세 명으로 구성된 백업 싱어를 포함해 나머지 멤버들이 나왔다. 전체적으로 훌륭한 공연이었다. 캐츠는 그것까지 부인할 정도로 비굴하지는 않았다. 단지 술 취한 사람들이 가득한 방에 정신이 말짱한 사람은 자기 혼자인 듯했고, 교회 부흥회에 참석한 유일한 무신론자 같은 느낌이 들었다. 캐츠는 믿음을 파괴하는 저지 시내의 거리가 눈물 날 만큼 그리웠다. 그는 지구의 종말이 오기 전에, 자기만의 그 작은 영역에서 뭔가 할 일이 있을 것 같았다.

"어떻게 생각해?" 공연이 끝나고 집으로 가는 택시 안에서 월터가 들뜬 기분으로 캐츠에게 물었다.

"나 늙어가는 것 같아." 캐츠가 말했다.

"상당히 훌륭하다고 생각되는데."

"청소년 드라마 같은 노래가 너무 많다."

"다 믿음에 대한 노래야. 새로 나온 음반은 죽음이 만연한 세상에서 뭔가를 믿으려는 범신론적인 노력에 대한 건데 정말 놀라워. 오버스트는 '정신적 고양'이라는 말을 모든 노래에 넣었어. 음반 이름도 〈정신적 고양〉이야. 종교 교리 같은 헛소리로부터 자유로운 종교라고나 할까." 월터가 말했다.

"난 감탄하는 네 능력이 존경스럽다." 캐츠가 말했다. 그리고 택시가 복잡한 대각선 교차로에서 교통체증 때문에 움직이지 않자 한마디 덧붙였다. "나 이 일 못하겠다, 월터. 너무 창피해."

"할 수 있는 것만 해. 네가 한도를 정하라고. 5월에 여기 내려와서 하루나 이틀쯤 묵으면서 인턴들과 만나고 그중 한 명이랑 섹스를 하든가. 뭐, 그것만 한다고 해도 상관없어. 그 정도만 해줘도 벌써 많이 도와주는 거니까."

"다시 노래를 만들어볼까 생각 중이야."

"그거 멋지다! 정말 반가운 소식이네. 우리랑 일하느니 차라리 그러라고 하고 싶을 정도로. 덱 만드는 일은 이제 그만하고."

"덱은 계속 만들어야 할지도 몰라. 어쩔 수 없어."

두 사람이 돌아왔을 때 부엌에 불이 하나 켜져 있을 뿐 집 안이 어둡고 조용했다. 월터는 바로 자러 올라갔지만 캐츠는 패티가 인기척을 듣고 내려올지도 모른다는 생각에 잠시 부엌에 머물렀다. 캐츠는 식은 파스타를 조금 먹고 뒤뜰에서 담배를 피웠다. 그러고는 2층으로 올라가 패티의 작은 방으로 갔다. 지난밤 접이식 소파에 베개와 담요가 있던 것으로 보아 패티가 거기서 잠을 잔다는 생각이 들었다. 문은 닫혀 있었고, 문 가장자리로 불빛도 새어 나오지 않았다.

"패티." 캐츠는 그녀가 깨어 있다면 들릴 만한 목소리로 말했다.

그는 귀를 기울였지만, 귀울림이 심했다.

"패티." 그가 다시 한번 불렀다.

그의 음경은 단 한순간도 패티가 자고 있다고 믿지 않았지만 문이 잠긴 방이 비어 있을 가능성은 있었다. 그리고 그는 묘하게도 문을 열고 확인하기가 꺼려졌다. 자기의 직감이 옳다는 걸 고무하거나 확인해줄 뭔가가 필요했다. 그는 다시 부엌으로 내려가서 파스타를 마저 먹고 〈워싱턴포스트〉와 〈뉴욕타임스〉를 읽었다. 새벽 2시에 아직 니코틴 기운이 남아 흥분된 상태에서 캐츠는 패티에게 화가 나기 시작했다. 그는 다시 그녀의 방으로 가서 문을 두드린 뒤에 열었다.

어둠 속에서 소파 위에 앉아 있는 패티는 아직 검은 헬스클럽 유니폼을 입은 채 두 손을 무릎 위로 깍지 끼고 정면을 뚫어지게 쳐다보고 있었다.

"미안, 잠깐 시간 있어?" 캐츠가 물었다.

"응. 아래층으로 내려가서 얘기하자." 패티가 그를 쳐다보지도 않고 말했다.

캐츠는 계단을 내려가면서 전에 없이 가슴이 죄이는 걸 느꼈다. 고등학교 때 이후로 느낀 적이 없던, 섹스에 대한 강렬한 기대감이었다. 그를 따라 부엌에 들어선 패티는 계단으로 나가는 부엌문을 닫았다. 그녀는 아주 부드러워 보이는 양말을 신었는데 그 양말을 신고 있는 발은 더 이상 젊지도, 탄력적이지도 않았다. 높은 구두를 신지 않아도 패티의 키는 예전과 마찬가지로 적당히 훤칠했다. 캐츠는 자신의 노래 가사 중 하나가 떠올랐다. 그녀의 몸은 그를 위한 몸이라는 그런 내용이었다. 늙은 캐츠는 결국 이 지경이 됐다. 자기가 쓴 가사에 감동받는 지경이 된 것이다. 그리고 캐츠를 위한 몸은 여전히 근사했고, 딱히 마음에 들지 않는 곳도 없었다. 분명히 헬스클럽에서 수많은 시간을 땀 흘린 덕분일 것이다. 패티가 입은 검은 티셔츠 앞쪽에는 흰 고딕체로 '들자'라고 쓰여 있었다.

"캐머마일 차를 마실 건데 너도 좀 마실래?" 패티가 물었다.

"그래. 마셔본 적은 없지만."

"아, 온실의 화초처럼 세상 물정 모르고 살았군."

패티가 부엌을 나가 사무실로 가더니 뜨거운 물과 상표가 달린 티백을 담은 머그잔 두 개를 들고 왔다.

"내가 처음 문밖에서 불렀을 때 왜 대답하지 않았어? 부엌에 두 시간쯤 앉아 있었는데." 캐츠가 말했다.

"생각하느라 못 들었나 봐."

"내가 그냥 가서 잘 거라고 생각했어?"

"몰라. 아무 생각 없이 앉아 있었어. 이해가 갈지 모르겠지만. 네가 나랑 얘기하고 싶어 하고, 나도 얘기를 해야 한다는 건 알고 있었어. 그래서 이렇게 얘기하고 있잖아."

"하기 싫으면 안 해도 돼."

"아니야, 괜찮아. 얘기해." 패티가 캐츠의 식탁 맞은편 의자에 앉았다. "재미있었어? 제시카가 공연 보러 갔다고 하던데."

"월터와 나, 스물한 살짜리 800명 정도랑."

"하하하! 불쌍해라."

"월터는 신났던데."

"그렇겠지. 요즘 젊은이들의 열렬한 지지자가 됐거든."

캐츠는 패티의 말에서 불만이 있다는 낌새를 눈치채고 고무됐다.

"넌 아니고?"

"나? 아니라고 할 수 있지. 우리 애들은 예외지만. 우리 애들은 아직 좋아해. 하지만 나머지 애들? 하하하!"

패티의 짜릿하고 활달한 웃음소리는 변하지 않았다. 하지만 새 헤어스타일과 눈 화장을 빼면 더 나이 들어 보였다. 노화는 한쪽 방향으로만 진행된다. 그리고 캐츠의 자기 보호 본능은 늙어가는 패티를 보고 아직 달아날 수 있을 때 달아나라고 말하고 있었다. 그는 본능에 따라 부엌으로 내려왔지만, 본능과 계획 사이에는 큰 차이가 있다는 걸 깨달았다.

"젊은 애들의 어떤 점이 마음에 안 드는데?"

"하도 많아서. 어디서부터 시작해야 한다? 슬리퍼 신는 거? 젊은 애들 슬리퍼 신고 다니는 거 정말 짜증나. 아니, 세상이 온통 자기 화장실이야? 딸깍딸깍하는 슬리퍼 소리가 자기들 귀에는 안 들리나 봐. 하긴 전부 이어폰 끼고 다니니까. 여기 이웃이 싫어질 때마다 거리에서 조지타운 대학생이라도 마주치면 갑자기 이웃을 용서하게 될 정도야. 적어도 내 이웃은 성인이니까. 적어도 내 이웃은 슬리퍼 신고 딸깍딸깍 소리 내며 걸어 다니지도 않고, 자기들이 우리 어른들보다 얼마나 여유 있고 이성적인지 광고하고 다니지는 않으니까. 난 지하철에서 젊은 사람들의 맨발도 쳐다보지 않으려고 하거든. 그 예쁜 발가락, 완벽하게 손질한 발톱을 보는 걸 반대할 사람이 어디 있겠어? 자기의 흉측한 발가락으로 세상을 어지럽히기에는 너무 늙은 중년 아줌마나 그렇겠지."

"난 슬리퍼가 유독 눈에 띄지는 않던데."

"그럼 넌 정말 온실의 화초처럼 사는 거다."

패티의 말투는 다소 기계적이고 일관성이 없었다. 뭔가 미끼를 던져줘야 캐츠가 말을 받아줄 수 있을 텐데 말이다. 캐츠는 패티와 공감하지 못하자 반감이 생기고 있었다. 그녀가 자기가 바라는 기분 상태가 아니라는 점 때문에 싫어지기 시작했다.

"그리고 신용카드 쓰는 거? 핫도그 하나, 껌 한 통 사면서 신용카드 긁는 거? 현금 쓰는 건 구식이라 이거지. 그렇지? 현금을 쓰려면 더하기랑 빼기도 할 줄 알아야지. 거스름돈을 제대로 주는지 신경을 써야 하니까. 아주 잠깐 동안 100퍼센트 멋있는 척하는 걸 멈추고 구질구질한 작은 세계로 돌아와야 한다고. 하지만 신용카드 쓰면 그럴 필요가 없지. 그냥 멍하니 건네주고 멍하니 돌려받으면 되니까."

"오늘 클럽에 온 애들이 딱 그렇더라. 착한 애들이긴 한데, 자신에게 너무 심취해 있더라고."

"그래도 익숙해져야 할 거야. 제시카가 그러는데, 여름 내내 젊은 애들이랑 지내야 한다며."

"어, 아마도."

"아마도가 아니라 확실한 거 아냐?"

"어. 하지만 관둘까 생각 중이야. 사실 월터한테는 벌써 그렇게 말했어."

패티는 자리에서 일어나 티백을 개수대에 놓고 캐츠 쪽으로 등을 돌린 채 서 있었다.

"그럼 이제 우리 집에 올 일 없겠네."

"그렇지."

"그래? 그럼 내가 더 일찍 부엌에 내려오지 않은 게 유감이라고 해야겠네."

"언제든 나 만나러 뉴욕에 오면 되잖아."

"그렇지. 언제 내가 초대받은 적이나 있는 것처럼."

"내가 지금 초대했잖아."

갑자기 패티가 몸을 획 돌리더니 눈을 가늘게 떴다.

"밀고 당기면서 잔머리 굴리지 마, 알았어? 너한테서까지 그런 면을 보고 싶진 않다. 사실 좀 역겨워."

캐츠는 패티의 눈을 똑바로 쳐다보고 진심이라는 걸 보여주려고 했다— 진심이라고 **생각하려고** 했다—하지만 캐츠의 이런 태도는 패티를 더 약 오르게 했다. 그녀는 고개를 가로저으며 부엌의 구석으로 물러났.

"너랑 월터는 잘 지내?" 캐츠가 냉랭한 목소리로 물었다.

"상관하지 마."

"계속 그 말만 듣네. 무슨 뜻이야?"

패티가 얼굴을 조금 붉혔다. "네가 상관할 일이 아니라는 뜻이야."

"월터가 그러는데, 별로 안 좋다며."

"뭐, 대충 맞는 말이네." 패티가 다시 얼굴을 붉혔다. "하지만 넌 월터 걱정만 하지, 그렇지? 네 단짝 친구 걱정만 하잖아. 넌 이미 마음을 정한 거야. 월터와 나, 둘 중 누구의 행복이 너한테 더 중요한지 분명히 밝혔으니까. 나를 선택할 기회도 있었는데, 넌 월터를 선택했어."

캐츠는 자신이 이성을 잃기 시작하는 걸 느꼈고, 몹시 불쾌했다. 머리가 깨질 듯 아프고, 화가 솟구쳤으며, 왠지 싸우고 싶다는 생각이 들었다. 갑자기 월터가 된 것 같았다.

"네가 날 밀어냈잖아." 캐츠가 말했다.

"하하하! '미안해, 난 단 하루도 필라델피아에 갈 수 없어. 불쌍한 월터 때문에'라고 말한 게 누군데?"

"1분 정도 말했나? 30초? 그러고 나니까 넌 장장 **한 시간** 동안······."

"엉망진창으로 만들었지. 알아, 알아, 알아, 안다고. 누가 다 망쳤는지 알아. 나라는 거 안단 말이야! 하지만 넌 내가 힘들어하는 거 **알고** 있었잖아. 나한테 지푸라기라도 던져줘야지! 그 1분 동안 불쌍한 월터, 불쌍한 그 여린 마음 얘기하는 **대신 내** 얘기를 할 수도 있었잖아. 그러니까 넌 이미 마음을 정했다고, 내가 얘기하는 거야. 그 당시에는 몰랐을지 모르지만, 그게 네가 한 짓이야. 그러니까 받아들여."

"패티."

"일을 엉망으로 망친 바보인지 몰라도, 지난 몇 년 동안 곰곰이 생각해보고 깨달은 게 있어. 네가 누군지, 네가 어떤 생각을 하는지 좀 더 잘 알게 됐지. 벵골 출신 여자애가 너한테 관심이 없다는 사실을 받아들이기가 얼마나 힘들지 짐작이 된다. 세상이 완전히 뒤죽박죽된 것 같지? 여기 괜히 왔다고 생각하지? 어떻게 해야 할지 모르겠거든, 개발 부서에서 일하는 에밀리를 꼬여보든가. 그런데 월터는 에밀리한테 관심이 없으니 그 애는 별로 구미가 안 당기겠지."

캐츠는 피가 솟구치고 몸이 부들부들 떨렸다. 저질 필로폰을 엄청 섞은 코카인을 들이마신 느낌이었다.

"내가 여기 온 건 너 때문이야." 캐츠가 말했다.

"하하하! 안 믿어. 너 자신도 안 믿잖아. 넌 거짓말을 너무 어설프게 해."

"아니면 내가 왜 왔겠냐?"

"나야 모르지. 생물 다양성이랑 지속 가능한 인구 규모가 걱정돼서?"

캐츠는 전화로 패티와 말다툼할 때 얼마나 기분이 불쾌했는지 기억났다. 얼마나 불쾌하고, 얼마나 인내심이 바닥났는지. 캐츠가 생각나지 않는 건, 자기가 왜 그때 꾹 참았는지다. 패티가 자신을 원했고, 그를 쫓아다녔기 때문이다. 그런데 지금의 패티는 전혀 달랐다.

"너한테 화내느라 세월을 너무 낭비했어." 패티가 말했다 "알기나 해? 이메일을 그렇게 많이 보냈는데 답장도 못 받고. 창피하게 혼자 일방적인 대화를 한 거지. 내가 보낸 이메일, 읽기는 했니?"

"거의 다."

"하. 읽었다니 기분이 더 좋아야 하는 건지, 나빠야 하는 건지 모르겠다. 뭐, 상관없어. 전부 내 머릿속 환상이니까. 3년 동안 날 행복하게 해주지도 않을 것을 얻기 위해 무척 애썼지. 그래도 포기가 안 되더라. 넌 끊을 수 없는 마약 같아. 난 내게 끔찍한 약인 줄 알면서도 그걸 손에 넣지 못해 슬퍼하느라 평생을 낭비했어. 말 그대로 어제, 실제로 널 본 후에야 나한테 그 약이 필요 없다는 걸 깨달았어. 갑자기 이런 생각이 들더라. '**제정신**이야? 리처드는 월터 때문에 온 거라고.'"

"아니야, 너 때문에 온 거야." 캐츠가 말했다.

패티는 그의 말은 듣지도 않았다.

"엄청 나이 든 기분이야, 리처드. 인생을 헛살아도 세월이 안 가는 건 아니야. 오히려 세월이 더 빨리 가더라고."

"나이 들어 보이지 않아. 아주 좋아 보이는데."

"그래, 그게 중요한 거지. 그렇지? 그저 괜찮아 보이려고 엄청 노력하는 그런 여자들 중 하나가 됐어. 이대로 계속 잘만 되면 아주 예쁜 시체가 될 것 같아. 문제가 다 해결됐다고."

"나랑 떠나자."

패티가 고개를 가로저었다.

"그냥 나랑 떠나자. 어디 다른 데로 가자. 월터는 자유롭게 살도록 내버려 두고."

"싫어. 그래도 마침내 그렇게 말해주니 기분은 괜찮다. 그 말을 지난 3년에 소급 적용해서 어떻게 됐을지 상상하면 더 끝내주는 환상적인 이야기가 만들어지겠네. 안 그래도 이미 환상이 넘쳐나는 내 인생을 더 풍요롭게 만들어주겠다. 이제 네 아파트에 우두커니 혼자 있고 넌 세계 순회공연 다니며 열아홉 살짜리랑 바람피우는 모습을 상상하든가, 너하고 밴드 따라다니며 새벽 3시에 우유하고 쿠키 준비해주는 보모 노릇을 하든가, 오노 요코처럼 네가 진부하고 맹물처럼 된 게 내 탓이라는 비난을 받고는 난리법석을 떨어, 내가 네 인생에 얼마나 해로운 존재인지 서서히 깨닫게 하는 모습을 상상하면 되겠군. 몇 달은 족히 꿀 만한 분량의 백일몽이다."

"난 네가 바라는 게 뭔지 모르겠어."

"내 말 믿어. 내가 그걸 안다면 우린 이런 대화를 하고 있지도 않을 거야. 사실 난 내가 바라는 게 뭔지 안다고 생각했어. 바라는 게 좋은 건 아니지만 적어도 뭘 바라는지 안다고 생각했지. 그런데 여기 있는 널 보니 예전과 똑같고, 세월이 전혀 흐르지 않은 것 같아."

"월터가 그 애한테 빠진 것만 빼면."

패티가 고개를 끄덕였다. "그래. 그거 알아? 엄청 괴롭더라고. 아주 끔찍하게 괴롭더란 말이야." 그녀의 눈에 눈물이 차올랐고, 그녀는 우는 모습을 보이고 싶지 않아 재빨리 몸을 돌렸다.

캐츠는 왕년에 여러 여자를 울렸지만, 여자가 자기가 아닌 다른 남자에 대한 애정 때문에 우는 것은 처음 보았다. 그는 이 상황이 전혀 마음에 들지 않았다.

"목요일 밤 웨스트버지니아에서 집으로 돌아오더니…… 우린 오랜 친구니까 이런 얘기해도 되겠지? 월터가 목요일 밤 웨스트버지니아에서 집으로 돌아오더니 내 방으로 올라왔어. 사실 그날 일은 내가 늘 바라던 거야. **항상** 바라던 거지. 어른이 된 후로 줄곧. 월터는 얼굴도 못 알아볼 정도로 다른 사람 같더라고! 제정신이 아닌 사람 같았어. 그런데 내가 바라던 걸 얻은 단 하나의 이유는 월터의 마음이 이미 날 떠났다는 것 때문이었어. 짧은 작별 인사 같은 거였지. 작별 선물. 내가 다시는 얻을 수 없는 게 뭔지 보여준 거라고. 내가 그를 너무나 오랫동안 비참하게 했기 때문에. 그리고 이제 드디어 월터가 더 나은 뭔가를 할 준비가 됐는데 그걸 나와 같이 하지는 않을 거라는 거였어. 내가 너무 오랫동안 비참하게 했기 때문에."

패티의 이 말은 캐츠의 귀에 자기가 48시간 전에 도착해야 했는데 너무 늦었다는 말로 들렸다. '48시간. 죽여주는군.'

"아직 가능성은 있어. 월터를 행복하게 해주고 좋은 아내가 되도록 노력하면 되잖아. 그럼 그 여자애는 금방 잊을 거야."

"그럴지도 모르지." 패티가 손등을 눈에 갖다 댔다. "내가 정신이 온전한 사람이라면 아마 그렇게 하려고 노력하겠지. 알다시피 난 이기려고 했으니까. 한때 투사였으니까. 하지만 옳은 일을 하려고만 하면 알레르기 반응이 일어나. 난 평생 나 자신을 짜증스러워하며 내 껍질을 벗어나려고 버둥거렸어."

"그게 바로 내가 널 사랑하는 이유야."

"오, 이젠 사랑이셔. 사랑. 리처드 캐츠가 사랑을 논한다. 내가 잠자리에 들 시간이라는 신호 같다."

퇴장하겠다는 뜻이었다. 캐츠는 굳이 패티를 붙잡지 않았다. 하지만 본능에 대한 믿음이 확고한 그는 10분 후 위층으로 올라가며 패티가 침대에 누워 자기를 기다리고 있을지도 모른다고 생각했다. 하지만 그가 그녀의 방에서 발견한 것은 베개 위에 놓인, 제본하지 않은 두꺼운 원고였다. 첫 장에는 패티의 이름이 쓰여 있었다. 제목은 '실수를 저질렀다'였다.

캐츠는 미소를 지은 뒤 씹는담배를 한 움큼 입에 집어넣고 앉아 원고를 읽기 시작했다. 간간이 침대 옆 탁자 위에 있는 꽃병에 침을 뱉으며 동이 틀 때까지 읽었다. 캐츠는 자기가 등장하는 대목이 다른 대목보다 훨씬 재미있다고 생각했다. 사람들은 결국 자신에 대한 얘기만 읽고 싶어 한다는 그의 오랜 의구심이 사실이었다. 캐츠는 자신이 패티를 매료시켰다는 것을 알고는 무척 흐뭇해했다. 그리고 자기가 그녀를 왜 좋아했는지 상기했다. 하지만 마지막 장을 읽고 묽어진 담배를 꽃병에 뱉으며 그가 분명히 느낀 건 패배감이었다. 패티에게 패배당한 게 아니다. 그녀의 글솜씨는 상당했지만 캐츠도 자기 표현이라면 일가견이 있는 사람이다. 그를 패배시킨 사람은 월터였다. 월터를 위해 쓴 글이 분명했기 때문이다. 그에게 직접 전할 수 없는 가슴 쓰린 사과의 글이었다. 패티의 연극에서 주인공은 월터고, 캐츠는 흥미로운 조연에 불과했다.

잠시 캐츠의 영혼 비슷한 것에서 문이 활짝 열렸고, 그의 자존심이 비참하게 상처 받은 모습을 캐츠 스스로 볼 수 있었다. 하지만 캐츠는 그 문을 쾅 닫아버리고 패티를 원한 자신이 멍청했다고 생각했다. 그는 패티가 말하는 스타일이 마음에 들었고, 똑똑하고 침울한 그런 여자애들한테 취약하다는 점을 인정했다. 하지만 그런 여자애들과 소통하는, 캐츠가 알고 있는 유일한 방법은 그 여자를 건드리고, 떠나고, 돌아와서 다시 건드리고, 다시 떠나고, 미워하고, 다시 건드리는 것뿐이었다. 캐츠는 시간을 되돌려 시카고 남부 허름한 지역에서 살던 스물네 살의 자신으로 돌아가고 싶었다. 패티 같은 여자는 월터 같은 남자에게나 어울린다는 걸 깨달은 그때로. 월터에게 어떤 흠이 있는지 몰라도 패티 같은 여자를 인내하고 다룰 줄 아는 능력이 있는 것만은 분명했다. 그때 이후로 캐츠가 반복한 실수는 자신이 패배감을 느끼게 하는 상황으로 자꾸 되돌아간 것이다. 패티의 원고는 그런 상황에서 무엇이 '바람직하고' 무엇이 그렇지 않은지 알아내는 것이 얼마나 힘든 일인지 말해주었다. 캐츠는 **자신에게** 무엇이 바람직한지 잘 알았고, 그걸 아는 것만으로 그의 인생 목표를 달성하는 데 충분했다. 그런데 버글런드 부부 주위에 있을 때는 충분하지 않았다. 그리고 캐츠는 그런 사실이 지긋지긋해졌다. 이제 끝낼 시간이다.

"그러니까 친구, 너랑 난 이렇게 끝나는구나. 네가 이겼다, 친구."

창문에 비친 여명이 점점 밝아지고 있었다. 캐츠는 화장실로 가서 꽃병에 뱉은 침과 담배를 변기에 내려 보내고 꽃병을 다시 갖다놓았다. 라디오 시계가 5시 57분을 가리켰다. 그는 짐을 싼 뒤 아래층 월터의 사무실에 있는 컴퓨터 자판 한가운데에 패티의 원고를 올려놓았다. 조그만 작별 선물이었다. 누군가는 모든 것을 밝히고 말도 안 되는 헛소리를 집어치우도록 마무리를 해야 하는데, 패티는 엄두가 나지 않는 것이 분명했다. 그래서 그녀는 캐츠가 궂은일을 해주길 바란 건가? 뭐, 좋다. 모두를 위해 이 한 몸 희생하지. 더러운 진실을 말하는 건 그가 평생 해온 일이다. 그는 항상 악역을 해왔다. 캐츠는 중앙 복도를 지나 앞문으로 나갔다. 문은 용수철이 들어 있는 자물쇠가 달려 있었고, 캐츠가 문을 닫자 딸깍하고 돌이킬 수 없는 소리를 내며 닫혔다. '버글런드 부부여, 안녕.'

밤이 되자 습도가 높은 공기가 몰려와 조지타운에 주차되어 있던 자동차들의 표면에 이슬이 맺혔고, 울퉁불퉁한 보도블록이 촉촉이 젖었다. 새들은 새순이 돋은 나무 사이를 날아다녔다. 아침 일찍 출발한 비행기가 창백한 이른 봄 하늘을 굉음을 내며 가로질렀다. 캐츠의 귀울림조차 고요한 아침에는 잠잠한 듯했다. '**죽기 딱 좋은 날이군!**' 캐츠는 누가 이 말을 했는지 기억해내려고 애썼다. '크레이지 호스? 닐 영?'

가방을 어깨에 멘 캐츠는 언덕을 걸어 내려가 희미하게 자동차 소리가 들리는 방향으로 갔다. 마침내 세계를 지배하는 미국의 심장부로 이어지는 긴 다리에 도달했다. 그는 다리 중간쯤에서 걸음을 멈추고 멀리 아래쪽 샛강 쪽으로 난 길을 따라 조깅하는 여자를 내려다보며, 그 여자의 엉덩이와 자신의 망막 사이에 광자(光子)가 활발하게 움직이는 것으로 봐서 얼마나 죽기 좋은 날인지 판단하려고 애썼다. 다리는 그가 몸을 던지면 죽을 만큼 높았다. 죽기에 다이빙이 가장 좋은 방법인 건 확실했다. '남자답게, 머리부터 떨어지자. 그래.' 캐츠의 음경이 지금 뭔가에 긍정의 대답을 하고 있었고, 그 뭔가가 멀어져가는 조깅하는 여자의 다소 펑퍼짐한 엉덩이가 아닌 것은 확실했다.

캐츠의 음경이 그를 워싱턴으로 보낸 건 죽으라는 뜻일까? 그가 음경의 예언을 오해한 걸까? 캐츠는 자기가 죽으면 슬퍼할 사람이 없다는 사실을 알았다. 패티와 월터는 더 이상 성가시지 않고 자유로워질 테고, 자신이 성가신 사람이 되는 성가신 일로부터 자유로워질 것이다. 캐츠는 어디로 갔는지 몰라도 먼저 간 몰리 뒤를, 몰리보다 먼저 간 아버지 뒤를 따라갈 수 있었다. 그는 자기가 착륙할 지점, 발밑에 뭉개져 거의 자갈과 흙만 남은 풀밭을 내려다보며, 이 보잘것없는 땅 조각이 자기를 죽일 자격이 있는지 자문했다. 위대한 리처드 캐츠를 말이다! 그럴 자격이 있을까?

캐츠는 그 질문을 하며 웃었고, 계속 다리를 걸어갔다.

저지로 돌아온 캐츠는 아파트 안에 쌓인 쓰레기에 대한 전쟁을 선포했다. 창문을 열어 따뜻한 공기가 들어오게 하고, 봄맞이 대청소를 했다. 그릇이라는 그릇은 모조리 씻어 말렸고, 쓸데없는 종이 쪼가리는 죄다 버렸으며, 컴퓨터에서 스팸 메일 3000개를 일일이 삭제하며 봄이면 간간이 풍기는 늪과 항구, 쓰레기 냄새를 들이마셨다. 그는 날이 어두워지자 맥주 두어 병을 들이켜고 밴조와 기타를 꺼냈다. 그러고는 케이스에 몇 달을 넣어둔 스트랫(유명한 전자기타 이름-옮긴이)의 토크가 저절로 고쳐질 리 없다는 걸 확인했다. 캐츠는 세 번째 맥주를 들이켜고 월넛 서프라이즈의 드럼 주자에게 전화를 걸었다.

"어이, 좆만이. 드디어 통화가 돼서 반갑다……**고 했으면 좋겠지**."

"뭐, 할 말 없다." 캐츠가 말했다.

"'완전히 낙오자같이 굴고 사라진 다음 서로 다른 거짓말을 50개쯤 해서 미안해'라고 말해보지 그래, 이 좆만아."

"그게, 사실 좀 처리할 일이 있었거든."

"그래, 좆만이처럼 구는 게 시간이 무척 많이 들지. 전화는 왜 했어?"

"어떻게 지내는지 궁금해서."

"그러니까, 완전히 낙오자같이 굴고 사라진 다음 서로 다른 거짓말을 50개쯤 하고 계속 우리한테 거짓말만 한 것 말고?"

캐츠가 미소 지었다. "불만을 적어서 서면으로 제출하는 게 어때? 지금은 다른 얘기 좀 하고."

"벌써 했잖아, 개자식아. 작년에 보낸 이메일은 확인했냐?"

"그래. 나중에 마음 내킬 때 전화해라. 내 전화 다시 작동한다."

"전화가 다시 작동한다! 말 잘했다, 리처드. 컴퓨터는 어떠냐? 그것도 다시 작동하냐?"

"돌아왔으니까 연락하고 싶으면 하라는 것뿐이야."

"우라질, 나가 뒈지라는 것뿐이다."

캐츠는 전화기를 내려놓으며 대화가 잘된 것 같아 기분이 좋았다. 월넛 서프라이즈 말고 다른 뭔가가 잘돼가고 있었으면 팀이 자기에게 그런 욕설을 퍼붓지 않았을 것이다. 그는 마지막 맥주를 비우고 베를린에서 순순히 처방을 해주는 의사에게 받은 독한 수면제를 먹고 열세 시간을 내리 잤다.

캐츠가 잠에서 깼을 때는 절절 끓는 오후였다. 그는 동네를 산책하며 올해 유행하는 야한 옷을 입은 여자들을 흘끔거렸다. 땅콩버터, 바나나, 빵도 샀다. 그러고 나서 차를 몰고 호보켄으로 가서 기타를 수리하는 사람에게

스트랫을 맡기고, 충동에 못 이겨 맥스웰로 가서 저녁을 먹으며 라이브 음악을 즐겼다. 맥스웰의 직원들은 캐츠를 한국에서 돌아온, 불명예제대를 무릅쓰고 지조를 굽히지 않은 맥아더 장군처럼 대우했다. 여자애들은 꽉 끼는 웃옷에서 가슴이 쏟아져 나올 정도로 캐츠에게 몸을 기울였다. 캐츠가 알지도 못하거나 알았더라도 오래전에 잊은 사람이 그에게 계속 맥주를 공급했고, 그곳에서 연주하는 지역 밴드 투치 피크닉의 음악도 귀에 거슬리지 않았다. 캐츠는 다리에서 뛰어내리지 않기를 잘했다고 생각했다. 버글런드 부부로부터 자유로워지는 건 아주 경미한 죽음이고, 전혀 불쾌한 죽음도 아니었다. 통증 없는 죽음이었다. 부분적으로 자신이 존재하지 않는 상태에서 투치 피크닉이 연주하는 동안 자기에게 다정하게 군, 마흔 살쯤 된 책 편집자("열렬한, 열렬한 팬")의 아파트에 따라가서 그 여자 속에서 음경을 몇 번 적시고, 아침에 돌아오는 길에 크룰러 몇 개를 사고, 주차 미터기가 돌아가기 전에 워싱턴 가에 세워놓은 트럭을 옮길 수 있는 상태 정도였다.

집 전화에는 팀이 남겨놓은 메시지가 있었다. 버글런드 부부의 메시지는 없었다. 캐츠는 네 시간 동안 기타를 치며 자축했다. 긴 겨울잠에서 깨어난 거리는 기분 좋게 뜨겁고 시끄러웠다. 굳은살이 없는 왼쪽 손가락 끝이 거의 피가 날 정도까지 됐지만, 수십 년 전에 신경이 죽었기 때문에 아프지 않았다. 그는 맥주를 들이켠 후, 간식을 먹으며 기타를 더 튕겨볼 요량으로 모퉁이에 있는, 가장 좋아하는 그리스식 샌드위치 가게에 갔다. 그가 샌드위치를 사서 아파트로 돌아왔을 때 패티가 건물 문 앞 계단에 앉아 있었다.

패티는 마직 치마와 푸른 민소매 블라우스를 입었는데, 겨드랑이의 땀자국이 거의 허리까지 내려와 있었다. 그녀의 옆에는 큰 여행 가방과 벗어놓은 겉옷이 놓여 있었다.

"이런, 이런, 이런." 캐츠가 말했다.

"쫓겨났어, 네 덕분에." 패티가 슬픈 표정으로 힘없이 웃으며 말했다.

캐츠는 다른 신체 부위는 몰라도 그의 음경만은 예지력을 인정받았다는 데 흡족해했다.

나쁜 소식

조너선과 제나의 엄마인 타마라가 아스펜에서 부상을 당했다. 핫도그를 먹던 10대와 충돌하는 걸 피하려다 스키가 꼬여 스키 부츠를 신은 왼쪽 다리 위쪽 뼈 두 개가 부러진 것이다. 그녀는 결국 1월에 파타고니아에 가서 제나와 승마하기로 한 여행에 합류하지 못했다. 조너선이 쓰러진 엄마를 돌보는 동안, 사고를 목격하고 그 10대를 쫓아가 안전요원에게 보고한 제나에게 이 사고는 지난 봄 듀크 대학을 졸업하고 일이 계속 꼬이기만 한 그녀의 인생에서 가장 최근에 일어난 불상사였다. 하지만 최근 몇 주 동안 하루에 두세 번씩 제나와 통화한 조이에게는 신이 내려준 천재일우의 기회였다. 2년 넘게 기다려왔는데 드디어 절호의 기회가 찾아온 것이다. 제나는 졸업 후 맨해튼으로 이사 와서 유명한 파티 플래너와 일하며 약혼자인 닉과 같이 살려고 했다. 하지만 그녀는 9월에 따로 아파트를 구했고, 11월에는 가족들의 노골적이고 집요한 반대와, 자칭 제나를 이해하는 사람이라는 조이의 은밀한 공작에 무릎을 꿇고 닉과의 관계가 무효이며 회생 불가능하다고 선언했다. 그즈음 제나는 상당한 양의 렉사프로(항우울제 이름-옮긴이)를 복용하고 있었으며, 파타고니아에서 승마를 하는 것 외에는 **아무런** 낙이 없었다. 닉은 파타고니아에서 같이 승마를 하겠다고 몇 번이나 약속했지만 골드먼 삭스에서 할 일이 많다며 차일피일 여행을 미뤘다. 조이도 고등학교 여름방학 때 몬태나에서 어설프게나마 승마를 한두 번 한 적이 있었다. 조이는 휴대전화에 걸려온 제나의 전화 횟수와 남겨진 메시지의 양으로 미루어 자기의 지위가 과도기의 남자 친구로 격상됐고, 앞으로 정식 남자 친구가 될 가능성도 있지 않을까 하는 기대를 했다. 조이는 사고가 나기 전 타마라가 예약한 호화로운 아르헨티나 휴양지의 숙소를 함께 쓰자는 제나의 연락을 받고 심증을 굳혔다. 조이도 마침 근처 파라과이에 볼일이 있었고, 좋든 싫든 아르헨티나에 가게 될 가능성이 높았기에 주저하지 않고 그녀의 제안을 받아들였다. 제나와 아르헨티나에 가지 말아야 할 단 한 가지 이유는, 다섯 달 전 스무 살에 뉴욕에서 제정신이 아닐 때 맨해튼 남쪽에 있는 법원에 가서 코니 모너핸과 혼인신고를 했다는 점이다. 하지만 대수롭지 않게 생각한 조이는 잠시 그 사실을 잊기로 했다.

제나가 조부모를 방문하고 공항에서 그를 만나기로 한 마이애미로 떠나기 전날 밤, 조이는 세인트폴에 있는 코니에게 전화를 걸어 여행 계획을 말해주었다. 조이는 갑자기 코니에게 여행 계획을 얘기해 당혹스럽게 한 건 미안했지만, 코니가 동부로 와서 알렉산드리아의 보잘것없고 구석진 곳에 그가 빌린 고속도로변 아파트에서 함께 사는 일정을 미루려면 어쩔 수 없었다. 몇 주 전만 해도 조이가 댄 핑계는 학교였지만, 지금은 한 학기를 휴학하고 일했기 때문에 더 이상 학교 핑계를 댈 수 없었다. 코니는 캐럴과 블레이크, 쌍둥이 의붓자매와 한집에 살면서 비참한 기분이었고, 왜 남편과 함께 살 수 없는지 이해할 수 없었다.

"네가 왜 부에노스아이레스에 가야 하는지도 모르겠다. 공급처가 파라과이에 있다고 했잖아." 코니가 말했다.

"진짜로 써먹어야 하기 전에 스페인어 연습을 좀 하고 싶어서. 다들 부에노스아이레스가 얼마나 멋진 도시인지 얘기하더라고. 어쨌든 파라과이로 가려면 경유할 수밖에 없어." 조이가 말했다.

"그럼 일주일을 휴가 내서 신혼여행을 거기로 갈까?"

신혼여행을 못 간 사실은 두 사람 사이에 껄끄러운 화제 중 하나였다. 조이는 이에 대해 똑같은 말만 되풀이했다. 일이 걱정돼서 놀면 마음이 편치 않을 것 같다고. 그러면 코니는 조이에게 화를 내는 대신 말이 없어졌다. 코니는 여전히 그에게 직접 화를 내지는 않았다.

"말 그대로 세계 어디든 가자. 일단 돈을 받으면, 네가 가고 싶은 곳은 어디든 데려가줄게." 조이가 말했다.

"난 너랑 같이 살면서 아침에 네 옆에서 잠을 깨기만 해도 좋겠어."

"알아, 안다고. 그럼 좋지. 내가 지금 엄청나게 부담되는 일을 하고 있어서 내 옆에 있으면 즐겁지 않을 거야."

"즐겁지 않아도 상관없어." 코니가 말했다.

"돌아오면 다시 얘기하자, 응? 약속할게."

세인트폴의 집에서 통화하는 코니 목소리 뒤로 한 살배기 아기가 우는 소리가 들렸다. 코니의 아기는 아니지만 조이를 불안하게 하기에 충분했다. 그는 8월 이후로 긴 추수감사절 주말에 샬러츠빌에서 코니를 딱 한 번 만났다. 크리스마스 때(별로 거론하고 싶지 않은 또 하나의 화제)는 샬러츠빌에서 워싱턴으로 이사했고, 조지타운에 있는 가족들에게 얼굴도장을 찍어야 했다. 조이는 코니에게 정부 계약을 따내려고 열심히 일한다고 했지만, 사실 미식축구를 보면서, 제나와 전화로 수다를 떨면서, 대체로 울적한 기분으로 몇날 며칠을 빈둥거렸다. 코니는 독감에 걸려 앓아눕지만 않았어도 조이를 설득해 비행기를 타고 날아왔을지 모른다. 그는 코니의 힘없는 목소리를 들으면서 자기 아내인 그녀 곁으로 달려가지 못한다는 사실이 언짢았지만, 대신 폴란드에 가야 했다. 조이는 우지와 바르샤바에서 3일을 묵는 동안 폴란드에 거주하는 미국인을 통역사로 고용했는데 그는 겨우 식당에서 음식 주문을 할 수 있을 정도의 폴란드어를 구사했고, 찔러도 피 한 방울 나오지 않을 것 같은 슬라브족 사업가와 거래할 때는 전자 번역기에 매달려 절절맸다. 그 바람에 조이는 당황하고 겁먹어 귀국한 뒤에도 몇 주 동안 한 번에 5분 이상 일에 집중할 수 없었다. 이제 모든 것은 파라과이에 달렸다. 그리고 파라과이를 생각하는 것보다 제나와 같이 잘 침대를 상상하는 게 훨씬 기분이 좋았다.

"결혼반지 끼고 있어?" 코니가 물었다.

"어…… 아니." 조이가 둘러대기 전에 이 말이 튀어나와버렸다. "주머니 안에 있어."

"흠."

"방금 꼈어." 조이는 반지를 빼둔 동전 접시가 놓인 침대 옆 탁자로 가며 말했다. "쏙 들어가네, 아주 좋은데."

"난 지금 끼고 있어. 끼고 있는 게 좋아. 내 방에 있지 않을 때는 오른손에 바꿔 낀다고 하면서도 가끔 잊는다니까."

"잊어버리지 마. 그거 안 좋다."

"괜찮아, 자기야. 엄마는 그런 거 눈치 못 채. 날 쳐다보는 것도 싫어하는데, 뭘. 우린 서로 눈엣가시야."

"그래도 조심해야 해, 알았지?"

"몰라."

"조금만 더 참아. 우리 부모님한테 말할 때까지. 그때는 맘대로 껴도 돼. 내 말은, 그렇게 되면 우리 둘 다 늘 끼고 있어도 된다는 얘기야."

침묵과 침묵을 비교해서 차이점을 찾아내기는 어렵지만, 지금 코니가 보이는 침묵은 특히 마음이 쓰라리고 아팠다. 조이는 결혼을 비밀로 하는 게 코니를 무척 괴롭히고 있다는 걸 알았고, 그의 부모에게 얘기하는 게 덜 두렵게 느껴지기를 바랐지만 시간이 갈수록 두려워졌다. 그는 결혼반지를 손가락에 끼려고 했지만 마지막 손가락 마디에서 걸렸다. 조이는 반지를 입 안에 넣고 반지 주위를 코니의 성기인 것처럼 탐사했고, 그 때문에 약간 홍분됐다. 반지는 조이를 코니와 묶어주었고, 조이의 기억을 그녀와 미친 짓을 한 8월로 되돌아가게 했다. 조이는 침이 끈적끈적하게 묻은 반지를 손가락에 끼었다.

"뭐 입고 있는지 말해줘." 조이가 말했다.

"그냥 옷."

"어떤 옷인데?"

"아무 옷도 아냐. 그냥 옷."

"코니, 돈 받자마자 부모님한테 얘기할게. 지금은 그 생각을 좀 접어둬야 해. 이놈의 계약 때문에 신경 쓰여 죽겠어. 지금은 다른 건 아무것도 할 수가 없어. 그러니까 뭐 입고 있는지나 얘기해줘, 응? 네 모습을 떠올릴 수 있도록 말이야."

"옷."

"제발."

코니가 울기 시작했다. 조이는 희미하게 흐느끼는 소리를 들었다. 그녀는 자기의 비참한 심정을 1그램쯤 들리게 했다.

코니가 속삭였다. "자기야, 정말 미안해. 이제 더 이상 못 참겠어."

"조금만 더 기다려. 적어도 내가 이번 여행에서 돌아올 때까지만이라도 기다려줘."

"그럴 수 있을지 모르겠어. 지금 당장 아주 작은 거라도 있어야 해. 아주 작은…… 진실이 담긴 **것**. 아무것도 아니지 않은 작은 뭔가가 있어야겠어. 내가 너 힘들게 하기 싫어하는 거 알지? 하지만 우리 엄마한테만이라도 얘기하면 안 될까? 그냥 누군가 **알았으면** 좋겠어. 다른 사람에게 절대 말하지 않겠다는 다짐을 받을게."

"사람들한테 다 말할걸. 너희 엄마 수다쟁이라는 거 알잖아."

"아냐, 맹세하라고 할게."

"누군가 때늦은 크리스마스카드에 그 얘기를 적어 우리 부모님한테 보낼 게 뻔해. 그러면…… 그러면…….." 조이가 거칠게 말했다. 코니에게 화난 게 아니라 세상 모두가 짜고 그를 괴롭히는것 같은 느낌에 화가 났다.

"그게 안 되면, 내가 가질 수 있는 게 뭐야?"

코니는 본능적으로 조이의 남아메리카 여행에 뭔가 석연찮은 점이 있다는 걸 알아챈 것이 틀림없었다. 그리고 조이는 분명히 지금 죄책감을 느꼈지만, 제나 때문은 아니다. 조이의 도덕관념으로는, 코니와 **결혼**은 했지만 그녀가 예전에 자기에게 분명히 다른 사람과 성관계를 해도 괜찮다고 한 말은 아직 유효했고, 마지막으로 한 번 거하게 실행에 옮길 작정이었다. 코니가 그 말을 취소한 것도 아니니까. 조이와 제나가 정말 서로 마음이 잘 맞는다면 그건 그때 생각할 일이다. 지금 그의 마음을 짓누르는 건 자기가 소유한 건 많은데—파라과이 계약 건이 성사되면 60만 달러의 순이익이 떨어진다는 점과 지금까지 만난 여자애 가운데 가장 반반한 여자애와 일주일을 해외에서 보내게 된 점—지금 코니에게 줄 수 있는 건 하나도 없다는 점이다. 조이가 충동적으로 코니와 결혼하게 된 이유 중 하나는 죄책감이지만, 결혼한 지 다섯 달이 지난 지금 죄책감은 전혀 줄지 않았다. 그는 결혼반지를 빼서 입안에 도로 넣었고, 앞니에 끼워 물고 혀로 빙빙 돌렸다. 18캐럿 금반지는 놀랄 만큼 딱딱했다. 조이는 금은 말랑말랑해야 하지 않나 하는 생각을 했다.

"앞으로 일어날 좋은 일이 뭔지 얘기해줘." 코니가 말했다.

"우리 돈 엄청나게 많이 벌게 돼." 조이가 혀로 반지를 어금니 뒤쪽으로 밀어 넣으며 말했다. "그러고 나서 어디 멋진 데 가서 두 번째 결혼식을 올리고 신나게 보내자. 졸업한 후에는 사업을 시작하고. 다 잘될 거야."

조이의 말에 코니는 침묵으로 답했고, 그녀의 침묵에는 믿지 못하겠다는 의미가 담겨 있었다. 조이도 자기가 하는 말을 믿지 않았다. 자기 부모님에게 결혼 얘기를 하는 게 병적일 만큼 겁이 나서—결혼 사실을 밝히는 장면은 생각할수록 끔찍했다—조이가 코니와 서명한 혼인 서류는 결혼 증명서가 아니라 동반 자살 서약서 같은 기분이 들었다. 막다른 골목에 다다른 기분이었다. 두 사람의 관계는 오직 현재일 때만, 물리적으로 함께 있고 둘의 정체성을 융합하고 자기들만의 세계를 만들 때만 납득이 되는 관계였다.

"지금 네가 여기 있으면 좋겠다." 조이가 말했다.

"나도."

"크리스마스 때 오라고 할걸. 내가 잘못 생각했어."

"그럼 나한테 독감이나 옮았을 텐데, 뭐."

"몇 주만 더 시간을 줘. 그럼 다 보상해줄게."

"할 수 있을지 모르겠지만, 노력해볼게."

"정말 미안해."

조이는 진심으로 미안했다. 하지만 코니가 전화를 끊고 조이가 생각을 다시 제나에게 향하도록 해주자 말할 수 없이 마음이 놓였다. 그는 결혼반지를 입에서 뱉어 닦은 다음 잘 놔두려고 했지만, 혀로 반지를 끌어낸다는 게 어쩌다 보니 반지를 밀어 넣어 삼켜버렸다.

"제기랄!"

식도 끝에 반지가 있는 것이 느껴졌다. 화가 난 딱딱한 반지에 말랑말랑한 식도 벽이 대항하고 있었다. 조이는 구역질을 해서 반지를 토해내려 했지만 그럴수록 더 깊이 내려갔다. 이제는 반지가 느껴지는 범위도 벗어났고, 더 깊숙이 내려가 저녁으로 먹은 30센티미터짜리 서브웨이 샌드위치와 같이 뒹굴었다. 그는 간이 부엌 개수대로 달려가 손가락을 목구멍에 밀어 넣었다. 조이는 어릴 때 이후로 토한 적이 없었다. 토하기 직전에 나는 구역질은 그가 토하는 걸 얼마나 두려워하게 됐는지를, 토할 때의 그 격렬한 고통을 상기시켰다. 마치 자기 머리를 총으로 쏘려는 거나 마찬가지였다. 조이는 차마 토할 수가 없었다. 입을 벌린 채 개수대에 몸을 굽히고 위 속에 있는 내용물이 자연스럽게 흘러나오길 바랐지만, 물론 그럴 리가 없었다.

"제기랄, 제기랄 겁쟁이!"

10시 10분 전이다. 마이애미행 비행기는 다음 날 아침 11시에 덜레스 공항을 출발하는데 배 속에 반지를 넣은 채 비행기에 오를 수는 없었다. 조이는 거실의 얼룩진 베이지색 카펫 위를 오락가락하다 병원에 가기로 했다. 인터넷 검색으로 가장 가까운 병원이 세미나리 거리에 있는 걸 찾아냈다.

조이는 코트를 걸치고 택시를 잡으려고 반돈 거리로 뛰어 내려갔지만 밤공기가 찬 데다 오가는 차가 드물었다. 그의 사업용 계좌에 고급 차 한 대 뽑을 정도의 돈이 있긴 했다. 하지만 일부는 코니의 돈이고, 나머지는 코니의 담보로 은행 융자를 받은 돈이라 쓰기가 조심스러웠다. 조이는 차도로 나섰다. 자신을 목표물 삼아 더 많은 차를 유인하고 결국 택시도 유인하려는 듯. 하지만 오늘 밤에는 택시가 잡히지 않았다.

조이는 병원 쪽으로 발걸음을 옮겼다. 휴대전화에 제나가 보낸 메시지가 있었다. '**기대돼. 넌?**' 조이가 답장을 보냈다. '**억수로.**' 제나와 얘기하거나, 그녀의 이름이나 이메일 주소만 봐도 조이의 생식선(生殖腺)은 조건반사를 보였다. 그 효과는 코니가 조이에게 미치는 효과(코니가 최근 들어 건드리는 조이의 신체 부위는 점점 위로 올라가고 있었다. 위, 기도근육, 심장)와 아주 달랐지만 그 강도나 집요함은 덜하지 않았다. 제나는 거액의 돈처럼 조이를 흥분시켰다. 사회적 책임을 버리고 자원을 과도하게 소비할 때와 비슷한 달콤함이 느껴졌다. 조이는 제나가 골칫거리라는 것을 알고 있었다. 조이를 흥분시킨 점은 그녀를 자기 것으로 만들기 위해 자신도 골칫거리가 될 수 있는가 하는 생각이었다.

조이는 병원으로 가는 길에 지난여름 밤낮을 가리지 않고 일한 '이라크 민간 기업 회생'이라는 조직의 사무실이 있는 건물의 푸른 유리로 된 전면을 지나치게 됐다. 그 조직은 민주화된 이라크에서 이전에 국영이던 제빵 산업을 수의 계약으로 따낸 LBI의 자회사였다. 조이의 상사는 케니 바틀스인데 플로리다에서 온 20대 초반의 케니는 연줄이 튼튼했고, 1년 전에 조이가 조너선과 제나 아버지의 싱크탱크에서 일할 때 케니의 눈에 들게 됐다. 싱크탱크에서 조이가 얻은 여름 인턴 자리는 LBI가 직접 재정적 지원을 하는 다섯 자리 가운데 하나였고, 그가 한 일은 공식적으로는 정부 조직에 대해 자문을 하는 것이다. 하지만 실제로는 미국이 이라크를 침략하고 접수한 상황을 LBI가 상업적으로 어떻게 이용할 수 있을지 그 방법에 대해 자료 조사를 하고 이러한 상업적 기회를 이라크 침략을 정당화하는 논거로 만들 수 있는지 그 가능성에 대해 보고서를 작성하는 일이었다. 이라크 빵 생산에 대한 1차 자료 조사를 한 대가로 케니 바틀스는 조이에게 바그다드의 그린 존에서 이라크 민간 기업 회생의 정규 직원으로 일하겠느냐고 제안했다. 코니가 반대하고, 조너선이 겁을 주고, 제나 곁에 있고 싶고, 죽을까 봐 두렵고, 버지니아 주민의 지위를 유지해야 하고, 케니가 신뢰할 만한 사람인지에 대한 의구심이 머리를 떠나지 않는 등 여러 이유로 조이는 제안을 거절했다. 대신 여름 동안 이라크 민간 기업 회생의 주 사무소를 설치하고 정부와 접촉하는 일을 하기로 했다.

   그 일을 한다고 했을 때 아빠에게서 날벼락이 떨어졌기 때문에 조이는 부모님에게 결혼 얘기를 꺼낼 엄두가 나지 않았다. 그래서 코니에게 무자비하게 굴 수밖에 없었다. 조이는 가능한 한 빨리 부자가 되고 강해져서 다시는 아버지한테 그런 날벼락을 당하고 싶지 않았다. 그냥 웃고 어깨 한 번 으쓱한 뒤 떠나고 싶었다. 제나처럼 되고 싶었다. 조이가 코니와 결혼했다는 사실 말고는 코니에 대해 모든 것을 알고 있지만, 그럼에도 코니를 기껏해야 자기가 조이와 즐기는 게임에 흥분과 짜릿함을 더해주는 존재로 여기는 제나처럼 되고 싶었다. 제나는 조이가 다른 사람의 여자 친구와 연락을 한다는 사실에 대해 코니가 얼마나 알고 있는지 그에게 묻고, 조이가 코니에게 한 거짓말을 되풀이하는 걸 들으며 희열을 느꼈다. 제나는 조너선이 말한 것보다 훨씬 나쁜, 백해무익한 존재였다.

병원에서 조이는 주변 거리가 왜 텅 비었는지 알 수 있었다. 알렉산드리아의 전체 인구가 응급실에 모인 것 같았다. 접수하는 데만 20분이 걸렸고, 접수계 간호사는 진료 순서를 건너뛰려고 심한 복통 때문에 아픈 척하는 조이를 보고 눈썹 하나 까딱하지 않았다. 조이는 한 시간 반 동안 알렉산드리아 주민들이 뱉어내는 기침과 콧물이 섞인 공기를 들이마시며 대기실에서 〈ER〉(미국의 인기 메디컬 드라마-옮긴이) 마지막 30분을 시청하고, 아직 겨울방학을 만끽하고 있는 버지니아 대학 친구들에게 문자를 보내다, 새로 결혼반지를 사는 게 훨씬 쉽고 비용이 적게 들 거라는 생각을 했다. 300달러 이상 들지 않을 것이고, 코니는 다른 반지인지 알지도 못할 것이다. 그런 무생물에 조이가 그토록 낭만적인 애착심을 갖는다는 사실은—푹푹 찌는 오후에 47번가에서 코니가 골라준 이 특별한 반지를 되찾는 건 그녀를 위해서였다—조이가 자신을 골칫거리 인간으로 만드는 데 별로 좋은 조짐이 아니었다.

드디어 그를 진료하게 된 응급실 의사는 면도하다 얼굴을 심하게 베 상처가 난, 눈이 촉촉한 백인이었다.

"걱정할 거 없어요. 저절로 해결됩니다. 삼킨 물건은 알지도 못하는 사이에 빠져나올 겁니다." 의사가 조이에게 장담했다.

"건강이 문제가 아니라 오늘 밤 안으로 반지를 되찾아야 하기 때문에 걱정이 되는 겁니다."

"흠, 귀중품인가요?" 의사가 물었다.

"아주 귀한 겁니다. 가능한 시술이 있을 거라고 생각했는데."

"그 물건을 되찾아야 한다면 사흘쯤 기다리면 됩니다." 의사가 미소 지었다.

"응급실에서 옛날에 하던 농담이 있는데요, 한 엄마가 동전을 삼킨 아기를 데리고 와서 의사에게 아이가 괜찮은지 물었답니다. 그러자 의사가 '대변에 뭐 이상한 점이 없는지 잘 살펴보라'고 했대요. 정말 멍청한 농담이죠. 하지만 물건을 되찾아야 한다면 그게 필요한 시술입니다."

"하지만 제가 말하는 시술은 당장 문제를 해결할 수 있는 그런 걸 말하는 겁니다."

"그런 건 없다고 말씀드리고 있는 겁니다."

"그 농담, 정말 재미있었어요. 정말 웃겼다니까요. 하하. 아주 재미있게 말씀하시던데요." 조이가 말했다.

진료비는 275달러가 나왔다. 보험이 적용되지 않는—버지니아 주는 부모가 보험료를 내주면 재정적 지원으로 간주했다—조이는 그 자리에서 신용카드로 해결해야 했다. 남아메리카 하면 연상되는 문제와 정반대인 변비에 걸리지 않는 한, 제나와 함께 보내는 기간의 초반에는 악취가 진동하게 생겼다.

자정이 훨씬 지나 아파트로 돌아온 조이는 여행에 필요한 짐을 싸고 나서 침대에 누워 소화가 진행되는 과정에 주의를 기울였다. 그는 평생 음식을 소화시키는 과정에 관심을 가져본 적이 없었다. 위벽이나 소장도 뇌나 혀, 음경처럼 자신의 일부라고 생각하니 야릇했다. 가만히 누워 배 속에서 나는 온갖 미묘한 소리를 느끼려고 신경을 곤두세운 조이는 자신의 몸이 자기 앞에 길게 뻗은 길의 끝에서 기다리는, 오래전에 헤어진 친척이라는 생각이 들었다. 이제야 처음으로 그 모습을 얼핏 볼 수 있게 된, 수상한 구석이 있는 친척 같았다. 먼 훗날의 일이기를 바라지만, 어느 시점이 되면 자신의 몸에 의지해야 할지도 모른다. 그 후 어느 시점이 되면, 훨씬 먼 훗날의 일이기를 바라지만, 그의 몸은 그를 저버릴 것이고 조이는 세상을 떠나게 될 것이다. 조이는 자신의 영혼, 사적이고 친숙한 자아가 스테인리스 금반지로 변해 점점 기이하고 점점 냄새가 심해지는 나라를 천천히 통과해서 마침내 구린내가 나는 죽음을 맞이하는 걸 상상했다. 그는 자신의 몸과 단둘이 있었다. 그리고 이상하게도, 그 몸은 **바로** 자신이므로, 완전히 혼자라는 걸 느꼈다.

조이는 조너선이 보고 싶었다. 우습게도 이번 여행은 코니보다 조너선을 더 배신하게 되는 여행이었다. 함께 보낸 첫 추수감사절 때 불미스러운 일이 있었지만 두 사람은 지난 2년 동안 단짝이 됐고, 두 사람의 우정에 금이 간 결정적 이유는 조이가 케니 바틀스와 사업상 거래하는 것을 시작으로, 조이가 제나와 여행할 계획이라는 사실을 조너선이 알게 되었기 때문이다. 모두 최근 몇 달 동안에 일어난 일이다. 그전까지만 해도 조이는 조너선이 정말 자기를 좋아한다는 사실을 확인하고, 놀란 적이 한두 번이 아니었다. 조너선은 조이를 세상에 내놓기에 그럭저럭 멋진 버지니아 학생이라고 생각했을 뿐 아니라 조이의 모든 것을 좋아했다. 가장 기쁘고 놀라운 것은, 조너선이 코니를 무척 좋아한다는 사실이다. 조너선이 두 사람의 관계를 인정해주지 않았다면 조이는 코니와 결혼하지 않았을지도 모른다.

조너선이 즐겨 본 포르노 사이트를 빼고는, 사실 조이가 필요할 때 애용한 사이트에 비하면 감동적일 정도로 건전한 수준이지만, 조너선은 성생활을 전혀 하지 않았다. 조너선이 약간 샌님 같은 건 사실이다. 하지만 그 애보다 샌님 같은 아이들도 짝짓기를 하고 있었다. 조너선은 여자애들 앞에서 구제불능일 정도로 어색해했고, 어색한 게 지나쳐 여자애들에게 관심이 없는 것처럼 보였다. 그런데 코니를 만났을 때는 긴장하지 않고 편안하게 행동했다. 물론 코니가 워낙 조이에게 빠져 있었기 때문에 조너선은 코니에게 잘 보여야 한다는 압박감이 덜했고, 코니가 그에게서 뭔가를 원한다는 걱정을 하지 않아도 됐다. 코니는 조너선에게 누나처럼, 제나보다 훨씬 착하고 그에게 관심을 보이는 누나처럼 굴었다. 조이가 도서관에서 공부를 하거나 일하는 동안, 코니는 조녀선과 몇 시간이고 비디오게임을 하면서 자기가 지고도 웃어넘기고 그가 게임의 특징을 설명할 때 조용히 귀 기울였다. 조녀선은 보통 자기 침대와 어릴 때 쓰던 특별한 베개를 신주단지 모시듯 하고, 무슨 일이 있어도 하루에 아홉 시간을 자야 한다고 호들갑을 떨었지만, 조이가 코니와 단둘이 있게 해달라고 말하기도 전에 알아서 조용히 방을 비워주었다. 코니가 세인트폴로 돌아간 후 조녀선은 조이에게 여자 친구가 **정말 멋지다**고 했다. 외모도 끝내주지만 털털해서 좋다고 했고, 조녀선 덕분에 조이는 처음으로 코니가 자랑스럽게 느껴졌다. 조이는 코니를 자신의 약점, 가능한 한 빨리 처리해야 할 문제로 보지 않게 되었고, 친구들에게도 떳떳하게 밝힐 수 있을 정도로 코니를 여자 친구로 생각하기 시작했다. 그러면서 조이는 코니에 대한 패티의 은근하지만 분명한 적대감에 더 화가 났다.

"하나만 물어보자, 조이." 조이와 코니가 애비게일 이모의 집을 몇 주 동안 봐줄 때 패티가 전화를 걸어 물었다. "질문 하나 정도는 해도 되니?"

"어떤 질문이냐에 따라 다르죠." 조이가 말했다.

"가끔 코니랑 다투기도 하니?"

"엄마, 그 얘기는 안 할래요."

"내가 묻고 싶은 한 가지가 왜 그건지 궁금하겠지. 아주 조금이라도 궁금하지 않아?"

"아뇨."

"**다퉈야** 하는 거야. 다투지 않으면 뭔가 잘못된 거라고."

"아, 그럼 엄마랑 아빠는 잘못된 게 하나도 없는 거네요."

"하하하! 아주 재미있구나, 조이."

"왜 다퉈야 해요? 사람들이 다투는 건 서로 잘 어울리지 못해서 그러는 건데."

"아니지. 사람들이 다투는 이유는 서로 사랑하지만 각자 독립적으로 개성을 가지고 있고 현실 세계에서 살기 때문이야. 물론 지나치게 많이 다투는 건 좋지 않지만."

"그렇죠. 딱 적당할 정도로 싸워야죠. 알아들었어요."

"한 번도 싸운 적이 없다면 왜 그런지 너 자신에게 물어봐야 한다는 것뿐이야. 과연 현실적으로 가능한 일인가 하고 말이야."

"아니, 엄마. 미안하지만 그 얘긴 그만하죠."

"아니면 **상대방**에 대해 환상을 갖고 있는 건 아닌가 스스로 물어봐야 해. 무슨 말인지 알겠니?"

"계속 이러시면 진짜 전화 끊고 1년 동안 전화 안 할 거예요."

"내가 간과하고 있는 현실이 뭔지."

"엄마!"

"어쨌든 그걸 묻고 싶었고, 이제 물어봤으니까 더 이상 아무 말 안 하마."

조이는 엄마가 자신의 행복 지수도 자랑할 게 못 되면서 삶의 규범을 강요하려 한다고 생각했다. 패티는 자신이 조이를 보호하려 한다고 생각하겠지만 조이에게는 매사 부정적이라는 생각만 들게 했다. 패티는 특히 코니에게 조이 말고는 친구가 없다는 점을 '걱정'했다. 한번은 패티가 대학 친구인 엘리자라는 사람의 얘기를 꺼냈는데, 엄마 말고는 친구가 한 명도 없었다는 게 위험신호라는 걸 깨달아야 했다고 말했다. 조이는 코니도 친구가 있다고 말했다. 패티는 그럼 친구들 이름을 한번 대보라고 했고, 조이는 엄마가 알지도 못하는 일에 대해 얘기하고 싶지 않다고 소리를 질렀다. 코니에게 옛날 학교 친구가 두세 명 있기는 했지만, 그녀가 친구들 얘기를 하는 경우는 주로 조이와 비교할 때 그 친구들이 얼마나 똑똑하지 못하고 깊이가 없는지에 대한 얘기였다. 조이는 그 친구들의 이름도 제대로 기억하지 못했다. 패티가 정곡을 찌른 것이다. 패티는 아픈 곳은 두 번 이상 건드리지 말아야 한다는 걸 알고 있었지만, 그녀가 넌지시 암시하는 데 전문가든지 조이가 세상에서 가장 예민하게 넘겨짚는 사람이든지 둘 중 하나였다. 패티가 예전 농구팀 친구인 캐시 슈미트가 놀러오기로 했다는 말만 해도 조이는 코니를 은근슬쩍 흉보는 거라고 생각했다. 조이가 그렇게 말하면 패티는 심리분석을 늘어놓으며 조이가 왜 그 문제에 그렇게 민감한 반응을 보이는지 잘 생각해보라고 했다. 패티의 입을 완전히 다물게 하는 한 가지 방법은 대학 졸업 후 **엄마는** 친구를 몇 명이나 사귀었는지(답은 '없다'다) 물어보는 것인데, 그건 차마 할 수 없었다. 이 모든 언쟁에서 패티에게는 조이보다 한 가지 결정적으로 유리한 점이 있었다. 바로 엄마에 대한 조이의 동정심이다.

코니는 패티에게 별다른 반감을 보이지 않았다. 코니는 패티에 대해 불평할 일이 있어도 결코 불평하지 않았다. 그런 만큼 조이는 코니를 대하는 엄마의 적대감이 노골적이고 부당하다고 생각했다. 어릴 때 코니는 캐럴이 부추기지도 않았는데 자발적으로 손으로 직접 만든 카드를 패티에게 주었다. 패티는 매년 코니의 카드를 받고 좋아했지만, 조이와 코니가 성관계를 하기 시작하자 칭찬을 그만두었다. 그 후에도 코니는 계속 패티에게 생일카드를 주었고, 당시에는 조이가 아직 세인트폴에 있을 때인데, 그는 엄마가 카드를 열어 굳은 표정으로 내용을 흘끔 보고 광고 우편물처럼 밀쳐두는 걸 본 적이 있다. 최근에는 코니가 작은 생일 선물—한 해에는 귀고리, 또 한 해에는 초콜릿—을 보냈지만 패티는 국세청 통지문처럼 딱딱하고 사무적인 인사만 했을 뿐이다. 코니는 패티가 다시 자기를 좋아하게 하려고 최선을 다했지만, 효과가 있을 만한 딱 하나만 하지 않았다. 바로 조이와 만나지 않는 것이다. 코니의 순수한 마음에 패티가 침을 뱉은 거나 마찬가지였다. 이런 부당함도 조이가 코니와 결혼한 이유 중 하나였다.

간접적으로는 이런 부당함 때문에 조이가 공화당을 좋아하게 됐다. 패티는 캐럴과 블레이크를 무시했고, 단지 이 두 사람과 같이 산다는 이유만으로 코니를 업신여겼다. 패티는 조이를 포함해 정신이 제대로 박힌 사람이라면 자신보다 혜택을 덜 받은 백인의 취향과 견해에 같은 생각을 갖고 있다고 여겼다. 조이가 공화당 지지자를 마음에 들어한 이유는, 그들은 진보적인 민주당 지지자처럼 남을 **경멸**하지 않았기 때문이다. 공화당 지지자들이 민주당 지지자들을 싫어하는 건 사실이다. 하지만 그건 진보주의자들이 먼저 보수주의자들을 싫어했기 때문이다.

공화당 지지자들은 패티가 모녀핸 가족에게 보인 것처럼 다른 사람을 무조건 경멸하는 태도를 싫어했다. 지난 2년 동안 조이와 조너선은 서로 정치 성향이 바뀌었다. 특히 이라크 문제에 관한 한 그랬다. 조이는 미국의 석유 확보라는 국익을 수호하고 사담 후세인의 대량살상 무기를 제거하기 위해서는 이라크를 침공해야 했다고 확신하게 됐다. 조너선은, 여름에 국회의사당과 〈워싱턴포스트〉에서 인턴 사원이 되는 행운을 얻었는데, 전쟁을 주장한 페이스와 월포위츠, 펄, 찰라비(앞에서부터 부시 정부의 국방부 차관, 국방부 차관보, 국방정책위원회 위원장, 이라크의 친미주의자-옮긴이) 같은 인물을 더욱 불신하게 됐다. 조이와 조너선은 서로 역할이 바뀐 걸 즐겼고, 각자의 집에서 정치적 별종이 되는 것을 즐겼다. 조이는 점점 조너선의 아버지처럼, 조너선은 점점 조이의 아버지처럼 됐다. 조이는 꿋꿋하게 코니의 편을 들고 엄마의 속물 같은 태도에 대항해 코니를 감쌀수록 성난 반(反)속물주의 정당과 더 깊은 유대감을 느꼈다.

그럼 조이는 **왜** 코니 곁을 지켰을까? 사랑하기 때문이라는 것 외에 달리 설명할 말이 없었다. 조이는 코니로부터 자유로워질 기회—그가 일부러 그런 기회를 만들기도 했다—가 여러 번 있었지만 결정적인 순간에 그런 기회를 포기하기를 되풀이했다. 첫 번째 절호의 기회는 집에서 멀리 있는 대학에 진학하는 것이었다. 다음 기회는 1년 후 코니가 조이를 따라 동부로 와서 모턴스 글렌에 있는 모턴 대학에 다니게 됐을 때다. 코니는 조녀선의 랜드 크루저(코니에게 호감을 가진 조녀선이 조이에게 차를 빌려주었다)로 샬러츠빌에서 쉽게 오갈 수 있는 거리에 살았고, 코니가 정상적인 대학생처럼 생활하고 독립적인 삶을 만들어나갈 수 있는 기회였다. 조이가 두 번째로 모턴을 방문한 후(두 사람은 코니의 한국인 룸메이트를 피해 다니느라 시간을 다 보냈다), 그는 (코니가 대학 생활에 적응을 잘하지 못하고 있었기 때문에) **그녀를 위해** 당분간 연락을 끊고 서로 의지하지 않기로 했다. 조이의 이런 제안은 전혀 진실성이 없는 건 아니었다. 조이는 코니와 미래를 함께할 가능성을 완전히 배제하지는 않았다. 하지만 제나와 자주 연락을 주고받았고 겨울방학을 제나, 조녀선과 함께 매클린에서 보내고 싶었다. 코니가 마침내 크리스마스 몇 주 전에 이런 계획을 알아챘을 때, 조이는 그녀에게 세인트폴에 돌아가서 (보통 대학 1학년 학생들처럼) 친구들도 보고 가족과 함께 지내는 게 어떻겠느냐고 물었다. "싫어, 난 너랑 같이 있고 싶어." 코니가 말했다. 하지만 제나를 볼 기대감에 부푼 데다 최근에 있었던 댄스파티에서 운 좋게도 함께 어울려 아주 만족스러운 시간을 보낸 조이는 코니에게 강경하게 말했다. 그녀는 전화기 너머로 대성통곡을 하더니 나중에는 딸꾹질까지 했다. 코니는 **절대** 집으로 돌아가고 싶지 않으며, **다시는** 단 하룻밤도 캐럴이나 아기들과 보내고 싶지 않다고 했다. 그래도 조이는 그렇게 하게 했다. 그리고 방학 동안 제나와 얘기도 거의 하지 않았지만—처음에는 제나가 스키를 타러 갔고, 그러고 나서는 뉴욕에서 닉과 함께 지냈다—조이는 계속 빠져나갈 구멍을 만들었다. 그러던 2월 초 어느 날 밤 캐럴이 조이에게 전화를 해서 코니가 모턴을 자퇴했고, 배리어 가에 돌아와 있으며 그 어느 때보다 심각한 우울증에 빠져 있다는 소식을 전했다.

코니는 모턴에서 12월에 치른 기말 시험 가운데 두 과목은 A를 받았지만 다른 두 과목은 시험장에 나타나지도 않았고, 룸메이트와 사이가 극도로 악화되었다. 그녀의 룸메이트는 백스트리트 보이즈의 노래를 하도 크게 틀어서 이어폰에서 흘러나오는 소리도 다른 사람들을 돌게 했고, 하루 종일 TV를 홈쇼핑 채널에 고정해놓았으며, 코니의 남자 친구가 거만하다고 놀렸다. 그 거만한 남자 친구가 코니 몰래 같이 놀아날 거만한 날라리들을 생각해보라고 했고, 방 안을 김치 냄새로 가득 채웠다. 코니는 1월에 근신하는 조건으로 학교로 돌아왔지만 시간을 거의 대부분 침대에서 보내는 바람에 마침내 학교 보건당국이 개입해 그녀를 집으로 돌려보냈다. 캐럴은 조이에게 이 소식을 전하며 침착하고 걱정스러운 목소리로 말했지만, 다행히 조이를 탓하지는 않았다.

조이가 가장 최근에 얻은, (더 이상 자기의 우울증이 엄마의 상상일 뿐이라고 할 수 없게 된) 코니로부터 자유로워질 기회를 활용하지 않은 이유는 제나가 닉과 약혼 비슷한 걸 했기 때문이기도 하다. 하지만 그게 다는 아니었다. 조이는 극심한 정신 질환이 얼마나 두려운 병인지 잘 알고 있었지만, 여자 친구 후보 가운데 우울증을 겪은 적이 있는 모든 여대생을 배제하면 몇 명 남지 않게 되었다. 그리고 코니는 우울할 만한 **이유**가 있었다. 그녀의 룸메이트는 그녀를 못 견디게 했고, 코니는 외로워서 죽을 것만 같았다. 캐럴이 코니를 바꿔주자 그녀는 "미안해"라는 말만 되풀이했다. 조이를 실망시켜서 미안하고, 더 씩씩하게 살지 못해 미안하고, 그의 학교 공부를 방해해서 미안하고, 학비를 낭비해서 미안하고, 엄마를 비롯해 모든 사람에게 짐이 돼서 미안하고, 즐거운 얘기 상대가 못 돼서 미안하다고 했다. 코니는 조이에게 아무런 부탁도 하지 못할 정도로 우울했지만(또는 그랬기 **때문에**)—마침내 그를 놓아줄 마음이 반쯤 든 것 같았다—조이는 엄마가 준 돈이 넉넉하니까 코니를 만나러 가겠다고 했다. 코니가 그에게 그럴 필요 없다고 말할수록 조이는 그래야 한다고 생각했다.

조이는 배리어 가에서 처음으로 어른다운 일주일을 보냈다. 조이가 기억하는 것보다 크지 않은 대실에 블레이크와 앉아 바그다드 침공에 대한 뉴스를 폭스 채널로 시청하며 9·11 사태 때 느낀 반감이 눈 녹듯 사라지는 것을 느꼈다. 이 나라가 마침내 역사의 주체가 되어 정상으로 돌아가기 시작했고, 블레이크와 캐럴은 조이에게 감사와 존경의 뜻을 표했다. 조이는 싱크탱크 얘기와 뉴스에 나오는 유명 인사들을 자기가 만났고, 이라크 침공 후 계획을 세우는 데 자기가 관여하고 있다는 얘기로 블레이크를 즐겁게 해주었다. 그는 별 볼 일 없는 집에서 거물이라도 된 것 같았다. 조이는 아기를 안는 법도 배우고 우유병 젖꼭지를 어떻게 기울여야 하는지도 배웠다. 코니는 창백하고 무서울 정도로 말랐는데, 팔은 나뭇가지 같고 배는 코니가 열네 살 때 조이가 처음 만졌을 때처럼 움푹 들어가 있었다. 조이는 밤에 코니를 안아 흥분하게 해주려고 했고, 그녀의 두꺼운 우울의 껍질을 뚫고 들어가 그녀와 성관계하는 게 괜찮다고 느끼려고 했다. 코니가 먹고 있는 항우울제는 아직 효과가 없었고, 조이는 그녀가 아프다는 게 거의 기쁠 지경이었다. 그를 진지하게 하고, 목적의식을 갖게 했기 때문이다. 코니는 계속해서 자기가 그를 실망시켰다고 했지만, 조이는 오히려 그 반대라고 느꼈다. 새롭고 보다 성숙한 사랑의 세계가 출현한 것 같았다. 두 사람이 열 수 있는 내면의 문은 끝없이 존재하는 것 같았다. 코니의 침실에 난 창으로 조이가 어릴 때 살던 집이 보였다. 캐럴의 말에 따르면, 지금 그 집에는 거만한 데다 사람들이랑 어울리지 않는 흑인 가족이 살고 있는데 식당에는 자기들 박사 학위증을 액자에 넣어 걸어두었다고 했다. ("누구나 볼 수 있도록 식당에 걸어놨어. 길가에서도 보인다니까." 캐럴이 말했다.) 조이는 예전에 살던 집을 봐도 별 감흥이 없다는 점이 기뻤다. 그는 기억도 나지 않을 만큼 오래전부터 그 집을 벗어나고 싶었고, 이제 정말 벗어난 것 같았다. 어느 날 저녁, 조이는 엄마에게 전화를 걸어 지금 상황을 설명하기까지 했다.

"그래, 알았다. 내가 모르는 일이 많이 있었구나. 코니가 동부에 있는 대학에 다녔다고?"

"네. 하지만 못된 룸메이트를 만나 우울증에 걸렸어요."

"알려줘서 고맙다만, 이제 와서 지난 일을 뭐하러 얘기하니."

"엄마한테는 코니 얘기하기가 쉽지 않거든요."

"그렇지. 물론 내가 악당이지. 부정적인 나. 너한테는 그렇게 보일 거다."

"그렇게 보이는 데는 이유가 있겠죠. 그런 생각은 안 해봤어요?"

"난 네가 자유롭고 홀가분하다고 느끼는 줄 알았는데. 있잖아, 대학 생활은 정말 잠깐이다. 난 너무 어릴 때 결혼하고 집에 눌러앉아서 경험하지 못한 게 참 많다. 그런 경험을 했더라면 나한테 도움이 됐을 텐데. 아마 내가 너만큼 성숙하지 못했나 보다."

"그러게요." 조이는 자기가 정말 강하고 성숙하다고 느끼면서 말했다. "그럴지도 모르죠."

"네가 나한테 거짓말한 거나 마찬가지라는 점만은 지적하고 싶다. 언젠지 모르겠다만, 두 달 전인가, 내가 너한테 코니 소식 들었느냐고 물었을 때. 거짓말하는 건 성숙하지 **못한** 행동이지 싶다."

"엄마가 좋게 물어보지 않았거든요."

"넌 정직하게 대답하지 않았고! 네가 나한테 정직해야 할 의무가 있는 건 아니지만, 짚을 건 짚고 넘어가야지."

"크리스마스였어요. 제가 코니가 세인트폴에 있는 것 같다고 말씀드렸잖아요."

"그래, 그렇지. 꼬치꼬치 따지는 건 아니다만, '것 같다'라는 표현을 쓰면 확실히 모르겠다는 뜻이야. 하지만 넌 아주 잘 알고 있으면서 모르는 척한 거잖니."

"제가 생각하기에 코니가 어디 있는 것 같은지 말한 거예요. 하지만 코니는 위스콘신이나 뭐 그런 데 있을 수도 있었죠."

"맞아. 친한 친구 집을 방문했을 수도 있지."

"맙소사! 엄만 정말 자신 외에 누구도 비난할 자격 없어요."

"오해는 하지 마라. 네가 지금 코니랑 같이 있어주는 거 칭찬할 만한 일이야. 진심이다. 네가 좋은 애라는 걸 말해준다고 생각해. 너한테 소중한 사람을 돌보려고 한다는 게 엄만 자랑스럽다. 나도 우울증을 겪어봐서 아는데, 정말 쉽지 않다. 코니, 약이라도 먹고 있니?" 조이의 엄마가 말했다.

"네. 셀렉사."

"코니한테 효과가 있었으면 좋겠구나. 내가 먹은 약은 별로 잘 듣지 않았어."

"엄마가 항우울제를 먹었어요? 언제?"

"뭐, 상당히 최근에."

"세상에, 전혀 몰랐어요."

"네가 자유롭고 홀가분하기를 원했기 때문에 말하지 않은 거야. 네가 걱정할까 봐."

"맙소사, 그래도 말이라도 할 수 있었잖아요."

"몇 달이었는데, 뭘. 별로 우수한 환자도 아니었고."

"약 효과를 보려면 시간이 좀 걸려요."

"그래. 다들 그러더구나. 특히 아빠가. 너희 아빠가 나 때문에 덩달아 힘들었지. 내가 더 이상 약을 안 먹는다고 하니까 안타까워하더라. 하지만 내 정신이 돌아온 것 같아서 좋다. 있는 그대로."

"정말 안됐어요."

"맞아. 네가 코니에 대한 얘기를 석 달 전에 했다면 나는 이런 반응을 보였을 거다. 룰루랄라! 이제 넌 내가 다시 감정이 있는 사람이 됐다는 걸 받아들여야 할 거다."

"엄마가 아프다니 정말 안됐다는 말이에요."

"고맙다. 내게 감정이 있어서 미안하다."

요즘은 우울증 앓는 사람이 흔해빠진 것 같지만, 조이는 자기를 가장 사랑하는 두 여성이 우울증을 앓는다는 사실이 좀 걱정됐다. 우연일까, 아니면 자신이 여성의 정신 건강에 부정적인 영향을 끼친 걸까. 코니의 경우, 그녀의 우울증은 자신이 늘 좋아해온 그녀의 강렬함의 한 면이라고 생각했다. 버지니아로 돌아오기 전 세인트폴에서 보낸 마지막 날 밤에, 조이는 코니가 손가락 끝으로 자기 머리를 꾹꾹 찌르는 모습을 지켜봤다. 마치 자기 뇌에서 여분의 감정을 뽑아내려고 하는 것 같았다. 코니는 자기가 뜬금없이 울음을 터뜨리는 이유는, 아주 사소한 안 좋은 생각만 들어도 견디기 힘들 정도로 괴롭고 나쁜 생각만 들기 때문이라고 했다. 그녀는 조이가 자기에게 준 버지니아 대학 야구 모자를 잃어버린 일, 조이가 두 번째로 모턴에 왔을 때 룸메이트에게 너무 신경 쓰느라 그에게 미국 역사 과목 보고서 점수 잘 받았느냐고 물어보지도 않은 일, 엄마인 캐럴이 그녀에게 좀 더 미소를 지으면 남자애들이 훨씬 좋아할 거라고 말한 일, 조이를 만나러 뉴욕에 간다고 패티에게 바보처럼 말한 일, 조이가 대학에 가기 전 함께한 마지막 날 밤 생리를 시작해 그를 역겹게 한 일, 자기가 조이의 누나 제시카와 다시 친구처럼 지내려고 여러 번 보낸 엽서에 말을 잘못해서 제시카가 답장을 한 번도 하지 않은 일 등 끝없이 이어졌다. 코니는 후회와 자기혐오라는 어두운 숲에서 길을 잃었고, 숲 속에 있는 가장 작은 나무조차 괴물처럼 크게 보였다. 조이는 이런 숲 속에 가본 적이 없지만 코니의 내면에 존재하는 그 숲에 왠지 마음이 끌렸다. 조이가 떠나기 전 마지막 섹스를 하려고 하는 동안 코니가 훌쩍거리기 시작하자 흥분되기까지 했다. 적어도 훌쩍거림이 사지를 비틀고 몸부림치고 자신을 혐오하는 지경이 되기 전까지는. 코니의 정신적 고통의 수준은 위험한 지경, 거의 자살 직전까지 이르렀다. 조이는 그녀를 달래느라 그날 밤 절반을 깨어 있었다. 자신이 너무 끔찍하게 느껴져 조이가 원하는 건 아무것도 해줄 수 없다는 사실에 너무 비참한 기분이 든다는 그녀를 달래느라. 정말 피곤하고 견디기 힘들고 얘기가 계속 원점으로 돌아가는 시간이었다. 그런데 다음 날 오후 비행기를 타고 동부로 돌아올 때 조이는 셀렉사가 효과를 보이기 시작하면 코니가 어떤 증상을 보일지 덜컥 걱정이 됐다. 조이는 항우울제가 감정이 무뎌지게 한다는 엄마의 말을 생각해봤다. 감정이 넘쳐흐르지 않는 코니는 그가 아는 코니가 아니었고, 조이는 그런 코니를 원하지 않았다.

한편, 나라는 전쟁이 한창이었는데, 거짓말 조금 보태 희생자는 상대편에게만 생기는 괴상한 전쟁이었다. 조이는 이라크를 접수하는 게 자기가 생각한 것처럼 누워서 떡 먹기라는 것을 보고 기뻤고, 케니 바틀스는 자기 제빵 회사를 가능한 한 빨리 가동할 필요가 있다며 조이에게 흥분해서 이메일을 보냈다. (조이는 자긴 아직 대학생이고 기말고사가 끝날 때까지는 일할 수 없다고 몇 번이나 설명했다.) 하지만 조너선은 그 어느 때보다 떨떠름하게 굴었다. 그는 이라크 국립 박물관에서 약탈자들이 훔친 이라크 유물에 관한 뉴스에 완전히 **꽂혀 있었다.**

"그건 사소한 실수였어. 우발적인 일이었다고, 알아? 넌 그냥 일이 잘되고 있다는 걸 인정하고 싶지 않은 거야." 조이가 말했다.

"이라크에서 플루토늄하고 천연두를 끝 부분에 바른 미사일이 발견되면 그때 가서 인정하지. 그런데 발견하지 못할 거다. 다 지어낸 얘기거든. 이 전쟁을 시작한 사람들은 무능력한 광대들이야." 조너선이 말했다.

"다들 대량 살상 무기가 있다고 하잖아. 〈뉴요커〉에도 있다는 기사가 실렸어. 우리 엄마가 그러는데, 우리 아빠는 그 글을 읽고 너무 화가 나서 구독을 취소하고 싶어 한다더라. 외교 문제에 관한 한 전문가라는 사람이." 조이가 말했다.

"너희 아빠가 옳다는 데 얼마 걸래?"

"몰라. 100달러?"

"좋아! 연말까지 무기 찾지 못한다는 데 100달러 건다." 조너선이 손을 내밀며 말했다.

조이는 조너선과 악수를 하고 대량 살상 무기에 대해 친구가 한 말이 맞을까 봐 걱정이 됐다. 100달러가 아까운 게 아니었다. 조이는 케니 바틀스와 일하면 한 달에 8000달러를 받을 수 있었다. 하지만 정치 보도라면 사족을 못 쓰는 조너선이 너무나 자신 있게 말하는 바람에, 그는 싱크탱크에서 일할 때 모시던 상사들과 케니 바틀스가 그동안 농담해온 걸 자기가 눈치채지 못했나 하는 생각이 들었다. 그 사람들이 이라크 침략을 통해 얻을 수 있는 개인적이거나 사업적인 이익 말고 침략해야 하는 다른 이유를 얘기할 때 한쪽 눈을 깜박거리고 목소리를 바꾸는 걸 자기가 눈치채지 못한 건 아닌지 의심했다. 조이가 보기에 싱크탱크는 이라크 침략을 지지한다는 사실을 쉬쉬할 만한 동기가 있었다. 이스라엘을 보호하기 위해서였다. 미국과 달리 이스라엘은 사담 후세인의 과학자들이 만든 뒤떨어진 미사일로도 공격할 수 있는 사정거리 안에 있었다. 하지만 조이는 신보수주의자들이 이스라엘의 안전을 염려하는 건 진심이라고 믿었다. 벌써 4월인데, 신보수주의자들은 대량 살상 무기가 발견되지 않아도 상관없다는 듯 행동하고 있었다. 이라크 국민의 자유가 쟁점인 것처럼 얘기하고 있었다. 경제적 이유로 전쟁에 관심을 보였으며, 자신보다 현명한 사람들은 더 선한 동기를 갖고 있다고 생각하면서 도덕적 피난처를 찾은 조이는 자기가 속았다는 느낌이 들기 시작했다. 그렇다고 전쟁을 이용해 한몫 챙겨야겠다는 욕심이 덜해지지는 않았지만, 그런 생각을 하는 자신이 한심하게 느껴졌다.

기분이 엉망인 상태에서 조이는 조너선보다 제나에게 여름방학 계획에 대해 털어놓기가 더 쉬웠다. 조너선은 케니 바틀스를 질투했지만(그는 조이가 케니와 통화하는 소리를 들을 때마다 신경질을 부렸다), 돈에 관심이 많은 제나는 한몫 잡는 데 적극 찬성이었다.

"그럼 이번 여름엔 워싱턴에서 널 보게 될지도 모르겠다. 내가 뉴욕에서 내려가면 내 약혼식 축하하는 저녁 사줘도 되고." 제나가 말했다.

"물론이지. 재미있는 저녁이 될 것 같은데."

"미리 말해두는데, 난 **아주** 근사한 레스토랑을 좋아해."

"내가 저녁 사주는 걸 닉이 어떻게 생각할까?"

"돈 굳었다고 하겠지, 뭐. 닉은 절대 너를 위협적인 존재로 생각하지 않을 걸. 그런데 네 여자 친구야말로 어떻게 생각할까?"

"그 애는 질투 같은 거 안 해."

"그래. 질투하는 거 정말 밥맛 떨어지지, 하하."

"모르면 상처 받을 일도 없으니까."

"그래. 그 애가 모르는 게 꽤 되지, 그렇지 않아? 지금까지 몇 번이나 실수했니?"

"다섯 번."

"닉은 한 번만 실수해도 내가 거시기를 잘라버릴 텐데, 그것보다 네 번이 더 많네."

"하지만 모르면 상관없잖아?"

"장담하는데, 난 알 수 있어. 그게 바로 나와 네 여자 친구의 차이점이지. 나는 **질투**가 심하거든. 나를 두고 바람피우는 거에 관한 한 난 스페인 종교재판 같은 사람이야. 절대 봐주는 법 없이 무자비하다고."

제나에게서 이런 말을 들으니 좀 우스웠다. 지난가을 조이가 학교에서 몇 번 재미를 본 것도 제나가 강력히 권해서였고, 조이는 자기의 그런 행동으로 그녀에게 뭔가를 보여주고 있다고 생각했기 때문이다. 제나는 그에게 네 시간 전에 침대에서 함께 뒹군 여자애를 식당에서 봤을 때 단칼에 잘라내는 방법도 알려주었다.

"괜히 다정하게 굴지 마. 그 애들은 네가 자기들을 무시해주길 **바라니까**.

무시하지 않는다고 해서 그 애들이 너한테 고마워하지는 않을 거야. 넌 그 애들을 평생 본 적도 없는 척해야 돼. 그 애들은 네가 괜히 주변을 어슬렁거리거나 죄지은 것처럼 행동하는 걸 절대 원하지 않아. 네가 자기들에게 창피를 주지 않기만 간절히 바랄 뿐이지."

제나는 자기 경험을 바탕으로 그런 얘기를 하고 있는 게 분명했지만, 조이는 그녀의 말대로 시도해본 뒤에야 그녀의 말을 믿었다. 그 후 조이의 삶은 순탄해졌다. 그는 코니를 생각해서 자신의 무분별한 행동을 얘기하지 않았지만, 조이는 계속 코니가 상관하지 않을 거라고 생각했다. (조이가 자신의 무분별한 행동을 적극적으로 숨긴 대상은 조너선이다. 조너선은 낭만적인 행동에 관한 한 중세 기사 같은 생각을 하고 있었기에, 조이가 코니 몰래 재미를 본 사실이 자기 귀에 들어오자 마치 자기가 코니의 오빠나 보호자라도 되는 듯 조이에게 불같이 화를 냈다. 조이는 조너선에게 바지 지퍼도 안 내렸다고 맹세했지만, 그건 웃기지도 않은 말도 안 되는 변명이었다. 조너선은 조이를 좆같은 놈에 거짓말쟁이라고 부르면서 코니를 얻을 자격도 없다고 했다.) 지금 조이는 싱크탱크의 상사들이 자길 속였듯 제나가 정절에 대한 고무줄 같은 기준으로 자기를 속였다는 느낌이 들었다. 전쟁광이 이익 때문에 전쟁을 하듯, 제나는 코니에게 못되게 굴면서 재미 보는 게 목적이었던 것이다. 그렇다고 조이가 제나에게 훌륭한 저녁을 사고 싶다거나 이라크 민간 기업 회생에서 그럴 만한 자금을 마련하려는 계획이 시들해지지는 않았다.

알렉산드리아에 있는, 얼어 죽을 만큼 추운 달랑 방 하나짜리 사무실에 혼자 앉아, 조이는 케니가 바그다드에서 보낸 잘 보이지도 않는 팩스를 놓고 사담 후세인이 지원해온 제빵 산업을 공인회계사가 인정할 만한 사업으로 재탄생시키기 위해 미국 국민의 세금을 써야 하는 정당한 이유에 대해 설득력 있는 보고서를 작성했다. 조이는 자기가 학교에서 지난여름 작성한 브레드매스터즈 앤 핫앤크러스티 체인점에 대한 사례 연구를 바탕으로 이라크의 장래 제빵 사업가들이 실행할 사업 계획을 만들었다. 조이는 2년 안에 빵 가격을 공정시장 가격에 거의 도달하도록 인상하는 계획을 만들었다. 이라크의 후브스(이라크에서 먹는 둥근 빵-옮긴이)는 손실을 초래하는 주원인이므로 가격을 높게 책정한 페이스트리와 커피, 음료를 수익 창출원으로 해서 2005년이 되면 연합 세력의 재정적 지원을 단계적으로 철폐해도 빵 부족으로 인한 폭동은 일어나지 않을 것이라고 적었다. 조이가 쓴 내용은 적어도 일부는 개소리고, 완전 개소리인 것도 많았다. 조이는 바스라에 있는 빵 가게가 어떻게 생겼는지도 몰랐다. 조이는 브레드매스터즈가 설치한 것과 같은, 가게 바깥에서 볼 수 있는 유리로 된 냉장 진열대는 자동차 폭파 사건이 빈번하고 여름에 기온이 50도가 넘는 도시에는 적절하지 않다고 했다. 현대 상업에 관한 한 조이는 유창하게 개소리를 하는 데 일가견이 있었고, 케니는 그에게 거래가 활발하고 기대하는 결과가 곧바로 나올 것처럼 보이는 게 가장 중요하다고 했다. "이미 잘돼가는 것처럼 만들어. 그럼 우리가 현장에서 보고서에 맞춰 열심히 따라잡을 테니까. 제리는 하룻밤 사이에 자유시장이 돌아가는 걸 보고 싶어 하고 우리가 그렇게 만들어야 해." 케니가 말했다. (제리는 바그다드에 있는 최고 책임자 폴 브레너라는 사람인데, 케니가 그 사람을 만난 적이 있는지 없는지는 확실하지 않았다.) 조이는 사무실에서 노닥거리는 시간에, 특히 주말에, 무보수 인턴사원으로 일하거나 자기 고향에서 햄버거나 뒤집고 있는 학교 친구들에게 전화를 걸어 수다를 떨었다. 조이의 친구들은 그를 부러워하며 가장 굉장한 여름방학 인턴사원이 되었다며 축하해주었다. 조이는 9·11 사태 때 중단된 자기 인생이 이제야 상승세를 타고 있다고 느꼈다.

한동안 조이의 만족스러운 인생에 드리운 유일한 그림자는 제나가 워싱턴에 다녀가는 걸 계속 미룬다는 사실뿐이었다. 제나는 조이와 얘기할 때마다 닉을 만나기 전에 실컷 놀아둘걸 그랬다고 했다. ("듀크 대학에서 1년 동안 날라리처럼 보낸 것도 논 것으로 쳐야 하는지 모르겠어"라고 말했다.) 조이는 제나의 이 말에서 기회가 속삭이는 소리를 들었다. 두 사람의 전화 통화 내용이 점점 노골적인 유혹의 단계에 이르렀음에도 제나가 두 번이나 워싱턴에 조이를 만나러 오는 계획을 취소했을 때 그는 혼란스러웠으며, 그녀가 매클린에 있는 부모님 댁에 다녀가면서 자기에게 알리지도 않았다는 사실을 조녀선에게 들었을 때는 더욱 혼란스러웠다.

   그러던 중 7월 4일 독립기념일에 예의상 부모님 댁을 방문한 조이는 이라크 민간 기업 회생에서 자기가 얼마나 중요한 일을 맡고 있으며 봉급이 얼마나 높은지 자세히 얘기하면서 아빠에게 잘 보이려고 했다. 조이의 말을 들은 월터는 그 자리에서 아들을 호적에서 파낼 뻔했다. 지금까지 조이는 평생 아빠와 조금도 양보 없는 대결 관계를 유지해왔다. 하지만 이제 월터는 조이가 얼마나 냉정하고 오만한지에 대한 일장 훈계를 한 후 그 애가 제 갈 길을 가도록 내버려두는 것으로 만족하지 않았다. 월터는 조이가 **역겹**다고 소리치며 이기적이고 아무 생각도 없는 자기 아들이 개인적 부를 축적하기 위해 남의 나라를 짓밟는 괴물과 음모를 꾸민다는 사실이 **역겹다**고 했다. 패티는 조이를 싸고도는 대신 위층 자기 방으로 올라가버렸다. 조이는 엄마가 다음 날 아침 자기를 불러 다독거리며 아빠가 조이를 사랑하기 때문에 화가 났을 뿐이라는 헛소리를 해댈 줄 알았다. 하지만 패티는 현장에 있기조차 겁난 듯 사라져버렸고, 조이는 팔짱을 꼭 끼고 눈썹 하나 까딱하지 않고 고개를 가로저으며 아빠가 알지도 못하는 일에 대해 비난하지 말라고 몇 번이고 말하는 수밖에 없었다.

   "내가 모르는 게 뭐냐? 이 전쟁은 정치적 목적과 경제적 이득 때문에 일어난 거야. 더 말할 것도 없어!"

   "다른 사람들의 정치관이 마음에 안 든다고 해서 그 사람들이 하는 일이

몽땅 잘못된 건 아니에요. 아빠는 그 사람들이 하는 일은 다 틀렸다고 생각하고 그 사람들이 하는 일이 모조리 실패하기를 바라는 거잖아요. 그 사람들 정치관이 마음에 안 든다는 이유만으로. 거기서 일어나고 있는 좋은 소식은 들으려고 하지도 않잖아요."

"거기서 일어나는 좋은 일은 아무것도 없어."

"아, 그렇겠죠. 세상은 흑백논리로 설명할 수 있죠. 우린 다 나쁜 놈들이고, 아빠는 좋은 사람이고."

"네 또래 중동 아이들이 머리통과 팔다리가 날아가도 네가 돈만 많이 벌면 된다는 얘기냐? 그게 네가 생각하는 완벽한 세상이야?"

"물론 아니죠, 아빠. 잠깐만이라도 바보 같은 소리 좀 그만하실래요? 그곳 사람들이 죽는 이유는 경제가 엉망진창이기 때문이라고요. 우린 이라크 경제를 바로잡으려는 거고요."

"네가 한 달에 8000달러를 버는 게 말이 안 되잖아. 네가 아주 똑똑하다고 생각한다는 거 안다. 하지만 별다른 기술도 없는 열아홉 살짜리가 한 달에 8000달러를 번다는 건 뭔가 잘못된 거야. 지금 네가 처한 상황에서는 부패한 냄새가 **고약하게** 난다고. 너에게서 정말 고약한 냄새가 난다니까."

"맙소사, 아빠. 맘대로 생각하세요."

"난 네가 무슨 일을 하는지 더 이상 알고 싶지 않다. 너무 역겹다. 엄마한테는 말해도 좋다만, 제발 부탁이니 난 좀 빼주라."

조이는 울음을 참으려고 안간힘을 써서 미소 지었다. 그는 자기가 느끼는 마음의 상처가 구조적인 문제로 생각됐다. 자신과 아빠가 오직 서로를 싫어하려는 목적으로 각자의 정치관을 선택한 것 같았고, 그 관계에서 벗어나는 길은 말을 섞지 않는 것뿐이다. 아빠에게 아무 얘기도 하지 말고 피치 못할 사정이 있지 않는 한 다시는 얼굴도 보지 말아야 했다. 조이도 그러면 좋을 것 같았다. 조이는 화조차 나지 않았다. 그저 상처를 잊고 싶었다.

그는 택시를 타고 엄마의 도움으로 구한 원룸 아파트로 가면서 코니와 제나에게 메시지를 보냈다. 코니는 일찍 잠자리에 든 것이 틀림없지만, 제나는 자정에 조이에게 전화를 걸었다. 제나는 남의 얘기를 잘 들어주는 사람은 아니지만 조이의 거지 같은 독립기념일 얘기의 줄거리를 파악하고 세상은 불공평하고 앞으로도 불공평할 것이며, 언제나 큰 승자와 큰 패자로 나뉘고, 덧없이 짧은 인생에서 자기는 승자가 되고 싶고, 승자들한테 둘러싸여 살고 싶다고 말하며 조이를 위로했다. 그러고 나서 조이가 제나에게 매클린에 다니러 왔을 때 왜 전화하지 않았는지 따지자 제나는 그와 만나서 저녁을 먹는 게 "안전"하지 않을 것 같아서였다고 했다.

"왜 안전하지 않은데?"

"넌 나한테 나쁜 버릇 같은 사람이야. 자제해야 한다고. 내 전리품을 잘 간수해야지."

"너하고 네 전리품은 별로 재미를 못 보고 있는 걸로 들리는데."

"내 전리품은 자기 상사의 자리를 빼앗으려고 엄청 바빠. 그 세계에서는 다 그렇게 해. 아무도 그런 거에 대해 눈살을 찌푸리지 않는다니까. 하지만 시간은 엄청 많이 들지. 여자는 가끔 외출을 시켜줘야 해. 특히 대학 졸업 후 처음 맞는 여름에는."

"그러니까 여기로 오라고. 나랑 데이트하게." 조이가 말했다.

"그럴 거라고 믿어. 하지만 내 상사가 앞으로 3주 동안 햄튼스(뉴욕 부유층의 별장이 많은 지역-옮긴이)에서 엄청난 일을 맡았거든. 클립보드 들고 서서 손님들 맞는 일을 해야 해. 너도 바쁘게 일해야 한다니 안됐다. 아니면 파티에 몰래 들어오게 해줄 수도 있는데."

조이는 제나를 알게 된 이후로 그녀가 몇 번이나 데이트하자고 약속하고 취소했는지 세는 데 지쳤다. 제나가 제안한 건 하나도 성사된 게 없었다. 조이는 그녀가 왜 계속 제안을 하는지조차 알 수 없었다. 어쩌면 조이가 유대인이고, 제나가 유일하게 콧방귀를 뀌지 않는 사람인 제나 아버지의 호감을 그가 샀기 때문인지도 모르겠다. 아니면 제나가 조이와 코니의 관계에 매료되어 조이가 조공으로 바치는 사적인 정보를 여왕처럼 즐기고 있는지도 모른다. 아니면 제나가 정말 조이를 좋아했고, 그가 더 나이 들어 돈을 얼마나 벌게 되는지 두고 보려고 했는지도 모른다. 아니면 위의 이유 모두 해당할지도 모른다. 조녀선이 누나가 왜 골칫거리인지에 대해 설득력 있는 설명을 곁들이지는 않았지만, 그의 말대로 제나는 막돼먹은 행성에서 온 괴물이었고, 윤리의식이라고는 바다 밑에 사는 하등 생물인 해면동물만도 못했다. 하지만 조이는 그녀의 내면에 보다 심오한 뭔가가 존재한다고 생각했다. 그렇게 눈부시게 아름다운 사람이 그런 미모를 선하게 사용할 줄 모른다는 것이 믿어지지 않았다.

다음 날, 조이가 코니에게 아버지와 다툰 얘기를 하자 코니는 두 사람의 논점에 대해 누가 옳고 그른지 따지지 않고 바로 상처를 어루만지고 위로해주었다. 코니는 다시 웨이트리스로 일하고 있었다. 조이를 만나는 건 여름이 지날 때까지 기다릴 의향이 있는 듯했다. 케니 바틀스는 8월 중순까지 주말에도 일하게 되면 8월 마지막 두 주는 유급 휴가를 주겠다고 약속했다. 조이는 제나가 워싱턴에 올 경우 코니 때문에 상황이 복잡해지는 걸 원치 않았다. 코니에게 터무니없는 거짓말을 둘러대지 않고 하루 이틀 혹은 사흘 저녁을 몰래 빠져나갔다 올 수는 없었다. 그는 코니에게 너무 자주 거짓말을 하고 싶지는 않았다.

조이는 코니가 만남을 미루자는 제안을 침착하게 받아들인 이유가 셀렉사 때문이라고 생각했다. 그러던 어느 날 밤, 조이는 집에서 맥주를 마시며 늘 하듯이 코니에게 전화를 걸었다. 코니는 그날따라 유난히 오랫동안 침묵을 지키다가 말했다.

"자기야, 나 할 말이 몇 가지 있는데." 첫 번째는 약을 중단했다는 얘기였다. 두 번째는 약을 중단한 이유가 식당 지배인과 잠자리를 해왔고, 오르가슴을 느끼지 못하는 게 지겨워졌기 때문이라는 얘기였다. 코니는 마치 자기가 아닌 다른 여자애 얘기를 하듯, 자신의 행동이 유감스럽지만 이해할 만하다는 듯 아주 태연한 목소리로 고백했다. 코니의 말로는, 식당 지배인은 10대 자녀 둘을 둔 유부남이고 햄라인 가에 살았다.

"너한테 말하는 게 좋겠다고 생각했어. 네가 그만하라면 그만할게."

조이는 전율에 가까울 정도로 몸이 후들후들 떨렸다. 조이가 꽉 닫히고 잠겼다고 생각해온 머릿속의 문이 사실 활짝 열려 있었고, 열린 문으로 외풍이 들어오고 있었다. 그가 도망칠 수 있는 문이었다.

"그만두고 싶어?" 조이가 물었다.

"모르겠어. 섹스는 좋지만 그 사람한테 아무 느낌도 없어. 난 네 느낌밖에 없어." 코니가 말했다.

"맙소사. 생각 좀 해봐야 할 것 같다."

"정말 나쁘다는 거 알아, 조이. 그런 일이 일어나자마자 너한테 얘기했어야 하는데. 하지만 한동안 누군가 나에게 관심이 있다는 게 정말 좋았어. 지난 10월 이후로 우리가 몇 번이나 섹스했는지 알아?"

"알아. 알고 있어."

"두 번 아니면 거의 없지. 내가 아팠을 때를 치느냐 마느냐에 따라. 뭔가 잘못된 거라고."

"알아."

"우린 서로 사랑하면서 얼굴도 못 보잖아. 그립지 않아?"

"그리워."

"넌 다른 여자랑 섹스한 적 있어? 그래서 견딜 수 있는 거야?"

"응, 했어. 한두 번. 하지만 같은 사람하고 한 번 이상 한 적은 없어."

"그럴 거라고 생각했지만 묻고 싶지 않았어. 내가 허락하지 않는다고 생각할까 봐. 네가 그랬기 때문에 나도 그랬다는 건 아니야. 외로워서 그런 거야. 너무 외로워서 죽을 것만 같아. 내가 너무 외로운 건 널 사랑하기 때문이야. 앞뒤가 안 맞거나 정직하지 못한 얘기 같지만 사실이야."

"네 말 믿어." 조이가 말했다. 진심이었다. 하지만 조이가 지금 느끼는 고통은 그가 뭘 믿든 안 믿든, 코니가 이제 무슨 말을 하든 하지 않든 아무 상관도 없는 것 같았다. 그의 사랑스러운 코니가 중년 남자와 잠자리를 했다는 사실, 그녀가 청바지와 속옷을 벗고 **몇 번이고** 다리를 벌렸다는 사실은, 코니가 고백하고 조이가 그 고백을 들은 순간에만 말로 존재했고, 다시 침묵이 흐르자 그 말은 면도칼을 삼킨 것처럼 그의 가슴에 박혔다. 조이는 자기가 성관계를 한 여자들에 대해 아무 느낌도 없었듯, 코니도 그 지배인에 대해 아무 느낌 없을지 모른다는 걸 깨달을 수 있을 정도로 이성이 남아 있었다. 지난해, 조이도 향수로 뒤범벅된 여자애들의 침대에서 잠자리를 하긴 했지만 모두 인사불성으로 취해 있었다. 하지만 '멈춰' 하는 생각만으로 돌진하는 버스를 멈추게 할 수 없듯, 조이의 이성은 그가 느끼는 고통을 덜지 못했다. 고통은 정말 엄청났다. 그러면서도 이상하게 반갑고 치유되는 듯했다. 자신보다 큰 상황에 자신이 놓여 있고, 살아 있다는 느낌이 들었다.

"뭐라고 말 좀 해봐, 자기야." 코니가 말했다.

"언제부터 같이 잤어?"

"몰라. 석 달 전쯤."

"그럼 계속 그렇게 해라. 그러다 그 사람 애도 낳고. 그럼 집을 마련할 수 있게 너한테 한밑천 줄지도 모르지."

이런 식으로 코니의 엄마 캐럴의 얘기를 끄집어내는 건 추한 짓이었다. 하지만 코니는 진정으로 조이에게 물었다. "내가 그렇게 하길 바라?"

"난 내가 뭘 바라는지도 모르겠어."

"그건 내가 바라는 게 아니야. 난 너와 같이 있고 싶어."

"그렇겠지. 다른 사람하고 석 달 동안 놀아나는 동안에는 그런 생각 안 했겠지."

이 대목에서 코니는 울며 용서를 빌어야 했다. 아니면 적어도 조이에게 화를 내야 했다. 하지만 코니는 보통 사람과 달랐다.

"맞아. 전적으로 맞는 말이야. 처음 그런 일이 생겼을 때 너한테 말하고 그만둘 수도 있었어. 하지만 한 번 하고 나니까 두 번 한다고 뭐가 크게 달라질까 싶더라. 세 번째도, 네 번째도 그랬고. 그러고 나서 나는 약을 중단하고 싶었어. 느낌도 없는데 성관계를 하는 게 멍청한 짓이라는 생각이 들었어. 그러고 나서 성관계 횟수를 처음부터 다시 세야 했어."

"이제는 느낌이 팍팍 오니 좋겠다."

"확실히 훨씬 낫긴 해. 내가 사랑하는 사람은 너야. 하지만 적어도 내 말초신경이 다시 기능을 하고 있잖아."

"그럼 이제 와서 나한테 말하는 이유가 뭐야? 왜 넉 달 넘기지 않고? 넉 달이 석 달보다 나쁠 거 뭐 있어, 그렇지?"

"사실 넉 달 만에 얘기할 생각이었어. 다음 달에 널 보러 가면 얘길 하고 더 자주 볼 수 있게 계획을 세우고. 그러면 다시 둘만 관계를 할 수 있을 거라고 생각했어. 그게 아직도 내가 원하는 거야. 그런데 어젯밤 다시 나쁜 생각이 들기 시작했고, 너한테 말하는 게 좋겠다고 생각했어."

"너 우울하니? 약 중단한 거 의사가 알아?"

"의사는 알지만 엄만 몰라. 엄만 내가 약만 먹으면 자기하고 나 사이에 만사가 해결될 거라고 생각하는 것 같아. 자기 문제가 완전히 해결된다고 생각하지. 난 매일 밤 약병에서 약을 한 알씩 꺼내 양말 서랍에 숨겨. 내가 일하러 나간 사이 약병에 약이 몇 알 남았는지 엄마가 세어볼까 봐."

"약을 먹어야 할 것 같은데." 조이가 말했다.

"널 더 이상 못 보게 되면 다시 먹을 거야. 하지만 널 계속 만난다면 난 모든 걸 느끼고 싶어. 그리고 계속 너를 만난다면 약도 필요 없을 것 같아. 협박처럼 들릴 거라는 거 알아. 하지만 사실이야. 네가 나를 다시 만나게 하려고 이러는 거 아니야. 내가 나쁜 짓을 한 거 나도 알아."

"미안하기는 하니?"

"그렇다고 대답해야 한다는 거 알지만, 사실 모르겠어. 넌 다른 사람들과 잔 거 나한테 미안하니?"

"아니, 특히 지금은."

"나도 그래, 자기야. 나도 너랑 똑같아. 단지 네가 그걸 잊지 않고 날 다시 만나줬으면 해."

코니의 고백은 조이가 양심에 오점을 남기지 않고 그녀에게서 벗어날 수 있는 마지막 기회였다. 그가 아주 화가 났다면 정당한 이유로 그녀를 차버릴 수 있었다. 조이는 전화를 끊고 나서 보통은 입에도 대지 않는 잭 대니얼스 위스키를 병째 들이켠 후 집 주변의 음침하고 후텁지근한 거리를 돌아다니며, 둔기로 머리를 내리치는 듯한 열기와 그 열기를 악화시키는 에어컨이 합동으로 윙윙거리는 소리를 즐겼다. 조이는 카키색 바지 주머니에서 동전을 한 움큼 꺼내 한 번에 몇 개씩 길가에 던지기 시작했다. 자신의 순수함과 자립심을 동전에 담아 모두 던져버렸다. 자신을 구해야 했다. 자신의 고통을 호소할 대상이 없었다. 부모님은 말할 것도 없고, 조너선에게도 말할 수 없었다. 코니에 대한 조너선의 호감을 망칠까 봐 두려웠다. 제나에게는 더더욱 할 수 없었다. 제나는 사랑이 뭔지도 몰랐다. 학교 친구들도 마찬가지였다. 그의 친구들은 여자 친구를 남자인 자신이 향후 10년 동안 추구할 쾌락을 가로막는 걸림돌일 뿐이라고 여기는 애들이었다. 조이는 완전히 혼자였고, 어떻게 자기한테 이런 일이 생겼는지 이해할 수 없었다. 어떻게 그의 삶 한가운데에 코니라는 고통이 자리하게 됐는지 알 수 없었다. 코니가 어떤 느낌인지 너무나 잘 알고, 코니를 너무나 잘 이해하고, 그가 없는 코니의 삶을 상상하기 어렵다는 사실 때문에 조이는 미칠 것 같았다. 매번 코니에게서 벗어날 기회가 생길 때마다 조이의 이해타산이 기능을 제대로 하지 않았고, 고정해둔 변속기가 자꾸 움직이듯 머릿속에서 튕겨나가고, 코니와 자신이 함께하는 논리로 대체되었다.

코니가 조이에게 전화를 하지 않은 지 2주가 지났다. 조이는 처음으로 코니의 나이가 자기보다 많다는 것을 인식했다. 스물한 살인 코니는 유부남이 호기심을 느끼고 끌릴 나이였다. 질투에 눈이 멀어 조이는 갑자기 두 사람 가운데 코니가 애정을 쏟은 소년에 불과한 자기가 운이 더 좋다고 생각했다. 코니는 조이의 상상 속에서 환상적이고 매혹적인 모습이었다. 조이는 가끔 막연하게 두 사람이 느끼는 교감은 특별하고 매혹적이고 동화 같다고 느꼈지만, 자기가 얼마나 코니에게 의지하고 있었는지 이제야 깨달았다. 서로 연락을 하지 않은 처음 며칠 동안 조이는 자기가 코니에게 전화를 하지 않음으로써 그녀에게 벌을 주고 있다고 생각했다. 하지만 머지않아 자기가 벌을 받는 입장이라는 것을 알았고, 코니가 태평양같이 흘러넘치는 감정에서 단 한 방울의 자비를 베풀어 이 침묵을 깨주기를 기다리는 사람이 된 것 같았다.

어느 날, 패티가 조이에게 매달 보내던 500달러를 더 이상 보낼 수 없다고 통보했다. "네 아빠가 중단하라는구나." 엄마가 너무 아무렇지도 않게 말해서 조이는 짜증이 났다. "그동안이라도 요긴하게 썼기를 바란다."

조이는 더 이상 엄마가 자기를 돕고 싶어 하는 소원을 들어주지 않아도 되고, 도와주는 보답으로 규칙적으로 안부를 물어야 할 필요도 없다는 사실에 홀가분함을 느꼈다. 부모의 재정적 지원에 대해 버지니아 주에 더 이상 거짓말하지 않아도 된다는 사실도 기뻤다. 하지만 조이는 매달 받는 돈으로 수입과 지출의 균형을 겨우 맞추었고, 그동안 툭하면 택시를 타고 나가서 식사한 것을 후회했다. 조이는 아빠가 미웠고, 엄마에게 배신감을 느겼다. 엄마는 조이에게 항상 결혼 생활에 대한 불만을 털어놓았지만, 곤란한 상황에 놓이면 늘 판단을 아빠에게 맡겼다.

 그러던 중 애비게일 이모가 조이에게 8월 말쯤 아파트를 써도 좋다고 연락을 했다. 지난 1년 반 동안 조이는 애비게일의 이메일 수신자 명단에 올라 뉴욕에 있는 괴상한 이름의 거리에서 이모가 하는 공연에 대한 정보를 받았다. 그리고 그녀는 몇 달에 한 번 조이에게 전화를 해서 자기변명하듯 독백을 늘어놓았다. 조이가 전화기의 '무시' 버튼을 누르면 애비게일은 메시지를 남기지 않고 그가 전화를 받을 때까지 계속 전화했다. 조이는 이모가 하루 종일 앉아 누군가 전화를 받을 때까지 자기가 갖고 있는 전화번호를 모조리 걸어본다고 생각했고, 자기와 이모의 관계가 전혀 돈독하지 않다는 점을 고려할 때 그 전화번호 목록에 누가 있는지 알고 싶지도 않았다.

 "나 바닷가로 여행 간다. 불쌍한 티거는 고양이 암으로 세상을 떠났다. 물론 그전에 아~주 비싼 암 치료를 받았지. 그래서 피글릿은 완전히 외톨이가 됐어." 애비게일이 조이에게 말했다. 조이는 정조 관념에 대해 새삼스럽게 속이 메스껍고 제나와 노닥거린 게 좀 추하다는 생각이 들었지만, 이모의 제안을 받아들였다. 코니가 연락을 하지 않으면 제나가 사는 동네에 가서 저녁이나 사주고 자신을 위로해야겠다고 생각했다.

 그런데 케니 바틀스가 전화를 걸어 이라크 민간 기업 회생과 따놓은 계약을 플로리다에 사는 자기 친구에게 양도하기로 했다는 소식을 전했다. 사실 이미 팔았다는 얘기였다.

 "마이크가 아침에 전화할 거야. 8월 15일까지는 네가 일하기로 돼 있다고 얘기했어. 그 후에 네 후임자를 찾는 일도 번거롭고. 난 더 중요한 일을 맡게 됐어." 케니가 말했다.

 "그래요?" 조이가 말했다.

 "응, LBI가 중장비 트럭을 대량으로 조달하는 일을 나한테 하청 주기로 했거든. 간이 콩알만 한 사람은 못할 일이지만 제빵 사업보다는 떡고물이 더 많이 생기지. 시작하기도, 손 털기도 쉽고. 분기별 보고서 작성같이 쓸데없는 짓 안 해도 되고. 트럭을 확보해서 나타나면 바로 수표를 써준다니까. 그걸로 얘기 끝."

"축하해요."

"그런데 말이지, D.C.에서 네가 일을 계속 봐주면 좋겠어. 나랑 같이 투자할 사람을 물색해서 모자라는 부분을 채워 넣으려고 하거든. 네가 일할 의향이 있으면 돈도 조금 벌 수 있고." 케니가 말했다.

"솔깃한데요. 하지만 학교로 돌아가야 해요. 투자할 만한 돈도 없고요." 조이가 말했다.

"알았어, 할 수 없지. 그래도 조금이라도 투자하는 게 어때? 내용을 훑어보니 폴란드산 플래드스키 A10이 수입이 짭짤할 것 같아. 더 이상 생산은 하지 않지만 헝가리와 불가리아에 있는 군사기지에 엄청 많다네. 남아메리카에도 조금 있지만 그건 나한테 도움이 안 돼. 하지만 동유럽에서 운전사를 고용해 터키를 가로질러 키르쿠크까지 배달하게 할 거야. 그 일에 얼마 동안 묶여 있을지 모르겠다. 부품과 관련해서 90만 달러짜리 하청도 있거든. 네가 나한테 다시 하청을 받아 해볼래?"

"전 트럭 부품에 대해서는 아무것도 몰라요."

"나도 마찬가지야. 하지만 플래드스키가 한창때 A10을 2만 대 정도 만들었대. 그러니 찾아보면 부품이 엄청나게 나올 거야. 넌 부품이 어디 있는지 추적해서 긁어모은 다음 운송만 하면 돼. 30만 달러만 투자하면 6개월 후에 90만 달러를 벌 수 있어. 주어진 여건을 생각할 때 이만하면 괜찮은 수익이지. 내 생각으로는 조달 부문에서 그 정도는 낮은 수익률에 속한다고 봐. 아무도 의심하지 않을 거야. 30만 달러 정도 구할 수 있겠어?"

"지금 점심 사 먹을 돈도 모자랄 판이에요. 학비도 필요하고." 조이가 말했다.

"그래. 하지만 사실 5만 달러만 구해도 되긴 하지. 그 돈과 서명한 계약서만 손에 쥐면 어떤 은행이든 나머지 돈은 융자해줄 거야. 기숙사 방에서 인터넷으로도 할 수 있는 일이라고. 접시 닦는 것보다 훨씬 낫지 않아?"

조이는 생각해볼 시간을 달라고 했다. 시커먹은 음식 값과 택시비를 빼고도 조이는 다음 해 학비로 쓰려고 만 달러를 모아두었고, 신용카드로 8000달러를 더 구할 수 있었다. 조이는 인터넷 검색으로 작은 담보만으로도 고율로 대출을 해주는 은행을 수없이 찾아냈다. 구글 검색으로 **플래드스키 A10 부품**에 대한 정보를 몇 페이지씩 찾아냈다. 조이는 부품 찾아내는 일이 말처럼 쉬운 일이면 케니가 자기에게 부품 계약 건을 넘기지 않았을 거라는 사실을 잘 알고 있었다. 하지만 케니는 조이에게 이라크 민간 기업 회생에서 일할 때 한 약속을 모두 지켰고, 조이는 지금부터 1년 후 스물한 살이 됐을 때 수중에 50만 달러가 있다면 느낄 삼삼한 기분을 떨칠 수 없었다. 조이는 흥분한 김에 충동적으로, 처음으로 코니와의 관계에 집착하지 **않고** 먼저 침묵을 깨고 그녀에게 전화를 걸어 의견을 물어보았다. 나중에야 머릿속에 코니의 예금을 염두에 두었고, 이제 성인인 그녀가 예금을 직접 관리한다는 사실을 알고 있었다는 점에 대해 자신을 꾸짖을지 모르지만, 코니에게 전화를 하는 그 순간에는 적어도 이해타산 없이 순수한 마음에서 전화하는 거라고 생각했다.

"맙소사, 자기야. 다시는 나한테 전화 안 하려나 보다 생각했어." 코니가 말했다.

"정말 힘든 몇 주였어."

"세상에, 알지, 안다고. 너한테 아무 얘기도 하지 말걸 그랬다고 생각하고 있었어. 나 용서해줄 수 있어?"

"아마도."

"우와, 우와, 아마도 못한다는 말보다는 훨씬 좋다."

"그럴 가능성이 아주 높지. 네가 날 만나러 온다면."

"당연히 가지. 열 일 제쳐놓고."

코니는 조이가 상상한 독립심 강한 성인 여성 같지 않았다. 게다가 속이 켕기는 것이, 그에게 잠깐 멈추고 그녀가 정말 돌아오기를 바라는지 확실히 하라는 경고 같았다. 코니를 잃는 고통을 적극적으로 코니를 갖고 싶다는 욕망과 혼동하지 말라는 경고 같았다. 하지만 조이는 추상적인 감정의 영역에서 길을 잃지 않으려고 대화의 주제를 바꿔 케니의 제안에 대해 그녀가 어떻게 생각하는지 물었다.

"세상에, 조이. 해야지. 내가 도와줄게." 조이의 말이 끝나자 코니가 말했다.

"어떻게?"

"내가 돈을 줄게." 코니는 무슨 그런 바보 같은 질문이 있느냐는 듯 말했다. "내 신탁 계좌에 아직 5만 달러 이상 있어."

그 액수를 듣는 것만으로 조이는 성적으로 흥분됐다. 조이는 고등학교 첫 가을에 배리어 가에서 코니와 처음 데이트할 때가 생각났다. 두 사람 모두 좋아했지만, 특히 코니가 더 좋아한 U2의 음반 〈악퉁 베이비(Achtung Baby)〉를 배경 음악으로 깔아놓고 두 사람은 순결을 잃었다. 보노가 자긴 뭐든 할 준비가 돼 있다고 맹세하는 첫 곡은 두 사람을 위한 사랑 노래였고, 자본주의를 찬미하는 그들의 노래였다. 그 노래 때문에 조이는 더 기꺼이 성관계가 하고 싶었고, 유년기를 벗어나 코니의 천주교 학교에서 시계를 팔고 진짜 돈을 벌 준비가 됐다. 조이와 코니는 명실상부한 사업 파트너로 시작했다. 조이는 사업가 겸 제조업자였고, 코니는 그의 충실한 운반책이자 재능이 뛰어난 판매원이었다. 화가 난 수녀들이 두 사람의 사업을 중단시키기 전까지, 코니의 초연하고 냉정한 태도는 그녀의 학우들이 코니와 조이가 파는 상품에 열광하게 했다. 패티를 포함해 배리어 가에 사는 사람들은 늘 코니의 과묵함을 지능이 낮거나 멍청한 걸로 착각했다. 코니를 속속들이 아는 조이만이 그녀의 잠재력을 알아보았고, 이게 이제 두 사람의 삶의 얘기라고 생각했다. 조이가 코니를 돕고 격려해서 그녀의 숨겨진 재능을 과소평가한 패티를 포함해 모든 사람이 코니에 대해 갖고 있는 기대를 무색하게 만드는 것이었다. 다른 사람들은 알아보지 못하는 가치를 판단하고 기회를 포착하는 조이의 능력은 앞으로 사업가로 대성하기 위해 꼭 필요하다고 믿었고, 코니를 사랑하는 데 꼭 필요한 능력이었다. 코니는 신비로운 방식으로 임했다! 두 사람은 코니가 학교에서 집으로 가져온 20달러 지폐 더미 위에서 섹스를 했다.

"신탁 기금이 있어야 학교에 다시 다니지." 조이가 말했다.

"나중에 다니면 돼. 너한테 지금 필요하니까 주고 싶어. 나중에 갚으면 되잖아." 코니가 말했다.

"내가 **두 배**로 만들어줄 수 있어. 그럼 대학 4년 내내 아무 걱정 안 해도 돼."

"갚고 싶으면 갚아. 꼭 갚을 필요는 없지만." 코니가 말했다.

두 사람은 조이가 세인트폴을 떠난 이후 연인으로서 가장 즐거운 시간을 보낸 뉴욕에서 조이의 스무 번째 생일에 다시 만나기로 했다. 다음 날 아침, 조이는 케니에게 전화를 걸어 투자할 준비가 됐다고 했다. 케니의 말로는, 새로운 이라크 사업 계약은 11월에 시작되니 조이는 가을 학기를 마음껏 즐기고 돈만 준비해놓으면 된다고 했다.

벌써 주머니가 두둑해진 느낌이 든 조이는 뉴욕으로 가는 아셀라 급행열차를 탔다. 애비게일의 아파트로 오는 길에 100달러짜리 샴페인 한 병을 샀다. 이모의 아파트는 그 어느 때보다 많은 물건으로 꽉 차 있었다. 조이는 택시를 타고 라과디아 공항으로 코니를 마중 나갔다. 그는 코니에게 버스 대신 비행기를 타고 오라고 했다. 8월의 열기로 옷을 반쯤 벗은 행인과 아지랑이 때문에 희미해 보이는 건물 벽돌과 다리 등 도시 전체가 조이에게는 최음제였다. 다른 사람과 잠자리를 했지만, 자석이 서로 끌어당기듯 다시 자기 품으로 돌아오는 여자 친구를 만나러 가는 조이는 이미 뉴욕의 왕이라도 된 것 같았다. 조이는 다른 승객과 부딪치기 일보 직전에 깜짝 놀라 사람들을 피하며 공항 대합실로 들어오는 코니의 모습이 보이자 돈 이상으로 마음이 두둑해진 느낌이 들었다. 중요한 사업을 진행하고, 신나게 즐길 인생이 펼쳐지고, 절호의 기회가 주어지고, 그게 두 사람의 얘기인 것 같아 기분이 좋았다. 코니는 조이를 발견하자 기쁨과 놀라움이 가득한 표정으로 그가 아직 꺼내지도 않은 말에 동의하듯 고개를 끄덕이기 시작했다.

"그래! 그래! 그래!" 코니가 가방 손잡이를 떨어뜨리고 조이에게 와락 달려들며 외쳤다. "그래!"

"그래?" 조이가 웃으며 말했다.

"그래!"

두 사람은 입맞춤도 하지 않고 아래층으로 달려 내려가 수하물을 찾은 뒤 택시 승강장으로 빠져나왔다. 다행히 승강장에는 택시를 기다리는 사람이 하나도 없었다. 택시 뒷좌석에서 코니는 땀에 젖은 면 카디건을 벗고 조이의 무릎에 올라타더니 오르가슴을 느끼거나 발작을 일으킬 때와 비슷하게 흐느껴 울기 시작했다. 코니의 몸은 조이의 팔 안에서 완전히 다른 사람처럼 느껴졌다. 실제로 변한 점도 있었지만 ─ 그녀는 예전보다 덜 마르고 더 여성스러워졌다 ─ 대부분 조이의 생각일 뿐이다. 조이는 코니가 정절을 지키지 않은 것이 뭐라고 표현할 수 없을 정도로 고마웠다. 감정이 복받친 조이는 코니에게 결혼해달라고 해야 마음이 진정될 것 같았다. 조이가 그녀의 왼쪽 팔 안쪽에 난 이상한 흔적을 발견하지 않았다면 당장 그 자리에서 청혼했을지도 모른다. 코니의 부드러운 피부에는 평행으로 각각 5센티미터 정도 벤 상처가 나 있었는데, 팔꿈치에 가까울수록 상처가 희미하고 거의 아물었다. 손목 쪽으로 갈수록 상처는 아직 아물지 않았고 붉었다.

"그래, 내가 그랬어. 하지만 이제 괜찮아." 코니는 눈물에 젖은 얼굴로 상처를 신기하다는 듯 바라보며 말했다.

조이는 알면서도 무슨 일이 있었느냐고 물어보았다. 코니는 그의 이마에, 뺨에, 입술에 차례로 입을 맞추고 그의 눈을 진지하게 들여다보았다.

"놀라지 마, 자기야. 속죄하는 의미에서 이렇게 할 수밖에 없었어."

"맙소사."

"조이, 들어봐. 내 말 좀 들어보라고. 칼날은 알코올로 잘 닦았어. 네가 연락을 하지 않은 날에 한 번씩 그은 거야. 셋째 날까지는 세 번 그었지만, 그 다음부터는 하룻밤에 한 번씩 그었어. 그리고 네가 연락하자마자 그만뒀어."

"내가 연락 안 했으면 어쩔 뻔했어? 어떻게 하려고 한 거야? 손목이라도 그을 작정이었어?"

"**아니**, 자살하고 싶은 생각은 없었어. 자살 생각을 하는 **대신** 이렇게 한 거야. 살짝 아픔을 느끼고 싶었을 뿐이야. 이해할 수 있어?"

"정말 자살하고 싶었던 거 아냐?"

"내가 너한테 어떻게 그러겠니. 절대로 그렇지 않아."

조이는 손가락 끝으로 상처를 어루만졌다. 그러고는 상처가 없는 쪽 손목을 들어 자기 눈을 눌렀다. 코니의 행동들은 설명할 수는 없었지만, 조이는 이해할 수 있었다. 그의 머릿속에서 보노가 괜찮아, 괜찮아 하고 노래하고 있었다.

"정말 놀라운 게 뭔지 알아? 내가 너를 배신한 횟수인 열다섯 번째에서 그만뒀어. 네가 딱 맞춰서 전화를 한 거지. 무슨 계시 같더라고. 그리고 이거 받아." 코니가 청바지 뒷주머니에서 접힌 자기앞수표를 꺼냈다. 수표는 엉덩이 굴곡을 따라 접히고 엉덩이에 난 땀으로 얼룩져 있었다. "내 신탁 계좌에 5만 1000달러가 있었어. 네가 필요하다는 액수와 거의 똑같아. 그것도 계시 같아. 그런 생각 안 들어?"

조이는 수표를 펼쳤다. **5만** 달러를 **조지프 R. 버글런드** 앞으로 지급하라고 쓰여 있었다. 조이는 보통 미신을 믿지 않지만 이 계시들이 정말 놀랍다는 점을 인정하지 않을 수 없었다. 정신이상인 사람들이 받는 '**당장** 대통령을 죽여라'라는 계시, 아니면 우울증을 앓는 사람들이 받는 '**당장** 창문 밖으로 뛰어내려라'라는 계시와 비슷했다. 조이가 받은 긴급한 계시는 '**당장** 결혼해라'였다.

그랜드센트럴 역에서 외곽으로 빠져나가는 차량은 거의 움직이지 못했지만, 시내 쪽으로 들어가는 길은 막히지 않았다. 택시도 잘 달리고 있었다. 이것도 계시였다. 택시 탈 차례를 기다리지 않은 것도, 내일이 조이의 생일이라는 것도 계시였다. 조이는 한 시간 전 공항으로 향할 때 자기가 어떤 상태였는지 기억이 나지 않았다. 코니와 함께 있는 지금 이 순간만 존재했다. 예전에는 우주의 갈라진 틈을 통과해 두 사람만의 세계에 빠지는 경우는 밤에 침실이나 다른 밀폐된 공간에서만 일어났는데, 이제는 벌건 대낮에 아지랑이 가득한 도시에서 일어나고 있었다. 조이는 코니를 껴안았다. 자기 앞수표는 코니 윗옷의 축축한 끈 사이에 있는 쇄골에 놓여 있었다. 코니의 한쪽 손은 조이의 가슴 한쪽을 마치 젖이라도 짜는 듯 납작하게 눌렀다. 성숙한 여인의 겨드랑이 냄새가 조이를 황홀하게 했고, 그는 냄새가 더 강했으면 좋겠다고 생각했다. 그녀의 겨드랑이에서 지독한 냄새가 나면 좋겠다고 생각했다.

"다른 사람이랑 자줘서 고마워." 조이가 중얼거렸다.

"쉬운 일은 아니었어."

"알아."

"그게, 어떤 면에서는 아주 쉬웠어. 하지만 어떤 면에서는 도저히 불가능하더라고. 무슨 말인지 알지?"

"잘 알지."

"너도 힘들었어? 작년에 뭘 했는지 모르지만."
"사실 난 안 힘들었어."
"네가 남자라서 그래. 너인 게 어떤 건지 난 알아, 조이. 믿지?"
"응."
"그럼 다 잘될 거야."

그 후 열흘 동안은 모든 일이 잘 풀렸다. 물론 나중에 조이는 오랫동안 성욕을 해소하지 못한 끝에 성관계를 하게 되면 처음 며칠 동안은 미래에 대한 중대한 결정을 하지 않는 것이 좋다는 사실을 깨달았다. 조이는 코니의 5만 달러라는 부담스러운 선물에 청혼으로 보답하는 대신 이자와 원금 상환 계획을 포함한 약속어음을 발행해야 했다. 그가 단 한 시간만이라도 그녀에게서 떨어져 산책을 하거나 조너선에게 연락을 했다면 제정신을 찾고 객관적으로 판단했을지 모른다. 성관계 후에 내리는 결정이 성관계 전에 내리는 결정보다 훨씬 현실적이라는 걸 조이는 깨달았다. 하지만 그 순간에는 성관계 후의 결정은 없고 전부 성관계 전의 결정의 연속이었다. 두 사람이 서로에 대해 느낀 갈증은 애비게일의 침실 창문에 매달려 열심히 돌아가는 에어컨의 컴프레서처럼 며칠 밤낮으로 계속됐다. 두 사람이 느끼는 쾌락은 이제 합작 사업 투자와 코니의 우울증에 불륜 행위까지 더해져 성인의 냄새가 물씬 풍기는 새로운 차원으로 발전했다. 예전에 느낀 쾌감은 지금과 비교하면 기억에 남을 만하지도 않고 유치한 것처럼 생각되었다. 두 사람이 느낀 희열은 끝을 알 수 없었고, 두 사람이 필요로 하는 희열은 무한했기에 뉴욕에서 함께한 지 사흘째 되는 날 단 한 시간 동안 그 희열이 약해지기 시작하자 조이는 그 희열을 계속 유지할 수 있는 가장 손쉬운 방법을 택했다.

"우리 결혼하자." 조이가 말했다.
"나도 똑같은 생각을 하고 있었는데. 당장 하고 싶어?" 코니가 물었다.

"오늘 말이야?"

"응."

"기다려야 하는 기간이 있을 텐데. 혈액검사 같은 것도 해야 하고."

"뭐, 그럼 그것부터 하자. 그럴래?"

조이의 심장에서 나오는 피가 사타구니로 몰리는 듯했다. "그래!"

두 사람은 혈액검사를 하러 가는 데 흥분해서 성관계를 했고, 혈액검사를 받을 필요가 없다는 사실을 알고 흥분해서 또 성관계를 했다. 그러고 나서 두 사람은 손에 잔뜩 피를 묻힌 살인마처럼, 남들이 뭐라고 하든 상관하지 않는 만취한 연인처럼 6번가를 헤매고 다녔다. 코니는 브래지어도 하지 않았고 제멋대로 굴어 남자들의 시선을 끌었으며, 조이는 남성호르몬이 왕성하게 분비되는 상태라 누가 시비라도 걸면 그냥 재미로 주먹이라도 날릴 태세였다. 조이는 밟아야 할 절차를 밟고 있었다. 부모님이 조이에게 처음으로 안 된다고 한 이후로 밟고 싶던 절차를 밟고 있었다. 물론 경적을 울리는 택시들과 절절 끓는 무더위 속에 코니와 함께 50블록을 걸어 올라가는 길이 그의 앞에 놓인 일생처럼 길게 느껴졌다.

두 사람은 47번가에 들어서자마자 첫 번째로 보이는 허름한 보석 상점에 들어가 당장 살 수 있는 금반지 두 개를 보여달라고 했다. 상점 주인은 머리에서 발끝까지 하시디즘(극도로 정통파인 유대교-옮긴이) 복장을 완벽하게 갖추고 있었다. 야물커(뒤통수에 씌우는 반구형 모자-옮긴이), 옆머리, 성구함(성경 문구를 기록한 양피지를 넣는 작은 상자-옮긴이), 검은 조끼 등을 모두 갖추었다. 주인은 먼저 조이를 쳐다보고 나서 코니를 바라보았다. 조이의 흰 티셔츠에는 오는 길에 먹은 핫도그의 겨자가 여기저기 튀었고, 코니는 열기와 조이의 수염에 쓸려 얼굴이 벌겋게 되어 있었다.

"두 분이 결혼하시는 건가요?"

두 사람은 고개를 끄덕였다. 둘 중 아무도 감히 그렇다고 크게 입 밖으로 소리 낼 엄두를 내지 못했다.

"축하합니다. 반지 사이즈는 다 있어요." 주인이 서랍을 열면서 말했다.

조이는 미치광이 같은 행동을 하면서도 제나에 대한 아쉬움에 마음이 아프고 눈물이 났다. 조이가 원하는 사람으로서가 아니라(원하는 건 나중에 조이가 다시 제정신이 들었을 때 혼자서 충분히 할 수 있었다) 이제 그가 절대 얻을 수 없는 유대인 아내라는 아쉬움이었다. 조이가 유대인이라는 것을 중요하게 여겼을지 모를 사람으로서 아쉬움. 그는 일찍감치 자신이 유대인이라는 것을 신경 쓰지 않기로 했지만, 보석상 주인이 입은 닳고 닳은 하시디즘 복장, 소수 종교를 상징하는 복장을 보니 이교도인과 결혼함으로써 유대인을 실망시키는 것 같은 야릇한 생각이 들었다. 제나는 여러 면에서 도덕적인 사람과는 거리가 멀었지만 그래도 고조숙모들과 숙부들이 집단 수용소에서 돌아가신 유대인 집안사람이고, 이는 제나를 더 인간적으로 보이게 했으며, 그녀의 인간미 없는 아름다움을 완화해주었다. 조이는 그런 제나를 실망시킨다는 것이 유감스러웠다. 신기하게도 조이는 제나에 대해서만 그런 느낌이 들었고, 조녀선에게는 그런 느낌이 들지 않았다. 조녀선은 이미 인간적이고, 그를 더 인간적으로 만들기 위해 유대인이라는 사실은 필요하지 않았기 때문이다.

"어떻게 생각해?" 코니가 벨벳 위에 가지런히 놓인 반지들을 보며 말했다.

"모르겠어. 다 좋아 보이는데." 조이는 후회된다는 듯 약간 어두운 표정으로 말했다.

"한번 껴보세요. 금은 상하지 않으니까." 보석상 주인이 말했다.

코니는 몸을 돌려 조이의 얼굴을 살폈다. "정말 하고 싶은 거니?"

"그런 것 같아. 너는?"

"나도. 네가 원한다면."

상점 주인은 카운터에서 물러나 다른 일을 했다. 조이는 코니의 눈에 비친 자신의 모습을 보고 자기 얼굴에 나타난 자신감 없는 표정을 견딜 수 없었다. 코니를 대신해 살의를 느낄 정도로 분노가 치밀었다. 다른 사람들은 코니에 대해 의구심을 가졌지만 조이만은 그래서는 안 되었고, 그래서 그는 의구심을 갖지 않기로 했다.

"물론이지. 골라보자."

두 사람이 반지를 고른 후 조이는 값을 흥정하려 했다. 이런 가게에서는 그렇게 하는 거라고 알고 있었다. 하지만 주인은 실망스럽다는 표정을 지었다. 마치 이렇게 말하는 것 같았다. '넌 이 아가씨랑 결혼한다며 고작 50달러 가지고 쩨쩨하게 구냐?'

반지를 주머니에 넣고 상점을 나서던 조이는 같은 기숙사 친구인 케이시와 거의 부딪칠 뻔했다.

"어이! 여긴 웬일이야?" 케이시가 물었다.

조끼까지 세트로 양복을 입은 케이시는 벌써 머리가 빠지고 있었다. 케이시와 조이는 연락이 끊겼지만 조이는 그가 여름에 자기 아버지의 법률사무소에서 일한다는 얘기를 들었다. 하필 이 순간에 케이시와 마주친 것도 또 다른 계시 같았다. 정확히 무엇에 대한 계시인지는 몰라도. 조이가 말했다. "코니 기억하지?"

"안녕, 케이시." 코니가 악마처럼 번득이는 눈빛으로 말했다.

"어, 그럼, 안녕. 그런데 인마, 뭐야? 너 워싱턴에 있는 줄 알았는데."

"휴가 중이야."

"이런, 전화 좀 하지. 몰랐다. 여긴 웬일이야? 약혼반지라도 사려고?"

"어, 하하, 맞아. 넌 여기 웬일이냐?" 조이가 물었다.

케이시가 조끼 주머니에서 사슬에 매달린 시계를 꺼냈다.

"이거 멋지지 않냐? 우리 할아버지 건데 내가 맡겨서 말끔히 손질하고 고쳤어."

"멋지다." 코니가 말했다.

그녀가 시계를 구경하려고 앞으로 몸을 구부리자 케이시가 조이에게 무슨 일이냐고 묻는 듯 얼굴을 찡그리며 장난으로 경고하는 몸짓을 했다. 조이는 자신이 알고 있는 남자 대 남자의 여러 반응을 고려한 뒤, 쑥스러운 듯 겸연쩍게 웃었다. 섹스는 끝내주지만, 여자 친구가 목걸이를 사달라는 둥 말도 안 되는 요구를 한다는 뜻이었다. 케이시는 코니의 맨살이 드러난 어깨를 슬쩍 훔쳐보며 재빨리 음미하더니 그럴 만하다는 뜻으로 고개를 끄덕였다. 두 사람이 주고받은 몸짓 언어는 4초밖에 걸리지 않았고, 조이는 이런 순간에도 케이시 같은 사람에게는 생각을 따로따로 저장해놓는 게 얼마나 쉬운 일인지 생각하고 안도의 한숨을 내쉬었다. 조이가 계속 평범한 대학 생활을 할 수 있을 거라는 좋은 징조였다.

"인마, 덥지도 않냐? 양복 입고 다니게."

"난 남부 사람이야. 너희 미네소타 사람들처럼 땀 흘리지 않거든."

"땀 흘리는 게 어때서. 난 여름에 땀 흘리는 게 좋아." 코니가 말했다.

코니의 이 말은 케이시에게는 분명 좀 강한 말인 듯싶었다. 케이시는 시계를 도로 주머니에 집어넣고 거리로 시선을 돌리며 말했다.

"어쨌든, 같이 뭐라도 하고 싶으면 전화해."

퇴근하는 사람들이 6번가로 쏟아져 나오는 5시, 다시 단둘이 되자 코니는 자기가 말을 잘못했느냐고 물었다. "내가 널 창피하게 한 거야?"

"아니. 걘 완전 쪼다야. 35도에 누가 조끼까지 갖춰서 양복을 입냐? 완전 거만한 쪼다야. 그리고 그 멍청한 시계는 또 뭐고. 벌써 자기 아버지처럼 돼가고 있어."

"난 입만 열면 이상한 말이 튀어나와."

"신경 쓰지 마."

"나랑 결혼하는 게 창피해?"

"아니."

"꼭 그런 것 같았어. 네 잘못이라는 뜻은 아니야. 단지 네 친구들 앞에서 널 창피하게 하고 싶지 않아."

"너는 날 창피하게 하지 않아. 그냥, 내 친구 중에는 여자 친구 있는 애가 거의 없어. 그래서 좀 어색한 것뿐이야." 조이가 화를 내며 말했다.

조이는 그 상황에서 코니와 다투게 될 거라고 생각했고, 코니가 삐치거나 조이를 꾸짖으며 그가 정말 결혼하고 싶어 한다는 확실한 답을 받아내려 할 것으로 기대했다. 하지만 코니는 싸움 상대가 되지 않았다. 자신감 부족, 의심, 질투, 소유욕, 과대망상—아무리 잠깐 동안이라도 여자 친구를 사귄 그의 친구들이 하나같이 짜증난다고 한 여자 친구들의 습성—은 코니에게는 낯선 것들이었다. 그녀에게 정말 그런 감정이 없는 건지, 아니면 그녀의 어떤 강력한 동물적 지능이 그런 습성을 억누르게 하는 건지 조이는 알 수 없었다. 조이는 코니에게 몰입할수록 그녀에 대해 아무것도 모르는 것 같은 야릇한 느낌이 들었다. 그녀는 자기 눈앞에 보이는 것만 인정했다. 그녀는 하고 싶은 대로 했고, 조이가 말을 걸면 대답했으며, 그 외에 자기 시야 밖에서 벌어지는 일은 전혀 개의치 않는 것 같았다. 남녀 관계에서 다투는 건 바람직한 거라던 엄마의 말이 조이의 귓속을 맴돌았다. 마치 코니가 마침내 자신과 다투기 시작하는지 알아보려고, 코니를 더 잘 알려고 결혼한 것 같은 느낌마저 들었다. 하지만 다음 날 오후 조이는 코니와 결혼했고, 아무것도 변하지 않았다. 법원을 나와 택시를 타고 가면서 코니는 반지 낀 자기 왼손을 반지 낀 조이의 왼손과 깍지 끼고 조이의 어깨에 머리를 기댔다. 코니도 딱히 좋아서 한 행동은 아닌 것 같았다. 그렇다면 예전에 그녀가 불만족했다는 논리가 성립해야 했다. 코니의 행동은 해야만 한 행동, 범죄에 대해 말없이 복종하는 것 같았다. 일주일 후 샬러츠빌에서 조이가 케이시를 만났을 때 두 사람은 코니 얘기를 꺼내지 않았다.

조이가 마이애미 국제공항에 도착해 인파를 헤치고 나가 조용하고 시원한 비즈니스 클래스 라운지에서 제나를 발견했을 때도 결혼반지는 아직 조이의 배 속 어딘가에 남아 있었다. 선글라스를 쓴 제나는 아이팟 이어폰을 귀에 꽂고 최근에 발행한 잡지 〈콩데 나스 트래블러〉를 보고 있었다. 제나는 마치 주문한 상품이 파손되지 않고 제대로 배달됐는지 확인하는 사람처럼 조이를 머리에서 발끝까지 쭉 훑어보고는—마지못해 그러는 듯—옆자리에서 손가방을 치우고 귀에서 이어폰을 뺐다. 조이는 제나와 함께 여행한다는 경이로움에 자기도 모르게 미소 지으며 자리에 앉았다. 그는 비즈니스 클래스를 타본 적이 없었다.

"왜?" 제나가 물었다.

"아무것도 아냐. 그냥 웃은 거야."

"난 또 내 얼굴에 얼룩이라도 묻은 줄 알았네."

근처에 있는 남자 몇 명이 조이를 경멸하듯 훑어보았다. 조이는 그 남자들을 하나씩 차례로 노려보아 시선을 내리깔게 만들어 제나가 자기 소유라는 걸 확실하게 했다. 조이는 두 사람이 어딜 가든 공공장소에서 이 짓을 해야 할 것 같아 피곤하겠다는 생각이 들었다. 남자들은 코니도 빤히 쳐다보긴 했지만, 대부분 코니와 함께 있는 조이에게 반감을 갖지는 않는 듯했다. 하지만 남자들은 조이가 옆에 있는데도 주저하지 않고 제나에게 관심을 보였고, 그를 피해 그녀에게 접근할 방법을 모색했다.

"나 지금 기분 별로야. 생리 시작하려나 봐. 늙은이들 틈에서 사흘을 보내며 손자 손녀들 사진 보고 비위 맞춰줬는데, 이제 여기 라운지에서는 술을 돈 받고 파네. 그럴 줄 알았으면 게이트 근처에 있는 바에 앉아 있지, 여길 왜 오겠어." 제나가 말했다.

"마실 거라도 갖다줄까?"

"그래. 탱크레이랑 토닉 더블로."

다행히 제나와 바텐더는 조이가 미성년자라는 걸 깨닫지 못한 것 같았다. 음료와 가벼워진 지갑을 들고 조이가 돌아왔을 때 제나는 다시 이어폰을 꽂고 잠지에 얼굴을 파묻고 있었다. 조이는 혹시 제나가 자기를 조너선으로 착각하는 게 아닌가 하는 생각이 들었다. 조이도 제시카가 크리스마스 때 준 소설 《속죄》를 꺼내 방과 그림에 대해 묘사한 장면에 집중하려고 애썼지만, 머릿속에는 조너선이 그날 오후에 보낸 문자 메시지가 맴돌았다. "**하루 종일 말 궁둥이만 쳐다보고 있으면 재미 좋겠다.**" 3주 전 조이가 먼저 조너선에게 전화를 걸어 여행 계획에 대해 얘기한 이후 처음 받은 연락이다.

"그러니까, 너한테는 모든 일이 아주 순풍에 돛단 듯 순조롭구나. 처음에는 이라크 폭동이더니 이젠 우리 엄마 다리까지." 조너선이 3주 전에 말했다.

"내가 너희 엄마 다리 부러지라고 **기도했냐?**" 조이가 대꾸했다.

"물론 아니지. 넌 이라크 사람들이 꽃다발이라도 들고 우릴 환영하길 바랐지. 전부 엉망진창이 돼서 아주 유감스럽겠다. 하지만 이 기회에 한몫 챙기는 걸 포기할 정도로 유감스럽지는 않은 모양이네."

"나한테 어쩌라고. 그럼 거절하냐? 혼자 가라고 해? 너희 누나 정말 우울해하더라고. 이 여행을 엄청 기대하고 있단 말이야."

"코니도 이해하겠지. 코니한테서 아주 승인 도장을 받았겠지."

"그건 네가 상관할 문제가 아니니까 대답할 가치도 없다."

"너 그거 알아? 내가 코니한테 거짓말을 해야 한다면 나도 상관할 권리가 있다는 거. 벌써 코니랑 통화할 때마다 케니 바틀스에 대해 거짓말하고 있어. 코니 돈이고, 난 그 애가 걱정하는 거 원하지 않아. 그런데 이제는 이것도 거짓말하라고?"

"그럼 코니랑 하고한날 연락 안 하시는 건 어떨까?"

"하고한날 아니야, 이 자식아. 지난 석 달 동안 세 번밖에 안 했어. 코니는 날 친구로 생각해, 알아? 그리고 넌 몇 주 동안 코니한테 전화도 안 한 모양이더라. 그럼 나한테 어쩌라는 거냐? 그 애가 전화하면 받지 마? 코니는 네가 궁금해서 나한테 전화하는 거야. 뭔가 잘못됐다는 생각 안 드냐? 그 앤 아직 네 여자 친구잖아."

"네 누나랑 자려고 아르헨티나에 가는 거 아냐."

"하.하.하."

"정말이라니까. 친구로서 함께 가는 거야. 너랑 코니가 친구듯이. 네 누나가 우울해하니 잘해주려고. 하지만 코니는 아마 이해하지 못할 거야. 그러니까 코니가 전화하면 이 문제는 얘기하지 않는 게 모두를 위해 가장 좋은 일이야."

"정말 재수 없다, 조이. 너랑은 이제 말도 섞기 싫다. 너 뭐가 잘못됐나 보다. 역겨워 죽겠어. 너 떠난 뒤에 코니가 나한테 전화하면 뭐라고 할지 장담 못해. 아무 말 안 할지도 모르지. 하지만 코니가 나한테 전화하는 건 네가 연락을 안 하기 때문이야. 이렇게 중간에서 곤란해지는 거 정말 지겹다. 그러니까 너 꼴리는 대로 하고, 난 좀 빼주라."

제나와 섹스를 하지 않을 거라고 조너선에게 맹세하고 나니, 조이는 아르헨티나에서 무슨 일이 생겨도 별 탈 없을 것 같았다. 아무 일도 생기지 않으면 조이는 조너선과 약속을 지킨 것이 된다. 무슨 일이 생기면 무슨 일이 생기지 않았다고 울적해하고 실망하지 않아도 된다. 자신이 약한 사람인지 강한 사람인지, 미래가 어떻게 펼쳐질지, 아직 조이가 해답을 찾지 못한 의문이 이번 기회에 풀리게 될지도 몰랐다. 조이는 미래가 정말 궁금했다. 조너선이 보낸 못된 메시지로 판단하건대, 그 애는 조이의 미래에 존재하고 싶지 않은 것이 분명했다. 조너선의 메시지를 보고 찔리기도 했지만, 그가 끊임없이 도덕군자처럼 구는 게 지긋지긋했다.

기내에서 다른 사람의 방해를 받지 않는 널찍한 좌석에 앉은 제나는 큰 잔으로 술을 두 잔째 마시더니 알딸딸해져서 선글라스를 벗고 조이에게 말을 걸었다. 조이는 제나에게 최근 폴란드에 다녀온 얘기를 했다. 플래드스키 A10 부품을 구하느라 헤맨 얘기며, 인터넷에서 그가 찾는 부품을 판다고 광고하는 공급업자는 대부분 사기꾼이거나 우지에 있는 똑같은 판매점에서 공급을 받았다. 우지는 조이가 아무짝에도 쓸모없는 통역사를 고용하고 어떤 가격을 지불해도 살 게 거의 아무것도 없다는 사실을 깨닫고 놀란 바로 그곳이다. 미등, 흙받기, 누름판, 배터리 상자, 그릴은 있었지만 1985년에 생산이 중단된 자동차를 유지 보수하려면 꼭 있어야 할 엔진이나 서스펜션 부품은 거의 없었다.

"인터넷, 개떡 같지 않니?" 제나가 물었다. 그녀는 자기 견과류 그릇에서 아몬드만 골라 먹더니 조이의 그릇에 손대기 시작했다.

"**완전** 개떡 같아. **정말** 개떡 같다니까." 조이가 말했다.

"닉이 늘 하는 말이 국제전자상거래는 바보들이나 하는 거래. 돈이 오가는 전자거래는 뭐든 안 된다는 거지. 시스템 자체가 회사 소유가 아닌 한. 닉이 그러는데, 무료 정보는 말 그대로 아무 쓸모가 없다는 거야. 중국 공급업자가 인터넷에 등록돼 있으면 그것만으로도 뭔가 구리다는 거지."

"맞아, 나도 알아. 잘 안다고." 닉 얘기가 귀에 거슬린 조이가 말했다. "하지만 트럭 부품은 이베이 같은 거거든. 서로 찾기 어려운 구매자와 판매자를 효율적으로 연결해주는 방법일 뿐이야."

"닉은 인터넷으로 절대 아무것도 사지 않아. 그는 페이팔(전자결제 서비스-옮긴이)도 안 믿는다니까. 너도 알다시피, 닉은 이런 문제에 도가 텄거든."

"그래, 그것도 닉이 한 말이지."

제나가 입을 꼭 다물지 않고 아몬드를 씹는 게 조이의 신경에 거슬렸고, 아름다운 손가락이지만 그의 견과류 그릇에 눌러앉은 그녀의 손가락도 신경에 거슬렸다.

"넌 술 안 마시는 줄 알았는데." 조이가 말했다.

"헤헤. 최근에 주량을 좀 늘려보려고 노력하고 있어. 장족의 발전을 했지."

"아무튼 파라과이 일이 잘돼야지, 그렇지 않으면 정말 막막해. 그놈의 폴란드 고물을 운송하느라 돈을 많이 썼단 말이야. 그런데 이제 와서 내 동업자인 케니가 물건이 충분하지 않아 돈을 일부도 지급받을 수 없대. 그 고물은 아마 키르쿠크 외곽에 있는 염소 목장에 처박혀 있고 아무도 지키지 않을 거야. 케니는 내가 자기 대신 다른 트럭 부품을 보내지 않는다고 화가 났어. 같은 모델이고 같은 회사가 만든 게 아니면 부품은 아무짝에도 쓸모없는데 말이야. 케니는 나한테 그냥 중량만 대충 채워서 보내래. 중량 단위로 돈을 지급받으니까. 말도 안 돼. 모래 폭풍이나 중동의 여름을 견디도록 만들지도 않은 30년 된 낡은 트럭이라고. 폭동을 뚫고 수송하는 차량으로 쓰는데, 가다가 중간에 고장이라도 나면 어떡하라고. 그러는 사이에도 내 돈은 뭉텅뭉텅 빠져나가는데 들어오는 돈은 땡전 한 푼 없어."

제나가 조이의 말에 귀 기울였다면 조이는 자기가 이렇게 실수한 걸 인정한 데 대해 걱정이 됐을지 모른다. 하지만 그녀는 기내 비디오 스크린을 보관 구멍에서 떼어내려고 짜증을 부리며 애쓰고 있었다. 그는 기사도 정신을 발휘했다.

"미안, 무슨 얘길 하고 있었지? 돈을 못 받았다고?" 제나가 물었다.

"아, 아니야. 당연히 받고 있지. 닉이 올해 버는 것보다 더 많이 벌게 될 거야."

"솔직히 그건 아닐걸."

"뭐, 엄청 많이 벌 거야."

"수입에 관한 한 닉은 완전히 다른 세계에 살지."

조이는 더 이상 참을 수 없었다.

"내가 여기 있는 이유가 뭐야? 내가 여기 있기를 바라기는 해? 넌 날 무시하지 않으면 줄곧 닉 얘기만 하고 있잖아. 난 네가 닉이랑 깨진 줄 알았는데."

조이의 말에 제나가 어깨를 으쓱하고는 대답했다.

"나 기분 별로라고 했잖아. 하지만 한 가지 조언을 하자면, 난 네 사업 거래 같은 거 관심 없어. 닉이 아니라 네가 이 자리에 있는 단 한 가지 이유는 하고한날 닉한테 돈 얘기 듣는 게 지긋지긋해졌기 때문이야."

"난 네가 돈을 좋아하는 줄 알았는데."

"돈을 좋아한다고 해서 돈에 대한 얘길 듣는 걸 좋아하는 건 아니지. 돈 얘기는 네가 꺼냈잖아."

"꺼내서 미안하다!"

"좋아. 사과 받아주지. 그런데 넌 항상 네 여자 친구 얘기하면서 난 왜 닉 얘기하면 안 되니?"

"내가 그 애 얘기하는 건 네가 **물어보니까** 하는 거잖아."

"뭐가 다른지 모르겠다."

"그리고 그 앤 아직 내 여자 친구야."

"그렇지. 그게 다른 점이지." 제나가 갑자기 조이에게 몸을 기울이더니 입술을 그의 입술에 살짝 갖다 댔다. 처음에는 살짝 스치기만 하더니 따뜻한 휘핑크림처럼 부드러움이 느껴졌고, 마침내 입술 전체를 밀착했다. 제나의 입술은 조이의 예상대로 아름답고, 생기 있고, 소중했다. 조이도 그녀 쪽으로 몸을 기울였지만 제나가 뒤로 물러나 만족스럽다는 듯 미소 지으며 말했다. "넌 아주 운 좋은 **꼬마야**."

승무원이 저녁 식사 주문을 받으러 오자 조이는 쇠고기를 주문했다. 조이는 여행 기간 내내 쇠고기 말고는 아무것도 먹지 않을 작정이었다. 쇠고기가 변비를 유발한다는 얘기를 들었기 때문이다. 조이는 파라과이에 도착하기 전까지는 화장실에서 반지를 수색해야 하는 일은 하고 싶지 않았다. 제나는 저녁을 먹으면서 〈캐리비안의 해적〉을 보았고, 조이는 헤드폰을 쓰고 자기 스크린 대신 어설프게 몸을 기울여 제나의 공간을 침범해 그녀의 스크린으로 영화를 보았다. 하지만 더 이상 입맞춤은 없었고, 영화가 끝나자 각자 담요를 덮고 잠을 청했다. 조이는 비즈니스 클래스 좌석은 너무 넓어서 껴안거나 우연한 신체 접촉도 불가능하다는 단점이 있다는 걸 깨달았다. 어떻게 잠이 든지도 모르고 어느새 아침이 됐고, 아침 식사를 했으며, 금세 아르헨티나에 도착했다. 아르헨티나는 조이가 기대한 것과 달리 그다지 이국적이지 않았다. 모든 글씨가 스페인어로 쓰여 있고, 담배 피우는 사람이 더 많다는 것 말고는 이곳 문명은 여느 문명 세계와 다를 게 없어 보였다. 두꺼운 유리와 타일 바닥, 플라스틱 의자와 조명등이 똑같았고, 바릴로체로 가는 항공편은 미국과 마찬가지로 뒷좌석 승객부터 탑승시켰다. 727기나 창밖으로 보이는 공장과 농장, 고속도로도 그다지 달라 보이지 않았다. 흙은 흙이요, 흙에 뿌리를 박고 자라는 식물도 똑같았다. 1등석 승객은 대부분 영어로 말했고, 여섯 명이 —영국인 한 쌍과 세 아이를 동반한 미국 여자 한 명— 조이나 제나처럼 '우선 처리'라는 꼬리표가 붙은 바퀴 달린 가방을 끌고 바릴로체 공항의 주차 금지 구역에서 그들을 기다리던, 푹신푹신한 흰색 엘 트리운포 밴에 올랐다.

반쯤 단추를 푼 셔츠 사이로 짙고 무성한 가슴털이 삐져나온, 무표정한 젊은 운전사가 얼른 제나의 가방을 들더니 밴 뒤에 실었고, 조이가 알아채기도 전에 제나를 맨 앞 승객 좌석에 앉혔다. 영국인 한 쌍이 그다음 두 자리를 차지했고, 조이는 말(馬)에 대한 청소년 소설을 읽는 딸과 엄마와 함께 뒤쪽에 앉게 됐다.

"저는 펠릭스라고 합니다." 운전사가 쓸데없이 마이크에 대고 말했다. "리오네그로에 오신 것을 환영합니다. 안전띠를 착용해주세요. 두 시간 정도 걸리는데 여기저기 길이 울퉁불퉁합니다. 시원한 음료수를 마련해두었으니 원하시는 분은 드시고, 엘 트리운포는 멀지만 아주 호화스럽고 혹시 도로가 험하더라도 양해하시기 바랍니다. 감사합니다."

태양이 이글거리는 맑은 오후, 엘 트리운포로 가는 길은 서부 몬태나와 비슷한 울창한 아(亞)고산대 지역이라 조이는 도대체 이걸 보러 1만 2800킬로미터를 날아와야 했나 싶었다. 펠릭스는 쉬지 않고 속삭이는 듯한 스페인어로 제나에게 말을 걸었지만, 영국인 제러미가 쉬지 않고 주절대는 소리에 묻혀 들리지 않았다. 제러미는 영국과 아르헨티나가 포클랜드 전쟁을 치른 호시절("**두 번째** 전성기")에 대해, 사담 후세인 체포("**허**, 그 양반 땅굴에서 나왔을 때 **냄새**가 어땠을까 궁금해")에 대해, 지구온난화라는 말로 두려움을 조장하는 무책임한 사기꾼들("내년에는 그것들이 아마 새로운 **빙하기**가 닥쳐온다고 겁을 줄걸")에 대해, 남아메리카 중앙은행 간부들이 얼마나 무능한가("물가 인상률이 1000퍼센트면 단순히 운이 나빠서가 아니라는 것쯤은 나도 알 텐데 말이야")에 대해, 남아메리카 인이 여자 '미식축구'에 무관심한 게 얼마나 칭찬받을 일인지("**그런** 짝퉁 경기는 당신네 미국인이나 다 해드쇼")에 대해, 아르헨티나산 적포도주가 의외로 아주 괜찮다는 점("아르헨티나 적포도주는 남아공의 최고 와인 저리 가라야")에 대해, 삼시 세끼 스테이크 먹을 생각을 하니 군침이 돈다는 점("난 **육식동물**, **육식동물**, 끔찍하고 역겨운 **육식동물**이야")에 대해 주절거렸다.

조이는 제러미로부터 벗어나기 위해 주부 엘렌에게 말을 걸었다. 그녀는 매력적이지는 않지만 예쁘장했고, 요즘 특정 부류의 주부들이 선호하는 스트레치 카고 팬츠를 입고 있었다. "우리 남편은 크게 성공한 부동산 개발업자예요. 난 스탠퍼드에서 건축을 공부했지만 지금은 전업주부로 아이들을 키우고 있고요. 아이들을 학교에 보내지 않고 집에서 가르치니까 스케줄 조절해서 휴가 떠나기는 좋은데 일이 **아주 많아요**."

엘렌의 아이들, 책을 읽는 딸과 그 뒤에 앉아 게임하는 두 아들은 이 말을 듣지 못했든지, 엄마가 많은 일을 하는 것에 상관하지 않든지 둘 중 하나였다. 조이가 워싱턴에서 작은 사업을 한다고 하자 엘렌은 대니얼 제닝스에 대해 들어봤느냐고 물었다.

"댄은 모롱고밸리에 사는 친군데, 우리가 내는 세금에 대해 온갖 자료를 조사하거든요. 댄은 과거로 거슬러 올라가 의회에서 논의된 세금 관련 기록을 모두 조사했는데, 글쎄 뭘 발견한 줄 아세요? 연방 소득세를 내야 할 법적 근거가 없다는 거예요." 엘렌이 말했다.

"따지고 들면 법적 근거가 있는 건 아무것도 없죠." 조이가 말했다.

"하지만 분명히 연방 정부는 지난 100년간 걷은 돈이 국민의 것이라는 사실을 우리가 알기를 원치 않아요. 댄의 홈페이지에 그의 주장에 동의하는 열 명의 역사학 교수들 얘기가 나오는데, 아무런 법적 근거가 없대요. 하지만 이 문제를 다루는 주요 매체는 하나도 없어요. 좀 이상하다는 생각이 안 들어요? 적어도 한 방송국이나 한 신문은 그 문제를 다룰 법한데."

"그 문제에는 또 다른 측면이 있겠죠." 조이가 말했다.

"그런데 왜 우린 그 다른 측면 얘기밖에 못 듣느냐고요. 연방 정부가 납세자에게 300조 달러를 빚졌다면 보도할 만하지 않아요? 복리로 하면 그 정도 된다는 게 댄의 말이에요. 300조 달러나 된다니까."

"엄청나네요." 조이는 예의상 동의했다. "우리나라 국민 한 사람당 100만 달러씩 돌아가겠네요."

"그렇다니까. 말도 안 되지, 그렇지 않아요? 그렇게 엄청난 돈을 우리한테 빚지다니."

조이는 한 예로 제2차 세계대전을 승리로 이끌기 위해 쓴 돈을 재무부가 국민에게 환불하는 게 얼마나 어려운 일인지 지적할까 생각했지만, 엘렌과 논쟁하기 싫어 그만두었고 멀미가 나기 시작했다. 제나가 스페인어로 유창하게 말했는데, 고등학교 때 배운 게 전부인 조이는 카바요스(말(馬)-옮긴이) 어쩌구, 카바요스 저쩌구 하며 계속 반복되는 말 외에는 거의 알아듣지 못했다. 조이는 얼간이로 가득한 차 안에서 눈을 감고 앉아 자기가 가장 사랑하고(코니), 가장 좋아하고(조녀선), 가장 존경하는(아빠) 세 사람이 모두 적어도 자신을 못마땅해하거나 심지어 **역겹다**고 말한 것을 생각했다. 조이는 그 생각을 지울 수 없었다. 탈영한 양심이 귀대한 것 같았다. 조이는 토하지 않으려고 이를 악물었다. 지금 토하는 건, 실컷 토하고 나면 그 후 서른여섯 시간은 그에게 아주 유용하겠지만, 아이러니의 절정이 아니겠는가? 조이는 길이 험하고 서서히 가팔라지고 힘들어지겠지만 가는 길에 그만한 보상을 해줄 쾌락이 있고, 단계마다 적응할 시간이 있을 거라고 생각했다. 하지만 길 초입에서 벌써 감당하지 못할 것 같은 느낌이 들었다.

에스탄시아 엘 트리운포가 낙원 같다는 건 부인할 수 없는 사실이다. 맑은 시냇물 옆에 아늑히 둥지를 튼 이곳은 산악지대 산맥의 자줏빛 기슭으로 굽이쳐 올라가는 황색 언덕으로 둘러싸여 있었다. 울창한 정원과 방목장, 현대식 석조 건물 게스트하우스, 마구간이 있었다. 조이와 제나가 묵는 방은 불필요할 정도로 넓은 타일 바닥이 펼쳐져 있었고, 커다란 창문 밖 아래로 시내가 굽이쳐 흘렀다. 조이는 침대가 두 개일까 봐 걱정했지만 제나가 본래 엄마와 킹사이즈 침대를 같이 쓰려고 했든지, 아니면 예약한 방을 바꾼 것 같았다. 조이가 검붉은 직조 침대보 위에 몸을 뻗자 1박에 1000달러의 푹신함 속으로 몸이 묻혔다. 제나는 벌써 승마복을 입고 승마 부츠를 신고 있었다.

"펠릭스가 말을 보여준대. 따라올래?" 제나가 물었다.

조이는 그러기 싫었지만 그래야 할 것 같았다. '걔들 똥도 구리다'라는 구절이 마구간에 가까워지면서 머릿속에 떠올랐다. 황금빛 저녁노을을 받으며 펠릭스와 사육사가 눈부시게 멋진 검은색 종마의 고삐를 끌고 나왔다. 제나는 가볍게 몸부림치는 말한테 곧장 다가가 코니가 조이의 기분을 한결 낫게 해줄 때 그렇듯 진지한 표정으로 손을 뻗어 말의 머리를 쓰다듬었다.

"쿠이다도(조심해요-옮긴이)." 펠릭스가 말했다.

"괜찮아." 제나가 말의 눈을 열심히 들여다보며 말했다. "벌써 나를 좋아하는데. 날 믿는다는 느낌이 와. 그렇지, 아가?"

"데세아스 알고 알고 알고?(뭘 원해요?-옮긴이)" 펠릭스가 고삐를 잡아당기며 말했다.

"영어로 좀 말해요." 조이가 쌀쌀맞게 말했다.

"말안장을 얹어줄까 하고 나한테 물어보는 거야." 제나가 설명하더니 펠릭스에게 빠르게 스페인어로 말했고, 펠릭스는 '알고 알고 알고 펠리그로소(위험해요-옮긴이)'라며 반대했지만, 다른 사람이 반대한다고 눈썹 하나 까딱할 그녀가 아니다. 사육사가 고삐를 다소 거칠게 잡아당기는 동안 펠릭스는 털북숭이 손을 제나의 허벅지에 올려놓았고, 말의 맨 등 위로 그녀를 밀어 올렸다. 말은 다리를 벌리고 옆으로 걸으면서 고삐를 팽팽하게 당겼지만, 제나는 이미 앞으로 몸을 한껏 기울여 가슴을 거의 말갈기에 닿게 했고, 얼굴을 말의 귀에 바싹 붙여 진정시키려고 뭔가를 속삭였다. 조이는 완전히 매료됐다. 말이 진정하자 제나는 고삐를 쥐고 올바른 걸음걸이로 방목장 멀리 귀퉁이로 천천히 갔다. 그러고는 말에게 서라고 하고, 뒷걸음치라고 하고, 머리를 들고 내리라고 명령하며 실랑이했다.

사육사가 펠릭스에게 제나에 대해 뭐라고 말했다. 늠름하고 놀랍다는 말 같았다.

"아참, 난 조이예요."

"안녕하세요. 말 필요해요?" 펠릭스가 제나에게서 눈을 떼지 않고 말했다.

"지금은 괜찮아요. 제발 부탁인데 영어로 말해줄래요, 네?"

"좋으실 대로."

제나가 말을 타며 즐거워하는 모습을 보고 조이는 흐뭇했다. 그녀는 그동안 너무 비관적이고 우울해했다. 여행하는 내내 그랬을 뿐 아니라 그전 몇 달 동안에도 그랬기 때문에 조이는 제나의 미모 외에 그녀를 좋아할 만한 다른 구석이 있는지 의구심이 들기 시작했다. 조이는 적어도 제나가 돈으로 즐거움을 사는 방법을 안다는 걸 깨달았다. 그리고 그녀를 행복하게 하려면 얼마나 많은 돈이 들지 생각하니 아찔했다. 제나에게 종마를 사주려면 여간 강심장이지 않으면 거의 불가능한 일이다.

저녁 식사는 10시가 돼서야 직경이 거의 2미터는 됨 직한 나무를 통째로 잘라 만든 긴 공동 식탁에서 시작됐다. 아르헨티나 스테이크는 소문대로 훌륭했고, 제러미조차 포도주를 마시며 찬사를 늘어놓았다. 조이와 제나는 둘 다 계속 포도주를 마셨고, 자정이 지난 후 **마침내** 두 사람이 대양처럼 넓은 침대 위에서 애무하고 있을 때, 말로는 많이 들어봤지만 조이에게는 일어나지 않을 것 같던 현상을 처음으로 경험했다. 포도주를 너무 많이 마셨기 때문일 것이다. 조이는 내키지 않는 섹스를 할 때도 임무를 수행하는 데 전혀 지장이 없었다. 지금도 바지 속에 있는 자기 물건이 공동 식탁의 나무처럼 딱딱한 줄 알았다. 하지만 조이가 잘못 알았든지, 아니면 제나 앞에서 완전히 노출하는 게 견딜 수 없었던 것이 틀림없다. 제나가 속옷을 입은 채 조이의 맨살 다리에 올라타 몸을 앞뒤로 밀고 당길 때마다 약하게 끙끙거리는 소리를 냈지만, 조이는 그의 입에 혀를 밀어 넣고 고맙게도 전혀 납작하지 않은 가슴을 그의 가슴팍에 밀착시키는 여자에게서, 중력을 벗어나는 위성처럼 원심력에 의해 점점 멀리 날아가는 느낌이 들었다. 제나는 코니보다 거칠고 덜 나긋나긋했다—그 이유도 있었다. 하지만 조이는 캄캄해서 제나의 얼굴을 볼 수 없었고, 얼굴을 못 보면 그녀의 미모를 기억이나 개념으로 떠올릴 수밖에 없었다는 이유도 있었다. 조이는 스스로 드디어 그녀를 갖게 됐다고 되뇌었다. 이 사람은 **제나다, 제나야, 제나라고.** 하지만 시각적으로 확인할 수 없는 상황에서 그의 팔에 안긴 사람은 그저 땀 흘리며 거칠게 구는 여자일 뿐이다.

"불 좀 켜도 돼?" 조이가 물었다.

"너무 밝아. 싫어."

"화장실 불만이라도, 응? 너무 깜깜하잖아."

제나가 몸을 굴려 조이에게서 몸을 떼어내더니 언짢다는 듯 한숨을 내쉬었다. "그냥 자는 게 낫겠다. 너무 늦었고, 생리가 심하기도 하고."

조이는 자기 물건을 만져보고는 생각보다 흐물흐물해 실망스러웠다.

"포도주를 너무 많이 마셨나 봐."

"나도. 그러니까 그냥 자자."

"그냥 화장실 불만 켤게, 응?"

조이는 불을 켰고 침대 위에 뻗은 여자애가 그가 아는 가장 아름다운 여자라는 걸 확인하자 다시 모든 시스템이 작동하기 시작하면서 기대가 됐다. 조이는 제나 쪽으로 기어가서 그녀의 몸 구석구석에 입맞춤을 하는 작업을 시작했다. 완벽한 발부터 시작해서 발목으로 그리고 종아리를 거슬러 올라가 허벅지 안쪽으로…….

"미안하지만, 너무 역겹다." 조이가 제나의 팬티에 다다르자 그녀가 갑자기 말했다. "자." 제나가 조이를 밀어 넘어뜨리더니 그의 물건을 입에 넣었다. 아까처럼 처음에는 조이가 발기를 했고 제나의 입은 천상의 감촉이었지만 다시 그의 물건이 숨이 죽더니 흐물흐물해졌다. 조이는 다시 의지력으로 발기하려고, 교감을 느끼려고, 자기 물건이 누구의 입안에 있는지 생각하려고 했지만, 유감스럽게도 자기가 구강성교에 별로 흥미가 없다는 생각이 떠올랐고, 도대체 왜 이러는지 모르겠다는 생각이 들었다. 제나가 조이를 매혹시킨 이유는 대체로 그는 절대로 그녀를 가질 수 없다는 생각 때문이었다. 지치고, 취하고, 그의 다리 사이에서 웅크리고 일하듯 구강성교를 해주는, 생리 중인 이 여자는, 코니 말고는 누구라도 상관없을지 모른다.

의지를 잃은 후에도 제나가 계속 애를 썼다는 점은 조이도 인정해야 한다. 마침내 포기한 그녀는 그의 물건을 호기심 어린 표정으로 살폈다. 제나가 조이의 물건을 건드려보았다.

"안 되나 보네, 어?"

"왜 그런지 모르겠어. 정말 쪽팔린다."

"하, 렉사프로를 복용하는 나의 세상에 온 걸 환영한다."

잠든 제나가 약하게 코를 골자 누워 있던 조이는 창피하고 후회스럽고 집이 그리워 속이 부글부글 끓었다. 조이는 자신에게 크게 실망했다. 하지만 도대체 왜 사랑하지도 않고 별로 좋아하지도 않는 여자애랑 섹스하는 데 실패했다고 실망감을 느껴야 하는지 알 수 없었다. 조이는 부모님이 숱한 세월 동안 서로의 곁을 떠나지 않은 점, 가장 심하게 다툴 때도 서로를 필요로 했다는 사실이 존경스럽게 느껴졌다. 조이는 엄마가 아빠에게 결정을 맡기는 행동을 새로운 시각으로 보게 됐고, 엄마를 조금은 용서했다. 누군가를 필요로 한다는 것은 유감스러운 일이고 나약하다는 증거다. 하지만 조이는 처음으로 자신이 무엇이든 할 수 있는 무한한 능력의 소유자가 아니며, 자기가 세운 목표를 달성하기 위해 어떤 상황에든 적응할 수 있는 사람이 아닐지도 모른다는 생각이 들었다.

남국에서 보내는 첫날 아침 빛줄기가 새어들자 조이는 괴력을 발휘할 정도로 발기된 상태로 잠에서 깼다. 장시간 발기가 지속될 거라는 데 의심의 여지가 없었다. 조이는 일어나 앉아 흐트러진 제나의 머리카락과 벌어진 입술, 가파르고 가녀린 턱 선과 거의 성스럽기까지 한 미모를 바라보았다. 방 안이 밝은 지금 조이는 어두웠을 때 자기가 얼마나 멍청하게 굴었는지 깨달았다. 조이는 다시 이불 속으로 기어들어가 제나의 옴폭 들어간 등 부분을 살짝 찔렀다.

"하지 마!" 제나가 큰 소리로 말했다. "다시 잘 거란 말이야."

조이는 제나의 어깨뼈 사이를 코로 누르며 그녀의 체취를 들이마셨다.

"정말이야." 제나가 조이에게서 몸을 떼어내며 말했다. "3시까지 못 잔 건 내 잘못이 아니야."

"3시는 아니다." 조이가 중얼거렸다.

"3시처럼 **느껴졌어!** 5시처럼 느껴졌다고!"

"지금이 5시야."

"씨! 말도 꺼내지 마! 난 자고 싶어."

조이는 손으로 발기한 물건을 만져 반쯤이라도 살려놓으려고 애쓰면서 마냥 누워 있었다. 밖에서 말울음 소리와 짤랑거리는 소리, 수탉 우는 소리 등 어느 시골에서나 들리는 소리들이 들렸다. 제나가 계속 자는 동안, 아니면 자는 척하는 동안 그의 창자에서는 부글거리는 소리가 나기 시작했다. 조이는 최선을 다해 참으려고 노력했지만 상황이 급해졌다. 그는 화장실로 어기적어기적 걸어 들어가 문을 잠갔다. 잠시 후 정말 하기 싫지만 해야만 하는 과업을 완수하기 위해 세면용품 가방에서 포크를 꺼냈다. 조이는 대변이 미끄러져 나오는 동안 땀난 손에 포크를 꽉 쥐고 앉아 있었다. 엄청난 양이었다. 2, 3일 치는 될 것 같았다. 밖에서 전화벨 소리가 들렸다. 6시 30분에 깨워달라고 부탁한 전화였다.

조이는 서늘한 바닥에 무릎을 꿇고 변기 속에 둥둥 떠 있는 네 덩이의 대변을 살폈다. 가장 오래된 변은 검고 딱딱하고 마디가 있었고, 더 깊숙한 곳에 있던 변은 색이 연하고 벌써 물에 약간 풀어지고 있었다. 다른 사람들과 마찬가지로 조이도 남몰래 자기 방귀 냄새를 즐겼지만, 똥냄새는 달랐다. 악취가 너무 심해서 사악하다고 여겨질 정도였다. 조이는 다소 말랑말랑한 덩어리를 포크로 찔러 뒤집은 다음 밑쪽을 살피려고 했지만, 금방 부서지면서 변기 물을 갈색으로 흐려놓았다. 포크로 이 일을 마무리하는 건 희망사항이고 환상일 뿐이라는 걸 깨달았다. 변기의 물은 곧 탁해져서 반지가 보이지도 않게 될 테고, 반지가 그것을 감싸고 있던 똥에서 떨어져나가 바닥에 가라앉으면 하수구로 빠져나갈 수도 있었다. 똥 덩어리를 하나하나 손으로 꺼내 들고 짓눌러 손가락 사이로 빠져나가게 걸러보는 방법밖에 없었다. 똥 덩어리가 물을 흡수하기 전에 빨리 일을 끝내야 했다. 조이는 숨을 참고 눈물을 찔끔거리며 반지가 들어 있을 가능성이 가장 높아 보이는 덩어리를 쥐고는 마지막으로 매달리던 환상을 포기했다. 그건 바로 한 손이면 족할 것이라는 생각이었다. 양손을 모두 써야 했다. 한 손은 똥을 쥐고 한 손은 똥을 파헤쳐야 했다. 그는 헛구역질을 한 번 하고 일에 착수했다. 말랑말랑하고 따뜻하고 놀라울 만큼 가벼운 배설물 덩어리에 손가락을 밀어 넣었다.

제나가 화장실 문을 두드렸다. "거기서 뭐하니?"

"금방 나갈게!"

"거기서 뭐해? 자위하는 거야?"

"금방 나간다니까! 설사야."

"아, 맙소사. 그럼 탐폰이라도 건네줘."

"잠깐만!"

다행히 두 번째로 파헤친 덩어리에서 반지가 나왔다. 말랑말랑함 속의 견고함, 혼돈 속의 완벽한 원이었다. 조이는 변기의 더러운 물에 손을 잘 헹구고 물 내리는 손잡이를 팔꿈치로 누른 뒤 반지를 세면대로 가져갔다. 악취가 진동했다. 조이가 손과 반지, 수도꼭지를 비누칠해 세 번 씻는 동안 제나는 밖에서 아침 식사가 20분 후면 준비된다고 불평했다. 조이는 야릇한 기분이 들었다. 야릇하지만 분명히 느껴졌다. 조이가 손가락에 반지를 끼고 화장실에서 나오자 제나는 조이를 지나쳐 화장실로 급히 들어가더니 악취에 비명을 지르고 욕을 하면서 다시 뛰어나왔다. 조이는 이제 완전히 새사람이 되어 있었다. 조이는 자신이 또렷하고 분명하게 보였다. 유체 이탈이라도 한 것 같았다. 그는 결혼반지를 되찾으려고 자신의 똥을 파헤쳤다. 이는 조이가 생각하던 자신의 모습이 아니고 그에게 선택의 여지가 있었다면 선택했을 모습도 아니지만, 서로 모순된 특징을 가진 잠재적인 어떤 사람들의 집합이 아니라 실제로 분명한 어떤 사람이라는 사실에 편안해지고 해방감을 느꼈다.

세상이 갑자기 속도를 늦추면서 안정되는 것처럼 느껴졌다. 세상이 어쩔 수 없는 숙명으로 자리를 잡은 것 같았다. 마구간에서 조이가 첫 번째로 배정받은 활달한 말은 전혀 악의 없이, 필요 이상의 폭력을 쓰지 않고 조이를 아주 얌전히 바닥에 떨어뜨렸다. 그다음에 조이는 스무 살짜리 암말을 탔는데, 말의 널찍한 등 위에 앉아서 제나가 종마를 타고 먼지 나는 길을 따라 순식간에 멀어져가는 모습을 지켜보았다. 제나는 왼손을 들어 뒤쪽에 있는 조이에게 등 뒤로 작별 인사를 하는 것 같았는데, 그냥 승마할 때 하는 몸짓인지도 몰랐다. 펠릭스가 말을 달려 조이를 지나쳐 제나와 합류했다. 조이는 제나가 자기가 아닌 펠릭스와 섹스를 해도 이해할 수 있을 것 같았다. 펠릭스가 훨씬 승마에 능숙했다. 조이는 안도감을 느꼈고, 심지어 선행을 한 것 같은 느낌이 들었다. 불쌍한 제나는 분명 누군가와 섹스를 해야 하기 때문이다. 조이는 산책을 하고, 엘렌의 어린 책벌레 딸 메러디스와 함께 천천히 말을 몰며 그 아이가 유창하게 해주는 말 이야기를 들으면서 아침 시간을 보냈다. 조이는 이로 인해 말랑말랑해지기는커녕 오히려 단단해졌다. 안데스 산맥의 공기는 달콤했다. 메러디스는 조이에게 착하게 대했고, 말을 덜 혼란스럽게 하는 방법을 알려주었다. 사람들이 간식을 먹기 위해 샘 주변에 모였을 때 제나와 펠릭스는 보이지 않았고, 제러미는 말없고 얼굴이 벌겋게 된 자기 아내에게 못되게 이래라저래라 하며 다른 사람보다 뒤처진 게 아내 때문이라고 탓하는 것 같았다. 조이는 두 손을 모아 돌로 된 그릇에 담긴 샘물을 떠먹었다. 제나가 뭘 하는지 신경 쓰이지도 않았고, 제러미가 안됐다는 생각이 들었다. 파타고니아에서 승마를 하는 건 정말 재미있었다. 제나의 말이 맞았다.

조이의 평화로운 기분은 늦은 오후에 깨지고 말았다. 조이가 제나 엄마가 비용을 대는 방 전화로 자기 음성사서함을 확인하자 캐럴 모너핸과 케니 바틀스에게서 메시지가 와 있었다.

'잘 있었나. 나 자네 **장모**일세. 어때, 응? **장모**라니까 좀 어색하지? 정말 희소식이라고 생각하지만, 조이 있잖니, 솔직하게 말할게. 코니와 결혼을 할 정도로 그 애를 깊이 생각한다면 말이야, 네가 정말 결혼을 할 만큼 성숙했다고 생각한다면 말이다, 적어도 부모님께 말씀드릴 만한 예의는 갖춰야지. 내 충고는 그거다. 하지만 네가 코니를 창피하게 여기지 않는 다음에야 왜 결혼한 것을 쉬쉬하는지 알다가도 모르겠다. 내 딸을 창피하게 생각하는 사위에 대해 뭐라고 말해야 할지도 모르겠고. 난 별로 비밀을 잘 지키는 사람이 아니라는 것만 말해두지. 개인적으로 이렇게 쉬쉬하는 거 반대다. 알았어? 그쯤 해두마.'

'너 뭐야? 도대체 어디 처박혀 있는 거야? 이메일을 열 통도 더 보낸 거 알아? 파라과이에 있는 거야? 그래서 답장 안 하는 거야? 계약서에 1월 31일이라고 하면 국방부가 1월 31까지 해달라는 얘기야. 일이 잘 진행되고 있지 않으면 국물도 없다. 1월 31일까지 9일 남았어. LBI는 벌써 나만 들들 볶는다. 이놈의 트럭들이 벌써부터 고장 난다고. 리어 액슬에 디자인 결함이 있다나 뭐라나. 리어 액슬 좀 구해놨길 바란다. 아니면 제기랄, 후드 장식 15톤이라도 구해놓으면 무지 고맙겠다. 중량을 채우지 않으면, **뭐라도** 중량을 채워서 보내. 확인을 받지 않으면 내 다리몽둥이가 부러질지도 몰라.'

제나는 해 질 무렵에 돌아왔다. 먼지에 덮인 모습이 황홀해 보였다.

"나 사랑에 빠졌어. 내가 꿈꾸던 말을 만났다고." 제나가 말했다.

"나 떠나야 해. 파라과이로 가야 해." 조이가 말했다.

"뭐? 언제?"

"내일 아침. 오늘 밤이면 더 좋고."

"세상에. 그 정도로 나한테 화났니? 네가 말 잘 탄다고 거짓말한 게 내 잘못이니? 난 **산책**이나 하려고 이곳에 온 게 아니야. 2인실을 5일 동안 낭비하려고 온 것도 아니고."

"그래, 미안해. 절반은 내가 낼게."

"누가 너보고 돈 달래? 아주 날 어떻게든 실망시키려고 작정을 한 거니? 아는 방법은 다 동원한 거야?"

"정말 못됐다." 조이가 조용히 말했다.

"장담하는데, 더 못된 말도 할 수 있어. 하려고만 하면."

"참, 나 결혼했다는 말 안 했지? 나 결혼했어. 코니랑 결혼했다고. 우리 같이 살 거야."

제나의 눈이 고통스러운 듯 휘둥그레졌다.

"하느님 맙소사, 너 정말 이상한 애구나! 넌 정말 구제불능이야."

"나도 알고 있어."

"난 네가 날 이해한다고 생각했어. 내가 만난 다른 남자애들과 달리. 맙소사, 내가 바보지!"

"넌 바보 아니야." 조이는 미모라는 장애를 가진 제나가 측은했다.

"너 결혼했다는 얘기에 내가 섭섭해한다고 생각하면 큰 오산이야. 내가 널 내 **결혼 상대자**로 여겼다고 생각한다면 말이야, 맙소사. 너랑 같이 저녁 먹기도 싫다."

"그럼 나도 너랑 저녁 먹기 싫어."

"그래, 그럼 잘됐네. 넌 이제 공식적으로 내 인생 **최악**의 여행 동반자가 됐다." 제나가 말했다.

제나가 샤워하는 동안 조이는 가방을 싸고 침대 위에서 노닥거리며, 이제 사실 관계를 분명히 했으니 섹스를 못했다는 창피함과 패배감을 만회하기 위해 섹스를 한 번쯤 할 수 있지 않을까 하는 생각을 했다. 하지만 제나가 에스탄시아 엘 트리운포에서 제공한 두꺼운 욕실 가운을 입고 화장실에서 나오자 그의 표정을 정확히 읽고는 말했다. "절대 안 돼."

"확실해?" 조이가 어깨를 으쓱했다.

"응, 확실해. 네 집사람한테 돌아가. 난 나한테 거짓말하는 이상한 인간은 질색이야. 지금 너랑 한방에 있는 것조차 창피해."

조이는 파라과이로 갔고, 끔찍한 일을 겪었다. 파라과이 최대의 잉여 군사 물자 판매점 주인인 아만도 다 로사는 목이 짧은 전직 군인으로 하얗게 센 두 눈썹 사이가 거의 붙어 하나처럼 보였고, 머리카락은 검은 구두약을 바른 것 같았다. 아순시온의 교외 빈민가에 있는 그의 사무실은 윤기 나게 왁스 칠한 리놀륨 바닥이었고, 커다란 금속제 책상이 있었으며, 책상 뒤로 파라과이 국기가 나무 깃봉에 매달려 축 늘어져 있었다. 뒷문 밖으로는 잡초가 무성한 공터가 펼쳐져 있었고, 거기에는 녹슬고 부식한 지붕이 없는 헛간이 있었다. 송곳니와 뼈, 삐죽삐죽한 털만 남아 가까스로 전기 충격사를 모면한 것처럼 보이는 덩치 큰 개들이 순찰을 돌고 있었다. 다 로사가 조이의 스페인어 실력보다 조금도 낫지 않은 영어로 혼자 주절대는 이야기를 통해 조이는 다 로사가 몇 년 전 직업상 좌절을 겪었고, 자기의 친한 친구 군인이 애를 써서 군법회의에 회부되는 걸 간신히 면했고, 대신 **정의**가 승리해 잉여 군수 물자나 군에서 더 이상 사용하지 않게 된 군 장비를 파는 사업권을 얻었다는 사실을 알았다. 다 로사는 군복을 입고 옆구리에 권총을 차고 있었기 때문에 조이는 그의 앞에서 걷는 게 께름칙했다. 두 사람은 갈수록 점점 키가 크고 울창해지는 잡초를 헤치고 커다란 남아메리카 말벌들이 점점 더 많이 날아다니는 곳을 지나 무거운 두루마리 철조망을 위에 얹어 내려앉을 듯한 울타리 옆에 플래드스키 A10 트럭 부품이 산더미처럼 쌓인 곳에 도착했다. 반가운 소식은, 부품이 엄청 많았다. 나쁜 소식은, 상태가 전부 엉망이었다. 트럭의 후드는 가장자리에 녹슨 채 넘어진 도미노처럼 반쯤 주저앉았다. 액슬과 범퍼는 거대한 닭 뼈처럼 아무렇게나 쌓여 있었다. 엔진 블록은 공룡 티렉스가 떨어뜨린 똥 덩어리처럼 잡초 여기저기 흩어져 있었다. 더 심하게 녹슨 작은 부품은 원뿔 모양으로 쌓여 있었는데 그 경사면에 야생화가 피어 있었다. 조이는 잡초를 헤치고 다니면서 진흙이 말라붙고 부서진 플라스틱 부품, 똬리 튼 뱀처럼 둘둘 말린 호스와 날씨 때문에 균열이 생긴 벨트, 폴란드 말이 쓰인 썩어가는 부품 상자를 찾아냈다. 그곳을 둘러보던 조이는 망연자실했고, 눈물이 나려는 걸 꾹 참아야 했다.

"녹이 많이 슬었네요." 조이가 말했다.

"녹이 뭐요?"

조이는 가까이에 있는 바큇살에서 커다란 껍질을 벗겨냈다.

"녹. 산화철이요."

"비 때문에 그래요." 다 로사가 설명했다.

"다 해서 1만 달러 드리죠. 30톤 이상이면 1만 5000달러 드릴 수 있고요. 실제 고철 가치보다 많이 드리는 겁니다."

"이 고물이 왜 필요하쇼?"

"보수해야 할 트럭이 있어서요."

"보아하니 아주 젊은 사람인데, 이게 왜 필요한 거요?"

"전 멍청하거든요."

다 로사가 울타리 너머 말들이 윙윙거리는 재생림으로 시선을 돌렸다. "다 줄 수는 없소."

"왜 안 돼요?"

"이 트럭들, 군대에서 지금은 안 쓰지만 전쟁이 나면 써야 할 거요. 그럼 내 부품은 가치가 올라갈 테고."

조이는 눈을 감고 이 멍청한 얘기에 몸을 부르르 떨었다.

"무슨 전쟁이요? 누구랑 싸우는데요? 볼리비아요?"

"내 말은 전쟁이 나면 부품이 필요하단 말이오."

"이놈의 부품은 쓸모가 없어요. 그런데도 1만 5000달러 준다는 겁니다. 쿠인체 밀 돌라레스(1만 5000달러-옮긴이)."

다 로사가 고개를 가로저었다. "친쿠엔타 밀(5만 달러-옮긴이)."

"5만 달러라고요? 절. 대. 안. 돼. 요. 알았어요? 절대로."

"트레인타(3만 달러-옮긴이)."

"디에스 이 오초(1만 8000달러-옮긴이)."

"베인티친코(2만 5000달러-옮긴이)."

"생각해볼게요." 조이는 사무실 쪽으로 향하며 말했다. "30톤이 넘으면 2만 달러 생각해보죠. 베인테(2만 달러-옮긴이), 알았어요? 더 이상은 안 돼요."

다 로사의 미끈미끈한 손을 잡아 악수를 하고 길에서 기다리게 해놓은 택시에 올라타며 조이는 잠깐이지만 흥정을 잘했다는 사실에, 그 흥정을 하기 위해 용감하게 파라과이까지 왔다는 사실에 기분이 좋았다. 월터는 이해하지 못했지만, 코니가 이해해준 것만으로 조이는 자신이 냉철한 사업가적 자질이 충분하다고 생각했다. 그는 사업가적 본능을 엄마에게 물려받은 것이 아닌가 하는 생각이 들었다. 엄마는 타고난 승부사고, 엄마에게 물려받은 본능을 발휘하면서 자식으로서 만족감을 느꼈다. 다 로사와 협상된 가격은 조이가 정했던 상한선보다 훨씬 낮았다. 지역 운송업자에게 부품을 컨테이너에 선적해 공항으로 운반하게 하고 그 컨테이너를 전세기로 이라크까지 운반하는 데 드는 비용을 감안해도, 조이는 엄청난 수익을 올릴 수 있었다. 하지만 택시가 아순시온의 오래된 식민지풍 지역을 굽이굽이 지나는 동안 조이는 할 수 없을지도 모른다는 두려움에 빠졌다. 힘든 전쟁을 치르고 있는 미국군에게 무용지물이나 다름없는 고철을 보낼 수는 없었다. 조이가 문제를 만든 건 아니지만—케니의 짓이다. 계약을 이행하기 위해 낡고 거의 공짜인 플래드스키를 선택한 건 그였다—자신의 문제이기도 했다. 그리고 이 문제는 더 심각한 문제를 야기했다. 착수금과, 얼마 안 되지만 우지에서 부품을 운송하는 비싼 운송비를 감안하면 조이는 이미 코니의 돈을 다 썼고, 은행 융자금의 절반도 써버렸다. 조이가 지금 포기한다고 해도 코니를 무일푼으로 만들고 자신은 엄청난 빚더미에 앉게 생겼다. 조이는 불안하게 손가락의 반지를 빙빙 돌리고, 돌리고 또 돌렸고, 위안 삼아 입안에 반지를 넣고 싶었지만 또 삼킬까 봐 그만두었다. 조이는 어디 다른 곳에, 동유럽 어디쯤 비를 맞지 않게 해놓은 버려진 장소에 A10 부품이 더 있을 거라고 믿고 싶었지만, 이미 인터넷을 샅샅이 뒤진 데다 여기저기 문의해봤기 때문에 그럴 가능성은 거의 없었다.

"망할 놈의 케니. 거지 같은 범죄자 새끼."

조이는 왜 하필 이때 양심의 가책이 드는가 생각하며 큰 소리로 욕했다.

마이애미에 도착한 조이는 갈아탈 비행기를 기다리며 할 수 없이 코니에게 전화를 걸었다.

"안녕, 자기야. 부에노스아이레스는 어땠어?" 코니가 밝은 목소리로 물었다.

조이는 여정 얘기를 짧게 끝낸 뒤 바로 본론인 걱정거리로 넘어갔다.

"아주 훌륭하게 해낸 것 같은데. 2만 달러면 좋은 가격이지?"

"그런데 실제 가치는 1000달러도 안 될 거야."

"아니야, 자기야. 케니가 주기로 한 돈으로 따져야지."

"그럼 넌 내가 이 일에 대해 도덕적 책임이 없다고 생각해? 정부에 고물을 팔아넘기는데?"

곰곰이 생각하던 코니가 마침내 입을 열었다.

"내키지 않으면 하지 마. 난 네가 행복할 수 있는 일만 하면 좋겠어."

"네 돈은 절대 잃지 않을 거야. 그것만 알아줘." 조이가 말했다.

"아니야, 잃어도 상관없어. 다른 데서 벌면 되지. 난 널 믿어."

"안 잃을 거야. 난 네가 복학하기를 바라. 우리 같이 살자."

"그럼, 그러자! 네가 마음의 준비가 됐다면 나도 동감이야. 나도 준비됐어."

우중충한 플로리다 하늘 아래, 활주로에는 대량 살상 무기임이 증명된 비행기들이 이리저리 움직이고 있었다. 조이는 자신이 다른 세상에 있었으면 좋겠다고 생각했다. 다른 사람에게 손해를 입히지 않고도 멋진 인생을 살 수 있는 더 단순한 세상이 그리웠다.

"너희 엄마가 메시지 남겼더라."

"알아. 내가 잘못했어, 자기야. 아무 말도 안 했는데 내 손가락에 낀 반지를 보더니 묻더라고. 그래서 말하지 않을 수 없었어." 코니가 말했다.

"내가 우리 엄마랑 아빠한테 얘기해야 한다고 성질을 부리더라."

"그럼 성질 부리게 놔둬. 네가 마음의 준비가 되면 얘기해."

조이는 침울한 기분으로 알렉산드리아에 도착했다. 이제 제나를 만나길 기대하거나 상상하는 낙도 없고, 파라과이에서의 일이 잘 마무리될 리도 없었다. 조이의 눈앞에는 달갑지 않은 일만 남아 있었다. 그는 커다란 봉지에 든 물결무늬 감자칩을 몽땅 먹어치우고 조녀선에게 전화를 걸어 잘못을 뉘우치고 위로를 받았다.

"제일 끔찍한 일은 난 유부남인데 거길 간 거야."

"야 인마! 너 코니랑 결혼했어?"

"응, 했어. 8월에."

"완전 정신 나갔구나."

"너한테 말하는 게 좋을 것 같아서. 어차피 제나가 말할 테니까. 제나는 지금 나한테 엄청 화났을 거야."

"누나 **완전** 뚜껑 열렸겠다."

"있잖아, 네가 너희 누나 못됐다고 생각하는 거 알지만, 사실 그렇지 않아. 제나는 그냥 어찌할 바를 모르는 것뿐이야. 전부 자기 외모만 보니까. 넌 누나보다 훨씬 운이 좋은 거다."

조이는 계속해서 반지와 끔찍한 화장실 광경, 손을 똥으로 칠갑한 사실과 제나가 화장실 문을 두드린 일을 조녀선에게 털어놓았다. 조이는 그 얘기를 하는 동안 조녀선과 함께 크게 웃으며 친구가 역겨움에 신음 소리를 내는 데서 위안을 얻었다. 이 모든 일을 겪은 5분은 끔찍했지만 나중에 두고 두고 얘기할 엄청난 얘깃거리가 하나 생겼다. 조이가 케니 바틀스에 대한 그의 생각이 옳았다고 인정하자 조너선이 한사코 우겼다.

"그 계약 파기하는 게 좋겠다."

"그렇게 쉬운 문제가 아냐. 코니가 투자한 돈을 찾아야 하니까."

"빠져나올 방법을 생각해봐. 네가 그동안 개자식처럼 군 건 사실이지만 널 미워할 수가 없다."

조이는 그와 얘기를 나누고 나자 한결 기분이 좋아져 열두 시간 동안 달게 잤다. 다음 날 아침, 이라크 시각으로 한낮일 때 조이는 케니 바틀스에게 전화를 걸어 계약을 파기하고 싶다고 말했다.

"파라과이에 있는 부품은 어쩌고?" 케니가 말했다.

"중량은 채울 수 있었지만, 아무 쓸모없는 녹슨 고철이에요."

"그래도 보내. 내 목이 달아나게 생겼단 말이야."

"누가 멍청하게 A10을 사라고 했어요? 부품을 못 구하는 게 내 잘못은 아니잖아요." 조이가 말했다.

"부품이 충분하다고 방금 **말했잖아**. 그러니까 보내. 네 말 중에서 내가 잘못 이해한 말이 있냐?"

"내 계약을 양도받을 사람을 구해보라는 얘기예요. 난 이제 관여하고 싶지 않아요."

"조이, 아이쿠, 야, 봐라. 넌 계약서에 서명했어. 첫 선적도 하기 전에 막판 뒤집기할 때가 아니야. 이미 **때는 늦었다고**. 이제 와서 그만둔다고 하면 어떡하라고. 먹고살 거나 있으면 말도 안 한다. 지금 너한테 줄 돈도 없어. 군에서 아직 부품 값을 못 받았단 말이야. 네가 폴란드에서 보낸 부품의 중량이 모자라서. 내 입장도 좀 이해해주라, 응?"

"하지만 파라과이에서 본 부품은 너무 끔찍해서 아마 군에서 받지도 않을 거예요."

"그건 나한테 맡겨. 여기 기지에 있는 LBI 사람들을 내가 알거든. 내가 해결할 수 있어. 넌 30톤이나 보내. 그러고 나서 다시 학교로 돌아가 시집을 읽든지 뭘 하든지 해."

"당신이 해결할 수 있는지 내가 어떻게 알아요?"

"그건 **내** 문제야, 알았어? 넌 **나랑** 계약했고, **내가** 부품을 보내라고 하잖아. 그럼 넌 네 돈을 돌려받는다니까."

케니가 거짓말을 하고 있을지도 모른다는 두려움과 이미 잃은 돈 외에 앞으로 더 많은 돈을 잃게 될 거라는 두려움이 더 끔찍한지, 아니면 케니의 말이 사실이고 LBI가 쓸모없는 부품을 사들이느라 85만 달러를 지불하는 게 더 끔찍한지 조이는 알 수 없었다. 조이는 할 수 없이 케니를 무시하고 LBI에 직접 연락했다. 조이의 전화는 아침 내내 댈러스 LBI 본부에 있는 이 사람 저 사람에게로 넘겨졌고, 마침내 이 문제와 관련한 부사장과 얘기할 수 있었다. 조이는 가능한 한 쉽게 자기가 처한 상황을 설명했다.

"이 트럭에 쓸 만한 부품은 없습니다. 케니 바틀스는 저를 계약에서 빼주지 않으려 하고, 저는 불량 부품을 보내고 싶지 않습니다."

"바틀스는 자네가 찾아낸 물건을 받을 의향이 있나?" 부사장이 말했다.

"네. 하지만 쓸모없는 물건입니다."

"그건 자네가 걱정할 일이 아니네. 바틀스가 받겠다고 하면 자네는 책임이 없어. 당장 보내는 게 좋겠네."

"제 말씀이 이해되지 않는 모양인데요, 그 물건이 마음에 **안** 드실 거라는 얘깁니다."

부사장은 잠시 생각하다 말했다. "앞으로는 케니 바틀스와 거래하지 않을 작정이네. A10 건 정말 못마땅해. 하지만 이건 자네가 걱정할 일이 아니네. 계약 위반으로 소송당할 걱정이나 하게."

"누구한테요…… 케니한테요?"

"만약의 경우이긴 하지만. 결코 그런 일은 없을걸세. 자네가 부품만 보내면. 완벽한 세상에서 치르는 완벽한 전쟁이 아니라는 사실만 명심하게."

조이는 그 말을 기억하려고 애썼다. 완벽하지 않은 이 세상에서 일어날 수 있는 최악의 사태는 A10 트럭이 모두 망가져서 나중에 다른 트럭으로 교체되고, 이라크 전쟁에서의 승리는 아주 약간 지연될지도 모르고, 미국 납세자들은 자신과 케니 바틀스, 아만도 다 로사, 우지에 있는 사기꾼에게 몇백만 달러를 손해 보는 거라고. 자기 똥을 손에 쥐기까지 한 그 결연한 의지로 조이는 파라과이로 돌아가 배송 책임자를 고용해 32톤의 부품이 컨테이너에 실리는 모습을 지켜보았다. 그리고 로히스티카 인테르나시오날이 컨테이너를 기중기로 들어 올려 C-130기에 싣고 이륙할 때까지 기다리는 닷새 동안 포도주 다섯 병을 마셨다. 하지만 이 똥 더미 속에 금반지는 숨어 있지 않았다. 조이는 워싱턴으로 돌아온 뒤에도 계속 술을 마셨고, 마침내 코니가 가방 세 개를 들고 그의 집으로 들어와 같이 살게 되고 나서도 계속 술을 마셨고, 잠을 설쳤다. 케니가 키르쿠크에서 전화를 걸어 물건이 도착했다며 85만 달러를 송금했다고 했을 때, 끔찍한 밤을 맞은 조이는 조너선에게 전화해 자기가 한 짓을 고백했다.

"야, 인마, 그건 정말 아니다." 조너선이 말했다.

"누가 모르냐."

"너 발각되지 않기를 기도해라. 지난 11월에 체결된 계약에 대해 안 좋은 얘기를 너무 많이 들었어. 의회 청문회가 열린다고 해도 놀랄 일이 아니야."

"내가 어디 얘기할 수 있는 사람 없을까? 난 코니 돈과 은행 융자만 갚으면 나머지 돈은 필요 없어."

"철들었네."

"코니 돈은 빼앗길 수 없어. 내가 이 일을 한 것도 오로지 그 때문이라는 걸 너도 알 거야. 네가 〈워싱턴포스트〉에서 일하는 누구한테라도 이 얘기를 할 수 있을까 싶어서. 익명의 제보자한테 들었다고 말하고."

"네가 익명으로 남기를 원한다면 그건 불가능해. 그리고 그게 너라는 사실이 밝혀지면 누가 타격을 입을지 알지?"

"하지만 내가 내부 고발자라면?"

"네가 내부 고발자가 되는 순간 케니가 널 묵사발 낼걸. LBI도 마찬가지고. 그 사람들은 내부 고발자를 망신 주기 위해 예산을 따로 책정할 정도야. 넌 완전히 희생양이 될 거라고. 예쁘장하게 생긴 대학생이 녹슨 트럭 부품을 속여 팔았다? 〈워싱턴포스트〉가 얼씨구나 하고 달려들 거다. 네 심정은 알겠지만, 입 다물고 가만히 있는 게 좋겠다."

코니는 더러운 85만 달러를 기다리는 동안 일자리를 얻었다. 조이는 TV를 보고, 비디오게임을 하고, 저녁 메뉴를 정하고, 장을 보고, 가정적인 남편이 되는 법을 배우면서 소일했지만, 장 보러 가는 간단한 일도 그를 지치게 했다. 수년 동안 조이와 가장 가까운 여성들을 괴롭히던 우울증이 마침내 훌륭한 먹잇감을 발견하고 그에게 날카로운 이빨을 꽂았다. 조이가 반드시 해야 한다고 생각한 한 가지 일은 코니와 결혼한 사실을 자기 가족에게 알리는 것인데, 도저히 엄두가 나지 않았다. 플래드스키 A10 트럭 얘기를 알려야 한다고 생각한 것처럼 결혼 사실을 가족에게 알려야 한다는 생각 때문에 아파트가 답답하게 느껴졌고, 궁지에 몰린 기분이 들었으며, 답답해서 숨조차 쉬기 힘들었다. 자나 깨나 그 생각이 머리를 떠나지 않았다. 조이는 엄마한테 결혼 사실을 얘기할 엄두가 나지 않았다. 분명히 그가 엄마를 한 방 먹이려고 결혼했다고 생각할 게 뻔했다. 어떤 면에서는 그렇다고 할 수도 있지만, 조이는 아빠와 대화하고 아문 상처를 파헤치는 일도 그 못지않게 두려웠다. 그래서 매일, 비밀을 간직하고 있다는 사실 때문에 숨이 막혀 질식할 것 같았지만, 캐럴이 조이의 예전 이웃에게 떠벌리고 그중 한 명이 분명히 자기 부모에게 얘기할 거라고 생각하면서도, 얘기하는 일을 차일피일 미루었다. 코니는 그 문제로 조이를 보채지 않았다. 오로지 그가 해결해야 할 문제였다.

그러던 어느 날 CNN을 시청하던 조이는 팔루자에서 미국의 트럭 몇 대가 망가져 기습 공격을 받고 계약직 운전사들이 폭도들에게 난자당했다는 보도를 보았다. CNN 화면에서 A10은 보이지 않았지만, 조이는 너무 불안해서 술을 마시지 않고는 잠들지 못했다. 조이는 몇 시간 후 말짱한 정신으로, 말 그대로 아기처럼 단잠을 자는—세상 물정 모르고 평안하고 달게 자는—아내 옆에서 잠이 깼고, 아침에 아빠에게 전화를 해야겠다고 마음먹었다. 조이는 아빠에게 전화를 하는 지금만큼 두려운 적이 없었다. 하지만 지금 자기에게 어떻게 하라고, 고발을 하고 대가를 치를 것인지, 아니면 입 다물고 돈이나 챙길 것인지 조언을 해줄 사람은 아빠 말고는 아무도 없으며, 그 누구도 자신을 구해줄 수 없다는 사실을 깨달았다. 코니는 조이를 너무 무조건적으로 사랑했고, 엄마는 객관적이지 못했으며, 조너선은 가족이 아니었다. 자초지종을 털어놓아야 할 대상은 엄격하고 원칙론자인 그의 아빠뿐이다. 조이는 평생 아빠에게 대항해왔지만, 이제 자기가 졌다는 사실을 인정할 때가 온 것이다.

워싱턴의 악당

월터의 아버지 진은 20세기 초 미국으로 이민 온 아이너 버글런드라는 까다로운 스웨덴 사람의 막내아들이었다. 스웨덴 농촌에는 못마땅한 점이 많았다. 의무적인 징병 제도에, 목사가 신도의 사생활에 일일이 간섭했고, 절대로 신분 상승이 불가능한 계층 구조였다. 하지만 실제로 아이너가 미국으로 건너온 이유는, 도로시가 월터에게 말한 바에 따르면, 어머니와 문제가 있었기 때문이다.

아이너는 여덟 형제 중 맏이였고, 오스테르란드 남부에 있는 가족 농장의 영주처럼 행세했다. 버글런드가의 다른 여자들처럼 시집 온 걸 후회한 그의 어머니는 큰아들을 너무 편애해서 다른 아이들보다 좋은 옷을 입히고 좋은 음식을 먹였으며, 농장 일을 면제해주고, 공부와 모양내는 데만 신경 쓰게 했다. (도로시는 "그렇게 허영심 많은 남자는 처음 봤다"라고 말했다.) 마치 태양처럼 20년 동안 아이너에게 햇빛을 비춰주던 어머니는 실수로 늦둥이를 보게 됐고, 아이너에게 빠진 만큼이나 늦둥이에게 홀딱 빠졌다. 그리고 아이너는 그런 어머니를 절대로 용서하지 않았다. 가장 사랑받는 자식이 아니라는 사실을 견딜 수 없던 그는 스물두 번째 생일날 미국으로 가는 배에 올라탔다. 미국에 와서는 한 번도 스웨덴에 가지 않았고, 다시는 어머니를 만나지 않았으며, 모국어를 완전히 잊어버렸다고 자랑스럽게 호언장담했다. 조금만 기회가 생겨도 "세상에서 가장 멍청하고 독선적이고 밴댕이 소갈딱지 같은 나라"라며 장황하게 스웨덴을 험담했다. 아이너는 애초부터 자치라는 미국의 사회적 실험에서 신뢰할 수 없는 통계 표본이었다. 구대륙을 떠나 신대륙으로 온 사람들은 사교성이 높은 유전자를 타고 나지 않았기 때문이다. 신대륙으로 건너온 사람들은 다른 사람들과 잘 어울려 지내지 못했다.

미네소타에 자리 잡은 청년 아이너는 처음에는 처녀림의 벌목꾼으로 일하다가 도로 건설 인부가 되었고, 두 가지 일 모두 별다른 재미를 보지 못하자 동부 자본가들이 노동을 착취한다고 주장하는 공산주의에 매료됐다. 그러던 어느 날 파이어니어 광장에서 연설을 하던 공산주의자의 말을 듣고 큰 깨달음을 얻었다. 이 신생국에서 남보다 앞서려면 자기도 노동을 착취해야 한다는 사실을 깨달은 것이다. 아이너는 그를 따라 미국으로 온 남동생들과 함께 도로 건설 사업에 뛰어들었다. 땅이 꽁꽁 얼어붙은 겨울에도 바쁘게 일하기 위해 아이너와 그의 형제들은 미시시피 강 상류에 작은 마을을 건설하고 상점을 열었다. 이때만 해도 아이너의 정치관은 아직 과격했을지도 모른다. 아이너는 공산주의자들에게 기꺼이 외상을 주었는데, 대부분 핀란드 출신인 이들은 동부 자본의 손아귀에서 벗어나려고 안간힘을 쓰고 있었다. 상점은 곧 적자가 났고, 길 건너편에 크리스티안센이라는 예전 친구가 상점을 내 경쟁하기 시작하자 아이너는 상점의 자기 지분을 팔아야 할 지경에 이르렀다. 도로시의 말에 따르면, 오로지 크리스티안센을 엿 먹이기 위해 대공황이라는 절망적 시기를 포함해 5년 더 가게를 운영하며 마을에서 16킬로미터 이내에 사는 농부들에게 갚지도 않을 외상을 주었고, 마침내 크리스티안센을 파산시켰다. 그 후 아이너는 베미지로 이사를 갔다. 거기서 도로 건설 사업을 시작했지만, 사회주의에 동조하는 척하던 빤질빤질한 직원에게 말도 안 되는 헐값에 회사를 넘겨주고 말았다.

아이너에게 미국은 비스웨덴적인 자유의 땅이었고, 누군가의 아들이 여전히 자신은 특별한 사람이라고 생각할 수 있는 넓은 공간이 존재하는 곳이었다. 하지만 자기와 똑같은 생각을 하는 사람들이 존재하는 곳에서 자신이 특별하다고 생각하기는 어려웠다. 머리도 좋고 일도 열심히 한 덕에 아이너는 어느 정도 경제적으로 풍요로워지고 독립도 했지만, 그는 성에 차지 않아 분노와 실망에 휩싸였다. 그는 1950년대에 은퇴한 후 친척들에게 해마다 크리스마스에 편지를 쓰기 시작했는데, 편지에 미국 정부는 멍청하고 정치와 경제는 불공평하며, 종교는 독선적이라고 신랄한 비판을 했다. 특히 아주 빈정대는 내용을 쓴 편지에서는 미혼모 마리아와 "스웨덴 창녀" 잉그리드 버그먼(스웨덴 출신 여배우-옮긴이)을 교묘하게 비교하며 잉그리드 버그먼이 낳은 "사생아"(이사벨라 로셀리니, 잉그리드 버그먼과 로베르토 로셀리니 감독 사이에서 혼외 관계로 태어난 딸이자 영화배우-옮긴이)의 탄생에 대해 "기업 이익 집단"이 통제하는 미국 대중매체가 열광한다며 빈정댔다. 아이너는 자신도 사업가지만 대기업이라면 치를 떨었다. 그는 정부 입찰 계약을 따서 돈을 벌었지만 정부를 혐오했다. 그는 탁 트인 도로를 좋아했지만, 도로는 그를 비참한 기분이 들게 하고 미치게 했다. 아이너는 가장 큰 엔진이 달린 미국 세단 자동차를 사서 광활한 미네소타 주 고속도로를 질주했는데, 그가 질주한 고속도로 중 상당수는 그가 건설한 도로였고, 멍청한 운전자를 추월해 굉음을 내며 달렸다. 맞은편에서 오는 자동차가 밤에 전조등을 환하게 켜고 달려오면 아이너는 자기의 전조등도 최대한 환하게 켜서 맞대응했다. 어떤 멍청이가 2차선 도로에서 그를 추월할라치면 아이너는 가속페달을 힘껏 밟아 속도를 유지하다 갑자기 속도를 늦춰 추월하려던 차가 도로 차선으로 들어가지 못하게 했다. 특히 맞은편에서 오는 트럭과 정면충돌할 위험이 있을 때 희열을 만끽했다. 또, 다른 운전자가 앞으로 끼어들거나 길을 양보하지 않으면 아이너는 자기를 기분 나쁘게 한 차를 끝까지 쫓아가 갓길에 세우게 한 다음 차에서 뛰어내려 그 운전자에게 욕을 퍼부었다. (무한한 자유라는 꿈에 취약한 사람은 그 꿈이 좌절되면 인간 혐오와 분노에 휩싸이기 십상이다.) 아이너는 일흔여덟 살 때 위태로운 운전 실력 때문에 정면충돌하느냐 2번 도로 옆 깊은 도랑으로 빠지느냐 양자택일을 해야 했다. 옆 좌석에 앉아 있던 그의 부인은 아이너와 달리 안전띠를 매고 있었기에 그랜드래피즈에 있는 병원에서 사흘을 버티다 화상으로 숨을 거두었다. 경찰의 말에 따르면, 아이너의 부인이 자기 남편을 불타는 엘도라도에서 끄집어내리려고 애쓰지만 않아도 살았을지 모른다.

"평생 어머니를 발톱의 때처럼 취급하더니 결국 죽이기까지 했어." 월터의 아버지가 훗날 말했다.

아이너의 네 자녀 가운데 진은 야심도 없었고, 집 근처를 떠나지 않았다. 진은 인생을 즐기고 싶었고, 친구가 많았다. 이는 진의 본성이기도, 아버지에 대한 반발심이기도 했다. 진은 베미지에서 고등학교 하키 선수였고, 진주만 공격 이후 반군사주의자인 아버지를 무시하고 육군에 들어갔다. 진은 태평양에서 2년을 근무했고 부상당하지도 않았으며, 일병 이상으로 진급도 되지 않아 전역하고는 베미지로 돌아와 친구들과 파티나 하면서 정비소에서 일했다. 제대한 군인에게 나라에서 주는 교육 기회를 활용하라는 아버지의 엄중한 경고도 무시했다. 도로시가 임신하지 않았다면 진이 그녀와 결혼했을지 의심스럽지만, 일단 결혼하자 그의 아버지가 어머니에게 베풀지 않았다고 생각하는 애정을 도로시에게 베풀고 사랑했다.

어쨌든 도로시가 진을 위해 평생 개처럼 열심히 일하고, 월터가 그런 아버지를 혐오하게 된 건 이 가족에게 내려진 운명의 반전이었다. 진은 최소한 자기 아버지처럼 자기가 아내보다 우월하다는 생각은 하지 않았다. 오히려 자신의 나약함으로 아내의 발목을 붙잡았다. 특히 술에 약했다. 그 밖에도 진은 자기 아버지와 비슷한 성향을 여러 가지 보였는데, 그렇게 된 경위는 간접적이었다. 진은 열렬한 대중영합주의자로 자기가 전혀 특별한 구석이 **없다**는 사실을 자랑스럽게 여겼다. 따라서 우익 정치의 어두운 면에 매료됐다. 진은 아내를 사랑하고 아내에게 고마워했으며, 친구들과 전역군인들 사이에 인심이 후하고 의리 있는 사람으로 유명했다. 그리고 나이가 들수록 점점 버글런드 집안의 발작적인 분노 성향을 자주 드러냈다. 진은 흑인, 미국 원주민, 지식층, 거만한 사람들 그리고 특히 연방 정부를 혐오했다. 자기가 원하는 (술 마시고, 담배 피우고, 얼음 낚시하려고 만든 움막 안에서 친구들과 즐길) 자유를 소박하다는 이유로 더욱 사랑했다. 도로시가 걱정하며—그녀는 진의 단점을 아이너 탓이라고 생각했다—술 좀 적당히 마시라고 할 때에만 그녀에게 끔찍하게 굴었다.

아이너의 재산 가운데 진의 몫은, 아이너가 자기 사업을 심술궂게 헐값에 팔아넘겼음에도, 진이 오랫동안 소유하고 관리하고 싶어 한 길가의 작은 모텔을 사들일 만큼은 됐다. 진이 위스퍼링 파인스를 샀을 때 배수관은 찌그러져 있었고, 곰팡이가 심하게 폈으며, 철광을 실은 트럭의 교통량이 많은 고속도로 갓길에서 너무 가까웠다. 그나마 그 고속도로는 확장될 예정이었다. 모텔 건물 뒤에는 쓰레기와 어린 자작나무로 가득한 계곡이 있었고, 한 그루는 찌그러진 철제 카트 사이사이로 가지를 뻗었는데 얼마 못 가서 카트에 얽혀 말라죽을 게 뻔했다. 진은 지역 시장에 좀 더 산뜻한 모텔이 매물로 나올 때까지 좀 더 참고 기다려야 했다. 하지만 사업상 결정을 내릴 때 한번 실수를 하게 되면 실수가 연거푸 일어났다. 보다 현명한 투자를 하려면 진은 더 야심 있는 사람이어야 했다. 하지만 진은 그런 사람이 아니었고, 실수를 빨리 만회하려고 서두르다 돈을 낭비하고 얼마나 썼는지조차 모르게 되었다. 실제 액수는 잊고 자기가 도로시에게 썼다고 말한 액수가 자기가 실제로 쓴 돈이라고 믿게 되었다. 불행이 적절한 경우 보통은 그 불행 속에 행복도 있게 마련이다. 진은 더 이상 앞으로 크게 실망할 가능성에 대한 두려움을 느끼지 않았다. 이미 겪었기 때문이다. 진은 그 장애물을 가뿐히 넘었고, 자신을 영원히 세상의 희생자로 만들었다. 그는 배수관을 새로 설치하기 위해 두 번째로 주택 담보대출을 받았고, 그 후 이어진 크고 작은 재난—소나무가 사무실 천장을 뚫고 들어온 일, 24호실에 묵으면서 현금을 지불한 손님이 낚시로 잡은 물고기를 침대보로 닦은 일, 빈방 '없음' 네온사인이 7월 4일까지 계속 켜져 있었고 도로시가 발견하고 나서야 껐다는 사실—은 세상이 어떤 곳이고, 그 속에서 자기의 의지가 얼마나 보잘것없는지 확인해주었다.

위스퍼링 파인스에서 보낸 처음 몇 년 동안은 진보다 잘사는 형제들이 다른 주에서 여름마다 찾아와 가족 특별 할인가로 1, 2주 묵곤 했는데, 숙박비를 흥정하다 서로 얼굴을 붉히기도 했다. 월터의 사촌들은 타닌으로 얼룩진 수영장을 차지했고, 삼촌들은 진을 도와서 주차장에 밀폐제를 바르거나 부식한 뒤쪽 밧줄을 철로 묶는 줄로 받쳤다. 모기가 극성을 부리는 계곡 아래 부서진 쇼핑 카트 잔해 근처에서, 시카고에서 온 월터의 똘똘한 사촌 레이프가 대도시 교외에서 일어나는 유익하고 끔찍한 이야기를 들려주었다. 월터에게 가장 기억에 남고, 가장 걱정하게 만든 이야기는 한 여자애와 옷을 홀딱 벗고 그다음에 어떻게 해야 할지 몰라 여자애 다리에 오줌을 갈긴 중학교 2학년짜리 남자애 얘기였다. 도시에서 온 사촌들은 월터의 형제들보다 그와 닮은 구석이 더 많았기에, 이때가 어린 시절에서 가장 행복한 시기였다. 매일 새로운 모험을 하고 사고를 쳤다. 말벌에 쏘이고, 파상풍 주사를 맞고, 병으로 만든 로켓이 폭발하고, 독이 있는 담쟁이에서 독이 옮았고, 거의 익사할 뻔했다. 밤에 차량이 뜸해지면 사무실 근처에 있는 소나무들이 속삭였다.

하지만 얼마 안 돼 버글런드가 사람들은 한꺼번에 발길을 끊고 다시는 찾아오지 않았다. 진은 형제들이 자기를 무시하는 또 하나의 증거라고 여겼고, 자기들이 묵기에 모텔이 너무 초라하고, 자기들이 미국의 상류층에 속하는 줄 알고 있다고 생각했다. 그리고 진은 상류층을 혐오하고 거부하는 데서 희열을 느꼈다. 진은 월터가 도시에서 온 사촌들과 잘 어울리고 그들을 보고 싶어 한다는 이유만으로 그를 경멸했다. 월터를 사촌들과 덜 닮게 하겠다는 일념으로, 책 읽기를 좋아하는 월터에게 가장 더럽고 가장 비루한 일들을 시켰다. 월터는 페인트칠을 긁어내고, 카펫에서 피와 정액 얼룩을 박박 문질러 닦아내고, 철사로 된 옷걸이로 욕조 하수구에 걸린 끈적끈적한 물질과 머리카락을 끄집어냈다. 손님이 온 사방에 설사 자국을 남기고 떠나면 도로시가 즉시 그걸 청소해야 했는데, 그녀가 없으면 진은 세 아들을 모두 불러들여 그 더러운 광경을 보게 한 후 월터의 형제들이 역겨워하며 낄낄거리게 부채질한 뒤 월터 혼자 말끔히 청소하게 했다. "얘한테 다 득이 되는 거야"라고 말하면서. 그러면 월터의 형제들도 합창을 했다. "그래, 얘한테 득이 되는 거야." 도로시가 그 일을 알고 진에게 뭐라고 하면, 그는 가만히 앉아서 미소를 머금고 담배를 아주 맛나게 피우면서 그녀가 화내는 걸 다 받아주었다. 늘 그렇듯이 언성도 높이지 않고 손찌검도 하지 않는다는 사실을 자랑스러워하며. "아아아아, 도로시, 그만해. 일하면 개한테도 득이 되는 거야. 자기가 너무 잘났다고 여기지 않게 해주니까."

진이 도로시에 대해 품었을지 모를 적대감이, 자신은 아버지 아이너처럼 되지 않겠다는 결심 때문에 둘째 아들인 월터에게 향했고, 월터는 도로시도 알다시피 그런 적대감을 견뎌낼 만큼 강인했다. 도로시는 길게 보고 결국 정의가 승리할 거라고 생각했다. 언뜻 보면 진이 월터에게 그렇게 심하게 대한 것은 부당했을지 모른다. 하지만 멀리 보면 아들 월터는 성공할 것이고 진은 아무것도 이루지 못할 거라고 생각했다. 월터는 불평 한마디 없이 아버지가 시키는 지저분한 일을 해냈고, 결코 울거나 도로시에게 하소연하지 않았다. 아버지가 시작한 게임에서 항상 이기는 모습을 보여주었다. 진은 밤마다 술에 취해 가구에 걸려 넘어졌고, 담배가 떨어지면 아이처럼 당황해서 어쩔 줄 몰라 했다. 그리고 성공한 사람들만 보면 반사적으로 경멸했다. 월터가 끊임없이 아버지를 혐오하는 데 몰입하지만 않았어도 아버지를 동정했을지 모른다. 그리고 동정받는 일보다 진이 더 두려워하는 것은 없었다.

월터가 아홉 살이나 열 살쯤 됐을 때 '금연' 표시를 만들어 담배를 싫어하는 동생 브렌트와 같이 쓰는 방문에 붙여놓았다. 월터는 자기를 위해서라면 그러지 않았을지 모르고, 진이 불평하도록 놔두느니 차라리 자기 눈에 담배 연기를 뿜게 내버려뒀을 것이다. 진은 월터가 만든 표시를 뜯어낼 정도로 그를 만만하게 보지는 않았다. 그 대신 월터를 놀렸다.

"네 동생이 한밤중에 담배 피우고 싶어 하면 어쩔래? 추운데 밖에 나가서 피우라고 할래?"

"안 그래도 담배 연기 때문에 걔는 밤에 숨을 이상하게 쉰다고요." 월터가 말했다.

"그런 얘긴 금시초문인데."

"나랑 같은 방 쓰잖아요. 전 알죠."

"내 말은, 너희 둘을 위해 네가 금연 표시를 붙였잖아. 브렌트는 뭐라고 하니? 걘 너랑 방을 같이 쓰지, 그렇지?"

"걘 겨우 여섯 살이에요." 월터가 말했다.

"여보, 브렌트가 담배 연기에 알레르기 반응이 있을지도 몰라요." 도로시가 말했다.

"내 생각엔 **월터가 나**한테 알레르기가 있는 것 같은데."

"아무도 우리 방에서 담배를 피우지 않았으면 좋겠어요. 그것뿐이에요. 방문 밖에서는 마음대로 피우세요. 우리 방에서만 안 피우시면 돼요."

"담배를 문 밖에서 피우나 안에서 피우나 뭐가 다른지 모르겠다."

"그냥 우리 방에 새로 생긴 규칙이에요."

"이젠 이 집에서 네가 규칙을 만드는구나, 그래?"

"우리 방에서는요." 월터가 말했다.

진은 뭔가 화풀이를 하려고 했지만 피곤했다. 그는 고개를 가로저으며 평생 권위에 도전해온 대로 일그러지고 고집스러운 미소를 지었다. 진은 벌써 브렌트의 알레르기를 핑계 삼아 모텔 사무실에 '라운지'라고 써 붙이고 편하게 담배를 피우면서 친구들을 불러 돈을 조금씩 받고 술을 팔 생각이었는지 모른다. 도로시는 그런 라운지가 진의 목숨을 끝장낼 거라고 예견했다.

월터는 학교 외에 외가에서 위안을 얻었다. 도로시의 아버지는 작은 마을의 의사였고, 도로시의 형제자매, 숙모 숙부들 중에는 대학교수도 있고, 예전에 보드빌 배우였던 부부도 있고, 아마추어 화가도 있고, 사서도 두 명 있고, 동성애자가 틀림없는 총각도 몇 명 있었다. 쌍둥이 도시에 사는 도로시의 친척들은 주말에 월터를 초대해 박물관과 음악회, 연극을 구경시켜주었다. 아이언레인지 지역에 사는 친척들은 여름 소풍을 거창하게 마련하고, 명절에는 집에서 파티를 열었다. 이들은 몸짓으로 낱말 맞히기와 커내스터 같은 옛날 카드게임을 즐겼다. 피아노를 치며 함께 노래를 부르기도 했다. 모두 해코지라고는 할 줄 모르는 사람들이었기에, 이들의 취향과 정치관이 괴상하다고 비웃고 남성적인 취미에는 젬병이라며 동정하는 진도 이들과 함께 있으면 편안해했다. 이들은 진에게서 가정적인 면을 이끌어냈는데, 월터는 진의 이런 면을 좋아했지만 크리스마스 때 사탕을 만들 때 말고는 거의 본 적이 없었다.

사탕 만드는 건 중요한 일로, 도로시와 월터 둘이 하기에 너무 버거웠다. 사탕 만들기는 강림절 첫 주일에 시작해 거의 12월 내내 계속됐다. 장롱 깊숙이 넣어둔 금속 그릇—큰 철제 냄비와 시럽, 알루미늄으로 된 무거운 견과류 처리 장치—을 꺼내고, 설탕을 수북이 쌓았으며, 양철통 탑이 생겼다.

큼지막한 무가당 버터 몇 토막을 우유와 설탕 또는 설탕만 (도로시의 특기인 크리스마스 토피 만들 재료로) 넣어 함께 녹였고, 월터는 녹인 재료를 엄마가 수년에 걸쳐 자선 세일에서 마련한 여러 개의 팬과 찜 그릇에 발랐다. "딱딱한 알"이 좋다느니, "말랑말랑한 알"이 좋다느니, "금 간다"느니 하며 이런저런 얘기가 오갔다. 진은 앞치마를 두르고 해적이 노를 젓듯 큰 냄비를 저어 재료를 녹이며 담뱃재가 냄비 속으로 들어가지 않게 하려고 애썼다. 진은 오래된 사탕 온도계 세 개를 가지고 있었다. 겉을 싸고 있는 금속은 남학생 동아리의 노처럼 생겼고, 몇 시간 동안 온도가 변하지 않다가 갑자기 동시에 퍼지가 타고 토피는 에폭시처럼 딱딱해지는 온도를 기록했다. 진과 도로시는 한마음이 되어 녹은 재료에 견과류를 섞고 사탕 재료를 부었다. 그리고 딱딱한 토피를 자르는 힘든 일을 해야 했다. 진이 엄청난 압력을 가해 누르면 칼날이 휘어졌고, 금속 팬 바닥에 긁혀 날카로운 칼날이 무뎌지는 소리(청각으로 느껴지기보다는 척추나 치아 신경조직으로 느껴졌다)가 귀에 거슬렸다. 끈적끈적한 갈색 덩어리가 튕겨져 나가면 아버지는 "**우라질, 간 떨어질라**" 하며 욕을 해댔고, 어머니는 그런 쌍욕 좀 하지 말라며 핀잔을 주었다.

강림절 마지막 주말에 80에서 100개 정도의 양철통에 밀랍 종이를 깔고 퍼지와 토피를 차곡차곡 쌓아 요르단 아몬드로 장식한 뒤 진과 도로시, 월터가 사람들에게 나누어주었다. 사탕을 만들려면 주말 내내 일해야 했고, 종종 더 오래 일할 때도 있었다. 월터의 형 미치는 브렌트와 모텔에 남았고, 브렌트는 나중에 공군 조종사가 됐지만 어려서는 툭하면 차멀미를 했다. 먼저 히빙에 사는 진의 친구들에게 사탕을 돌렸다. 여러 번 간 길을 되돌아오고 막다른 골목을 찾아가 친구들과 먼 친척들에게 나눠주고, 아이언레인지와 그랜드래피즈 너머까지 다녀오기도 했다. 가는 집마다 커피나 쿠키를 대접받았으며, 사양하는 사람은 없었다. 월터는 뒷좌석에 앉아 틈 날 때마다 책을 읽었다. 창문 모양의 희미한 햇빛 한 조각이 좌석을 가만히 비추다 태양이 마침내 직각이 되면 자동차 바닥의 협곡을 미끄러지듯 지나 왜곡된 형태로 앞좌석의 등받이에 다시 나타났다. 창밖으로 볼품없는 나무가 늘어선 공터와 항상 눈에 덮여 있는 습지와 전봇대를 둥글게 감싼, 양철로 된 비료 광고판이 보였다. 날개를 접은 매와 간 큰 까마귀도 보였다. 월터의 옆 좌석에는 이미 방문한 집에서 받은 감사의 답례품—스칸디나비아식으로 구운 빵, 핀란드와 크로아티아의 별미, 진의 노총각 친구들이 준 술병—이 점점 쌓였고, 버글런드네 양철통 수는 점점 줄었다. 이 양철통에는 진과 도로시가 결혼한 이후 이맘때면 빠짐없이 나눠준 똑같은 사탕이 들어 있다는 점이 가장 큰 가치였다. 세월이 흐르면서 사탕은 단순한 주전부리에서 옛 추억을 상기시키는 기억으로 변했다. 사탕은 해마다 가난한 버글런드 식구들이 남에게 넉넉히 베풀 수 있는 선물이었다.

　월터가 고등학교 2학년을 마칠 무렵 외할아버지가 돌아가시며 도로시가 어린 시절 여름을 보내곤 하던 작은 호숫가 집을 그녀에게 남겨주었다. 월터가 생각하기에 그 집은 엄마의 장애와 관련이 있는 것 같았다. 어린 시절, 도로시가 오른손을 제대로 자라지 못하게 하고 골반을 기형으로 만든 관절염과 싸우며 긴 시간을 보낸 곳이 바로 그 집이기 때문이다. 벽난로 옆 낮은 선반에는 도로시가 한때 몇 시간이고 가지고 '놀던' 오래된 '장난감'—강철 용수철이 달린 호두까기 같은 장치, 밸브가 다섯 개인 목관 트럼펫—이 청승맞게 놓여 있었다. 모두 그녀의 손가락 관절 치료에 도움이 되는, 관절을 유연하게 해주는 장난감이었다. 버글런드네는 모텔을 운영하느라 바빠서 그 집에 오래 머물지 못했지만 도로시는 그 집을 좋아했고, 모텔을 처분하게 되면 진과 함께 그 집에서 살겠다는 계획을 세웠다. 따라서 진이 그 집을 팔자고 제안했을 때 즉각 동의하지 않았다. 진은 건강이 좋지 않았고, 모텔을 담보로 대출을 많이 받았을 뿐 아니라, 모텔이 도로변에 있어 쉽게 접근할 수 있다는 장점도 이제는 살을 에는 히빙의 겨울 때문에 그 진가를 발휘하지 못했다. 학교를 졸업한 월터의 형 미치는 차체를 개조하는 일을 하면서 부모님 집에 얹혀살았다. 자기가 번 돈은 여자, 술, 총, 낚시 장비, 개조한 선더버드 자동차를 유지하는 데 썼다. 그 집 근처에 있는 이름 없는 작은 호수에서 피라미만 한 담수어 말고 뭔가 낚을 만한 물고기가 살았다면 진의 생각이 달라졌을지 모르지만, 그렇지 않았기에 진은 자주 가서 묵지도 않는 여름 별장을 갖고 있는 것이 무의미하다고 생각했다. 도로시는 현실적으로 어려운 부분에 대해서는 체념의 대가지만, 집을 팔자는 진의 말에 우울해져 며칠 동안 머리가 아프다며 자리보전을 하고 누웠다. 그리고 자기가 고통 받는 건 몰라도 엄마가 고통 받는 건 참지 못하는 월터가 나섰다.

"이번 여름에 제가 거기 머물면서 수리하면 누군가에게 빌려줄 수 있을지도 몰라요."

"넌 여기서 일을 도와야지." 도로시가 말했다.

"어쨌든 이제 1년밖에 더 있지 못해요. 제가 간 다음에는 어쩌실 거예요?"

"그건 그때 생각하면 돼." 진이 말했다.

"머지않아 누굴 고용해야 할 거예요."

"그러니까 그 집을 팔아야 한단 말이다." 진이 말했다.

"아빠 말씀이 맞다, 월터. 그 집을 파는 건 싫지만 아빠 말씀이 맞아."

"저, 미치 형은요? 월세를 좀 내라고 하고 그 돈으로 누굴 고용하면 되잖아요."

"그 앤 이제 제 살길을 찾아야지." 진이 말했다.

"엄마가 밥이랑 빨래를 다 해주니까, 적어도 월세는 낼 수 있잖아요."

"네가 상관할 일이 아니다."

"엄마는요? 엄마는 상관이 있어요! 미치가 정신 차리게 하니 엄마 집을 파는 게 낫다는 거잖아요!"

"그건 그 애 방이고 난 쫓아낼 생각 없다."

"정말 그 집을 빌려줄 수 있을 것 같니?" 도로시가 기대하며 물었다.

"그 돈이 **당장** 필요하다니까." 진이 말했다.

"내가 미치처럼 하면 어쩌실 거예요? 내가 싫다면요? 이번 여름에 내 맘대로 거기 가서 고친다면 어쩌실래요?"

"네가 무슨 예수라도 되냐? 네가 없어도 우린 잘 지낼 수 있어."

"여보, 내년 여름에 그 집을 빌려주도록 **시도**는 해볼 수 있잖아요. 안 되면 그때 팔면 되고요."

"제가 주말에 거기 갈게요. 그럼 주말에 미치가 저 대신 모텔 일을 하면 되겠네요."

"미치가 그러겠다고 할지 모르겠지만, 맘대로 해라." 진이 말했다.

"내가 미치 형의 부모예요?"

"아, 성가셔." 진이 라운지로 가버렸다.

진이 미치를 싸고도는 이유는 분명했다. 진은 미치에게서 자신의 모습을 보았고, 아이너가 자신을 들볶았듯이 미치를 들볶고 싶지 않았기 때문이다. 하지만 월터는 도로시까지 미치에게 너그러운 태도를 보이는 까닭을 이해할 수 없었다. 어쩌면 남편 때문에 너무 지쳐서 아들을 상대할 여력이 없었는지도 모른다. 아니면 미치에게는 장래가 없다는 점을 일찌감치 깨닫고 미치가 세상의 쓴맛을 보기 전에 다만 몇 년이라도 편하게 지내라고 그런 건지도 몰랐다. 어쨌든 STP와 펜조일(엔진오일 상표명-옮긴이) 스티커가 붙은 미치의 방문을 두드린 뒤 형에게 부모 행세를 해야 할 사람은 월터였다.

미치는 침대에 누워 담배를 피우면서 차체를 개조해 번 돈으로 산 스테레오로 바크만-터너 오버드라이브(캐나다 출신 4인조 하드록 그룹-옮긴이)의 노래를 듣고 있었다. 미치는 월터를 보고 아버지가 월터에게 하듯 무신경하게 미소 지었지만 아버지보다 더 경멸하듯 웃었다. "뭐야?"

"이제부터 형이 월세를 좀 내면 좋겠어. 아니면 모텔 일을 돕든가. 그것도 싫으면 나가든가."

"언제부터 네가 이 집 가장이 됐냐?"

"아빠가 나보고 말하랬어."

"아빠한테 가서 직접 말하라고 해."

"엄마가 호숫가 집을 팔고 싶지 않다고 하시는데, 그러려면 뭔가 변화가 있어야 해."

"그건 엄마 문제고."

"맙소사. 형은 내가 본 사람 중 제일 이기적이야."

"웃기시네. 넌 하버드인가 뭔가로 갈 테고 이 집을 관리할 사람은 난데, 내가 이기적이라고?"

"그렇다니까!"

"브렌다랑 나랑 필요할지 몰라서 돈을 모으고 있는데, 내가 이기적이라고?"

브렌다는 예쁘장한 여자애로, 브렌다의 부모는 딸이 미치와 사귄다는 것을 알고 자식 취급도 하지 않았다.

"그 대단한 저축 계획이 뭔데? 지금 물건 많이 사뒀다가 나중에 전당포에 잡히려고?" 월터가 빈정거렸다.

"나 일 열심히 하고 있어. 그럼 어쩌라고. 아무것도 사지 말라고?"

"나도 열심히 일하지만 난 아무것도 사 모으지 않아. 공짜로 일하니까."

"그럼 영화 찍는 카메라는 뭐냐?"

"그건 **학교**에서 빌린 거야, 바보. 내 것이 아니라고."

"뭐, 나한테는 그런 거 빌려주는 사람 아무도 없다. 너처럼 뒤꽁무니나 빨면서 아부하지 않거든."

"그래도 형이 월세를 내지 않아도 되는 건 아니잖아. 아니면 주말에 시간을 내서 모텔 일을 돕든가."

미치는 먼지가 뽀얗게 내려앉은 죄수들이 바글바글한 교도소 뒤뜰을 내려다보듯 재떨이 속을 들여다보며 또 한 개의 꽁초를 어떻게 쑤셔 넣을지 방법을 찾고 있었다.

"누가 널 여기 예수 그리스도로 임명했냐? 더 이상 너랑 얘기하고 싶지도 않다." 미치가 뻔한 대답을 했다.

하지만 도로시는 미치에게 얘기하기를 거부했고("차라리 집을 팔겠다"라고 말했다), 월터는 학년이 끝날 때, 그때는 모텔에 손님이 몰리는 시기이기도 한데, 이 문제를 해결하기 위해 모텔 일을 거부했다. 월터가 모텔 주변에 있는 한 일을 하지 않을 수 없고, 미치가 책임감을 느끼게 하려면 그가 집을 떠날 수밖에 없었다. 그래서 월터는 여름 동안 호숫가 집을 수리하며 자연에 대한 실험 영화를 만들 거라고 선언했다. 아버지는 집을 수리해서 파는 데 도움이 되게 하는 건 괜찮지만, 집은 반드시 팔 거라고 했다. 엄마는 집은 잊어버리라고 애원했다. 엄마는 그 집을 두고 야단법석을 떤 자기가 너무 이기적이고, 그 집에 애정도 **없으며**, 그저 식구들끼리 잘 지내기만 바란다고 했다. 그런데도 월터가 가겠다고 하자 도로시는 정말 엄마가 바라는 바를 중요하게 생각한다면 떠나지 않을 거라고 울부짖었다. 하지만 월터는 처음으로 엄마에게 화가 났다. 엄마가 그를 얼마나 사랑하고 그가 엄마를 얼마나 잘 이해하는지는 중요하지 않았다. 월터는 엄마가 아버지와 형에게 지나칠 정도로 순종하는 것이 혐오스러웠다. 이가 갈리도록 지긋지긋해진 월터는 단짝 친구인 메리 실탈라에게 부탁해 차로 호숫가 집까지 데려다달라고 했다. 월터는 옷을 담은 더플백과 페인트 열 통, 낡은 자전거, 낡은 《월든》 한 권, 학교의 시청각 교재부에서 빌린 슈퍼-8 영화 카메라, 노란 슈퍼-8 필름 여덟 상자를 갖고 떠났다. 그것이 그가 한 일 가운데 가장 반항적인 행동이었다.

호숫가 집은 쥐똥과 죽은 쥐며느리 천지였다. 페인트칠도 다시 하고, 지붕도 새로 얹고, 창문에 방충망도 새로 달아야 했다. 첫날, 월터는 열 시간 동안 집 안을 청소하고 잡초를 베고 나서 늦은 오후 햇볕을 받으며 자연의 아름다움을 찾아 숲 속을 걸었다. 24분 정도 촬영할 필름밖에 없었기에 얼룩다람쥐 찍는 데 3분을 낭비하고 나서 뭔가 따라잡기 어려운 걸 찾아야겠다고 생각했다. 호수는 아비라는 바닷새가 살기에는 너무 작았지만, 월터가 외할아버지의 배를 타고 사람의 발길이 거의 닿지 않은 외진 곳으로 가자 갈대밭 사이로 왜가리 비슷한 알락해오라기가 보였다. 촬영하기 안성맞춤인 알락해오라기는 매우 조용하고 얌전해서 여름 내내 쫓아다녔는데도 필름이 조금 남았다. 월터는 단편 실험 영화 제목을 '알락해오라기다움'이라고 하면 어떨까 상상했다.

월터는 매일 아침 5시에 일어나 방충제를 뿌린 뒤 카메라를 무릎에 올려놓고 천천히 그리고 조용히 갈대밭 쪽으로 노를 저어갔다. 알락해오라기는 갈대 사이에 숨어 있었는데 몸에 담황색과 갈색 세로줄 무늬가 있어서 갈대와 식별하기 어려웠고, 긴 부리로 작은 동물을 찍어 잡아먹었다. 위험을 감지하면 목을 쭉 펴고 부리를 하늘로 향한 뒤 꼼짝도 하지 않아 마른 갈대처럼 보였다. 월터가 곧바로 뒤로 조금씩 누우며 다가가 카메라 화면에 알락해오라기를 담으려고 하면 시야에서 사라져버렸지만 가끔 힘차게 날아오르기도 했다. 그럴 때면 월터는 곧바로 뒤로 누우며 그 새가 날아가는 모습을 카메라로 열심히 찍었다. 알락해오라기는 먹잇감을 무자비하게 죽였지만, 월터는 이 새가 마음에 들었다. 특히 걸어 다닐 때는 칙칙한 빛깔의 깃털밖에 보이지 않지만, 날개를 펴고 하늘을 날 때는 짙은 회색과 석판처럼 검은색이 보여 마음에 쏙 들었다. 늪 근처에 집을 짓고, 땅 위에서는 보잘것없으며 사람의 눈을 피해 다니지만, 하늘을 날 때는 고귀해 보이기까지 했다.

17년 동안 좁은 집에서 가족과 복닥거리며 살아온 월터는 고독에 목말라 있었고, 고독에 대한 갈증은 아무리 해도 채워지지 않았다. 바람소리, 새소리, 벌레 소리, 물고기들이 물 밖으로 튀어 오르는 소리, 나뭇가지 흔들리는 소리, 자작나무 잎사귀들이 서로 비비며 내는 소리 외에는 아무 소리도 들리지 않았다. 월터는 집 외벽의 칠을 벗겨내면서 잠시 일손을 멈추고 이 침묵의 소리를 음미했다. 펜에 있는 상점에 다녀오는 데 자전거로 20분이 걸렸다. 월터는 엄마가 알려준 조리법대로 렌틸 콩으로 냄비 한가득 스튜와 콩 수프를 만들었다. 저녁에는 오래전부터 이 집에 있었지만 아직도 망가지지 않은, 용수철로 움직이는 핀볼 게임기를 가지고 놀았다. 월터는 자정까지 침대에 누워 책을 읽었고, 어떤 때는 곧 잠이 들지 않아 가만히 누워 침묵을 만끽했다.

어느 늦은 오후, 월터가 호수에 온 지 열흘째 되던 금요일, 알락해오라기를 새로 찍었지만 별로 만족스럽지 않은 기분으로 배를 타고 돌아오는 길에 월터는 자동차 엔진 소리와 시끄러운 음악 소리, 모터사이클이 긴 차고 진입로를 내려오는 소리를 들었다. 그가 배를 호수에서 뭍으로 끄집어낼 때쯤 미치와 섹시한 브렌다 그리고 다른 세 쌍의 남녀―미치의 건달 친구 세 명과 페인트로 그림을 그린 나팔바지, 목과 등 뒤에 끈으로 묶는 윗옷을 입은 세 명의 여자애―가 집 뒤쪽에 있는 잔디밭에 맥주, 캠핑 장비, 아이스박스 등을 내려놓고 있었다. 디젤 픽업트럭이 애연가가 기침하듯 매연을 뿜어내며 공회전했고, 자동차 오디오에서는 에어로스미스의 노래가 쾅쾅 울리고 있었다. 건달 친구 가운데 한 명은 쇠사슬로 된 목줄에 징이 박힌 개 목걸이를 한 로트와일러를 데려왔다.

"어이, 자연을 사랑하는 친구. 일행이 있어도 괜찮겠지?" 미치가 말했다.

"괜찮지 않은데." 월터는 그렇게 말하면서도 자기가 저들에게 얼마나 쪼잔해 보일까 싶어 얼굴을 붉혔다. "엄청 안 괜찮아. 여긴 나 혼자야. 형은 여기 있으면 안 돼."

"안 되긴. 여기 있지 말아야 할 사람은 너다. 네가 원하면 오늘 밤은 있어도 되지만 이제 내가 있을 테니 넌 가보시지. 여긴 내 집이니까."

"여긴 형 집이 아니야."

"내가 빌렸어. 나더러 월세 내라며. 이 집이 내가 월세를 낼 집이다."

"일은 어쩌고?"

"관뒀어. 그 바닥을 떠났다고."

월터는 금방이라도 눈물이 나올 것 같아 집 안으로 들어가 카메라를 빨래통에 숨겼다. 그리고 자전거를 타고 나가 노을 속을 달렸다. 평소에는 그토록 아름답던 황혼이 지금은 그 매력이 어디론가 사라지고 모기와 적대감만 남았다. 월터는 펜에 있는 상점 밖에서 공중전화로 집에 전화를 걸었다. 엄마가 미치의 말을 확인해주었다. 엄마와 아빠, 미치가 한바탕 다툰 뒤 호숫가 집을 팔지 않기로 했고, 미치가 집수리를 하고 더 많은 의무를 지기로 했다는 것이다.

"엄마, 그럼 여긴 난장판이 될 거예요. 형이 집을 홀딱 말아먹을 게 뻔해요."

"그래도 난 네가 여기 있고 미치가 거기 있어야 맘이 편할 것 같구나. 네 말이 맞았어……. 이제 집으로 와라. 보고 싶구나. 그리고 여름 내내 혼자 지내기에 넌 너무 어려." 엄마가 말했다.

"하지만 전 여기서 정말 잘 지내고 있어요. 일도 많이 했고요."

"안됐구나, 월터. 하지만 이미 결정을 내렸으니 어쩌겠니."

날이 어두워져 자전거를 타고 집으로 돌아오며 월터는 거의 1킬로미터 밖에서도 시끄러운 소리를 들을 수 있었다. 기타 솔로 연주의 록 음악, 취해서 불쑥 외치는 소리, 개 으르렁거리는 소리, 불꽃 튀는 소리, 모터사이클 엔진이 부르릉거리는 소리가 들렸다. 미치와 친구들은 텐트를 치고 모닥불을 크게 피우고 대마초 연기 속에서 햄버거 고기를 굽고 있었다. 월터가 안으로 들어갈 때 아무도 눈길을 주지 않았다. 그는 침실로 들어가 문을 잠그고 침대에 누워 소음이 주는 고통을 견뎌냈다. 왜 이 사람들은 **조용히** 하지 못하는 걸까? 조용한 걸 좋아하는 **사람들도** 있는 세상을 왜 소리로 공격해야 할까? 소음은 계속됐다. 그 소음은 열병을 야기했는데 월터 말고는 모두 면역이 돼 있는 열병인 것이 분명했다. 자기 연민의 소외감이라는 열병. 그날 밤은 월터에게 씻을 수 없는 상처를 주었다. 그는 대중의 고함소리를 혐오하게 됐고, 이상하게 야외 활동도 피하게 됐다. 월터는 마음을 열고 자연으로 돌아왔지만, 엄마의 나약함이 그를 실망시켰듯이 자연 또한 그를 실망시켰다. 자연은 시끄러운 멍청이들에게 너무 쉽게 굴복했다. 월터는 자연을 사랑했지만 단지 추상적으로 좋아했고, 훌륭한 소설이나 외국 영화를 사랑하는 것 이상은 아니었으며, 나중에 패티와 아이들에게 보여준 것보다 못한 사랑이었다. 그래서 월터는 그 후 20년 동안 도시인이 됐다. 쓰리엠사를 그만두고 자연보존협회에서 일할 때도, 청솔산 신탁기금에서 일할 때도 월터의 주된 관심사는 자연을 미치처럼 버릇없는 사람들로부터 보호하는 일이었다. 월터가 자기가 보존하고자 하는 서식지에 사는 동물에게 애정을 가진 건 자신의 감정이 투영된 행동이다. 시끄러운 인간들에게 방해받지 않고 살고 싶다는 점에서 그 동물에게 동질감을 느낀 것이다.

감옥에서 보내느라 브렌다와 아이들만 같이 산 몇 달을 빼고, 미치는 6년 후 진이 세상을 떠날 때까지 계속 호숫가 집에서 살았다. 미치는 지붕을 새로 얹고 집이 낡아가는 것을 어느 정도는 막았지만 집 근처에서 가장 크고 예쁜 나무를 몇 그루 베어내고, 호숫가의 경사진 길은 개들의 놀이터를 만드느라 허허벌판으로 만들었다. 한때 알락해오라기가 둥지를 튼, 호수 후미진 곳까지 스노모빌 자국으로 파헤쳐놓았다. 월터가 보기에 미치는 진과 도로시에게 월세를 한 푼도 내지 않은 것이 분명했다.

트로매틱스를 만든 사람은 트라우마(정신적 외상-옮긴이)가 뭔지나 알았을까? 트라우마란 이런 것이다. 일요일 아침 일찍, 지난 이틀 동안 아버지인 걸 자랑스럽게 해준 두 아이를 대견해하며 아래층에 있는 자기 사무실로 내려갔는데 책상 위에 긴 원고 뭉치가 놓여 있었다. 그 원고는 아내가 쓴 것으로 자기와 아내, 단짝 친구에 대해 품어온 끔찍한 의구심이 사실이었다는 걸 확인해주는 내용이었다. 월터의 인생에서 조금이나마 이와 비교할 수 있는 경험이라면 위스퍼링 파인스 6호실에서 사촌 레이프가 자상하게 알려준 대로("바셀린을 써") 처음으로 자위했을 때다. 월터는 그때 열네 살이었고, 자위하며 느낀 희열은 그동안 그가 경험한 그 어떤 것보다 강렬했다. 자위의 결과가 너무 놀랍고 충격적이었기에 월터는 수명을 다한 어느 행성에서 다른 행성으로 4차원 이동한 공상과학 영웅 같은 느낌이 들었다. 그리고 패티의 원고도 그와 비슷하게 강렬한 변화를 느끼게 했다. 처음 자위했을 때처럼 패티의 원고를 읽는 데 채 1분도 걸리지 않은 것 같았다. 월터는 원고를 읽다가 초반에 사무실 문을 잠그기 위해 딱 한 번 일어났다. 어느새 그는 마지막 페이지를 읽고 있었고, 그때는 정확히 오전 10시 12분이었으며, 그때 그의 사무실 창문을 비추던 햇살은 여느 때와 다르게 느껴졌다. 그날 해는 은하계의 버려진 낯선 귀퉁이에 자리한 누르스름하고 못된 별 같았다. 그의 머릿속도 한 별에서 다른 별로 건너간 것처럼 완전히 변해 있었다. 월터는 원고를 들고 사무실을 나와 책상에서 타이프를 치고 있는 랄리사 옆을 지나갔다.

"안녕히 주무셨어요, 사무총장님."

"안녕." 월터는 랄리사에게서 풍기는 상큼한 아침 향기에 몸을 떨면서 말했다. 그는 계속 걸어 부엌을 통과해 뒤쪽에 있는 계단을 올라가 패티의 작은 방으로 갔다. 패티는 아직 모직 잠옷을 입고 소파의 이불에 폭 파묻힌 채 크림을 탄 커피잔을 들고 스포츠 채널에서 전미대학체육협회 주최 농구 토너먼트 결과를 요약 정리한 보도를 보고 있었다. 패티가 월터에게 지은 미소—그의 태양이 명멸하기 전 마지막으로 발한 빛과 같은 미소—는 월터가 손에 들고 있는 것을 본 순간 공포로 변했다.

"오, 맙소사." 패티가 TV를 끄면서 말했다. "어머나, 이런, 월터, 오, 오, 오." 그녀가 머리를 세차게 가로저었다. "아니, 아니, 아니야, 아니라고."

방문을 닫은 월터는 문에 등을 대고 미끄러져 바닥에 주저앉았다. 패티는 숨을 들이마시고, 또 들이마시고, 또 들이마셨다. 아무 말도 할 수 없었다. 창문에 어린 빛은 지구의 빛 같지 않았다. 월터는 다시 몸을 부르르 떨었고, 감정을 자제하느라 어금니를 깨무는 소리가 났다.

"왜 당신이 갖고 있는지 모르겠지만, 당신 보라고 쓴 거 아니야. 어젯밤 리처드를 **떼어내려고** 개가 보게 한 거야. 난 리처드가 우리 인생에서 사라지길 바랐어! 걔를 우리 삶에서 **사라지게** 하고 싶었단 말이야, 월터. 걔가 왜 그걸 당신한테 줬는지 모르겠어! 어떻게 그런 끔찍한 짓을!"

패티의 울음소리가 몇 광년은 떨어진 곳에서 들리는 것 같았다. 그녀가 날카롭고 높은 목소리로 말했다.

"결코 당신 읽으라고 쓴 거 아니야. 정말이야, 월터. 하느님께 맹세해. 난 평생 당신에게 상처 주지 않으려고 애써왔어. 당신은 나한테 정말 잘해줬는데, 당신이 이런 대우를 받으면 안 되지."

그러고 나서 패티는 한참 동안, 10분 아니면 100분쯤, 울었다. 일요일에 방송하는 모든 아침 정규 프로그램이 긴급사태로 중단됐고, 하루의 정상적인 일상은 철저히 사라져 월터는 일상에 대한 향수조차 느낄 수 없었다. 우연이라는 것이 참 공교롭듯이 월터 바로 앞에 있는 바닥은 사흘 전 전혀 다른 종류의 긴급사태가 벌어진 장소였다. 이로운 긴급사태, 유쾌한 외상을 입힌 합궁의 장소였는데, 돌이켜보니 지금 일어나고 있는 해로운 긴급사태를 알리는 전조였다. 목요일 저녁 늦게, 월터는 패티의 방으로 올라와 그녀를 성적으로 공격했다. 월터는 그날 밤 뜻밖에 그녀의 동조 아래 폭력적인 행동을 했고, 그녀가 동조하지 않았다면 강간범의 행동으로 여겨졌을지 모른다. 월터는 패티를 넘어뜨린 뒤 직장에서 입는 검은색 바지를 벗겨내고 그녀의 몸속에 자신을 밀어붙였다. 옛날 같으면 설령 머릿속에 떠올라도 실행에 옮기지 못했을 것이다. 그녀가 강간을 당했던 사실을 잊지 않았기 때문이다. 하지만 그날 하루는 정말 힘들고 혼란스러웠기 때문에—월터가 랄리사와 거의 불륜을 저지를 뻔해 흥분되었고, 와이오밍 카운티에서 겪은 도로 차단 사태로 화가 치밀었으며, 전화 속 조이의 목소리가 전에 없이 겸손해서 흐뭇했다—월터가 그녀의 방에 들어갔을 때 패티는 그의 눈에 갑자기 물건처럼 보였다. 그의 고집스러운 물건, 그를 짜증나게 하는 아내였다. 그는 지긋지긋해졌다. 이성적으로 생각하고 이해하는 일이 지긋지긋해졌다. 그래서 그녀를 바닥에 넘어뜨리고 짐승처럼 거칠게 삽입했다. 그때 패티의 표정, 월터의 얼굴 표정을 거울처럼 비췄을 그 표정을 보고 그는 거의 시작하자마자 멈췄다. 월터는 삽입을 멈추고 몸을 떼어낸 뒤 패티의 가슴에 걸터앉아 크기가 평소의 두 배는 된 것 같은 발기한 성기를 그녀의 얼굴에 들이밀었다. 자신이 어떤 사람이 돼가고 있는지 그녀에게 보여주기 위해. 두 사람 모두 미친 사람처럼 미소 짓고 있었다. 월터는 다시 그녀의 몸속에 자기를 밀어 넣었고, 보통 때 같으면 그를 격려하는 차원에서 약하게 신음 소리를 냈을 패티가 큰 소리로 비명을 질러 그는 더욱 흥분했다. 다음 날 아침, 월터가 사무실로 내려갔을 때 랄리사가 말없이 쌀쌀맞게 대하는 걸 보고 패티의 비명소리가 온 집 안에 들렸다는 것을 알 수 있었다. 목요일 밤에 뭔가가 시작됐는데, 그게 뭔지 그는 확실하게 알 수 없었다. 하지만 패티의 원고를 보고 깨달았다. 두 사람 관계의 끝이 시작된 것이다. 패티는 진정으로 월터를 사랑한 적이 없었다. 그녀가 원한 건 그의 사악한 친구가 가진 것이었다. 그다음 날 밤, 알렉산드리아에서 조이와 저녁을 먹으며 조이에게 한 약속을 깨지 않길 잘했다는 생각이 들었다. 월터는 아무에게도, 특히 패티에게, 조이가 코니 모너핸과 결혼한 사실을 얘기하지 않겠다고 약속했다. 조이가 털어놓은 더 걱정스러운 몇 가지 비밀과 함께 결혼 사실이 주말 내내 그리고 그 전날 오랫동안 계속된 회의와 공연 내내 월터의 마음을 무겁게 짓눌렀다. 월터는 조이의 결혼 사실을 패티에게 비밀로 하는 게 마음에 걸렸고, 그녀를 배신하는 기분이 들었다. 하지만 이제 보니 그건 배신에 관한 한 우스울 정도로 사소한 배신이었다. 울고 싶을 정도로 별 볼 일 없는 배신이었다.

"리처드는 아직 집 안에 있어?" 패티가 마침내 얼굴을 침대보로 닦으며 물었다.

"아니. 내가 일어나기 전에 나가는 소리를 들었어. 돌아오지 않은 것 같아."

"뭐, 그나마 다행이네."

월터는 패티의 목소리를 얼마나 좋아했던가! 지금 그 목소리를 들으니 죽을 것만 같았다. 그가 물었.

"너희들, 지난밤에도 놀아났어? 부엌에서 얘기하는 소리가 들리던데."

월터의 목소리는 까마귀 소리처럼 거칠었고, 패티는 그에게 당할 준비를 하는 듯 숨을 깊이 들이마셨다.

"아니, 얘기만 하고 난 자러 갔어. 말했잖아, 끝났다고. 몇 년 전에 문제가 좀 있었지만, 이제 다 끝난 일이야."

"실수였단 말이지."

"믿어줘, 여보. 정말, 정말 끝났어."

"나는 내 단짝 친구처럼 당신을 달아오르게 하지 않는다. 그런 적이 없는 건 분명하고 앞으로도 그러지 않을 거다."

"오, 제발 내가 쓴 말 되풀이하지 마. 날 창녀라고 하든 당신 인생에 악몽 같은 존재라고 하든 뭐라고 해도 좋으니까, 내 글만은 인용하지 말아줘. 제발."

"리처드는 체스는 개판으로 두지만 다른 게임에서는 명백한 승자라."

"좋아." 패티가 눈을 더 꼭 감으며 말했다. "내 말을 계속 인용하겠다 이거지. 알았어. 맘대로 해. 하라고. 하고 싶은 대로 해. 당신에게 자비를 바랄 자격이 없다는 거 알아. 하지만 당신이 그러는 거, 나한테는 최악이라는 것만 알아줘."

"미안. 난 당신이 리처드 얘기하는 거 좋아한다고 생각했는데. 나한테 말을 건 이유가 리처드 얘기를 들으려고 그랬던 거 아닌가."

"맞아. 그랬어. 거짓말하지는 않을게. 석 달 정도는 그랬어. 하지만 그건 25년 전 얘기고 내가 당신이랑 사랑에 빠져 인생을 함께하기로 약속하기 전이야."

"그리고 오죽 만족스러운 인생이셨어, 그동안. '딱히 잘못된 것 없다'라는 게 당신 말이었던가. 사실은 그렇지 않아 보이는데."

패티는 여전히 눈을 감은 채 얼굴을 찡그렸다. "다 읽고 나서 끔찍한 부분만 발췌하지 그래. 그렇게 하고 마무리할까?"

"내가 하고 싶은 건 이놈의 원고를 당신 목구멍에 쑤셔 박는 거야. 그 원고가 목에 걸려 구역질하는 걸 보고 싶다고."

"그래, 그러든가. 지금 내 기분보다는 그게 훨씬 낫겠다."

월터는 원고를 너무 꽉 쥐어서 손에 쥐가 났다. 그는 손에서 원고를 놓았고, 다리 사이로 미끄러지게 내버려두었다.

"더 할 말도 없다. 요점은 다 짚은 것 같은데."

패티가 고개를 끄덕였다. "다행이네."

"다시는 당신 얼굴 보고 싶지 않아. 당신과 다시는 한방에 있고 싶지도 않고. 그 자식 이름 다시는 듣고 싶지 않아. 너희 둘이랑 상종하고 싶지 않아. 그냥 혼자서 당신을 사랑하느라 평생을 낭비한 것에 대해 곰곰이 생각해봐야겠어."

"그래, 알았어." 패티가 다시 고개를 끄덕이며 말했다. "하지만 싫다면? 난 당신 말에 동의하지 않아."

"당신이 동의하든 말든 상관없어."

"그런 줄 알아. 하지만 내 말 좀 들어봐." 패티가 큰 소리로 코를 훌쩍이고는 마음을 추스르고 커피잔을 바닥에 내려놓았다. 눈물이 그녀의 눈을 부드럽게 만들고, 입술은 더욱 붉게 만들었으며, 아주 예뻐 보였다. 패티가 예쁜지에 관심이 있다면 지금 그녀가 예뻐 보인다고 느끼겠지만, 월터는 더이상 그런 느낌이 없었다. "그건 절대 당신 읽으라고 쓴 거 아니야."

"그럴 생각이 아니었다면 그게 왜 내 집 안에 있는데?"

"믿을지 모르겠지만, 사실이야. 그냥 나를 위해 쓴 거야. 나아지려고. **정신과 상담**을 받으며 쓴 거라니까. 어제 리처드한테 준 건 내가 왜 당신 곁에 남았는지 설명하려는 거였어. 난 **늘** 당신 곁에 있었고, **지금도** 당신 곁에 있고 싶어. 당신이 읽으면 끔찍할 내용이 들어 있다는 거 알아. 얼마나 끔찍할지 상상하기도 싫지만, 그 속에 있는 게 **전부**는 아니야. 내가 우울할 때 쓴 글이고, 내가 느낀 나쁜 감정을 모두 쏟아부은 거야. 하지만 마침내 기분이 나아지기 시작했어. 특히 전날 밤 그 일이 있고부터는. 기분이 훨씬 나아졌다고! 마침내 돌파구를 찾은 것 같았단 말이야! 당신도 그렇게 느끼지 않았어?"

"난 내 느낌이 어땠는지 몰라."

"당신에 대해 좋은 얘기도 썼잖아, 그렇지 않아? 안 좋은 얘기보다 좋은 얘기가 훨씬 많잖아? 당신이 객관적으로 본다면. 그러기 힘들다는 거 알지만 그래도 당신 말고는 누구든지 좋은 얘기도 있다는 걸 알 거야. 당신은 더할 나위 없이 나에게 자상했어. 난 당신한테 그런 대우를 받을 자격도 없는데. 당신은 내가 아는 사람 중 가장 훌륭한 사람이야. 당신, 조이, 제시카가 내 인생의 전부라고. 좋지 않을 때, 아주 잠깐 한눈판 건 내 일부분이 그런 것뿐이야."

"맞아, 내가 그걸 못 봤나 보네."

"거기 다 있다니까, 여보! 나중에 생각해보면 기억날 거야."

"난 더 이상 생각하고 싶지 않아."

"지금 하라는 게 아니라 나중에. 나하고 말 섞기도 싫겠지만 적어도 조금 용서는 해줄 수 있지 않을까?"

창문에 어린 빛이 갑자기 어두워졌다. 봄 구름이 지나가고 있었다.

"당신은 내게 가장 끔찍한 일을 저질렀어. **가장** 끔찍한 일. 그리고 당신은 그게 내게 가장 끔찍한 일이라는 걸 알았고. 그런데도 해버렸어. 어느 부분을 내가 다시 생각해야 하는 거야?"

"아, 정말 미안해." 패티가 다시 울면서 말했다. "당신이 나처럼 이해할 수가 없다니 정말 속상해. 이런 일이 생겨서 정말 미안해."

"이 일은 '생긴' 게 아니야. 당신이 **저지른** 거지. 당신은 나더러 읽으라고 원고를 내 책상에 둘 만큼 사악한 개자식이랑 놀아났다고."

"맙소사, 월터. 그냥 단순한 섹스였어."

"당신은 절대로 내가 읽게 놔두지 않을 글을 그 자식은 읽게 해줬어."

"4년 전에 일어난, 거지 같은 섹스일 뿐이야. 그걸 어떻게 우리 인생 전체와 비교해?"

"이봐, 당신한테 소리치고 싶지 않아. 집에 제시카도 있는데. 하지만 그러려면 당신이 협조를 해줘야겠어. 당신이 한 행동에 대해 거짓말로 변명 좀 하지 마. 그렇지 않으면 소리 질러서 당신 머리통을 날려버릴 테니까."

"거짓말로 변명하는 게 아니야."

"정말이야. 소리 지르지 않을 거야. 이 방에서 나갈 거고, 그 후에는 당신 얼굴 보고 싶지 않아. 그런데 문제가 좀 있네. 이 집에서 일해야 하니까 내가 나가는 건 쉽지 않을 것 같은데."

"알아, 안다고. 내가 나가야 하는 거 알아. 제시카가 떠날 때까지 기다렸다가 당신 눈앞에서 사라져줄게. 당신이 어떤 기분인지 이해해. 하지만 가기 전에 한 가지만 말할게. 당신을 당신 비서와 남겨두고 가는 건 내 심장에 비수를 꽂는 거나 다름없다는 걸 당신이 알았으면 해. 내 가슴의 피부를 벗겨내는 것 같다고. 참기 힘들어, 월터. 너무 가슴 아프고 질투가 나서 어떻게 해야 할지 모르겠어." 패티가 애원하듯 월터를 바라보았다.

"견뎌낼 거야."

"아마. 몇 년 후면. 조금은. 하지만 내가 지금 어떤 기분인지 알아? 내가 누굴 사랑하는지 아느냐고. 진짜 문제가 뭔지 아느냐고."

불안하고 간절하게 애원하는 패티의 눈빛을 본 순간 월터는 더할 나위 없이 고통스러운 동시에 역겨워서—결혼 생활을 하면서 상대방에게 준 고통이 쌓이고 쌓여 극도로 혐오감을 불러일으켰다—소리를 질렀다.

"누가 날 이렇게 만들었는데? 내가 자기 성에 차지 않는다고 한 사람이 누구지? 늘 생각할 시간이 필요한 사람이 누구였냐고? 26년이면 생각하고도 남을 시간 아닌가? 그놈의 시간은 얼마나 더 필요한데? 당신 글 중에 내가 몰랐던 게 있는 줄 알아? 처음부터 끝까지 하나도 남김없이 모조리 알지는 못했다고 생각하는 거야? 그러고서도 당신을 사랑했다는 거, 나도 어쩔 수가 없어서, 그래서 내 인생을 완전히 낭비했다는 거 아느냐고."

"너무한다, 정말 너무해."

"너무하는 거 좋아하시네. 제기랄!"

월터가 발로 찬 원고가 하얀 눈송이처럼 흩어졌지만, 방을 나가기 전에 어느 정도 진정이 되어 방문을 세게 닫지는 않았다. 아래층에 있는 부엌에서 제시카가 베이글을 구웠고, 식탁 옆에 그녀의 가방이 놓여 있었다.

"오늘 아침에는 왜 아무도 안 보여요?"

"엄마랑 좀 다퉜다."

"그런 것 같네요." 제시카가 비꼬듯 눈을 크게 뜨며 말했다. 그녀가 자기보다 정서적으로 덜 안정된 식구들에게 으레 보이는 반응이었다. "지금은 괜찮아요?"

"두고 보자, 두고 봐."

"정오에 출발하는 기차 타려고 했는데 아빠가 원하면 더 늦게 출발하는 기차 탈게요."

월터는 늘 제시카와 가까웠기 때문에 제시카는 자기편일 거라고 생각했다. 그는 대충 무마하고 지금 딸을 보내는 건 전술적 오류라는 생각이 들지 않았다. 자기가 처음으로 제시카에게 소식을 전하고 내용의 틀을 짜는 게 얼마나 중요한지 깨닫지 못했다. 승부사의 본능을 지닌 패티가 얼마나 재빨리 제시카와 연대를 공고히 하고 제시카가 패티 쪽 얘기(아빠가 별것도 아닌 일로 핑계를 대고 엄마를 버리고 젊은 비서를 들어앉혔다)를 믿게 할지 상상도 하지 못했다. 월터는 그 순간 나중 일은 생각하지 않았고, 부성애와 전혀 상관없는 그런 기분 때문에 머리가 핑핑 돌았다. 그는 제시카를 포옹해주고 자유 공간 창립을 돕기 위해 와줘서 정말 고맙다고 했다. 그러고 나서 그는 사무실에 들어가 창밖을 뚫어져라 내다봤다. 긴급사태가 어느 정도 수습되자 월터는 산더미처럼 쌓인 일이 생각났지만 일에 착수할 만큼 마음이 가라앉지는 않았다. 그는 꽃봉오리를 터뜨리려는 진달래 사이를 뛰어다니는 개똥지빠귀를 지켜보았다. 자기가 알고 있는 사실을 그 새는 하나도 모른다는 게 부러웠다. 할 수만 있다면 주저하지 않고 새와 영혼을 맞바꾸고 싶었다. 날개를 달고 단 한 시간만이라도 공기의 부력을 느끼고 싶었다. 영혼을 맞바꾸고 싶다는 생각이 드는 건 당연했다. 활달한 개똥지빠귀는 그에게 전혀 관심을 보이지 않고, 육체적 자아에 대해 자신감이 있어 보였으며, 월터보다 새인 것이 훨씬 낫다는 걸 알고 있는 듯했다.

얼마나 시간이 흘렀을까. 월터는 큰 여행 가방 바퀴가 구르는 소리와 대문이 철커덩 닫히는 소리를 들었다. 랄리사가 그의 사무실 방문을 두드리고 머리를 들이밀었다.

"별일 없으세요?"

"응. 이리 와 내 무릎에 앉아." 월터가 말했다.

랄리사가 눈썹을 치켜세웠다. "지금요?"

"응, 지금. 아니면 언제? 집사람 떠났지?"

"가방 들고 나가시긴 했어요."

"그럼 돌아오지 않을 거야. 그러니까 이리 와. 왜 안 되냐고. 집에 아무도 없다니까."

랄리사는 주저하지 않고 월터의 말대로 했다. 하지만 그의 사무실 의자는 사람을 무릎에 앉히기에 적당하지 않았기에 랄리사는 떨어지지 않으려고 그의 목에 매달려야 했고, 그러고도 의자는 위험할 정도로 뒤뚱거렸다.

"이렇게 하고 싶으신 거예요?"

"솔직히, 아니. 이 사무실에 있고 싶지 않아."

"저도 그래요."

월터는 생각할 일이 너무 많았고, 지금 당장 생각하기 시작하면 쉬지 않고 몇 주일이고 계속될 터였다. 생각하지 않으려면 앞으로 뛰어드는 수밖에 없었다. 천장이 경사진 랄리사의 작은 방은 한때 하녀가 쓰던 방인데, 그녀가 입주한 이후로 월터는 한 번도 이 방에 와보지 않았다. 방바닥 한쪽에는 깨끗한 옷이 차곡차곡 쌓여 있고, 한쪽에는 더러운 옷이 마구잡이로 쌓여 있어서 요리조리 피해서 발을 옮겨야 했다. 월터는 랄리사를 지붕창 옆 벽면에 밀어붙이고 자기를 무조건적으로 원하는 한 사람에게 앞뒤 가리지 않고 자신을 주었다. 또 다른 긴급사태였고, 시간을 따질 틈이 없을 만큼 절박했다. 월터는 랄리사를 자기 엉덩이께로 들어 올렸고, 그녀와 입을 맞춘 채 휘청거리며 걸었다. 그런 다음 다른 옷더미 사이에서 서로의 옷 속을 격렬하게 애무했고, 그러다가 동작을 멈추는 그런 순간이 왔다. 섹스로 가는 단계가 얼마나 천편일률적인지, 얼마나 비인간적이고 감정보다 우선하는지 떠올라 마음이 불편해졌다. 월터는 갑자기 몸을 빼고 정리되지 않은 싱글 침대 쪽으로 가서 침대 위에 있던 인구과잉에 대한 책과 자료를 옆으로 밀쳐 떨어뜨렸다.

"우리 둘 중 한 사람이 공항에서 에두아르도를 마중하려면 6시에 출발해야 해. 확인해두고 싶었어." 월터가 말했다.

"지금 몇 시예요?"

월터는 먼지가 앉은 랄리사의 알람시계를 돌려서 보았다. "2시 17분." 그는 신기했다. 평생 본 시간 중에 가장 이상한 시간이었다.

"방이 지저분해서 죄송해요." 랄리사가 말했다.

"맘에 드는데, 뭘. 난 그대로의 네가 좋아. 배고파? 난 좀 배가 고프네."

"아니요, 월터. 배고프지 않아요. 하지만 먹을 것 좀 갖다 드릴게요." 랄리사가 미소 지었다.

"뭐, 두유 한 잔. 콩 음료면 될 것 같아."

"한 잔 가져올게요."

랄리사가 아래층으로 내려갔고, 잠시 후 다시 올라오는 발소리가 월터의 인생에서 패티의 자리를 대신할 사람의 발소리라고 생각하니 야릇한 기분이 들었다. 랄리사는 월터 옆에 무릎을 꿇고 앉아 강렬하고 탐욕스러운 눈길로 두유를 들이켜는 그를 지켜보았다. 그러더니 그의 셔츠 단추를 창백한 손으로 날렵하게 풀기 시작했다. '좋아, 그럼.' 그는 생각했다. '전진.' 하지만 월터는 나머지 단추를 풀고 옷을 벗으면서 아내의 불륜 장면, 아내가 빼놓지 않고 설명한 그 장면이 자꾸 떠올랐다. 희미하지만 사실적인, 아내를 용서하려는 충동이 일었다. 이 충동을 억눌러야 했다. 패티와 리처드에 대한 증오심은 생긴 지 얼마 되지 않아 흔들리고 아직 단단해지지 않았고, 패티가 울던 가여운 모습과 울음소리가 생생하게 떠올랐다. 다행히 랄리사가 붉은 점박이 무늬의 하얀 팬티만 남기고 옷을 벗었다. 랄리사가 무심히 그를 굽어보았다. 자기 몸을 탐색하라는 듯이. 젊은 그녀의 몸은 무척 아름다웠다. 이보다 젊은 여자의 몸을 안아본 적이 있지만 기억나지 않았고, 그땐 패티의 젊음을 알아채기에 월터도 너무 어렸다. 그는 손을 들어 손바닥 아랫부분으로 랄리사의 다리 사이에 도톰하게 솟은 부분을 팬티 위로 눌렀다. 랄리사가 작은 신음 소리를 냈고 무릎이 풀리더니 월터에게 안겨 그를 달콤한 고뇌에 휩싸이게 했다.

그리고 월터는 비교하지 않으려고 안간힘을 쓰기 시작했다. 특히 자기 머릿속에서 패티가 쓴 문장을 지우려고 안간힘을 썼다. "딱히 잘못된 건 없다." 돌이켜보니 랄리사에게 천천히 하자고 한 말은 월터가 자신을 잘 알고 한 말이었다. 하지만 패티를 집에서 쫓아낸 지금 천천히 진행하는 건 불가능했다. 월터는—증오심과 자기 연민에 빠지지 않고—그저 사람 구실을 제대로 하기 위해서라도 빨리 일을 해치워야 했다. 그리고 어떤 면에서 랄리사와의 섹스는 달콤했다. 그녀는 월터에게 푹 빠져 있었기에 거의 말 그대로 욕망이 넘쳤고, 온몸에서 욕망이 스며 나왔다. 랄리사는 사랑과 기쁨이 가득한 눈으로 그의 눈을 들여다보았고, 패티가 원고에서 흉보고 퉤퉤거린 월터의 남성을 아름답고, 완벽하고, 놀랍다고 칭송했다. 기분 나쁠 이유가 없었다. 월터는 한창 전성기인 남성이고, 랄리사는 사랑스럽고 젊고 지칠 줄 몰랐다. 그런데 사실 바로 이 점이 좋지 않았다. 월터의 감정은 동물적인 이끌림이 주는 활기와 긴박감, 그칠 줄 모르는 짝짓기를 쫓아가지 못했다. 랄리사는 그를 올라타야 했고, 다리를 월터의 어깨에 올려놓아야 했으며, 개가 앞발을 쭉 뻗고 엉덩이를 들어 올리는 자세도 취해야 했고, 뒤에서 세게 해줘야 했고, 침대 위에 구부린 채 해야 했고, 얼굴을 벽에 붙이고 해야 했고, 그의 몸에 다리를 휘감고 머리를 뒤로 젖히고 아주 둥근 가슴이 사방으로 흔들리도록 해야 했다. 이 모두가 그녀에게는 큰 의미가 있는 듯했고, 그녀는 끊임없이 괴성을 질러댔고, 그는 이 모두를 즐겼다. 심장도 건강하고, 랄리사의 화려한 몸짓에 흥분됐으며, 그녀가 뭘 원하는지 신경 쓰고 그녀를 무척 좋아했다. 하지만 뭔가 친밀감이 느껴지지 않았고, 그는 오르가슴에 도달할 수 없었다. 이건 정말 이상하고 예상치 못한 문제였다. 콘돔을 쓰는 데 익숙지 않아서 그리고 랄리사가 믿기 어려울 정도로 축축하게 젖었기 때문인지도 모른다. 지난 2년간 월터가 비서를 생각하며 단 몇 분 만에 오르가슴에 도달한 게 한두 번인가. 100번은 된다. 그의 문제는 심리적인 것이 틀림없었다. 두 사람이 마침내 흥분을 가라앉혔을 때 그녀의 알람시계가 3시 52분을 가리켰다. 그녀가 오르가슴에 도달했는지도 확실하지 않았고, 그는 물어볼 엄두가 나지 않았다. 지쳐 있던 월터는 비교하기 시작했다. 패티는 관심만 있으면 두 사람이 할 일을 혼자서 해냈고, 대체로 두 사람을 만족시켰다. 그러면 월터는 홀가분하게 출근하거나 책을 읽었고, 패티는 자기가 하고 싶은 일을 했다. 패티가 까다롭다는 것 때문에 서로 마찰이 생기고, 마찰은 만족감으로 이어지고…….

랄리사는 부풀어 오른 월터의 입술에 키스했다.

"지금 무슨 생각해요?"

"몰라. 여러 가지." 그가 말했다.

"후회해요?"

"아니, 아니, 아주 행복해."

"별로 행복해 보이지 않아요."

"24년 결혼 생활 끝에 집사람을 쫓아냈잖아. 불과 몇 시간 전 일이야."

"미안해요, 월터. 아직 돌아갈 수 있어요. 제가 그만두고 두 분을 내버려 두면 되잖아요."

"아니야. 그것만은 약속하지. 난 절대 돌아가지 않아."

"제 곁에 있고 싶으세요?"

"응." 월터는 랄리사의 코코넛 향 샴푸 냄새가 나는 검은 머리카락을 한 움큼 쥐고 자기 얼굴을 덮었다. 그는 자기가 원하던 것을 얻었지만 왠지 외로웠다. 그렇게 열망하던 끝에 월터는 예쁘고, 똑똑하고, 헌신적이지만, 지저분하고, 제시카가 싫어하며, 요리를 전혀 못하는 여자와 함께 침대에 누워 있었다. 월터가 생각하고 싶지 않은 수많은 생각으로부터 그를 보호해주는 건 랄리사밖에 없었다. 그녀가 전부였다. 패티와 그의 친구 리처드가 무명 호수에 함께 있는 모습, 두 사람이 주고받은 인간적이고 유머 넘치는 대화, 성인인 두 사람이 주거니 받거니 했을 성행위, 월터가 거기 없다는 걸 다행으로 생각했을 두 사람에 대한 생각. 월터는 랄리사의 머리카락에 얼굴을 묻고 울기 시작했다. 랄리사는 그를 위로하며 눈물을 닦아주었고, 두 사람은 다시 더 고통스럽고 격렬하게 사랑을 나누었다. 월터는 마침내 별로 극적인 순간 없이 랄리사의 손에 사정했다.

 그 후 힘든 나날이 이어졌다. 콜롬비아에서 온 에두아르도 소켈을 공항에서 데려와 '조이'의 방에 묵게 했다. 월요일 아침에 열린 기자회견에는 열두 명의 기자가 참석했고, 월터와 소켈이 주관했으며, 〈뉴욕타임스〉의 댄 케이퍼빌과 따로 긴 전화 인터뷰를 했다. 평생 홍보 분야에서 일해온 월터는 사생활에서 겪은 시련을 억누르며 일에 집중했고, 논란을 일으킬 답변을 끌어내려는 기자들의 술수에 넘어가지 않았다. 범미 청솔새 공원은 과학을 근거로 한, 민간 지원 야생 생물 보존에 새로운 패러다임을 제시했고, 산정 제거 방법의 피해는 웨스트버지니아와 콜롬비아에 지속 가능한 '녹색 일자리 창출'(생태 여행, 재림 사업, 인증 삼림)로 상쇄되고도 남는다고 월터는 말했다. 코일 마티스와 산에서 이주해야 할 다른 사람들은 고맙게도 신탁기금 측에 전적으로 협조했고, 신탁기금에 가장 많이 기부한 협력 기업인 LBI의 자회사에 고용될 예정이었다. 조이에게 들은 얘기 때문에 월터는 LBI의 활동을 치하할 때 특히 자제력을 발휘해야 했다. 댄 케이퍼빌과 전화 인터뷰가 끝나고 나서 월터는 랄리사, 소켈과 함께 늦은 저녁을 먹으러 나갔다. 그날 월터는 맥주 두 병을 마셨고, 그의 평생 술 소비량은 이제 세 병으로 늘어났다.

다음 날 오후, 소켈이 공항으로 떠나자 랄리사는 사무실 문을 잠그더니 월터의 다리 사이에 무릎을 꿇고 앉아 그의 노고에 보답하려고 했다.

"안 돼, 안 돼, 안 돼." 월터가 그녀에게서 의자를 멀리하며 말했다.

랄리사가 무릎으로 기어서 쫓아왔다.

"보고 싶어요. 당신이 욕심나 죽겠어요."

"랄리사, 이러지 마." 월터는 집 앞쪽에서 직원들이 일하는 소리를 들었다.

"잠깐만요, 제발, 월터." 랄리사가 그의 바지 지퍼를 내리며 말했다.

월터는 클린턴과 르윈스키를 떠올렸고, 비서가 입속에 자기 살점을 가득 채우고 미소 지으며 올려다보는 모습을 보면서 사악한 친구의 예언이 떠올랐다. 랄리사는 좋아하는 것 같았다. 하지만……

"안 되겠어. 미안해." 월터가 최대한 부드럽게 랄리사를 밀어내며 말했다.

그녀가 인상을 찌푸렸다. 상처를 받은 것 같았다.

"하게 해주셔야 해요. 절 사랑하신다면." 랄리사가 말했다.

"정말 사랑해. 하지만 지금은 적당한 때가 아니야."

"하게 해주세요. 지금 당장 뭐든 하고 싶어요."

"미안하지만 안 돼."

월터는 일어서서 남성을 다시 바지에 집어넣고 지퍼를 올렸다. 랄리사는 잠시 머리를 숙이고 무릎을 꿇은 채 앉아 있었다. 그러더니 일어서서 허벅지에 말려 올라간 치마를 펴고 힘없이 몸을 돌렸다.

"우선 의논해야 할 문제가 하나 있어." 월터가 말했다.

"좋아요. 의논해보죠."

"문제는 리처드를 해고해야 한다는 거야."

지금까지 월터가 입에 올리고 싶지 않던 그 이름이 허공에 맴돌았다.

"왜 그래야 하는데요?" 랄리사가 물었다.

"내가 싫으니까. 아내와 불륜을 저질렀으니까. 그리고 다시는 그 이름 듣고 싶지 않아. 리처드랑은 절대 같이 일할 수 없어."

랄리사는 월터의 말에 위축된 듯했다. 그녀의 고개가 앞으로 꺾이고 어깨는 축 처져 슬픈 꼬마 소녀가 되어버렸다.

"그게 패티가 일요일에 떠난 이유예요?"

"응."

"지금도 패티를 사랑하시죠, 그렇죠?"

"아니야!"

"사랑하시면서, 뭘. 그래서 제가 곁에 있길 원하지 않는 거잖아요."

"아니야, 그렇지 않아. 절대 그렇지 않다니까."

"뭐, 그렇다고 해도 리처드를 해고할 수는 없어요." 랄리사가 갑자기 몸을 꼿꼿이 세우며 말했다. "이건 제 프로젝트고, 전 그 사람이 필요해요. 이미 인턴들한테 리처드 얘기를 해놓았고, 그는 8월 행사에 초대할 사람들을 섭외해야 해요. 유감스러운 일이지만 리처드를 해고하지는 않을 거예요."

"이봐, 랄리사. 정말 널 사랑해. 다 잘될 거야. 하지만 내 입장도 좀 생각해 줘." 월터가 말했다.

"싫어요!" 랄리사가 월터에게 몸을 휙 돌리더니 거세게 반항하듯 말했다. "당신 입장 같은 건 상관하지 않을 거예요! 전 인구 관련 일을 해야 하고, 꼭 해낼 거예요. 이 일을 소중하게 생각한다면, 절 아긴다면 제가 하고 싶은 대로 하게 내버려두세요."

"널 정말 아껴. 아주 많이 아긴다고. 하지만……."

"그럼 더 이상 토 달지 마세요. 그 사람 이름 다시는 입에 올리지 않을게요. 그 사람이 5월에 인턴들과 만날 때는 잠깐 다른 데 가 계시면 되잖아요. 8월에 어떻게 할지는 그때 가서 결정하기로 해요."

"어차피 리처드도 안 하겠다고 할걸. 벌써 토요일에 못하겠다고 나한테 얘기했어."

"제가 얘기해볼게요. 아시다시피, 전 사람들을 설득해서 싫어하는 일도 하게 하는 데 도사거든요. 능력 있는 직원을 두신 거라고요. 제가 일할 수 있도록 이해심을 발휘하길 바라요."

그가 책상을 돌아 나와 안으려고 하자 그녀가 밖으로 나가버렸다.

월터는 랄리사의 정신세계와 헌신적 태도를 사랑했고, 그녀가 화내는 모습을 보고 놀랐기 때문에 더 이상 그 문제를 거론하지 않았다. 하지만 여러 날이 지났는데도 리처드는 자유 공간 일을 하지 않게 됐다는 보고를 그녀가 하지 않자 월터는 리처드가 아직 이 일에 관여하고 있다고 추측했다. 신념이라고는 약에 쓰려고 해도 찾아볼 수 없는 리처드가 말이다! 패티가 전화를 걸어 리처드를 설득해서 죄책감에 계속 일을 하게 했다고밖에 설명할 수 없었다. 그리고 그 두 사람이 무슨 얘기든 서로 연락한다는 사실, 단 5분이라도 얘기를 한다는 사실, "불쌍한 월터"(아, 패티가 한 이 말, 이 끔찍한 말)와 그의 프로젝트를 어떻게 구해줄지, 마치 그를 위로라도 하듯 얘기를 주고받는 모습을 상상하니 월터는 나약하고, 부패하고, 타협적이고, 왜소한 자신이 역겨웠다. 그와 랄리사의 사이도 방해했다. 두 사람은 매일 오랫동안 사랑을 나누었지만 월터는 랄리사도 조금은 리처드와 함께 자신을 배신했다는 느낌을 지울 수 없었고, 그녀와 사랑을 나눌 때 바라는 만큼 친밀감이 느껴지지 않았다. 월터가 어딜 가든 거기에는 리처드가 있었다.

더 심란한 것은, 좀 다르긴 하지만 LBI 문제가 있었다. 월터와 저녁을 먹은 날 조이는 겸허하고 자책하는 감동적인 태도로 자신이 연루된 수상한 사업 거래에 대해 털어놓았고, 월터의 생각에 주범은 LBI였다. 케니 바틀스는 분명히 수단과 방법을 가리지 않고 하라는 대로 하는 꼭두각시 중 하나고, 곧 감방에 가거나 의회 청문회에 출석하게 될 부시 패거리의 반사회적

인물이 틀림없었다. 체니와 럼스펠드 패거리는, 그들이 이라크를 침공한 냄새나는 진짜 이유가 뭐든, 조이가 보낸 파라과이 쓰레기 대신 쓸모 있는 트럭 부품을 받기를 원했을지 모른다. 바틀스 같은 인간과 엮이면 안 된다는 걸 충분히 알 만한 녀석이지만, 조이가 그 일을 끝까지 한 건 오직 코니를 위해, 그녀에 대한 의리 때문이었다는 말을 월터는 믿었다. 조이가 깊이 반성하고 용기를 보여준 점(겨우 스무 살이지 않은가!)은 높이 살 만했다. 책임을 져야 할 쪽은—이 사기행각의 전모를 알고 있었고 승인까지 해준 당사자—LBI였다. 월터는 조이가 전화 통화를 했다는, 조이를 법적 소송으로 협박한 부사장 이름은 들어본 적이 없지만, 웨스트버지니아에 방탄조끼 생산 공장을 건설하기로 한 빈 헤이븐의 친구 사무실에서 그리 멀지 않은 곳에 그 사람 사무실이 있는 게 분명했다. 저녁 식사 자리에서 조이는 월터에게 자기가 어떻게 해야 할지 물었다. 사실을 폭로할지, 아니면 받은 돈을 상이군인을 위한 자선단체에 기부하고 학교로 돌아갈지. 월터는 주말에 곰곰이 생각해보기로 약속했지만, 차분하게 도덕적 문제에 대해 생각해볼 겨를이 없었다. 그는 월요일 아침에 기자들 앞에서 LBI를 훌륭한 친환경 협력체로 묘사하며 자기가 LBI와 얼마나 깊이 연루되어 있는지 깨달았다.

월터는 이제 자신의 이해관계—신탁기금의 사무총장 아들이 끔찍한 이야기를 언론에 폭로하면 빈 헤이븐은 자신을 해고하고 LBI는 웨스트버지니아 합의 건을 이행하지 않을 거라는 사실—와 조이를 위한 최선의 해결책을 분리하려고 애썼다. 조이가 아무리 오만하고 탐욕스럽게 행동했더라도, 문제 많은 부모를 둔 스무 살 아이에게 전적으로 도덕적 책임을 지게 하고 언론의 뭇매를 맞고 기소당하도록 내버려두는 건 잔인한 일이다. 하지만 월터는 조이에게 해줄 충고—"수익은 자선단체에 기부하고 새 출발해라"—가 자신과 신탁기금에 큰 이득이 된다는 사실을 알고 있었다. 월터는 랄리사의 의견을 듣고 싶었지만 아무에게도 말하지 않겠다고 약속했고, 그래서 조이에게 전화해 아직 생각 중이라고 말하고는 다음 주 자기 생일에 코니와 함께 저녁을 먹자고 했다.

"좋아요." 조이가 말했다.

"한 가지 더 하고 싶은 말은, 지금 네 엄마랑 별거 중이다. 너한테 말하기가 쉽지 않지만 일요일에 그렇게 됐어. 엄마는 잠시 다른 데 가 있기로 했고, 앞으로 어떻게 될지 모르겠다." 월터가 말했다.

"네." 조이가 말했다.

'**네**라니?' 월터가 인상을 찌푸렸다. "지금 내가 한 말 이해한 거냐?"

"네. 엄마한테 벌써 들었어요."

"그렇지. 당연히 그랬겠지. 자세히 얘기하디?"

"네. 많이 얘기해줬어요. 내가 몰라도 될 것까지. 항상 그렇듯이."

"그러니까 내 입장을 이해……."

"네."

"그래도 내 생일에 같이 저녁 먹는 거 괜찮아?"

"네. 꼭 갈게요."

월터는 전화를 끊고 나서 제시카의 휴대전화에 메시지를 남겼다. 운명적인 일요일 이후로 하루에 두 번씩 메시지를 남겼지만 아직 제시카의 연락을 받지 못했다.

"제시카, 저, 네 엄마와 연락을 했는지 모르겠다만, 엄마가 뭐라고 했는지 모르겠다만, 나한테 연락해서 내 얘기도 들어주면 좋겠다. 알았지? 전화 좀 해. 양쪽 입장이 있으니까. 내 생각에는 네가 양쪽 입장을 다 알아야 할 것 같다."

자신과 비서 사이에 아무 일도 없었다고 얘기할 수 있다면 훨씬 도움이 되겠지만, 그의 손과 얼굴, 코는 랄리사의 질 냄새가 배어 샤워를 해도 희미하게 남아 있었다.

월터의 신념은 무너져가고, 모든 일에서 지고 있었다. 그가 자유를 얻은 후 두 번째로 맞은 일요일에 더 심각한 타격을 입었다. 〈뉴욕타임스〉 전면에 길게 실린 댄 케이퍼빌이 쓴 기사였다.

"석탄 산업계와 긴밀한 관계인 토지 기금이 석탄 산업을 구제하려고 산림을 파괴하고 있다."

기사는 사실관계로만 보면 그다지 틀린 내용은 아니지만, 〈뉴욕타임스〉는 산정 제거 채굴 방식에 대해 월터가 말한 소수 의견에 현혹되지 않은 게 분명했다. 청솔새 공원의 남아메리카 지부에 대해서는 언급조차 하지 않았고, 월터가 가장 강조한 내용―새로운 패러다임, 녹색 경제, 과학을 근거로 한 매립―은 거의 맨 끝에, 월터가 "이 [욕설] 땅의 임자는 우리란 말이야!" 하고 소리친 사실을 조슬린 존이 묘사한 부분과, 코일 마티스가 "그 사람이 내 면전에 대고 멍청하다고 하더군" 하는 말보다 훨씬 아래, 묻혀버렸다. 월터가 아주 상종 못할 인간이라는 내용 외에 그 기사의 가장 치명적인 내용은 청솔산 신탁기금이 석탄 산업과 방위산업체 LBI와 긴밀한 관계고, 천혜의 보존 지역에서 대규모 산정 제거 작업을 허용했으며, 지역 환경보호주의자의 비난을 받고 있고, 법 없이도 살 순진한 시골 사람들을 조상 대대로 살아온 터전에서 쫓아냈고, 극도로 언론 노출을 삼가는 에너지 갑부 빈센트 헤이븐이 창립하고 재정적으로 지원하는 단체이며, 빈 헤이븐은 부시 행정부와 짜고 웨스트버지니아의 다른 지역에서 가스전을 파헤치며 환경을 파괴하고 있다는 내용이었다.

"별로 나쁘지 않아, 별로 나쁘지 않다고." 월터가 일요일 오후 휴스턴에 있는 빈 헤이븐의 자택에 전화를 걸었을 때 빈이 말했다. "청솔새 공원도 확보했고, 아무도 그건 못 빼앗아가지. 자네와 그 아가씨가 잘해냈어. 그 외의 문제에 관한 한, 내가 왜 성가시게 언론에 얘기하지 않는지 알겠지. 백해무익하다니까."

"제가 케이퍼빌과 두 시간 동안 얘길 했습니다. 제가 강조한 요점에 대해 그 사람이 정말 공감한다고 생각했었어요." 월터가 말했다.

"뭐, 자네 주장도 거기 들어 있더구먼. 잘 눈에 띄지는 않지만. 하지만 걱정 말게." 빈이 말했다.

"어떻게 걱정을 안 합니까! 물론, 제 말은 공원을 확보했으니까 청솔새를 위해서는 잘된 일이죠. 하지만 이 프로젝트는 **타의 모범**이 돼야 할 일입니다. 그런데 기사를 보면 **반면교사**의 사례처럼 보이잖아요."

"금방 지나갈 거야. 일단 석탄을 채굴하고 매립을 시작하면 자네가 옳았다는 걸 사람들이 알게 될 거야. 그렇게 되면 케이퍼빌인가 뭐가 하는 친구는 사무실 구석에서 부고 기사나 써야겠지."

"하지만 그렇게 된다고 해도 몇 년은 걸릴 텐데요!"

"뭐, 다른 계획이라도 있나? 그래서 이러는 거야? 자네 경력에 누가 될까 봐?"

"그게 아니라, 언론이 좀 답답해서요. 새는 안중에도 없고 이득만 따지잖아요."

"새들이 언론을 장악하기 전까지는 계속 그럴 거야. 다음 달에 휘트먼빌에서 자네를 볼 수 있을까? 짐 엘더한테 방탄조끼 공장 개소식에 참석하겠다고 했어. 물론 사진은 절대 안 찍는다는 조건으로. 가는 길에 전용기로 자네를 태울 수 있는데." 빌이 말했다.

"감사합니다만, 그냥 비행기를 타고 가겠습니다. 연료를 아껴야죠."

"난 연료 팔아 먹고사는 사람이라는 점을 명심하게."

"그렇군요. 하하. 날카로운 지적입니다."

빈에게 인정을 받는다는 것은 아버지에게 인정받는 것처럼 기분 좋은 일이지만, 빈이 좀 덜 의심스럽게 나왔다면 훨씬 좋았을지 모른다. 〈뉴욕타임스〉 기사에서 가장 끔찍한 건—월터가 아는 모든 사람이 읽고 신뢰하는 언론지에 자기가 얼간이처럼 도배되는 모욕을 당한 건 차치하고라도—청솔산 신탁기금에 대해 기사에서 주장하는 내용이 옳을지도 모른다는 두려운 생각이 든다는 점이었다. 월터는 언론에 난자당하는 게 두려웠지만, 이미 난자당하고 있었기에 그걸 두려워했던 이유에 더 신경을 곤두세웠다.

"저도 사무총장님이 인터뷰하는 내용을 들었어요. 〈뉴욕타임스〉가 우리가 옳다는 걸 인정하지 않으려는 이유는 단 한 가지예요. 그렇게 하면 지금까지 자기들이 산정 제거에 대해 부정적으로 써온 사설을 모두 부인하는 꼴이 되잖아요." 랄리사가 말했다.

"부시와 이라크에 대한 그 신문의 태도가 바로 그거잖아."

"뭐, 사무총장님은 대가를 치르셨으니 이제는 우리가 조금 보상을 받아야죠. 헤이븐 씨에게 자유 공간 프로젝트 진행한다고 말씀드렸어요?"

"해고되지 않은 것만 해도 다행으로 생각해. 내 재량으로 쓸 수 있는 기금을 언론이 더 부정적으로 반응할지도 모를 일에 쓸 예정이라고 말할 만한 상황이 아니었어."

"아, 당신이 얼마나 좋은 일을 하는지 아무도 이해하지 못하는군요. 이해하는 사람은 저뿐이네요." 랄리사가 월터를 안고 그의 가슴에 머리를 기대며 말했다.

"그런 것 같아." 그가 말했다.

월터는 한참 동안 그렇게 그녀를 품에 안고 싶기도 했지만, 랄리사는 생각이 달랐다. 사실 그도 그녀와 같은 생각이었다. 요즘 두 사람은 랄리사의 코딱지만 한 침대에서 함께 잤다. 그의 방에는 패티의 자취가 너무 많이 남아 있었기 때문이다. 패티가 자기 물건을 어떻게 하라고 그에게 얘기하지도 않았고, 월터는 혼자서 그 일을 할 엄두가 나지 않았다. 패티가 연락을 하지 않은 게 놀랄 일은 아니지만, 그녀가 반감을 갖고 꼼수를 쓰고 있다는 생각이 들었다. 자기 입으로 실수밖에 한 게 없다는 사람이 세상 밖에서 무슨 짓을 하든 월터의 삶에 어두운 그림자를 드리웠다. 월터는 패티를 피해 랄리사의 방에 숨어 있는 자신이 비겁하다는 생각이 들었지만, 달리 어쩌겠는가. 그는 온 사방에서 공격을 받고 있었다.

월터의 생일에 랄리사가 코니를 데리고 신탁기금 사무실을 구경시켜주는 동안, 월터는 조이를 부엌으로 데려가 아직 어떻게 해야 할지 결정하지 못했다고 말했다.

"언론에 폭로하는 건 좋은 생각이 아닌 것 같다. 하지만 나 스스로도 이렇게 생각하는 동기가 순수하다고 보기 어렵다. 최근에 난 내 도덕적 원칙을 스스로 저버린 것 같은 느낌이 든다. 네 엄마와도 그렇고, 〈뉴욕타임스〉 문제도 그렇고. 무슨 말인지 알겠니?"

"네." 조이가 말했다. 주머니에 손을 찔러 넣은 조이는 아직 공화당을 지지하는 대학생처럼 차려입고 있었다. 푸른 양복 윗도리에 반들반들한 로퍼를 신고. 월터가 아는 한, 조이가 공화당을 지지하는 건 **확실**했다.

"나, 기사에서 별로 좋은 인상은 주지 못했지?"

"네. 하지만 대부분의 사람들은 그 기사가 공정하지 않다는 걸 알 거예요."

월터는 아무것도 묻지 않고 고마운 마음으로 아들의 위로를 받아들였다. 그는 자신이 보잘것없다는 생각이 들었다.

"난 다음 주에 웨스트버지니아에서 열릴 LBI 행사에 가야 한다. 방탄조끼 만드는 공장 개소식이 있는데 이주한 사람들이 그 공장에서 일하게 될 거야. 그리고 나도 깊이 연루돼 있기 때문에 LBI와의 문제에 대해 너한테 이래라저래라 말할 입장이 아닌 것 같다."

"거긴 왜 가야 하는데요?"

"연설해야 하거든. 신탁기금을 대표해서 고맙다고."

"하지만 이미 청솔새 공원은 확보했잖아요. 그냥 안 가면 되잖아요."

"랄리사가 추진하고 있는 인구과잉 프로젝트가 있는데, 그걸 계속하려면 상사와 좋은 관계를 유지해야 하거든. 우리가 쓰는 돈은 그 사람 거니까."

"그럼 가야겠네요."

조이는 그렇게 말했지만 별로 납득하지 못하는 것 같았고, 월터는 아들에게 나약하고 왜소하게 보이는 것이 싫었다. 하지만 그는 더 나약하고 보잘것없어 보이려고 작정이라도 한 듯 제시카가 어떻게 지내는지 묻고 말았다.

"누나랑 얘기했는데, 아빠한테 화가 좀 난 것 같아요." 조이가 주머니에 손을 넣은 채 눈을 내리깔고 말했다.

"전화 메시지를 20통은 남긴 것 같다."

"그만두는 게 좋을 거예요. 듣지도 않을 테니까. 휴대전화 메시지 일일이 듣는 사람 없어요. 누가 전화했는지 확인만 하지."

"그럼, 양쪽 얘기 다 들어봐야 한다고 말했어?"

조이가 어깨를 으쓱했다. "글쎄요, 양쪽 얘기가 달라요?"

"물론이지! 네 엄마가 나한테 아주 나쁜 짓을 했어. 나한테 큰 고통을 주었거든."

"더 이상 구체적인 얘기는 듣고 싶지 않아요. 엄마가 이미 다 말했을 테고. 난 누구 편도 들고 싶지 않아요." 조이가 말했다.

"엄마가 **언제** 얘기했는데? 얼마나 됐어?"

"지난주에요."

그럼 조이는 리처드가 무슨 짓을 했는지 알고 있었다. 월터가 자신의 가장 친한 친구, 록 스타 친구가 무슨 짓을 하도록 내버려두었는지 알고 있었다. 조이의 눈에 월터는 이제 더할 나위 없이 보잘것없는 사람으로 보일 게 뻔했다. 그가 말했다.

"난 맥주 한잔해야겠다. 내 생일이니까."

"코니랑 저도 한잔하면 안 돼요?"

"그래서 너한테 일찍 집으로 오라고 한 거야. 코니는 식당에서도 마실 수 있지? 스물한 살 맞지?"

"네."

"잔소리하려는 건 아니고 그냥 물어보는 건데, 너 결혼한 거 엄마한테 얘기했니?"

"할게요. 제 방식대로요. 알았죠?" 조이가 이를 악물고 말했다.

월터는 항상 코니가 마음에 들었다(그리고 그에게 꼬리를 친 코니의 엄마를 남몰래 좋아하기까지 했다). 코니는 위태로울 정도로 굽이 높은 구두를 신었고, 특별한 날을 위해 눈 화장도 짙게 했다. 나이 들어 보이려고 애쓰는 걸 보니 아직 어렸다. 월터는 라쇼미에르에서 조이가 코니에게 자상하게 구는 모습을 보고 가슴 벅찰 만큼 감동했다. 조이는 코니에게 몸을 기울여 메뉴를 같이 보고 뭘 먹을지 의논했으며, 코니는 조이가 법적으로 술을 마실 수 없는 나이이기 때문에 월터가 칵테일 한잔하라는 권유를 사양하고 다이어트 콜라를 주문했다. 두 사람은 말없이 상대방을 신뢰했고, 월터와 패티가 젊었을 때의 모습을 연상시켰다. 세상에 대항해 연합전선을 구축하는 한 쌍이었다. 월터는 두 사람이 낀 결혼반지를 보자 눈앞이 흐려졌다. 랄리사는 자기 입장이 불편한지 두 사람과의 사이에 거리를 두고, 자기 나이의 거의 두 배인 남자와 같은 세대 행세를 하려고 애썼다. 랄리사는 마티니를 주문하고 어색한 침묵이 흐르는 진공상태를 자유 공간과 세계 인구 위기에 대한 얘기로 메웠고, 조이와 코니는 두 사람만의 세계에서 안락함을 느끼는 한 쌍이 보일 법한 예절 바른 태도로 그녀의 말에 귀 기울였다. 랄리사가 월터를 자기 소유라고 선언하지는 않았지만, 월터는 랄리사가 비서 이상이라는 걸 조이가 틀림없이 알고 있다고 믿었다. 그날 저녁 맥주를 세 병째 들이켜며 월터는 자기가 한 짓이 더 창피해졌고, 조이가 개의치 않는 것에 고마움을 느꼈다. 지난 세월 그를 가장 화나게 한 조이의 태도는 바로 그 개의치 않는 태도였다. 그런데 지금은 조이가 그렇다는 사실이 얼마나 기쁜지! 조이가 자신과의 전쟁에서 승리했고, 월터는 그래서 기뻤다.

"리처드 아저씨는 지금도 두 사람이랑 일하는 거예요?" 조이가 물었다.

"음. 그렇지. 도움을 많이 주고 있어. 우리가 8월에 여는 큰 행사에 화이트 스트라입스(2인조 록 밴드-옮긴이)가 참여할지도 모른다고 했어."

조이는 얼굴을 찌푸리고 곰곰이 생각하며 월터를 쳐다보지 않으려고 애썼다.

"우리도 그 행사에 가자." 코니가 조이에게 말하고는 월터에게 물었다. "저희가 가도 돼요?"

"당연하지. 아주 재미있을 거야." 월터가 억지로 미소 지으며 말했다.

"나 화이트 스트라입스 정말 좋아해." 코니가 별뜻 없이 기쁘게 말했다.

"난 **네가** 정말 좋다." 월터가 말했다. "네가 우리 가족이 된 게 정말 기쁘다. 오늘 와줘서 고맙고."

"저도 기뻐요."

조이는 이런 감상적인 대화가 오가는 데 신경 쓰지 않는 듯했지만, 다른 생각을 하는 것이 분명했다. 리처드에 대해, 엄마에 대해, 심각해진 가족 문제에 대해. 그리고 조이의 근심을 덜어주기 위해 월터가 할 수 있는 일은 아무것도 없었다.

"못하겠어. 그놈을 우리 일에 관여시키는 거 더 이상 못하겠다고." 랄리사와 단둘이 집으로 돌아오자 월터가 말했다.

"이미 끝난 얘기잖아요. 이미 해결됐다고요."

그녀는 잰걸음으로 통로를 지나 부엌으로 갔다. 월터가 뒤따라가며 말했다.

"다시 얘기해야겠어."

"아니, 안 돼요. 내가 화이트 스트라입스 얘기하니까 코니 얼굴이 빛나는 거 봤죠? 리처드 말고 누가 그런 이들을 데려오겠어요? 이미 결정했고, 잘한 결정이니 당신 부인이 성관계한 남자에 대해 당신이 얼마나 질투를 하는지 더 이상 듣고 싶지 않아요. 전 피곤한 데다 술도 많이 마셨으니 이제

자야겠어요."

"리처드는 제일 친한 친구였어." 월터가 중얼거렸다.

"상관없어요. 정말, 월터. 나도 그냥 어린 친구 중 하나라고 생각하는 거 알아요. 하지만 난 당신 자식들보다 나이가 많아요. 거의 스물여덟이라고요. 당신하고 사랑에 빠진 건 내 실수라는 거 알아요. 당신이 마음의 준비가 안 됐다는 것도 알고요. 그런데 난 당신을 사랑하고, 당신은 아직도 부인 생각을 하고 있잖아요."

"항상 널 생각하고 있어. 너한테 얼마나 많이 의지하고 있는데."

"당신이 나랑 섹스하는 건 내가 원하기 때문이고, 당신은 할 수 있기 때문이에요. 하지만 모든 사람의 세상이 여전히 패티 중심으로 돌아가고 있어요. 패티의 뭐가 그렇게 특별한지 도저히 이해되지 않지만. 평생 다른 사람 속만 썩이고 살아온 사람인데. 거기서 좀 벗어나고 싶어요. 잠 좀 자고 싶다고요. 오늘은 당신 침대에서 혼자 주무시는 게 좋을 것 같아요. 어떻게 할지 생각 좀 해보세요."

"내가 말실수라도 했어? 오늘 즐겁게 저녁 먹었다고 생각했는데."

"피곤해요. 피곤한 저녁이었다고요. 아침에 만나요."

두 사람은 입맞춤도 하지 않고 각자 방으로 돌아갔다. 집 전화기에 제시카가 생일 축하한다는 메시지를 남겼다. 일부러 월터가 저녁 먹으러 나간 사이에 전화를 한 것 같았다.

'답신 못 드려서 죄송해요. 그동안 정말 바빴어요. 무슨 말을 해야 할지도 모르겠고요. 하지만 오늘 아빠 생각했고, 즐겁게 보내셨길 바라요. 언제 한 번 얘기해요. 언제가 될지 모르겠지만.'

딸깍.

다행히 그다음 주 내내 월터는 혼자 잠자리에 들었다. 패티의 옷과 책, 사진이 가득한 방에서 그녀에 대한 분노를 다졌다. 낮에는 그동안 미뤄온 일을 했다. 콜롬비아와 웨스트버지니아의 토지 관리 체계도 재정비해야 하고, 언론에 반박할 성명도 준비해야 하고, 새로운 기부자도 찾아야 했다. 월터는 랄리사와 섹스도 한동안 하지 말까 생각했지만 매일 서로 얼굴을 마주치기 때문에 불가능했다. 그리고 두 사람 모두 절실히 원했다. 하지만 잠은 각자 자기 방에서 따로 잤다.

웨스트버지니아로 떠나기 전날 밤, 월터가 짐을 싸고 있는데 조이가 전화를 했다. LBI와 케니 바틀스에 대해 폭로하지 않기로 결정했다고 했다.

"저질이긴 하지만, 친구 조녀선이 자꾸 폭로하면 나만 다친다고 하네요. 그래서 나머지 돈은 기부할까 생각 중이에요. 적어도 세금 공제는 엄청 받겠어요. 아빠도 괜찮다고 생각하는지 확인하고 싶었어요."

"좋아, 조이. 괜찮다. 네가 얼마나 야심만만한지 알고 그 돈을 다 줘버리는 게 얼마나 힘든지도 안다. 그것만 해도 아주 큰일을 하는 거야."

"뭐, 손해 본 건 아니니까요. 이익을 보지 못했을 뿐이지. 이제 코니는 복학할 수 있고, 그건 잘된 일이죠 뭐. 전 1년 휴학하고 돈 벌면서 코니가 내 학년 따라잡을 때까지 기다릴까 생각 중이에요."

"좋은 생각이다. 너희 둘이 서로 보살펴주는 걸 보니 마음이 흐뭇하다. 또 할 얘기 있니?"

"그게, 저, 엄마 만났다는 것 말고는 뭐."

월터는 붉은색과 녹색 두 개의 넥타이를 여전히 손에 들고 있었고, 아직 마음을 정하지 못했다. 그런데 뭘 선택하든 그리 중요한 일이 아니라는 걸 깨달았다. "그랬어?" 녹색 넥타이로 마음을 정하며 월터가 물었다. "어디서? 알렉산드리아에서?"

"아니, 뉴욕에서요."

"그럼 뉴욕에 있구나."

"그게, 사실은 저지에 계세요." 조이가 말했다.

월터의 가슴이 조여왔고, 조인 가슴이 풀리지 않았다.

"코니랑 저는 엄마한테 직접 말하는 게 좋겠다고 결정했어요. 결혼한 거 말이에요. 사실 그렇게 나쁘지 않았어요. 엄마가 코니한테 꽤 잘해주더라고요. 뭐 여전히 이래라저래라 하고 웃는 것도 가식적이긴 하지만, 못되게 굴지는 않았어요. 생각이 많은 모양이에요. 어쨌든 일은 잘 풀린 것 같아요. 적어도 코니는 그렇게 생각해요. 전 뭐, 그저 그랬다고 생각하지만. 하지만 엄마가 안다는 걸 아빠가 알아야 할 것 같았어요. 아빠가 엄마랑 얘기하게 되면 더 이상 비밀로 하지 않아도 되니까요."

월터는 왼쪽 손을 바라보았다. 결혼반지를 끼지 않은 손이 창백하고 허전해 보였다. 그가 겨우 입을 뗐다.

"엄마가 리처드랑 함께 있나 보구나."

"어, 네. 그런가 봐요. 지금은. 이 말하면 안 되는 거였어요?" 조이가 물었다.

"리처드 거기 있었니? 너희가 갔을 때?"

"네, 사실은. 있었어요. 코니는 신났고요. 아저씨 음악을 좋아하거든요. 아저씨가 기타랑 다 보여줬어요. 코니가 기타 배우고 싶어 한다고, 제가 아빠한테 얘기했어요? 코니는 노래도 잘해요."

월터는 패티가 어디서 지내는지 중요하게 생각하지 않았다. 그냥 친구 캐시 슈미트네 아니면 다른 농구 선수 친구 중 한 명이랑, 아니면 제시카랑 지내거나 친정에 갔을 거라고 생각했다. 하지만 리처드랑 끝났다고 그렇게 **당당하게** 선언한 사람이 저지에 가 있을 거라고는 한 번도 생각해보지 않았다.

"아빠?"

"어."

"저, 저도 이상하다는 거 알아요. 하지만 아빠도 여자 친구 있잖아요. 그러니까 뭐, 끝난 거죠? 상황이 변했으니까, 우리 모두 견뎌내야죠. 그렇지 않아요?"

"그래. 네 말이 맞다. 견뎌내야지."

전화를 끊자마자 월터는 옷장 서랍을 열어 결혼반지를 넣어둔 커프링크스 상자에서 반지를 꺼내 변기에 넣고 물을 내렸다. 그리고 옷장 서랍 위에 놓인 패티의 사진—순진한 시절의 조이와 제시카, 1970년대 유니폼을 입은 여자 농구 선수들 사진, 패티가 가장 좋아하고 가장 잘 나온 월터의 사진—을 팔로 싹 쓸어 바닥에 내동댕이치고 사진틀과 유리를 밟아 부수고 가루를 내다가, 그것도 성에 차지 않아 벽에 머리를 박았다. 패티가 리처드에게 돌아갔다는 말을 듣고 그는 해방감을 느껴야 했고, 죄책감 없이 홀가분하게 랄리사와 즐겨야 했지만 해방된 느낌이 들지 않았다. 죽을 것만 같은 기분이었다. 그는 이제야 (랄리사는 처음부터 알았지만) 지난 3주가 단순히 앙갚음, 패티의 배신에 대한 보상이었다는 것을 깨달았다. 월터는 결혼 생활이 끝났다고 호언장담했지만, 조금도 그렇게 생각하지 않았다. 그는 침대에 엎드려 흐느꼈다. 지금 심정은 그 어느 때보다 참담했다. 세상은 계속 전진하고, 세상에는 승자가 가득했다. LBI와 케니 바틀스는 짭짤한 수익을 올렸고, 코니는 복학할 예정이며, 조이는 옳은 일을 했고, 패티는 록 스타와 살고 있고, 랄리사는 자기가 믿는 명분을 위해 싸우고 있었다. 리처드는 다시 음악 활동을 하고 있었고, 월터가 한 말보다 심한 말을 했는데도 언론의 호평을 받았고, 코니의 호감을 샀고, 화이트 스트라이프스를 관여시켰는데, 월터는 죽은 자들과 죽어가는 자들과 잊힌 자들과 멸종 위기에 처한 생물과 부적응자들과 함께 뒤처져 있었다.

새벽 2시쯤 월터는 비틀거리며 화장실로 들어가서 유효기간이 18개월 지난 패티의 트라조돈(불면증을 완화하는 항우울제-옮긴이) 약병을 찾아냈다. 아직 효능이 있는지 의심하며 세 알을 삼켰는데 확실히 효과가 있었다. 월터는 7시쯤 랄리사가 세차게 흔들어 깨우고서야 눈을 떴다. 그는 전날 입은 옷 그대로 잠들었고, 방 안의 불이란 불은 모조리 켜놓은 상태였으며, 방은 엉망진창이었다. 심하게 코를 골며 잔 탓에 목이 쓰라렸고, 여러 가지 타당한 이유 때문에 머리가 지끈거렸다.

"당장 택시 타고 떠나야 해요. 준비하신 줄 알았다고요." 랄리사가 월터의 팔을 잡아끌며 말했다.

"못 가." 월터가 말했다.

"이러지 마세요. 벌써 늦었다니까요."

월터는 몸을 똑바로 하고 눈을 뜨려고 애썼다.

"샤워하고 싶어."

"시간이 없어요."

월터는 택시 안에서 다시 곯아떨어졌고, 눈을 떴을 때도 여전히 택시 안이었다. 큰길에 교통사고가 나서 차가 정체되고, 랄리사는 휴대전화로 항공사와 통화하고 있었다. 그녀가 말했다.

"이제 신시내티를 거쳐 가야 해요. 우리 비행기 놓쳤어요."

"그냥 관두자. 난 바른 생활 사나이 노릇에 지쳤어." 월터가 말했다.

"점심은 거르고 곧바로 공장으로 가야 해요."

"내가 비뚤어진 생활을 하는 사람이면 어쩔 거야? 그래도 날 좋아할 거야?"

랄리사가 걱정스러운 듯 인상을 찌푸렸다.

"월터, 무슨 약이라도 드셨어요?"

"진심으로 묻는 거야. 그래도 날 좋아할 거냐고."

랄리사는 얼굴만 더 심하게 찡그릴 뿐 대답하지 않았다. 월터는 공항 게이트에서, 신시내티로 가는 비행기 안에서, 찰스턴으로 가는 비행기 안에서 계속 잠만 잤다. 휘트먼빌에 도착해 랄리사가 렌터카를 전속력으로 몰 때 잠이 깼는데 기분이 훨씬 나아졌고, 갑자기 배가 고팠다. 4월의 하늘은 구름이 짙었다. 바깥 풍경은 미국에서 흔히 볼 수 있는, 생물이 사라진 황폐한 시골 풍경이었다. 비닐로 벽을 바른 거대한 교회, 월마트, 웬디스, 좌회전 차선, 하얀 자동차 요새. 찌르레기나 까마귀가 아니라면 어떤 야생 조류도 마음에 들어하지 않을 그런 곳이었다. 방탄조끼 공장('**아디 엔터프라이즈, 기업 중의 기업 LBI 가족**')은 거대한 콘크리트 벽돌 구조물이고, 새로 아스팔트를 입힌 주차장의 가장자리는 고르지 않았으며, 잡초가 자라고 있었다. 주차장은 대형 승용차로 가득했다. 빈 헤이븐과 양복 입은 사내 몇 명이 검은색 자동차에서 내리는 것을 본 랄리사가 급정거했다.

"점심에 참석하지 못해서 죄송해요."

랄리사가 빈에게 말하자 그가 대답했다.

"저녁이 더 나을 것 같아. 그러길 바라. 점심 꼬락서니를 보니."

공장 안에서는 페인트, 플라스틱, 새 기계들이 강하고 기분 좋은 냄새를 풍겼다. 월터는 공장에 창문이 없고 전기 조명에 의존한다는 것을 알아챘다. 수축 포장 필름으로 포장한 장방형 원자재가 산더미처럼 쌓인 모습을 배경으로 접이식 의자와 연단이 배치되었다. 100명 남짓한 웨스트버지니아 사람들이 서성였고, 그중에는 코일 마티스도 있었는데 입고 있는 헐렁한 셔츠와 그보다 헐렁한 바지가 하도 새것처럼 보여 이곳에 오는 길에 월마트에 들러 새로 사 입은 것 같았다. 이 지역 TV 방송국 두 군데에서 연단에 카메라를 설치했고, 그 위에는 현수막이 걸려 있었다.

'**고용 + 국가 안보 = 고용 안정.**'

빈 헤이븐("밤새도록 내 이름 검색해봐야 헛일이야. 47년 동안 사업하면서 언론에 한마디도 직접 안 했거든")은, 월터가 쓰고 랄리사가 검토한 연설문 사본을 넘겨받아 연단 뒤 의자에 앉아 있는 다른 양복 입은 사내들—LBI 책임부사장 짐 엘더, 동명 자회사의 최고 경영자인 로이 데니—과 합류하더니 카메라 바로 뒤에 앉았다. 청중석 맨 앞줄에는 코일 마티스가 팔짱을 끼고 앉아 있었다. 코일의 앞마당(지금은 돌덩이만 있는 황량한 벌판이 됐다)에서 불미스러운 만남 이후 월터가 코일을 본 것은 처음이었다.

코일은 월터의 아버지를 생각나게 하는 표정으로 월터를 노려보았다. 자기가 창피를 당하거나 월터가 자기를 동정할 가능성을 사전에 막으려는 남자의 경멸감 가득한 표정이었다. 월터는 그런 코일을 보자 슬펐다. 짐 엘더가 마이크에 대고 이라크와 파키스탄에 있는 용감한 미군을 칭송하기 시작하자 월터는 마티스에게 순한 미소를 지어 보였다. 자신과 코일 모두 측은하다는 의사를 전하려고. 하지만 마티스의 표정은 변하지 않았고 월터를 계속 노려보았다.

"이제 청솔산 신탁기금으로부터 몇 마디 들어볼 차례인 것 같습니다." 짐 엘더가 말했다. "신탁기금이야말로 휘트먼빌과 지역 경제에 멋지고 지속가능한 일자리를 선물한 주인공입니다. 신탁기금의 사무총장 월터 버글런드 씨를 환영해주시기 바랍니다. 월터?"

마티스에 대한 월터의 슬픔은 점점 일반적인 것으로 변했다. 세상에 대한 슬픔, 인생에 대한 슬픔. 월터는 연단에 서서 나란히 앉아 있는 빈 헤이븐과 랄리사를 향해 회한과 사죄의 뜻이 담긴 미소를 지어 보였다. 그러고는 마이크 쪽으로 가까이 다가갔다.

"감사합니다. 환영합니다. 특히 이 엄청나게 에너지 비효율적인 공장에서 일하게 된 포스터할로 신사숙녀 여러분과 코일 마티스 씨를 환영합니다. 포스터할로에서 장족의 발전을 했습니다, 그렇죠?"

나지막하게 윙윙거리는 소리와 마이크를 통해 울려 퍼지는 월터의 목소리 외에는 아무 소리도 들리지 않았다. 월터는 재빨리 마티스를 훔쳐보았고, 그는 여전히 경멸스럽다는 표정을 짓고 있었다.

"그러니까, 네, 환영합니다. 중산층에 진입하신 걸 환영합니다. 그 말씀을 드리고 싶었어요. 더 얘기를 진전시키기 전에 잠시 맨 앞줄에 앉아계신 마티스 씨에게 드릴 말씀이 있습니다. 당신이 절 좋아하지 않는다는 거 알고, 저도 당신이 마음에 드는 건 아닙니다. 하지만 말이죠, 우리와 상종하지 않겠다던 그때는 그래도 그 태도를 존중했습니다. 마음에 들지는 않았지만 당신의 의견을 존중했어요. 당신의 독립정신을요. 저도 중산층에 합류하기 전에는 포스터할로 같은 작은 마을에서 자랐습니다. 이제 여러분도 중산층이고, 그래서 여러분 모두 환영합니다. 미국의 중산층이 되는 건 정말 멋진 일이거든요. 전 세계 경제를 이끄는 주류 계층이죠!"

월터는 랄리사가 빈에게 속삭이는 모습을 보았다.

"**방탄조끼 제조공장**에서 일하게 됐으니 이제 경제 활동에 참여하게 된 거죠. 여러분도 이제부터 아시아, 아프리카, 남아메리카에 남은 자연 서식지를 모조리 황폐하게 만드는 데 일조하게 됐습니다. 여러분도 이제 켜놓지 않을 때도 엄청난 에너지를 소비하는, 화면 2미터짜리 대형 플라스마 텔레비전도 살 수 있습니다. 하지만 괜찮아요. 그러려고 여러분을 살던 집에서 내쫓은 겁니다. 조상 대대로 살던 여러분의 언덕을 홀딱 벗겨내고 지구온난화나 산성비 같은 멋진 일이 일어나게 하는 일등 공신인 석탄 화력발전소에 공급할 석탄을 확보하는 게 목적이니까요. 정말 완벽한 세상입니다, 그렇지 않습니까? 완벽한 시스템이라고요. 여러분에게 대형 화면 텔레비전이 있고 그걸 작동할 전기가 있는 한, 그것들이 초래할 끔찍한 결과에 대해서는 생각할 필요 없어요. 여러분은 인도네시아가 지구상에서 사라질 때까지 리얼리티 쇼 〈서바이벌 인도네시아〉 편을 시청할 수 있다고요!"

코일 마티스가 야유를 보내기 시작했다. 곧 다른 사람들도 합류했다. 어깨너머 곁눈질로 보니 엘더와 데닛이 일어서는 모습이 보였다.

"금방 마무리하겠습니다. 제 말씀은 짧게 하고 싶어서요. 이 완벽한 세상에 대해 몇 마디 드리겠습니다. 이제 여러분도 저와 함께 중산층에 합류하셨으니, 앞으로 여러분은 4.5리터당 13킬로미터 연비의 대형 새 자동차를 구입하고 원 없이 타고 다닐 수 있게 됐습니다. 이 나라가 이처럼 방탄조끼가 많이 필요한 이유는, 세계 어느 지역에 사는 어떤 사람들이 우리 자동차를 움직이는 데 필요한 석유를 우리가 훔쳐가길 바라지 않기 때문입니다. 그러니까 여러분이 자동차를 몰수록 이 방탄조끼 공장에서 일자리가 더 탄탄해진다는 거죠! 정말 완벽하지 않습니까?"

사람들이 일제히 일어나 월터에게 입 닥치라고 소리치기 시작했다.

"그만해." 짐 엘더가 마이크에서 월터를 멀리 끌어내며 말했다.

"한두 가지만 더요!" 월터가 마이크를 빼앗아 잡히지 않으려고 이리저리 달아나며 소리쳤다. "여러분이 세상에서 가장 부패하고 무자비한 기업 가운데 하나를 위해 일하게 된 걸 환영한다고요! 알아들어요? LBI는 여러분의 아들딸이 이라크에서 피 흘려도 자기네 1000퍼센트 이익을 챙길 수 있는 한 **상관**도 안 한다고요! 이건 사실입니다! 저한테 증거가 있어요! 여러분이 완벽한 중산층에 합류하는 조건이라고요! 여러분이 LBI에서 일하게 됐으니 이제 돈을 충분히 벌어 자식 군대 안 보내도 되고, 군대에서 LBI가 공급한 망가진 트럭과 거지 같은 방탄조끼 때문에 전사할 일도 없겠네요!"

마이크가 꺼졌다. 월터는 모여들기 시작한 군중을 피해 뒷걸음질을 치며 소리쳤.

"그러는 동안에도 우리는 매달 1300만 명의 인구를 늘리고 있습니다. 한정된 자원을 두고 서로 다투고 죽일 사람들이 1300만 명 더 늘어난다고요! 그러는 와중에 다른 생물은 모조리 없어지고요! 사람 말고 다른 생물은 다 무시하면, 이보다 더 빌어먹을 완벽한 세상이 없다고요! 우린 지구의 암적 존재입니다. 지구의 암적 존재!"

이 대목에서 월터는 코일 마티스에게 턱을 한 방 얻어맞았다. 그는 옆으로 비틀거렸고, 눈앞에 섬광이 번뜩였고, 안경을 잃어버렸다. 월터는 이만하면 할 말을 충분히 했다고 생각했다. 마티스와 몇몇 남자들이 그를 둘러싸고 두들겨 패기 시작했다. 바닥에 쓰러진 그는 중국산 운동화를 신고 자신을 걷어차는 다리로부터 벗어나려고 애썼다. 월터는 몸을 공처럼 구부렸고, 잠시 아무것도 보이지도 들리지도 않았으며, 입에는 피가 가득 고였다. 적어도 이빨 한 개는 부러졌고, 차이고 또 차였다. 잠시 후 발길질이 잦아들고 랄리사를 포함해 다른 사람들의 손길이 느껴졌다. 다시 귀가 뚫리면서 랄리사의 화난 목소리가 들렸다. **"저리 가요! 저리 가란 말이에요!"** 월터는 구역질을 하고 입안 가득 고여 있던 피를 바닥에 뱉었다. 랄리사가 그의 얼굴을 들여다보기 위해 몸을 숙이자 머리카락이 피에 닿았다.

"괜찮아요?"

월터는 애써 미소 지었다. "이제 기분이 좀 나아지기 시작하는데."

"아, 사무총장님. 불쌍한 사무총장님."

"확실히 나아졌어."

철새들이 이동하는 계절이 왔다. 새들이 비상하고, 노래하고, 짝짓기를 하는 계절이 온 것이다. 지구상의 어느 지역 못지않게 생물이 다양한 신열대구에서는 수백 종의 새들이 마음이 들떠서 수천 종의 다른 새를 뒤로하고 길을 떠난다. 이 수천 종의 새들 중 많은 종류가 서로 가까운 친척이지만 이들은 이동하지 않고 비좁은 공간에서 서로 공생하며 열대기후에서 여유롭게 번식한다. 남아메리카 풍금조 수백 종 가운데 정확히 네 종류의 새들이 온화한 여름 숲 속에서 둥지를 틀고, 먹이를 구하기 위해 온갖 위험이 도사리는 비행을 무릅쓰고 미국을 향해 길을 떠난다. 청솔새는 멕시코와 텍사스의 해안을 따라 북상해 애팔래치아와 오자크스의 단단한 나무들이 자라는 숲으로 모여든다. 목이 루비처럼 붉은 벌새는 베라크루스에 핀 꽃으로 살을 찌운 다음 멕시코 만을 가로질러 1300킬로미터를 날면서 체지방의 절반을 태우고 갤버스턴에 착륙해 숨을 돌린다. 쇠제비갈매기들은 북극 가까운 지방에서 다른 북극지방으로 이동하고, 칼새는 공중에서 낮잠을 자고 절대로 땅으로 내려오지 않으며, 타고난 소리꾼인 지빠귀는 남풍이 불기를 기다렸다 열두 시간을 쉬지 않고 날아 하룻밤에 몇 나라를 가로지른다. 고층 건물, 전깃줄, 풍력발전용 터빈, 무선 송신탑과 도로 교통수단에 수백 만 마리의 철새들이 목숨을 잃지만, 그보다 많은 수백 만 마리의 새들이 목적지에 도착하고 그중 많은 새가 지난해 자기가 둥지를 튼 바로 그 나무를 찾아, 깃털이 고루 날 때까지 살던 산기슭이나 습지를 찾아 돌아오고, 수컷이라면 그곳에서 노래를 부르기 시작한다. 해마다 돌아온 철새들은 예전에 살던 집이 포장되어 주차장이나 고속도로로 변하거나, 나무들이 베어지거나, 나무들의 서식지가 나뉘거나, 석유 시추나 석탄 채굴을 위해 헐벗거나, 쇼핑센터가 들어서 서식지가 분산되거나, 에탄올을 생산하기 위해 갈아엎었거나, 스키 활강대와 자전거도로, 골프장 등 사소한 것을 만들기 위해 본모습을 완전히 잃어버린 광경을 목격하게 된다. 8000킬로미터를 날아오느라 지친 철새들은 얼마 남지 않은 서식지를 두고 먼저 도착한 새들과 다퉈야 한다. 짝도 찾지 못한 새들은 둥지 트는 걸 포기하고, 번식은커녕 살아남으려고 안간힘을 써야 하며, 자유롭게 돌아다니는 고양이에게 재미로 죽음을 당한다. 하지만 미국은 그래도 아직 비교적 풍요로운 신생국이고, 찾으려고만 하면 새들의 서식처를 발견할 수 있었다.

4월 말에 월터와 랄리사가 캠핑 장비를 가득 실은 밴을 몰고 하기로 한 일이 바로 그것이다. 자유 공간 관련 일이 본격적으로 시작되기 전까지 한 달 정도 남아 있었고, 청솔산 신탁기금에서 해야 할 일은 모두 끝났다. 휘발유를 들이켜는 밴을 몰면서 탄소 족적을 남기는 문제에 관한 한, 월터는 지난 25년간 걷거나 자전거로 통근했고 무명 호수에 있는 작은 집 외에는 주거지를 소유하지 않았다는 점에서 위안을 얻었다. 월터는 평생 올바르게 살아왔는데 한 번쯤 휘발유를 흥청망청 쓸 권리가 있다고, 10대 때 누리지 못한 자연 속에서 여름 한철을 누릴 권리가 있다고 생각했다.

월터가 휘트먼 카운티 병원에서 탈골한 턱과 찢어진 얼굴, 멍든 갈비뼈를 치료받는 동안 랄리사는 그의 갑작스러운 행동을 **트라조돈이 야기한 정신쇠약증**이라고 이해시키려고 있는 힘을 다했다.

"월터는 말 그대로 몽유병이었다니까요." 랄리사가 빈 헤이븐에게 애원했다. "트라조돈을 몇 알이나 먹었는지 모르겠지만 한 알 이상인 것은 분명하고, 그것도 공장 개소식 바로 몇 시간 전에 먹었어요. 자기가 무슨 말을 하는지도 몰랐을 거예요. 월터가 연설을 하게 한 **제** 잘못이에요. 그러니까 월터가 아니라 **저**를 해고하셔야죠."

"아주 잘 알고 하는 말 같던데, 뭘." 빈은 놀라울 정도로 거의 화내지 않고 대답했다. "생각을 너무 많이 한 게 탈이야. 일은 잘해놓고 왜 그렇게 깊이 생각하고 분석하는지."

빈은 전화 회의로 이사들을 소집했고, 이사들은 월터를 즉시 해고하자는 빈의 안건을 토 달지 않고 통과시켰다. 빈은 자기 변호사들을 시켜 조지타운에 있는 저택에서 버글런드의 콘도미니엄 몫에 대한 재매입권을 행사하게 했다. 랄리사는 자유 공간 인턴사원 지원자들에게 자유 공간에 대한 재정적 지원이 끊겼으며, 리처드 캐츠는 프로젝트에 관여하지 않게 됐고(월터는 병원 침대에 누워 마침내 이 문제에 관한 한 자기 뜻을 이루었다), 자유 공간의 존재 여부조차 불투명해졌다고 통보했다. 일부 지원자는 이메일로 지원을 취소하겠다고 밝혔다. 두 명은 그래도 무료로 자원봉사하고 싶다고 했고, 나머지는 답신조차 하지 않았다. 월터는 살던 집에서 퇴거당할 지경에 이르렀는데도 아내와 연락하지 않으려고 했기 때문에 랄리사가 대신 패티에게 연락했다. 며칠 후 빌린 밴을 몰고 나타난 패티는 월터가 근처 커피숍에 숨어 있는 동안 보관 창고에 넣어놓고 싶지 않은 물건을 챙겨 떠났다.

불쾌한 이날, 패티가 떠나고 카페인에 전 월터가 '유배지'에서 돌아온 뒤였다. 랄리사가 블랙베리에 수신된 이메일을 확인했는데 전국 방방곡곡에서 젊은이들이 보낸 80개의 새로운 메시지가 도착해 있었다. 이들의 이메일 주소는 초기에 인턴에 지원한 이들의 이메일 주소 **진보짱@비싼대학.edu** 같은 것보다 훨씬 짜릿한 느낌이 들었다. freakinfreegan, iedtarget, pornfoetal, jainboy3, jwlindhjr, @gmail 그리고 @cruzio 등이었다. 다음 날 아침에는 100여 개의 메시지가 더 왔고, 네 개 도시―시애틀, 미줄러, 버펄로, 디트로이트―에서는 무명 록 밴드가 자기들이 사는 곳에서 자유 공간 행사를 돕겠다고 자원했다.

어떻게 된 일인지 랄리사가 곧 알아냈는데, 월터가 난동을 부리고 뒤이은 폭동을 찍은 지역 TV 보도가 전국으로 확산되었기 때문이다. 최근에는 인터넷 동영상으로도 볼 수 있게 됐고, 휘트먼빌 뉴스 동영상(**지구의암적존재.wmv**)은 블로그 세계의 과격한 소수, 9·11 음모설 신봉자의 사이트, 골수 환경보호주의자, 파이트 클럽 추종자, 과격 동물보호 단체에 퍼져나갔고, 이 중 한 명은 청솔산 신탁기금의 홈페이지에서 자유 공간 링크를 찾아내기도 했다. 자유 공간은 하룻밤 사이에 재정적 지원과 간판으로 내세운 음악가를 잃었지만 많은 팬을 확보했고, 월터는 영웅이 되었다.

월터가 킬킬거린 게 언젠지 기억도 나지 않지만 이제 하루 종일 킬킬거렸고, 웃느라고 갈비뼈가 쑤시면 신음 소리를 냈다. 하루는 오후에 외출했다가 흰색 중고 밴과 녹색 스프레이 페인트를 갖고 돌아온 월터가 밴의 옆면과 뒤에 어설프게 **자유 공간**이라고 썼다. 월터는 곧 집을 판 돈이 들어올 것으로 예상하고 미리 자기 돈을 들여 조직 자금을 마련하고, 얼마 되지 않지만 여름 인턴들의 보수를 지급하고, 자료를 인쇄하고, 밴드 배틀 우승자에게 상금도 주고 싶었다. 하지만 랄리사는 이혼과 관련한 법적 문제가 생길까 걱정되어 월터를 막으려 했다. 그런데 뜻밖에도 조이가 월터의 여름 계획에 대한 얘기를 듣고 자유 공간에 10만 달러짜리 수표를 써주었다.

"조이, 이건 말도 안 돼. 난 못 받는다." 월터가 말했다.

"받으세요. 나머지는 상이군인한테 갈 거지만, 코니와 저는 아빠가 하는 일도 뜻있는 일이라고 생각해요. 아빠가 절 키워줬잖아요."

"그래. 하지만 그건 네가 **자식**이니까 그런 거지. 그건 부모의 의무야. 보답을 바라고 하는 게 아니다. 그 개념을 이해하지 못하는구나."

"하지만 제가 이렇게 할 수 있다는 게 웃기지 않아요? 정말 웃기지 않느냐고요. 이건 그냥 모노폴리 게임에서 얻은 돈이라고 생각하면 돼요. 저한테는 아무 의미도 없는 돈이에요."

"나한테도 저축한 돈이 있어. 돈이 필요하면 그걸 쓰면 돼."

"뭐, 그건 노후 자금으로 쓰면 되잖아요. 제가 진짜 돈을 벌기 시작하면 전부 자선단체에 기부할 것도 아닌데요, 뭐. 이건 특별한 경우잖아요."

월터는 조이가 대견했다. 자기에게 맞서지 않는 것이 고마웠다. 그래서 더 이상 수표를 받지 않겠다고 고집 피우지 않았다. 단 한 가지 월터가 실수한 점은, 그 일을 제시카한테 말한 것이다. 제시카는 월터가 입원하자 마침내 연락을 했다. 하지만 목소리로 봐서 아직 랄리사와 친하게 지낼 의사가 없는 듯했다. 제시카는 그가 휘트먼빌에서 한 연설에 대해서도 시큰둥했다.

"'지구의 암적 존재'라는 문구가 **바로** 우리가 하지 말자고 합의한 부정적이고 비생산적인 문구라는 점을 차치하더라도, 아빠가 싸울 상대를 잘못 고른 것 같아요. 잘 살아보려고 애쓰는, 배우지 못한 사람들을 환경의 적으로 만들면 도움이 안 된다고 생각해요. 아빠가 그런 사람들을 좋아하지 않는 거 알지만, 그런 감정을 이용할 게 아니라 숨겨야 한다니까요."

제시카는 나중에 전화를 해서 조이의 공화당주의에 대해 못마땅해했고, 월터는 조이가 코니와 결혼하고 나서 새사람이 됐다고 말했다. 조이가 사실상 자유 공간의 주요 기부자라고 말했다.

"도대체 그 돈은 어디서 난 거예요?" 제시카가 물었다.

"뭐, 그리 많지는 않다." 월터는 실수했다는 것을 깨닫고 한발 물러났다.

"우린 작은 조직이라, 상대적으로 보면 많은 돈이 아니라는 거다. 그냥 조이가 우리에게 성의를 보인다는 사실 자체만으로 그가 얼마나 변했는지 알 수 있는 거지."

"흠."

"하지만 네가 애쓴 것에 비하겠니. 넌 아주 많이 도와줬다. 우리랑 주말을 함께 보내면서 개념을 세우는 데 큰 도움을 줬어. 그건 엄청난 도움이야."

"이제 어쩌실 거예요? 머리 길게 기르고 스카프라도 두르시려고요? 밴 타고 돌아다니면서? 중년의 위기에 빠진 사람처럼? 앞으로 그런 모습을 우리가 봐야 해요? 제 얘기는 귀담아듣지도 않으시겠지만, 전 예전의 아빠가 더 좋아요."

"머리는 기르지 않는다고 약속하마. 스카프도 안 쓰고. 네가 창피해할 행동은 하지 않을 거야."

"이미 때가 늦은 것 같네요."

결국 이런 날이 오고야 말았다. 제시카는 말하는 게 점점 패티를 닮아가고 있었다. 월터가 매 순간 자신의 모든 것을 원하는 여자의 사랑을 맘껏 누리고 있지 않았다면 제시카가 화내는 게 마음 아팠을지도 모른다. 지금 월터가 느끼는 행복은 패티와 행복하던 결혼 초기를 생각나게 했다. 함께 아이들을 키우고 집을 수리하던 그때. 하지만 월터는 지금 훨씬 더 자기 존재를 의식했고 자신의 행복을 더 생생하게, 작은 것 하나하나까지 느끼고 있다. 패티는 늘 그를 근심하게 하는 데다 속을 알 수 없고 고집불통인 이방인처럼 느껴졌지만 랄리사는 그렇지 않았다. 랄리사는 겉과 속이 같았다. 월터는 부상당한 몸이 회복되자 그녀와 잠자리를 하며 그동안 자기가 누리지 못하고, 살면서 깨닫지 못한 게 뭔지 깨달았다.

이삿짐 회사가 집에 남은 버글런드 부부의 흔적을 모두 없앤 뒤 월터와 랄리사는 밴을 타고 플로리다로 향했다. 날씨가 너무 더워지기 전에 남쪽 지역의 심장부를 관통해 서쪽으로 가기로 했다. 월터는 랄리사에게 알락해오라기를 꼭 보여주고 싶었다. 플로리다의 코크스크루 늪에서 은퇴자와 관광객의 무게로 삐걱거리는 널빤지 길과 그늘진 수영장 옆에서 알락해오라기를 처음으로 목격했다. 하지만 그 새는 알락해오라기답지 않은 알락해오라기였다. 쉽게 눈에 띄는 곳에 서서 관광객이 눌러대는 카메라 셔터 세례를 받고 있는 알락해오라기에게서 교묘한 위장술은 볼 수 없었다. 월터는 알락해오라기의 진수를 보여주겠다며, 국가 지정 자연 보존 지역인 빅 사이프레스의 흙길로 차를 몰았다. 가는 길에 랄리사의 귀가 따가울 정도로 코일 마티스와 미치 버글런드 같은 인간들, 전지형(全地形) 만능차를 모는 인간들이 생태계를 얼마나 훼손시키는지 일장연설을 했다. 하지만 훼손됐음에도 아직 덤불이 무성한 밀림과, 독미나리, 붉은 가문비나무 잎에서 우러나온 타닌산 때문에 물 색이 짙은 못에는 수많은 악어뿐 아니라 새들이 가득했다. 월터는 드디어 엽총 탄피와 햇빛에 바랜 버드와이저 포장이 어지럽게 흩어져 있는 늪에서 알락해오라기를 발견했다. 랄리사는 먼지구름을 일으키며 밴을 세우고는, 전지형 만능차 세 대를 실은 트레일러가 굉음을 내며 지나갈 때까지 쌍안경으로 새를 관찰했다.

랄리사는 야영을 해본 적이 없지만 기꺼이 즐겼고, 월터는 통풍이 잘되는 사파리 옷을 입은 그녀가 더할 나위 없이 섹시해 보였다. 햇볕에 쉽게 타고 모기들이 좋아하는 월터와 달리 랄리사는 그 두 가지에 대해 아무 문제가 없다는 점도 도움이 됐다. 월터는 그녀에게 초보 수준의 요리를 가르치려고 했지만 랄리사는 텐트를 조립하고 여정을 계획하는 걸 더 좋아했다. 그는 매일 해가 뜨기 전에 일어나 여섯 잔 용량의 냄비에 에스프레소를 만들었고, 텐트에 있는 그녀에게 두유 라테를 갖다 주었다. 그리고 나서 두 사람은 아직 이슬이 맺혀 있고 호박색 빛이 밝아오는 길로 산책을 나갔다. 랄리사는 야생 생물에 대한 월터의 열정을 공유하지는 않았지만 나뭇잎이 빽빽이 들어찬 곳에서 작은 새를 발견하는 데는 일가견이 있었다. 그녀는 안내 책자를 읽고, 월터가 새 이름을 잘못 짚으면 그걸 지적하고 바로잡으며 즐거워했다. 늦은 아침, 새들이 조용해지면 두 사람은 서쪽으로 몇 시간을 달려 무료 무선통신이 되는 호텔 주차장에 차를 세웠다. 랄리사는 앞으로 함께 일할 인턴들과 이메일을 주고받았고, 월터는 그녀가 만들어준 블로그에 글을 올렸다. 그러고 나면 또 다른 주립 공원을 찾아가고, 야외에서 저녁을 먹고, 텐트 안에서 열정적으로 서로를 탐닉했다.

"지겹지 않아?" 어느 날 밤 월터가 텍사스 주 남서쪽에 있는, 인적이 드물고 예쁜 관목으로 둘러싸인 야영장에서 물었다. "일주일 정도 모텔에 묵으면서 수영도 하고 일도 할까?"

"아뇨, 전 당신이 동물을 찾으면서 즐거워하는 걸 보는 게 좋아요. 그동안 우울해했는데, 당신의 행복한 모습을 보니 저도 좋아요. 당신이랑 이렇게 여행하는 것도 좋고." 랄리사가 말했다.

"하지만 이젠 지겹지 않아?"

"아직은 아니에요. 전 당신처럼 자연에 감흥을 느끼지는 못하지만. 저한테는 자연이 아주 폭력적으로 느껴져요. 참새 새끼를 잡아먹던 그 까마귀 하며, 딱새 알을 먹는 너구리 하며, 뭐든 닥치는 대로 죽이는 매 하며. 사람들은 자연이 평화롭다고 하지만 제게는 그 정반대 같아요. 끊임없는 살육이라고요. 인간보다 끔찍해요."

"내 생각에는, 동물이 인간과 다른 점은 먹이가 필요할 때만 살생을 한다는 거야. 화가 나서 내키는 대로 살생을 하는 게 아니고, **신경과민**으로 저지르는 게 아니라는 거지. 내 생각에는 그렇기 때문에 자연은 평화로운 것 같아. 살면 살고 죽으면 죽는 거고, 원한과 분노, 신경질적인 태도, 이념으로 오염되지 않았으니까. 내가 갖고 있는 신경질적인 분노에서 해방되는 기분이랄까."

"하지만 이젠 화내시는 것 같지 않은데요."

"매 순간 너와 함께 있기 때문이야. 그리고 내 원칙을 굽힐 필요도, 사람들과 부대낄 필요도 없으니까. 아마 언젠가는 화내던 본래의 모습으로 돌아갈지도 몰라."

"그렇다고 해도 저는 상관없어요. 당신이 화내는 이유를 존중하니까. 제가 당신을 사랑하는 이유 중 하나도 바로 당신의 그런 점 때문이에요. 하지만 당신이 행복한 모습을 보니 저도 정말 행복해요." 랄리사가 말했다.

"넌 더할 나위 없이 완벽한 사람이라는 생각이 자꾸 들어." 그가 그녀의 어깨를 감쌌다. "하는 말은 더 완벽하고."

사실 월터는 모순된 이 상황에 마음이 편하지 않았다. 처음에는 패티에게 그리고 나중에는 휘트먼빌에서 화풀이를 하고 결혼과 신탁기금에서 자유로워지고 나서야 월터는 자기를 화나게 하는 두 가지 중요한 원인을 없앨 수 있었다. 한동안 월터는 자기 블로그에서 지구상의 암적 존재라는 '영웅적인' 발언을 무마하고 선동적 의미를 약화시키려 애썼고, 악한은 포스터할로 주민이 아니라 체제라고 강조했다. 하지만 그의 팬들은 하나같이 이런 월터를 꾸짖었다("어이, 남자답게 배짱이 좀 있어보쇼. 당신 연설은 짱이었어요" 등). 월터는 전문가란 모름지기 그래야 한다는 생각에 그동안 넙죽넙죽 삼킨 골수 반성장주의 주장과 그동안 웨스트버지니아를 돌아다니며 해온 독기 어린 생각을 여과 없이 쏟아내 팬들을 즐겁게 했다. 월터는 대학교에 다닐 때부터 쭉 성장에 대한 신랄한 비판과 이를 뒷받침하는 자료를 모았고, 정말 기적적으로 그런 문제에 관심을 갖고 있는 젊은이들과 그 자료를 공유하는 것이 최소한의 도리라고 생각했다. 하지만 월터의 글에 대한 광적인 반응이 걱정되었다. 평온한 그의 기분과 불협화음을 만들어내기도 했다. 랄리사는 수백 건의 새로운 인턴사원 지원서를 검토하고 가장 책임감 있고 비폭력적이라고 생각되는 후보자에게 일일이 전화를 거느라 정신없었다. 랄리사가 제정신이라고 분류한 후보자는 대부분 젊은 여성이었다.

월터가 인구과잉 문제에 관심을 쏟는 이유는 추상적이고 인간을 혐오하는 데서 비롯된 반면, 랄리사는 현실적이고 인간적인 이유에서 관심을 쏟았다. 그리고 랄리사에 대한 사랑이 깊어질수록 월터는 그녀가 부러웠고, 자신도 그녀 같으면 좋겠다고 생각했다.

두 사람이 이번 여행의 마지막 목적지―아찔할 정도로 수많은 명금(鳴禽)이 번식하는 지역인 캘리포니아 주 컨 카운티―에 도착하기 전날, 두 사람은 월터의 동생 브렌트가 배치된 공군기지 근처 모하비 마을에 들러 그를 만났다. 결혼한 적이 없는 브렌트는 존 매케인 상원의원을 개인적, 정치적 영웅으로 여겼는데, 그의 감정 발달은 공군에 입대하면서 성장을 멈춘 것 같았다. 월터와 패티의 별거나 월터와 랄리사의 관계에 대해 조금도 관심을 보이지 않았으며, 랄리사를 여러 번 "리사"라고 불렀다. 하지만 브렌트는 점심을 사주고, 형 미치에 대한 소식도 알려주었다.

"그래서 말인데, 엄마 집이 아직 비어 있으면 한동안 형이 살도록 해주면 어떨까 싶어. 형은 전화도 없고 집도 없어. 여전히 술도 많이 마시고, 양육비는 5년 치나 밀려 있어. 형이랑 스테이시 형수는 갈라서기 바로 전에 아이를 또 하나 낳았거든."

"그럼 모두 몇 명이야? 여섯?" 월터가 물었다.

"아니, 다섯밖에 안 돼. 브렌다와 사이에 둘, 켈리와 사이에 하나, 스테이시와 사이에 둘. 형한테 돈 부치는 건 도움이 안 돼. 술 사먹는 데 쓸 게 뻔하니까. 하지만 지낼 곳이 있으면 좋겠더라고."

"생각이 깊구나, 브렌트."

"뭐, 말이 그렇다는 거지. 형 처지가 어떤지 아니까. 어차피 집이 비어 있다면 말이야."

다섯은 명금에게 적절한 새끼 수였다. 새들은 도처에서 죽음을 당하고 사람들 때문에 서식지를 빼앗기니까 말이다. 하지만 사람에게 적당한 수는 아니다. 그래서 월터는 더더욱 미치가 안됐다는 생각을 하기 어려웠다. 세상 사람 모두 아이를 좀 더 적게 낳으면 자신이 좀 더 필요한 것을 가질 수 있을 텐데, 랄리사와 아이를 **하나**라도 가지면 좋을 텐데 하는 생각이 그의 머리에서 떠나지 않았다. 물론 창피한 일이다. 월터는 성장에 반대하는 조직의 우두머리고, 이미 인구학적으로 가임 연령인 자식이 둘 있으며, 이제 할아버지가 될 만큼 나이를 먹었다. 하지만 그는 랄리사를 열 달 동안 배부르게 만드는 상상을 머리에서 지울 수 없었다. 두 사람이 성관계를 하는 밑바탕에는, 그녀의 아름다운 몸에 감탄하는 월터의 마음속에는 출산이 자리 잡고 있었다.

"안 돼, 안 돼, 안 돼요." 컨 카운티의 야영장 텐트 안에서 월터가 아기 얘기를 꺼내자 랄리사는 자기 코를 월터의 코에 비비며 미소를 띠고 말했다. "나에게서 당신이 얻을 수 있는 건 이것뿐이에요. 알잖아요. 전 다른 여자애들과 달라요. 전 당신처럼 유별나다고요. 유별난 방식이 다를 뿐이지. 제가 분명히 밝혔잖아요, 그렇지 않아요?"

"확실히 그랬지. 그냥 확인하는 것뿐이야."

"확인하는 건 괜찮지만, 제 대답은 늘 똑같을 거예요."

"왠지 알아? 네가 왜 다른 애들과 다른지 알아?"

"몰라요. 그냥 다르다는 것만 알아요. 전 아이를 원하지 않아요. 그게 제가 이 세상에서 해야 할 임무예요. 그게 제가 전하고 싶은 메시지라고요."

"난 이대로의 네가 좋아."

"그럼 제 이런 점이 저를 완벽하지 않게 하는 단점이라고 생각하세요."

두 사람은 6월 한 달을 산타크루스에서 보냈다. 그곳에는 랄리사의 대학 친구 리디아 한이라는 문학대학원생이 살고 있었다. 두 사람은 리디아의 집 마룻바닥에서 신세를 지다 뒷마당에 텐트를 치고 묵었고, 그다음에는 삼나무 숲에서 야영했다. 랄리사는 조이가 준 돈으로 인턴사원으로 선정된

20명의 항공권을 샀다. 리디아 한의 지도교수인 크리스 코너리는 머리카락이 마구 헝클어진 마르크스주의자이자 중국 전문가였다. 그는 자기 집 뜰과 화장실에서 인턴사원들이 슬리핑백을 펴고 자도록 허락했으며, 학교 회의실을 제공해 자유 공간의 인턴사원들이 3일 동안 집중 교육을 받고 계획을 수립할 수 있게 도와주었다. 월터는 20명의 인턴사원 가운데 18명의 여자애들에게 완전히 매료된 게 역력한 얼굴로—머리를 잘게 땋았다 풀어서 곱슬곱슬하게 한 아이, 빡빡 밀어버린 아이, 끔찍할 정도로 여기저기 피어싱을 하고 문신을 한 아이, 그리고 그 여자애들이 집단으로 내뿜는 가임 에너지가 너무 강렬해서 그는 거의 냄새를 맡을 수 있을 것 같았다—그들에게 계획성 없는 인구 증가의 해악에 대해 얘기하면서 줄곧 얼굴에 홍조를 띠었다. 월터는 산타크루스 주변의 야외에서 코너리 교수와 하이킹을 하며 그 상황에서 벗어난 것에 홀가분한 기분을 느꼈다. 흙으로 덮인 언덕과 축 늘어진 삼나무 숲을 지나가며 세계경제가 붕괴되고 노동자 혁명이 일어나게 될 거라는 교수의 낙관적 예언에 귀 기울였고, 공유지에서 가난하지만 원칙을 지키며 살아가는 젊은 반소비주의자와 과격한 집단생활주의자도 만났다. 월터는 자신도 대학교수가 될걸 하고 생각했다.

산타크루스의 안락함을 뒤로하고 다시 길을 떠난 7월이 돼서야 월터와 랄리사는 그해 여름 온 나라를 휘감은 분노에 빠져들었다. 연방 정부의 3부를 모두 장악하고도 보수주의자들은 여전히 분개하고 있었다. 보수주의자들이 이라크 전쟁에 대해 회의적인 사람들, 결혼하고 싶어 하는 동성애 커플들, 물에 물 탄 듯 술에 술 탄 듯한 앨 고어, 극도로 몸을 사리는 힐러리 클린턴, 멸종 위기에 처한 생물과 그 생물을 대변하는 사람들, 소유주가 보수주의자인 주요 언론, 자기들 집 잔디를 깎아주고 설거지를 해주는 멕시코인들에게 분개하는 이유가, 월터는 의아했다. 그의 아버지도 그런 식으로 분개했지만 그 당시는 훨씬 진보적인 시대였다. 그리고 보수주의자의 분노는 이에 대항하는 좌익의 분노를 자아내 로스앤젤레스와 샌프란시스코에서 열린 자유 공간 행사에서 월터는 사실상 눈썹을 홀라당 태워먹었다. 월터가 얘기를 나눈 젊은이들이 조지 부시와 팀 러서트(TV 방송 언론인-옮긴이)에서부터 토니 블레어와 존 케리에 이르기까지 모든 사람을 싸잡아 지칭한 모욕적인 통칭은 "염병할 놈"이었다. 그들은 9·11이 핼리버튼과 사우디 왕가가 꾸민 일이라고 굳게 믿었다. 세 그룹의 무명 밴드가 노래를 했는데, 대통령과 부통령을 고문하고 죽이는 노골적인 내용이었다(**네 주둥이에 똥 싸주랴/ 좆같은 딕, 맛이 어때/ 너, 좆만 한 조지/ 대갈빡에 총 한 방이면 끝**). 랄리사는 인턴사원들과 월터에게 메시지 내용을 좀 순화하라고 당부했고, 인구과잉과 관련한 사실을 전달하는 데서 벗어나지 말고 가장 큰 텐트를 물색하라고 했다. 하지만 행사에는 리처드가 섭외할 수 있었을지도 모르는 유명한 밴드는 하나도 참석하지 않았다. WTO에 대한 폭력시위 때 스키 마스크를 쓰고 거리를 활보하던 불평분자 같은, 이미 확신에 차서 설득할 필요조차 없는 과격파만 들끓었다. 월터가 무대에 설 때마다 군중은 휘트먼빌 사건과 그가 블로그에 올린 과격한 글을 지지하며 환호했다. 하지만 월터가 지성인답게 사실 전달에 치중하려고 하면 군중은 조용해지거나 자기들이 하고 싶은 과격한 말을 외치기 시작했다. "지구상의 암적 존재!", "교황 뒈져라!" 시애틀 행사 분위기는 특히 살벌해서 월터가 무대에서 내려갈 때 여기저기서 야유하는 소리가 들렸다. 중서부와 남부, 특히 대학이 있는 도시에서는 호응이 좋았지만 군중 규모는 훨씬 작았다. 월터와 랄리사가 조지아 주 애선스에 도착할 무렵 그는 아침에 일어나기조차 힘들었다. 오랜 여행으로 지쳤고, 온 나라에 들끓는 추악한 분노는 다름 아닌 자신의 분노가 확대되어 메아리치는 것이며, 리처드에 대한 자신의 사사로운 감정 때문에 자유 공간이 폭넓은 지지층을 확보하지 못했고, 조이에게서 받은 돈은 차라리 미국 가족계획연맹에 기부했으면 훨씬 요긴하게 쓰였을 거라는 생각이 들었다. 매번 운전하고, 참가자에게 신

바람을 불어넣는 일을 도맡아 해준 랄리사가 아니었다면 월터는 아마 행사를 위해 전국을 도는 일을 포기하고 새나 관찰했을지도 모른다.

"실망하신 거 알아요." 랄리사가 애선스를 벗어나며 말했다. "하지만 인구과잉에 대해 관심을 불러일으키는 데는 성공하고 있어요. 주간 무가지는 모두 우리가 한 얘기를 그대로 싣고 있고, 블로거들과 인터넷 언론도 전부 인구과잉 얘기를 하고 있어요. 1970년대 이후로는 전혀 거론되지 않던 문제가 갑자기 모든 사람의 대화 주제가 됐다니까요. 갑자기 중요한 이슈가 된 거죠. 새로운 개념이 뿌리를 내리려면 과격한 사람들이 앞장서게 마련이잖아요. 늘 행사가 말끔하게 진행되지 않는다고 해서 실망하시면 안 돼요."

"웨스트버지니아에서는 260제곱킬로미터를 확보했고, 콜롬비아에서는 그보다 많이 확보했어. 그건 아주 잘된 일이야. 실제로 성과가 있었지. 왜 그냥 계속 그 일을 하지 않았는지 모르겠어." 월터가 말했다.

"그것만으로는 충분하지 않다는 걸 아셨기 때문이죠. 정말 우리를 구할 수 있는 단 한 가지 방법은 사람들의 생각을 바꾸는 것뿐이에요."

월터는 자신의 여자 친구를 바라보았다. 운전대를 꼭 잡은 랄리사는 총기가 살아 있는 눈빛으로 도로를 응시하고 있었다. 월터는 자기도 그녀 같으면 좋겠다는 욕망이 끓어올랐고, 그러지 못하는 자신의 모습에 개의치 않는 그녀에게 고마웠다.

"내 문제는 뭐냐면, 사람들을 별로 좋아하지 않는다는 거야. 난 사람들이 변할 수 있다고 생각하지 않아." 월터가 말했다.

"당신은 분명히 사람들을 좋아해요. 난 당신이 누구한테 못되게 구는 걸 본 적이 없어요. 사람들과 얘기할 때도 항상 미소를 띠거든요."

"휘트먼빌에서는 미소 짓지 않았어."

"미소 지으셨어요. 거기에서조차요. 그래서 좀 이상하긴 했지만."

이런 삼복더위에는 새들을 보기가 힘들었다. 작은 새들은 일단 영역을 확보하고 번식이 끝나면 눈에 띄지 않는 것이 상책이다. 월터는 공원과 보호 지역에서 아침 산책을 했다. 이들 지역은 아직 살아 있는 생명으로 가득했지만, 멀쑥하게 자란 잡초와 잎이 무성한 나무들은 습한 여름에도 조금도 움직이지 않았고, 이는 마치 문을 걸어 잠근 집, 오직 상대방밖에 보이지 않는 연인처럼 느껴졌다. 북반구가 태양에너지를 빨아들이고 있었고, 식물은 말없이 그 에너지를 동물의 먹이로 전환했으며, 그 과정에서 배출되는 부산물은 곤충이 윙윙거리는 소리뿐이었다. 지금이 신열대구 철새들이 그동안의 노고에 대한 결실을 수확할 시기였다. 지금 이 시기를 십분 활용해야 했다. 월터는 할 일이 있는 새들이 부러웠고, 자기가 우울한 이유가 이번 여름이 40년 만에 처음으로 일을 하지 않아도 되기 때문이 아닌가 하고 생각했다.

자유 공간이 주최하는 전국 밴드 배틀은 8월 마지막 주말에 열리기로 되어 있었는데, 유감스럽게도 장소는 웨스트버지니아였다. 웨스트버지니아주는 중심부에 위치해 있지도 않고 대중교통을 이용하기도 불편하지만, 월터가 블로그에 행사 장소를 변경할 것을 제안했을 때는 그의 팬들이 이미 그곳에 도착한 뒤였다. 그들은 이 주가 출산율이 높고, 석탄 산업의 노예이며, 기독교 근본주의자가 많다는 점과 2000년 대통령 선거에서 조지 부시의 승리에 결정적 역할을 했다는 점을 비난할 기대감에 들떠 있었다. 랄리사는 행사 장소로 청솔산 신탁기금 소유의 전 염소 목장을 염두에 두었고, 빈 헤이븐에게 거기서 행사를 열게 해달라고 부탁했다. 헤이븐은 랄리사의 뻔뻔스러움에 말을 잃었지만, 여느 사람들과 마찬가지로 그녀가 구워삶는 데 속수무책이다가 결국 승낙했다.

러스트 벨트(공업 지역이 많은 미국의 동부와 중서부-옮긴이)를 가로지르는 힘든 여정을 마치니 여행한 거리가 총 1만 6000킬로미터, 휘발유 소비량은 거의 4800리터에 달했다. 두 사람이 8월 중순 쌍둥이 도시에 도착했을 때는 마침 가을 향내를 풍기는 첫 한랭전선을 만났다. 아직 거의 훼손되지 않은, 캐나다와 메인 주 북부와 미네소타의 한대(寒帶) 삼림 전 지역에 걸쳐 청솔새와 딱새, 오리, 참새들이 부모의 소임을 다하고 번식 때의 깃털을 위장술이 뛰어난 색깔의 깃털로 갈고, 차가운 바람과 태양의 각도에서 다시 남쪽으로 날아갈 때라는 신호를 감지하고 있었다. 보통은 부모 새들이 먼저 떠나고, 어린 새들은 비행과 먹이 구하는 연습을 한 뒤 어설프게나마 겨울을 보낼 곳으로 향하는 길을 스스로 찾는다. 이 과정에서 수많은 새가 목숨을 잃고, 가을에 떠나는 새들 가운데 봄에 다시 돌아오는 새들은 절반도 채 되지 않는다.

행사에는 식 첼시도 참가했다. 예전에 트로매틱스가 공연할 때 오프닝으로 한 번 출연한 이들의 공연을 본 월터는 1년을 못 갈 거라고 예상했지만 그들은 여전히 건재했고, 자유 공간 지역 예선에서 충분히 지지를 얻을 만큼 팬을 몰고 와 웨스트버지니아에서 열리는 본행사에 참가했다. 군중 속에서 유일하게 익숙한 얼굴은 배리어 가에 살 때 이웃이던 세스와 메리 폴슨인데, 월터를 제외하고는 그곳에 있는 다른 사람들보다 30년은 나이 들어 보였다. 세스는 랄리사에게 홀딱 반해서 눈을 떼지 못했고, 피곤하다는 메리의 애원을 무시하고 배틀 후에 테이스트 오브 타일랜드에서 월터와 늦은 저녁을 먹자고 우겼다. 식사를 하면서 세스는 꼬치꼬치 캐물었다. 세스는 조이와 코니의 결혼에 대해 알고 싶어 했고, 패티의 근황을 물었으며, 월터와 랄리사의 관계에 대해 자초지종을 알려고 했고, 〈뉴욕타임스〉가 월터를 묵사발 낸 기사가 어떻게 된 건지 물었고("세상에, 자네 정말 악당처럼 보이더군"), 메리는 하품하며 체념한 표정을 지었다.

아주 늦게 모텔로 돌아온 월터와 랄리사는 실제로 말다툼 비슷한 걸 했다. 본래 계획은 미네소타에서 며칠을 쉬면서 배리어 가와 무명 호수, 히빙을 둘러보고 미치도 찾아보는 것인데, 랄리사는 다시 곧바로 웨스트버지니아로 돌아가려고 했다.

"거기 이미 와 있는 사람들 중 절반은 자칭 무정부주의자예요. 그 애들이 무정부주의자라고 불리는 데는 그만한 이유가 있다고요. 당장 가서 일을 진행시켜야 한다니까요."

"아니지. 우리가 세인트폴을 마지막 여정으로 잡은 이유는 여기서 며칠 쉬려고 한 건데. 내가 자란 곳을 보고 싶지 않아?"

"물론 보고 싶어요. 하지만 그건 나중에, 다음 달에 해도 되잖아요."

"하지만 기왕 **여기** 왔잖아. 이틀 정도 쉬고 와이오밍 카운티로 곧장 간다고 무슨 일이 생길까. 그러면 나중에 또 이 먼 길을 돌아올 필요가 없잖아. 3200킬로미터를 더 운전한다는 게 말이 안 돼."

"왜 이러시는 거예요? 중요한 일을 먼저 하고 과거를 회상하는 일은 나중에 하면 되잖아요." 랄리사가 말했다.

"원래 계획대로 하자는 거야, 내 말은."

"그건 그냥 **계획**이지, 무슨 계약을 한 게 아니잖아요."

"글쎄, 미치 형이 좀 걱정되기도 하고."

"형이 싫다면서요!"

"그렇다고 형이 길거리에 나앉기를 바라는 건 아니지."

"그래요. 하지만 한 달 더 기다린다고 무슨 일이 생기는 건 아니에요. 곧장 돌아오면 되잖아요." 랄리사가 말했다.

월터가 고개를 가로저었다. "집도 한번 살펴봐야 해. 아무도 살지 않은 지 도 1년이 넘었어."

"월터, 안 돼요. 이건 당신과 내 일이고, 지금 일어나고 있단 말이에요."

"밴은 여기 두고 날아가서 렌터카를 빌리면 되잖아. 그럼 하루밖에 안 놓치는데. 일할 시간이 일주일은 꼬박 된다고. 날 위해 내 말대로 해주면 안 될까?"

랄리사가 손으로 월터의 얼굴을 감싸고는 강아지 같은 눈망울로 그를 바라보며 말했다.

"안 돼요. 당신이 **날** 위해 내 말대로 좀 해주세요."

"그럼 맘대로 해." 월터가 몸을 뒤로 빼면서 말했다. "비행기로 먼저 가. 난 이틀 뒤에 따라갈게."

"**도대체 왜 이래요?** 세스와 메리 때문에 이러는 거예요? 그 사람들 때문에 과거 기억이 되살아났어요?"

"맞아."

"그럼, 잠시 그 생각은 접어두고 저랑 같이 가요. 같이 있어야 해요."

미지근한 호수 밑바닥에서 솟는 차가운 샘처럼, 스웨덴 조상으로부터 물려받은 우울한 기분이 월터 안에서 스며 나왔다. 자기는 랄리사 같은 짝을 얻을 자격이 없다는 기분이 들었다. 자유를 추구하고 법도 아랑곳하지 않는 영웅의 삶을 살 주제가 되지 않는다는 생각이 들었다. 훨씬 더 따분하게 불만족스러운 상황이 지속되어야, 그런 상황에 맞서 나가며 삶을 지속할 수 있을 것 같았다. 그리고 이런 기분을 느끼는 것만으로 월터는 그녀와의 관계에 불만이 생기는 새로운 여건을 조성하고 있었다. 그리고 자기가 정말 어떤 사람인지 그녀가 빨리 깨닫는 편이 낫다는 우울한 생각이 들었다. 월터의 형과 아버지, 할아버지의 관계에 대해 이해해야 한다고 생각했다.

"난 원래 계획대로 할래. 밴은 이틀 동안 내가 쓸게. 나랑 같이 가고 싶지 않으면 비행기 표 끊어주고." 월터가 말했다.

그때 랄리사가 울기라도 했으면 상황이 달라졌을지 모른다. 하지만 완고한 그녀는 뜻을 굽힐 생각이 없었고, 그에게 화가 났다. 아침에 월터는 그녀를 공항에 데려다주며 연신 미안하다고 사과했고, 랄리사가 그만하라고 말한 뒤에야 사과하는 걸 멈췄다. 그녀가 말했다.

"괜찮아요. 다 잊었어요. 오늘 아침에는 그 일로 걱정 안 해요. 각자 해야 할 일을 하는 거니까요. 도착하면 전화할게요. 곧 다시 만나요."

일요일 아침이었다. 월터는 캐럴 모너핸에게 전화를 하고 익숙한 거리를 지나 램지힐로 갔다. 블레이크가 캐럴네 뜰에 있는 나무 몇 그루와 관목을 더 베어냈지만, 배리어 가는 별로 변한 게 없었다. 캐럴은 월터를 따뜻하게 포옹하며 가족끼리 하는 포옹 같지 않게 자기 가슴을 월터의 가슴에 밀착했다. 그러더니 한 시간 동안 어린이 위험 방지 장치를 해놓은 큰 방에서 쌍둥이가 뛰어다니며 소리 지르는 동안, 블레이크는 좌불안석이 되어 서 있다가 나갔다가 들어왔다가 다시 나갔고, 두 사돈은 이야기꽃을 피웠다.

"얘기 듣자마자 전화하고 싶어 죽을 뻔했어요. 사돈네 전화번호를 누르지 않으려고 손을 엉덩이에 깔고 앉아 있어야 했다니까요. 조이가 왜 사돈에게 말하지 않는지 이해할 수가 없었어요." 캐럴이 말했다.

"글쎄, 뭐 알다시피 그 애가 엄마랑 문제가 좀 있었잖아요. 나하고도 그렇고." 월터가 말했다.

"안사돈은 어떻게 지내요? 같이 안 산다는 얘기가 있던데."

"사실이에요."

"사돈, 그 점에 대해서는 할 말을 해야겠어요. 내가 곤란해진다고 해도요. 난 오래전부터 당신들이 별거하게 될 거라고 생각했어요. 안사돈이 바깥사돈을 너무 홀대하더라고요. **안사돈**은 늘 자기중심적이고. 자, 내가 하고 싶은 말은 다 했어요."

"사돈, 그렇게 간단한 문제가 아닙니다. 집사람은 코니의 시어머니이기도 하잖아요. 안사돈끼리 사이좋게 지낼 방법을 찾았으면 좋겠네요."

"하. 저는 상관하지 마세요. 그쪽 안사돈 안 봐도 상관없어요. 다만 제 딸이 마음이 얼마나 고운 앤지 안사돈이 알아줬으면 해요."

"난 알죠. 코니는 아주 훌륭한 아이예요. 재주도 많고."

"옛날부터 바깥사돈이 늘 더 자상했어요. 마음이 비단결 같았죠. 당신이랑 이웃인 것을 후회한 적은 없었어요."

월터는 패티에 대한 캐럴의 부당한 비판을 눈감고 패티가 캐럴과 코니에게 수년 동안 베푼 친절에 대해 상기시키지 않기로 했지만, 패티 대신 섭섭한 기분이 들었다. 그는 패티가 얼마나 나은 사람이 되려고 노력했는지 알고 있었고, 패티의 부정적인 면만 보는 수많은 사람과 자기가 한편이 된 사실이 참담하게 느껴졌다. 목이 메이는 걸 보니 월터는 지금까지 있었던 모든 불상사에도 여전히 패티를 사랑하고 있었다. 쌍둥이를 얼러주려고 무릎을 꿇고 앉으니 패티가 자기보다 얼마나 더 능숙하게 아이들을 다루었는지 생각났다. 제시카와 조이가 쌍둥이만 한 나이일 때 패티가 자신을 잊고 얼마나 아이들에게 푹 빠져 행복해했는지도 생각났다. 그는 랄리사가 먼저 웨스트버지니아로 떠나고, 혼자서 과거를 회상하며 괴로워하게 된 게 잘된 일이라고 생각했다.

캐럴에게서 벗어난 월터가 블레이크와 작별 인사를 하는데, 블레이크가 데면데면하게 구는 걸로 봐서 아직 월터가 진보주의자라는 점을 용서하지 못한 것 같았다. 월터는 그랜드래피즈로 차를 몰고 올라가 장을 보러 상점에 잠깐 들렀다가 오후 늦게 무명 호수에 도착했다. 월터의 집 옆에 있는 런드너 집 앞에 '**매물**'이라는 팻말을 보고 불길한 예감이 들었지만, 월터의 집은 예전의 수많은 세월을 견뎌낸 만큼 2004년도 어느 정도는 견뎌낸 것으로 보였다. 여분의 열쇠는 오래되고 낡은 자작나무 벤치 밑에 매달려 있었다. 가장 친한 친구와 아내가 자신을 배반한 장소지만, 월터는 거기 있는 것이 못 견디게 괴롭지 않았다. 생생한 다른 기억이 물밀 듯 밀려왔다. 기분 전환 삼아 날이 어두워질 때까지 낙엽을 쓸자 기분이 좋아진 월터는 잠자리에 들기 전 랄리사에게 전화를 걸었다.

"지금 여기 **난리** 났어요. 저 혼자 먼저 오길 잘했어요. 오셨으면 아마 속상하셨을 거예요. 거의 아파치 요새 같아요. 여기 일찍 온 팬들로부터 우리 직원들을 보호하기 위해 경호원이 필요할 판이라니까요. 시애틀 꼴통들이 다

이리로 온 것만 같아요. 우리는 우물 옆에 이동식 화장실이 하나 달린 작은 캠프를 얻었는데, 벌써 300여 명한테 완전히 점령당했어요. 여기 소유지를 맘대로 돌아다니며 자기들이 똥 싼 곳 바로 옆에 있는 냇물을 마시고요, 이 지역 사람들의 반감을 사고 있어요. 여기까지 이어지는 도로를 따라 낙서를 휘갈겨놓았고요. 아침에 인턴사원들을 보내서 사유지를 훼손당한 주민들에게 일일이 사과하고 다시 칠해주겠다고 해야 할 것 같아요. 제가 돌아다니면서 사람들에게 진정하라고 얘기했지만 전부 약에 취해 4만 제곱미터나 되는 벌판 여기저기에 완전히 뻗었어요. 통제하는 사람도 없고, 완전 무질서 그 자체예요. 그러더니 어두워졌고, 비가 내리기 시작해서 저는 마을로 돌아와 모텔 방을 구해야 했어요."

"내일 날아갈 수 있어." 월터가 말했다.

"아니에요. 밴을 가져오세요. 현장에서 야영해야 해요. 지금 오시면 화만 날 거예요. 제가 화내지 않고 수습해볼게요. 당신이 여기 올 때쯤 되면 훨씬 나아질 거예요."

"그럼, 운전 조심해. 알았지?"

"네. 사랑해요, 월터."

"나도 사랑해."

그가 사랑하는 여자가 그를 사랑했다. 월터는 그것만은 확실히 알 수 있었다. 하지만 그가 확실하게 아는 것은 그때도 그것뿐이고, 앞으로도 그럴 것 같았다. 그 밖에 다른 중요한 사실은 알지 못했다. 랄리사가 다음 날 아침 비가 내려 미끄러운 카운티 고속도로를 서둘러 운전해 다시 염소 농장으로 돌아갔는지, 전방이 보이지 않는, 산기슭 급커브 길을 위험할 정도로 빠른 속도로 운전했는지 알 수 없었다. 이런 급커브 길 맞은편에서 석탄을 실은 트럭이 맹렬한 속도로 돌진해 웨스트버지니아 어딘가에서 그런 트럭들이 매주 으레 하는 짓을 했는지 알 수 없었다. 차체가 높은 사륜구동을 몰던 누군가, 자기 마구간을 '자유 공간' 혹은 '지구상의 암적 존재'라는 낙서로 훼손당한 누군가, 한국산 렌터카를 모는 피부색 짙은 젊은 여성을 보고 그 여성의 차선으로 끼어들었거나, 지나치게 바싹 붙어 운전하다 가까스로 지나쳤거나, 아니면 일부러 그 여성을 갓길로 밀어냈는지 알 수 없었다.

오전 7시 45분에 염소 농장 남쪽 8킬로미터 지점에서 정확히 무슨 일이 일어났는지 모르지만, 랄리사의 차가 길고 가파른 둑을 굴러 내려가 히코리 나무에 부딪혀 박살이 났다. 경찰 조사 보고서만 보면 고통 없이 즉사했다는 위안도 얻을 수 없었다. 부상은 처참했다. 랄리사의 골반이 부서졌고, 대퇴부 혈관이 절단됐으며, 미네소타에 있던 월터가 그곳 시각으로 7시 30분 벤치 밑에 있는 못에 집 열쇠를 다시 걸어두고 형을 찾으러 에잇킨 카운티로 향하기 전에 숨을 거둔 것은 분명했다.

월터는 오랜 세월 아버지를 겪은 경험을 바탕으로 알코올의존자와 대화를 나누려면 아침 시간이 가장 좋다는 걸 알고 있었다. 미치가 가장 최근에 이혼한 전부인 스테이시에 대해 브렌트가 월터에게 해준 얘기는 에잇킨에 있는 은행에서 일하고 있다는 게 전부였다. 월터는 에잇킨에 도착해 이 은행, 저 은행을 헤매며 스테이시를 수소문했다. 다행히 세 번째 찾아간 은행에서 그녀를 만날 수 있었다. 그녀는 예쁘장하고 덩치 큰 농촌 처녀 같았고, 나이는 서른다섯쯤 돼 보이는데 말은 10대처럼 했다. 스테이시는 월터를 만난 적이 없지만, 미치가 자식들을 버린 데 대한 책임을 월터에게 상당 부분 떠넘기려 했다.

"그 사람 친구 중에 보라고 있는데 그 사람 농장에 가봐요." 스테이시가 짜증스러운 듯 어깨를 으쓱하며 말했다. "보가 미치를 차고에서 재워준다는 얘길 들은 게 마지막인데 그게 아마 석 달 전쯤일 거예요."

늪지가 많고, 빙하에 침식됐으며, 광물이 매장되지 않은 에잇킨 카운티는 미네소타에서 가장 가난한 지역이었다. 따라서 새들이 많이 서식했지만 월터는 차를 멈추고 새를 관찰하지 않고 곧바로 카운티 5번 도로를 달려 보의 농장에 도착했다. 유채 작물이 여기저기 높이 자란 넓은 들판과, 손질을 하지 않아 잡초가 필요 이상 많은 옥수수 밭이 있었다. 보는 집 근처 차고 진입로에 무릎을 꿇고 앉아 분홍색 플라스틱 장식 리본이 달린 여자애 자전거의 뒷받침 살을 고치고 있었다. 어린아이 몇 명이 열린 집 현관문을 들락날락하고 있었다. 진을 마셔 뺨이 붉어진 보는 젊었고, 레슬링 선수 같은 근육질이었다.

"그러니까 댁이 대도시에 산다는 동생이군요." 보는 눈을 찡그리고 의아하다는 듯 월터의 밴을 쳐다보며 말했다.

"맞아요. 미치 형이 여기서 같이 지낸다고요?"

"들락날락해요. 지금 피터 호수 근처 카운티 야영장에 가면 만날 수 있을 겁니다. 뭐, 특별히 만나야 할 이유라도 있나요?"

"아뇨. 그냥 근처에 왔다가 들렀어요."

"스테이시한테 쫓겨난 이후로 좀 힘들었죠. 힘닿는 대로 조금이라도 도와주고 있습니다."

"스테이시가 쫓아냈어요?"

"아, 뭐 그렇잖아요. 양쪽 얘기 다 들어봐야 하는 거지만."

피터 호수까지는 그랜드래피즈로 다시 거슬러 올라가 자동차로 거의 한 시간이 걸렸다. 폐차장 같기도 하고 한낮의 햇빛 아래서 보면 더더구나 볼품없는 야영장에 도착한 월터는, 진흙으로 얼룩진 붉은 텐트 옆에 쭈그리고 앉아 신문을 깔고 생선 비늘을 벗겨내는, 올챙이처럼 배가 나온 나이 든 사내 한 사람을 보았다. 월터는 자동차를 타고 그 사내를 지나치고 나서야 아버지를 닮은 모습에서 그 사내가 미치라는 걸 알았다. 월터는 포플러나무 가까이 차를 세워 차를 조금 가린 뒤 자기가 도대체 여기서 뭘 하고 있는지 자문했다. 그는 미치에게 무명 호수에 있는 집에서 지내라고 할 마음의 준비가 돼 있지 않았다. 랄리사와 함께 앞으로 계획을 세우는 동안 한두 계절 정도 그 집에서 지낼까 생각하고 있었다. 하지만 월터는 자기보다 두려움이 없고 인간적인 랄리사처럼 되고 싶었고, 미치를 혼자 내버려두는 게 더 인간적인 일일지도 모른다는 사실을 알면서도 심호흡을 하고 붉은 텐트로 걸어갔다.

"미치." 월터가 그를 불렀다.

미치는 20센티미터 크기의 담수어 비늘을 손질하며 고개도 들지 않고 "어" 하고 대답했다.

"나 월터야, 형."

그제야 미치는 반사적으로 빈정거리는 미소를 지으며 고개를 들었고, 그 미소는 곧 진심 어린 미소로 바뀌었다. 예전의 잘생긴 얼굴은 온데간데없었다. 아니, 더 정확히 말하면 잘생긴 얼굴이 햇볕에 그을리고 부풀어 오른 사막에 있는 작은 오아시스처럼 줄어들었다.

"이런 젠장, 꼬마 월터! 네가 여기 웬일이냐?"

"형 보러 잠깐 들렀지."

미치는 더러운 카고 반바지에 손을 문지르더니 그 손을 내밀었다. 월터는 두툼한 그의 손을 꽉 쥐었다.

"어, 그래, 잘했다." 미치가 별 의미 없이 말했다. "맥주 하나 따려고 했는데. 너도 마실래? 아니면 여전히 한 방울도 안 마시나?"

"한잔 마시지, 뭐." 월터가 말했다. 그는 여섯 개들이 맥주 몇 팩을 사왔더라면 더 따뜻하고 랄리사 같은 사람이 됐을 텐데 생각하다가, 어쩌면 미치에게 베풀 기회를 주는 것도 인간적 배려라는 생각이 들었다. 어느 쪽이 더 인간적으로 따뜻한 배려인지 그는 알 수 없었다. 미치는 너저분한 자기 야영 구역을 가로질러 거대한 아이스박스에서 PBR(값이 싸 학생이나 노동자 계층에 인기 있는 맥주 이름-옮긴이) 두 개를 들고 왔다.

"밴이 지나가는 걸 보고 어떤 히피족이 입주하나 했지. 이젠 히피족이 됐냐?"

"꼭 그런 건 아니야."

파리와 말벌들이 미치가 손질하다 말고 걸어놓은 물고기의 내장에서 잔치를 벌이는 동안 두 사람은 낡은 야영 스툴에 자리를 잡았다. 나무로 만든 스툴은 여기저기 곰팡이가 핀 천을 씌웠는데, 예전에 아버지가 쓰던 것이다. 그 밖에도 형의 야영지에는 눈에 익은 낡은 야영 장비가 있었다. 미치는 아버지처럼 말이 청산유수였다. 미치가 그에게 자신의 지금 처지에 대해, 연속된 불운과 허리 부상, 자동차 사고, 지금의 상황을 야기한 이혼에 대해 털어놓자 월터는 형이 아버지와 전혀 다른 종류의 알코올의존자라는 사실을 깨닫고 놀랐다. 알코올도, 세월의 흐름도 형과 월터가 서로 증오하던 기억을 모두 지워버린 것 같았다. 미치는 자책하지도 않았지만, 그렇기 때문에 변명을 하거나 분개하지도 않았다. 화창한 날이었고, 미치는 평소와 다름없이 하루를 보낼 뿐이었다. 그는 끊임없이 술을 마셨지만 서둘러 들이켜지는 않았다. 오후는 길었다.

"그럼 생활비는 어떻게 마련해? 일은 하고 있어?" 월터가 물었다.

미치는 몸을 조금 위태롭게 기울이더니 낚시 도구 상자를 열어 보였다. 상자 안에는 작은 지폐 뭉치가 있었고, 동전이 50달러쯤 들어 있었다.

"내 은행이야. 날씨가 따뜻할 동안은 이걸로 충분히 버틸 수 있어. 지난겨울에 에잇킨에서 야간 경비 일을 했거든." 미치가 말했다.

"이 돈 다 떨어지면 어떻게 할 거야?"

"방법을 찾아야지. 내 몸뚱이 하나는 돌볼 수 있어."

"애들 걱정은 안 돼?"

"어, 걱정돼, 가끔. 하지만 애들한테는 좋은 엄마들이 있으니까 잘 돌봐줄 거야. 난 아무 도움이 되지 않으니까. 드디어 깨달았어. 난 내 생각만 하는 사람이거든."

"자유인이구먼."

"그건 맞다."

잠시 침묵이 흘렀다. 미풍이 불면서 피터 호수 수면에 다이아몬드를 흩뿌렸다. 호수 멀리서 낚시꾼 몇 명이 노 젓는 알루미늄 배를 타고 한가하게 즐기고 있었다. 그보다 좀 가까이에서는 까마귀가 울고, 또 다른 야영꾼이 장작을 팼다. 월터는 여름 내내 야외에서 시간을 보냈고 이곳보다 훨씬 외지고 날씨가 변화무쌍한 곳에서 보낸 적도 많았지만, 지금처럼 자기 삶을 구성하는 것으로부터 이렇게 멀리 있다고 느껴본 적이 없었다. 아이들, 일, 신념, 그가 사랑한 여인들. 월터는 형이 월터의 삶에 관심이 없다는 걸 알았고—형은 어떤 것에도 관심이 없는 사람이다—그 또한 자기 삶에 대해 말하고 싶은 생각이 없었다. 형에게 그런 얘기를 해서 심란하게 하고 싶지 않았다. 하지만 휴대전화 벨이 울리면서 낯선 웨스트버지니아 번호가 뜬 순간, 월터는 자기 삶이 얼마나 축복받았고 운이 좋은지 생각하고 있었다.

실수를 저질렀다 · 결론

독자에게 보내는 일종의 편지 – 패티 버글런드 지음

4장. 6년

자서전 필자는 본인의 글을 읽은 사람과 그가 받은 상처를 염두에 두고, 삶이 점점 암울해지는 상황에서 말을 아끼는 게 좋겠다는 사실도 염두에 두고, 이 글을 1인칭과 2인칭 시점으로 써보려고 무척 애썼다. 하지만 안타깝게도 필자는 글을 쓸 때도 자신을 3인칭으로 부르는 운동선수의 필자를 벗어나지 못할 운명인 듯하다. 패티는 자신이 진정으로 변했고, 예전보다 훨씬 잘 지내고 있으며, 따라서 본인의 얘기가 들어줄 가치가 있다고 생각하지만, 그녀가 믿고 의지할 게 아무것도 없는 상황에서 자기 생각을 밝히지 않고 침묵을 지킬 수가 없었다. 설령 패티의 글을 읽는 이가 이 원고를 읽지도 않고 곧장 매컬리스터 대학의 낡은 쓰레기통으로 던져버린다고 해도.

필자는 우선 6년은 침묵을 지키기에 긴 시간이라는 것을 인정하고 싶다. 워싱턴을 떠난 초기에 그녀는 입 다물고 있는 것이 본인과 월터를 위해 최선이라고 생각했다. 패티는 자기가 리처드와 함께 있다는 사실을 월터가 알면 펄펄 뛸 거라는 것을 알고 있었다. 패티는 자기가 월터의 감정 따위는 아랑곳하지 않는다고, 자기가 리처드가 아닌 월터를 사랑한다고 우길 때 자신에게 거짓말을 하거나 자신을 속이고 있었다고, 월터가 결론을 내린 것을 알고 있었다. 하지만 이 점만은 분명히 해둔다. 저지로 가기 전에 패티는 D.C.의 메리어트 호텔에서 혼자 하룻밤을 묵었다. 호텔 방에서 패티는 집을 나올 때 가져온 강력한 수면제가 몇 알인지 세고, 얼음 통 안쪽에 까는 작은 비닐봉지도 살펴보았다. "그래, 어쨌든 실제로 자살은 안 했잖아, 그렇지?"라고 말하고, 패티가 자기 연민과 자기기만, 그 밖에 다른 여러 가지 짜증스러운 자기감정에 빠져 호들갑을 떤다고 말하기는 쉽다. 그럼에도 필자는 그날 밤 패티가 더할 나위 없이 깊은 나락으로 떨어졌고, 아이들을 생각하려고 안간힘을 썼다는 점을 말해두고 싶다. 패티의 고통은, 비록 월터가 느낀 고통보다 더하지는 않겠지만, 매우 극심했다. 그리고 그녀를 이런 상황에 처하게 한 장본인은 리처드다. 패티의 사정을 이해할 수 있는 사람은 리처드뿐이고, 그녀가 얼굴을 쳐다볼 수 없을 만큼 수치심을 느끼지 않을 수 있는 유일한 대상도, 아직 그녀를 원한다고 확신하는 유일한 사람도 리처드였다. 이미 월터의 인생을 파탄 낸 패티로서는 그를 위해 더 이상 어떻게 해볼 도리가 없었고, 그래서 그녀는 자기 인생이라도 구해보자고 생각했다.

하지만 솔직히 패티는 월터에게 무척 화가 났다. 패티가 쓴 자서전의 일부가 그에게 아무리 심한 고통을 줬다고 해도 그가 자기를 집에서 내쫓은 것은 부당하다고 믿었다. 패티는 월터가 과민반응을 보였고, 그녀에게 잘못했으며, 패티를 버리고 그 여자애에게 가고 싶다고 월터가 스스로에게 거짓말하고 있다고 생각했다. 패티는 질투 때문에 더 화가 났다. 그 여자애는 정말 진정으로 월터를 사랑했고, 리처드는 누굴 진정으로 사랑할 수 있는 사람이 아니었기 때문이다(월터는 빼고. 리처드는 그를 눈물겹도록 아꼈다). 월터는 이런 그녀와 생각이 다른 것이 분명했다. 패티는 위안도 얻고, 앙갚음도 하고, 자존감도 높이기 위해 저지로 가서 이기적인 음악가와 잠자리를 함께할 권리가 있다고 생각했다.

필자는 패티가 저지에서 보낸 몇 달은 자세히 얘기하지 않기로 했다. 다만 오랫동안 근질근질하던 곳을 긁으니 비록 얼마 가진 못했어도 강렬한 쾌락을 느꼈다는 점은 인정한다. 그리고 패티는 가려운 곳을 스물한 살 때 끊고, 리처드는 뉴욕으로 가고, 그녀는 여름 끝 무렵 미네소타로 돌아가 월터가 아직 자신을 원하는지 확인했더라면 얼마나 좋았을까 생각했다는 점을 지적하고 싶다. 그 이유는 이렇다. 패티는 저지에서 리처드와 섹스를 할 때마다 조지타운에서 살 때 그녀의 방바닥에서 월터와 마지막으로 한 섹스가 생각났다. 월터는 패티와 리처드를 그가 어떤 감정을 느끼든 아랑곳하지 않는 괴물이라고 생각할 게 분명하지만, 사실 패티와 리처드는 월터라는 존재에게서 벗어난 적이 없었다. 예를 들어, 월터의 인구 증가 반대 프로젝트와 관련해 리처드가 월터의 일을 계속 도와야 하느냐 하는 문제를 놓고 두 사람은 당연히 리처드가 그 일을 해야 한다고 생각했다. 죄책감 때문이 아니라 월터에 대한 애정과 존경심 때문이었다. 리처드가 자기보다 유명한 음악인 앞에서 세계 인구에 관심이 있는 척하려면 얼마나 큰 대가를 치러야 하는지 생각해보면 월터도 뭔가 생각하는 바가 있지 않을까. 패티와 리처드의 사이는 계속되지 못할 게 뻔했다. 두 사람은 계속 서로를 실망시켰기 때문이다. 두 사람이 서로 상대방에게 느끼는 애정은 각각 월터에 대한 애정을 능가하지 못했다. 패티는 섹스 후 혼자 누워 있을 때마다 슬픔과 외로움의 나락으로 곤두박질쳤다. 리처드는 절대 변하지 않을 게 뻔했기 때문이다. 하지만, 월터와는, 아무리 가능성이 희박하고 실현되기까지 아무리 오랜 시간이 걸린다 해도 두 사람의 관계가 변하고 깊어질 가능성은 언제나 있었다. 패티는 아이들로부터 월터가 웨스트버지니아에서 한 연설에 대해 듣고 절망했다. 월터가 자유인이 되기 위해서는 패티가 옆에 없어야 했다. 두 사람이 오랫동안 해온 생각─패티가 월터를 사랑하고 필요로 한 것보다 그가 그녀를 훨씬 사랑하고 필요로 했다는 생각─이 사실은 정반대였다. 그런데 이제 패티는 평생 얻기 힘든 사랑을 잃게 된 것이다.

얼마 후 랄리사가 사망했다는 끔찍한 소식을 들은 패티는 만감이 교차했다. 월터 때문에 가슴이 미어지고 그가 너무 불쌍했으며, 랄리사가 죽으면 좋겠다고 수없이 생각한 데 대해 극심한 죄책감이 들었다. 갑자기 패티 자신의 죽음이 두려워졌고, 이제 월터가 그녀를 다시 받아들일지도 모른다는 이기적인 한 줄기 희망의 빛이 보였으며, 리처드와 지냈으니 이제 월터가 다시는 그녀를 받아들이지 않을 거라는 생각에 죽도록 후회했다. 랄리사가 살아 있다면 월터가 랄리사에게 싫증 낼 가능성도 있었지만, 그녀가 죽은 지금 패티에게는 아무런 희망이 없었다. 랄리사를 미워했고, 그 사실을 숨기려고 애쓰지도 않았기에 패티는 월터를 위로할 자격도 없고, 위로한다고 해도 그녀의 비극적인 죽음을 이용해 월터의 곁으로 슬쩍 돌아가려는 꼼수를 쓰는 것으로 비칠 거라고 생각했다. 패티는 며칠 동안 그가 겪었을 슬픔에 위로가 될 만한 글을 쓰려고 했지만 월터의 순수한 감정과 자신의 불순한 감정 사이의 간극을 메울 수가 없었다. 패티가 할 수 있는 일은 제시카를 통해 그녀의 애도하는 뜻을 간접적으로 전달하고, 그를 위로하고 싶은 패티의 마음이 진심이라는 것을 그가 믿어주기를 바라고, 패티가 그를 위로하지 않고는 다른 어떤 문제에 대해서도 연락을 할 수 없다는 점을 알아주기를 바라는 것뿐이었다.

필자는 랄리사가 세상을 떠나자마자 패티가 리처드 곁을 떠났다고 말할 수 있으면 좋겠지만, 사실 그녀는 그 후로도 석 달을 더 리처드와 지냈다. (패티가 의지가 강하고 자존심이 있는 사람이라고는 아무도 생각하지 않을 것이다.) 패티는 자기가 좋아하는 사람이 자기와 다시 잠자리를 하고 싶어 하기까지는 오랜 세월이 걸리거나, 아마도 그런 일은 절대로 일어나지 않을 것이라고 생각했다. 그리고 패티가 월터를 잃은 상황에서 리처드는 꿋꿋하게 최선을 다해 그녀에게 좋은 남자가 되려고 했지만 힘들어하는 티가 났다. 패티는 리처드를 많이 사랑하지는 않았지만, 그의 노력에 대해서는 어느 정도 애정을 느꼈다. (하지만 여기서도 패티는 사실 월터를 사랑하고 있었다는 점을 분명히 밝혀두고 싶다. 좋은 남자가 되려는 생각을 리처드의 머릿속에 심어준 사람이 월터였기 때문이다.) 리처드는 그녀가 만든 음식을 남편처럼 식탁에 앉아 같이 먹으려고 애썼고, 집에서 그녀와 비디오를 보며 시간을 보내려고 애썼고, 그녀가 자주 감정이 폭발해도 잘 참아냈지만, 패티는 리처드가 다시 음악에 집중하려 할 때 자기가 나타난 게 얼마나 그에게 불편한지 잘 알고 있었고—리처드는 매일 밤 밴드 멤버들과 외출할 때면 다른 여자들의 침대에서 뒹굴고 싶었을 것이다—패티는 막연하게 그의 그런 욕구를 이해했지만, 패티에게도 그에게서 다른 여자의 냄새를 맡고 싶지 않다는 점을 포함해 그녀 나름대로 욕구가 있었다. 패티는 머릿속 생각도 비우고 돈도 벌 겸 저녁에는 바리스타로 일하며 한때 자기가 비웃던, 커피 만드는 일을 했다. 집에서는 귀찮은 존재가 되지 않고 재미있고 함께 있기 편한 사람이 되려고 안간힘을 썼지만, 머지않아 패티의 상황은 극도로 악화되었다. 이미 이 글을 읽는 이가 신경도 쓰지 않는 문제에 대해 너무 많은 얘기를 털어놓은 필자는, 두 사람이 유치하게 질투하고 상대방을 탓하고 대놓고 실망스럽다고 하며 다투고는 결국 리처드와 헤어졌다는 얘기를 구구절절이 늘어놓지는 않을 작정이다. 필자는 베트남 전쟁에서 벗어나려고 몸부림친 조국이 생각났다. 친미 베트남인들이 미국 대사관 옥상에서 바닥으로 내동댕이쳐지고 탈출하는 헬리콥터를 타지 못하게 밀쳐지고 버려져 대학살을 당하거나 수감되어 잔인하게 고문당하는 모습이 생각났다. 하지만 이것으로 리처드에 대한 얘기는 정말 끝났다. 다만 이 원고의 끝 부분에서 간단하게 짚고 넘어갈 일이 있다.

지난 5년간 패티는 브루클린에 살면서 사립학교에서 보조 교사로 일했다. 1학년 학생들의 언어 발달을 돕고, 중학교에서는 소프트볼과 농구를 가르쳤다. 봉급이 털 빠진 쥐꼬리만 하다는 점만 제외하면 여러 면에서 이상적인 이 직업을 그녀가 얻게 된 경위는 다음과 같다.

리처드 곁을 떠난 후 패티는 위스콘신에 사는 캐시 슈미트의 집에서 신세를 졌다. 캐시의 동성애 파트너인 도나는 2년 전 여자 쌍둥이를 낳았는데, 국선변호인으로 일하는 캐시와 여성의 쉼터에서 일하는 도나는 둘이 합쳐 수입도 많고, 아이들 때문에 잠을 설쳐 패티가 종일 아기들을 봐주겠다고 제안했다. 패티는 일을 시작하자마자 아이들에게 푹 빠졌다. 쌍둥이의 이름은 나타샤와 셀레나였고, 둘 다 뛰어나고 비범한 아이들이었다. 마치 빅토리아 시대에 엄격한 교육을 받은 아이들 같았다. 소리를 질러야 한다고 느낄 때조차 잠시 그래도 되는지 생각한 후에 질렀다. 상대방에게 완전히 몰입된 아이들은 늘 상대방을 관찰하고, 상대방으로부터 배우고, 서로 의논하고, 각자 갖고 있는 장난감이나 저녁 식사를 적극적인 흥미를 갖고 서로 비교했지만, 상대방에 대해 승부욕이나 부러움을 느끼지는 않았다. 둘 다 **현명한** 아이들 같았다. 패티가 둘 중 한 아이에게 말을 하면 다른 아이는 소심해서가 아니라 존중하는 뜻에서 귀를 기울였다. 두 살이라 패티는 잠시도 아이들에게서 눈을 뗄 수 없었지만, 결코 지겹지 않았다. 사실 그녀는 아이들을 잘 돌봤지만—자기가 아이들을 잘 돌본다는 사실을 다시 상기하고는 기분이 훨씬 좋아졌다—이상하게도 10대 아이들과는 매번 맞지 않았다. 패티는 아이들이 운동신경을 기르고, 말을 배우고, 또래와 어울리고, 개성이 강해지는 모습을 지켜보면서, 하루가 다르게 크는 모습을 지켜보면서, 천진난만한 두 아이가 얼마나 재미있고 자기들이 원하는 것이 분명하고 그녀를 얼마나 신뢰하는지 깨닫고 끊임없이 깊은 희열을 느꼈다. 필자는 패티가 느낀 희열을 구체적으로 설명할 방법이 없지만, 그녀가 엄마가 되길 원한 건 실수가 아니었다는 사실을 깨달았다.

패티는 아버지가 편찮으시지 않았다면 위스콘신에 더 머물렀을 것이다. 이 글을 읽는 이는 장인인 레이가 갑자기 급성 암 진단을 받았고, 빠른 속도로 악화되고 있다는 소식을 틀림없이 들었을 것이다. 현명한 캐시는 패티에게 늦기 전에 웨체스터에 있는 친정에 가보라고 했다. 패티는 두려운 패티가 마음에 떨면서 친정에 갔고, 그녀가 어린 시절 살던 집은 패티가 마지막으로 이 집에 발을 들여놓은 이후로 거의 변하지 않았다는 걸 알았다. 선거운동 자료가 담긴 상자는 더 많아졌고, 지하실 곰팡이는 더 심해졌으며, 레이가 사들인 〈뉴욕타임스〉 서평에서 추천한 책은 탑처럼 쌓여 무너질까 위태로웠고, 조이스가 스크랩만 해두고 실제로 요리를 해보지 않은, 〈뉴욕타임스〉에 나온 조리법을 모아둔 바인더는 훨씬 두꺼워졌다. 〈뉴욕타임스〉 일요일판 잡지는 읽지도 않은 채 예전보다 누렇게 바래 있었고, 재활용품을 모으는 통은 차고 넘쳤으며, 꽃을 가꾸겠다는 조이스의 희망은 실현되지 않은 듯 정원에 잡초가 무성하고 잔디는 듬성듬성했고, 조이스의 세계관과 진보주의는 현실과 더 동떨어졌다. 맏딸과 마주한 조이스는 예전보다 두드러지게 불편해 보였고, 남을 깔보면서 희열을 느끼는 레이의 버릇은 더 무분별해졌다. 레이가 지금 깔보고 빈정대며 비웃는 대상은 임박한 자신의 죽음이었다. 다른 것은 아무것도 변하지 않았지만 레이의 육신만은 몰라볼 정도로 변했다. 그는 여위었고, 눈은 움푹 들어갔으며, 얼굴엔 핏기가 없었다. 패티가 집에 왔을 때 레이는 여전히 아침에 몇 시간 동안 출근해서 일하고 있었지만 일주일 만에 그만두었다. 패티는 편찮은 아버지의 모습을 보니 그동안 그에게 너무 오랫동안 차갑게 대해왔고, 어린애처럼 아버지를 용서하지 않으려고 한 자신이 미웠다.

물론 레이는 변한 것이 없었다. 패티가 안을 때마다 아버지는 잠깐 그녀의 등을 두드리고는 팔을 떼고 허공에 들고 있었다. 마치 자기는 그 답례로 패티를 안을 수도, 밀어낼 수도 없다는 듯. 자기에게 쏠리는 관심을 다른 데로 돌리기 위해 레이는 비웃을 거리를 열심히 찾아냈다. 공연 예술가로서 애비게일의 경력, 며느리의 신앙심(이에 대해서는 나중에 언급하겠다), "애들 장난" 같은 뉴욕 주 정부에 관여하는 아내, 〈뉴욕타임스〉에서 자기가 읽은, 월터에 대한 수치스러운 기사. 어느 날 레이가 말했다.

"네 남편은 **사기꾼들**과 연루된 것 같더구나. 월터도 약간 사기꾼 기질이 있을지도 모르지."

"그이는 사기꾼이 아니에요. 분명해요." 패티가 말했다.

"닉슨도 똑같은 말을 했다. 닉슨의 연설은 어제 일처럼 생생하게 기억한다. 미국 대통령이 국민을 대상으로 자기는 사기꾼이 아니라고 다짐하는 꼴이라니. 그 '사기꾼'이라는 단어 때문에 웃음을 참을 수가 없었다. '난 사기꾼이 아니오.' 웃기지 않냐?"

"전 월터에 대한 기사를 읽지 못했지만, 조이가 그러는데 완전히 사실과 다르대요."

"조이라 하면, 그 공화당원인 애?"

"우리보다 보수적인 건 확실하죠."

"애비게일 말로는, 그 애랑 그 애 여자 친구가 자기 집에 묵었는데, 그 애들이 가고 나서 침대보를 태워서 버렸다고 하더라. 여기저기 얼룩이 묻어서. 안 봐도 뻔하지. 소파 커버도 그렇고."

"아빠, 듣고 싶지 않아요! 전 애비게일 같지 않다는 거 모르세요?"

"하. 그 기사를 읽는데, 월터가 로마 클럽 얘기를 하면서 흥분하던 날 밤이 생각나더구나. 월터는 늘 뭔가 불안해 보였어. 난 그런 인상을 자주 받았다. 이런 말, 이젠 해도 되겠지?"

"우리가 별거 중이기 때문에요?"

"그것도 그렇지만, 앞으로 살 날이 얼마 남지 않았으니 하고 싶은 말은 하자고 생각했지."

"아빤 늘 하고 싶은 말은 다 하셨어요. 심하다 싶을 정도로."

레이는 패티의 말에서 뭔가를 감지하고 미소 지었다.

"늘 그런 건 아니다, 패티. 사실 네가 생각하는 만큼 하고 싶은 말을 다 한 건 아니다."

"말하고 싶은데 하지 않은 거 있으면 하나라도 예를 들어보세요."

"난 애정을 표현하는 데 아주 서툴렀다. 그래서 너를 힘들게 한 거 안다. 아마 네가 가장 힘들었을 거다. 그러다가 고등학교 때 아주 운 없는 일이 생겼지."

"고등학교 때 운 없는 일이 생긴 게 아니라 내게 부모 운이 없었던 거죠!"

이 말에 레이는 경고하는 듯 손을 들어 패티의 버릇없음을 더 이상 용납하지 않겠다는 몸짓을 했다. "패티."

"그냥 하는 말이 아니에요!"

"패티, 제발…… 좀…… 다들 실수를 하잖아. 내 말의 요점은 내가, 어, 내가 널 아낀다는 거다. 아주 많이 사랑한다는 거야. 나로서는 그걸 표현하기가 힘들었을 뿐이다."

"그럼 전 정말 운이 없는 거네요."

"패티, 진지하게 얘기하는 거야. 너한테 뭔가 얘길 하려고 하는 거다."

"알아요, 아빠." 패티가 비통한 눈물을 쏟으며 울음을 터뜨렸다. 그리고 레이는 다시 그 특유의 등 두드리는 몸짓을 했다. 패티의 어깨를 손으로 두드리더니 망설이듯 손을 떼고는 손을 허공에 두었다. 패티는 아버지가 절대 변하지 않으리라는 것을 알았다.

레이가 임종을 맞을 때까지 개인 간호사가 오가며 그를 돌봤고, 조이스는 억지스러운 변명을 하면서 계속 "중요한" 투표에 참가해야 한다며 얼바니로 가버렸다. 패티는 자기가 어릴 때 쓰던 침대에서 자고, 어릴 때 가장 좋아했던 책을 읽고, 엉망진창인 집 안을 정리하며 허락받을 생각도 하지 않고 1990년대부터 쌓아온 잡지와 듀카키스 선거운동 때부터 쌓아온 자료가 든 상자를 내다 버렸다. 파종 씨앗이 수록된 카탈로그가 배달되는 계절이고, 패티와 조이스는 조이스가 이따금 열중하던 정원 가꾸는 일에 매달렸다. 정원을 가꾸면서 두 사람은 이야기를 나눌 공통의 관심사가 생겼다. 하지만 패티는 가능하면 아버지 곁을 지키면서 그의 손을 잡고 애정을 표시했다. 패티는 감정을 관장하는 기관이 재배치되는 듯한 느낌을 거의 몸으로 느낄 수 있었고, 마침내 흉측하고 검붉은, 잘라내야 하는 종양 같은 자기 연민을 드러냈다. 뭐든 빈정거리는 아버지의 말을 들으면서, 비록 나날이 쇠약해졌지만 패티는 자신이 아버지를 무척 닮았고, 그녀가 생각하기에 재미있는 얘기를 해도 왜 자기 아이들이 전혀 재미있어하지 않았는지 알 것 같았다. 자신이 부모 역할을 한 결정적 시기에 좀 더 부모님을 자주 찾아뵀더라면 자기 아이들이 패티에게 왜 그런 반응을 보이는지 더 깊이 이해할 수 있었을 것 같았다. 새로운 인생을 살겠다는 꿈, 맨 처음부터 완전히 독립적인 삶을 살겠다는 그녀의 꿈은 말 그대로 꿈일 뿐 아버지의 딸이었다. 아버지도, 패티도 철들기를 거부했고, 이제 두 사람이 철들기 위해 애쓰고 있었다. 늘 승부욕이 강했고, 앞으로도 그럴 패티는 아버지의 병환에 대해 자신이 다른 자매보다 덜 당혹스러워하고 덜 두려워한다는 점에서 만족감을 느꼈다. 패티는 소녀 시절에 아버지가 그 어떤 것보다 자신을 사랑한다고 믿고 싶었고, 이제는 아버지의 손을 자기 손으로 감싸고, 모르핀조차도 그 거리를 줄이거나 사라지도록 할 수 없는 고통의 먼 길을 가는 그를 옆에서 지켜보면서, 아버지가 그녀를 가장 사랑했다는 것은 사실이고, 아버지와 패티 두 사람은 그걸 사실로 만들었고, 그로 인해 패티는 변했다.

헤이스팅스에 있는 유니테리언 교회에서 열린 아버지의 장례식은 패티에게 월터의 아버지 장례식을 생각나게 했다. 많은 사람이 참석했다. 500명은 족히 될 것 같았다. 웨체스터에 사는 변호사, 판사, 전·현직 검사는 모두 참석한 것 같았다. 레이에 대한 조사를 읽은 사람들은 똑같은 얘기를 했다. 레이는 자기들이 아는 그 어떤 변호사보다 유능했을 뿐만 아니라 가장 친절하고, 가장 성실하고, 가장 정직했다고. 변호사로서 아버지가 폭넓은 계층으로부터 높은 평판을 받았다는 사실에 패티는 아찔했으며, 그녀의 옆에 앉아 있던 제시카는 새로이 알게 된 사실이었다. 패티는 그 자리에서 이미 제시카가 나중에 자기가 외할아버지와 가깝게 지낼 기회를 박탈했다며 엄마를 원망하게 될 거라고 생각했고, 그 예상은 적중했다. 애비게일은 가족을 대표해 연단으로 나가 우스갯소리를 하려고 했지만 부적절하고 자기중심적인 말로 들렸고, 슬퍼서 흐느끼며 무너져 내려 그나마 말실수를 조금 만회했다.

장례식이 끝날 무렵 패티의 가족이 줄지어 나갈 때 그녀는 맨 끝줄을 채우고 있는 빈곤층 사람들을 보았다. 100명도 넘어 보였는데 대부분 흑인, 히스패닉 아니면 또 다른 각양각색의 소수 인종이었다. 그들이 가진 것 중 가장 좋은 옷을 차려입고 온 것이 분명했으며, 패티보다 장례식에 참석한 경험이 많은 사람들답게 차분하고 근엄하게 앉아 있었다. 이들은 레이가 전에 무료로 변호해준 의뢰인이거나 의뢰인의 가족이었다. 장례식이 끝나고 조문객을 접대하는 자리에서 이들은 한 사람씩 패티를 포함한 에머슨가 사람들에게 다가가 손을 잡고 눈을 들여다보며 레이가 자기들을 위해 어떤 일을 했는지 간단히 설명했다. 레이가 구한 생명, 레이가 구현한 정의, 레이가 보여준 선행에 대해 얘기했다. 패티도 어느 정도 알고 있었기에(세상을 위해 좋은 일을 하면 집에 있는 가족이 어떤 희생을 치러야 하는지 잘 알고 있었다) **큰** 감동을 받지는 않았지만 그래도 상당히 감동받았고, 월터 생각을 떨칠 수 없었다. 패티는 멸종 위기에 처한 생물을 보호하기 위해 헌신적으로 일하는 그를 힘들게 한 것을 뼈저리게 후회했다. 패티가 그런 행동을 한 건 부러웠기 때문이다. 월터의 순수한 사랑을 받는 새들이 부러웠고, 그런 새들을 사랑할 수 있는 그의 능력이 부러웠다. 패티는 당장 월터에게 달려가, 그가 아직 살아 있을 때 그냥 다짜고짜 이렇게 말하고 싶었다. '난 당신이 선하기 때문에 당신을 흠모해.'

패티가 특히 월터에게 감사하는 점은, 그가 돈에 무관심하다는 것이다.

그녀도 어릴 때 운 좋게 돈에 무관심한 태도를 갖게 됐고, 사람 운도 따라주어 월터와 결혼하는 행운까지 얻었으며, 월터에게 소유욕이 없다는 이점을 감사하는 마음 없이 누리다가, 아버지가 세상을 뜨고서야 그녀는 가족 간의 돈 문제라는 악몽을 겪게 됐다. 월터가 패티에게 누누이 말했듯이 에머슨가 사람들은 결핍 경제를 대표했다. 월터가 비유적으로—즉, 감정적으로 **결핍된** 사람들이라는 뜻으로—쓴 의미라면 패티는 가끔 그의 말이 옳다고 생각했지만 그녀는 가족들 사이에서 이방인처럼 자랐고, 자원을 확보하려는 가족들 간의 경쟁에 관여하지 않았기에 오랜 세월이 지나고 나서야 비로소 오랫동안 숨겨져왔고 손에 넣을 수 없는 친조부모 쪽 유산이 가족 불화의 근원이라는 걸 깨닫게 되었다. 패티는 아버지의 장례식이 끝난 후 며칠 동안 조이스를 앉혀놓고 뉴저지에 에머슨가의 저택이 있다는 사실을 털어놓게 하고 조이스가 어떤 곤경에 처했는지 얘기를 들었다.

 레이의 배우자인 조이스가 이제 시골 저택의 소유주가 됐고, 이 저택은 6년 전 어거스트가 사망한 후 레이가 상속받은 것이다. 레이는 패티의 여동생 애비게일과 베로니카가 저택 문제를 "해결"(즉, 저택을 처분해 자기들 몫을 달라는 것이다)해야 한다고 말할 때마다 웃어넘기고 무시했다. 하지만 이제 레이가 세상을 떠났으니 조이스가 패티의 여동생들로부터 매일 압력을 받았고, 조이스는 압력을 견디지 **못하는** 성품이었다. 유감스럽게도 조이스는 레이가 저택 문제를 "해결"하지 못한 똑같은 이유로 해결을 하지 못하고 있는 데다 레이가 그 집에 대해 갖고 있던 애착이 조이스에게는 없었다. 조이스가 저택을 부동산 시장에 매물로 내놓으면 레이의 두 형제가 저택을 매매한 돈의 상당 부분을 자기들 몫이라고 주장할 강력한 근거가 있었다. 지금 그 오래된 석조 주택엔 패티의 남동생인 에드거와 올케 갈리나 그리고 네 명의 어린 자녀가 살고 있었고, 에드거가 끊임없이 자기 손으로 직접 "개조"한 덕분에 그 집은 만신창이가 되었다. 에드거는 직장도 없고, 저축한 돈도 없고, 먹여 살려야 할 처자식이 한둘이 아니었기에 여기저기 집을 부순 이후 개조에 진전이 없었다. 또 에드거와 갈리나는, 만약 조이스가 자기들을 그 집에서 내쫓는다면 그녀가 끔찍이 아끼는 손자와 손녀 네 명을 몽땅 데리고 이스라엘의 요르단 강 서안 지구로 이사 가서, 노골적으로 시오니즘을 주장하기 때문에 조이스가 극도로 거북해하는, 마이애미에 본부가 있는 재단의 자선금을 받아 살겠다고 으름장을 놓았다.

조이스는 물론 이 악몽을 자초했다. 장학금을 받고 학교에 다닌 그녀는 레이가 미국 주류이고 부유한 집안 출신이라는 점, 그가 품고 있던 사회적 이상주의에 매료됐다. 조이스는 자기가 어떤 집안에 발을 들여놓는지, 자기가 치러야 할 대가가 무엇인지, 유치하게 돈 때문에 수십 년 동안 실랑이를 벌이고, 기인 같은 역겨운 성향을 견뎌내야 하는지 전혀 알지 못했다. 가난한 브루클린 출신 유대인 집안 딸인 조이스는 결혼하면서 에머슨가의 돈으로 이집트, 티베트, 마추픽추를 여행했고, 다그 하마슐트와 애덤 클레이튼 파월(각각 전 유엔 사무총장, 미국 정치인이자 목사-옮긴이) 등 거물들과 저녁식사를 했다. 정치인이 된 다른 사람들처럼 조이스 역시 원만한 성격이 아니었다. 그녀의 성격은 패티보다 결함이 많았다. 조이스는 자신이 **비범하다**고 생각했고, 에머슨 가문의 사람이 되면서 자기가 비범하다는 생각은 더 확고해졌다. 그것으로 자기의 중심에서 결여된 것을 벌충하려고 했다. 그래서 패티는 어린 시절 해본 일이 별로 없었다. "우리는 다른 집과 달라", "다른 집은 보험을 들지만 아빠는 보험을 믿지 않지", "다른 집 애들은 방과 후에 일을 하지만 우리는 네가 특출한 재능을 발휘하고 꿈을 이루기 바란다", "다른 집은 비상사태에 대비해 쓸 돈을 걱정해야 하지만 우리는 너희 할아버지가 부유하기 때문에 그런 걱정은 하지 않아도 돼", "다른 사람들은 현실적으로 생각하고 직업을 구하고 미래를 위해 저축해야 하지만 할아버지가 그렇게 기부를 하시고 나서도 너희가 쓸 돈은 충분히 남아."

오랜 세월 아이들에게 그런 말을 주입하고, 그로 인해 아이들의 인생을 기형으로 만든 조이스는, 떨리는 목소리로 패티에게 털어놓은 것처럼, 저택을 처분하라는 애비게일과 베로니카의 요구에 직면해 "의기소침"해지고 "약간 죄책감"을 느낀다고 했다. 예전에 조이스는 죄책감을 은밀한 방식으로 표현했다. 상당한 액수의 현금을 이따금 딸들에게 쥐여줬고, 애비게일이 어느 날 밤 어거스트가 죽을 날을 기다리는 입원실에 찾아가 그가 죽기 직전에 1만 달러 수표를 받아낸 행동에 대해 비난하지 않는 식이었다. (패티는 애비게일이 이런 꼼수를 부렸다는 사실을 갈리나와 에드거에게 들었다. 이 두 사람은 애비게일의 그런 행동이 부당하다고 생각했지만, 사실 패티에게는 두 사람이 자기들은 왜 그런 꼼수를 생각해내지 못했을까 하는 점을 애통해하는 것처럼 보였다.) 하지만 이제 패티는 엄마가 죄책감을 느끼는 걸 보고 야릇하게 고소했다. 조이스의 죄책감은 늘 자신의 진보적 정치 철학에 내재돼 있었고, 그런 죄책감을 자식들에게 버젓이 적용한 것이다.

"너희 아빠와 내가 무슨 짓을 했는지 모르겠지만 뭔가 잘못을 한 게 틀림없다. 우리 자식들 가운데 세 명이 그다지 준비가…… 그다지 준비가 잘되지 않은 것 같다. 자기 앞가림을 할 준비 말이다. 내 생각에는…… 아, 모르겠다. 하지만 애비게일이 한 번만 더 할아버지 집을 팔라고 하면……. 그리고 글쎄, 그래 내가 이런 일을 당해도 싸지. 어떻게 보면, 나한테도 어느 정도 책임이 있는 것 같다."

"엄마, 그 애들한테 단호한 태도를 취하세요. 엄마는 그 애들한테 고문당하지 않을 권리가 있어요." 패티가 말했다.

"내가 이해되지 않는 건 **너**는 어쩜 그렇게 영 딴판으로 자랐고, 어쩌면 그렇게 독립심이 강한가 하는 점이다. 넌 확실히 이런 문제는 없는 것 같구나. 너도 나름대로 문제가 있긴 하지만, 왠지 훨씬 강해 보인다." 조이스가 말했다.

거짓말 조금도 보태지 않고, 엄마의 말을 들은 그 순간은 패티의 일생에서 10위 안에 드는 가장 만족스러운 순간이었다.

"월터가 훌륭한 가장이었어요. 정말 훌륭한 사람이라고요. 그게 많이 도움이 됐죠."

"너희 애들은…… 그 애들은 어떠니?"

"우리 아이들도 월터 같아요. 일할 줄 안다고요. 그리고 조이는 북아메리카에서 가장 독립심이 강한 아이일 거예요. 저를 조금 닮은 것 같기도 해요."

"좀 더 자주 봤으면 좋겠구나…… 조이 말이다. 내가 바라는 건…… 이제 상황이 달라졌으니, 이제 우리가……" 조이스가 이상하게 웃었다. 거칠고 억지스러운 웃음이었다. "이제 우리가 서로를 **용서**했으니, 조이랑 좀 더 친해졌으면 좋겠구나."

"조이도 그러고 싶을 거예요. 자기가 유대인 자손이라는 데 관심을 갖게 됐거든요."

"글쎄, 내가 조이의 궁금증을 풀어주기에 적당한 사람인지 모르겠다. 그거라면 에드거가 적격이지." 조이스가 다시 억지웃음을 지었다.

에드거는 사실 어쩔 수 없이 유대인임을 내세우게 됐다. 1990년대 초에 그는 언어학 박사 학위를 소지한 사람이라면 으레 했을 그런 일을 선택했다. 증권 거래인이 된 것이다. 에드거가 동아시아 문법 구조에 대한 연구를 중단하고 증권 일을 시작했을 때 단기 매매로 상당한 돈을 벌어 러시아계 유대인 갈리나 같은 젊고 반반한 여자의 관심을 끌었다. 두 사람이 결혼하자마자 갈리나는 물질주의적 본색을 드러냈다. 그녀는 그를 꼬드겨 돈을 많이 벌게 하고, 뉴저지 주 쇼트힐스에 저택을 사고, 모피코트와 보석 등 남한테 과시하는 물건을 사는 데 돈을 낭비했다. 에드거는 한동안 자기 회사를 운영하며 승승장구한 끝에 본래 가깝지도 않고 오만한 할아버지의 관심망에 포착됐고, 아내와 사별한 후 치매 초기 증상을 보이는 상태에서 할아버지는 탐욕스럽게 자신의 주식 포트폴리오를 개선하라고 에드거에게 지시했다. 어거스트는 아시아 자산 거품이 절정에 달했을 때 마지막으로 유언장과 신탁기금을 수정해 투자 자산은 레이의 두 동생에게, 뉴저지의 저택은 레이에게 공평하게 배분했다. 하지만 에드거는 개조나 개선에는 소질이 없었다. 아시아 자산 거품은 당연히 깨졌고, 어거스트는 곧 세상을 떠났으며, 패티의 두 작은아버지는 거의 아무것도 물려받지 못했다. 반면, 뉴저지의 저택은 새로 고속도로가 건설되고, 뉴저지 북서부가 빠르게 개발되면서 가치가 두 배로 뛰었다. 레이가 두 동생이 저택에 대해 자기들 몫을 주장하는 상황을 피하려면 저택을 그대로 소유하고 에드거와 갈리나를 그 집에서 살게 하는 수밖에 없었다. 투자금을 날리고 파산한 에드거 부부는 기꺼이 그 집에 들어와 살았다. 이때가 바로 갈리나의 유대인 기질이 발휘된 때다. 그녀는 정통 유대교를 받아들여 피임을 중단했고, 아이를 줄줄이 낳아 그들의 재정적 어려움을 악화시켰다. 에드거도 집안의 다른 사람들과 마찬가지로 유대교에 전혀 관심이 없었지만, 그는 갈리나의 치마폭에서 놀아났고, 이는 파산 후 더 심해졌으며, 가정의 평화를 위해 그녀가 하자는 대로 했다. 그리고 애비게일과 베로니카는 갈리나를 무척 싫어했다.

    패티가 엄마 대신 해결해야 할 상황은 이러했다. 패티는 그 일에 적임자였다. 조이스의 자식들 가운데 유일하게 먹고살기 위해 일하려는 의지가 있었기 때문이다. 패티는 정말 기적같이 자신이 환영받는 기분이 들었다. 조이스에게 자기 같은 딸이 있는 게 얼마나 다행인가 싶었다. 패티는 며칠 동안 그런 기분을 만끽하고 즐겼지만, 곧 자신이 가족들의 나쁜 습관에 휘말리고 다시 동생들과 경쟁하고 있다는 걸 깨달았다. 그녀는 아버지를 간호할 때 이미 약간의 경쟁심을 느꼈다. 하지만 아무도 패티가 아버지 곁을 지킬 권리에 대해 이의를 제기하지 않았고, 아버지 곁을 지킨 동기도 순수하다고 자부할 수 있다. 그러나 애비게일과 하루 저녁을 보내는 것만으로 예전의 승부욕이 불타올랐다.

저지에서 키가 큰 남자와 사는 동안 패티는 될 수 있으면 유료 고속도로에서 엉뚱한 나들목으로 빠져나간 중년 주부처럼 보이지 않으려고 애썼다. 패티는 꽤 세련된 통굽 부츠를 샀는데, 가장 키가 작은 동생을 만나러 가면서 이 부츠를 신은 건 그다지 상대방을 배려한 선택이 아니었다. 애비게일이 단골인 집 근처 카페를 나와 아파트로 걸어갈 때 패티는 어른이 아이를 굽어보듯 동생을 내려다보았다. 애비게일은 자신의 짧은 키를 벌충하려는 듯 아주 긴 연설—두 시간 동안—을 했고, 패티는 그 얘기를 들으면서 동생의 인생에 대한 상당히 완성도 높은 그림을 그릴 수 있었다. 애비게일은 '좆대가리'로만 불리는 유부남에게 자신의 결혼 적령기 12년을 허송세월하며 그의 애들이 고등학교를 졸업하고, 그가 부인 곁을 떠나기만 기다렸다. 하지만 결국 그는 부인 곁을 떠나 애비게일에게 오는 대신 그녀보다 젊은 여자에게 가버렸다. 애비게일은 마음이 맞는 남성 말동무를 삼기 위해 이성애자를 경멸하는 동성애자 남자들에게 눈을 돌렸다. 그들은 일거리 없는 배우들과 작가들, 희극배우, 공연 예술가가 대부분인 거대한 공동체를 형성했고, 애비게일은 인심이 후하고 소중한 이 공동체 회원이었다. 그들은 서로 돌아가며 상대방의 공연 표를 사주었고, 기금 모금 행사를 했는데 대부분의 기금은 조이스의 수표책 같은 곳에서 흘러나왔다. 화려하지도 멋지지도 않지만 그럼에도 존경할 만하고, 뉴욕이 제대로 기능하기 위해 꼭 필요한 떠돌이 삶이었다. 패티는 애비게일이 세상 안에서 자신의 위치를 찾았다는 데 진심으로 기뻐했다. 그러나 두 사람이 애비게일의 아파트로 돌아가 식후주를 마시며 패티가 에드거와 갈리나 문제를 꺼내자 분위기가 험악해졌다.

"뉴저지에 있는 키부츠(집단 농장, 에드거가 사는 곳을 뜻함-옮긴이)에 가본 적 있어? 그곳에서 키우는 젖소를 본 적이 있느냐고." 애비게일이 말했다.

"아니, 내일 가려고." 패티가 말했다.

"재수 좋으면 언니가 도착하기 전에 갈리나가 에드거를 묶어놓은 개목걸이와 줄을 떼어내는 걸 잊어버릴 수도 있지. 아~주 볼만해. 남자답고 신앙심 깊고. 갈리나는 부엌 바닥에 뒹구는 소똥을 치울 생각도 안 한다니까."

패티는 애비게일에게 자기 생각을 말해주었다. 즉, 조이스가 저택을 처분해 수익의 절반은 레이의 형제들에게 주고 나머지는 애비게일, 베로니카, 에드거, 자신(즉, 패티가 아니라 조이스. 패티는 돈 욕심이 없었다)이 나누어 갖는 것이다. 애비게일은 패티가 설명하는 내내 고개를 가로저었다.

"갈리나가 사고 친 얘기, 엄마한테 들었어?" 애비게일이 말했다. "올케가 학교 건널목에서 **교통 안전원**을 치었대. 애들은 안 다쳤으니 다행이지. 주황색 조끼 입은 노인 한 명만 다쳤다네. 올케는 뒷좌석에 우글우글한 자식새끼들한테 정신이 팔려 그 노인한테로 차를 돌진했더라고. 불과 2년 전 일이고, 물론 올케와 에드거는 자동차보험 갱신하는 걸 잊어버렸지. 두 사람은 항상 그 꼴이라니까. 자동차보험은 뉴저지 주 법에도 의무 사항이라고 돼 있고, 보험을 믿지 않는 우리 아버지도 **자동차**보험은 들었잖아. 에드거는 그게 왜 필요한지 모르겠다고 하고, 갈리나는 미국에서 15년을 살고도 러시아에서는 미국과 모든 게 다르다며 **전혀 몰랐다**고 시치미를 떼더라고. 학교가 든 보험으로 교통 안전원에게 보상을 했는데, 그 노인은 걷지도 못한대. 보험회사는 두 사람의 자산에 대한 권리를 엄청난 액수까지 주장할 수 있어. 두 사람한테 생기는 돈은 바로 보험회사가 가져가게 돼 있다는 말이야."

공교롭게도 조이스는 이 사실을 패티에게 얘기하지 않았다.

"뭐, 그래야 하는 거 아니겠어. 그 사람이 불구가 됐다면 보상을 받아야지. 그렇지?"

"그런데 두 사람은 땡전 한 푼 없으니 언제라도 이스라엘로 야반도주할 수 있어. 두 사람이 사라지면 난 좋지. 사요나라! 하지만 엄마한테 그 얘기 해봐, 먹히나. 엄마는 나보다 그 자식새끼들을 더 좋아한다니까."

"넌 그게 왜 못마땅한데?"

"에드거와 갈리나는 자기 몫을 주장할 자격이 없으니까. 6년 동안 살면서 집을 엉망진창으로 만든 데다 돈을 줘봐야 금세 사라질 테니까. 실제로 그 돈을 유용하게 쓸 수 있는 사람들에게 줘야 한다는 생각 안 들어?"

"교통 안전원이 돈을 유용하게 쓸 것 같은데."

"그 사람은 벌써 보상받았어. 이젠 보험회사뿐이지. 회사들은 이런 경우에 대비해 보험을 들잖아."

패티가 인상을 썼다.

"작은아버지들은 입이 열 개라도 할 말 없는 사람들이고. 그 양반들은 언니같이, 달아나버렸어. 우리처럼 명절마다 할아버지의 주책을 참지 않아도 됐으니까. 아빠는 평생 거의 매주 할아버지를 만나러 갔고, 할머니가 만드는 맛없는 피칸 쿠키를 먹어야 했지. 작은아버지들은 그러는 거 못 봤는데."

"그러니까 네 말은, 우리가 그 보상을 받아야 한다는 거야?"

"당연하지 않아? 세상에 공짜가 어디 있어? 그 양반들은 그 돈이 필요하지도 않아. 그 돈 없어도 아~주 잘살 거라고. 하지만 나나 베로니카에게는 큰돈이지."

"아, 애비게일! 우린 절대 사이좋게 지내지 못하겠다, 그렇지?"

패티의 목소리에서 동정하는 듯한 기미를 포착한 애비게일은 못된 표정을 지었다.

"달아난 사람은 **내가** 아니야. 거만하게 굴면서 농담도 못 받아들이고 미네소타 출신의 초인적인 성자에, 바른 생활 사나이에, 꼴통 환경 운동가랑 결혼했잖아. 대놓고 우리를 싫어한 사람은 바로 언니야. 언니는 자기가 아주 잘나간다고 생각했겠지. 우리보다 훨씬 잘났다고. 그런데 이제 초인적인 성자가 언니의 아주 원만한 성격과는 전혀 상관없는 알 수 없는 이유로 언니를 버리니까 이제 집으로 돌아와 사랑스럽고 친근한 선의의 중재자 플로

렌스 나이팅게일 역할을 하시겠다? 아~주 재미있네."

패티는 이 말에 대답을 하기 전에 몇 번 심호흡을 해야 했다.

"말했잖아. 너랑 나는 절대 사이좋게 지내지 못하겠다고."

"내가 엄마한테 매일 전화하는 이유는 단 하나야. 언니가 모든 일을 망치려고 하기 때문이야. 언니가 떠나고 상관하지 않는 순간부터 엄마를 귀찮게 하지 않을 거야. 그렇게 할래?"

"어떤 의미에서 이게 내가 상관할 일이 아니니?"

"언니 입으로 돈에 관심 없다고 했잖아. 언니가 언니 몫을 챙겨 작은아버지들한테 주고 싶으면 맘대로 해. 하지만 우리한테 이래라저래라 하지는 마."

"알았다. 이제 얘기 끝난 것 같다. 내가 제대로 이해했는지 확인 좀 하자. 넌 엄마, 아빠한테 평생 물질적으로 **도움을 받은** 게 두 분을 위해 그렇게 한 거라고 생각하니? 넌 아빠가 당신 부모님에게 **뭘 받은** 게 그분들을 위해 그렇게 한 거라고 생각해? 그리고 네가 부모님을 위해 그렇게 한 것이기 때문에 보상받을 자격이 있다고 생각하는 거야?"

애비게일은 다시 한번 독특한 표정을 짓고는 곰곰이 생각했다.

"응, 그러네! 말 한번 잘했어. 내 생각도 그거야. 언니는 그게 이상하다고 생각하니까, 이 일에 관여하지 말아야 한다는 거고. 지금 이 시점에서는 언니는 갈리나와 마찬가지로 남이야. 그러니까 엄마가 알아서 결정하게 내버려둬. 베로니카도 내버려두고."

"내가 베로니카랑 얘기를 하든 말든 네가 상관할 문제가 아니야."

"상관할 문제지. 그 앤 내버려두라잖아. 괜히 헷갈리게 하니까."

"그 애 지능지수가 몇인데 헷갈려? 180?"

"아빠가 돌아가신 후로 잘 지내지 못하고 있어. 굳이 가서 못살게 굴 거 없다는 말이야. 언니가 내 말을 들을 거라고 생각하지는 **않지만** 다 알고 하는 얘기야. 언니보다 베로니카랑 천배는 많은 시간을 보낸 사람으로서 하는 말인데, 남 생각도 좀 해봐."

한때 잔디 한 가닥도 흐트러지지 않을 만큼 잘 정돈된 에머슨 저택은 다음 날 아침 패티가 도착했을 때 워커 에번스(경제 대공황의 현실을 담은 다큐멘터리 사진작가-옮긴이)의 사진들과 19세기 러시아를 합쳐놓은 것처럼 보였다. 네트가 없는 테니스 코트 한가운데에 소가 서 있었고, 플라스틱 경계선은 뜯기고 뒤틀려 있었다. 에드거는 예전에 말들을 방목하던 벌판을 작은 경운기로 파헤치며 20미터마다, 경운기가 봄비를 흠뻑 머금은 토양에 걸려 앞으로 나가지 못할 때마다 멈춰 섰다. 에드거는 진흙이 묻은 흰 셔츠를 입고 진흙이 붙어 딱딱하게 굳은 장화를 신고 있었다. 동생은 살도 많이 찌고 근육도 늘었는데, 왠지 모르게 《전쟁과 평화》에 등장하는 피에르가 떠올랐다. 에드거는 경운기를 벌판에 한참 기울게 세워놓고 진흙을 헤치고 패티가 주차한 곳까지 걸어왔다. 내년에 가족이 더 여유 있게 자급자족할 수 있도록 감자를 아주 많이 심는 중이라고 했다. 동생네 가족은 봄인 지금 지난해 수확한 곡식과 사냥한 사슴 고기가 동나서 유대교 예배당 신도들이 주는 자선 식품에 의존하고 있었다. 헛간 바깥 땅바닥에는 깡통 식품이 든 상자들이 쌓여 있고, 업소용 대용량 시리얼, 수축 포장 필름에 싸인 납작한 유아식 상자들이 있었다. 상자들의 일부는 포장이 뜯기고 이미 소비한 것도 있는 걸로 봐서 식품을 헛간 안으로 들여놓지 않고 바깥에 둔 지 오래된 것 같았다.

집 안은 장난감과 더러운 그릇으로 난장판이었고, 거름 냄새도 약하게 났다. 하지만 르누아르의 파스텔 그림과 드가의 스케치, 모네의 유화는 제자리에 걸려 있었다. 패티는 집에 들어서자마자 갈리나에게서 귀엽고 따뜻하지만 그다지 깨끗하지 않은 한 살짜리 아기를 넘겨받았다. 그녀는 만삭이었고, 소작인처럼 흐리멍덩한 눈으로 바깥 풍경을 훑었다. 패티는 아버지의 장례식 때 그녀를 만났지만 얘기는 거의 나누지 않았다. 갈리나는 아이들 키우느라 지치고 버거운 엄마의 모습이었다. 머리는 산발을 하고, 뺨은 벌겋고, 옷매무새는 흐트러져 여기저기 마구잡이로 살이 비집고 나왔다. 하지만 몇 분 동안 차림새를 가다듬을 수 있었다면 여전히 예쁘게 보일 얼굴이었다.

"와주셔서 고맙습니다. 이제는 어디 여행 가는 게 **고생**이에요. 차편도 마련해야 하고 여러 가지로."

패티는 방문 목적을 얘기하기 앞서 남자애를 안고 코를 비비며 얼러줘야 했다. 패티는 그 아이를 입양해서 갈리나와 에드거의 짐을 덜어주고 자기는 새로운 삶을 살 수도 있겠다는 정신 나간 생각도 잠깐 했다. 패티의 이런 생각을 읽기라도 한 듯, 아이가 그녀의 손을 자기 얼굴에 갖다 대고 그 손을 가지고 놀며 즐거워했다.

"고모가 좋은가 보네. 오랫동안 만나지 못한 패티 고모다." 갈리나가 말했다.

에드거는 장화를 벗고 뒷문으로 들어왔다. 두꺼운 회색 양말을 신었는데, 구멍이 나 있었다.

"누나, 시리얼이라도 줄까? 레이진 브랜도 있고 첵스도 있고."

패티는 사양하고 식탁에 앉아 조카를 무릎 위에 올려놓았다. 다른 아이들도 마음에 들었다. 아이들은 짙은 눈동자에 호기심 많고, 대담하지만 무례하지 않았다. 패티는 엄마가 왜 이 아이들에게 푹 빠졌고, 얘들이 이 나라를 떠나지 않기를 바라는지 알 것 같았다. 애비게일의 험담에도 패티는 이 가족을 악당으로 보기 힘들었다. 오히려 남동생네 가족은 말 그대로 숲 속에서 길을 잃은 어린 양들 같았다.

"앞으로 계획은 있니?" 패티가 물었다.

늘 갈리나에게 발언권을 넘기는 데 익숙한 듯 에드거는 말없이 양말에 말라붙은 진흙만 떼어내고 설명은 갈리나가 했다. 농사짓는 솜씨도 나아졌고, 랍비와 유대교 예배당에서 큰 도움을 주고 있으며, 에드거는 조부모가 심어놓은 포도나무에서 유대교 율법에 맞는 포도주를 생산할 수 있는 인증을 받게 될 예정이고, 사냥감도 많다고 했다.

"사냥감이라고?" 패티가 말했다.

"사슴요. 사슴이 말도 못하게 많아요." 갈리나가 말했다. "여보, 지난가을에 몇 마리나 잡았지?"

"열네 마리."

"우리 소유지에서 열네 마리나요! 그런데 계속 온다고요. 엄청나다니까요."

"그런데 그게 말이지." 패티가 사슴을 먹는 게 유대교 율법에 맞는지 생각하며 말했다. "여긴 엄밀히 말하면 너희 소유지가 아니야. 이제 어머니 소유지라고. 그래서 말인데, 에드거가 사업 수완이 좋으니까 다시 일을 해서 돈 벌고, 어머니가 이 집을 어떻게 할 건지 알아서 결정할 수 있게 하면 좋겠어."

갈리나가 단호하게 고개를 가로저었다.

"보험회사 문제가 있어요. 그이가 돈을 버는 족족 보험회사가 가져간다고요. 몇십만 달러까지 가져갈지도 모르겠어요."

"그래. 그런데 어머니가 이곳을 처분하면 너희가 보험금을 갚을 수 있을 거야. 그러니까 보험회사에 갚는다는 거지. 그럼 새 출발할 수 있잖아."

"그 남자는 사기꾼이라고요!" 갈리나가 눈을 이글거리며 말했다. "얘기 들으셨죠? 그 교통 안전원은 완전 사기꾼이에요. 살짝 건드렸을 뿐인데. 살짝 **스치기만** 했다고요. 그런데 걸을 수 없다니, 말이 된다고 생각해요?"

"누나, 상황을 이해하지 못한 것 같은데." 에드거가 살아생전 아버지가 거들먹거리며 말할 때와 똑같은 어조로 말했다.

"미안하지만, 내가 뭘 이해하지 못했다는 거니?"

"아버님은 이 농장을 팔기를 원하지 않으셨어요." 갈리나가 말했다. "아버님은 소위 '예술'을 한다며 역겹고 외설적인 연극을 만드는 제작자들 주머니나, 형님 동생을 치료한답시고 조금도 나아지게 만들지 못하면서 시간당

500달러 진료비를 받는 정신과 의사 주머니로 그 돈이 들어가길 바라지 않으셨다고요. 우리가 여기 계속 살면 농장은 팔지 않아도 되고 시숙부님들은 포기하실 테고, '예술'이나 돌팔이 정신과 의사한테 바치는 게 아니라 **정말 필요하다면** 어머님께서 일부를 처분하실 수도 있고요."

"에드거, 네 생각도 그래?" 패티가 물었다.

"응, 어느 정도는."

"그래. 정말 희생정신이 강하다. 아버지의 유지를 이렇게 애써 받들겠다니."

갈리나가 패티를 이해시키려는 듯 그녀에게 몸을 기울였다.

"**우리는 애들이 많아요.** 키워야 할 아이가 곧 여섯이 된다고요. 형님 동생들은 내가 이스라엘로 가려고 한다고 생각하죠. 전 이스라엘로 가고 싶지 않아요. 여기서 잘 살고 있어요. 형님 동생들한테 없는 애들이 저희한테는 있으니 좀 인정을 받아야 하지 않나요?"

"아이들이 알토란 같긴 하네."

패티가 인정했다. 그녀의 품에서 조카가 졸고 있었다.

"그럼 우릴 내버려두세요. 언제라도 아이들 보러 오시고요. 우린 나쁜 사람도 아니고, 사기꾼도 아니에요. 누가 찾아오는 것도 좋아하고요."

패티는 웨체스터로 돌아오면서 울적하고 의기소침해져 농구 중계를 보면서 마음을 달랬다(조이스는 얼바니에 있었다). 다음 날 오후, 패티는 막내이자 가족 중에서 가장 많이 망가진 베로니카를 만나기 위해 뉴욕에 갔다. 베로니카에게는 늘 4차원적인 면이 있었다. 한동안은 베로니카의 짙은 눈동자와 가녀리고 숲 속 요정 같은 외모 때문이었는데, 나중에는 그 외모에 걸맞게 거식증과 성적 문란, 과도한 음주 등 자기 파괴적인 행동으로 발전했다. 이제 예전의 가녀린 모습은 거의 사라졌고—베로니카는 예전보다 살이 찌긴 했지만 그렇다고 뚱뚱하지는 않았다. 패티는 동생을 보니, 대학 졸업 후 한참 지나서 사람들이 북적이는 운전면허증 발급소에서 얼핏 본

옛 친구 엘리자가 생각났다―4차원적인 면은 예전보다 심해 보였다. 상식적 논리와 유리된 듯한, 자기 바깥에 존재하는 세상을 제삼자처럼 무심하게 관조하며 즐기는 듯한 느낌이 들었다. 베로니카는 한때 미술과 발레에 (적어도 조이스의 생각에는) 뛰어난 재능을 보였고, 젊은 남자들이 무수히 치근덕거렸으며, 데이트도 많이 했다. 하지만 그 후 심한 우울증을 여러 번 겪었다. 패티의 우울증은 베로니카의 우울증에 비하면 사과나무 과수원에서 소풍 놀이를 하는 거나 마찬가지였다. 조이스의 말에 따르면, 베로니카는 지금 무용단에서 비서로 일하고 있었다. 동생은 러들로 가에 있는, 가구가 거의 없는 침실 하나짜리 아파트에 살고 있었다. 패티가 찾아가기 전에 미리 전화를 했지만, 베로니카는 한참 명상에 빠져 있다가 그녀를 맞았다. 베로니카는 자동 스위치로 아파트 현관문을 열어주고 자기 집 문을 빠끔히 열어놓았다. 패티가 집 안에 들어섰을 때 동생은 바랜 사라 로렌스 대학 운동복을 입고 침실 요가 매트 위에 앉아 있었다. 젊을 때도 무용을 해서 몸이 유연했는데, 이제는 요가 덕분에 놀라울 정도로 더 유연해졌다. 베로니카는 그녀가 찾아온 것이 반갑지 않은 게 분명했고, 패티는 동생의 침대에 30분 동안 앉아 자기가 한 기본 인사말에 베로니카가 대답하기를 하염없이 기다렸다. 마침내 동생이 방에 언니가 있다는 사실을 인정하고 말을 걸었다.

"부츠 멋진데."

"아, 고마워."

"난 이제 더 이상 가죽 제품은 안 걸치는데, 가끔 마음에 드는 부츠를 보면 탐이 나더라고."

"그래." 패티가 부추기듯 말했다.

"냄새 좀 맡아봐도 돼?"

"내 부츠 냄새?"

베로니카가 고개를 끄덕이더니 기어와서 부츠 발등 냄새를 들이마셨다.

"난 냄새에 아주 민감해." 그녀가 황홀한 듯 눈을 감고 말했다. "베이컨도 마찬가지야. 먹지는 않지만 냄새는 아직 좋아. 냄새가 너무 강렬해서 마치 먹는 것처럼 느껴져."

"그렇구나." 패티는 동생이 계속 말을 하도록 부추겼다.

"명상하는 걸로 말하자면, 마치 꿩도 안 먹고 알도 안 먹는 것 같아."

"그래. 무슨 소린지 알 듯도 하다. 재미있는데. **가죽**을 먹은 적은 없겠지만."

베로니카는 패티의 말에 깔깔거리며 웃었고, 잠시 가까운 자매 같았다. 레이를 제외한 다른 가족과 달리 베로니카는 패티의 삶과 최근에 일어난 일에 대해 궁금한 점이 많았다. 동생은 패티의 얘기 중 가장 가슴 아픈 대목을 재미있어했다. 엉망진창이 된 그녀의 결혼에 대해 베로니카가 웃는 데 익숙해지자, 패티는 엉망이 된 자기 인생 얘기를 듣는 데서 동생이 위안을 얻는다는 걸 알 수 있었다. 가족 내력을 확인하고 마음이 편해지는 것 같았다. 베로니카가 하루에 4리터가량 마신다는 녹차를 함께 마시며 패티는 저택 문제를 끄집어냈고, 그러자 그 애의 웃음은 더 희미해지고 분간하기 힘들어졌다.

"진심으로 하는 말인데, 왜 엄마를 못살게 구니? 애비게일은 그렇다고 치자. 엄마는 애비게일이 그러는 건 견딜 수 있지만 너까지 그러니까 기분이 언짢으시대."

"엄마는 나 아니라도 혼자서 얼마든지 언짢을 수 있는 사람이야. 혼자서도 언짢아지는 데 선수라고." 베로니카가 재미있다는 듯 말했다.

"그럼 네가 **더** 언짢게 하는 거네."

"난 그렇게 생각하지 않아. 천국이나 지옥은 다 우리 스스로 만드는 거라고. 엄마가 덜 언짢으려면 저택을 팔면 되잖아. 난 일하지 않아도 될 만큼만 돈이 있으면 돼."

"일하는 게 뭐가 잘못이니?" 패티는 한때 월터가 자신에게 한 말과 비슷한 질문을 했다. "일을 하다 보면 자신감도 생기잖아."

"나도 일할 수 있어. 일하고 있고. 단지 안 하면 더 좋겠다는 거야. 일도 따분하고 사람들이 날 비서 취급한다니까."

"네가 **비서**니까 비서 취급하지. 넌 아마 뉴욕에서 가장 지능지수가 높은 비서일 거다."

"그냥 빨리 관두고 싶어. 그것뿐이야."

"네가 복학한다고 하면 엄마가 도와주실 거야. 졸업하면 네 능력에 맞는 직장도 구할 수 있을 테고."

베로니카가 웃었다. "세상은 내가 가진 재능에 관심이 없는 것 같아. 그러니까 내 재능은 나한테나 쓰는 게 나아. 날 그냥 내버려뒀으면 좋겠어, 언니. 지금 내가 바라는 건 그것뿐이야. 혼자 있는 거. 짐하고 더들리 작은아버지들이 아무것도 받지 말아야 한다고 생각하는 건 애비게일 언니야. 난 내 월세만 낼 수 있으면 다른 건 관심 없어."

"엄마 말씀은 다르던데. 너도 작은아버지들이 아무것도 가져서는 안 된다고 생각한다던데."

"난 그저 애비게일이 원하는 걸 얻도록 도와주려는 것뿐이야. 언니는 여성 희극단을 만들어 유럽 공연을 하고 싶어 해. 거기서는 자기를 인정해준다면서. 언니는 로마에 살면서 **존경받고** 싶어 한다니까." 베로니카가 또 웃었다. "그럼 나도 좋고. 애비게일 언니를 그리 자주 만나지 않아도 되니까. 나한테 잘해주긴 하지만 말하는 게 짜증나. 저녁 시간을 같이 보내고 나면 차라리 혼자 시간을 보낼걸 하는 생각이 든다니까. 난 혼자 있는 게 좋아. 누구의 방해도 받지 않고 혼자 생각하는 게 좋다고."

"그럼 넌 애비게일을 자주 보지 않으려고 엄마를 못살게 구는 거란 말이니? 그 앨 자주 만나지 않으면 되잖아."

"아무도 만나지 않는 건 나한테 좋지 않다는 얘길 들었거든. 애비게일은 말하자면, 보지는 않지만 그냥 틀어놓은 텔레비전 같은 거야. 동무가 돼주니까."

"하지만 애비게일을 보고 싶지도 않다면서!"

"알아. 설명하기 어려워. 애비게일을 자주 만나지 않는다면 아마 내가 더 자주 만날지도 모르는 친구가 브루클린에 살아. 그렇게 돼도 괜찮지. 생각해보니, 그것도 괜찮겠네." 베로니카는 친구 생각을 하며 웃었다.

"그럼 왜 에드거는 자기가 원하는 대로 하면 안 되니? 그 애와 갈리나가 계속 농장에 살면 안 될 이유가 뭐냐고?" 패티가 물었다.

"없지, 뭐. 언니 말이 맞을 거야. 갈리나는 정말 끔찍한 여자고, 에드거도 그걸 알고 있어. 아마 그래서 갈리나랑 결혼했을 거야. 우리 엿 먹이려고. 우리 집에서 외동아들로 자란 데 대한 보복이지. 그리고 난 개인적으로 그 여자만 안 보면 어떻게 되든 상관없어. 하지만 애비게일은 가만히 있을 수가 없나 봐."

"그럼 네가 이러는 이유는 다 애비게일을 위해서라는 얘기네."

"애비게일도 원하는 게 있고, 나도 원하는 게 있지. 난 애비게일이 원하는 걸 얻을 수 있도록 도와줄 뿐이야."

"하지만 너도 돈이 충분히 있어서 일할 필요가 없으면 좋겠고."

"응. 그럼 정말 좋겠어. 다른 사람 비서 노릇하는 거 정말 싫어. 특히 전화 받는 건 끔찍해. 내 생각에는 사람들이 대체로 말을 너무 많이 하는 것 같아." 베로니카가 웃었다.

패티는 자기가 손가락에 쩍 달라붙은 거대한 바주카포 포탄을 떼어내려고 안간힘을 쓰고 있는 것 같은 느낌이 들었다. 베로니카의 논리는 완전히 귀에 걸면 귀걸이, 코에 걸면 코걸이였다.

패티는 기차를 타고 도시를 빠져나오며 자신을 포함한 형제자매 그 어느 누구보다 부모님이 얼마나 더 성공적이고 나은 삶을 살았으며, 사회적 책임을 다하려고 평생 애쓰신 부모님을 조금이라도 닮은 자식이 하나도 없다는 사실을 문득 깨달았다. 패티는 엄마가 그런 사실에 대해, 특히 불쌍한 베로니카에 대해 죄책감을 느낀다는 걸 알고 있었다. 하지만 자식들이 별로 내세울 것이 없다는 사실 때문에 엄마가 무척 자존심이 상했고, 자식들이 전부 괴짜인 데다 무능력한 게 모두 레이의 유전자, 어거스트 에머슨의 저주 때문이라고 엄마가 생각한다는 것도 알고 있었다. 그러자 패티는 엄마의 정치가로서 경력이 가족 문제를 야기하거나 악화시킨 게 아니라는 생각이 들었다. 엄마가 정치에 몰입한 건 가족 문제로부터 **도피하기** 위한 방법이기도 했다. 돌이켜보니, 엄마가 자신을 비우고 정치인이 되어 세상을 위해 좋은 일을 하고 자신을 구제하려 한 의지가 절절하고 심지어 존경스럽기까지 했다. 패티도 스스로를 구하기 위해 극단적 조치를 취한 사람으로서, 조이스만 패티 같은 딸을 둔 게 행운인 게 아니라 자신도 조이스 같은 엄마를 둔 게 행운이라는 사실을 깨달았다.

하지만 아직 패티가 이해할 수 없는 큰 문제가 하나 있었다. 그래서 다음 날 오후 조이스가 주 정부를 마비시키는 공화당 상원의원들 때문에 화가 머리끝까지 난 채로 얼바니에서 돌아왔을 때(민주당 의원들도 정국 마비에 책임이 있다고 일갈할 레이가 이제는 곁에 없다는 사실이 안타까웠다), 패티는 엄마에게 물어보려고 단단히 벼르면서 부엌에서 기다리고 있었다. 조이스가 비옷을 벗자마자 패티가 물었다.

"엄만 왜 내 농구 경기에 한 번도 오지 않았어요?"

"내가 잘못했다." 조이스는 30년 동안 이 질문을 기다렸다는 듯 즉시 대답했다. "네가 옳다, 네가 옳아, 네가 옳다고. 네 경기에 좀 더 자주 갔어야 했는데."

"그러니까, 왜 안 왔냐고요."

조이스가 잠시 생각하다가 말했다.

"설명할 방법이 없구나. 다만, 그때 너무 여러 가지 일이 동시에 벌어졌고, 여기저기 다 갈 수가 없었어. 부모로서 많은 실수를 했다. 너도 아마 부모로서 실수한 부분이 있을 거다. 모든 게 얼마나 혼란스럽고 분주한지 이해할 거야. 모든 일에 다 신경 쓰는 게 얼마나 힘든지."

"문제는요, 엄만 다른 일을 할 시간은 있었잖아요. 엄마가 시간이 없어서 못한 건 **내** 경기에 오는 거였다고요. 엄마가 모든 경기를 다 보러 오지는 않았다는 말을 하는 게 아니라 **한** 경기도 보러 온 적이 없다는 거예요."

"도대체 왜 이제 와서 그 얘기를 꺼내는 거니? 내가 잘못했고, 미안하다고 했잖아."

"엄마를 탓하는 게 아니에요. 난 농구를 **정말 잘했기** 때문에 묻는 거예요. 난 정말 잘했어요. 자식들한테 한 실수로 말하면 내가 엄마보다 많이 했을 거예요. 그러니까 엄말 비난하는 게 아니라, 내가 농구를 잘하는 걸 보면 엄마가 **흐뭇했을** 거라고 생각했어요. 내가 얼마나 농구에 재능이 있는지 봤더라면 엄마도 기분이 좋았을 거라는 뜻이에요."

조이스가 눈길을 피하며 대답했다.

"내가 운동을 별로 안 좋아했던 모양이다."

"하지만 에드거의 펜싱 경기는 보러 가셨잖아요."

"많이 가지는 않았다."

"내 경기보다는 많이 갔잖아요. 엄만 펜싱을 그다지 좋아한 것도 아니고, 그렇다고 에드거가 펜싱을 잘한 것도 아닌데."

보통은 자제력이 강한 조이스가 냉장고로 가서 그 전날 밤 패티가 거의 비울 뻔한 백포도주 병을 꺼냈다. 조이스는 병에 남은 술을 주스 잔에 따라 반쯤 마시고는, 자신을 비웃더니 나머지 반을 마셨다.

"네 동생들이 왜 그 모양인지 나도 모르겠다." 조이스가 뜬금없이 말했다. "한번은 애비게일이 나한테 재미있는 말을 하더구나. 끔찍한 말이었지. 그 말을 생각하면 지금도 눈물이 난다. 너한테 말하지 말아야 하는데, 넌 다른 데 가서 얘기할 사람이 아니라고 믿는다만. 애비게일은 술독에 빠져 살다시피 했다. 오래전 일이지. 애비게일이 연극배우가 되려고 애쓸 때니까. 자기가 하게 될 거라고 확신한 멋진 역이 있었는데, 그 역을 얻지 못했어. 난 그 애를 격려해주고 자기 재능을 믿게 해주려 했고, 애비게일은 계속 노력했어. 그런데 나한테 끔찍한 말을 하더구나. 자기가 실패한 건 **나** 때문이라고. 난 뒷바라지한 죄밖에 없다. 그런데 그런 말을 하더구나."

"이유를 말하던가요?"

"그 애 말이……." 조이스가 근심 어린 얼굴로 정원을 내다보았다. "자기가 성공하지 못한 이유는, 자기가 성공하면 내가 그 성공을 빼앗아갈 거라는 거야. 자기 성공이 아니라 **내** 성공이라는 거지. 그렇지 않아! 하지만 그 애는 그렇게 생각하더라니까. 그래서 나한테 자기가 어떤 기분인지 보여주고, 나를 계속 괴롭히고, 자기에 관한 한 다 잘돼간다고 내가 생각하지 못하게 하는 방법은 계속 성공하지 않는 방법뿐이었다는 거야. 아직도 그 애 말만 생각하면 끔찍하다. 난 그렇지 않다고 얘기했다. 그 애가 내 말을 믿었으면 좋겠다. **정말 그렇지 않으니까.**"

"알겠어요. 좀 심한 것 같네요. 하지만 그게 내 농구 경기랑 무슨 상관이죠?" 패티가 말했다.

조이스가 고개를 가로저었다. "모르겠다. 그냥 그 생각이 났어."

"난 성공하고 있었다고요, 엄마. 그래서 정말 이상하다는 거예요. 난 완전히 성공하고 있었다고요."

갑자기 조이스의 얼굴이 몹시 일그러졌다. 조이스는 또 고개를 가로젓더니 질색하면서 눈물을 삼키려고 애썼다.

"나도 안다. 내가 너한테 더 관심을 쏟았어야 해. 내 잘못이다."

"안 그러셨다고 해도 괜찮아요, 정말. 장기적으로 볼 때는 오히려 잘된 건지도 몰라요. 그냥 궁금해서 물어본 것뿐이에요."

조이스는 오랫동안 말이 없더니 이렇게 결론을 내렸다.

"내 삶이 늘 행복하거나, 순탄하거나, 원하던 삶은 아니었던 것 같다. 어떤 때는 생각을 너무 깊이 하지 않으려고 했다. 그렇지 않으면 너무 가슴이 아플 것 같았어."

그때도, 그 이후에도 패티가 조이스에게서 들은 대답은 그게 전부였다. 흡족하지도 않고 의문을 다 풀지도 못했지만, 그것으로 만족해야 했다. 그날 저녁 패티는 동생들을 만나고 온 얘기를 하고 엄마에게 어떻게 하면 좋을지 제안했다. 조이스는 연신 고개를 끄덕이며 패티가 말하는 족족 옳다고 했다. 저택을 처분해 매각한 돈의 절반은 레이의 형제들에게 주고, 나머지 가운데 에드거의 몫은 신탁기금으로 넣어두고, 에드거와 갈리나가 거기서 (이민 가지 않는다는 전제 아래) 생활비를 꺼내 쓸 수 있게 해주고, 애비게일과 베로니카에게는 각각 일시불로 제 몫을 주기로 했다. 월터의 도움 없이 새 인생을 시작하는 데 보태라고 7만 5000달러를 받게 된 패티는 월터를 생각하며, 그녀 자신이 개발되고 훼손되는 데 일조한 텅 빈 숲과 경작되지 않고 버려진 들판을 생각하며, 약간 죄책감이 들기도 했다. 패티 때문에 집을 잃은 쌀새와 딱따구리, 찌르레기의 아픔을 다 합해도 땅을 팔아야 하는 가족의 슬픔보다 그리 크지 않다는 걸 그가 이해했으면 하고 패티는 바랐다.

필자는 가족이 오랫동안 기다려왔고, 서로 가지려고 추하게 다투기까지 한 돈이 완전히 헛되이 낭비되지는 않았다는 말을 하고 싶다. 특히 애비게일은 자기와 어울리는 예술가들 사이에서 재정적 영향력을 어느 정도 행사하게 되자 활짝 피어나기 시작했다. 조이스는 애비게일의 이름이 〈뉴욕 타임스〉에 실릴 때마다 패티에게 전화를 걸었다. 애비게일과 그 애가 이끄는 희극단이 이탈리아, 슬로베니아, 다른 유럽 국가에서 각광을 받는 게 분명했다. 베로니카는 소원대로 자기 아파트와 뉴욕 주 북부에 있는 요가 수도원과 화실을 오가며 누구의 방해도 받지 않고 홀로 지냈다. 베로니카의 그림은, 패티의 눈에는 너무 자의식이 강하고 미완성으로 보이지만 후세에 가서는 천재적인 걸작이라고 극찬을 받을지도 모른다. 에드거와 갈리나는 뉴욕 주 초정통파 유대교 집단이 거주하는 키리아스 조엘로 이주해, 거기서 막내 아기(다섯째)를 낳았고, 남한테 의지하지 않고 잘 살고 있다. 패티는 애비게일을 제외하고 모두를 1년에 몇 번씩은 만난다. 패티는 조카들을 만날 때가 가장 기뻤다. 최근에는 엄마를 따라 영국 정원을 순례하는 여행에 합류했는데 생각보다 즐거운 시간을 보냈고, 베로니카와 만날 때는 늘 웃음꽃이 피었다.

하지만 가장 중요한 건 패티가 소박하나마 자기 삶을 꾸려나가고 있다는 점이다. 그녀는 지금도 매일 프로스펙트 공원에서 조깅을 하지만, 이제는 운동이나 다른 어떤 것에도 중독되지 않았다. 이제 포도주 한 병을 따면 이틀, 때로는 사흘도 간다. 학교에서는 요즘의 학부모들과 직접 상대하지 않아도 되는 축복받은 위치에 있다. 요즘의 학부모들은 패티가 학부모이던 시절보다 **훨씬** 극성스럽고 제정신이 아니다. 그들은 초등학교 1학년 아이들에게 앞으로 10년 후에나 걱정해도 될 대학 응시 자기소개서 작성과 SAT 시험에 나오는 어휘를 가르쳐야 한다고 생각하는 것 같다. 하지만 패티는 아이들을 순수하게 아이들로 대하면 된다. 글 쓰는 법을 배워 자기가 하고 싶은 얘기를 마음껏 하고 싶어 하는, 아주 재미있고 아직은 거의 때 묻지 않은 꼬마로 여기면 된다. 패티는 이 꼬마들을 소집단으로 나누어 만나고 글을 잘 쓰도록 독려하며, 이 꼬마들 중에는 그리 어리지 않은 아이들도 있으므로 나중에 커서 버글런드 선생님을 기억할지도 모른다. 중학생 아이들은 분명히 패티를 기억할 것이다. 패티가 가장 좋아하는 일이, 한때 그녀의 코치가 그랬듯이, 선수들 간의 협동심이 얼마나 중요한가를 헌신적으로, 엄격하지만 애정 어린 태도로 가르치는 코치 역할이었기 때문이다. 학기 중에는 거의 매일, 방과 후 몇 시간 동안 패티라는 사람은 사라지고, 경기에서 승리하기를 한마음으로 바라는 농구 팀원이 되어 선수들이 이기기를 순수한 마음으로 염원한다. 인생의 다소 늦은 이 시점에서 그리 선한 사람으로 살아오지도 않은 패티에게 이런 일을 하도록 해주는 걸 보면 우주의 섭리는 인간에게 잔인하지만은 않은 듯하다.

패티에게 여름은 견디기 어려운 계절이다. 예전의 자기 연민과 승부욕이 끓어오르는 때가 여름이기 때문이다. 패티는 도시공원관리국에 자원해 아이들의 야외 활동을 도와주는 일을 두 번 억지로 했지만, 그녀는 6~7세 이상의 남자아이들을 다루는 실력이 형편없었고, 단순히 야외 활동을 위한 야외 활동에 재미를 붙이기 어려웠다. 패티에게는 단련시키고 이기는 데 집중하게 만들 진짜 팀, 패티의 팀이 필요했다. 패티가 가르치는 학교의 젊은 여교사들은 파티광인데(화장실에서 토할 정도로 마시고 오후 3시에 회의실에서 테킬라를 마실 정도로), 이 여교사들은 여름이면 거의 모두 사라졌다. 책을 읽거나 컨트리음악을 들으면서 안 그래도 깨끗한, 손바닥만 한 아파트를 또 청소하는 일도 한두 시간 하고 나면 패티도 술을 퍼마시고 싶은 생각이 간절해졌다. 패티는 같은 학교에 근무하는, 그녀보다 훨씬 젊은 남자 두 사람과 연애 비슷한 걸 했는데, 두 사람 모두 여름 동안 만났고 그나마 꾸준히 데이트를 한 경우지만, 이 글을 읽는 이는 분명 그 얘기를 듣고 싶어 하지 않을 테고, 어쨌든 어색하고 재미없는 대화만 오가서 고문당하는 느낌이었다는 말밖에는 할 얘기도 없다. 지난 3년간은 캐시와 도나가 7월 내내 위스콘신에서 지내게 해주었다.

패티의 든든한 버팀목은 물론 제시카다. 정말 든든한 버팀목이고 크게 의지가 돼서 패티는 그 애를 귀찮게 하지 않으려고 무척 조심했다. 제시카는 과시욕이 큰 조이와 달리 근면 성실했고, 패티가 리처드 곁을 떠나 어느 정도 도덕성을 회복하려고 애쓰자 그 애는 엄마의 인생을 바로잡는 일에 팔을 걷어붙이고 나섰다. 제시카의 조언은 대부분 뻔한 것이지만 패티는 감사하고 회개하는 마음으로 월요일 저녁마다 그 애를 만난 자리에서 개선된 점을 보고했다. 패티는 제시카보다 인생에 대해 아는 게 많았지만 실수 또한 그 애보다 훨씬 많이 했다. 제시카가 자신이 엄마에게 소중하고 쓸모 있는 사람이라고 생각하게 해줘서 손해 볼 건 없었다. 그리고 두 사람의 얘기는 자연스럽게 제시카가 하는 일로 이어졌다. 패티는 자신을 추스르고 나자 제시카의 노력에 대한 보답으로 딸을 응원해줬지만, 그럴 때 패티는 아주 조심했다. 한번은 제시카의 블로그에서 지나치게 시적인 글을 읽었는데, 쉽게 더 다듬어야 할 문장으로 가득했지만 패티는 단 한마디만 했다. "멋진 글이다!"라고. 제시카가 뉴욕 대학을 중퇴한 남자아이 같은 드럼 연주자에게 마음을 빼앗겼을 때 패티는 음악을 하는 남자들에 대해 자기가 갖고 있는 선입견을 모두 버리고, 최근에 인간의 본성이 근본적으로 변했다는 제시카의 믿음을, 적어도 묵묵히 받아들였다. 제시카 또래의 사람들은, 남자 음악가들조차 패티 세대의 사람들과 **아주 다르다**고 제시카는 믿었다. 서서히, 하지만 철저하게 제시카가 실연당했을 때, 패티는 아주 뜻밖의 일에 충격을 받은 것처럼 분개했다. 쉬운 일은 아니었지만 패티는 기꺼이 그렇게 했다. 제시카와 그 또래 친구들은 패티나 패티 세대 사람들과 정말 어느 정도 달랐기 때문이다. 요즘 세대에게 세상은 더 두려운 존재고, 어른이 되는 길은 더 험난하고, 어른이 된다는 게 왜 좋은지도 분명하지 않았다. 하지만 패티는 제시카의 애정에 많이 의존하고 있었고, 어떻게든 그 애를 곁에 두고 싶었다.

 패티와 월터가 별거하면서 얻은 가장 분명한 이득은 아이들이 서로 가까워졌다는 점이다. 패티가 워싱턴을 떠난 후 몇 달 동안 두 아이 중 한 아이에게만 한 얘기를 둘 다 알고 있는 것으로 봐서, 두 아이가 종종 연락을 하고 대화의 주제는 주로 부모가 얼마나 유해하고 이기적이고 창피스러운지에 대한 내용이리라는 걸 짐작하기 어렵지 않았다. 제시카는 월터와 패티를 용서한 후에도 참호 속에서 끈끈한 전우애를 다진 남동생과 긴밀하게 연락을 주고받았다.

개성이 극과 극으로 다른 두 아이가 어떻게 서로 잘 지내게 됐는지 지켜보는 건 패티에게는 아주 흥미로웠다. 그녀는 그렇게 하는 데 실패했기 때문이다. 조이는 제시카가 만난 드럼 연주자의 표리부동한 태도에 대해 날카로운 해석을 누나에게 들려주었다. 패티도 딸에게 말하고 싶었지만 입 다물고 있는 게 좋을 것 같아 못했던 얘기였다. 뭔가에 성공하려는 야심이 대단한 조이가 하는 일에서 승승장구하고, 제시카가 그 일을 응원했다는 점도 큰 도움이 됐다. 조이의 말에 제시카가 눈동자를 굴리고 승부욕을 자극받을 때가 아주 없지는 않았지만. 남아메리카에 아는 사람이 많은 월터가 절묘한 시기에 조이를 환경친화적으로 재배한 커피 사업으로 이끌었지만, 제시카가 하는 문학 출판 일은 월터나 자신이 도울 방법이 없다는 사실에 패티는 마음이 아팠다. 조이는 거의 거저 돈을 벌고 있는데, 제시카는 아빠처럼 쇠락해가고, 멸종해가고, 돈도 되지 않는 일에 매달리고 있어 안쓰러웠다. 조이와 함께 전 세계를 돌아다니며, 다문화에 관심이 많은 제시카가 그렇게 가보고 싶어 하던 바로 그 더운 나라들을 여행하는 코니에 대한 부러움을 감추기도 어려웠다. 하지만 제시카는 아이 낳는 걸 미루는 코니의 영악함에 마지못해서나마 감탄했다. 제시카는 또 코니가 "중서부 출신"치고는 옷 입는 감각이 세련됐다는 점도 인정했다. 그리고 나무 그늘에서 재배한 커피가 환경보호에도 바람직하고 새들한테도 이익이 된다는 사실, 또 그 사실을 적극적으로 마케팅에 활용한 조이의 뛰어난 사업 수완을 부인하기 힘들었다. 조이는 제시카를 압도적인 차이로 이겼고, 그렇기 때문에 패티는 제시카에게 친구가 되어주려고 더더욱 애썼다.

필자는 패티와 조이 사이도 원만하다고 말하고 싶지만 유감스럽게도 그렇지 않았다. 조이는 여전히 패티에게 철문을 굳게 걸어 잠갔고, 그 철문은 그 어느 때보다 차갑고 두꺼웠다. 그리고 그 문은 패티가 코니를 받아들였다는 걸 조이에게 증명할 때까지 굳게 닫혀 있으리라는 걸 그녀는 알았다.

그런데 패티는 여러 분야에서 장족의 발전을 했지만 안타깝게도 코니에게 애정을 갖는 일에는 진전이 없었다. 코니가 며느리로서 조금도 어긋나는 행동을 하지 않는다는 사실도 도움이 되지 않았다. 패티는 자기가 코니를 좋아하지 않는 만큼 코니도 자기를 좋아하지 않는다는 걸 뼈저리게 느꼈다. 조이에 대한 코니의 태도에는 뭔가 집요할 정도로 소유욕이 강하고, 승부욕이 강하며, **배타적**이고, 뭔가 **옳지 않은** 게 느껴졌다. 패티는 모든 면에서 좋은 사람이 되고 싶었지만, 이는 도달할 수 없는 희망 사항일 뿐이라는 점을 인정하지 않을 수 없다. 자기와 조이의 관계는 예전처럼 회복될 수 없고, 패티가 조이에게 한 실수에 대해 죽을 때까지 받아야 할 벌이라는 사실을 깨달았다. 조이는 패티에게 깍듯이 예의를 갖췄다. 조이는 엄마에게 일주일에 한 번 전화를 하고 그녀의 동료와 그녀가 가장 아끼는 학생들의 이름을 기억했다. 조이는 가끔 패티를 초대하기도, 초대를 받아들이기도 했다. 조이는 코니에 대한 충성심을 훼손하지 않는 범위에서 패티에게 자투리 관심을 보였다. 지난 2년간 조이는 패티가 대학 때 보내준 돈에 이자까지 붙여 갚기도 했다. 패티는 사양하고 싶었지만, 현실적으로 절실하게 필요한 돈이라 그러지 못했다. 하지만 조이는 그녀에게 마음의 문을 굳게 걸어 잠갔고, 패티는 어떻게 해야 그 문이 다시 열릴지 알 수 없었다.

 아니, 사실 한 가지 방법은 있었다. 필자는 이 글을 읽는 이가 별로 듣고 싶지 않은 얘기일 것 같아 걱정되지만 그냥 말하겠다. 패티가 어떻게든 월터와 다시 합치고, 월터의 사랑 속에 안정을 느끼고, 아침에 따뜻한 침대에서 함께 눈뜨고, 그녀가 다시 그의 것이라는 걸 알면서 잠자리에 들게 된다면, 패티는 마침내 코니를 용서하고 자신을 제외한 모든 사람이 칭찬하는 코니의 장점을 보게 될지도 모른다. 코니와 같은 저녁 식탁에 앉아 조이가 자기 아내에게 다정하게 구는 모습을 보며 흐뭇해하면 조이는 그 보답으로 마음의 문을 조금 열어줄지도 몰랐다. 하지만 그러려면 패티가 저녁 식사

후 월터와 함께 차를 타고 집으로 돌아와 그의 어깨에 머리를 기대고 자기가 용서받았다는 사실을 알 수 있어야 했다. 물론 가능성이 희박한 얘기고, 패티가 그런 꿈을 꿀 자격이 없다는 것도 알고 있다.

필자는 이제 쉰두 살이 됐고, 쉰두 살처럼 보인다. 그녀의 생리 주기가 최근 들어 불규칙적이고 이상해졌다. 연말정산을 할 때만 되면 지난해가 그 전해보다 더 짧은 느낌이 든다. 점점 그해가 그해 같다고 느껴진다. 패티는 월터가 아직 그녀와 이혼하지 않은 몇 가지 이유를 댈 수 있을 것 같지만—월터는 아직 패티가 너무 증오스러워서 조금도 상종하고 싶지 않을지도 모른다—그래도 아직 그가 이혼하자고 하지 않은 데서 일말의 희망을 버리지 않았다. 패티는 창피함을 무릅쓰고 아이들에게 월터가 만나는 여자가 있는지 물었고, 없다는 대답을 듣고 기뻤다. 월터가 행복하기를 바라지 않기 때문이 아니라, 아직 질투할 자격이나 의향이 있어서가 아니라, 패티처럼 월터도 두 사람이 서로에게 끔찍한 고통을 주긴 했지만 가장 큰 기쁨을 주기도 했다고 생각할지 모른다는, 희망이 있다는 증거일지 모르기 때문이다. 평생 수많은 실수를 해온 패티는 자기 생각이 비현실적이라고 여길 만한 이유가 충분했다. 두 사람이 다시 합치는 데는 치명적인 걸림돌이 있다는 걸 깨닫지 못하고 있는지도 모른다. 하지만 합칠 가능성이 있다는 생각이 패티의 머리에서 떠나지 않는다. 하루하루가 가고 비슷비슷한 해가 바뀌어도 월터의 얼굴을 보고 목소리를 듣고 싶다는 열망과, 화내거나 다정한 그의 모습은 사라지지 않았다.

필자는 이제 이 글을 읽는 이에게 하고 싶은 말은 다 했다. 마지막으로 한 가지 덧붙이자면, 이 글을 쓴 이유다. 몇 주 전 맨해튼의 스프링 가에서, 제시카가 책을 출판하게 되어 너무 좋아한, 진지한 젊은 소설가의 서점 낭독회에 갔다가 집으로 돌아오는 길에, 맞은편에서 걸어오는 키 큰 중년 남자를 보고 리처드 캐츠라는 걸 알아차렸다. 그의 머리는 이제 짧고 흰머리가 많이 생겼으며, 이상하게 **눈에 띄는** 안경을 쓰고 있었지만, 옷은 여전히 1970년대 스무 살 청년처럼 입고 있었다. 브루클린에서는 눈에 띄지 않게 깊숙이 몸을 숨길 수 있지만, 그게 불가능한 맨해튼 남쪽에서 캐츠를 보니 패티는 자기가 얼마나 나이 들어 보일지, 얼마나 별 볼 일 없는 가정주부처럼 보일지 걱정이 되었다. 숨을 수만 있다면 리처드에게 패티를 만나는 당혹한 상황을 피하게 해주고, 패티도 그에게 버려진 성노리개라는 사실을 일깨워야 하는 창피함을 면하고 싶었다. 하지만 숨을 곳이 없었다. 리처드는 어색하게 인사를 건네고는 늘 그랬듯이 예의상 포도주를 한잔 사겠다고 했다.

두 사람이 자리를 잡은 바에서 리처드는 바쁘고 성공한 남자처럼 건성으로 패티의 얘기에 귀를 기울였다. 리처드는 마침내 자신이 성공했다는 사실을 받아들인 것처럼 보였다. 창피해하거나 궁색한 변명 없이 리처드는 브루클린 음악원에서 전위적인 오케스트라 음악을 했다고 말했다. 그리고 자기 여자 친구는 거물급 다큐멘터리 제작자로, 월터가 늘 좋아하던 그런 종류의 예술영화를 만드는 젊은 감독들에게 그를 소개해줬고, 리처드는 현재 영화음악을 몇 개 진행하고 있다고 했다. 패티는 리처드가 자기 삶에 비교적 만족하는 모습을 보고 가슴이 조금 쓰라렸다. 그의 거물급 여자 친구를 생각하니 또 가슴이 조금 쓰라렸다. 하지만 늘 그렇듯 대화의 주제는 월터에게로 돌아갔다.

"전혀 연락 안 한다고." 리처드가 말했다.

"응. 무슨 동화 속 얘기 같아. 내가 워싱턴을 떠난 이후 한 번도 연락하지 않았어. 6년 동안 한마디도 나누지 못했지. 애들한테 가끔 듣지만."

"네가 먼저 전화하면 어때?"

"못해, 리처드. 6년 전에 이미 기회를 놓쳤어. 월터는 자길 그냥 내버려두길 바라는 것 같아. 호숫가 집에서 살면서 자연보존협회 일을 하고 있어. 나한테 연락하고 싶으면 언제든지 할 수 있다고."

"월터도 네가 연락할 수 있는데 안 한다고 생각할지도 모르지."

패티가 고개를 가로저었다. "모두 월터가 나보다 더 고통 받았다고 생각하는 거 알아. 월터가 나한테 먼저 전화해야 한다고 생각할 만큼 잔인한 사람은 없을 거라고 생각해. 그리고 제시카에게도 월터를 다시 만나고 싶다고 분명히 말했고. 제시카가 그 얘기를 월터에게 전하지 않았을 리 없어. 그 애는 우리 두 사람이 합치는 걸 누구보다 원하니까. 월터는 아직 상처가 아물지 않았고, 아직도 화가 나 있고, 너랑 날 증오하는 게 분명해. 그런다고 누가 월터를 탓할 수 있겠니."

"난 할 수 있어, 조금은." 리처드가 말했다. "대학 다닐 때 나한테 말 안 걸던 거 생각나? 어처구니없었어. 그건 정신 건강에도 좋지 않아. 월터의 그런 면은 정말 못 참겠어."

"그러는 **너**나 월터에게 연락하지 그래?"

"아니." 리처드가 웃으며 말했다. "드디어 그에게 줄 선물을 하나 마련했어. 관심 갖고 지켜보면 한두 달 안에 알게 될 거야. 먼 거리를 가로지르는, 우정 어린 작은 외침이라고나 할까. 하지만 사과하는 건 내 특기가 아닌 것 같다. 하지만 넌 다르지."

"내가? 어떻게?"

리처드는 벌써 바 웨이트리스에게 계산서를 달라고 손을 흔들고 있었다.

"넌 얘기 잘 엮잖아. 월터한테 글을 써보지 그래?"

캔터브리지 단지 호수

집고양이가 야외에서 죽는 이유에는 여러 가지가 있다. 코요테한테 사지를 절단당하기도 하고 자동차에 치어 납작해지기도 한다. 하지만 호프바우어 가족의 사랑스러운 애완 고양이 보비가 6월 초 어느 날 저녁 집에 돌아오지 않았을 때 보비의 이름을 아무리 외치고, 캔터브리지 단지를 아무리 샅샅이 뒤지고, 카운티 도로를 아래위로 헤매고, 보비의 사진을 복사해서 나무에 붙여놓아도 보비의 자취는 찾을 길이 없었다. 캔터브리지 단지에서는 월터 버글런드가 보비를 죽였다는 소문이 파다했다.

캔터브리지 단지는 새로 개발한 지역으로 이제 공식적으로는 캔터브리지 단지 호수라고 불리는 작은 호수 남서쪽에 들어선, 현대식으로 여러 개의 화장실이 갖춰진 열네 채의 널찍한 집으로 이루어져 있다. 그 호수는 볼품이 없었지만, 이 나라의 금융기관이 최근 돈을 거의 공짜로 융자해주는 바람에 단지를 건설하고, 그 단지로 이어지는 도로를 확장하고 포장하는 사업이 정체된 이타스카 카운티의 경제를 잠시 들썩이게 했다. 낮은 이자율 덕분에 호프바우어네를 포함해 쌍둥이 도시에 살던 은퇴자들은 꿈에 그리던 집을 살 수 있게 되었다. 이들이 입주하기 시작한 2007년 가을에만 해도 아직 거리는 썰렁해 보였다. 앞뜰과 뒤뜰은 울퉁불퉁했고, 잔디가 듬성듬성 덮여 있으며, 여기저기 바위가 드러나 보이고, 벌목을 면한 자작나무가 볼품없이 군데군데 서 있는 게 마치 어린아이가 학교 숙제로 서둘러 만든, 작은 동물을 넣어 기르는 통처럼 보였다. 그러니 새로 생긴 이 마을의 고양이들이 새들이 있는 버글런드 소유지와 맞붙은 숲과 덤불에서 노는 걸 좋아한 것도 무리는 아니다. 그리고 월터는 캔터브리지의 마지막 입주자가 이사 오기도 전에 집집마다 방문해서 자기소개를 하고 새 이웃에게 고양이를 실내에 둘 것을 당부했다.

월터는 선한 미네소타 사람이고 그만하면 친근한 편이지만, 그의 목소리가 정치적으로 격앙된 느낌을 주는지, 그의 뺨에 돋은 새치 수염이 광적인 느낌을 주는지, 아무튼 그에게는 캔터브리지 단지에 사는 사람들의 신경을 거슬리게 하는 뭔가가 있었다. 월터는 외딴곳에 자리한 허름하고 오래된 별장에서 혼자 살고 있었다. 캔터브리지 단지 사람들에게 보이는 호수 건너편에 있는 월터의 소유지 풍경이, 그의 집에서 보이는 이들의 황량한 뜰 풍경보다 보기 좋은 건 두말할 필요도 없었다. 몇 사람은 자기들 집 짓는 공사 때문에 얼마나 소음이 심했을지 생각하기도 했는데, 다른 사람의 평화를 깨는 침입자 같은 느낌을 즐기는 사람은 아무도 없다. 그들은 대가를 지불했고, 따라서 이곳에 머물 권리가 있었다. 이들의 부동산세를 합치면 월터가 내는 세금보다 훨씬 많았고, 대부분 점점 늘어나는 주택융자금을 갚아나가야 했으며, 고정 수입에 의존해 생활하거나 아이들 학자금을 마련하려고 저축을 하고 있었다. 그런 걱정이 없는 월터가 찾아와 **고양이**에 대해 불평을 늘어놓자 이들은 새들 걱정이나 하는 그가 얼마나 팔자 좋은지 본인은 전혀 모르고 있을 것이며, 차라리 자기들이 월터가 새들을 걱정하는 마음을 더 잘 이해할 거라고 생각했다. 복음교회 신도이자 그 동네에서 가장 정치적 성향이 강한 린다 호프바우어는 특히 불쾌해했다.

"그래, 보비가 새를 잡는데 그게 어쨌다는 거죠?" 린다가 월터에게 말했다.

"글쎄요, 작은 고양이들은 북아메리카 토착 동물이 아니기 때문에 우리 명금들은 고양이에 대한 방어 체계를 발달시키지 못했어요. 그러니까 공정한 싸움이 아니죠." 월터가 말했다.

"고양이가 새를 잡는 건 본능이죠. 자연의 일부라고요."

"네, 하지만 고양이는 구세계 동물 종입니다. 고양이들은 우리나라 자연의 일부는 아니죠. 우리가 데려오지 않았다면 여기 있지 않을 겁니다. 바로 그게 문제죠." 월터가 말했다.

"솔직히, 제가 관심이 있는 건 우리 애들이 애완동물을 잘 돌보는 법을 배우고 책임감을 느끼게 하는 거예요. 우리 애들이 그러면 안 된다는 얘긴가요?" 린다가 말했다.

"물론 아니죠. 하지만 겨울에는 보비를 실내에 두지 않습니까? 여름에도 그렇게 해주십사 하는 겁니다. 지역 생태계를 보호하기 위해서요. 우리가 사는 이곳은 북아메리카 지역에서 줄고 있는 수많은 종류의 새들 번식지입니다. 그 새들에게도 새끼가 있어요. 6월이나 7월에 보비가 새를 죽이면 그 새의 둥지에 가득한 새끼들이 살아남지 못할 겁니다."

"그럼 새들이 둥지를 다른 곳에 틀어야겠네. 우리 보비는 바깥에서 자유롭게 뛰어놀기를 좋아하거든요. 날씨가 좋을 때 집 안에만 가둬두는 건 옳지 않죠."

"그렇죠, 네. 댁이 고양이를 아끼는 마음은 압니다. 그리고 보비가 댁의 뜰에서만 논다면 상관없습니다. 하지만 이 지역은 우리가 이사 오기 오래전부터 새들의 집이었습니다. 그 새들한테 여기에 둥지를 틀지 말라고 할 수는 없죠. 그러니까 새들은 계속 이곳으로 날아오고 계속 죽음을 당하는 겁니다. 그보다 큰 문제는, 점점 개발되는 지역이 늘면서 새들이 살 공간이 줄어들고 있다는 겁니다. 그러니까 우리가 살게 된 이 멋진 지역을 잘 보존하는 게 중요하죠."

"글쎄, 미안하지만 알지도 못하는 새들의 새끼보다 난 내 아이들이 더 소중해요. 당신의 입장과 비교해볼 때 제 입장도 그렇게 극단적이지는 않다고 보는데요. 하느님이 이 세상을 인간에게 주셨고, 그걸로 얘기 끝입니다."

"저도 자식이 있습니다. 그러니 이해합니다. 하지만 보비를 실내에 둬달라고 말씀드리는 것뿐입니다. 당신이 보비와 의사소통을 하지 않는 한 어떻게 보비가 실내에 있는 걸 싫어한다는 걸 아는지 이해가 안 되네요." 월터가 말했다.

"우리 고양이는 동물이에요. 지구상의 짐승들은 말을 하지 못한다고요. 사람들만 할 수 있죠. 우리가 하느님의 형상을 본떠 창조됐다는 증거 중 하나죠."

"그렇죠. 제 말은 보비가 자유로이 돌아다니는 걸 좋아한다는 걸 댁이 어떻게 아느냐는 겁니다."

"고양이들은 야외에 있는 걸 좋아해요. 누구든 야외에 있는 걸 좋아하잖아요. 날씨가 따뜻해지면 보비는 문 옆에 서서 나가고 싶어 한다고요. 그건 굳이 보비와 **얘기**를 나누지 않아도 알 수 있죠."

"하지만 보비가 그저 동물에 지나지 않는다면, 즉 사람이 아니라면, 보비가 야외에 있는 걸 꽤 좋아한다는 게 명금들이 새끼를 기를 권리보다 우선한다고 할 수 있나요?"

"보비는 우리 가족이니까요. 우리 애들이 보비를 좋아하고 우리는 보비가 행복하길 바라니까요. 우리에게 애완용 새가 있다면, 우리 새가 행복하기를 바라겠죠. 하지만 우린 새가 없어요. 고양이가 있다고요."

"어쨌든 제 말씀을 들어주셔서 감사합니다. 좀 더 생각해보시고 마음을 바꾸시길 바랍니다." 월터가 말했다.

린다는 월터와 나눈 대화가 불쾌했다. 사실 월터는 이웃도 아니고, 주택소유자협회 회원도 아니다. 그리고 일본산 하이브리드 자동차를 몰고 최근에는 범퍼에 **오바마**를 지지한다는 스티커를 붙인 걸 보면 하느님도 믿지 않고, 이 험한 세상에서 어떻게든 생계를 꾸려가고 아이들을 착실한 시민으로 키우려고 애쓰며 린다네처럼 열심히 일하는 성실한 가족의 어려움을 아랑곳하지 않는 게 분명했다. 린다는 캔터브리지 단지에서 그다지 호감을 주지 못했지만, 누가 주택 소유자 규정을 어기고 밤새 차고 진입로에 배를 세워놓거나 누구 집 아이가 중학교 건물 뒤에서 담배를 피우는 걸 린다네 아이가 목격했다거나, 아니면 린다가 자기 집에서 작은 건축상 결함을 발견하고 다른 집도 똑같은 사소한 결함이 있는지 알려고 할 때 자기 집에 찾아와 문을 두드릴 만한 사람으로는 모두 두려워하는 존재였다. 월터가 린다네 집을 다녀간 후 그녀가 여기저기 소문을 낸 덕분에, 월터는 그녀에게 **고양이**와 얘기를 하는지 물어본 정신 나간 인간으로 낙인이 찍히고 말았다.

캔터브리지 주민들은 그 여름 주말에 한두 번 호수 건너편에 있는 월터의 소유지에 신형 검은색 볼보를 모는 인물 좋은 젊은 남녀 한 쌍이 왔다 가는 걸 보았다. 젊은 남자는 금발에 체격이 탄탄했고, 부인 또는 여자 친구는 대도시에 사는 애 없는 여성처럼 늘씬했다. 린다 호프바우어는 이 남녀를 "건방져 보인다"고 말했지만, 다른 사람들은 정상적인 사람들이 월터를 방문하는 걸 보고 안도의 한숨을 내쉬었다. 월터는 예절 바르긴 했지만, 변태적인 은둔자일 가능성이 높아 보였기 때문이다. 예전 같으면 건강을 위해 오랫동안 아침 산책을 하던 캔터브리지 터줏대감 가운데는 이제 월터를 길에서 만나면 용기를 내어 말을 걸기도 했다. 이들은 그 젊은 남녀가 월터의 아들과 며느리라는 사실을 알아냈고, 아들은 세인트폴에서 번성하는 사업을 하고 있으며, 뉴욕에 미혼인 딸도 있다는 걸 알아냈다. 이들은 월터가 이혼했는지, 아니면 상처했는지 그의 혼인 관계를 알아낼 만한 질문도 했지만 월터가 요리조리 대답을 교묘하게 피하자, 이들 가운데 첨단 기술에 밝은 편인 사람이 인터넷을 검색해 월터가 제정신이 아닌 데다 위협적인 존재라는 린다의 주장이 결국 옳았다는 사실을 알아냈다. 월터는 과격한 환경 단체를 창립했고, 아이들의 엄마가 아닌 게 분명한, 이상한 이름의 젊은 여자 공동 창립자가 사망한 후 환경 단체를 해체했다. 이 흥미로운 뉴스가 온 동네에 퍼지자 이른 아침 산책을 하는 사람들은 다시 월터를 피했다. 월터의 과격한 성향 때문에 불안해서라기보다는 그의 은둔자적 삶이 슬픔에서 비롯된 것이라는 느낌이 강렬하게 묻어났기 때문이다. 그 곁에 다가가지 않는 게 안전한, 그런 끔찍한 슬픔이 느껴졌다. 다른 모든 형태의 광기와 마찬가지로 가시지 않는 슬픔은 위협적으로 느껴지고 전염성이 있을지도 모른다.

다음 해 늦겨울, 눈이 녹기 시작할 때 월터는 다시 캔터브리지 단지에 나타났다. 이번에는 화려한 색깔의 네오프렌으로 만든 고양이 턱받이를 가지고 왔다. 월터는 이 턱받이를 고양이에게 채워주면 고양이가 나무 타기부터 나방을 잡는 일까지 야외에서 하고 싶은 대로 할 수 있지만 새를 덮치는 일은 수월하지 않다고 주장했다. 고양이 목걸이에 방울을 다는 것은 새들에게 경고를 주는 효과가 없는 것으로 증명됐다고도 말했다. 또 미국에서 고양이에게 살해당하는 명금의 수가 적게 잡아도 하루에 100만 마리, 즉 1년에 3억 6500만 마리에 달한다고 덧붙였다(월터는 그 얘기를 하면서 아주 적게 잡은 수치이며 살해당한 새의 굶어죽은 새끼들은 포함하지 않은 숫자라고 강조했다). 고양이가 야외에 나갈 때마다 턱받이를 묶어주는 게 얼마나 성가신 일인지, 밝은 파란색이나 빨간색 네오프렌 턱받이를 한 고양이가 얼마나 우스꽝스럽게 보이는지 월터는 이해를 못하는 것 같았지만, 그곳에서 오랫동안 고양이를 키워온 사람들은 그에게서 정중하게 턱받이를 받아들고 고양이들에게 묶어주겠다고 약속했다. 하지만 이는 대개 월터가 다시는 자기들을 귀찮게 하지 않도록 하려고 한 말일 뿐 그가 사라지자마자 턱받이를 쓰레기통에 처박았다. 월터의 면전에서 턱받이를 받지 않겠다고 한 사람은 린다 호프바우어뿐이다. 린다에게 월터는 학교에서 콘돔을 나누어주고 총기를 소지할 권리를 앗아가려 하고 모든 시민에게 주민증을 소지하고 다니도록 하려는, 큰 정부를 지향하는 진보주의자로 비쳤다. 린다는 월터의 소유지에 있는 새들이 **그의 소유**인지 물었고, 그렇지 않다면 보비가 새를 잡든 말든 그가 무슨 상관이냐고 물었다. 월터는 북아메리카철새보호조약을 인용하며 이 조약은 캐나다나 멕시코 국경을 넘는 야생 조류를 해치는 행위를 금지하고 있다고 대답했다. 유엔에 나라의 주권을 넘겨주려고 하는, 이 나라의 새 대통령이 떠올라 불쾌해진 린다는 최대한 정중하게 자기는 아이들 키우느라 바쁘니까 더 이상 찾아오지 않았으면 고맙겠다고 말했다.

하필이면 이 시기를 택해 고양이 턱받이를 들고 나타난 것도 눈치 없는 행동이었다. 나라 전체가 깊은 경기 침체로 곤두박질치고, 주식시장은 시궁창에 처박힌 판국에 명금에 집착하는 한가한 짓을 하고 있는 월터가 어처구니없어 보였을 것이다. 캔터브리지에 사는 은퇴한 노부부들도 경기 침체의 피해를 입고 있었다. 투자에서 손해를 본 몇 명은 플로리다나 애리조나에서 겨울을 보내려던 계획을 취소해야 했다. 그리고 젊은 부부 가족인 덴트네와 돌버그네는 주택융자 할부금이 밀렸고(최악의 시기에 눈덩이처럼 불어났다) 집을 잃게 될 지경에 이르렀다. 티건 돌버그는 부채 청산 담보 회사로부터 회답을 기다렸지만, 이 회사들은 매주 전화번호와 주소를 변경하는 듯했다. 저비용 연방 부채 청산 자문가들은 연방 정부 직원도 아니고 저비용도 아닌 것으로 나타났으며, 비자카드와 마스터카드를 통해 빌리고 아직 갚지 못한 대출금은 한 달에 3000~4000달러씩 껑충껑충 뛰었다. 티건에게서 예전에 매니큐어 10회 이용권을 산 친구와 이웃은 여전히 티건이 지하실에 차려놓은 매니큐어 가게에 손톱 정리를 하러 오는데 들어오는 수입은 더 이상 한 푼도 없었다. 남편이 이타스카 카운티와 계약을 맺고 도로를 유지·관리하는 비교적 안정된 직장을 가진 린다 호프바우어조차 실내 온도를 낮추고 서버번 SUV로 아이들을 실어 나르고 데려오는 대신 스쿨버스를 타고 통학하게 했다. 캔터브리지 단지에 불안감이 먹구름처럼 드리워졌다. 유선방송 뉴스와 라디오 토크쇼, 인터넷을 통해 불안감은 집집마다 스며들었다. 트위터에서도 지저귐이 끊이질 않았기에, 사람들은 월터가 아끼는 새들의 지저귐과 퍼덕임에까지 신경 쓸 여유가 없었다.

월터가 또다시 캔터브리지 단지를 찾은 것은 9월이다. 그는 어둠을 틈타 이웃에게 전단지를 돌렸다. 덴트네와 돌버그네 집은 이제 텅 비었고, 그 집들의 창문은 119에 전화했다가 대기 신호를 받은 사람들이 상담원과 통화를 기다리다 마침내 조용히 전화를 끊을 때 대기신호 불빛이 꺼지듯 불이 꺼져 있었다. 하지만 캔터브리지 단지의 나머지 주민들은 어느 날 아침 현관 앞에 "친애하는 이웃 여러분"으로 시작해 품위 있는 글이 적힌 편지가 놓여 있는 것을 발견했다. 그 편지에는 월터가 이미 두 번이나 열변을 토한 고양이에 대한 주장이 또다시 적혀 있었고, 그다지 품위 있다고 할 수 없는 사진이 실린 종이 넉 장이 첨부되어 있었다. 월터는 여름 내내 자기 소유지에서 죽은 새들을 조목조목 기록해둔 게 분명했다. 각 사진(40장이 넘었다)에는 날짜와 새의 종류가 적혀 있었다. 고양이를 키우지 않는 캔터브리지 주민들은 이런 전단지를 받은 게 몹시 불쾌했고, 고양이를 키우는 주민들은 월터의 소유지에서 죽은 새들이 모두 자기 고양이 탓이라고 그가 확신하는 것 같아 불쾌했다. 린다 호프바우어는 머리 없는 참새와 피투성이 내장 사진이 자기 아이들이 쉽게 볼 수 있는 곳에 놓여 있어서, 그 때문에 아이들이 충격 받을 뻔했다는 것 때문에 더 분개했다. 린다는 자신과 남편이 알고 지내는 카운티 보안관에게 전화를 걸어 괴롭힘을 당한 데 대해 월터에게 법적으로 책임을 물을 수 있는지 알아보았다. 보안관은 그건 불가능하다고 했지만, 자기가 월터의 집에 들러 알아듣게 얘기하겠다고 했다. 하지만 월터의 집을 방문한 보안관은 그가 법학 학위가 있으며, 헌법 제1 수정안인 언론의 자유에 정통할 뿐 아니라, 주택 소유주들은 항상 애완동물을 잘 감시해야 한다는 규정을 포함해 캔터브리지 단지 주택 소유주들이 지켜야 할 규정에 대해서도 빠삭하다는 것만 알게 되었을 뿐 아무런 효과가 없었다. 보안관은 린다에게 전단지를 찢어버리고 그냥 잊으라고 충고했다.

흰 눈이 내리는 겨울이 다가왔다. 이웃 고양이들은 실내로 숨었고(린다도 인정했듯, 고양이들은 실내에서 아주 만족해하는 것 같았다), 린다의 남편은 카운티 도로의 눈을 치웠는데, 그때마다 월터가 한 시간이나 걸려 자기 자동차 드나드는 진입로에 쌓인 눈을 삽으로 치우게 만들었다. 나뭇잎이 모두 떨어져 꽁꽁 얼어붙은 호수 건너편에 있는 버글런드의 집이 훤히 보였는데, 월터의 집 창문에는 텔레비전 불빛이 어른거리는 적이 없었다. 그래서 그가 혼자 깊은 겨울밤에 이웃에 대한 적개심과 비난으로 부글부글 끓어오르는 것 외에 뭘 하는지 짐작할 수가 없었다. 크리스마스 때 월터의 집이 일주일 동안 깜깜해지는 걸 보면 아마도 세인트폴에 있는 가족을 방문하러 가는 듯했는데, 그것조차 상상하기 힘들었다. 그렇게 까다롭고 짜증 많은 사람에게 누군가 애정을 갖고 있다는 사실을 말이다. 크리스마스 연휴가 끝나고 월터가 다시 은둔 생활을 재개하면 린다는 특히 안심이 됐다. 누군가 월터를 아낀다는 생각을 버리고 그를 다시 증오할 수 있었기 때문이다. 2월의 어느 날 밤, 린다의 남편이 월터가 의도적으로 자기 자동차 진입로를 막았다는 이유로 자신을 고소했다고 말했고, 남편에게 그 말을 들은 린다는 기분이 좋았다. 자기들이 그를 증오한다는 사실을 월터가 알고 있다는 건 다행이었다.

눈이 다시 녹고, 숲이 다시 푸르게 변하고, 바깥으로 내보낸 보비가 사라졌을 때 린다는 미치도록 가려운 곳을 긁은 것 같았다. 긁을수록 더 가려워지는 그런 종류의 가려움이었다. 린다는 즉각 월터가 보비의 실종에 책임이 있다는 걸 알았고, 월터가 자신의 증오심에 불을 지르고, 새로운 명분을 주고, 새로운 자양분을 공급했다는 사실에 뛸 듯이 기뻤다. 월터가 기꺼이 린다와 누가 더 상대방을 증오하나 시합을 할 의향이 있고, 린다의 세계에서 잘못된 모든 것을 대표할 의향도 있다는 사실에 감사했다. 린다는 아이들이 실종된 고양이 수색 작업을 하고 상심했다는 점을 이웃에게 알리며 남몰래 이웃이 불안해하는 걸 즐겼다. 그들에게 월터를 미워하도록 종용하면서 희열을 느꼈다. 린다는 보비를 아끼기는 했지만 짐승을 우상화하는 것은 죄악이라는 걸 알고 있었다. 린다가 증오한 이 죄악은, 소위 말하는 그녀의 이웃이 저지르고 있었다. 보비가 돌아오지 않을 거라는 사실이 분명해지자 린다는 아이들을 동물보호소에 데려가 세 마리의 고양이를 새로 고르게 했다. 그러고는 집에 돌아오자마자 고양이들을 상자에서 꺼내 월터의 숲이 있는 방향으로 쫓아 보냈다.

월터는 고양이를 좋아한 적이 없었다. 그에게 고양이는 애완동물 세계의 반사회적 동물이라고 느껴졌다. 고양이는 사람들이 설치류의 번식을 억제하기 위해 할 수 없이 길들인 필요악 같은 동물이고, 불만이 많은 나라가 군대에 열광하고 군복을 입은 살인자들에게 경의를 표하듯 사람들은 고양이에게 흠뻑 빠져 부드러운 털을 쓰다듬어주고 날카로운 발톱과 송곳니를 용서하게 된 것이다. 월터는 고양이의 얼굴에서 억지로 무관심한 척하는 태도와 자기 이익만을 생각하는 태도밖에 볼 수 없었다. 쥐 장난감으로 놀려보면 고양이의 본심을 알 수 있다. 월터는 어머니의 집에 와서 살게 되기 전까지는 고양이보다 사악한 것에 대항해 싸워야 했다. 그가 자연보존협회 소유지를 관리하면서 고양이가 그곳에서 말썽을 피우지 않도록 하는 책임을 맡고, 캔터브리지 단지가 그 호수에 준 피해가 주민들이 풀어놓은 고양이들 때문에 악화된 지금에 와서야, 예전에 고양이에 대해 가진 부정적 편견이 되살아나 월터의 하루하루를 비참하고 불만스럽게 했다. 이는 우울한 성향의 버글런드가 남자들이 자신의 삶에 의미와 본질을 부여하는 데 필요한 요소가 분명했다. 지난 2년 동안 그가 느껴온 불만 ─ 전기톱과 불도저,

소규모 폭파, 침식, 망치, 타일 절단기, 대형 휴대용 카세트로 틀어대는 클래식 록 음악이 가져온 비참함—은 이제 끝났고, 그는 자신을 비참하게 만들 무언가 새로운 것이 필요했다.

게으르거나 어설퍼서 새를 죽이지 못하는 고양이도 있지만, 발이 흰 보비는 그런 고양이가 아니었다. 보비는 너구리나 코요테가 출몰하는 위험한 저녁에는 호프바우어 집으로 후퇴할 만큼 영악했지만, 눈이 내리지 않는 달에는 매일 아침 헐벗은 남쪽 호숫가를 따라 기운차게 뛰어다니고, 월터의 소유지로 들어가 새를 잡는 모습이 보였다. 참새, 멧새, 지빠귀, 솔새, 파랑새, 황금방울새, 굴뚝새. 보비의 취향은 다양했고, 집중력은 무한했다. 보비는 지칠 줄 모르고 새를 잡았으며, 노획물을 절대로 주인에게 갖다주지 않는다는 점에서 불충하고 배은망덕한 성격적 결함까지 있었다. 보비는 새를 잡아 갖고 놀다가 갈기갈기 찢었고, 때로는 조금 맛보기도 했지만 보통 사체를 그냥 버렸다. 월터가 사는 집 아래쪽에 있는 풀이 우거진 탁 트인 숲과 숲 주변을 둘러싸고 있는 서식지가 특히 새들과 보비가 좋아하는 곳이었다. 월터는 작은 돌 더미를 만들어놓고 보비가 나타날 때마다 던졌고, 정원에 물 주는 호스의 압력 노즐로 물을 뿜어 명중시킨 적도 있지만, 보비는 곧 이른 아침에는 월터가 일하러 나갈 때까지 숲에서 기다리는 게 낫다는 것을 터득했다. 월터가 관리하는 자연보존협회 소유지는 멀기 때문에 그는 한 번에 며칠씩 집을 비웠고, 그가 집에 돌아오면 어김없이 집 뒤쪽 비탈길에서 새로운 학살 현장을 발견했다. 한 장소에서만 이런 일이 생겼다면 월터도 참을 수 있었을지 모르지만, 도처에서 이런 일이 일어난다는 사실이 그를 미치게 했다.

하지만 월터는 마음이 여리고 법을 준수하는 시민이라 다른 사람의 애완동물을 죽일 엄두가 나지 않았다. 월터는 형 미치를 데려와 일을 처리하게 할까 하는 생각도 했지만, 안 그래도 이미 화려한 미치의 전과를 생각하면 그런 모험을 할 수는 없었다. 고양이를 죽이면 린다 호프바우어가 또 다른 고양이를 데려다 키울 가능성이 높았다. 외교적 방법과 교육적 방법이 성과를 거두지 못한 두 번째 여름이 지나서야, 그리고 린다의 남편이 월터의 차고로 이어지는 진입로를 눈으로 여러 번 막은 뒤에야 그는 결심을 굳혔다. 보비는 미국에 사는 7500만 마리의 고양이 중 한 마리에 불과하지만, 녀석이 반사회적 성향에 대한 대가를 치를 때가 온 것이다. 월터는 덫을 구하고 자연보존협회 소유지에서 협회와 계약을 맺고 고양이들과 승산 없는 전쟁을 벌이고 있는 고양이 퇴치업자들에게 덫 사용 방법을 자세히 전수받았다. 5월의 어느 날 아침, 동이 트기 전에 닭 간과 베이컨을 미끼로 쓴 덫을 보비가 월터의 소유지로 올 때 지나가는 길을 따라 놓아두었다. 월터는 영리한 고양이를 덫으로 잡을 수 있는 기회는 단 한 번뿐이라는 사실을 알고 있었다. 두 시간 후 언덕을 따라 올라오는 고양이의 울음소리가 그의 귀에는 노랫소리처럼 들렸다. 월터는 배설물 냄새를 풍기며 몸부림치는 고양이가 걸린 덫을 자기 프리우스 트렁크 안에 넣고 트렁크 뚜껑을 잠갔다. 린다가 보비에게 목걸이를—그것이 보비의 소중한 자유를 제한한다고 여겼는지—해주지 않았기 때문에 오히려 월터의 일을 쉽게 만들었다. 그는 세 시간을 운전하여 미니애폴리스에 있는 동물보호소에 보비를 맡겼다. 보호소에서는 보비를 안락사시키든가 아니면 실내에서 고양이를 키울, 도시에 사는 가족에게 떠맡길 것이다.

월터는 미니애폴리스를 빠져나오며 뜻밖에 극심한 우울증을 느꼈다. 상실감과 허무함, 슬픔이 느껴졌다. 자신과 보비가 어떤 면에서 보면 서로 결혼했었는데, 끔찍한 결혼 생활이 결혼 생활을 안 하는 것보다는 덜 외롭다는 느낌이었다. 그는 본의 아니게 이제 보비가 갇혀 지내게 될 지린내 나는 우리를 떠올렸다. 보비가 호프바우어 가족을 그리워하지는 않겠지만—고양이는 인간을 철저히 이용할 뿐이다—그럼에도 보비가 덫에 걸렸다는 사실에서 뭔가 측은한 느낌이 들었다.

월터는 혼자 산 지 거의 6년이 되었고, 이제 혼자 사는 방법을 터득했다. 한때 자신이 간부로 일하던 보존협회가 지나치게 기업이나 부자들과 친밀한 관계를 유지한다는 사실이 마뜩치 않았지만, 월터는 협회의 주 지부에 소유지를 관리하는 하급 직원으로 일하고 싶다고 했고 지부는 그의 뜻을 받아들였다. 겨울에는 특히 지루하고 시간이 많이 걸리는 행정 업무도 처리해야 했다. 월터는 협회의 소유지를 관리하는 데 발군의 실력을 발휘하지는 않았지만 그렇다고 특별히 해를 입히지도 않았다. 침엽수와 아비, 사초, 딱따구리 사이에서 홀로 소일하는 날은 그럭저럭 지낼 만했다. 월터의 다른 업무—기금 모금 제안서를 쓰고, 야생 생물에 대한 논문과 서적을 살펴보고, 미네소타 주의 토지 보존 기금에 대한 재정적 지원을 위해 새롭게 판매세를 도입하는 데 찬성해달라는 전화를 아무한테나 무작정 걸었는데, 이 법안은 2008년에 오바마보다 많은 표를 얻었다—도 마찬가지로 못할 게 없었다. 월터는 저녁 늦게 자기가 할 수 있는 다섯 가지 음식 중 한 가지를 골라 만들어 먹었고, 소설 읽기나 음악 감상 등 감정과 연관된 것은 어떤 것도 더 이상 할 수 없었기 때문에, 컴퓨터로 체스를 두거나 포커를 치거나, 때때로 인간의 감정이 완전히 배제된 노골적인 포르노를 보았다.

이런 때 월터는 자신이 숲 속에 사는 늙은 변태처럼 느껴졌고, 제시카가 잘 지내느냐고 전화할까 봐 전화기를 꺼버렸다. 그러나 조이와 얘기할 때는 꾸밀 필요가 없었다. 조이는 남자일 뿐 아니라 남의 사생활에 간섭하지 않는 버글런드가의 남자이기 때문이다. 물론 코니를 상대하는 일은 좀 까다로웠다. 코니의 목소리에서는 항상 성적인 느낌이 묻어났고, 별뜻 없긴 하지만 교태 부리는 게 느껴졌다. 조이와 자신에 대해 재잘대기도 잘했다. 코니는 정말 행복해서 입을 다물고 있을 수가 없었다. 제시카의 목소리를 듣는 건 고통스러웠다. 그 애의 목소리는 점점 패티의 목소리를 닮아갔고,

월터는 제시카와 전화 통화를 할 때면 대화의 초점을 그 애의 삶에 맞추고 그게 실패하면 자신의 일에 맞추느라 애쓰기 때문에 전화를 끊을 때쯤 되면 땀을 뻘뻘 흘렸다. 사실상 월터의 인생을 끝냈다고 볼 수 있는 그 자동차 사고 후 제시카가 팔을 걷어붙이고 슬픔에 잠긴 그를 돌보던 때가 있었다. 제시카가 월터를 보살핀 이유는 한편으로는 그가 나아지기를 바랐기 때문인데, 그가 나아질 기미를 보이지 않고, 나아지고 싶은 기분도 들지 않고, 절대로 나아지고 싶어 하지 않는다는 사실을 깨닫자 제시카는 그에게 무척 화가 났다. 월터가 쌀쌀맞고 단호하게 제시카에게 자기를 내버려두고 그녀의 인생이나 신경 쓰기를 바란다는 뜻을 납득시키는 데는 몇 년이 걸렸다. 이제는 얘기를 하다가 침묵이 흐를 때마다 월터는 제시카가 자신을 낫게 한답시고 다시 두 팔을 걷어붙이려 한다는 느낌이 들었고, 그럴 때면 제시카가 그렇게 하지 못하도록 하기 위해 뭔가 새로운 얘깃거리를 찾아내 대화를 이어가야 하는 일이 정말 힘겹게 느껴졌다.

월터가 벨트라미 카운티에 있는 협회 소유지에서 보람 있는 사흘을 보내고 미니애폴리스에서 볼일을 마치고 돌아왔을 때 그의 차고 진입로 앞에 있는 자작나무에 종이 한 장이 붙어 있었다. '날 본 적이 있나요?'라고 적혀 있었다. '내 이름은 보비고 우리 식구들이 날 그리워하고 있습니다.' 보비의 사진을 복사한 종이에 그 검은 얼굴은 잘 나타나지 않았지만—보비의 붕 떠 보이는 옅은 색 눈동자는 혼령처럼 보였고 초점이 없었다—월터는 예전과 달리 누군가 그런 얼굴이 보호하고 사랑할 만한 가치가 있다고 생각하는 이유를 알 수 있을 것 같았다. 월터는 생태계에 위협적인 존재를 제거함으로써 많은 새의 목숨을 구했다는 것을 후회하지 않았지만, 보비의 얼굴에 나타난 작은 동물의 나약한 모습을 보면서 자신의 결함을 깨닫게 되었다. 월터는 자기가 가장 혐오하는 대상조차 가여워하는 결함이 있었다. 월터는 차고 진입로로 들어가면서 당분간 자기 소유지에 찾아온 평화, 보비를 격정할 필요 없는 상황, 봄날의 저녁 빛, 목이 쉰 참새들이 부르는 노래를 만끽하려고 했지만, 집을 떠나 있던 지난 나흘 동안 몇 년은 늙은 것 같았다.

바로 그날 저녁, 달걀 프라이를 만들고 토스트를 굽는 동안 월터는 제시카의 전화를 받았다. 제시카가 목적이 있어서 전화를 했는지 아니면 월터의 목소리에서 의지를 상실한 느낌이든 뭐든 뭔가를 감지했는지 모르겠지만, 별일 없던 그녀의 지난주 생활에 대해 대화를 나눈 후 얘깃거리가 떨어지고 나서 월터가 너무 오랫동안 말이 없자 제시카의 옛날 버릇이 다시 도졌다.

"그런데, 저 어젯밤에 엄마 만났어요. 엄마가 한 말 중 아빠가 듣고 싶어 할 만한 얘기가 있어요. 들어보실래요?"

"아니." 월터가 단호하게 말했다.

"왜 듣고 싶지 않은지 물어봐도 돼요?"

푸르스름한 땅거미가 내린 바깥 멀리서, 열려 있는 부엌 창문을 통해 어떤 아이가 "보비!" 하고 외치는 소리가 들렸다.

"제시카, 네가 엄마랑 가깝다는 거 안다. 그리고 당연히 그래야지. 안 그러면 난 오히려 속상할 거다. 난 네가 나와 엄마 둘 다 가깝게 지내기를 바란다. 하지만 네가 중간에서 다리 역할을 하길 바라진 않아."

"다리 역할 하는 거 아무렇지도 않아요."

"**내**가 상관이 있다는 말이야. 그리고 난 소식 듣고 싶지도 않다."

"엄마가 전하는 말, 나쁜 소식 아닌데."

"어떤 소식인지 관심 없어."

"그럼 왜 이혼 안 하는지 물어봐도 돼요? 엄마랑 상종하기 싫다면 말이에요. 아빠가 이혼하지 않으면 계속 엄마한테 희망을 주는 거잖아요."

두 번째 아이의 목소리가 첫 번째 아이의 목소리에 가세했고, 두 아이가 같이 "보~비! 보~비!" 하고 외쳤다. 월터는 창문을 닫고 제시카에게 말했다. "난 듣고 싶지 않다."

"좋아요, 알았어요, 아빠. 그래도 내 질문에는 대답해주실래요? 왜 이혼 안 하세요?"

"지금 당장은 생각하고 싶지 않다."

"6년이나 됐어요. 이젠 생각할 때도 되지 않았나요? 엄마한테 너무 부당한 거 아닌가요?"

"네 엄마가 이혼하고 싶으면 나한테 서류를 보내면 돼. 아니면 변호사한테 시켜서 서류를 보내든지."

"하지만 제 말은요, 왜 **아빠**는 이혼을 하려고 하지 않느냐는 거예요."

"그게 초래할 일들을 겪기 싫어서다. 난 하고 싶지 않은 일을 하지 않을 권리도 없니?"

"이혼이 어떤 일을 초래하는데요?"

"고통. 난 이미 고통을 겪을 만큼 겪었다. 아직도 겪고 있고."

"알아요, 아빠. 하지만 이제 랄리사는 없어요. 이 세상을 떠난 지 6년이나 됐다고요."

월터는 마치 얼굴에 암모니아가 뿌려진 것처럼 머리를 세차게 흔들었다.

"생각도 하기 싫다. 난 그냥 매일 아침 밖에 나가 내 처지와 아무 상관없는 새들이나 보고 싶다. 자기들만의 삶이 있고 갈등이 있는 새들 말이다. 그리고 그 새들을 위해 뭔가 해주고 싶다. 나한테 아직도 사랑스럽게 느껴지는 건 새들뿐이다. 내 말은, 너하고 조이 빼고 말이야. 그게 내가 하고 싶은 말이다. 이제 더 이상 나한테 묻지 말았으면 좋겠다."

"상담 치료사를 찾아가야겠다는 생각은 해보셨어요? 새 출발하셔야죠. 아빠 나이 그렇게 많은 거 아니잖아요."

"난 아무것도 바꾸고 싶지 않아. 매일 아침 잠깐 기분이 저조하지만 나가서 피곤할 때까지 일하고 늦게까지 깨어 있으면 잠들 수 있다. 상담 치료사는 바꾸고 싶은 게 있을 때나 찾아가는 거야. 난 상담 치료사에게 할 말 없다."

"엄마를 사랑하셨었죠, 그렇죠?"

"모르겠다. 기억이 안 나. 네 엄마가 떠난 후에 일어난 일만 생각난다."

"엄마 아주 좋아 보여요. 엄마는 예전과 많이 달라졌어요. 믿기 어렵겠지만 정말 흠잡을 데 없는 엄마가 됐다니까요."

"말했잖니, 잘됐다고. 엄마랑 잘 지낸다니 기쁘다."

"하지만 아빤 엄마랑 잘 지내고 싶지 않잖아요."

"봐라, 제시카. 네가 우리가 잘 지내기를 바라는 거 안다. 우리 둘이 결국 잘되길 바라는 거 알아. 하지만 네가 원한다고 해서 내 감정을 맘대로 바꿀 수는 없다."

"그럼 아빠 감정은 엄마가 밉다는 거군요."

"엄마가 선택한 일이다. 그것밖에는 할 말이 없다."

"미안하지만 아빠, 그건 정말 너무 심하게 부당해요. 선택을 한 건 아빠라고요. 엄마는 떠나고 싶어 하지 않았어요."

"엄마는 그렇게 말하겠지. 넌 엄마를 매주 만나니까, 자기한테 유리하게 말하겠지. 하지만 엄마가 떠나기 전 5년 동안 넌 엄마랑 같이 살지 않았잖아. 정말 악몽 같았고, 난 다른 사람을 사랑하게 됐다. 다른 사람과 사랑에 빠질 작정은 아니었다. 그리고 내가 다른 사람을 사랑했다는 것에 네가 불만인 것도 안다. 하지만 그런 일이 생긴 이유는 단 한 가지, 너희 엄마랑은 도저히 같이 살 수 없었기 때문이야."

"그럼 이혼하세요. 그렇게 오랜 세월 부부로 지냈으면 적어도 그 정도는 하는 게 도리 아닌가요? 그렇게 오랫동안 함께 지낼 정도로 엄마를 좋게 생각했다면 적어도 정직하게 이혼을 하는 게 엄마를 존중하는 거 아닌가요?"

"그렇게 순탄한 결혼 생활은 아니었다, 제시카. 엄마는 나한테 내내 거짓말을 했어. 난 네 엄마한테 빚진 거 없다. 그리고 내가 말한 대로 너희 엄마가 이혼하고 싶으면 기꺼이 해줄 용의가 있다."

"엄만 이혼하고 싶어 하는 게 아니라니까요! 엄마는 아빠와 다시 합치고 싶어 해요!"

"난 잠시라도 네 엄마 얼굴을 보고 싶지 않다. 네 엄마를 보면 참을 수 없는 고통만 느껴질 거야."

"아빠, 아빠가 그렇게 고통스러운 이유가 아빠가 아직 엄마를 사랑하기 때문은 아닐까요?"

"다른 얘기나 하자, 제시카. 내 감정을 존중한다면 다시는 엄마 얘기 꺼내지 마라. 네가 전화할 때 전화 받기 두려워지고 싶지 않다."

월터는 손으로 얼굴을 감싸고 저녁은 손도 대지 않은 채 오랫동안 앉아 있었다. 집 안은 서서히 어두워졌고, 땅 위 세상은 보다 추상적인 하늘의 세계에 자리를 양보했다. 분홍빛 대기 한 줄기, 우주의 심연에서 느껴지는 깊은 냉기, 가장 먼저 얼굴을 내민 별들. 지금 월터의 삶은 이렇다. 그는 제시카를 밀쳐냈지만, 밀쳐낸 순간 제시카가 다시 그리워졌다. 그는 아침에 미니애폴리스로 다시 가서 고양이를 데려와 보고 싶어 하는 아이들에게 돌려줄까 생각도 했지만, 그러느니 차라리 제시카에게 전화를 해서 사과하는 게 나을 것 같았다. 이미 엎질러진 물이고, 끝난 일은 끝난 일이다. 웨스트버지니아 주 밍고 카운티에서, 월터의 인생에서 가장 어둡고 우울했던 아침에 그는 랄리사의 부모에게 따님의 시신을 보러 가도 되겠느냐고 물었다. 랄리사의 부모는 냉담하고 독특한 사람들이었고, 강한 억양을 지닌 엔지니어였다. 그녀의 아버지는 눈물이 말라 있었지만 어머니는 불쑥 큰 소리로 울음을 터뜨렸고, 마치 노래처럼 들렸다. 무슨 개념에 대해 애도하듯, 묘하게 형식적이고 감정이 배제된 소리였다. 월터는 랄리사가 어떤 모습인지 전혀 모르는 채 혼자 시체 안치소에 갔다. 그가 사랑한 여인은 옆에 무릎을 꿇기에는 너무 높은, 어설픈 높이의 들것 위에 놓인 채 보로 덮여 있었다. 그녀의 머리카락은 여느 때와 마찬가지로 부드럽고 검고 숱이 많았지만, 턱은 뭔가 이상했다. 극도로 잔인하고 용서할 수 없는 그런 상처였다. 그리고 랄리사의 이마는, 월터가 입을 맞췄을 때, 젊은 사람의 이마라고는 상상할 수 없을 만큼 차가웠다. 그의 입술을 통해 냉기가 전해졌고, 그 냉기는 가시지 않았다. 끝난 일은 끝난 일이다. 이 세상에서 월터에게 기쁨을 주던 대상이 세상을 떠났고, 이제는 모든 게 무의미했다. 제시카가 말한 대로 월터가 그의 아내와 다시 연락을 하면 랄리사와 보낸 마지막 순간을 떠나보내는 거나 마찬가지고, 그는 그렇게 하지 않을 권리가 있었다. 이렇게 정의롭지 못한 우주에서 월터는 아내에게 부당할 권리가 있었고, 호프바우어 가족이 하염없이 보비의 이름을 부르게 할 권리가 있었다. 모든 게 무의미했기 때문이다.

　세상을 거부하는 데서 힘을 얻은 월터는—아침에 침대에서 일어나고, 들판에 나가 오랫동안 일하고, 여행객과 준교외 거주자들 때문에 막히는 도로에서 장시간 운전할 만큼의 힘을 얻었다—또 한 번의 여름을 이겨냈다. 그의 인생에서 가장 외로운 여름이었다. 월터는 조이와 코니에게 너무 바쁘니까 찾아오지 말라고 했고, 이는 어느 정도 사실이지만 꼭 그런 것만은 아니었다. 그리고 계속 자기 숲을 침입하는 고양이들과 싸우는 일을 포기했다. 보비 때문에 겪은 일을 또다시 겪고 싶지 않았다. 8월에 월터는 패티로부터 두꺼운 봉투 하나를 받았는데, 제시카가 얘기한 "전할 말"과 관련된 원고로 보였다. 그는 봉투를 열어보지도 않고 예전에 부부가 공동으로 한 소득신고 서류와 공동 계좌 내역 서류, 그가 한 번도 수정하지 않은 유언장이 들어 있는 서랍 안에 넣어두었다. 그로부터 3주도 되지 않아 월터는 두툼하게 안전 포장한 CD 우편물을 받았다. 저지에 있는 **캐츠**의 주소가 적혀 있었고, 이것도 열어보지 않고 같은 서랍 안에 넣어버렸다. 펜으로 장 보러 갈 때마다 읽을 수밖에 없는 신문 머리기사처럼—나라 안팎으로 새로이 발생하는 위기 상황과 거짓말을 뿜어내는 광적인 극우파와 지구 종말을 앞당기는, 생태계에 발생하는 새로운 재앙—월터는 이 두 우편물을 보며 바깥세상이 그가 회피해온 문제를 해결할 것을 요구하며 옥죄어오는 걸 느꼈다. 하지만 그는 숲속에서 홀로 지내는 한 바깥세상을 계속 철저히 거부할 수 있었다. 세상과의 단절은 대대로 내려온 집안 내력이고 월터도 그 방면에 소질이 있었다. 랄리사의 흔적은 아무것도 남은 게 없는 것 같았다. 죽은 명금들이 벌판에서 부패해 사라지듯—살아 있을 때도 더할 나위 없이 가벼운 이 새들은 작은 심장이 멈추는 순간 그저 부드러운 깃털과 속빈 뼈에 불과했고 바람에 쉽게 흩날려버렸다—랄리사의 흔적도 사라지고 있었지만, 그래서 월터는 더욱더 자기에게 아직 남아 있는 그녀의 흔적을 놓지 않으려고 안간힘을 썼다.

바로 이런 이유 때문에, 10월의 어느 날 아침, 한때 미치와 브렌다가 배를 보관해두었지만 이제는 잡초가 무성한, 월터의 차고 진입로에 못 미치는 아래쪽에 주차된 신형 한국산 현대 자동차의 모습을 한 바깥세상이 마침내 그를 찾아왔을 때, 월터는 발걸음을 멈추고 차에 누가 타고 있는지 보지 않았다. 그는 덜루스에서 열리는 자연보존협회 회의에 참석하기 위해 길을 떠나려고 서두르는 중이었다. 지나가면서 자동차의 속도를 줄였지만, 운전석이 뒤로 젖혀진 것만 보였다. 운전자는 자고 있는 모양이었다. 월터는 자기가 돌아올 때쯤이면 운전자가 누구든 가버리고 없기를 바랄 만한 충분한 이유가 있었다. 월터를 만나러 왔다면 왜 집으로 찾아오지 않았겠는가. 하지만 그날 저녁 8시, 그가 카운티 도로를 벗어나 집 쪽으로 향했을 때 전조등에 차 뒷부분의 반사되는 플라스틱이 비쳤다. 그 차는 아직 거기 있었다.

월터는 차에서 내려 주차된 차의 창문을 들여다보았지만 아무도 없었다. 운전석이 본래의 위치로 되돌아와 있었다. 숲은 추웠다. 공기는 잔잔했고, 눈이 내릴 것 같았다. 캔터브리지 단지가 있는 방향에서 희미하게 사람 소리가 들릴 뿐이었다. 다시 차에 오른 월터는 집 쪽으로 운전했다. 집 앞 계단에 한 여자가, 패티가, 어둠 속에 앉아 있었다. 그녀는 청바지와 얇은 코듀로이 재킷을 입고 있었다. 그녀는 체온을 유지하려고 다리를 가슴 쪽으로 구부리고 턱을 무릎에 올려놓고 있었다.

월터는 시동을 끄고 꽤 한참을, 20분이나 30분쯤, 차 안에 앉아 패티가 자리에서 일어나 자기에게 말을 걸어오기를 기다렸다. 하지만 그녀는 조금도 움직이려 하지 않았고, 결국 그가 용기를 내어 차에서 내려 집으로 걸어갔다. 월터는 계단에서, 패티가 앉은 곳에서 30센티미터도 떨어지지 않은 곳에서, 잠시 걸음을 멈추고 그녀에게 얘기할 기회를 주었다. 하지만 패티는 그대로 머리를 숙인 채 가만히 있었다. 월터는 그녀에게 절대로 말을 걸지 않으려는 자신이 너무 유치하다는 생각이 들어 미소를 지었다. 하지만 그걸 인정하는 건 위험한 짓이다. 그는 미소를 억누르고 마음을 단단히 먹고 집 안으로 들어가 문을 닫았다.

하지만 세상을 거부하는 월터의 능력에는 한계가 있었다. 그는 또 한참 동안, 한 시간 정도 어두운 문간에 서서 패티가 움직이는 소리를 들으려고, 희미하게 문 두드리는 소리를 놓치지 않으려고 온 신경을 집중했다. 하지만 월터에게 들린 소리는 자기 머릿속에서 들리는, 그의 태도가 부당하며 적어도 그녀에게 이혼을 해주는 게 예의라는 제시카의 목소리뿐이었다. 하지만 월터는 6년 동안 침묵하다가 한마디라도 하면 그동안 세상을 거부해 온 게 모두 허사가 되고, 그 거부를 통해 자신이 전하려던 메시지를 모두 부인하는 꼴이 될 것 같았다.

마침내 선잠을 자며 꾼 꿈에서 깨어나듯 월터는 불을 켜고 물을 한 잔 마신 후, 세상을 거부하는 태도와 받아들이는 태도를 절충한 타협안으로 파일 캐비닛으로 다가갔다. 적어도 세상이 그에게 하고 싶었던 말이 뭔지는 들어줄 수 있을 것 같았다. 그는 우선 저지에서 온 우편물을 뜯어보았다. 편지는 없고 좀처럼 뜯기지 않는 플라스틱 포장지에 싸인 CD 한 장이 들어 있었다. 소규모 레코드사에서 낸, 리처드 캐츠의 솔로 음반인 것 같았다. 앞면에는 추운 지방의 풍경에, 〈월터에게 바치는 노래〉라는 제목이 쓰여 있었다.

월터는 고통스럽게 외치는 날카로운 비명을 들었다. 마치 다른 사람의 비명 같았지만 자신의 비명이었다. '**개자식, 개자식,** 이런 법이 어디 있어.' 그는 떨리는 손으로 CD를 뒤집어 곡목을 읽었다. 첫 곡의 제목은 '두 자녀도 좋지만 무자식 상팔자'였다.

"세상에, 이런 망할 자식. 이런 법이 어디 있어, 이 개자식." 월터는 미소 지으며 울고 있었다.

이런 부당함에 한참 동안 눈물을 흘리자 월터는 리처드가 철저하게 매정한 놈은 아닐지도 모른다는 생각에 CD를 다시 봉투에 넣고 패티가 보낸 봉투를 열었다. 원고가 들어 있었다. 그는 짧은 한 단락을 채 읽기도 전에 문으로 뛰어가 문을 열어젖히고 패티의 면전에 원고를 흔들어댔다.

"가져가! 난 당신 얘기 읽고 싶지 않다고! 이거 갖고 차에 들어가서 몸이나 녹여. 얼어 죽으려고 작정했어?"

패티는 추워서 덜덜 떨었지만, 웅크린 자세로 얼어붙은 것처럼 꼼짝도 하지 않았다. 월터가 손에 들고 있는 게 뭔지 올려다보지도 않았다. 오히려 그녀는 마치 그가 자기 머리를 때리는 것처럼 고개를 더 숙였다.

"차에 타라고! 몸을 녹여! 내가 언제 당신한테 여기 오라고 했어!"

심하게 몸을 떨어서 그렇게 보였을지도 모르지만, 패티가 월터의 말에 머리를 약간 가로젓는 것 같았다.

"전화한다고 약속할게. 지금 가서 몸을 녹이면 나중에 전화로 얘기한다고 약속한다니까."

"싫어." 패티가 아주 작은 목소리로 말했다.

"좋아, 그럼! 얼어 죽든지 말든지 맘대로 해!"

월터는 문을 세차게 닫고 집 안을 가로질러 뒷문을 통해 집에서 나와 호숫가까지 걸어갔다. 패티가 얼어 죽을 작정이라면 그도 추울 작정이었다.

그는 아직 패티의 원고를 손에 쥐고 있었다. 호수 건너편에 쓸데없이 환하게 불이 켜진 캔터브리지 단지가 보였고, 대형 텔레비전 화면에서 오늘 세상에 무슨 일이 일어났는지 보여주는 불빛이 깜박거렸다. 모두들 아늑한 집 안에 있었고, 아이언레인지에 있는 석탄 화력발전소는 전류를 사방으로 내보내고 있었다. 북극은 여전히 북극답게 10월의 온대 기후 숲에 찬 공기를 불어넣고 있었다. 월터는 어떻게 살아야 할지 예전에도 알지 못했지만, 지금처럼 사는 방법을 모르겠다고 생각한 적은 없었다. 공기가 점점 더 차가워져 살을 에는 듯하고 뼛속까지 시리도록 추위가 느껴지자 그는 패티가 걱정되기 시작했다. 월터는 덜덜 떨고 이를 딱딱 부딪치면서 언덕을 올라 집 앞 계단으로 돌아와, 웅크린 자세가 약간 느슨해진 채 머리를 잔디에 처박고 옆으로 누워 있는 패티를 발견했다. 그녀는 더 이상 떨지 않고 있었다. 불길했다. 그가 무릎을 꿇으며 말했다.

"패티, 알았어. 이러면 안 돼. 안으로 들어가자."

패티가 몸을 약간 꿈틀댔다. 몸의 근육은 딱딱하게 굳어 있었고, 코듀로이 재킷을 통해서는 체온이 느껴지지 않았다. 월터는 그녀를 일으켜 세워보려 했지만 잘 되지 않았다. 그래서 패티를 안아 집 안으로 들어가 소파에 눕히고 담요를 여러 겹 덮어주었다.

그가 찻주전자를 불에 올려놓으며 말했다.

"이건 정말 바보 같은 짓이야. 이러다가 죽는 사람도 있다고. 영하가 아니어도 죽을 수 있다니까. 그렇게 오랫동안 바깥에 앉아 있는 멍청이가 어디 있어? 당신이 미네소타에서 한두 해 산 것도 아니잖아. **알 만한** 사람이 왜 그래? 왜 이렇게 멍청하냐고."

월터는 벽난로의 화력을 높이고 뜨거운 물을 한 잔 가져와 그녀를 일으켜 앉힌 다음 물을 한 모금 마시게 했다. 하지만 그녀는 바로 소파 위에 물을 내뿜었다. 그가 좀 더 마시게 하려 하자 패티는 고개를 흔들면서 희미하게 싫다고 말했다. 그녀의 손가락은 얼음장같고, 팔과 어깨는 얼얼할 정도로 차가웠다.

"제길, 패티. 왜 이렇게 멍청해? 도대체 **생각**이 있는 거야? 이건 당신이 나한테 한 짓 중에 가장 멍청한 짓이라고."

월터가 옷을 벗는 동안 패티는 잠이 들었고, 그가 담요를 벗겨내고 패티의 재킷을 벗기고 안간힘을 써서 바지를 벗긴 뒤, 자신도 속옷만 입은 채 그녀 곁에 누워 다시 담요를 덮을 때 패티가 잠깐 눈을 떴다.

"패티, 깨어 있어야 해. 알았지?" 월터는 자신의 몸을 대리석처럼 차가운 그녀의 피부에 최대한 밀착시키며 말했다. "지금 가장 멍청한 짓은 의식을 잃는 거야, 알았지?"

"음." 패티가 말했다.

월터는 그녀를 끌어안고 가볍게 몸을 문질러대며 끊임없이 패티에게, 그녀 때문에 자신이 처한 상황에 욕설을 퍼부었다. 오랫동안 패티의 몸은 좀처럼 녹지 않았고, 그녀는 계속 잠들었다 가까스로 깨어나기를 반복하더니, 마침내 갑자기 정신이 들었는지 몸을 심하게 떨면서 월터에게 매달렸다. 그는 계속 그녀의 몸을 문지르고 안아주었다. 갑자기 패티가 눈을 크게 뜨더니 그의 눈 깊숙한 곳을 들여다보았다.

패티는 눈을 깜박이지 않고 있었다. 그녀의 눈빛은 아직도 생기가 없었고, 다른 세상에 있는 것 같았다. 패티의 눈은 월터의 뒤통수를 지나 그 너머에 있는, 두 사람이 곧 죽을 미래의 공간을, 랄리사와 그녀의 부모가 이미 떠나간 허무를 들여다보고 있는 것 같았다. 하지만 패티는 여전히 그의 눈을 들여다보고 있었고, 월터는 조금씩 그녀의 몸이 따뜻해지는 걸 느낄 수 있었다. 그리고 월터는 이제 패티의 눈을 쳐다보기를 멈추고 그녀의 눈 속을 들여다보기 시작했다. 너무 늦기 전에, 삶과 죽음 사이에 있는 이 연결고리가 끊기기 전에 그녀의 의식이 돌아와, 월터 자신의 안에 있던 나쁜 마음을, 2000일의 고독한 밤 동안 느낀 그 모든 증오심을 패티가 보게 하고 싶었다. 두 사람이 그동안 서로에게 했던 모든 말과 행동, 서로에게 준 고통, 함께 나눈 기쁨을 모두 합해도 바람에 날리는 가장 작은 깃털의 무게만큼도 되지 않을 그런 진공상태에 두 사람이 존재하는 동안 말이다.

"나야, 그냥 나라고." 패티가 말했다.

"알아." 월터는 그렇게 말하며 그녀에게 입을 맞췄다.

캔터브리지 단지의 주민들은 월터가 떠나게 되면 섭섭하리라고는 꿈에도 생각하지 않았다. 12월 초 어느 일요일 오후, 월터의 아내 패티가 월터의 프리우스를 캔터브리지 단지에 주차하고 집집마다 돌아다니며 자기소개를 간단히 하고, 자기가 직접 구워 랩에 싼 크리스마스 쿠키를 전달하리라고는 아무도 예상하지 못했다. 특히 린다 호프바우어는. 린다는 좀 어색한 상황에 놓이게 됐다. 패티를 보자 한눈에 못마땅하고 마음에 들지 않는 점을 발견할 수 없었거니와 크리스마스 선물을 거절하는 건 불가능했다. 린다는 호기심에서 패티를 안으로 잠깐 들어오게 했고, 패티는 집 안에 들어서자마자 거실 바닥에 무릎을 꿇고 앉아 고양이를 쓰다듬으며 이름을 물었다. 월터가 차가운 사람인 것과 정반대로 패티는 아주 다정한 사람 같았다. 린다가 패티에게 왜 전에 한 번도 만나지 못했느냐고 묻자 패티는 노래하듯 웃으며 말했다. "아, 월터와 저는 잠깐 떨어져 있기로 했었거든요." 묘하면서도 딱히 도덕적인 결함을 꼬집어낼 수 없는, 아주 영리한 대답이었다. 패티는 한참 동안 린다의 집에 머물면서 그녀의 집과 집에서 보이는 눈 덮인 호수의 풍경이 아름답다고 칭찬을 아끼지 않았다. 그러고는 집을 나서며 자기가 월터와 함께 마련한 새해 파티에 린다와 가족을 초대했다.

린다는 보비를 살해한 범인의 집에 발을 들여놓는 게 꺼림칙했지만, (이미 플로리다에 간 두 사람을 빼고) 캔터브리지 주민 모두 파티에 간다는 사실을 알고는 궁금하기도 하고, 기독교 신자인 자신이 너그러운 마음을 가져야겠다는 생각이 들어 파티에 가기로 했다. 사실 린다는 이웃들이 그리 달가워하는 존재가 아니다. 린다는 교회 친구들과 끈끈한 관계를 유지했지만 이웃들과도 잘 지내야 한다는 신념이 있었다. 하지만 린다가 보비를 대신할 고양이 세 마리를 입양한 사실에 대해, 월터가 범인이라고 확신하지 않는 이웃들은 보비가 자연사했을지도 모르는데 그녀가 과민반응을 보인다고 생각했다. 사람들은 그녀가 앙심을 품었다고 생각했다. 린다는 남편과 아이들을 집에 남겨두고 혼자서 서버번을 몰고 버글런드네 새해 파티에 가긴 했지만, 패티가 특히 자기한테 친절하게 대하자 당황했다. 패티는 딸과 아들에게 린다를 소개했고, 그녀 곁을 떠나지 않고 밖으로 안내해 호숫가로 데려가 멀리 보이는 린다의 집 풍경을 보여주었다. 린다는 패티가 한 수 위라는 생각이 들었고, 패티에게서 사람들의 마음을 사는 방법을 배울 수 있겠다는 생각이 들었다. 한 달도 채 되지 않아 패티는, 린다가 불만을 털어놓으러 오면 더 이상 문도 활짝 열어주지 않던 이웃들, 린다를 추운 날씨에 밖에 세워둔 이웃들의 마음까지 사로잡았다. 린다는 패티가 실수로 못마땅한 진보적 성향을 드러내도록 몇 번 세게 찔러봤지만, 즉 패티도 새를 애호하느냐는 질문도 해보고("아뇨, 전 월터 애호가라서 월터가 그러는 거 이해해요"), 다니고 싶은 교회가 있는지도 물어봤지만("교회가 많아서 선택의 폭이 넓으니 참 좋아요") 결국 새 이웃인 패티가 만만하게 보고 정면 승부를 걸기에는 너무 위험한 상대라는 결론을 내렸다. 린다를 완전히 패배시키려는 듯 패티는 아주 맛있어 보이는 다양한 음식을 준비했고, 린다는 패배했음에도 즐거운 마음으로 접시에 음식을 수북이 담았다.

"린다." 그녀가 두 번째 접시에 음식을 담고 있을 때 월터가 린다에게 다가와 말을 걸었다. "와줘서 고마워요."

"부인께서 친절하게도 절 초대해주셨네요."

월터는 아내가 돌아온 후부터 면도를 다시 하기 시작한 게 분명했다. 면도를 막 끝낸 것처럼 얼굴이 발그레했다.

"저, 고양이가 사라졌다는 얘길 들었어요. 안됐네요."

"정말요? 보비를 싫어하는 줄 알았는데." 린다가 말했다.

"싫어한 건 맞아요. 새 죽이는 기계였으니까. 하지만 당신이 보비를 아꼈다는 걸 알고, 또 애완동물을 잃으면 얼마나 마음이 아픈지도 알거든요."

"뭐, 세 마리 더 생겼잖아요. 그러니까."

월터가 차분하게 고개를 끄덕였다.

"실내에 있게만 하세요, 되도록. 안에 있는 게 더 안전해요."

"미안하지만, 지금 협박하시는 건가요?"

"아뇨, 협박이 아닙니다. 그냥 사실을 말씀드리는 거예요. 작은 동물들이 돌아다니기에는 위험한 세상이죠. 마실 거라도 갖다드릴까요?"

그날, 그리고 그 후 몇 달 동안 패티의 다정함에 가장 큰 영향을 받은 사람은 월터 자신이라는 사실을 모두 분명히 알 수 있었다. 이제 그는 화난 사람처럼 차를 몰고 이웃 집 앞을 서둘러 지나치는 대신, 잠깐 멈춘 뒤 창문을 내리고 인사했다. 주말이면 월터는 이웃 아이들이 하키를 하려고 만들어놓은 빙판에 패티를 데리고 나와 그녀에게 스케이트 타는 법을 가르쳤고, 패티의 스케이팅 실력은 일취월장했다. 얼음이 조금씩 녹기 시작하자 버글런드 부부가 오랫동안 산책하는 모습을 볼 수 있었고, 두 사람은 때로는 거의 펜까지 걸어서 다녀왔다. 4월에 본격적으로 얼음이 녹자 월터는 다시 캔터브리지 단지를 가가호호 방문하기 시작했다. 하지만 이번에는 고양이를 풀어놓는다고 이웃을 나무라기 위해서가 아니다. 5월과 6월에 자신과 친구인 과학자가 산책하며 자연을 배우는 자리를 마련했는데, 숲을 가득 채우고 있는 놀라운 생명을 좀 더 가까이에서 보고 지역의 역사에 대해 좀 더 자세히 알 수 있는 기회라며 참석해보라는 소식을 전하기 위해서였다. 린다는 이제 패티에 대해 품고 있던 마지막 반감을 버리고 그녀가 남편을 다룰 줄 안다고 공개적으로 인정했다. 이웃들은 그런 린다의 변한 태도가 마음에 들어 그녀에게 마음을 조금 더 열게 되었다.

버글런드 부부가 바비큐 파티를 여러 번 열고 그 보답으로 여러 이웃이 서로 버글런드 부부를 초대하려고 다투는 사이 여름의 절반이 지난 어느 날, 두 사람이 8월 말 뉴욕으로 이사한다는 뜻밖의 소식을 들었을 때 이웃들은 섭섭해했다. 패티는 뉴욕에서 아이들을 가르치는 일을 했었는데 그 일을 다시 하고 싶다고 했고, 자기 어머니와 형제자매, 딸, 월터의 단짝 친구가 모두 뉴욕이나 뉴욕 가까이 산다고 말해주었다. 월터와 자기는 호숫가의 집을 정말 좋아하지만 떠날 때가 된 것 같다고 설명했다. 이웃들이 휴가 때 다시 올 계획이냐고 묻자 패티의 얼굴이 어두워지면서 월터가 그러기를 원하지 않는다고 말했다. 월터는 자기 소유지를 새 보호 구역으로 운영하도록 이 지역 토지신탁기관에 맡기기로 했다.

버글런드 부부가 빌린 커다란 트럭에 이삿짐을 싣고 월터는 경적을 울리고 패티는 손을 흔들며 작별을 하고 떠난 지 며칠 되지 않아, 전문 회사가 와서 월터의 소유지 주위에 고양이의 침입을 막는 높은 울타리를 설치했다. (이제 패티가 떠나고 없으니 린다 호프바우어는 담장이 흉측하다고 대놓고 말했다.) 그리고 곧 인부들이 와서 버글런드의 아담한 집을 헐고 부엉이나 제비들이 안식처로 삼을 수 있도록 껍데기만 남겨두었다. 오늘날까지 보존 구역에 자유롭게 드나들 수 있는 대상은 새들과 캔터브리지 단지 주민들뿐이다. 보존 구역의 출입문에는 젊고, 예쁘고, 가무잡잡한 피부의 여자 사진이 들어 있는 작은 세라믹 표지판에 사진 속 여자의 이름을 딴 보존 구역 이름이 적혀 있고, 그 아래에는 비밀번호로 여는 자물쇠로 문이 잠겨 있는데 캔터브리지 주민들은 이 비밀번호를 알고 있다.

옮긴이의 말

　책과 번역가도 궁합이나 인연이 있는가 보다. 2010년 어느 가을 날 집 근처에 있는 조용한 카페에서, 온라인으로 주문해 그날 막 도착한 《Freedom》이라는 책을 읽기 시작했는데 휴대전화가 울렸다. 《Freedom》을 번역해줄 수 있느냐는 은행나무 출판사의 전화였다. 지금까지 프랜즌이 발표한 작품은 거의 다 읽었을 정도로 좋아하는 작가라 출판사의 전화를 받고는 기뻐서 가슴이 두근거렸다. 자기가 번역하고 싶은 책을 맡게 되는 일은 번역가에게 가장 큰 행운이다.
　조너선 프랜즌은 "글쓰기는 자신의 존재를 정당화하고 자신이 살아 있음을 느끼게 해주는 일"이라고 한다. 그는 매일 모든 감각적 자극을 차단하고 외부와의 소통을 끊은 채 어두운 방에 자신을 가두어놓고 창작 작업을 한다. 인터넷과 휴대전화가 없는 어두운 방에 스스로를 묶어놓고서야 비로소 상상의 날개를 자유롭게 펼칠 수 있게 되나 보다. 이제는 무엇을 누릴 자유보다 무엇으로부터의 자유가 절실한 세상이 된 것 같다.
　프랜즌은 미국적 색채가 강한 소설을 쓰는 작가이고 이 작품은 특히 그렇다. 때문에 미국, 캐나다 등 북미와 영국, 독일 등 유럽에서는 출간 뒤 대단히 화제가 되었으나, 한편으로 우리나라 독자들이 공감할 수 있을까 걱정이 되기도 했었다. 하지만 책을 다 읽고 나서 그런 걱정은 말끔히 사라졌다. 버글런드 부부를 중심으로 전개되는 이 작품에는 시공을 초월하는 보편적인 인간 정서인 부부, 부모자식, 형제자매, 친구 사이에서 일어나는 사랑과 갈등, 분노, 아픔, 상처, 이해, 화해, 용서가 모두 담겨 있기 때문에 우리 독자들도 전혀 이질감을 느끼지 않으리라 확신했다.

《자유》는 버글런드 가족 구성원들의 관계를 그리며, 미국 정치에서 보수적인 공화당과 진보적인 민주당의 이념적 대립, 개인의 자유와 사회정의 간의 조화, 미국의 해외 군사 개입과 그 명분, 자유 시장 경제와 환경보호 등 굵직한 거대 담론의 주제들을 폭넓게 다루고 있다. 지금 이 땅에서도 보수 대 진보, 성장과 분배, 경제발전과 환경보호, 미국의 요청에 따른 군대 파견과 그 명분 등의 사회적 이슈가 관심을 모으고 있는 만큼 우리 독자들도 결코 낯설게 느끼지 않을 주제들이다.

작가는 버글런드 가족과 미국 사회가 겪는 문제들을 통해 '자유'가 무엇인지를 보여준다. 자유를 누릴 수 있음은 분명 눈부시게 찬란한 축복이나, 'Freedom is not free', 즉 '자유는 공짜가 아니다'라는 사실을 역설한다. 자유의 이면에는 자유로운 선택에 따른 결과에 본인이 온전히 책임을 져야 한다는 엄연한 사실이 있음을 우리는 쉽게 잊으며, 우리가 누리는 자유의 질량은 자유를 행사하는 데서 오는 결과에 대한 책임의 질량과 비례한다고 작가는 말한다. 책 속에 들어 있는 격언, '그대의 자유를 선용(善用)하라'는 이 소설을 관통하는 작가의 메시지이다.

작품 속의 핵심인물인 패티 버글런드는 중년의 위기를 겪으면서 우울증 때문에 정신과 상담을 받는 전업주부이다. 작품의 상당 부분은 자서전을 써보라는 정신과 상담의사의 권유를 받은 패티가 자기 삶을 돌아보는 자서전을 쓰는 형식으로 되어 있다. 이런 형식을 빌린 부분들은 특히 만연체로 되어 있는 데다, 때론 한 문장이 거의 한 쪽에 이르기도 하며, 그 중간 중간 패티가 의식의 흐름에 따라 삽입한 구절들이 상당히 많다. 작가가 패티의 불안한 정신세계를 문체에 나타내려고 의도적으로 그랬다고 본다. 작가의 그런 의도를 번역된 문체에 살리면서도, 지나치게 길고 횡설수설하는 듯한 문장 때문에 독자가 내용을 이해하는 데 어려움을 겪거나 문장이 두서없다고 느끼지 않도록 균형점을 찾으려고 애썼다.

《자유》는 조너선 프랜즌의 작품 가운데 처음으로 한국에 소개되는 작품이자 가장 최신작이다. 이 작품뿐 아니라 앞으로 출간될 그의 다른 작품에도 독자들이 큰 관심을 갖길 기대한다.

2011년 늦은 봄날

홍지수

옮긴이 홍지수   연세대학교 영어영문학과를 졸업하고 KBS에서 뉴스앵커로 일하면서 한국외대 통번역대학원을 졸업했다. 미국 컬럼비아대학교 국제학 대학원과 하버드대학교 케네디 행정대학원에서 각각 국제무역과 환경정책으로 석사학위를 취득했다. 미국 매사추세츠 주정부의 정보통신부 차장, 리 인터내셔널 무역투자연구원 이사로 일했다. 옮긴 책으로《월든/시민불복종》《고령화 시대의 경제학》등이 있다.

자유

1판 1쇄 발행 2011년 5월 23일
1판 8쇄 발행 2022년 8월 12일

지은이 · 조너선 프랜즌
옮긴이 · 홍지수
펴낸이 · 주연선

(주)은행나무
04035 서울특별시 마포구 양화로11길 54
전화 · 02)3143-0651~3 | 팩스 · 02)3143-0654
신고번호 · 제 1997-000168호(1997. 12. 12)
www.ehbook.co.kr
ehbook@ehbook.co.kr

ISBN 978-89-5660-522-7 03840

• 이 책의 판권은 지은이와 은행나무에 있습니다. 이 책 내용의 일부 또는 전부를 재사용하려면 반드시 양측의 서면 동의를 받아야 합니다.

• 잘못된 책은 구입처에서 바꿔드립니다.